WILD CARDS

LIVRO 4
ASES PELO MUNDO

EDITADO POR

GEORGE R.R. MARTIN

WILD CARDS

Romance mosaico editado por
George R. R. Martin
e escrito por
Melinda M. Snodgrass, Leanne C. Harper, Walton Simons,
Lewis Shiner, John J. Miller, Kevin Andrew Murphy,
Carrie Vaughn, George R. R. Martin e Edward Bryant

Tradução:
Petê Rissatti

LIVRO 4
ASES PELO MUNDO

Copyright © 1987 by George R. R. Martin and the Wild Cards Trust
Tradução para a Língua Portuguesa © 2015, LeYa Editora Ltda., Petê Rissatti
Título original: *Wild Cards IV: Aces Abroad*

Todos os direitos reservados e protegidos pela Lei 9.610, de 19.2.1998.
É proibida a reprodução total ou parcial sem a expressa anuência da editora.
Este livro foi revisado segundo o Novo Acordo Ortográfico da Língua Portuguesa.

HISTÓRICO DE IMPRESSÃO

O matiz do ódio © 1988, por Stephen Leigh.
O diário de Xavier Desmond © 1988, por George R. R. Martin.
Animais de carga © 1988, por John J. Miller.
Direitos de sangue © 1988, por Leanne C. Harper.
Verrugas e tudo mais © 1988, por Kevin Andrew Murphy.
Descendo o Nilo © 1988, por Gail Gerstner-Miller.
A lágrima da Índia © 1988, por Walton Simons.
Eterna primavera em Praga © 1988, Carrie Vaughn.
Mergulho no Tempo do Sonho © 1988, por Edward Bryant.
Hora zero © 1988, por Lewis Shiner.
Marionetes © 1988, por Victor W. Milán.
Espelhos da alma © 1988, por Melinda M. Snodgrass.
Lendas © 1988, por Michael Cassutt.

Preparação: Tulio Kawata
Revisão: Iracy Borges e Denise de Almeida
Projeto gráfico e capa: Rico Bacellar
Ilustração de capa: Marc Simonetti
Diagramação: Vivian Oliveira

Dados Internacionais de Catalogação na Publicação (CIP)
Angélica Ilacqua CRB—8/7057

Martin, George R. R.

    Wild Cards : ases pelo mundo / escrito e editado por George R.R. Martin ;
tradução de Petê Rissatti. – São Paulo : LeYa, 2015.
    544 p. (Wild Cards, 4)

    ISBN 978-85-441-0109-4
    Título original: *Wild Cards - Aces Abroad*

    1. Ficção fantástica americana I. Martin, George R. R. II. Rissatti, Petê
III. Série

15-0410   CDD: 813

Índices para catálogo sistemático:
1. Ficção fantástica americana

Todos os direitos reservados à
LEYA EDITORA LTDA.
Rua Desembargador Paulo Passaláqua, 86
01248-010 — Pacaembu — São Paulo — SP
www.leya.com.br

para Terry Matz,
um amigo precioso de mais tempo
do que posso me lembrar

SUMÁRIO

Nota do editor   9

O matiz do ódio, Prólogo, Stephen Leigh   11

Do diário de Xavier Desmond,
30 de novembro, bairro dos curingas   13

O matiz do ódio, Parte Um   17

Do diário de Xavier Desmond,
1º de dezembro, cidade de Nova York   27

Animais de carga, John J. Miller   33

Do diário de Xavier Desmond,
8 de Dezembro, Cidade do México   71

O matiz do ódio, Parte Dois   75

Direitos de sangue, Leanne C. Harper   83

Do diário de Xavier Desmond,
15 de dezembro de 1986, a caminho de Lima, Peru   133

Verrugas e tudo o mais, Kevin Andrew Murphy   137

O matiz do ódio, Parte Três   171

Do diário de Xavier Desmond,
29 de dezembro de 1986, Buenos Aires   183

O matiz do ódio, Parte Quatro   187

Do diário de Xavier Desmond,
16 de janeiro, Adis Abeba, Etiópia   191

Descendo o Nilo, Gail Gerstner-Miller   197

Do diário de Xavier Desmond,
30 de janeiro, Jerusalém   229

O matiz do ódio, Parte cinco   235

Do diário de Xavier Desmond,
7 de fevereiro, Cabul, Afeganistão   259

A lágrima da Índia, Walton Simons   267

Mergulho no Tempo do Sonho, Edward Bryant   301

Do diário de Xavier Desmond,
14 de março, Hong Kong   343

Hora zero, Lewis Shiner   347

Do diário de Xavier Desmond,
21 de março, a caminho de Seul   377

Eterna primavera em Praga, Carrie Vaughn   383

Do diário de Xavier Desmond,
10 de abril, Estocolmo   413

Marionetes, Victor W. Milán   419

Espelhos da alma, Melinda M. Snodgrass   469

Lendas, Michael Cassutt   513

Do diário de Xavier Desmond,
7 de abril, em algum lugar sobre o Atlântico   533

Do New York Times   539

Nota do editor

Wild Cards é uma obra de ficção ambientada em um mundo completamente imaginário, cuja história corre paralelamente à nossa. Os nomes, personagens, lugares e acontecimentos retratados são fictícios ou usados de modo ficcional. Qualquer semelhança com fatos, locais ou pessoas reais, vivas ou mortas, é pura coincidência. Por exemplo, os ensaios, artigos e outros textos incluídos nesta antologia são inteiramente ficcionais, e não há qualquer intenção de retratar autores reais ou insinuar que qualquer pessoa possa realmente ter escrito, publicado ou contribuído com os ensaios, artigos e outros textos aqui incluídos.

O matiz do ódio

Stephen Leigh

Prólogo

Quinta-feira, 27 de novembro de 1986, Washington, D.C.

A TV Sony lançava uma luz trêmula sobre o banquete de Ação de Graças de Sara: um peru da Swanson fumegando no papel-alumínio sobre a mesinha de centro. Na tela, uma multidão de curingas disformes marchava pela abafada tarde de verão de Nova York, suas bocas moviam-se em gritos e xingamentos silenciosos. A cena granulada tinha a aparência precária de um velho cinejornal, e de repente a tela mostrou um homem bonito, de trinta e poucos anos, as mangas da camisa enroladas, o paletó pendurado no ombro e a gravata frouxa no pescoço — o senador Gregg Hartmann, como era em 1976. Hartmann caminhava a passos largos entre as linhas policiais que bloqueavam os curingas, desvencilhando-se dos seguranças que tentavam segurá-lo, gritando com a polícia. Sozinho, ficou entre as autoridades e a multidão de curingas que avançava, gesticulando para que parassem.

Então, a câmera abriu a panorâmica na direção de uma confusão dentro das fileiras dos curingas. As imagens eram desordenadas e fora de foco: no meio estava uma ás prostituta, conhecida como Súcubo, seu corpo parecia feito de mercúrio, a aparência em constante mudança. O carta selvagem a amaldiçoara com empatia sexual. Súcubo podia assumir qualquer aspecto e formato que mais agradasse seus clientes, mas essa habilidade estava, naquele instante, fora de controle. Ao seu redor, as pessoas reagiam ao seu poder tentando agarrá-la com um desejo bizarro no rosto. Sua boca estava aberta, num grito suplicante, enquanto a insistente multidão de guardas e curingas, ao mesmo tempo, avançava contra ela. Seus braços esticavam-se como se implorasse piedade, e quando a câmera recuou, lá estava novamente Hartmann, a boca aberta de espanto quando encarou Súcubo. Os braços dela estendiam-se para *ele*, seu apelo era para *ele*. Então, ela desapareceu sob a multidão. Por vários segundos ficou enterrada, perdida. Mas, em seguida, a multidão se afastou horrorizada. A câmera seguiu Hartmann mais de perto: ele abriu caminho entre aqueles que estavam ao redor de Súcubo, empurrando-os com raiva.

Sara pegou o controle remoto do videocassete. Apertou o botão de pausa, congelando a cena num momento que havia definido sua vida. Conseguia sentir as lágrimas quentes riscarem o rosto.

Súcubo jazia retorcida numa poça de sangue, seu corpo mutilado, o rosto virado para cima enquanto Hartmann a encarava, espelhando o horror de Sara.

Sara conhecia o rosto que Súcubo, quem quer que pudesse ter sido de verdade, encontrou pouco antes da morte. Aquelas feições jovens assombraram Sara desde a infância — Súcubo tomara o rosto de Andrea Whitman.

O rosto da irmã mais velha de Sara. Andrea, que, aos 13 anos, fora brutalmente assassinada em 1950.

Sara sabia quem havia mantido aquela imagem púbere de Andrea trancafiada na sua mente por tantos anos. Sabia quem havia plantado as feições de Andrea no corpo infinitamente maleável de Súcubo. Podia imaginar aquele rosto em Súcubo enquanto ele se deitava com ela, e aquele pensamento era o que mais doía em Sara.

— Desgraçado — Sara sussurrou para o senador Hartmann, sua voz engasgada. — Seu maldito, desgraçado. Matou minha irmã e nem mesmo depois de morta a deixou em paz.

Do diário de Xavier Desmond

30 de novembro, bairro dos curingas:

Meu nome é Xavier Desmond e sou um curinga.

Curingas sempre são estranhos, mesmo na rua onde nasceram, e este aqui está prestes a visitar vários países estranhos. Nos próximos cinco meses, verei savanas e montanhas, o Rio e o Cairo, o Passo Khyber e o Estreito de Gibraltar, o Outback australiano e a Champs-Élysées — tudo muito longe do lar para um homem que tem sido chamado com frequência de prefeito do Bairro dos Curingas. O Bairro dos Curingas, claro, não tem prefeito. É um bairro, um gueto, e não uma cidade. No entanto, o Bairro dos Curingas é mais do que um local. É uma condição, um estado de espírito. Talvez nesse sentido meu título não seja desmerecido.

Sou curinga desde o início. Quarenta anos atrás, quando Jetboy morreu nos céus de Manhattan e espalhou o carta selvagem sobre o mundo, eu tinha 29 anos de idade, era consultor de investimentos em um banco, tinha uma esposa adorável, uma filha de 2 anos e um futuro brilhante. Um mês depois, quando finalmente recebi alta do hospital, eu era uma monstruosidade com uma tromba de elefante cor-de-rosa crescendo no meio do rosto, onde antes havia meu nariz. Na ponta da minha tromba há cinco dedos perfeitamente funcionais, e com o decorrer dos anos passei a usar com habilidade essa "terceira mão". Se de repente restaurasse minha assim chamada humanidade normal, acredito que seria tão traumático quanto se um dos meus membros fosse amputado. Com minha tromba, ironicamente, sou um tanto mais que humano… e infinitamente menos.

Minha adorável mulher me deixou duas semanas após minha alta do hospital, aproximadamente ao mesmo tempo em que o Chase Manhattan me informou que meus serviços não eram mais necessários. Mudei-me para o Bairro dos Curingas nove meses depois, após ser despejado do apartamento na Riverside Drive por "motivos de saúde". A última vez que vi minha filha foi em 1948. Ela se casou em junho de 1964, se divorciou em 1969, se casou novamente em junho de 1972. Parece que tem uma predileção por casamentos em junho. Não fui convidado para nenhum deles. O detetive particular que contratei me informou que ela e o marido vivem agora em Salem, Oregon, e que tenho dois netos, um menino e uma menina, um de cada casamento. Sinceramente, duvido que algum deles saiba que o avô é o prefeito do Bairro dos Curingas.

Sou fundador e presidente emérito da Liga Antidifamação dos Curingas, ou LADC, a maior e mais antiga organização dedicada à preservação dos direitos civis das vítimas do vírus carta selvagem. A LADC teve suas falhas, mas de forma geral tem se saído muito bem. Também sou um empresário moderadamente bem-sucedido. Sou dono de um dos clubes noturnos mais célebres e elegantes de Nova York, a Funhouse, onde curingas, limpos e ases desfrutam todos os melhores shows de cabaré curinga há mais de duas décadas. A Funhouse vem perdendo dinheiro continuamente nos últimos cinco anos, mas ninguém sabe disso além de mim e do meu contador. Mantenho-a aberta porque é, no fim das contas, a Funhouse, e, se fechar, o Bairro dos Curingas se tornará um lugar mais pobre.

No mês que vem, farei 70 anos.

Meu médico me disse que não vou viver até os 71. O câncer já tinha entrado em metástase antes de ser diagnosticado. Até mesmo os curingas agarram-se obstinadamente à vida, e estou fazendo quimioterapia e tratamento de radiação há seis meses, mas o câncer não dá sinal de remissão.

O médico me diz que a viagem que estou prestes a fazer provavelmente tirará meses da minha vida. Tenho meu receituário e continuarei a tomar os remédios com obediência, mas, quando se dá a volta ao mundo, é preciso abrir mão da terapia de radiação. Já aceitei esse fato.

Mary e eu sempre conversávamos sobre uma viagem ao redor do mundo, naqueles dias antes do carta selvagem, quando éramos jovens e apaixonados. Nunca poderia ter sonhado que finalmente faria essa viagem sem ela, no crepúsculo da vida, e à custa do governo, como um delegado de uma missão de reconhecimento organizada e financiada pelo Comitê de Recursos Internos do Senado para Empenho dos Ases, com patrocínio oficial das Nações Unidas e da Organização Mundial da Saúde. Visitaremos cada continente, exceto a Antártida, e passaremos por 39 países diferentes (alguns apenas por poucas horas), e nossa missão oficial é investigar o tratamento das vítimas do carta selvagem em culturas ao redor do mundo.

Há 21 delegados, apenas cinco deles são curingas. Acredito que minha escolha seja uma grande honra, reconhecimento das minhas conquistas e do meu posto de líder comunitário. Acredito que tenho de agradecer ao meu bom amigo Dr. Tachyon por isso.

Mas, então, tenho de agradecer ao meu bom amigo Dr. Tachyon por muitas coisas.

O matiz do ódio

Parte Um

Segunda-feira, 1º de dezembro de 1986, Síria:

Um vento frio e seco soprou das montanhas de Jabal Alawite através do deserto de rocha vulcânica e calcário de Badiyat Ash-sham. O vento fazia estalar as pontas de lona das tendas que se apinhavam ao redor do vilarejo. A ventania fazia com que as pessoas no mercado puxassem a gola das túnicas para aplacar o frio. Sob o teto inclinado do maior dos prédios de tijolos de barro, uma rajada dispersa fez tremeluzir a chama ao fundo de uma chaleira esmaltada.

Uma mulher pequena, envolta em um *xador*, a vestimenta islâmica preta, serviu o chá em duas canecas pequenas. Exceto por uma fileira de contas azuis brilhantes no véu de cabeça, ela não usava nenhum enfeite. Passou uma das canecas para a outra pessoa na sala, um homem de peso médio, cabelos pretos como a asa de um corvo, cuja pele tinha o brilho reluzente de esmeralda sob uma túnica de bordado azul-celeste. Ela conseguia sentir o calor irradiando dele.

— Ficará mais frio nos próximos dias, Najib — ela falou, enquanto bebericava o chá extremamente doce. — Ao menos você ficará mais confortável.

Najib encolheu os ombros, como se as palavras dela nada dissessem. Seus lábios apertaram-se; o olhar obscuro, intenso, a envolvia.

— Esse brilho é a presença de Alá — ele comentou, a voz rouca com a arrogância habitual. — Você nunca me ouviu reclamar, Misha, mesmo no calor do verão. Acha que sou uma mulher, para lamentar minha desgraça fútil aos céus?

Sobre o véu, os olhos de Misha se estreitaram.

— Eu sou Kahina, a Vidente, Najib — ela retrucou, dando um tom de desafio à voz. — Sei de muitas coisas ocultas. Sei que, quando o calor ondula sobre as pedras, meu irmão Najib deseja não ser Nur al-Allah, a Luz de Alá.

A bofetada repentina com as costas da mão de Najib acertou a irmã na face. A cabeça de Misha virou com tudo para o lado. O chá escaldante queimou sua mão e o pulso; a caneca se estilhaçou sobre os tapetes quando ela se esparramou aos pés dele. Os olhos de Najib, de um preto profundo contra o rosto luminoso, a fuzilavam, enquanto ela erguia a mão para cobrir a bochecha que formigava. Sabia que ousara falar demais. De joelhos, juntou os cacos da caneca em silêncio, enxugando a poça de chá com a bainha da túnica.

— Sayyid veio até mim esta manhã — disse Najib enquanto a observava. — Estava reclamando de novo. Disse que você não é uma esposa dedicada.

— Sayyid é um porco gordo — Misha respondeu, embora não olhasse para cima.

— Ele me disse que precisa se forçar para tê-la.

— Ele não precisa fazer isso por *mim*.

O rosto de Najib fechou-se numa expressão raivosa, e ele fez um som de repulsa.

— *Bah!* Sayyid lidera meu exército. É a estratégia dele que varrerá o *kafir* de volta para o mar. Alá deu a ele o corpo de um deus e a mente de um conquistador, e ele presta obediência a mim. Por isso dei você para ele. O Corão diz: "Os homens têm autoridade sobre as mulheres, porque Alá fez um superior ao outro. Boas mulheres são obedientes". Você faz troça com o dom de Nur al-Allah.

— Nur al-Allah não devia entregar aquilo que o completa. — Nesse momento, os olhos dela se ergueram, desafiando-o, enquanto suas mãos pequeninas cobriam as lascas de louça. — Estávamos juntos no ventre, irmão. Foi desse jeito que Alá nos fez. Ele o tocou com Sua luz e Sua voz, e Ele me deu o dom de Sua visão. Você é Sua boca, o profeta; eu sou Sua visão do futuro. Não seja tolo a ponto de cegar a si mesmo. Seu orgulho o derrotará.

— Então, ouça as palavras de Alá e seja humilde. Fique feliz que Sayyid não insista no *purdah* contra você... ele sabe que você é Kahina, por isso não força seu isolamento. Nosso pai nunca devia tê-la enviado a Damasco para ser educada; a contaminação dos incrédulos é insidiosa. Misha, faça Sayyid contente porque isso vai me deixar contente. Meu desejo é o desejo de Alá.

— Apenas às vezes, Irmão... — Ela fez uma pausa. Seu olhar ficou distante, os dedos se fecharam. Ela gritou quando a porcelana cortou-lhe a palma da mão. O sangue escorria brilhante pelos cortes superficiais. Misha balançou, gemendo, e então o olhar dela se concentrou mais uma vez.

Najib deu um passo para mais perto dela.

— O que é? O que você viu?

Misha abraçou a mão machucada contra o peito, suas pupilas dilatadas com a dor.

— Tudo o que importa é o que te toca, Najib. Não importa que eu me machuque, ou que odeie meu marido, ou que Najib e sua irmã Misha tenham se perdido nos papéis que Alá lhes reservara. Tudo o que importa é o que Kahina pode dizer a Nur al-Allah.

— Mulher... — Najib disse, como se a alertasse. A voz tinha uma profundidade urgente, um timbre que fez a cabeça de Misha se erguer e a fez abrir a boca para começar a falar, obedecer sem pensar. Ela estremeceu, como se o vento lá de fora a tocasse.

— Não use seu dom em mim, Najib — disse ela com voz rascante. A voz soava áspera contra aquela do seu irmão. — Não estou aqui para suplicar. Obrigue-me com tanta frequência com a língua de Alá e você poderá descobrir um dia que os olhos de Alá foram tomados de você pelas minhas próprias mãos.

— Então, *seja* Kahina, Irmã — Najib respondeu, mas era apenas sua própria voz. Observou enquanto ela foi até uma arca embutida, pegou um pedaço de pano e, lentamente, enrolou a mão. — Diga apenas o que acabou de ver. Foi a visão da *jihad*? Você me viu segurando o cetro do Califa novamente?

Misha fechou os olhos, trazendo de volta a imagem do rápido sonho acordado.

— Não — ela lhe disse. — Essa foi nova. Ao longe eu vi um falcão contra o sol. Quando o pássaro voou mais próximo, percebi que ele segurava uma centena de pessoas que se contorciam entre suas garras. Um gigante estava em pé, embaixo de uma montanha, e segurava um arco nas mãos. Ele soltou uma flecha no pássaro, e o falcão ferido gritou, enfurecido. As vozes daqueles que ele segurava também berravam. O gigante havia encaixado uma segunda flecha, mas o arco começou a se retorcer em suas mãos, então a flecha acabou acertando o peito do próprio gigante. Vi o gigante cair... — Os olhos dela se abriram. — Foi isso.

Najib olhou com uma expressão de raiva. Passou a mão reluzente sobre os olhos.

— O que isso significa?

— Não sei o que significa. Alá me dá os sonhos, mas nem sempre a compreensão. Talvez o gigante seja Sayyid...

— Foi apenas um sonho seu, não de Alá. — Najib afastou-se dela, e Misha sabia que ele estava nervoso. — Sou o falcão que segura os fiéis — disse ele. — Você é o gigante, grande porque pertence a Sayyid, que também é grande.

Alá lembrou a você a consequência do desacato. — Ele se desviou do olhar de Misha, fechando as persianas da janela contra o sol brilhante do deserto.

Lá fora, os muezins chamavam da mesquita do vilarejo: *A shhadu allaa alaha illa llah* — Alá é grande. Sou testemunha de que não existe Deus além de Alá.

— Tudo o que você quer é sua conquista, o sonho da *jihad*. Você quer ser o novo Maomé — Misha retrucou com maldade. — Você não aceitará outra interpretação.

— *In sha'allah* — Najib respondeu. Se Alá assim o desejar. Ele se recusa a encará-la. — Alá visitou algumas pessoas com Seu terrível Flagelo, mostrando a elas seus pecados com sua carne apodrecida e retorcida. Outros, como Sayyid, Alá favoreceu, dando-lhes um dom. Cada qual recebeu o que devia. Ele escolheu a *mim* para liderar os fiéis. Apenas eu *devo* fazê-lo. Tenho Sayyid, que guia meus exércitos, e combato também com agentes ocultos, como al-Muezzin. Você também liderará. Você é Kahina e também é Fqihas, aquela que as mulheres buscam como guia.

A Luz de Alá voltou-se para o recinto. Na penumbra por trás das cortinas, ele era uma presença espectral.

— E como eu cumpro o desejo de Alá, *você* precisa cumprir os meus.

Segunda-feira, 1º de dezembro de 1986, Nova York:

A coletiva de imprensa estava um caos.

O senador Gregg Hartmann finalmente escapou para um canto vazio atrás de uma das árvores de Natal, com sua mulher, Ellen, e seu assistente, John Werthen. Gregg examinou a sala com um franzir de testa diferente. Balançou a cabeça na direção do ás do Departamento de Justiça, Billy Ray — o Carnifex —, e para o homem da segurança governamental, que tentava se juntar a eles, acenando de volta.

Gregg havia passado a última hora defendendo-se de repórteres, sorrindo de forma indiferente para câmeras de vídeo e piscando com a constante tempestade luminosa dos flashes eletrônicos. A sala estava barulhenta, com perguntas sendo gritadas e os cliques e zumbidos das Nikons de alta velocidade. Os alto-falantes de teto tocavam músicas natalinas.

O contingente principal de imprensa estava agora reunido ao redor do Dr. Tachyon, de Crisálida e Peregrina. O cabelo vermelho de Tachyon reluzia como um farol na multidão; Peregrina e Crisálida pareciam competir para ver quem poderia fazer a pose mais provocante diante das câmeras. Ao lado, Jack Braun — Golden Boy, o Judas dos Ases — era sumariamente ignorado.

A aglomeração se dissipara um pouco desde que a equipe de Hiram Worchester, do Aces High, pusera as mesas do buffet; alguns jornalistas faziam pedidos incessantes em torno das bandejas bem-servidas.

— Desculpe, chefe — John falou à altura do ombro de Gregg. Mesmo na sala fria, o assistente transpirava. Luzes pisca-pisca de Natal refletiam em sua testa suada: vermelho, em seguida azul, depois verde. — Alguém na equipe do aeroporto pisou na bola. Não era para ser esse tipo de boca livre. Eu disse a eles que queria a imprensa aqui dentro *depois* que vocês já estivessem instalados. Eles fariam algumas perguntas, então... — Deu de ombros. — Assumo a culpa. Deveria ter checado para ver se tudo estava de acordo.

Ellen lançou um olhar fulminante para John, mas não disse nada.

— Se John estiver pedindo desculpas, faça-o rastejar primeiro, senador. Que bagunça. — Essa observação foi um sussurro no ouvido de Gregg; sua outra assistente de longa data, Amy Sorenson, estava circulando pela multidão como membro do pessoal da segurança. Seu rádio bidirecional estava ligado diretamente ao receptor sem fio no ouvido de Gregg. Ela lhe passava informações, dava nomes ou detalhes relacionados às pessoas que ele encontrava. A memória de Gregg para nomes e rostos era muito boa, mas Amy era um reforço excelente. Por isso, Gregg raramente deixava de dar um cumprimento pessoal àqueles que o cercavam.

O medo de John pela fúria de Gregg era de um roxo brilhante e pulsante no meio da confusão de suas emoções. Gregg conseguia sentir a aceitação plácida e embotada de Ellen, levemente colorida pelo tédio.

— Tudo bem, John — disse Gregg com suavidade, embora por dentro estivesse borbulhando. Aquele seu lado, que ele chamava de Titereiro, contorcia-se sem parar, implorando para ser solto e brincar com as emoções que desciam em cascatas naquela sala. *Metade deles são nossas marionetes, controláveis. Olhe, lá está o Padre Lula perto da porta, tentando se livrar daquela repórter. Sente a angústia escarlate, mesmo quando ele sorri? Ele adoraria deslizar para longe e é educado demais para fazê-lo. Poderíamos aumentar aquela frustração até virar ódio, fazê-lo xingar a mulher. Poderíamos fazer isso. Bastaria uma cutucadinha...*

Mas Gregg não poderia fazer aquilo, não com ases reunidos ali, aqueles que Gregg não ousava tentar controlar porque tinham capacidades mentais, ou porque simplesmente achava a perspectiva arriscada demais: Golden Boy, Fantasia, Mistral, Crisálida. E aquele que mais temia: Tachyon. *Se tivessem a mais leve ideia da existência do Titereiro, se soubessem o que fiz para alimentá-lo, Tachyon os teria colocado em cima de mim como uma matilha, do jeito que fez com os Maçons.*

Gregg respirou fundo. O canto onde estavam cheirava a pinheiro.

— Obrigado, chefe — John estava dizendo. Seu medo recuava. Do outro lado da sala, Gregg viu o Padre Lula finalmente se livrar da repórter e caminhar de forma pesada e lastimável sobre os tentáculos até o buffet de Hiram. A repórter viu Gregg e lançou-lhe um olhar estranho, penetrante. Ela caminhou a passos largos em sua direção.

Amy também vira aquela movimentação.

— Sara Morgenstern, correspondente do *Post* — ela sussurrou no ouvido de Gregg. — Pulitzer em 1976 por seu trabalho na Grande Revolta do Bairro dos Curingas. Coautora do artigo indecente sobre o CRISE-A na *Newsweek* de julho. Também mudou a aparência. Está completamente diferente.

O alerta de Amy assustou Gregg — ele não a reconhecera. Gregg lembrava-se do artigo; ele terminava pouco antes de se tornar difamação, insinuando que Gregg e os ases do CRISE-A estavam envolvidos na ocultação de fatos por parte do governo sobre o ataque da Mãe do Enxame. Ele se lembrava de Morgenstern dos vários eventos de imprensa, sempre com perguntas duras, um tom ferino na voz. Poderia tê-la feito de marionete, apenas por maldade, mas ela nunca havia se aproximado dele. Sempre que estiveram nos mesmos locais, ela se manteve bem distante.

Agora, vendo-a se aproximar, ele congelou por um instante. Ela havia mudado mesmo. Sara sempre fora magra, quase uma menina. Aquilo estava acentuado naquela noite; vestia calças pretas justas e uma blusa colada. Havia tingido o cabelo loiro e sua maquiagem acentuava as maçãs do rosto e os olhos grandes e azuis bem claros. Ela parecia perturbadoramente familiar.

De repente, Gregg gelou de medo.

Por dentro, o Titereiro uivava pela lembrança de uma perda.

— Gregg, tudo bem? — A mão de Ellen pousou em seu ombro. Gregg estremeceu ao toque da esposa, sacudindo a cabeça.

— Estou bem — disse ele de modo brusco. Vestiu o sorriso profissional, saindo daquele canto. Ellen e John o flanqueavam numa coreografia ensaiada. — Srta. Morgenstern — disse Gregg de forma calorosa, estendendo a mão e forçando sua voz a apresentar uma calma que não sentia. — Creio que conhece John, mas minha esposa, Ellen...?

Sara Morgenstern acenou brevemente na direção de Ellen, mas seu olhar estava fixo em Gregg. Tinha um sorriso estranho, forçado, que parecia em parte desafio, em parte convite.

— Senador — disse ela —, espero que o senhor esteja tão ansioso por essa viagem quanto eu.

Ela pegou sua mão estendida. Sem escolha, o Titereiro usou o momento de contato. Como fazia com cada nova marionete, rastreou as vias neurais até o cérebro, abrindo as portas que, mais tarde, permitiriam que ele a acessasse a distância. Encontrou portões trancados de suas emoções, cores turbulentas rodopiando atrás deles, e ele os tocou avidamente, possessivamente. Desfez travas e pinos, escancarando a entrada.

O ódio rubro-negro que vazou de trás dos portões fez com que ele recuasse. A aversão era toda dirigida a ele. Completamente inesperada, a fúria da emoção era diferente de tudo que já havia experimentado. Sua intensidade ameaçou afogá-lo, rechaçava-o. O Titereiro arfou; Gregg se controlou para não deixar nada transparecer. Deixou a mão cair enquanto o Titereiro gemia em sua cabeça, e o medo que o tocara um momento atrás quadruplicou.

Ela parece Andrea, a Súcubo — a semelhança é assustadora. E ela me detesta. *Nossa, como ela odeia.*

— Senador? — Sara repetiu.

— Sim, estou muito ansioso pela viagem — disse ele automaticamente.

— As atitudes de nossa sociedade para com as vítimas do vírus carta selvagem pioraram no último ano. De alguma forma, pessoas como o reverendo Leo Barnett nos fazem voltar à opressão dos anos 1950. Em países menos esclarecidos, a situação é muito, muito pior. Podemos oferecer a eles compreensão, esperança e ajuda. E nós mesmos aprenderemos alguma coisa. Dr. Tachyon e eu estamos muito otimistas com essa viagem, ou não teríamos lutado tanto para que ela acontecesse.

As palavras vieram com suavidade ensaiada enquanto ele se recuperava. Podia ouvir a tranquilidade amigável em sua voz, sentia a boca se repuxar num meio sorriso orgulhoso. Mas nada daquilo o tocava. Ele mal podia evitar encarar Sara de forma grosseira. Como aquela mulher lhe lembrava Andrea Whitman, da Súcubo.

Eu a amava. Eu não pude salvá-la.

Sara parecia sentir a fascinação dele, pois inclinou a cabeça com a mesma provocação estranha.

— É também uma pequena excursão de entretenimento, uma turnê de três meses pelo mundo à custa do contribuinte. Sua esposa vai com o senhor, seus bons amigos, como Dr. Tachyon e Hiram Worchester...

Ao lado dele, Gregg sentiu a irritação de Ellen. Era treinada demais como esposa de político para reagir, mas conseguiu sentir seu repentino estado de alerta, um gato selvagem procurando uma fraqueza na sua presa. Desestabilizado, Gregg franziu a testa tarde demais.

— Estou surpreso que uma repórter com sua experiência acredite nisso, Sra. Morgenstern. Essa viagem também significa abrir mão dos feriados de fim de ano — normalmente, vou para casa após o recesso do Congresso. Significa parar em lugares que não estão exatamente na lista de recomendações do guia Fodor. Inclui reuniões, coleta de informações, infinitas coletivas de imprensa e uma tonelada de burocracia que eu certamente poderia não assumir. Garanto à senhorita que não será uma viagem de lazer. Terei mais a fazer do que observar procedimentos e mandar telegramas de mil palavras para cá todos os dias.

Ele sentiu o ódio escuro inchando dentro dela, e o poder nele ansiando por ser utilizado. *Deixe-me pegá-la. Deixe-me abafar aquele fogo. Arrancar esse ódio e dizer para você o que ela sabe. Desarmá-la.*

Ela é toda sua, respondeu ele. O Titereiro tomou a frente. Gregg havia encontrado ódio antes, centenas de vezes, mas nenhum jamais concentrado nele. Ele achou o controle da emoção vago e escorregadio; o ódio dela impulsionava seu controle como uma entidade palpável, viva, mantendo o Titereiro afastado.

Que diabos ela está escondendo? O que causou tudo isso?

— O senhor parece muito na defensiva, senador — disse Sara. — Ainda assim, um repórter não consegue evitar pensar que o principal objetivo da viagem, especialmente para um potencial candidato à presidência em 1988, poderia estar finalmente apagando lembranças de uma década atrás.

Gregg não conseguiu evitar o suspiro: *Andrea, Súcubo*. Sara riu ironicamente: sorriso de predador. Ele se preparou para voltar a atacar seu ódio.

— Eu diria que a Grande Revolta do Bairro dos Curingas é uma obsessão de nós dois, senador — continuou ela, a voz tingida de uma suavidade enganosa. — Sei que era quando escrevi meu artigo sobre ela. E seu comportamento após a morte de Súcubo custou ao senhor a nomeação dos Democratas naquele ano. No fim das contas, ela era apenas uma prostituta, não era, senador?, e não valeria seu... pequeno *colapso*. — A lembrança o fez corar. — Aposto que nós dois pensamos naquele momento todos os dias desde então — Sara continuou. — Acabou de fazer dez anos, e eu *ainda* me lembro de tudo.

O Titereiro lamentava-se, recuando. Gregg estava apavorado, mergulhado no silêncio. *Meu Deus, o que ela sabe, o que ela está insinuando?*

Ele não teve tempo de formular uma resposta. A voz de Amy falou em seu ouvido de novo.

— Digger Downs está seguindo para aí às pressas, senador. Ele é da revista *Ases*, que cobre celebridades; um verdadeiro puxa-saco, se o senhor deseja saber. Acho que viu Morgenstern e imaginou que poderia captar a entrevista de uma *boa* repórter...

— E aí, pessoal — a voz de Downs intrometeu-se antes que Amy terminasse de falar. Gregg desviou o olhar de Sara por um momento para ver um homem pequeno, pálido e jovem. Downs gesticulava nervosamente, fungando como se tivesse uma congestão nasal. — Se importa se outro repórter se intrometer, querida Sara?

Downs era uma interrupção enlouquecedora, com suas maneiras grosseiras e a falsa familiaridade. Ele pareceu sentir a agitação de Gregg. Sorriu e olhou de Sara para Gregg, ignorando Ellen e John.

— Acho que eu já disse tudo que queria... por enquanto — Sara respondeu. Seus pálidos olhos azul-piscina ainda encaravam os de Gregg; seu rosto parecia infantil, com uma inocência fingida. Então, com um giro rápido, ela se afastou, partindo na direção de Tachyon. Gregg seguiu-a com o olhar.

— Essa moça está mesmo demais, não é, senador? — Downs deu uma risadinha de novo. — Mil perdões, Sra. Hartmann. Ei, deixem que eu me apresente. Sou Digger Downs, da revista *Ases*, e estarei acompanhando essa pequena aventura. Vamos nos ver bastante nos próximos meses.

Gregg, observando Sara desaparecer na aglomeração ao redor de Tachyon, percebeu que Downs o fitava de forma estranha. Com esforço, tirou sua atenção de Sara.

— Prazer em conhecê-lo — disse para Downs.

O sorriso, duro como madeira, fez suas bochechas doerem.

Do diário de Xavier Desmond

1º de dezembro, cidade de Nova York:

A jornada começa de forma nada auspiciosa. Nas últimas quatro horas, ficamos retidos na pista de decolagem no Aeroporto Internacional Tomlin, esperando liberação para decolar. O problema, fomos informados, não é aqui, mas lá embaixo, em Havana. Então, esperamos.

Nosso avião é um 747 customizado que a imprensa chamou de *Cartas Marcadas*. Toda a cabine central foi convertida segundo as nossas exigências, os assentos substituídos por um pequeno laboratório médico, uma sala de imprensa para os jornalistas da mídia impressa e um pequeno estúdio de televisão para seus pares eletrônicos. Os próprios repórteres haviam se segregado na cauda. Tomaram-na para si. Eu estava lá vinte minutos atrás e vi um jogo de pôquer em andamento. A cabine da classe executiva está cheia de assistentes, auxiliares, secretários, relações-públicas e o pessoal da segurança. A primeira classe está supostamente reservada apenas aos emissários.

Enquanto lá ficam somente 21 delegados, somos jogados para lá e para cá como ervilhas em uma lata. Mesmo aqui os guetos persistem — curingas tendem a se sentar com curingas, limpos com limpos, ases com ases.

Hartmann é o único homem a bordo que parece totalmente confortável em todos os três grupos. Ele me cumprimentou calorosamente na coletiva de imprensa e sentou-se com Howard e comigo por alguns momentos depois de estarmos a bordo, falando com honestidade sobre suas expectativas quanto à viagem. É difícil não gostar do senador. O Bairro dos Curingas votou nele em massa em cada uma de suas campanhas, desde seu mandato como prefeito, e não é de admirar — nenhum outro político trabalhou tanto tempo e tão duro para defender os direitos dos curingas. Hartmann me dá esperança, é a prova viva de que pode realmente haver confiança e respeito mútuo entre curingas e limpos. Ele é um homem decente, honrado, e, nos dias de hoje, quando fanáticos como Leo Barnett inflamam ódio e preconceitos antigos, os curingas precisam de todos os amigos que puderem conseguir nos corredores do poder.

O Dr. Tachyon e o senador Hartmann presidem a delegação em conjunto. Tachyon chegou vestido como um correspondente estrangeiro de algum *film noir* clássico, em um casacão coberto de cintos, botões e dragonas, um chapéu fedora de abas ajustáveis despreocupadamente tombado para um lado. O fedora ostenta uma pena vermelha de trinta centímetros, contudo, eu não consigo nem imaginar onde alguém consegue comprar um casacão azul-claro de veludo molhado. Uma pena que aqueles filmes de correspondentes estrangeiros eram todos em preto e branco.

Tachyon gostaria de acreditar que compartilha da falta de preconceito de Hartmann perante os curingas, mas não é verdade. Ele trabalha de forma incessante na clínica, e ninguém pode duvidar que se importa, e se importa profundamente... muitos curingas pensam que ele é um santo, um herói... ainda assim, quando se conhece o doutor há tanto tempo quanto eu, as verdades mais profundas vêm à tona. Ele não confessa, mas acredita que seus bons serviços prestados no Bairro dos Curingas são uma penitência. Esforça-se para escondê-lo, mas mesmo após todos esses anos é possível ver a repulsa em seus olhos. O Dr. Tachyon e eu somos "amigos", nos conhecemos há décadas, e acredito de todo meu coração que ele se importa comigo com sinceridade... mas nem por um segundo senti que me considera um igual, como Hartmann o faz. O senador me trata como um homem, até mesmo como um homem importante, me cortejando como faria com qualquer líder político que lhe trouxesse votos. Para o Dr. Tachyon, sempre serei um curinga.

Essa tragédia é dele, ou é minha?

Tachyon não sabe nada sobre o câncer. Um sintoma de que nossa amizade é tão doente quanto meu corpo? Talvez. Há anos ele não é meu médico pessoal. Meu médico é um curinga, bem como meu contador, meu advogado, meu corretor e, até mesmo, meu gerente de banco — o mundo mudou desde que o Chase me despediu, e, como prefeito do Bairro dos Curingas, sou obrigado a botar em prática minha marca pessoal de ação afirmativa.

Do diário de Xavier Desmond

Acabamos de ser liberados para decolar. O embarque foi encerrado, as pessoas estão afivelando os cintos de segurança. Parece que carrego o Bairro dos Curingas para onde quer que eu vá — Howard Mueller está sentado mais perto de mim, seu assento personalizado para acomodar os 2,75 m e o comprimento imenso dos seus braços. Ele é mais conhecido como Troll, e trabalha como chefe de segurança na clínica de Tachyon, mas observo que ele não se senta com Tachyon, entre os ases. Os outros três delegados curingas — Padre Lula, Crisálida e o poeta Dorian Wilde — também estão aqui, na seção central da primeira classe. É coincidência, preconceito ou vergonha que nos coloca aqui, nos assentos mais distantes das janelas? Ser um curinga faz de nós um pouco paranoicos sobre esse tipo de coisa, receio. Os políticos, tanto os norte-americanos quanto a diversidade da ONU, reuniram-se à nossa direita, os ases diante de nós (ases bem na frente, claro, claro) e à nossa esquerda. Preciso parar agora, a aeromoça me pediu que prendesse a minha mesinha.

No ar. Nova York e o Aeroporto Internacional Robert Tomlin ficaram bem para trás, e Cuba espera adiante. Pelo que ouvi, será uma primeira parada fácil e agradável. Havana é quase tão americana quanto Las Vegas ou Miami Beach, apesar de mais decadente e perigosa. Na verdade, posso ter amigos lá — alguns dos principais animadores curingas vão para os cassinos de Havana após começarem na Funhouse e no Chaos Club. Mas preciso me lembrar de ficar longe das mesas de jogo; os curingas são notoriamente azarados.

Assim que o aviso luminoso para usar o cinto de segurança apagou, diversos ases subiram para a sala de descanso da primeira classe. Posso ouvir suas risadas pairando pela escadas em espiral — Peregrina, a jovem Mistral, que parece a universitária que é quando não está com suas roupas de voo; o ruidoso Hiram Worchester e Asta Lenser, a bailarina do ABT, cujo nome de ás é Fantasia. Eles já são um grupinho bem próximo, os "engraçadinhos", para o qual nada poderia dar errado. Os meninos de ouro, e Tachyon, bem no meio deles. São os ases ou as mulheres que o atraem? Fico me perguntando. Mesmo minha querida amiga Angela, que ainda ama o homem profundamente após vinte e tantos anos, admite que o Dr. Tachyon pensa principalmente com o pênis quando o assunto é mulher.

Ainda assim, entre os ases, há os elementos discrepantes. Jones, o negro forte do Harlem (como Troll, Hiram W. e Peregrina, ele precisa de um assento personalizado, neste caso para aguentar seu peso extraordinário), está tomando uma cerveja aos poucos e lendo uma edição da *Sports Illustrated*. Radha O'Reilly está sozinha, olhando pela janela. Parece muito quieta. Billy

Ray e Joanne Jefferson, os dois ases do Departamento de Justiça que lideram nosso contingente de segurança, não são delegados e, portanto, estão sentados lá atrás, na segunda seção.

E, então, há Jack Braun. As tensões que rodopiam ao seu redor são quase palpáveis. A maioria dos delegados é educada com ele, mas ninguém é realmente amigável, e alguns deles o evitam abertamente, como Hiram Worchester. O Dr. Tachyon deixa claro que, para ele, Braun nem mesmo existe. Queria saber de quem fora a ideia de trazê-lo nesta viagem. Certamente não foi de Tachyon, e parece muito difícil, numa perspectiva política, que tenha sido Hartmann o responsável. Talvez um gesto para acalmar os conservadores sobre o CRISE-A? Ou existem ramificações que eu não considerei?

De tempos em tempos, Braun olha para cima, para a escada, como se desejasse com todo o fervor poder se juntar ao grupo feliz lá em cima, mas permanece firme em seu assento. É difícil acreditar que esse rapaz de rosto liso e cabelos loiros no casaco de safári feito sob medida é realmente o famoso Judas dos Ases dos anos 1950. Ele é da minha idade ou quase, mas mal parece ter vinte... o tipo de garoto que poderia ter levado a jovem e bela Mistral ao baile de formatura alguns anos atrás e a deixado em casa bem antes da meia-noite.

Um dos repórteres da revista *Ases*, um homem chamado Downs, esteve aqui mais cedo e tentou conseguir uma entrevista com Braun. Foi persistente, mas a recusa de Braun foi categórica, e Downs por fim desistiu. Depois, entregou-nos a última edição da *Ases* e, em seguida, deu uma volta na sala de descanso, sem dúvida para amolar outra pessoa. Não sou um leitor habitual da *Ases*, mas aceitei a revista e sugeri a Downs que sua editora considerasse uma publicação equivalente, chamada *Curingas*. Ele não ficou muito entusiasmado com a ideia.

A edição traz uma foto de capa bastante surpreendente do casco do Tartaruga delineado contra os laranjas e vermelhos do pôr do sol, com a manchete "Tartaruga — Vivo ou Morto?". O Tartaruga não fora visto desde o Dia do Carta Selvagem, em setembro, quando foi atingido por uma bomba de napalm e caiu no rio Hudson. Peças retorcidas e queimadas de sua carapaça foram encontradas às margens do rio, embora o corpo não tenha sido recuperado. Várias centenas de pessoas alegam ter visto o Tartaruga, ao amanhecer do dia seguinte, voando numa carapaça mais velha sobre o Bairro dos Curingas, mas, como desde então ele não reapareceu, alguns estão atribuindo essa visão à histeria e à vontade de que isso aconteça.

Não tenho opinião sobre o Tartaruga, embora odeie imaginar que ele esteja realmente morto. Muitos curingas acreditam que ele é um de nós, que a carapuça esconde alguma deformidade desagradável de curinga. Verdade ou não, ele tem sido um bom amigo do Bairro dos Curingas há muito, muito tempo.

Existe um aspecto nesta viagem que ninguém comenta, embora o artigo de Downs faça pensar. Talvez caiba a mim mencionar o "imencionável". A verdade é que todas aquelas gargalhadas lá em cima, na sala de descanso, têm um pouco de nervosismo, e não é por acaso que essa excursão, em discussão por tantos anos, foi organizada tão rapidamente nos últimos dois meses. Quiseram nos tirar da cidade por um tempo — não apenas os curingas, os ases também. *Especialmente* os ases, poderíamos dizer.

O último Dia do Carta Selvagem foi uma catástrofe para a cidade, e para cada vítima do vírus em todos os lugares. O nível de violência foi assustador e ocupou as manchetes do país inteiro. O assassinato ainda não solucionado do Uivador, o esquartejamento de uma criança ás no meio de uma multidão gigantesca diante do Túmulo do Jetboy, o ataque ao Aces High, a destruição do Tartaruga (ou, ao menos, da carapaça), o grande massacre no Mosteiro, onde uma dúzia de corpos foram estraçalhados, a batalha aérea pouco antes do amanhecer que iluminou todo o East Side... dias e mesmo semanas depois, as autoridades ainda não tinham certeza do número exato de mortos.

Um idoso foi encontrado literalmente incrustado em uma parede sólida de tijolos e, quando começaram a arrancá-lo de lá, descobriram que não conseguiam dizer onde terminava a carne e onde o muro começava. A autópsia revelou uma confusão apavorante dentro dele, pois seus órgãos internos fundiram-se com os tijolos que os penetraram.

Um fotógrafo do *Post* fez uma imagem daquele senhor preso na parede. Parecia tão gentil e doce. A polícia anunciou posteriormente que o idoso era um ás e, além disso, um criminoso conhecido, responsável pelas mortes de Kid Dinossauro e Uivador, pela tentativa de assassinato do Tartaruga, pelo ataque ao Aces High, pela batalha sobre East River, pelos horripilantes ritos de sangue realizados no Mosteiro e por uma série de crimes menores. Alguns ases vieram a público confirmar essa história, mas o público não parece convencido. De acordo com as pesquisas, mais pessoas acreditam na teoria da conspiração formulada pela *National Informer* — de que as mortes foram independentes, causadas por ases poderosos conhecidos e desconhecidos, executando vinganças pessoais, usando seus poderes com plena desconsideração da lei e da segurança pública, e que, na sequência, esses ases conspiraram entre si e com a polícia para encobrir suas atrocidades, jogando toda a culpa sobre um velho aleijado que, por acaso, estava convenientemente morto, claramente pelas mãos de algum ás.

Vários livros já foram anunciados, cada qual com o objetivo de explicar o que *realmente* aconteceu — o oportunismo imoral do setor editorial não conhece limites. Koch, sempre ciente dos ventos vigentes, ordenou que vários casos fossem reabertos e instruiu o IAD a investigar o papel da polícia nos eventos.

Os curingas são objetos de pena e de ódio. Os ases têm grande poder e, pela primeira vez em muitos anos, um segmento considerável do público começou a desconfiar deles e temer esse poder. Não é de admirar que demagogos como Leo Barnett ultimamente estejam se destacando de forma tão patente perante a opinião pública.

Por isso, estou convencido de que nossa turnê tenha um propósito oculto: lavar o sangue com um pouco de "tinta boa", como eles dizem, para dissipar o medo, reconquistar a confiança e tirar da cabeça de todos o Dia do Carta Selvagem.

Admito que tenho sentimentos conflitantes quanto aos ases, alguns deles definitivamente abusam de seus poderes. No entanto, como curinga, me vejo esperando desesperadamente que tenhamos sucesso... e temendo desesperadamente as consequências se não tivermos.

Animais de carga

John J. Miller

> "Da inveja, do ódio e da malícia, e de toda a falta de caridade, livrai-nos, bom Senhor."
>
> — A Litania, *Livro de Oração Comum*

Seus órgãos sexuais rudimentares eram disfuncionais, mas seus cavalos pensavam nele como um ser masculino, talvez por causa de seu corpo atrofiado e enfraquecido parecer mais masculino que feminino. O que ele pensava de si mesmo era um mistério. Nunca se comunicou sobre questões desse tipo.

Não tinha nome além daquele que tomou emprestado do folclore e foi dado a ele por seus cavalos — Ti Malice —, e ele realmente não se importava com o que o chamavam, desde que se dirigissem a ele com respeito. Gostava da escuridão porque seus olhos fracos eram excessivamente sensíveis à luz. Nunca comia porque não tinha dentes para mastigar ou língua para sentir o gosto. Nunca bebia álcool porque a bolsa primitiva que era seu estômago não conseguia digeri-lo. Sexo estava fora de cogitação.

Mas, ainda assim, desfrutava de refeições elaboradas e vinhos envelhecidos, bebidas caras e todas as variedades possíveis de experiências sexuais. Ele tinha seus cavalos.

E sempre estava buscando mais.

I.

Crisálida vivia no gueto do Bairro dos Curingas, onde era proprietária de um bar, então estava acostumada a ver cenas de pobreza e miséria. Mas o Bairro dos Curingas era um gueto no país mais rico do planeta, e Bolosse, o distrito de favelas de Porto Príncipe, a capital que se esparramava pelo litoral do Haiti, ficava em um dos mais pobres.

Fora do hospital, parecia um *set* de um filme B de terror sobre um manicômio do século XVIII. A parede de pedra ao redor estava desmoronando, a calçada de concreto que levava a ele estava apodrecendo, e o prédio em si estava sujo por anos de cocô de passarinho e sujeira acumuladas. Por dentro, era pior.

A tinta descascando e o bolor formavam desenhos abstratos nas paredes. O assoalho de madeira estalava de forma sinistra e assim que Mordecai Jones, o ás de duzentos quilos chamado de Martelo do Harlem, pisou em uma seção, o piso cedeu. Teria caído até o primeiro andar se Hiram Worchester, alerta, não tivesse rapidamente retirado dele nove décimos do seu peso. O cheiro permanente dos corredores era indescritível, mas em sua maior parte era composto pelos vários odores da morte.

Porém, muito piores, pensou Crisálida, eram os pacientes, em especial as crianças. Jaziam conformados em colchões imundos sem roupa de cama, que fediam a suor, urina e mofo, seus corpos torturados por doenças há muito tempo erradicadas nos Estados Unidos e devastados pelo inchaço da má nutrição. Observavam os visitantes passarem sem curiosidade ou compreensão, a desesperança serena preenchendo seus olhos.

Era melhor ser um curinga, ela pensou, embora odiasse o que o vírus carta selvagem tinha feito com seu corpo, tão belo no passado.

Crisálida não conseguia mais aguentar aquele sofrimento irremediável. Saiu do hospital depois de passar pela primeira ala e voltou para o comboio que os aguardava. O motorista do jipe que lhe fora alocado olhou-a com curiosidade, mas não disse nada. Cantarolava uma musiquinha feliz enquanto esperava pelos outros, às vezes cantando algumas frases estranhas em crioulo haitiano.

O sol tropical era quente. Crisálida, envolvida em uma capa inteiriça com capuz para proteger a carne e a pele delicadas dos raios solares abrasadores, observava um grupo de crianças brincando do outro lado da rua, em frente ao hospital arruinado. O suor escorria em filetes pelas suas costas, fazendo cócegas, e ela quase invejou as crianças na liberdade fresca de sua quase nudez. Pareciam estar pescando algo nas profundezas de um bueiro que corria sob a rua. Levou um tempo para Crisálida perceber o que estavam fazendo, mas quando o fez, todos os pensamentos invejosos desapareceram. Estavam tirando água do bueiro e despejando-a em panelas e latas gastas e enferrujadas. Às vezes, paravam para beber um pouco delas.

Ela desviou o olhar, pensando se ter se juntado a Tachyon naquela pequena turnê não havia sido um erro. Parecia uma boa ideia quando Tachyon a convidou. Era, no fim das contas, uma oportunidade de viajar ao redor do mundo à custa do governo, enquanto ficava lado a lado com várias pessoas importantes e influentes. Sem falar nas interessantes migalhas de informações que poderia conseguir ali. Parecia uma boa ideia naquele momento...

— Bem, minha querida, se eu não tivesse visto com meus próprios olhos, diria que você não tinha estômago para esse tipo de coisa.

Ela deu um sorriso melancólico quando Dorian Wilde acomodou-se no banco traseiro do jipe, ao lado dela. Não estava no clima para a famosa sagacidade do poeta.

— Com certeza, eu não esperava tal tratamento — ela falou, com seu culto sotaque britânico, vendo o Dr. Tachyon, o senador Hartmann, Hiram Worchester e outros ases e políticos importantes e influentes caminhar na direção das limusines que os aguardavam, ao passo que Crisálida, Wilde e outros simples curingas em viagem tinham de se virar com jipes sujos e amassados, amontoados para seguir o comboio.

— Pois deveria — disse Wilde. Era um homem grande, cujos traços delicados estavam perdendo a beleza com o inchaço. Vestia uma roupa edwardiana que precisava desesperadamente ser lavada e passada, e tinha um cheiro de sabonete líquido floral que bastava para fazer Crisálida se alegrar por estarem em um veículo aberto. Ele balançava a mão esquerda com languidez enquanto conversava e mantinha a direita no bolso do casaco. — Afinal, curingas são os pretos do mundo. — Ele apertou os lábios e olhou de relance para o motorista que, como 95 por cento da população haitiana, era negro. — Uma declaração sem ironia nesta ilha.

Crisálida agarrou o encosto do banco do motorista quando o jipe sacudiu, afastando-se do meio-fio do hospital para seguir o resto do comboio. O ar batia fresco contra seu rosto, escondido bem fundo nas dobras do capuz, mas o resto do seu corpo estava ensopado de suor. Ela sonhava com um drinque longo e gelado e um banho frio e demorado durante a hora que levou para o comboio seguir o tortuoso caminho através das ruas estreitas e sinuosas de Porto Príncipe. Quando finalmente chegaram ao Royal Haitian Hotel, ela saltou na rua quase antes de o jipe parar, ansiosa pelo frescor que aguardava no saguão, e foi instantaneamente engolida por um mar de rostos suplicantes, todos tagarelando em crioulo haitiano. Ela não conseguia entender o que os pedintes diziam, mas não precisava falar o idioma para perceber a necessidade e o desespero em seus olhos, nas roupas surradas e nos corpos frágeis, macilentos.

A aglomeração de mendigos que imploravam prendeu-a contra a lateral do jipe, e a compaixão que ela sentiu pela urgência óbvia deles submergiu no medo abastecido pelas vozes sofridas que suplicavam e as dúzias de braços finos como gravetos estendidos na sua direção.

O motorista, antes que ela pudesse dizer ou fazer alguma coisa, abaixou-se no console do jipe e agarrou uma vara longa e fina de madeira, que parecia um cabo de vassoura cortado, levantou-se e começou a sacudi-lo para os pedintes, enquanto gritava frases rápidas e rudes em crioulo.

Crisálida viu e ouviu o braço magrelo de um jovenzinho estalar no primeiro golpe. O segundo abriu o couro cabeludo de um velho, e o terceiro não acertou, pois a quase vítima conseguiu se desviar.

O motorista levantou a arma para bater de novo. Crisálida, sua habitual reserva precavida dominada pelo súbito abuso, virou-se para ele e gritou:

— Pare! Pare com isso!

E, com o movimento repentino, o capuz caiu do rosto, revelando suas feições pela primeira vez. Ou melhor, revelando quais feições Crisálida tinha.

A pele e a carne eram transparentes como vidro fino soprado, sem falha ou bolhas. Além dos músculos presos ao crânio e à mandíbula, apenas a carne dos lábios era visível. Eram almofadinhas vermelho-escuras na extensão brilhante do crânio. Os olhos, flutuando nas profundezas das cavidades oculares nuas, eram tão azuis quanto fragmentos do céu.

O motorista ficou boquiaberto. Os mendigos, cujo assédio havia se transformado em lamentos de medo, ficaram todos em silêncio de uma vez, como se um polvo invisível tivesse simultaneamente coberto a boca de cada um com seus tentáculos. O silêncio arrastou-se por meia dúzia de batidas do coração, e então um dos mendigos sussurrou um nome em uma voz suave, reverente.

— Madame Brigitte.

Esse nome passou entre os pedintes como uma invocação sussurrada, até aqueles que se amontoavam em torno dos outros veículos no comboio estavam virando o pescoço para vislumbrá-la. Ela voltou a se espremer contra o jipe, os olhares concentrados dos mendigos, medo misturado com reverência e espanto, a assustaram. Aquele quadro permaneceu por algum momento, até o motorista falar uma frase rude e gesticular com a varinha. A multidão dispersou-se de uma vez, mas não sem alguns dos pedintes lançarem para Crisálida olhares finais de admiração e pavor mesclados.

Crisálida virou-se para o motorista. Era um negro alto e magro em um paletó azul de sarja, barato e mal cortado, e uma camisa aberta no pescoço. Ele a olhou com tristeza, mas Crisálida não conseguiu realmente ler sua expressão por conta dos óculos escuros que ele usava.

— Você fala inglês? — ela perguntou para ele.

— *Oui*. Um pouco. — Crisálida conseguiu ouvir o tom pungente de medo em sua voz, e se perguntou o que causava aquilo.

— Por que você bateu neles?

Ele deu de ombros.

— Esses mendigos são camponeses. Escória do país, vêm para Porto Príncipe apelar para a generosidade das pessoas como a senhora. Eu digo a eles para irem embora.

— Falando alto e com uma vara grande na mão — disse Wilde de um jeito sarcástico do seu assento na parte de trás do jipe.

Crisálida lançou um olhar furioso para ele.

— Grande ajuda.

Ele bocejou.

— É do meu costume nunca brigar nas ruas. É tão vulgar.

Crisálida bufou, voltando-se para o motorista.

— Quem — ela perguntou — é Madame Brigitte?

O motorista deu de ombros de um jeito particularmente francês, ilustrando novamente os laços culturais que o Haiti tinha com o país do qual era politicamente independente há quase duzentos anos.

— É um *loa*, a mulher do Baron Samedi.

— Baron Samedi?

— O mais poderoso dos *loa*. É o senhor e guardião do cemitério. O guardião das encruzilhadas.

— O que é *loa*?

Ele franziu a testa, dando de ombros quase raivosamente.

— Um *loa* é um espírito, uma parte de Deus, muito poderoso e divino.

— E eu lembro essa Madame Brigitte?

Ele não disse nada, mas continuou a encará-la por trás dos óculos escuros e, apesar do calor tropical da tarde, Crisálida sentiu um arrepio descendo pelas costas. Sentiu-se nua, apesar da capa volumosa que vestia. Não era uma nudez corporal. Estava, de fato, acostumada a ficar seminua em público, como um gesto privado e obsceno ao mundo, garantindo que todos vissem o que ela via todas as vezes que se olhava no espelho. Era uma nudez espiritual que ela sentiu, como se todos que olhavam para ela tentassem descobrir quem era, tentassem adivinhar seus segredos preciosos, as únicas máscaras que possuía. Sentiu uma necessidade desesperada de se afastar de todos os olhos que a encaravam, mas não se permitiria correr deles. Foi necessária toda a coragem, toda a frieza que pudesse reunir, mas ela conseguiu caminhar para o saguão do hotel com passos precisos, comedidos.

Lá dentro estava fresco e escuro. Crisálida recostou-se numa cadeira de espaldar alto que parecia ter sido feita em algum momento do século passado e limpa em algum momento da década passada. Inspirou profunda e calmamente e deixou o ar sair devagar.

— O que foi tudo aquilo?

Ela olhou para trás para ver Peregrina observando-a com preocupação. A mulher alada estava em uma das limusines na frente da fila de carros, mas obviamente ela viu a cena paralela que girou em torno do jipe de Crisálida. As asas lindas e sedosas de Peregrina apenas acrescentavam um toque de exotismo à sua sensualidade ágil e bronzeada. *Talvez ela se indignasse fácil*, pensou Crisálida. Seu sofrimento lhe trouxe fama, notoriedade, até mesmo um programa de televisão. Mas parecia verdadeiramente preocupada, genuinamente consternada, e Crisálida sentia necessidade de companhia solidária.

Porém, não conseguia explicar para Peregrina algo que ela mesma tinha entendido apenas pela metade. Deu de ombros.

— Nada. — Olhou ao redor do saguão, que rapidamente foi preenchido com o pessoal da viagem. — Eu gostaria de desfrutar alguns momentos de paz e quietude. E uma bebida.

— Eu também — uma voz masculina anunciou antes que Peregrina pudesse falar. — Vamos encontrar um bar e eu conto alguns fatos da vida haitiana.

As duas mulheres se viraram para olhar o homem que falara aquilo. Tinha pouco mais de um metro e oitenta, e era forte. Vestia um paletó de linho branco leve, imaculadamente limpo e vincado à perfeição. Havia algo de estranho em seu rosto. As feições não se encaixavam. O queixo era longo demais, o nariz muito largo. Os olhos eram desalinhados e muito brilhantes. Crisálida conhecia-o apenas pela reputação. Era um ás do Departamento de Justiça, parte do contingente de segurança que Washington destacou para a viagem de Tachyon. O nome dele era Billy Ray. Alguém no Departamento de Justiça que tinha humor e uma educação clássica lhe deu o apelido de Carnifex. Ele gostou. Era um autêntico valentão.

— O que disse? — Crisálida perguntou.

Ray olhou ao redor do saguão, seus lábios curvados.

— Vamos encontrar um bar e conversar sobre algumas coisas. Em particular.

Crisálida olhou para Peregrina, a mulher alada leu o apelo em seus olhos.

— Importam-se se eu acompanhar? — ela perguntou.

— Ei, de forma alguma. — Ray admirava francamente suas formas ágeis e bronzeadas, e o vestido listrado em preto e branco que as exibia. Ele lambeu os lábios enquanto Crisálida e Peregrina trocavam olhares incrédulos.

O *lounge* do hotel funcionava devagar à tarde. Encontraram uma mesa vazia cercada por outras mesas vazias e fizeram os pedidos a um garçom de uniforme vermelho que não conseguia se decidir se olhava para Peregrina ou para Crisálida. Ficaram sentados em silêncio até ele voltar com as bebidas, e Crisálida tomou num gole só o copinho de amaretto que ele trouxera.

— Todos os catálogos de viagem diziam que o Haiti era um paraíso tropical — disse ela num tom que indicava sua sensação de que todos os catálogos haviam mentido.

— Eu te levo para o paraíso, gatinha — disse Ray.

Crisálida gostava quando os homens prestavam atenção nela, às vezes demais. Às vezes ela percebia que conduzia seus casos todos por motivos errados. Até mesmo Brennan (Yeoman, ela lembrava, Yeoman. Tinha de lembrar que não poderia mencionar seu nome verdadeiro) tinha se tornado seu amante porque ela forçou a barra com ele. Ela supôs que talvez gostasse mesmo era da sensação de poder, do controle que tinha quando fazia os homens virem até ela. Mas fazer com que os homens fizessem amor com ela era também, Crisálida reconheceu com o hábito da rígida autoanálise, outra maneira de punir um mundo enojado. Mas Brennan (Yeoman, droga) nunca ficou enojado. Nunca a fizera desligar as luzes antes de beijá-la, e sempre fez amor com ela com os olhos abertos e observando o coração bater, os pulmões baixarem, seu hálito preso entre os dentes cerrados com força...

O pé de Ray moveu-se embaixo da mesa, tocando o dela, tirando-a dos pensamentos no passado, do que havia acabado. Ela abriu um sorriso preguiçoso para ele, os dentes brilhantes encaixados em um crânio reluzente. Havia algo em Ray que era perturbador. Ele falava alto demais, sorria demais, e alguma parte dele, as mãos ou os pés ou a boca, sempre estava em movimento. Tinha a reputação de ser violento. Não que ela tivesse algo contra a violência — contanto que não fosse direcionada a ela. Céus, ela havia perdido a conta de todos os homens que Yeoman tinha mandado desta para a melhor desde a sua chegada na cidade. Mas, paradoxalmente, Brennan não era um homem violento. Ray, de acordo com a reputação, tinha o hábito de perder o controle. Comparado com Brennan, este era um chato autocentrado. Ela se perguntava se estaria comparando todos os homens que conhecera com o arqueiro, e sentiu uma onda de irritação e arrependimento.

— Duvido que você tenha a capacidade de me transportar para o pior e mais sombrio lugar na parte mais pobre do Bairro dos Curingas, meu querido, quanto mais para o paraíso.

Peregrina reprimiu um sorriso nervoso e desviou o olhar. Crisálida sentiu o pé de Billy se afastar enquanto a encarava com um olhar severo, perigoso. Estava prestes a dizer algo depravado quando o Dr. Tachyon interrompeu, caindo numa cadeira vazia perto de Peregrina. Ray lançou um olhar para Crisálida que lhe dizia que a observação não seria esquecida.

— Minha cara. — Tachyon curvou-se sobre a mão de Peregrina, beijou-a, e acenou com a cabeça, cumprimentando os outros. Era de conhecimento de todos que ele tinha uma queda pela glamorosa alada, mas, em seguida Crisálida refletiu, *a maioria dos homens tinha.* Tachyon, contudo, era autoconfiante o suficiente para ser determinado em sua busca, e cabeçudo o bastante para não desistir dela, mesmo depois de numerosas recusas educadas por parte de Peregrina.

— Como foi a reunião com o Dr. Tessier? — Peregrina perguntou, retirando a mão delicadamente do aperto de Tachyon quando ele não mostrou intenção de largá-la por si só.

Tachyon franziu a testa, desapontado com a persistente frieza de Peregrina ou pela lembrança de sua visita ao hospital haitiano. Crisálida não conseguiu dizer.

— Horrível — ele murmurou —, simplesmente horrível. — Ele pescou o olhar de um garçom e acenou para ele. — Me traga alguma coisa gelada, com muito rum. — Olhou ao redor da mesa. — Alguém mais?

Crisálida tocou a unha pintada de vermelho — parecia uma pétala de rosa flutuando sobre o osso — no copo vazio de bebida.

— Sim. E mais um...?

— Amaretto.

— Amaretto para a dama aqui.

O garçom chegou hesitante até Crisálida e pegou o copo que estava diante dela, sem fazer contato visual. Ela conseguia sentir o medo dele. Era engraçado, de certa forma, que alguém pudesse ter medo dela, mas isso também a deixava enraivecida, quase tanto quanto a culpa nos olhos de Tachyon todas as vezes que olhava para ela.

Tachyon correu os dedos de forma teatral por seus cabelos longos, ruivos e encaracolados.

— Não houve muita incidência do vírus carta selvagem pelo que eu pude ver. — Ele ficou em silêncio, suspirou fundo. — E o próprio Tessier não estava muito preocupado com isso. Mas o resto... pelo Ideal, o resto...

— Como assim? — Peregrina perguntou.

— Você esteve lá. Aquele hospital estava lotado como um bar do Bairro dos Curingas numa noite de sábado, e era tão higiênico quanto. Pacientes com tifo estavam cara a cara com tuberculosos, doentes com elefantíase e pacientes com AIDS, e com outros que sofrem de uma centena de doenças que já foram erradicadas em todo o mundo civilizado. Enquanto eu conversava em particular com o administrador do hospital, a eletricidade caiu duas vezes. Tentei ligar para o hotel, mas os telefones não funcionavam. O Dr. Tessier me disse que estão com pouco sangue, antibióticos, analgésicos, e quase todos os remédios. Felizmente, Tessier e muitos outros médicos são mestres em utilizar as propriedades medicinais da flora nativa haitiana. Tessier me mostrou uma coisa ou duas que ele fez com a destilação de ervas comuns e foi incrível. De fato, alguém deveria escrever um artigo sobre as drogas que eles inventaram. Algumas das suas descobertas merecem grande atenção do mundo lá fora. Mas, apesar de todos os esforços, de toda a sua dedicação, ainda estão perdendo a batalha.

O garçom trouxe a bebida de Tachyon em um copo alto e delgado, enfeitado com fatias de fruta fresca e um guarda-chuvinha de papel. Tachyon jogou fora a fruta e o guarda-chuvinha e engoliu metade da bebida em um gole.

— Eu nunca tinha visto tanta miséria e sofrimento.

— Bem-vindo ao Terceiro Mundo — disse Ray.

— É mesmo — Tachyon terminou a bebida e fitou Crisálida com seus olhos lilases.

— Agora, o que foi aquela confusão na frente do hotel?

Crisálida ergueu os ombros.

— O motorista começou a bater nos mendigos com uma vara…

— Um *cocomacaques*.

— Perdão? — disse Tachyon, virando-se para Ray.

— Chama-se *cocomacaques*. É um bastão de caminhada, untado com óleo. Duro como uma barra de ferro. Uma arma realmente perigosa. — Havia um tom de aprovação na voz de Ray. — Os Tonton Macoute andam com elas.

— O quê? — as três vozes perguntaram ao mesmo tempo.

Ray deu um sorriso superior de conhecimento.

— Tonton Macoute. É como os camponeses os chamam. Basicamente, significa "bicho-papão". Oficialmente, chamam-se VSN, os *Volontaires de la Sécurité Nationale*. — Ray tinha um sotaque terrível. — São a polícia secreta de Duvalier, liderada por um homem chamado Charlemagne Calixte. Ele é preto como uma mina de carvão à meia-noite e feio como o diabo. Alguém tentou envená-lo uma vez. Ele sobreviveu, mas isso marcou seu rosto terrivelmente. Ele é a única razão de Baby Doc ainda estar no poder.

— Duvalier mandou seus agentes secretos servirem de choferes para nós? — Tachyon perguntou, surpreso. — Para quê?

Ray olhou-o como se ele fosse uma criança.

— Para poderem nos observar. Eles observam todo mundo. É o trabalho deles. — Ray soltou uma gargalhada repentina, quase um latido. — São fáceis demais de identificar. Todos usam óculos de sol e paletós azuis. Uma espécie de distintivo de serviço. Tem um bem ali.

Ray apontou para o canto do *lounge*. O Tonton Macoute estava sentado numa mesa vazia, uma garrafa de rum e um copo cheio até a metade a sua frente. Mesmo com a luz fraca do *lounge*, estava com óculos escuros, e seu paletó azul era tão desmazelado quanto o de Dorian Wilde.

— Vou verificar isso — disse Tachyon com voz de ultraje. Ele começou a se erguer, mas voltou à cadeira quando um homem grande e com expressão raivosa entrou no *lounge* e caminhou a passos largos até a mesa deles.

— É ele — Ray sussurrou. — Charlemagne Calixte.

Não precisava lhes dizer. Calixte era negro, maior e mais largo do que a maioria dos haitianos que Crisálida tinha visto até então, e mais feio também. Seu cabelo curto e bizarro era salpicado de branco, os olhos escondidos atrás de óculos escuros, e a pele enrugada pelas cicatrizes que subiam pelo lado direito do rosto. Sua postura e seu comportamento irradiavam força, confiança e eficiência implacável.

— *Bon jour*. — Ele fez uma mesura pequena e precisa. A voz era um rouquejar profundo, sinistro, como se o veneno tivesse comido o lado do rosto e também afetado sua língua e o palato.

— *Bon jour* — Tachyon respondeu por todos, curvando-se precisamente um milímetro a menos do que Calixte.

— Meu nome é Charlemagne Calixte — disse ele em um tom áspero, pouco mais alto do que um sussurro. — O presidente vitalício Duvalier me encarregou de cuidar de sua segurança enquanto os senhores estiverem visitando nossa ilha.

— Junte-se a nós — Tachyon sugeriu, indicando a última cadeira vazia.

Calixte balançou a cabeça tão precisamente como tinha feito a mesura.

— Infelizmente, Monsieur Tachyon, não posso. Tenho um compromisso importante agora à tarde. Passei por aqui apenas para garantir que tudo esteja bem após o infeliz incidente na frente do hotel. — Enquanto falava, olhava diretamente para Crisálida.

— Está tudo bem — Tachyon garantiu para ele antes que Crisálida pudesse falar. — O que quero saber, contudo, é por que os Tomtom...

— Tonton — disse Ray.

Tachyon olhou-o de relance.

— Claro. Os Tonton sei lá o quê, seus homens, estão nos vigiando.

Calixte lançou um olhar de surpresa educada.

— Para protegê-los exatamente do tipo de coisa que aconteceu no início da tarde.

— Me proteger? Ele não estava me protegendo — disse Crisálida. — Ele estava espancando mendigos.

Calixte encarou-a.

— Podem ter parecido mendigos, mas muitos elementos indesejáveis vieram para a cidade. — Ele olhou ao redor do salão quase vazio, então grunhiu um sussurro quase ininteligível — Os senhores sabem, elementos comunistas. Estão infelizes com o regime progressista do presidente vitalício Duvalier e ameaçaram derrubar seu governo. Sem dúvida que esses "mendigos" eram agitadores comunistas tentando provocar um incidente.

Crisálida ficou quieta, percebendo que nada que dissesse faria qualquer diferença. Tachyon também parecia incomodado, mas decidiu não continuar no assunto desta vez. No fim das contas, ficariam apenas mais um dia no Haiti antes de partir para a República Dominicana, no outro lado da ilha.

— Também estou aqui para informar aos senhores — disse Calixte com um sorriso tão feio quanto suas cicatrizes — que o jantar hoje à noite, no Palais National, será um evento formal.

— E depois do jantar? — Ray perguntou, medindo abertamente Calixte com seu olhar franco.

— Desculpe?

— Tem algo planejado para depois do jantar?

— Mas claro. Vários tipos de diversão foram organizados. Tem compras no Marché de Fer, o Mercado de Ferro, para artesanato produzido aqui. O Musée National ficará aberto até mais tarde para aqueles que quiserem explorar nossa herança cultural. Os senhores sabem — disse Calixte —, temos em nosso acervo a âncora do *Santa Maria*, que foi lançada em nossa costa durante a primeira expedição de Colombo ao Novo Mundo. Também, claro, foram planejadas celebrações em várias de nossas boates mundialmente famosas. E para aqueles interessados em um dos costumes locais mais exóticos, foi organizado um passeio a um *hounfour*.

— *Hounfour?* — Peregrina quis saber.

— *Oui.* Um templo. Uma igreja. Uma igreja vodu.

— Parece interessante — disse Crisálida.

— Deve ser mais interessante do que olhar para âncoras — disse Ray, indiferente.

Calixte sorriu, seu bom humor não ultrapassava seus lábios.

— Como quiser, monsieur. Preciso ir agora.

— E os policiais? — Tachyon perguntou.

— Eles continuarão a protegê-los — disse Calixte com desdém e saiu.

— Eles não têm com que se preocupar — disse Ray —, ao menos enquanto eu estiver por perto.

Fez uma pose conscientemente heroica e olhou para Peregrina, que baixou o olhar para o drinque.

Crisálida desejou ter tanta confiança quanto Ray. Havia algo inquietante sobre o Tonton Macoute que estava sentado no canto do *lounge*, observando-os por trás de seus óculos escuros com a paciência imperturbável de uma serpente. Algo malévolo. Crisálida não acreditou que estivesse ali para protegê-los. Nem por um único e solitário segundo.

Ti Malice gostava especialmente das sensações associadas ao sexo. Quando tinha vontade de experimentar uma sensação dessas, em geral montava em uma mulher, porque, no geral, as mulheres conseguiam manter um estado de prazer, principalmente as adeptas da autoestimulação, por muito mais tempo do que as montarias do sexo masculino conseguiam. Claro, havia matizes e nuances da sensação sexual, algumas tão sutis quanto a seda puxada sobre mamilos sensíveis, alguns tão flagrantes quanto um orgasmo explosivo arrancado de um homem sufocado, e diferentes cavalos eram adeptos de práticas distintas.

Naquela tarde, ele não queria nada especialmente exótico, então agarrou-se a uma jovem que tinha um tato particularmente sensível e iria satisfazê-la satisfazendo-se, quando seu cavalo chegou para fazer o relato.

— Todos estarão no jantar hoje à noite, e então o grupo vai se separar para várias atividades de lazer. Não seria difícil conseguir um deles. Ou mais.

Ele conseguiu entender o relato do cavalo bem o suficiente. Era, no fim das contas, o mundo deles, e ele precisava fazer alguns ajustes, como aprender a associar significado com os sons que saíam dos seus lábios. Não conseguia responder verbalmente, claro, mesmo se quisesse. Primeiro, sua boca, língua e palato não eram formados para tanto e, segundo, sua boca ficava, e sempre ficara, presa ao lado do pescoço de seu cavalo, com o tubo estreito e oco de sua língua mergulhado em sua artéria carótida.

Mas ele conhecia seus cavalos bem e conseguia ler suas necessidades facilmente. O cavalo que trazia o relato, por exemplo, tinha duas. Seus olhos ficavam presos na nudez ágil da fêmea enquanto ela se satisfazia, mas também tinha necessidade do beijo dele.

Ele bateu a mão pálida e magra, e o cavalo avançou avidamente, deixando cair as calças e escalando a mulher. A fêmea soltou um grunhido explosivo quando ele a penetrou.

Ele forçou uma corrente de saliva para baixo da língua e na direção da carótida do cavalo, selando a abertura nele, então subiu, vacilante, como um macaco frágil e debilitado, para a garupa do macho, passou os braços pelos ombros e conectou a língua bem embaixo da massa de pele com cicatrizes na lateral do pescoço.

O macho grunhiu com mais do que prazer sexual enquanto ele enterrava a língua, sugando um pouco de sangue do cavalo para seu corpo a fim de obter oxigênio e nutrientes que precisava para viver. Cavalgou as costas do homem enquanto o homem cavalgava a mulher, e todos os três estavam ligados em cadeias de prazer indescritível.

E quando a carótida da fêmea rompeu-se inesperadamente, como às vezes acontece, lavando os três com jatos pulsantes de sangue brilhante, morno, grudento, eles continuaram. Foi uma experiência das mais excitantes e prazerosas. Quando acabou, ele percebeu que sentiria falta da fêmea — tinha sido a pele mais incrivelmente sensível —, mas sua sensação de perda era diminuída pela ânsia.

Ânsia por novos cavalos, e as capacidades extraordinárias que eles tinham.

II.

O Palais National dominava a extremidade norte de uma praça aberta e ampla próxima ao centro de Porto Príncipe. Seu arquiteto copiou o desenho do Capitólio de Washington, D.C., dando-lhe o mesmo pórtico com colunatas, a longa fachada branca e a cúpula central. Voltado para ele na extremidade sul da praça havia o que parecia, e de fato era, um quartel militar.

A parte de dentro do Palais contrastava imensamente com tudo que Crisálida tinha visto no Haiti. A única palavra para descrevê-lo era opulento. Os tapetes eram felpudos, a mobília e os enfeites no corredor eram acompanhados por guardas ricamente uniformizados, os candelabros pendurados dos altos tetos abaulados eram do cristal mais fino.

O presidente vitalício Jean-Claude Duvalier e sua esposa, Madame Michele Duvalier, estavam esperando em uma fila de recepção com outros dignitários e funcionários do alto escalão haitianos. Baby Doc Duvalier, que herdou o Haiti em 1971 quando seu pai, François "Papa Doc" Duvalier, morreu, parecia um garoto gordo que cresceu demais para o smoking apertado. Crisálida achou que parecia mais petulante do que inteligente, mais ambicioso do que perspicaz. Era difícil imaginar como conseguia manter o poder em um país que estava obviamente à beira da ruína completa.

Tachyon, vestindo um ridículo paletó de veludo molhado de cor pêssego, estava ao lado dele, apresentando Duvalier aos membros de sua comitiva. Quando chegou a vez de Crisálida, Baby Doc tomou a mão dela e olhou-a com a fascinação de garoto com brinquedo novo. Murmurou algo educadamente em francês e continuou a encará-la enquanto Crisálida movia-se pela fila.

Michele Duvalier estava em pé ao lado dele. Tinha a aparência delicada e elegante de uma modelo de alta-costura. Era alta, magra e de pele muito clara. Sua maquiagem era perfeita, seu vestido de última moda deixava os ombros à mostra, e usava muitas joias caras, espalhafatosas, nas orelhas, garganta e pulsos. Crisálida admirava a riqueza com a qual ela estava vestida, mas não seu gosto.

Ela recuou um pouco quando Crisálida aproximou-se e meneou a cabeça um milímetro frio e preciso, sem oferecer a mão. Crisálida esboçou uma reverência abreviada e prosseguiu pensando: "*vadia*".

Calixte, exibindo a alta posição que gozava no regime de Duvalier, era o próximo. Não disse nada para ela e não fez nada que mostrasse ter percebido sua presença, mas Crisálida sentiu seu olhar penetrante nela durante toda a fila de cumprimentos. Era uma sensação extremamente inquietante e, conforme percebeu Crisálida, mais uma amostra do carisma e do poder que Calixte exercia. Ela se perguntou por que ele permitia que Duvalier andasse por aí como autoridade simbólica.

O restante da fila de recepção foi um borrão confuso de rostos e apertos de mão. Terminou em uma porta que levava para a sala de jantar cavernosa. As toalhas na longa mesa de madeira eram de linho, os talheres eram de prata, as peças de centro eram ramalhetes fragrantes de orquídeas e rosas. Quando foi acompanhada até o seu lugar, Crisálida percebeu que ela e os outros curingas, Xavier Desmond, Padre Lula, Troll e Dorian Wilde foram jogados no fim da mesa. Correu o boato de que Madame Duvalier havia definido seus lugares o mais longe dela possível para que sua aparência não lhe arruinasse o apetite.

Contudo, enquanto o vinho estava sendo servido com o prato de peixe (*Pwason rouj*, chamou o garçom, pargo-vermelho servido com vagem fresca e batatas fritas), Dorian Wilde levantou-se e recitou uma ode improvisada, calculadamente exagerada em louvor a Madame Duvalier, todo o tempo gesticulando com a massa de tentáculos que se torcia, retorcia e pingava, e que era sua mão direita. Madame Duvalier ficou esverdeada, apenas um pouco menos biliosa que o muco que pingava dos tentáculos de Wilde, e foi vista comendo muito pouco dos próximos pratos. Gregg Hartmann, sentado perto de Duvalier e outros figurões, despachou seu dobermann de estimação, Billy Ray, para escoltar Wilde de volta à sua cadeira, e o jantar continuou de forma mais suave, menos interessante.

Quando a última das bebidas pós-jantar foi servida e a festa começou a se dividir em pequenos grupos de conversa, Digger Downs aproximou-se de Crisálida e enfiou a câmera no rosto dela.

— Que tal um sorriso, Crisálida? Ou devo dizer Debra Jo? Talvez você queira dizer aos meus leitores por que uma mulher vinda de Tulsa, Oklahoma, tem sotaque britânico.

Crisálida deu um sorriso hesitante, mantendo distante do rosto o choque e a raiva que sentiu. Ele sabia quem ela era! O homem havia fuçado seu passado, descoberto seu segredo mais profundo, se não o mais vital. Como ele fez aquilo, ela se perguntou, e o que mais sabia? Olhou ao redor, mas parecia que ninguém mais prestava atenção neles. Billy Ray e Asta Lenser, a ás bailarina com o codinome Fantasia, estavam mais próximos deles, mas pareciam absortos em seu pequeno confronto pessoal. Billy estava com a mão em suas costas esbeltas e a puxava para perto. Ela lançou um sorriso lento, enigmático para ele. Crisálida voltou-se para Digger, mantendo de alguma forma a raiva que sentia longe da voz.

— Não faço ideia do que você está dizendo.

Digger sorriu. Era um homem desgrenhado, amarelado. Crisálida fizera alguns acordos com ele no passado e sabia que era um intrometido inveterado que não deixava escapar uma história, especialmente se tivesse um ângulo suculento, sensacionalista.

— Vamos lá, Srta. Jory. Está tudo preto no branco em sua requisição de passaporte.

Ela pôde suspirar aliviada, mas manteve a expressão fria e hostil. A requisição tinha seu nome real, mas se aquilo foi o máximo que Digger conseguiu acessar, ela estava a salvo.

Pensamentos sobre sua família correram pela sua mente, envenenando tudo. Quando garotinha, era a queridinha, com seus longos cabelos loiros e o sorriso jovem e inocente. Nada era bom demais para ela. Pôneis, bonecas, bastão de chefe de torcida, piano e aulas de dança, o pai comprava tudo para ela com o dinheiro vindo do petróleo de Oklahoma. A mãe a levava a todos os lugares, a recitais e reuniões da igreja, e a chás da sociedade. Mas quando o vírus a atingiu na puberdade e tornou sua pele e carne invisíveis, fazendo dela uma abominação ambulante, eles a trancaram numa ala da fazenda, para o bem dela, claro, e tiraram seus pôneis, colegas e todo o contato com o mundo exterior. Por sete anos ficou trancada, sete anos...

Crisálida espantou as lembranças odiosas que corriam em sua mente. Percebeu que ainda estava caminhando em terreno perigoso com Digger. Tinha de se concentrar totalmente nele e esquecer a família que ela roubara e da qual fugira.

— Essas informações são confidenciais — disse friamente a Digger.

Ele riu alto.

— Engraçado que logo você diga isso — retrucou ele, para em seguida, de repente, ficar sério com o olhar de fúria incontrolável de Crisálida. — Claro, talvez a história verdadeira do seu passado real não seja tão interessante assim para meus leitores. — Imprimiu uma expressão de reconciliação no rosto pálido. — Sei que você sabe tudo o que acontece no Bairro dos Curingas. Talvez saiba algo de interessante sobre *ele*.

Digger apontou o queixo e fez os olhos piscarem na direção do senador Hartmann.

— Que me diz? — Hartmann era um político poderoso e influente, que se preocupava muito com os direitos dos curingas. Era um dos poucos políticos que Crisálida apoiava financeiramente, porque gostava de sua plataforma, e não porque precisasse proteger seus negócios.

— Vamos para algum lugar mais reservado e falamos sobre a questão.

Digger ficou obviamente relutante em discutir sobre Hartmann abertamente. Intrigada, Crisálida olhou para o antigo relógio de lapela preso ao corpete do vestido.

— Tenho de sair em dez minutos. — Ela sorriu como um esqueleto de Halloween. — Vou ver uma cerimônia vodu. Talvez, se você puder vir comigo, poderíamos encontrar um tempo para discutir as coisas e chegar a um acordo sobre o valor noticioso do meu passado.

Digger sorriu.

— Para mim, parece ótimo. Cerimônia vodu, hein? Vão espetar alfinetes em bonecas e coisas assim? Talvez tenha algum tipo de sacrifício.

Crisálida deu de ombros.

— Não sei. Nunca estive em uma antes.

— Acha que eles se importarão se eu tirar fotos?

Crisálida sorriu com brandura, desejando estar em um terreno familiar, desejando que tivesse algo para usar nesse fofoqueiro, e perguntando-se, por trás de tudo isso, por que ele se interessava em Gregg Hartmann.

Num surto de sentimentalismo, Ti Malice escolheu um de seus cavalos mais antigos, um macho com um corpo quase tão frágil e debilitado quanto o seu, para ser sua montaria da noite. Embora a carne do cavalo fosse antiga, o cérebro encerrado nela ainda era perspicaz, e mais decidido do que qualquer outro que Ti Malice jamais encontrara. De fato, isso dizia muito sobre a própria vontade indômita de Ti Malice, pois era capaz de controlar o velho cavalo teimoso. A esgrima mental exigida para cavalgá-lo era uma experiência mais que prazerosa.

Ele escolheu a masmorra como ponto de encontro. Era uma sala silenciosa, confortável, cheia de visões, cheiros e lembranças agradáveis. A iluminação era fraca, o ar frio e úmido. Suas ferramentas favoritas, além dos restos de seus últimos parceiros na experiência, estavam espalhados em conveniente desordem. Fez o cavalo escolher uma faca de esfolar coberta de sangue e testá-la em sua palma calejada enquanto era levado por reminiscências deliciosas, até o urro no corredor lá fora anunciar a aproximação de Taureau.

Taureau-trois-graines, como ele chamava esse cavalo, era um macho imenso com um corpo robusto, com placas de músculo. Tinha uma barba longa, cheia, e tufos de pelos pretos grossos saíam pelos rasgos da sua camisa de uniforme desbotada pelo sol. Vestia calças jeans surradas, puídas, e tinha uma ereção imensa e desenfreada empurrando visivelmente o tecido que cobria sua virilha. Como sempre.

— Tenho uma tarefa para você — Ti Malice fez a montaria dizer, e Taureau urrou, rodou a cabeça e coçou a virilha através do tecido da calça. — Alguns novos cavalos estarão esperando por você na estrada para Petionville. Pegue o esquadrão de *zobops* e traga-os para mim, aqui.

— Mulheres? — Taureau perguntou em um urro babão.

— Talvez — Ti Malice respondeu através do cavalo —, mas você não as terá. Mais tarde, talvez.

Taureau deu um rosnado de decepção, mas sabia que era melhor não discutir.

— Tenha cuidado — Ti Malice alertou. — Alguns desses cavalos podem ter poderes. Podem ser fortes.

Taureau soltou um relincho que fez tremer a metade do esqueleto esfarrapado que estava pendurada no nicho de parede ao lado.

— Não tão fortes quanto eu! — Ele bateu no peito volumoso com a mão calejada e áspera.

— Talvez sim, talvez não. Apenas tome cuidado. Quero todos. — Ele fez uma pausa para deixar as palavras do cavalo se assentarem. — Não falhe comigo. Se falhar, nunca terá meu beijo novamente.

Taureau mugiu alto, como um bezerro sendo levado para o matadouro, afastou-se do recinto curvando-se furiosamente e desapareceu.

Ti Malice e seu cavalo esperaram.

No momento seguinte, uma mulher entrou no recinto. Sua pele era da cor do café com leite misturado em partes iguais. Seu cabelo, grosso e desalinhado, caía até a cintura. Estava descalça e era óbvio que não vestia nada por baixo do vestido branco e fino. Os braços eram finos, os seios grandes e as pernas musculosas e flexíveis. Os olhos eram íris pretas flutuando em lagos vermelhos. Ti Malice teria sorrido ao vê-la, se pudesse, pois esta era sua montaria preferida.

— *Ezili-je-rouge* — ele sussurrou através da montaria —, você teve de esperar até Taureau sair, pois não conseguiria dividir a sala com o homem-touro e sair viva.

Ela abriu um sorriso com dentes alinhados e perfeitamente brancos.

— Poderia ser uma maneira interessante de morrer.

— Claro — Ti Malice considerou. Nunca tinha vivenciado a morte por meio do coito antes. — Mas tenho outra serventia para você. Os *blancs* que vieram nos visitar são muito ricos e importantes. Vivem nos Estados Unidos e, estou certo, têm acesso a muitas sensações interessantes, indisponíveis em nossa pobre ilha.

Ezili assentiu com a cabeça, lambendo os lábios vermelhos.

— Pus uns planos em movimento para conquistar alguns desses *blancs*, mas, para garantir meu sucesso, quero que vá até o hotel deles, pegue um dos outros e deixe-o pronto para o meu beijo. Escolha um dos fortes.

Ezili fez que sim com a cabeça.

— Vai me levar para os Estados Unidos com você? — ela perguntou, nervosa.

Ti Malice fez seu cavalo esticar a mão velha e macilenta e acariciar os seios grandes e firmes de Ezili. Ela estremeceu de prazer ao toque da mão daquele cavalo.

— Claro, minha querida, claro.

III.

— Limusine? — disse Crisálida com um sorriso gélido para o homem que sorria largo, usava óculos escuros e segurava a porta para ela. — Que ótimo. Esperava algo com tração nas quatro rodas.

Ela embarcou no banco traseiro da limusine, e Digger a seguiu.

— Eu não reclamaria — disse ele. — Não deixaram a imprensa ir a lugar algum. Você deveria ter visto o que passei para entrar de penetra no jantar. Não acho que gostem muito de repórteres… aqui…

A voz dele baixou quando se deixou cair no banco de trás ao lado de Crisálida e notou a expressão no rosto dela. Ela estava olhando fixamente para os bancos à frente deles e para os dois homens que o ocupavam.

Um era Dorian Wilde. Parecia mais do que um pouco embriagado e acariciava um *cocomaques* semelhante àquele que Crisálida tinha visto naquela manhã. A vara obviamente pertencia ao homem que estava sentado do lado dele e encarava Crisálida com um sorrisinho congelado e horrível que contorcia o rosto cheio de cicatrizes, transformando-o numa máscara mortuária.

— Crisálida, minha querida! — Wilde exclamou quando a limusine partiu noite adentro. — E a gloriosa quarta potência. Desenterrou alguma fofoca suculenta nos últimos tempos?

Digger olhou de Crisálida para Wilde e para o homem que estava sentado ao lado dele e decidiu que o silêncio seria a resposta mais apropriada.

— Que grosseiro da minha parte — Wilde continuou. — Não apresentei nosso anfitrião. Este homem agradabilíssimo tem o nome charmoso de Charlemagne Calixte. Acho que é policial ou algo assim. Ele vai conosco ao *hounfour*.

Digger acenou com a cabeça, e Calixte inclinou a sua numa mesura precisa, sem deferência alguma.

— O senhor é um adepto do vodu, Monsieur Calixte? — Crisálida perguntou.

— Isso é superstição de camponeses — ele retrucou em um grunhido áspero, tocando de forma pensativa o tecido cheio de cicatrizes que subia pelo lado direito do seu rosto. — Apesar de ver que a senhora quase faria alguém acreditar nisso.

— O que quer dizer?

— A senhora tem a aparência de um *loa*. Poderia ser a Madame Brigitte, a mulher do Baron Samedi.

— O senhor não acredita nisso, certo? — Crisálida perguntou. Calixte riu. Era uma risada rouca, como um latido, tão agradável quanto seu sorriso.

— Eu não, mas sou um homem educado. Foi a doença que causou sua aparência. Eu sei. Vi outros.

— Outros curingas? — Digger perguntou com, pensou Crisálida, seu tato habitual.

— Não sei o que o senhor quer dizer. Eu vi outras deformidades. Algumas.

— Onde estão agora?

Calixte apenas sorriu.

Ninguém mais queria falar. Digger lançava o tempo todo olhares questionadores para Crisálida, mas ela não tinha o que lhe dizer e, mesmo se tivesse qualquer suspeita do que estava acontecendo, mal poderia dizer alguma coisa abertamente na frente de Calixte. Wilde brincava com a leve bengala de Calixte e mendigava um pouco da garrafa de *clairin*, rum branco barato, que o haitiano tomava em goles frequentes. Calixte tomou metade de uma garrafa em vinte minutos e, enquanto bebia, encarava Crisálida com olhos fixos, injetados.

Crisálida, num esforço de evitar o olhar de Calixte, virou-se para fora e ficou surpresa em ver que não estavam mais na cidade, mas viajavam por uma estrada que parecia passar por dentro de uma floresta intacta, a não ser pelo próprio caminho.

— Para onde vamos? — ela perguntou a Calixte, lutando para manter o nível da voz e continuar tranquila.

Ele pegou a garrafa de *clairin* de Wilde, tomou um grande gole e deu de ombros.

— Estamos a caminho do *hounfour*. Fica em Petionville, um pequeno subúrbio logo depois de Porto Príncipe.

— Porto Príncipe não tem seus próprios *hounfours*?

Calixte abriu seu sorriso malicioso.

— Não um que tenha uma apresentação bonita.

O silêncio sobreveio novamente. Crisálida sabia que estavam enrascados, mas não conseguia entender exatamente o que Calixte queria deles. Sentia-se como um peão em um jogo que ela nem sabia estar jogando. Olhou para os outros. Digger estava com um olhar confuso ao extremo, e Wilde estava bêbado. Droga. Ela sentia mais do que nunca o fato de ter saído do Bairro dos Curingas, tão confortável e familiar, para seguir Tachyon em sua jornada maluca, inútil. Como sempre, podia confiar apenas em si. Sempre fora assim e sempre seria. Parte de sua mente sussurrava que no passado havia Brennan, mas se recusou a ouvi-la. Se testado, ele se provaria tão indigno de confiança como o restante. Com certeza.

De repente, o motorista estacionou a limusine no acostamento e desligou o motor. Ela olhou para fora, mas pouco conseguiu ver. Estava escuro e a beira da estrada era iluminada apenas por raros vislumbres da meia-lua, quando surgia ocasionalmente por trás de nuvens espessas. Parecia que tinham parado ao lado de um cruzamento, um encontro casual de vias menores que cortavam cegamente a floresta haitiana. Calixte abriu a porta do seu lado e saiu da limusine, suavemente e seguro, apesar de ter bebido quase uma garrafa de rum puro em menos de meia hora. O motorista também saiu, recostou-se ao lado da limusine e começou a bater num ritmo rápido num pequeno tambor de extremidade pontuda que havia tirado de algum lugar.

— O que está acontecendo? — Digger perguntou.

— Problema no motor — disse Calixte de forma sucinta, jogando a garrafa vazia no mato.

— E o motorista está chamando o Automóvel Clube do Haiti — Wilde, espalhado no banco traseiro, disse, dando uma risadinha. Crisálida cutucou Digger e pediu para que ele saísse. Ele obedeceu, olhando perplexo ao redor, e ela o seguiu. Não queria ficar presa no banco traseiro da limusine durante fosse lá o que acontecesse. Ao menos no lado de fora tinha a chance de correr, embora provavelmente não fosse capaz de chegar muito longe com o vestido longo até o chão e os saltos. Através da floresta. Numa noite escura.

— Diga logo — Digger falou, numa ideia repentina. — Estamos sendo sequestrados. Você não pode fazer isso. Sou repórter.

Calixte enfiou a mão no bolso do casaco e puxou um revólver pequeno e de cano curto. Apontou-o de forma negligente para Digger e falou.

— Cale a boca.

Downs obedeceu, sabiamente.

Não precisaram esperar muito. Da estrada que cruzava aquela na qual estavam, vinha um som cadenciado de pés marchando. Crisálida virou-se para olhar a estrada e viu o que parecia uma coluna de vaga-lumes subindo e descendo, seguindo na direção deles. Levou um instante, mas ela percebeu que de fato era uma tropa de homens marchando. Usavam túnicas brancas longas cuja barra varria a estrada. Cada um carregava uma vela longa e fina na mão esquerda e também estava coroado com uma vela presa na testa por um tecido que lhe circulava a cabeça, o que produzia o efeito de vaga-lume. Usavam máscaras. Eram cerca de quinze homens.

Liderando a coluna havia um homem imenso que, sem dúvida, tinha uma aparência bovina. Estava vestido com roupas baratas e surradas de camponês haitiano. Era um dos maiores homens que Crisálida já tinha visto e, assim que ele a percebeu, foi direto em sua direção. Ficou diante dela, babando e esfregando a parte dianteira da calça que, Crisálida ficou surpresa e nada feliz em ver, estava se estendendo para a frente e esticando o tecido puído dos jeans.

— Jesus — Digger murmurou. — Agora estamos lascados. Ele é um ás.

Crisálida olhou para o repórter.

— Como você sabe?

— Bem, hum, parece um, não?

Ele parecia alguém tocado pelo vírus carta selvagem, Crisálida pensou, mas isso não fazia dele necessariamente um ás. Porém, antes que pudesse continuar a questionar Digger, o homem-touro disse algo em crioulo, e Calixte rapidamente soltou um gutural *"Non"*.

O homem-touro pareceu momentaneamente disposto a contestar a aparente ordem de Calixte, mas decidiu se afastar. Continuou a fitar Crisálida furiosamente e a tocar sua ereção enquanto falava com os homens estranhamente vestidos que o acompanhavam.

Três deles avançaram e arrancaram Dorian Wilde, que protestava, do banco traseiro da limusine. O poeta olhou ao redor, desconcertado, fixou os olhos turvos no homem-touro e deu uma risadinha.

Calixte fez uma careta. Arrancou o *cocomaques* de Wilde e atacou-o com ele, cuspindo a palavra *"Masisi"* enquanto batia.

O golpe acertou onde o pescoço de Wilde encontrava o ombro, e o poeta gemeu e caiu. Os três homens que o seguravam não conseguiram aguentá-lo, e ele foi ao chão bem quando todo o inferno começou.

Os estalos, ruídos e estouros de saraivadas de armas pequenas soou da folhagem que ladeava o acostamento, e alguns dos homens estranhamente coroados com velas caíram. Outros poucos começaram a correr, embora a maioria aguentasse firme. O homem-touro berrou furioso e lançou-se na direção do matagal. Crisálida, que havia se jogado ao chão ao primeiro som de tiro, viu-o ser acertado no tronco ao menos duas vezes, mas ele nem mesmo vacilara. Ele entrou nos arbustos e, num momento, gritos agudos misturaram-se aos seus urros.

Calixte agachou-se atrás da limusine e calmamente respondeu aos tiros. Digger, como Crisálida, estava encolhido no chão, e Wilde continuava caído, gemendo. Crisálida decidiu que era hora de exercitar a melhor parte da coragem. Rastejou por baixo da limusine, xingando quando sentiu seu vestido caro se prender e rasgar.

Calixte mergulhou atrás dela. Ele agarrou seu pé esquerdo, mas arrancou apenas o sapato. Ela girou o pé, o sapato saiu, e ela se livrou. Lutou para chegar até o outro lado da limusine e rolou para o meio dos arbustos da floresta que margeavam o acostamento.

Levou alguns momentos para tomar fôlego e, em seguida, estava de pé e correndo, inclinada e mantendo-se coberta o máximo possível. Em pouco tempo estava longe do conflito, segura, sozinha e, logo percebeu, total e completamente perdida.

Devia ter seguido em paralelo à estrada, disse a si mesma, em vez de partir cegamente para dentro da floresta. Deveria ter feito um monte de coisas, como passar o inverno em Nova York e não naquela excursão insana. Mas era tarde demais para se preocupar com isso. Tudo que poderia fazer agora era seguir em frente.

Crisálida nunca imaginou que uma floresta tropical, uma selva, poderia ser tão desolada. Não via nada se mover, a não ser galhos de árvores no vento noturno, e não ouvia nada além dos sons feitos por aquele mesmo vento. Era uma sensação de solidão, pavor, especialmente para alguém acostumada a ter uma cidade ao redor de si.

Ela perdera o relógio de lapela quando se arrastou embaixo da limusine, então não tinha como calcular o tempo, senão pelo aumento das dores no corpo e pela secura da garganta. Certamente horas se passaram antes que, totalmente ao acaso, desse de cara com uma trilha. Era rudimentar, estreita e irregular, obviamente feita por pés humanos, mas encontrá-la encheu Crisálida de esperança. Era um sinal de habitação. Levava a algum lugar. Tudo que precisava fazer era segui-la e, em algum ponto, em algum momento, encontraria ajuda.

Começou a percorrer a trilha, consumida demais pelas demandas de sua situação imediata para se preocupar com os motivos de Calixte para trazê-la e aos outros até a encruzilhada, a identidade dos homens estranhamente vestidos e coroados com velas, ou mesmo para se perguntar sobre os salvadores misteriosos, se, de fato, o bando que havia emboscado seus sequestradores queria mesmo resgatá-los.

Ela caminhava pela escuridão.

Era difícil continuar. Bem no início da jornada, ela tirara o sapato direito para equilibrar o passo, e em algum momento, logo depois, ela o perdera. O chão estava cheio de galhos, pedras e outros objetos pontudos e, em pouco tempo, seus pés doíam terrivelmente. Catalogou seus infortúnios em detalhes para saber exatamente quanto extorquir de Tachyon se voltasse mesmo para Porto Príncipe.

"Se" não, ela dizia repetidamente para si mesma. Quando. Quando. Quando. Ela entoava a palavra como uma rápida canção de caminhada quando, de repente, percebeu que alguém caminhava na trilha, em sua direção. Era difícil dizer com certeza àquela luz vacilante, mas parecia um homem alto e frágil, carregando uma enxada ou uma pá ou algo sobre o ombro. Ele caminhava diretamente para ela.

Ela parou, recostou-se numa árvore próxima, e soltou um suspiro longo e aliviado. Um breve pensamento passou pela sua mente: poderia ser um membro da gangue inimiga de Calixte, mas pelo que ela podia discernir, estava vestido como um camponês, e carregava algum tipo de instrumento de agricultor. Provavelmente era apenas um nativo em uma tarefa noturna. Teve o medo repentino de que sua aparência pudesse assustá-lo antes que ela pudesse pedir ajuda, mas apaziguou-se ao perceber que ele já a vira, e ainda estava se aproximando.

— *Bon jour* — ela chamou, exaurindo quase todo o seu francês. Mas o homem não fez nenhum sinal de ter ouvido. Ele continuou caminhando, passando pela árvore na qual ela estava encostada. — Ei! Você é surdo? — Ela estendeu o braço e puxou o dele enquanto passava, e quando ela o tocou, ele parou, virou-se e encarou-a.

Crisálida sentiu como se um pedaço da noite atravessasse seu coração. Teve frio e arrepios e, por um longo momento, não conseguiu recuperar o fôlego. Não conseguia desviar os olhos dos dele.

Estavam abertos. Moviam-se, mudavam o foco, até mesmo piscavam lenta e ponderadamente, mas não enxergavam. O rosto do qual eles espiavam era pouco menos esquelético que o seu. Os ossos da testa, as órbitas, maçãs do rosto, mandíbula e queixo sobressaíam-se em detalhe, como se não houvesse carne entre os ossos e a firme pele negra que os cobria. Ela conseguia contar as costelas embaixo da camisa esfarrapada, como facilmente alguém conseguiria contar as suas. Ela o encarou enquanto ele a fitava, e o fôlego dela sumiu de novo quando percebeu que ele não respirava. Teria gritado, corrido ou feito alguma coisa, mas, enquanto ela o encarava, ele deu um suspiro longo, superficial, que mal inflou o peito afundado. Ela o observou detidamente, e vinte segundos se passaram antes de ele suspirar novamente.

De repente, ela percebeu que ainda segurava sua manga puída e soltou--a. Ele continuou a olhar na direção dela por um instante ou dois, então voltou para o caminho pelo qual vinha e começou a se afastar.

Crisálida olhou para suas costas por um momento, tremendo, apesar do calor daquela noite. Percebeu que havia acabado de ver, falar e até mesmo tocar em um zumbi. Como residente do Bairro dos Curingas e, ela mesma, uma curinga, pensou que era acostumada à estranheza, imune ao bizarro. Mas, aparentemente, não era. Nunca tinha ficado tão aterrorizada em toda a sua vida, nem mesmo quando, garota mal saída da adolescência, arrombou o cofre do pai para financiar a fuga da prisão que era seu lar.

Ela engoliu com dificuldade. Zumbi ou não, tinha de estar seguindo para algum lugar. Algum lugar onde poderia haver outras... pessoas... de verdade.

Com medo, porque não havia nada mais que pudesse fazer, ela começou a segui-lo.

Não foram muito longe. Logo ele se virou para uma trilha lateral, menor, menos percorrida, que descia e circundava uma colina íngreme. Quando passaram uma curva fechada na trilha, Crisálida percebeu uma luz brilhando adiante.

Ele caminhava na direção da luz, e ela o seguia. Era um lampião de querosene preso num poste diante do que parecia uma cabana pequena e caindo aos pedaços pendurada no início da colina inclinada. Havia um jardim mínimo na frente da cabana e, na frente do jardim, uma mulher observava a noite.

Era a haitiana com a aparência mais próspera que Crisálida tinha visto desde que saíra do Palais National. Era realmente rechonchuda, seu vestido de algodão era limpo e parecia novo, e usava uma bandana de madras laranja brilhante na cabeça. A mulher sorriu quando Crisálida e a aparição que ela seguia se aproximaram.

— Ah, Marcel, quem o seguiu até em casa? — Ela deu uma risadinha. — A Madame Brigitte, se não me engano. — Esboçou uma mesura que, apesar de sua corpulência, foi bastante graciosa. — Bem-vinda ao meu lar.

Marcel continuou andando, passando por ela e ignorando-a, e seguiu para o fundo da cabana. Crisálida parou diante da mulher, que a olhava com uma expressão aberta, acolhedora, que continha uma boa dose de curiosidade amigável.

— Obrigada — disse Crisálida, hesitante. Havia milhares de coisas que poderia ter dito, mas a questão que cintilava em sua mente precisava ser respondida. — Tenho de perguntar uma coisa à senhora... é... sobre Marcel.

— Pois não?

— Ele não é um zumbi de verdade, não é?

— Claro que é, minha pequena, claro que é. Venha, venha. — Ela fez movimentos com as mãos para que ela se aproximasse. — Preciso entrar e dizer ao meu marido que pare a busca.

Crisálida recuou.

— Busca?

— Por você, minha pequena, por você. — A mulher sacudiu a cabeça e estalou a língua. — Você não deveria ter corrido daquele jeito. Causou uma boa confusão e nos deixou preocupados. Receamos que a coluna de *zobop* pudesse capturá-la de novo.

— *Zobop*? O que é um *zobop*? — Soava para Crisálida como um termo para algum aficionado por jazz. Era tudo que ela podia fazer para impedir uma gargalhada histérica no pensamento.

— *Zobops* são... — A mulher gesticulou de forma vaga com as mãos, como se estivesse tentando descrever um assunto complicado ao extremo em palavras simples — ... os ajudantes de um *bokor*, um feiticeiro maléfico, que se venderam para o *bokor* em troca de riquezas materiais. Eles seguem as ordens dele em todas as coisas, com frequência raptando vítimas escolhidas pelo *bokor*.

— Entendo... E quem, se não se importa que eu pergunte, é a senhora?

A mulher riu, bem-humorada.

— Não, pequena, não me importo. Mostra um cuidado admirável de sua parte. Sou Mambo Julia, sacerdotisa e *première reine* da sociedade Bizango local. — Ela deve ter lido corretamente o olhar desesperado no rosto de Crisálida, porque gargalhou. — Vocês, *blancs*, são tão engraçados! Acham que sabem de tudo. Vêm para o Haiti em seus grandes aviões, caminham por aí um dia e, então, dão seus conselhos mágicos que curarão todas as nossas doenças. E jamais saem de Porto Príncipe! — Mambo Julia gargalhou novamente, dessa vez com algum desprezo. — Vocês não sabem nada do Haiti, do Haiti de verdade. Porto Príncipe é um câncer gigantesco que abriga os sanguessugas que chupam a seiva do corpo do Haiti. Mas o interior, ah, o interior é o coração do Haiti!

"Bem, minha menina, eu direi a você tudo que precisa saber para começar a entender. Tudo e mais o que quiser saber. Venha à minha cabana. Descanse. Beba alguma coisa. Tenho alguma coisa para comer. E ouça."

Crisálida considerou a oferta da mulher. Naquele momento, estava mais preocupada com suas dificuldades do que com as do Haiti, mas o convite de Mambo Julia parecia bom. Queria descansar os pés doloridos e beber algo gelado. A ideia de comida também soou convidativa. Parecia que ela não comia havia anos.

— Tudo bem — disse ela, seguindo Mambo Julia até a cabana. Antes de chegarem à porta, um homem de meia-idade, magro como a maioria dos haitianos, com uma cabeleira desgrenhada e prematuramente branca, veio dos fundos do casebre.

— Baptiste! — Mambo Julia gritou. — Alimentou o zumbi?

O homem assentiu e fez uma mesura cortês na direção de Crisálida.

— Bom. Diga aos outros que Madame Brigitte encontrou o caminho de casa.

Ele fez outra reverência, e Crisálida e Mambo Julia entraram na cabana.

Por dentro, o casebre era simples, limpo e confortavelmente mobiliado. Mambo Julia conduziu Crisálida a uma mesa de tábuas desbastadas e serviu água e frutas tropicais frescas e suculentas, a maioria desconhecida, mas saborosas.

Lá fora, um tambor começou a bater um ritmo complicado noite adentro. Lá dentro, Mambo Julia começou a falar.

Um dos cavalos de Ti Malice entregou a mensagem de Ezili à meia-noite. Ela cumprira a tarefa que ele lhe dera. Um novo cavalo estava deitado, dormindo e drogado no Royal Haitian Hotel, aguardando seu primeiro beijo.

Entusiasmado como uma criança na manhã de Natal, Ti Malice decidiu que não poderia esperar que fossem entregues na fortaleza os cavalos que Taureau fora buscar. Queria sangue novo, e queria logo.

Moveu-se do seu velho cavalo favorito para um diferente, uma garota não muito maior que ele e que já esperava na caixa especial que ele construíra para ocasiões nas quais precisasse se mover em público. Era do tamanho de uma mala grande, apertada e desconfortável, mas permitia a privacidade em suas excursões públicas. Precisou de um pouco de cuidado, mas Ti Malice foi levado sem ser visto para o terceiro andar do Royal Haitian Hotel, onde Ezili, nua e com os cabelos esvoaçantes, deixou-o entrar no quarto; a montaria que o carregava abriu a tampa e se afastou da caixa, enquanto ele se movia do peito da garota para uma posição mais confortável em suas costas e ombros.

Ezili levou-o até a cama, onde seu novo cavalo dormia tranquilamente.

— Ele me quis no momento em que me viu — disse Ezili. — Foi fácil fazê-lo me trazer aqui, e mais fácil ainda botar o líquido em sua bebida depois de ele me possuir. — Ela fez uma careta, acariciando o mamilo grande e escuro do seio esquerdo. — Foi um amante rápido — disse ela, com certa decepção.

— Mais tarde — disse Ti Malice através da montaria — você será recompensada.

Ezili sorriu feliz quando Ti Malice ordenou que a montaria o levasse para perto da cama. A montaria obedeceu, pendendo sobre o homem adormecido, e Ti Malice transferiu-se rapidamente. Aninhou-se contra o peito do homem, encaixando-se em seu pescoço. O homem se mexeu, gemeu um pouco no sonho dopado. Ti Malice encontrou o ponto que precisava, mordeu fundo com o único e afiado dente, então continuou com a língua.

O novo cavalo grunhiu e estendeu a mão para o pescoço levemente. Mas Ti Malice já estava bem firme no lugar, misturando sua saliva com o sangue do cavalo, e o cavalo cedeu como uma criança manhosa tendo um sonho ligeiramente ruim. Ele caiu num sono profundo, enquanto Ti Malice o tomava.

Era um cavalo esplêndido, poderoso e forte. O gosto do seu sangue era maravilhoso.

IV.

— Sempre existiram dois Haitis — disse Mambo Julia. — Existe a cidade, Porto Príncipe, onde o governo e suas leis imperam. E existe o interior, onde o Bizango governa.

— A senhora usou essa palavra antes — disse Crisálida, limpando o sumo doce de uma fruta do queixo. — O que significa?

— Como seu esqueleto, que posso ver tão claramente, mantém seu corpo unido, o Bizango liga as pessoas do interior. É uma organização, uma sociedade com uma rede de obrigações e ordem. Nem todos pertencem a ela, mas todos têm um lugar nela e todos acatam suas decisões. O Bizango acaba com disputas que de outra forma nos separariam por completo. Às vezes é fácil. Às vezes, quando alguém é sentenciado a se transformar em zumbi, é difícil.

— Bizango sentenciou Marcel a se tornar um zumbi?

Mambo Julia assentiu.

— Era um homem mau. Nós, no Haiti, somos mais permissivos sobre determinadas coisas do que os americanos. Marcel gostava de garotas. Não há nada de errado nisso. Muitos homens têm várias mulheres. Tudo bem, se eles puderem sustentá-las e aos filhos deles. Mas Marcel gostava de garotas novas. Garotas muito novas. Ele não conseguia parar, então o Bizango fez um julgamento e sentenciou que ele se transformasse em um zumbi.

— Eles o transformaram em zumbi?

— Não, minha querida. Eles o julgaram. — Mambo Julia perdeu seu ar de jovialidade amigável. — Eu fiz dele o que é hoje, e o mantenho assim com pós com os quais eu o alimento diariamente. — Crisálida devolveu a fruta que estava segurando ao prato, perdendo de repente o apetite. — É a solução mais sensata. Marcel não ataca mais meninas jovens. Em vez disso, é um trabalhador incansável para o bem da comunidade.

— E ele será um zumbi para sempre?

— Bem, existiam uns poucos *zombi savane*, aqueles que foram enterrados e voltaram como zumbis, então, de alguma forma, conseguiram voltar ao estado dos vivos. — Mambo Julia beliscou o queixo, pensativa. — Mas esses sempre permaneceram um pouco... prejudicados.

Crisálida engoliu em seco.

— Agradeço muito o que a senhora fez por mim. Eu... Não tenho certeza de quais eram as intenções de Calixte, mas estou certa de que queria me fazer algum mal. Mas agora estou livre, gostaria de voltar a Porto Príncipe.

— Claro que sim, querida. E vai. De fato, estamos planejando exatamente isso.

As palavras de Mambo Julia eram bem-vindas, mas Crisálida não acreditava que ela se importava muito pelo tom dela.

— O que a senhora quer dizer com isso?

Mambo Julia olhou para ela, séria.

— Também não sei o que Calixte estava planejando para você. Sei que ele está recolhendo pessoas como você. Pessoas que mudaram. Não sei o que ele faz com elas, mas se tornam propriedade dele. Fazem os trabalhos sujos a que até mesmo os Tonton Macoute se recusam. E os mantém ocupados — disse ela, travando os dentes.

"Charlemagne Calixte é nosso inimigo. É a força em Porto Príncipe. O pai de Jean-Claude Duvalier, François, foi um grande homem à sua maneira. Era implacável e ambicioso. Encontrou meios para chegar ao poder e o manteve por muitos anos. Primeiro organizou os Tonton Macoute, e eles o ajudaram a encher os bolsos com a riqueza de um país inteiro.

"Mas Jean-Claude é diferente do pai. É bobo e fraco. Permitiu que o poder verdadeiro caísse nas mãos de Calixte, e aquele demônio é tão ganancioso que ameaça sugar a nossa vida como um *loup garou*. — Ela balançou a cabeça. — Precisa ser impedido. Sua opressão precisa ser dissolvida para que o sangue flua novamente pelas veias do Haiti. Mas seu poder é mais profundo do que as armas dos Tonton Macoute. Ele também é um *bokor* muito poderoso, o que permitiu que escapasse de várias tentativas de assassinato. Ao menos uma delas — disse ela com certa satisfação — deixou suas marcas nele.

— O que tudo isso tem a ver comigo? — disse Crisálida. — A senhora deveria ir até as Nações Unidas ou para a imprensa. Revelar a história de vocês.

— O mundo sabe da nossa história — disse Mambo Julia — e não se importa. Estamos abaixo da linha de visão deles, e talvez seja melhor que nos deixem cuidar dos nossos problemas do nosso jeito.

— Como? — Crisálida perguntou, sem ter certeza de que gostaria de saber a resposta.

— O Bizango é mais forte no interior do que na cidade, mas temos nossos agentes até em Porto Príncipe. Estamos observando vocês, *blancs*, desde a sua chegada, pensando que Calixte poderia ser ousado o bastante para de alguma forma tirar vantagem da sua presença, talvez até mesmo transformar um de vocês em agente dele. Quando você desafiou publicamente o Tonton Macoute, soubemos que Calixte iria tomar satisfação com você. Ficamos bem perto para observá-la e para que pudéssemos evitar seu sequestro. Mas ele conseguiu pegar seus amigos.

— Não são meus amigos — disse Crisálida, começando a perceber para onde o raciocínio de Mambo Julia estava seguindo. — E mesmo se fossem, eu não poderia ajudar a resgatá-los. — Ela ergueu a mão, a mão de esqueleto com uma rede de nervos, tendões e vasos sanguíneos trançados ao redor dela. — Foi isso que o vírus carta selvagem fez comigo. Não me deu nenhum poder ou capacidade. Vocês precisam de alguém como Billy Ray ou Lady Black ou Golden Boy para ajudá-los...

Mambo Julia balançou a cabeça.

— Precisamos de você. Você é Madame Brigitte, a mulher de Baron Samedi...

— Você não acredita nisso.

— Não — disse ela —, mas os *chasseurs* e *soldats* que vivem nos vilarejos pequenos e espalhados, que não conseguem ler e nunca viram televisão, que não sabem nada sobre o que você chama de vírus carta selvagem, poderão olhar para você e ter confiança para as tarefas que precisam cumprir hoje à noite. Podem não acreditar totalmente também, mas vão ter vontade e não pensarão que é impossível derrotar o *bokor* e sua mágica poderosa.

"Além disso", disse ela com certa objetividade, "você é a única que pode ser a isca da armadilha. É a única que escapou da coluna de *zobop*. Será a única aceita dentro da fortaleza deles."

As palavras de Mambo Julia deixaram Crisálida tranquila e temerosa ao mesmo tempo. Tranquila porque nunca queria ver Calixte novamente. Não tinha intenção de se colocar em suas mãos. Temerosa porque não queria se intrometer nos problemas deles, morrer por algo sobre o que ela quase nada sabia. Era dona de bar e agente de informações. Não era uma ás intrometida que enfiava o nariz onde não era chamada. Não era uma ás, ponto final.

Crisálida empurrou sua cadeira para longe da mesa e se levantou.

— Bem, desculpe, mas não posso ajudar a senhora. Além disso, sei tanto quanto a senhora para onde Calixte levou Digger e Wilde.

— Mas nós sabemos onde eles estão — Mambo Julia abriu um sorriso totalmente desprovido de humor. — Embora você tenha enganado os *chasseurs* que foram enviados para resgatá-la, mas muitos dos *zobop* não se enganaram. Levou algum tempo, mas um finalmente nos disse que a fortaleza de Calixte é o Forte Mercredi, a fortaleza em ruínas com vista para Porto Príncipe. O núcleo de sua magia está lá. — Mambo Julia ergueu-se e foi até a porta aberta. Um grupo de homens estava diante da cabana. Todos tinham uma aparência interiorana em suas rústicas roupas camponesas, mãos e pés calejados, e corpos esguios, musculosos. — Hoje à noite — disse Mambo Julia —, o *bokor* morrerá de uma vez por todas.

As vozes ergueram-se num murmúrio de surpresa e assombro quando viram Crisálida. A maioria se curvou num gesto de respeito e reverência.

Mambo Julia gritou em crioulo, gesticulando para Crisálida, e eles responderam a ela sonoramente, de modo alegre. Após alguns momentos, ela fechou a porta, voltou-se para Crisálida e sorriu.

Crisálida suspirou. Era estúpido, ela percebeu, argumentar com uma mulher que podia criar zumbis. A sensação de desespero que a tomou era antiga, uma sensação da sua juventude. Em Nova York ela controlava tudo. Aqui, parecia estar sendo sempre controlada. Não gostava daquilo, mas não havia nada que pudesse fazer, além de ouvir o plano de Mambo Julia.

Era um plano muito simples. Dois *chasseurs* bizangos — homens com posto de caçadores no Bizango, Mambo Julia explicou — vestiriam as túnicas e máscaras dos *zobop* que haviam sido capturados, levariam Crisálida para a fortaleza de Calixte e diriam a ele que a tinham rastreado na floresta. Quando surgisse a oportunidade (Crisálida não ficou satisfeita com o caráter vago do plano nesse momento, mas pensou que seria melhor manter a boca fechada), eles deixariam os camaradas entrar e destruiriam Calixte e seus carrascos.

Crisálida não gostava disso, mesmo que Mambo Julia tivesse garantido rapidamente que ela estaria em total segurança, que os *loa* cuidariam dela.

Para maior proteção — mesmo que desnecessária, disse Mambo Julia —, a sacerdotisa lhe deu um pequeno pacote enrolado em um tecido impermeável.

— É um *paquets congo* — Mambo Julia lhe disse. — Eu mesma fiz. Contém mágica muito forte que a protegerá do mal. Se estiver em perigo, abra e espalhe o conteúdo ao seu redor. Mas não toque em nada que estiver aí dentro! É mágica forte, muito, muito forte, e você pode usá-la apenas da forma mais simples.

Com isso, Mambo Julia a mandou partir com os *chasseurs*. Havia dez ou doze deles, jovens e de meia-idade.

Baptiste, o marido de Mambo Julia, estava entre eles. Eles conversavam o tempo todo e contavam piadas, como se estivessem indo a um piquenique, e tratavam Crisálida com a maior deferência e respeito, ajudando-a a atravessar as partes difíceis da trilha. Dois vestiam túnicas que tinham pegado da coluna de *zobop* naquela noite.

A trilha levava a uma estrada acidentada onde um veículo antigo, um micro-ônibus ou van de algum tipo, estava estacionado. Mal parecia capaz de se mover, mas o motor ligou assim que todos embarcaram. A viagem foi lenta e chacoalhante, mas ficou mais rápida quando no fim entraram numa estrada mais ampla e nivelada, que levava de volta a Porto Príncipe.

A cidade estava silenciosa, embora eles passassem às vezes por outros veículos. Crisálida deu-se conta de que percorriam um cenário familiar, e de repente percebeu que estavam em Bolosse, a favela de Porto Príncipe onde ficava o hospital que visitara naquela manhã — e parecia ter sido mil anos antes.

Os homens cantavam, tagarelavam, riam e contavam piadas. Era difícil acreditar que estavam planejando assassinar o homem mais poderoso do governo haitiano, um homem que também tinha a reputação de ser um feiticeiro maligno. Parecia que estavam a caminho de um jogo de futebol. Era uma mostra notável de ousadia, ou do efeito calmante de sua presença como Madame Brigitte. Fosse lá o que causasse a atitude deles, Crisálida não o compartilhava. Ela estava apavorada.

De repente, o motorista parou, e o silêncio se fez quando ele estacionou o micro-ônibus em uma rua estreita de prédios dilapidados, apontou e disse alguma coisa em crioulo. Os *chasseurs* começaram a desembarcar, e um deles ofereceu a mão de forma cortês para Crisálida. Por um momento, ela pensou em correr, mas viu que Baptiste mantinha nela um olho alerta, ainda que discreto. Ela suspirou e juntou-se à fila de homens que caminhavam em silêncio rua acima.

Foi uma subida árdua pela colina íngreme. Após um momento, Crisálida percebeu que estavam rumando para as ruínas de um forte que ela observara quando passaram pela área naquele dia. Forte Mercredi, Mambo Julia chamou-o assim. Parecia pitoresco pela manhã. Agora era um prédio devastado, escuro, que se mostrava com sua aura de sinistra ameaça. A coluna parou em um pequeno bosque com árvores agrupadas diante das ruínas, e dois *chasseurs*, um deles era Baptiste, pôs as túnicas e máscaras de *zobop*. Baptiste delicadamente conduziu Crisálida para a frente, e ela deu um suspiro profundo, desejou que as pernas parassem de tremer e continuou. Baptiste tomou o braço da curinga um pouco acima do cotovelo, de modo ostensivo para mostrar que ela era prisioneira, mas Crisálida ficou feliz pelo calor do toque humano. O negror havia voltado ao seu coração, mas tinha crescido, se espalhado até parecer uma cortina escura, gélida, que envolvia totalmente seu peito.

A fortaleza era cercada por um fosso seco que tinha uma ponte de madeira dilapidada que o atravessava. Foram interpelados por uma voz que gritou uma pergunta em crioulo quando chegaram à ponte. Baptiste respondeu satisfatoriamente com uma senha breve — mais uma informação, Crisálida adivinhou, arrancada dos infelizes *zobop* que caíram nas mãos dos Bizangos —, e cruzaram a ponte.

Dois homens vestidos com o uniforme semioficial dos Tonton Macoute estavam vagueando do outro lado, seus óculos escuros no bolso da camisa. Baptiste contou-lhes alguma história longa, complicada, e, parecendo impressionados, eles passaram-nos pelas defesas externas da cidadela. Foram interpelados novamente no pátio adiante, e de novo passaram, dessa vez conduzidos ao interior do forte decrépito por um dos homens do segundo par de guardas.

Crisálida achou enlouquecedor não entender o que estava sendo dito ao seu redor. A tensão crescia cada vez mais, seu coração ficava mais frio, como se o medo a oprimisse com mais força do que uma mola comprimida. Não havia nada que pudesse fazer, por mais que estivesse desesperada, além de suportar e esperar pelo melhor.

O interior da fortaleza parecia estar em condições mais ou menos boas. Era medievalmente iluminado por tochas esparsas em nichos de parede. As muralhas e o chão eram de pedra, secos e quentes ao toque. O corredor terminava em uma escadaria em espiral, de pedra gasta e sem corrimão. Os Tonton Macoute levaram-nos para baixo.

Imagens de uma masmorra úmida começaram a dançar na mente de Crisálida. O ar assumiu um toque úmido e um cheiro mofado. A escadaria era escorregadia, com uma gosma indefinível e difícil de transpor com as sandálias feitas de pedaços de pneus que Mambo Julia lhe dera. As tochas eram raras, e os fachos de luz que lançavam não eram suficientes, de forma que passavam por trechos de escuridão total.

A escadaria terminava em um espaço aberto e amplo que tinha apenas algumas peças de mobília de madeira que pareciam desconfortáveis. Uma série de câmaras desembocava naquela área, e foram conduzidos até uma delas.

A sala tinha seis metros de um lado e era mais bem iluminada do que os corredores pelos quais tinham acabado de passar, mas o teto, os cantos e alguns pontos da parede ao fundo estavam na completa escuridão. A luz tremeluzente lançada pelas tochas dificultava identificar os detalhes e, após a primeira olhada dentro do recinto, Crisálida soube que provavelmente era melhor assim.

Era uma câmara de tortura, decorada com dispositivos antigos que pareciam bem-cuidados e recentemente usados. Uma dama de ferro estava recostada, meio aberta, contra uma parede, os espetos em seu interior cobertos por cascas de ferrugem ou sangue. Uma mesa cheia de instrumentos, como atiçadores, cutelos, escalpelos, esmaga-dedões e esmaga-pés, estava perto do que Crisálida imaginou ser um cavalete de tortura. Ela não sabia ao certo, porque nunca tinha visto um, nunca pensou que veria, nunca, jamais queria ter visto um.

Ela desviou o olhar dos instrumentos de tortura e concentrou-se no grupo de meia dúzia de homens amontoados no fundo do recinto. Dois eram Tonton Macoute, divertindo-se com os procedimentos. Os outros eram Digger Downs e Dorian Wilde, o homem-touro, que liderava a coluna de *zobop*, e Charlemagne Calixte. Downs estava algemado em um nicho de parede ao lado de um esqueleto mofado. Wilde era o centro da atenção de todos.

Uma viga sólida e grossa sobressaía-se da parede ao fundo da masmorra, próxima do teto, paralela ao chão. Uma combinação de roldanas pendia da viga e uma corda descia do afiado gancho de metal, com aparência maléfica, presa à roldana mais baixa. Dorian Wilde estava pendurado com as cordas pelos braços. Estava tentando se içar, mas lhe faltava força muscular para fazê-lo. Não conseguia nem mesmo segurar direito na corda grossa com a massa de tentáculos que era sua mão direita. Suando, com olhos arregalados e tenso, balançava desesperadamente, enquanto Calixte operava uma manivela dentada que baixava a corda até as solas dos pés descalços de Wilde quase tocarem um monte de carvão em chamas num braseiro baixo que fora colocado sob ele. Wilde sacudia desesperadamente os pés, fugindo do calor lancinante, e Calixte girava a manivela para cima e lhe dava um breve respiro, então baixava-o novamente. Ele parou quando o homem-touro olhou para a frente da sala, avistou Crisálida e emitiu um urro.

Calixte olhou para ela, e seus olhos se encontraram. A expressão dele era desenfreadamente exultante, e ele suava em profusão, embora estivesse um frio úmido na masmorra. Sorriu e disse algo em crioulo aos homens atrás dele, que pularam para a frente e tiraram Wilde do cadafalso. Então, falou com Baptiste, e o outro *chasseur*. Baptiste deve ter respondido satisfatoriamente, pois ele assentiu, então os dispensou com uma palavra breve e um gesto de cabeça.

Eles se curvaram e começaram a se afastar. Crisálida deu um único passo instintivo para segui-los, e então o homem-touro surgiu diante dela, respirando forte e encarando-a estranhamente. Sua ereção, ela observou enojada, ainda era extrema.

— Bem — Calixte rosnou em inglês. — Juntos novamente. — Ele foi até Crisálida, pousou a mão no ombro do touro, e o afastou. — Estávamos tendo um pouco de diversão. O *blanc* me ofendeu e eu estava lhe ensinando boas maneiras. — Acenou a cabeça para Wilde, que estava encolhido no pavimento de lajotas úmidas, dando grandes suspiros trêmulos. Calixte não tirava os olhos de Crisálida. Eram brilhantes e febris, queimando com excitação e prazer inexprimíveis. — Você também foi difícil. — Ele esfregava a pele riscada pelas cicatrizes que brilhava como vidro à luz das tochas. Parecia afundado em pensamentos insanos. — Acho que você também precisa de uma lição. — Ele parecia ter se decidido. — Ele terá os outros. Não acho que se importaria se a exauríssemos. Taureau. — Ele se virou para o homem-touro, falou algumas palavras em crioulo.

Crisálida mal o entendia, mesmo que falasse inglês. As palavras eram densas e indistintas, ainda mais do que o normal. Estava muito bêbado, muito drogado ou muito enlouquecido.

Talvez, ela observou, todas as três coisas. Ela estava aterrorizada. Os *chasseurs* não deviam sair, ela pensou desesperadamente. Deviam matar Calixte! O coração dela batia mais rápido do que os tambores que ela ouvia soar através da noite haitiana. O medo obscuro no seu peito ameaçava fluir e dominar todo o seu ser. Por um momento, ela oscilou às tênues margens da irracionalidade, e então Taureau avançou, roncando e babando, uma das mãos imensas desabotoando os jeans, e Crisálida sabia o que precisava fazer.

Ela agarrou o pacotinho que Mambo Julia lhe dera e, com dedos frenéticos, trêmulos, arrancou o embrulho, expondo um pequeno saco de couro fechado por um cordão amarrado. Ela abriu a boca do saquinho e, com mãos trêmulas, jogou-o junto com seu conteúdo sobre Taureau.

Acertou-o no rosto e Taureau caminhou direto para uma nuvem de pó fino, cinzento, que saía em ondas do saquinho. Cobriu as mãos, braços, peito e rosto de Taureau. Ele parou por um momento, roncou, sacudiu a cabeça, então manteve o passo.

Crisálida surtou. Virou-se com um soluço e começou a correr, pensando de modo incoerente o que ela já deveria saber, que Mambo Julia era uma fraude conivente, que aquilo prestes a acontecer não era nada se comparado ao que ela vivenciaria durante uma vida dominada por Calixte, e então ouviu um grito horrível, um urro, que congelou cada nervo, músculo e tendão no seu corpo.

Ela se virou. Taureau estava parado, mas tremia dos pés à cabeça, enquanto cada músculo gigantesco de seu corpo convulsionava. Os olhos quase saltavam da cabeça quando encarou Crisálida e berrou novamente, um lamento horrível, alongado, que não era, nem no caso mais remoto, humano. As mãos abriam e fechavam com força, e então ele começou a raspar o rosto, arrancando longas tiras de carne das bochechas com as unhas grossas, rombudas, uivando sem parar como uma alma danada queimando.

Uma lembrança passou pela mente de Crisálida, uma curta lembrança de um bar frio, escuro, uma bebida deliciosa e um discurso rápido de Tachyon sobre a fitoterapia haitiana. O *paquets congo* de Mambo Julia não continha um pó mágico, nenhuma poção composta durante um ritual apavorante e consagrado aos *loa* maléficos do vodu. Era simplesmente um preparado com ervas, uma neurotoxina de ação rápida e topicamente eficaz de algum tipo. Ao menos foi o que ela disse a si mesma, e quase acreditou.

A cena terrível durou um momento, e então Calixte berrou uma palavra aos Tonton Macoute que estavam observando Taureau com ar surpreso. Um deles avançou, pousou a mão no ombro do homem-touro. Taureau virou-se com a velocidade de um gato adrenalizado, agarrou o homem pelo pulso e pelo ombro e lhe arrancou o braço do corpo. O Tonton Macoute encarou Taureau por um momento com olhos incrédulos, e então, com o sangue jorrando do ombro, caiu choroso ao chão, tentando sem sucesso estancar o sangue com a mão que restava.

Taureau brandiu o braço sobre a cabeça como um bastão sangrento, sacudindo-o para Crisálida. O sangue espalhou-se sobre o rosto dela, e ela engoliu a bile que subiu até a garganta.

Calixte rugiu uma ordem em crioulo, Crisálida não sabia se para Taureau ou para os outros homens, mas os Tonton Macoute correram da câmara quando Taureau girou em um círculo insano, tentando observar a todos de uma vez com seus olhos loucos e arregalados pelo medo.

Calixte continuou gritando para Taureau, que tremia e se sacudia com espasmos musculares terríveis. Seu rosto era o de um lunático torturado, e sua pele escura ficava cada vez mais escura. Os lábios se tornavam cada vez mais azulados. Ele cambaleou na direção de Calixte, gritando palavras que Crisálida, mesmo sem entender a língua, sabia ser um balbucio.

Calmamente, Calixte puxou a pistola. Apontou-a para Taureau e falou novamente. O curinga continuava a avançar. Calixte apertou o gatilho e acertou Taureau no lado esquerdo do peito, mas ele continuou caminhando. Calixte atirou mais três vezes antes que o touro enlouquecido percorresse a distância entre eles, e o último tiro o acertou bem entre os olhos.

Mas Taureau continuou a caminhar. Ele soltou o braço que estava brandindo, agarrou Calixte e, com um último espasmo de força incrível, lançou-o na parede ao fundo da câmara. Calixte gritou. Esticou o braço para agarrar a corda que pendia da viga, mas não conseguiu. Errou a corda, mas não o gancho de açougue no qual ela estava pendurada.

O gancho acertou-o no estômago, atravessando seu diafragma, e enfiou-se no pulmão direito. Ele derramava gritos e sangue enquanto chutava e balançava em um ritmo de contraponto ao retorcer espasmódico do seu corpo.

Taureau cambaleou, agarrando a testa espatifada, e caiu sobre o braseiro. Depois de um momento, parou de urrar, e o chiado de fritura e o cheiro doce de carne queimando subiu.

Crisálida teve um forte enjoo. Após terminar de limpar a boca com as costas da mão, ela ergueu o olhar para ver Dorian Wilde em pé, diante da forma desfalecida e oscilante de Charlemagne Calixte. Ele sorriu e recitou:

"Ao som de violinos é doce dançar
Se o Amor e a Vida são bem claros:
Ao som de flautas e alaúdes dançar
É tão delicado, tão belo e raro:
Mas não é doce dançar livre no ar
Assim com pés ágeis e sem anteparo!"[1]

Digger Downs sacudiu as correntes em desespero.

— Alguém me tire daqui — ele implorou.

Crisálida ouviu o estalo de tiros de armas leves nos andares superiores da fortaleza, mas os *chasseurs* bizangos estavam muito atrasados. O *bokor*, balançando no gancho de açougue sobre o chão da masmorra, já estava morto.

Isso, obviamente, foi abafado.

O senador Hartmann pediu a Crisálida para não dar declarações e ajudar a dispersar o medo do vírus carta selvagem que se espalhava rapida-

---

[1] Da *Balada do Cárcere de Readings*, de Oscar Wilde. Tradução feita com hendecassílabos, à moda das sextilhas do século XIX. [N. do T.]

mente nos Estados Unidos. Ele não queria que houvesse o menor indício de curingas e ases americanos se envolvendo em política estrangeira. Ela concordou por dois motivos: primeiro, queria que ele estivesse em dívida com ela e, segundo, sempre evitou publicidade pessoal. Nem Digger fez qualquer matéria. Primeiro ficou relutante, até o senador Hartmann ter uma conversa particular com ele, uma conversa da qual Downs surgiu feliz, sorridente, e estranhamente calado.

A morte de Charlemagne Calixte foi atribuída a um mal súbito, inesperado. As outras dúzias de corpos encontrados no Forte Mercredi nunca foram mencionadas, e as quarenta e poucas mortes e suicídios entre oficiais do governo na semana seguinte nunca foram sequer relacionadas à morte de Calixte.

Jean-Claude Duvalier, que de repente se viu com um país obscuro, assolado pela pobreza nas mãos, ficou aliviado com a falta de publicidade, mas descobriu algo no fim do caso, algo confuso e aterrorizante que manteve cuidadosamente em segredo.

Entre os corpos recuperados do Forte Mercredi havia o de um homem velho, muito velho. Quando Jean-Claude viu o corpo, ficou quase branco de tão pálido e mandou que o enterrassem no *Cimetière Extérieur* com urgência, à noite, sem cerimônia, antes que alguém pudesse reconhecê-lo e perguntar como François Duvalier, supostamente morto havia 15 anos, ainda estava, ou estivera até pouco antes, vivo.

O único que poderia responder àquela pergunta não estava mais no Haiti. Estava a caminho dos Estados Unidos, onde ansiava por uma busca longa, interessante e produtiva por novas e excitantes sensações.

Do diário de Xavier Desmond

8 de Dezembro, Cidade do México:

Outro jantar oficial esta noite, mas recusei dizendo que não estava me sentindo bem. Algumas poucas horas para relaxar no quarto de hotel e escrever no diário são mais que bem-vindas. E minhas desculpas foram qualquer coisa, menos inventadas — desconfio que o cronograma rígido e as pressões da viagem tenham começado a cobrar o seu preço. Ando vomitando, embora faça o máximo para garantir que minha agonia passe despercebida. Se Tachyon suspeitasse, insistiria para me examinar e, uma vez que a verdade fosse descoberta, eu poderia ser enviado para casa.

Não permitirei. Queria ver todos países lendários, distantes, sobre os quais Mary e eu sonhamos juntos um dia, mas já ficou claro que estamos envolvidos aqui em algo muito mais importante do que uma viagem de férias. Cuba não era uma Miami Beach, não para qualquer um que se importasse em olhar para além de Havana; havia mais curingas morrendo nos canaviais do que dando cambalhotas em palcos de cabaré. E o Haiti e a República Dominicana foram infinitamente piores, como eu já observei nestas páginas.

Uma presença curinga, uma voz forte de curinga — precisamos desesperadamente disso se quisermos realizar algo de bom. Não me deixarei ser desqualificado por motivos de saúde. Nossos números já foram reduzidos em um — Dorian Wilde voltou para Nova York em vez de prosseguir para o México. Confesso que tive sentimentos confusos sobre essa novidade. Quando começamos, tinha pouco respeito pelo "poeta laureado do Bairro dos Curingas", cujo título é tão dúbio quanto minha própria condição de prefeito, embora seu Pulitzer não seja. Parece ter um prazer perverso ao acenar aqueles tentáculos úmidos, viscosos no rosto das pessoas, expondo sua deformidade em uma tentativa deliberada de chamar atenção. Suspeito que essa indiferença agressiva seja, na verdade, motivada pelo mesmo autodesprezo que faz tantos curingas simpatizarem com as máscaras, e um poucos casos tristes de realmente tentarem amputar as partes deformadas do próprio corpo. Além disso, ele também se veste tão mal quanto Tachyon, com sua ridícula afetação edwardiana, e sua preferência implícita por perfumes em vez de banhos torna sua companhia uma provação a qualquer um com o mínimo de olfato. E o meu, infelizmente, é bem aguçado.

Se não fosse pela legitimidade conferida a ele pelo Pulitzer, duvido que fosse chamado para esta excursão, mas há poucos curingas que alcançaram tal espécie de reconhecimento mundial. Considero que há muito pouco a se admirar na poesia dele, e muito de repugnante nas suas récitas afetadas e infindáveis.

Dito isso, confesso uma certa admiração por sua apresentação improvisada diante dos Duvalier. Suspeito que recebeu uma reprimenda severa dos políticos. Hartmann teve uma longa conversa particular com "o Divino Wilde" quando estávamos partindo do Haiti e, depois disso, Dorian pareceu muito calado.

Embora não concorde com muito do que Wilde tem a dizer, penso, no entanto, que ele deveria ter o direito de dizê-lo. Ele fará falta. Queria saber o porquê de sua partida. Perguntei diretamente para ele e tentei convencê-lo a continuar em benefício de todos os camaradas curingas. Sua resposta foi uma sugestão ofensiva sobre os usos sexuais da minha tromba, expressada na forma de um poemeto infame. Um homem curioso.

Acredito que, com a partida de Wilde, Padre Lula e eu sejamos os únicos verdadeiros representantes do ponto de vista curinga. Howard M. (mais conhecido como Troll) é uma presença imponente, 2,75 metros de altura, incrivelmente forte, a pele com um tom de verde tão dura como uma carapaça, e também sei que é um homem profundamente honrado e competente, muito inteligente, mas... é um seguidor por natureza, não um líder, e há uma timidez nele, uma hesitação que o impede de se pronunciar. Sua altura torna impossível que ele se misture à multidão, mas às vezes acho que é o que ele mais deseja.

Quanto a Crisálida, ela não é nada disso, e tem um carisma próprio. Não posso negar que ela é uma líder comunitária respeitada, uma das curingas mais visíveis (sem trocadilhos) e poderosas. Ainda assim, nunca gostei muito de Crisálida. Talvez seja preconceito e egoísmo meus. A ascensão do Crystal Palace tem muito a ver com o declínio da Funhouse. Mas há questões mais profundas. Crisálida exerce poderes consideráveis no Bairro dos Curingas, mas nunca os usou em benefício de outra pessoa que não dela própria. É agressivamente apolítica, distancia-se cuidadosamente da LADC e de toda a movimentação pró-direitos dos curingas. Quando o momento pede paixão e compromisso, ela permanece fria e distante, escondida atrás de sua piteira, bebidas e sotaque britânico da alta sociedade.

Crisálida defende apenas Crisálida, e Troll raramente fala, o que leva o Padre Lula e eu a falarmos pelos curingas. Eu teria o maior prazer em fazê-lo, mas estou tão cansado...

Adormeci logo e fui acordado pelo barulho dos meus colegas delegados voltando do jantar. Pelo que entendi, as coisas foram muito bem. Excelente. Precisamos de alguns triunfos. Howard me disse que Hartmann fez um discurso esplêndido e pareceu cativar o presidente Miguel de la Madrid Hurtado durante toda a refeição. Peregrina cativou todos os outros homens no recinto, de acordo com os repórteres. Pergunto-me se as outras mulheres ficam com inveja. Mistral é muito bonita, Fantasia hipnotiza quando dança, e Radha O'Reilly é impressionante, sua ancestralidade meio irlandesa e meio indiana davam a suas feições um talhe realmente exótico. Mas Peregrina ofusca todas elas. O que será que pensam dela?

Os ases certamente aprovam. Estamos todos muito próximos dentro do *Cartas Marcadas*, e a fofoca viaja rapidamente pelos corredores. Corre o boato de que o Dr. Tachyon e Jack Braun fizeram investidas e foram rechaçados com firmeza. Na verdade, Peregrina parece mais próxima do seu câmera, um limpo que viaja nos fundos com o restante dos repórteres. Ela está fazendo um documentário da viagem.

Hiram também é próximo de Peregrina, mas, embora haja um certo flerte em suas contantes brincadeiras, a amizade deles é mais platônica em sua natureza. Worchester tem apenas um único amor, e este é a comida. Para com ela, seu comprometimento é extraordinário. Parece conhecer todos os melhores restaurantes em cada cidade que visitamos. Sua privacidade está sendo invadida o tempo todo por *chefs* locais que se infiltram no quarto de hotel de Hiram em todas as horas, levando suas especialidades e implorando por apenas um momento, apenas uma prova, apenas uma pequena aprovação. Longe de se opor, Hiram delicia-se com isso.

No Haiti, ele encontrou um cozinheiro do qual gostou tanto que o contratou imediatamente e convenceu Hartmann a fazer algumas ligações para que o Serviço de Imigração expedisse o visto e a permissão de trabalho.

Vimos o homem rapidamente no aeroporto de Porto Príncipe, lutando com um baú imenso, cheio de utensílios de cozinha de ferro. Hiram deixou o baú leve o bastante para que seu novo funcionário (que não fala inglês, mas Hiram insiste que os temperos são uma língua universal) o carregasse no ombro. No jantar de hoje à noite, Howard me disse que Worchester insistiu em visitar a cozinha para pegar a receita de *pollo con mole* do *chef*, mas, enquanto ele esteve lá, criou algum tipo de sobremesa flamejante em homenagem aos nossos anfitriões.

Por direito, eu deveria contestar Hiram Worchester, que tira proveito de seu poderio de ás mais do que qualquer outro homem que conheço, mas acho difícil desgostar de qualquer pessoa que aproveita tanto a vida e traz tanta diversão àqueles que o cercam. Além disso, estou bem ciente dos diversos serviços beneficentes anônimos que ele realiza no Bairro dos Curingas, embora faça o máximo para escondê-los. Hiram não fica mais confortável ao lado da minha espécie do que Tachyon, mas seu coração é tão grande quanto o resto do seu corpo.

Amanhã, o grupo se dividirá novamente. Os senadores Hartmann e Lyons, o congressista Rabinowitz e Ericsson, da OMS, se reunirão com os líderes do PRI, o partido do governo mexicano, enquanto Tachyon e nossa equipe médica visitarão uma clínica que alegou extraordinário sucesso no tratamento do vírus com amigdalina. Nossos ases deverão almoçar com três dos seus pares mexicanos. Fico feliz em dizer que Troll foi convidado para se juntar a eles. Em certa medida, ao menos, sua força sobre-humana e quase invulnerabilidade o qualificam como um ás. Um avanço pequeno, claro, mas, de qualquer forma, um avanço.

O restante de nós viajará para Iucatã e para Quintana Roo para visitar as ruínas maias e os locais onde foram relatadas diversas atrocidades contra curingas. O México rural, ao que parece, não é tão esclarecido quanto a capital, Cidade do México. Os outros se encontrarão conosco em Chichén Itzá no dia seguinte, e nosso último dia no México será dedicado ao turismo.

E, então, partiremos para a Guatemala… talvez. A imprensa diária está cheia de reportagens sobre uma insurreição por esses lados, uma revolta indígena contra o governo central, e muitos dos nossos jornalistas já foram para lá, farejando uma história maior do que esta excursão. Se a situação parecer muito instável, poderemos ser forçados a evitar essa parada.

O matiz do ódio

Parte Dois

Terça-feira, 9 de dezembro de 1986, México:

— Estou aqui, no *El Templo de los Jaguares*, o Templo dos Jaguares, em Chichén Itzá. Sob o sol impiedoso de Iucatã, a passagem arcada é impressionante, duas colunas grossas esculpidas na forma de serpentes gigantes, suas cabeças imensas, estilizadas, ladeando a entrada, as caudas unidas sustentando o lintel.

"Mil anos atrás, assim nos diz o guia de viagem, os sacerdotes maias celebravam os jogadores em *El Juego de Pelota*, o campo a 2 metros abaixo. Era um jogo que seria familiar a qualquer um de nós. Os jogadores batiam numa bola dura de borracha com os joelhos, cotovelos e quadris, marcando pontos quando a bola passasse através de aros postos nos longos muros de pedra que flanqueiam o campo estreito. Um jogo simples, jogado em honra ao deus Quetzalcóatl, ou Kukulcán, como o chamam aqui. Como prêmio, o capitão da equipe vitoriosa era levado ao templo. O capitão perdedor decapitava seu oponente com uma faca obsidiana, mandando-o para um além-vida glorioso. Uma recompensa bizarra pela conquista, para os nossos padrões.

"Diferente demais para ser confortável.

"Observo este lugar antigo, e as paredes ainda estão amarronzadas de sangue; não dos maias, mas dos curingas. A praga do carta selvagem assolou este lugar de forma tardia e virulenta. Alguns cientistas aventaram a hipótese de que a mentalidade da vítima influencia o vírus; portanto, de um adolescente fascinado por dinossauros, surge Kid Dinossauro. De um grandioso *chef* obeso como Hiram Worchester, surge alguém que consegue controlar a gravidade. O Dr. Tachyon, quando questionado, é evasivo sobre o assunto, pois isso sugere que os curingas deformados de alguma forma se puniram. É exatamente o tipo de estímulo emocional que reacionários, como o pregador fundamentalista Leo Barnett, ou um 'profeta' fanático, como Nur al-Allah, usariam em benefício próprio.

"Ainda assim, talvez não seja surpreendente que nas terras ancestrais dos maias tenha havido não menos do que uma dúzia de serpentes emplumadas: imagens do próprio Kukulcán. E aqui, no México, se aqueles de sangue indígena tivessem a última palavra, talvez mesmo os curingas fossem bem-tratados, pois os maias consideravam os deformados abençoados pelos deuses. Mas aqueles que descendem dos maias não estão no poder.

"Em Chichén Itzá, mais de cinquenta curingas foram mortos apenas um ano atrás.

"A maioria deles (mas nem todos) eram seguidores da nova religião maia. Essas ruínas eram seu lugar de adoração. Pensavam que o vírus era um sinal para voltar aos velhos costumes; não se consideravam vítimas. Os deuses teriam desfigurado seus corpos e os feito *diferentes* e sagrados.

"Sua religião era um regresso a um passado violento. E por serem tão diferentes, eram temidos. Os nativos de descendência espanhola e europeia os odiavam. Havia boatos relacionados a sacrifícios animais e até mesmo humanos, de rituais sangrentos. Não importava se isso era verdade; nunca importa. Eles eram *diferentes*. Seus próprios vizinhos uniram-se para se livrar dessa ameaça passiva. Eles foram arrastados aos gritos dos vilarejos nas cercanias.

"Amarrados, pedindo misericórdia, os curingas de Chichén Itzá foram trazidos para cá. Suas gargantas foram cortadas numa paródia brutal dos rituais maias, e o sangue espirrado manchou de vermelho as serpentes esculpidas. Os corpos foram lançados abaixo, no campo de futebol. Outra atrocidade, outro incidente de 'limpos contra curingas'. Antigos preconceitos amplificando novos.

"Ainda assim, o que aconteceu aqui — apesar de horrível — não é pior do que aconteceu, do que *está* acontecendo, aos curingas nos Estados Unidos. Você, que está lendo isto: você ou alguém que conheça provavelmente é culpado pelo mesmo preconceito que causou esse massacre. Não somos menos suscetíveis ao medo do *diferente*."

Sara desligou o gravador e deixou-o sobre a cabeça da serpente. Com olhos semicerrados sob o sol brilhante, conseguia ver um grupo de delegados próximo do Templo do Homem Barbado; atrás dele, a pirâmide de Kukulcán lançava uma longa sombra sobre o gramado.

— Uma mulher de compaixão tão óbvia manteria a mente aberta, não é?

O pânico subiu pela sua espinha. Sara virou-se e viu o senador Hartmann observando-a. Levou um bom tempo para se recompor.

— O senhor me assustou, senador. Onde está o restante do grupo?

Hartmann sorriu como se pedisse desculpas.

— Desculpe por segui-la desse jeito, Srta. Morgenstern. Não era minha intenção assustá-la, acredite em mim. Quanto aos outros, disse a Hiram que tinha assuntos particulares para discutir com a senhorita. É um bom amigo e me ajudou a escapar. — Ele deu um sorriso suave, como se de alguma forma, em seu íntimo, estivesse se divertindo. — Não consegui me afastar de todos eles. Billy Ray está lá embaixo, cumprindo com esmero sua função de guarda-costas.

Sara franziu a testa para aquele sorriso. Pegou o gravador e colocou-o na bolsa.

— Não acho que o senhor e eu tenhamos "assuntos particulares", senador. Se o senhor me der licença…

Ela deu alguns passos, passando por ele na direção da entrada do templo. Por um momento pensou que ele poderia fazer algum movimento para detê-la; ficou tensa, mas ele abriu caminho educadamente.

— Eu estava falando sério sobre o que disse sobre compaixão — comentou ele pouco antes de ela chegar à escadaria. — Sei por que a senhorita não gosta de mim. Sei por que a senhorita parece tão familiar. Andrea era sua irmã.

As palavras acertaram Sara como murros. Ela arfou com a dor que sentiu.

— Também acredito que a senhorita é justa — Hartmann continuou, cada palavra era outro golpe. — Acredito que, se a senhoria finalmente soubesse da verdade, entenderia.

Sara deu um grito que era quase um soluço, incapaz de retê-lo. Apoiou-se com a mão sobre a pedra fria e áspera e virou-se. A compaixão que viu nos olhos de Hartmann a assustou.

— Me deixe em paz, senador.

— Estamos presos um ao outro nesta viagem, Srta. Morgenstern. Não faz sentido sermos inimigos, não quando inexiste razão para tanto.

A voz dele era suave e persuasiva. Ele soava gentil. Teria sido mais fácil se o tom dele fosse de acusação, se tentasse suborná-la ou ameaçá-la. Assim, ela poderia revidar tranquilamente, poderia lançar mão de sua fúria. Mas Hartmann estava lá, as mãos ao lado do corpo, parecia acima de tudo *triste*. Ela imaginava Hartmann de muitas maneiras, mas nunca dessa forma.

— Como… — ela começou, e percebeu a voz embargada. — Quando o senhor descobriu sobre Andrea?

— Depois da nossa conversa na coletiva de imprensa, pedi para a minha assistente, Amy, fazer uma pesquisa. Descobriu que a senhorita nasceu em

Cincinnati, que seu sobrenome era Whitman. Morava a duas ruas da minha, em Thornview. Andrea era quanto, sete ou oito anos mais velha que a senhorita? Vocês são muito parecidas, se ela tivesse crescido. — Ele cobriu o rosto com as mãos, esfregando os cantos dos olhos com os dedos indicadores. — Não fico muito confortável mentindo ou sendo evasivo, Srta. Morgenstern. Não é meu estilo. Não acho que seja o seu também, não pelo artigos francos que a senhorita escreve. Acho que sei por que estamos tendo problemas, e também sei que isso é um erro.

— Significa que o senhor acha que a culpa é minha.

— Nunca ataquei a *senhorita* na imprensa.

— Eu não minto nos meus artigos, senador. São justos. Se o senhor tem problema com alguns dos meus dados, avise e eu confirmo para o senhor.

— Srta. Morgenstern — Hartmann começou a falar, um traço de irritação na voz. Então, estranhamente, lançou a cabeça para trás e deu uma risada alta. — Deus, lá vamos nós de novo — disse ele, e suspirou. — Realmente, eu li seus artigos. Nem sempre *concordo* com a senhorita, mas serei o primeiro a admitir que foram bem escritos e pesquisados. Eu até acho que poderia gostar da pessoa que os escreveu, se tivéssemos a chance de conversar e nos conhecer. — Seus olhos azul-acinzentados olharam fixamente para os dela. — O que há entre nós é o fantasma de sua irmã.

Suas últimas palavras deixaram Sara sem fôlego. Ela mal podia acreditar que ele as tinha dito; não de forma tão casual, não com aquele sorriso inocente, não depois de todos aqueles anos.

— O senhor a matou — ela sussurrou, e não percebeu que pronunciara as palavras em voz alta até ver o choque no rosto de Hartmann. Ele ficou pálido por um instante. A boca se abriu, então fechou-se rapidamente. Ele negou com a cabeça.

— A senhorita não pode acreditar numa coisa dessas — ele falou. — Roger Pellman a matou. Não há dúvida quanto a isso. O pobre garoto retardado... — Hartmann balançou a cabeça. — Como posso dizer isso de forma gentil? Ele saiu do bosque nu e uivando como se todos os demônios do inferno estivessem atrás dele. Estava coberto com o sangue de Andrea. Ele *admitiu* tê-la matado.

O rosto de Hartmann ainda estava pálido. O suor brotava de sua testa, e o olhar era reservado.

— Droga, eu estava lá, Srta. Morgenstern. Eu estava lá fora, no meu jardim, quando Pellman veio correndo na rua, não falando coisa com coisa. Correu para a casa dele, os vizinhos todos lá, assistindo. Todos ouvimos sua mãe gritar. Então vieram os policiais, primeiro até a casa dos Pellman, depois levaram Roger para o bosque com eles. Eu os vi carregando o corpo enrolado. Minha mãe estava abraçada com a sua. Ela estava histérica, aos berros. Aquilo contagiou a todos nós. Todos estávamos chorando, todas as crianças, mesmo que não entendêssemos de verdade o que estava acontecendo. Algemaram Roger, levaram-no para longe...

Desnorteada, Sara encarava o rosto assombrado de Hartmann. Os punhos dele estavam fechados ao lado do corpo.

— Como a senhorita pode dizer que eu a matei? — ele perguntou com suavidade. — Não percebe que eu estava apaixonado por ela, tão encantado como um garoto de 11 anos pode ficar? Nunca teria feito qualquer coisa para machucar Andrea. Tive pesadelos por meses depois disso. Fiquei furioso quando mandaram Roger Pellman para a Clínica Psiquiátrica de Longview. Eu queria que ele fosse enforcado pelo que fez; queria ser o homem que apertaria o maldito botão para acabar com ele.

Não pode ser. A negação insistente palpitava em sua cabeça. Ainda assim, ela olhou para Hartmann e soube, de alguma forma, que estava errada. A dúvida começou a abrandar um pouco o ódio ardente.

— Súcubo — ela disse, e percebeu que a garganta estava seca. Lambeu os lábios. — O senhor estava lá, e ela estava com o rosto de Andrea.

Hartmann deu um suspiro profundo, engolindo em seco. Desviou o olhar dela por um instante, na direção do templo ao norte. Sara seguiu o seu olhar e viu que o grupo do *Cartas Marcadas* havia entrado. O campo estava deserto, quieto.

— Eu conheci Súcubo — Hartmann disse finalmente, ainda sem a olhar, e ela conseguiu sentir a emoção trêmula na voz do senador. — Conheci no final de sua carreira pública, e depois ainda nos víamos ocasionalmente. Eu não estava casado na época, e Súcubo... — Ele se voltou para Sara, e ela ficou surpresa em ver que seus olhos brilhavam, úmidos. — Súcubo podia ser *qualquer pessoa*, você sabe. Era a amante ideal de qualquer um. Quando estava com alguém, era exatamente o que esse alguém queria.

Naquele instante, Sara soube o que ele falaria. Já tinha começado a balançar a cabeça, negando.

— Para mim, quase sempre — Hartmann continuou — ela era Andrea. Você estava certa, sabe, quando disse que nós dois somos obsessivos. Nós somos obcecados por Andrea e sua morte. Se aquilo não tivesse acontecido, eu poderia ter esquecido minha quedinha por ela seis meses depois, como toda fantasia adolescente. Mas o que Roger Pellman fez gravou Andrea na minha mente. Súcubo... ela entrava na cabeça das pessoas e usava o que encontrasse lá. Dentro de mim, encontrou Andrea. Então, quando me viu durante a revolta, quando quis que eu a salvasse da violência da multidão, assumiu o rosto que sempre mostrara para mim: o de Andrea.

"Eu não matei a sua irmã, Srta. Morgenstern. Eu me declararia culpado de pensar nela como minha amante na fantasia, mas isso é tudo. Sua irmã era um ideal para mim. Eu nunca teria feito mal algum a ela. Jamais seria capaz."

Não pode ser.

Sara lembrou-se de todas as conexões estranhas que ela encontrou nos meses após ter visto pela primeira vez o vídeo da morte de Súcubo. Sara achava que tinha escapado da adoração excessiva que seus pais nutriam por Andrea, que havia deixado a irmã assassinada para trás pelo resto da vida. O rosto de Súcubo tinha destruído tudo aquilo. Mesmo depois de ela ter escrito, trêmula, o artigo que no fim das contas lhe daria o Pulitzer, pensou ter sido um erro, um truque cruel do destino. Mas Hartmann esteve lá. Ela sabia desde o início que o senador era de Ohio. Descobriu mais tarde que não apenas era de Cincinnati, mas era vizinho, fora colega de classe de Andrea. Fez mais pesquisas, de repente suspeitou. Mortes misteriosas e atos violentos pareciam atormentar Hartmann: na faculdade de direito, como conselheiro de Nova York, como prefeito e senador. Nenhum deles foi culpa de Hartmann. Sempre havia mais alguém, alguém com motivo e desejo. Mas, ainda assim...

Ela foi mais a fundo. Descobriu que Hartmann, aos 5 anos de idade, e seus pais estiveram em férias em Nova York no dia em que Jetboy morreu e o vírus foi disseminado sobre o inocente mundo. Ficaram entre os sortudos. Nenhum deles jamais mostrou qualquer sinal de ter sido infectado. Ainda assim, se Hartmann fosse um ás escondido "na manga", como dizem por aí...

Era circunstancial. Era frágil. Seu instinto de repórter gritava "Objetividade!" para suas emoções. Aquilo não a impediria de odiá-lo. Sempre havia aquele pressentimento, a certeza de que fora ele. Não Roger Pellman, não os outros que foram condenados, mas Hartmann.

Durante os últimos nove anos ou mais, acreditou naquilo.

Ainda assim, naquele momento Hartmann não parecia perigoso ou maligno. Estava lá, diante dela, paciente — um rosto sincero, a testa alta com cabelo que ameaçava recuar e suava sob o sol implacável, um corpo arredondado na cintura por anos sentado atrás de mesas administrativas. Ele a deixou encará-lo, deixou-a procurar seu olhar sem se esquivar. Sara achou que não conseguiria imaginá-lo matando ou machucando alguém. Uma pessoa que se deleitava com a dor da maneira que ela imaginava deixaria isso transparecer em algum lugar: na linguagem corporal, nos olhos, na voz. Não havia nada disso em Hartmann. Ele tinha uma presença, sim, um carisma, mas não parecia perigoso.

Ele teria falado de Súcubo se não se importasse? Um assassino se abriria daquela forma com alguém que ele não conhecia, uma repórter hostil? A violência não segue todas as pessoas durante a vida? Dê a ele esse crédito.

— Eu... tenho que pensar sobre isso — ela disse.

— É tudo que peço — ele respondeu de forma suave. Deu um longo suspiro, olhando ao redor das ruínas queimadas de sol. — Acho que preciso voltar para a companhia dos outros antes que alguém comece a comentar. Do jeito que Downs está bisbilhotando, já terá começado com todos os tipos de rumores. — Ele sorriu de um jeito triste.

Hartmann moveu-se na direção da escadaria do templo. Sara o observou com a testa franzida, pensamentos contraditórios agitando-se dentro dela. Quando o senador passou por ela, ele parou.

A mão dele tocou o ombro de Sara.

O toque era gentil, morno, e o rosto estava coberto de compreensão.

— Pus o rosto de Andrea em Súcubo e sinto muito que isso lhe tenha causado angústia. Isso também me deixou arrasado. — Ele abaixou a mão; o ombro dela estava frio onde ele tocara. Hartmann olhou para a cabeça das serpentes em cada lado. — Pellman matou Andrea. Ninguém mais. Sou apenas uma pessoa que entrou acidentalmente na sua história. Acho melhor sermos amigos que inimigos.

Ele pareceu hesitar por um momento, como se esperasse uma resposta. Sara observava a pirâmide, sem confiança para dizer qualquer coisa. Todas as emoções conflitantes que representavam Andrea invadiram-na: sofrimento, a perda dolorida, a amargura, milhares de outras. Sara manteve o olhar longe de Hartmann, não queria vê-lo.

Quando teve certeza de que ele se afastara, ela desabou, sentando com as costas amparadas em uma coluna de serpente. Com a cabeça entre os joelhos, deixou as lágrimas caírem.

No fim da escadaria, Gregg olhou para cima, na direção do templo. Uma satisfação macabra preencheu-o. Quase no fim, ele sentiu o ódio de Sara se dissipar como a névoa à luz do sol, deixando para trás apenas um traço ínfimo de sua presença. *Eu fiz isso sem você*, ele disse à força dentro dele. *O ódio dela te escorraçou, mas não importa. Ela é Súcubo, ela é Andrea; farei com que ela venha até mim sozinho. Ela é minha. Não preciso que você a force até mim.*

O Titereiro ficou em silêncio.

Direitos de sangue

Leanne C. Harper

O jovem maia Lacandon tossiu quando a fumaça o acompanhou pelo campo recém-aberto. Alguém tinha que ficar e observar o mato que tinham cortado ser reduzido a cinzas, que usariam para alimentar a *milpa*, o solo com culturas variadas. O fogo ainda ardia, então ele se afastou do caminho da fumaça. Todos os outros estavam em casa fazendo a sesta e o calor úmido também o deixara sonolento. Alisando a longa veste branca sobre as pernas desnudas, comeu os *tamales* frios, que eram seu jantar.

Deitado à sombra, começou a piscar e cair no feitiço dos seus sonhos mais uma vez. Os sonhos o levavam ao mundo dos deuses desde que era menino, mas era raro conseguir se lembrar do que dizia ou fazia. José, o velho xamã, ficava muito bravo quando lembrava apenas das sensações ou detalhes inúteis de sua última visão. A única esperança nisso tudo era a de que o sonho se tornasse cada vez mais claro. Ele negou a José que o sonho voltara, aguardando pelo momento em que poderia lembrar o bastante para impressionar até mesmo José, mas o xamã sabia que ele estava mentindo.

O sonho o levava a Xibalba, o domínio de Ah Puch, o Senhor da Morte. Xibalba sempre cheirava a fumaça e sangue. Tossia como se a atmosfera de morte tivesse entrado em seus pulmões. A tosse o acordou, e ele precisou de um momento para perceber que não estava mais no submundo. Lacrimejando, afastou-se do rastro da fumaça que o vento lhe trouxera. Talvez seus ancestrais também estivessem bravos com ele.

Observou as labaredas, que agora se apagavam lentamente, e aproximou-se um pouquinho da fogueira no centro da *milpa*. Com os olhos arregalados, se agachou diante do fogo e o observou com atenção. José lhe dissera mil vezes para confiar no que sentia, para ir aonde a intuição o enviasse. Desta vez, apavorado, mas feliz por não ter ninguém por perto, ele assim o faria.

Com as duas mãos, colocou os cabelos negros atrás da orelha, depois pegou um galhinho folhoso que saía da base da fogueira e colocou-o no chão, diante de si. Devagar, com a mão esquerda tremendo ligeiramente, tirou o machete da bainha de couro manchada ao seu lado. Contraindo a outra mão, levantou a ferramenta até a altura do peito, bem à sua frente. Cerrou os dentes, ergueu ligeiramente a cabeça, desviando o olhar de sua mão. O suor da testa desceu pelos olhos e escorreu pelo nariz aristocrático enquanto passava o machete pela palma da mão direita.

Ele não emitiu som algum. Nem se mexeu quando o sangue vivo escorreu pelos dedos para cair no verde profundo das folhas. Apenas os olhos se estreitaram e o queixo se ergueu. Quando o galho estava coberto de sangue, levantou-o com a mão esquerda e o arremessou nas chamas. O ar cheirava a Xibalba de novo e aos rituais de seus antigos ancestrais e, mais uma vez, voltou ao submundo.

Como sempre, um coelho escriba cumprimentou-o, na língua antiga de seu povo. Apertando o papel amate e o pincel em seu peito peludo, pediu-lhe que o seguisse em um tom de voz estranho e grave. Ahau Ah Puch aguardava por ele.

O ar cheirava a sangue queimado.

O homem e o coelho passaram por uma vila de cabanas de sapê abandonadas, muito parecidas com as de sua própria vila. Faltavam alguns tufos da palha dos telhados. As portas descobertas pareciam bocas de caveira, enquanto a lama e a grama das paredes caíam como carne de um corpo em decomposição.

O coelho indicou-lhe um caminho entre as altas paredes de pedra de uma arena, com anéis também de pedra esculpidos acima da cabeça. Não lembrava de já ter estado nesse tipo de arena antes, mas sabia que poderia jogar ali, já tinha feito isso, até marcado pontos. Sentiu novamente uma bola de borracha dura encostar na ombreira de algodão e se arqueou em direção à serpente enrolada, entalhada no anel de pedra.

Tirou os olhos da serpente e os voltou para o rosto do Senhor da Morte, sentado em uma esteira de palha na plataforma à sua frente, no final do campo. Os olhos de Ah Puch eram covas negras cavadas na faixa branca de sua cabeça. A boca e o nariz de Ahau abriam-se para a eternidade e o cheiro de sangue e carne pútrida eram muito fortes.

— Hunapu. Jogador. Você voltou para mim.

O homem ajoelhou-se e colocou a testa no chão, diante de Ah Puch, mas não teve medo. Não sentia nada neste sonho.

— Hunapu. Filho.

O homem levantou a cabeça ao ouvir a voz da velha senhora à sua esquerda. Ix Chel e seu ainda mais velho marido, Itzamna, estavam sentados de pernas cruzadas na esteira, observados pelo coelho escriba. A plataforma em que estavam era apoiada por enormes tartarugas gêmeas, que só demonstravam estar vivas pelo intermitente piscar de olhos.

— O ciclo termina — a avó continuou a falar. — A mudança vem do *hach winik*. Os homens brancos criaram sua própria derrocada. Você, Hunapu, irmão do Xbalanque, é o mensageiro. Vá até Kaminaljuyu e encontre seu irmão. Sua passagem ficará livre, jogador.

— Não se esqueça de nós, jogador — disse Ah Puch, e sua voz era malévola e vazia, como se falasse por uma máscara. — Seu sangue é nosso. O sangue de seus inimigos é nosso.

Pela primeira vez, um medo genuíno retirou Hunapu do torpor. A mão latejava de dor no ritmo das palavras de Ah Puch, mas, apesar do medo, ergueu-se. Seus olhos encontraram a escuridão eterna de Ah Puch.

Antes que pudesse falar, uma bola que continha lâminas afiadíssimas cortou o ar em sua direção. Em seguida, Xibalba tinha desaparecido, e ele voltara ao fogo apagado, ouvindo o velho deus falar uma única palavra.

— Lembre-se.

O troncudo trabalhador maia estava à sombra de uma das tendas de operários, observando o último grupo de alunos e professores de arqueologia chegar. Enquanto entravam em suas tendas de dormir, ele se encolhia ainda mais sob a proteção da tenda. Seu clássico perfil maia o marcava como índio puro-sangue, a classe mais baixa da hierarquia social guatemalteca, mas aqui, entre os alunos loiros, era uma marca de conquista. Era raro que um aluno no passado conseguisse dormir com um exemplar vivo de uma raça dos reis-sacerdotes. O operário, com calça jeans muito larga e uma camiseta imunda da Universidade da Pensilvânia, não viu motivos para desencorajar essa impressão. Porém, tentou ficar o menos atraente possível para observar a repulsa e o desejo simultâneos. Caminhou lentamente pela estreita viela entre as tendas e o galpão de chapa metálica.

O índio certificou-se uma vez mais se não havia ninguém olhando antes de agarrar o cadeado e enfiar a picareta no buraco da fechadura. Semicerrando os olhos contra a luz da chama, repetiu o movimento mais algumas vezes até que a fechadura se abriu. Estampou um sorriso muito branco e debochado ao olhar para a tenda do professor. Colocou o cadeado no bolso do jeans, abriu a porta e esgueirou-se lateralmente para dentro do abrigo. Ao contrário dos arqueólogos, ele não precisava se curvar.

Esperou um pouco até que os olhos se acostumassem à escuridão para então pegar uma lanterna no bolso de trás. A saída de luz da lanterna estava coberta com um pedaço de tecido preso por um elástico.

O fraco círculo de luz vagava pela sala quase a esmo até que ficou imóvel em uma prateleira cheia de objetos das tumbas e trincheiras escavadas ao redor da cidade. O ladrão se movia de lado no estreito corredor central, com cuidado para não tocar nas jarras, estátuas e outros artefatos parcialmente limpos que estavam nas prateleiras dos dois lados. O homenzinho pegou meia dúzia de pequenos potes e estátuas em miniatura das prateleiras. Nenhum deles estava na parte da frente de uma prateleira e nem eram os exemplares mais bonitos, mas estavam todos intactos, apesar do longo período que passaram enterrados. Colocou-os em um saco de algodão com cadarço de puxar.

Olhando com desprezo para as fileiras de esculturas de cerâmica e jade, ele se perguntava por que os norte-americanos se achavam no direito de condenar os ladrões de túmulos do passado se eles mesmos eram tão eficientes no ofício. Voltou de lado pelo mesmo corredor, pegando uma panela pintada de vermelho e preto que, por conta da sua movimentação, tinha ficado muito perto da beirada. Mãos ágeis pegaram um surrado alargador de orelha de jade, e ele parou, percorrendo o facho de luz da lanterna por toda a sala estreita mais uma vez. Duas coisas lhe chamaram a atenção: o esporão de uma arraia e uma garrafa de gim Tanqueray, que eram mantidos longe dos operários.

Segurando a garrafa e o esporão contra o peito, encostou a orelha na porta para saber se havia ruído de alguém passando. Tudo o que conseguiu ouvir foi o som abafado de uma relação sexual em uma tenda próxima. Parecia ser o ruivo alto. Satisfeito em saber que ninguém o veria, saiu e recolocou o cadeado.

Esperou para abrir o gim só quando tivesse subido a uma das altas colinas. Os professores diziam que todas as colinas eram templos. Tinha visto desenhos de como aquele lugar fora um dia. Não acreditou no que vira: praças e templos altos com tetos alongados por uma parede dando altura adicional, todos pintados de vermelho e amarelo. Ele não acreditava especialmente nos homens altos e magros que tinham presidido os templos. Não se pareciam com ele, nem com ninguém que conhecia, mas os professores disseram que eram seus ancestrais. Era típico dos norte-americanos. Mas isso significava que ele só estava roubando sua herança.

Alguma coisa lhe espetou a costela quando se abaixou para abrir a garrafa. Tirou o esporão da arraia do bolso. Uma das loiras, não, a ruiva, tinha lhe contado o que os velhos reis tinham feito. "Que no-jo", ela dissera. Ele concordara em seu íntimo. As mulheres norte-americanas com quem dormia sempre faziam muitas perguntas sobre os antigos. Pareciam achar que ele deveria ter o conhecimento de um bruxo só por ser índio. *Gringas*. Ele aprendera mais com elas do que com qualquer outra pessoa da sua família. Tinham lhe ensinado o que era valioso e, mais importante, o que se perderia imediatamente. Já tinha uma coleçãozinha boa. Ficaria rico quando a vendesse na Guatemala.

O gim estava bom. Ele se encostou em um conveniente tronco de árvore e observou a lua. Ix Chel, a velha, era a deusa da lua. Os deuses dos anciãos eram feios, não eram como a Virgem Maria ou Jesus, nem mesmo como o Deus na igreja na qual fora criado. Pegou o esporão da arraia. Alguém o trouxera muito tempo atrás para esta cidade nas Serranias. Era entalhada com desenhos intrincados ao longo de todo o comprimento. Ele o colocou ao lado da perna, medindo-o usando a coxa. Eram do mesmo tamanho. Todas aquelas histórias. Esticou-se para pegar a garrafa de gim, mas errou e caiu para a frente, apoiando-se com a mão livre. Estava bêbado.

O luar fez brilhar o peito suado quando ele tirou a camiseta e a dobrou de qualquer jeito. Colocou-a sobre o ombro direito. Fechando os olhos, cambaleou para a esquerda e os abriu, piscando rapidamente. Tentou trazer as pernas para cima, em uma posição que já vira tantas vezes em quadros. Foi uma manobra. Teve que se segurar em uma rocha e colocar as pernas no lugar usando a mão direita. Segurou a camiseta com o queixo e o ombro erguido.

Com uma confiança que contradizia a embriaguez, ele ergueu o esporão e furou a orelha direita.

Arquejou e praguejou com a dor que o varreu por dentro, levando o álcool embora e trazendo a euforia, enquanto o sangue fluía de seu lóbulo rasgado e era absorvido pela camiseta. A sensação o fez tremer. Era melhor do que o gim, melhor do que a maconha que os alunos da faculdade tinham, melhor do que a cocaína do professor que uma vez roubou e cheirou.

Penetrando sua mente sombria estava a impressão de não mais estar sozinho no templo. Abriu os olhos, sem perceber que os fechara. Por apenas um instante o templo como um dia fora brilhou sob o luar. Os vermelhos vibrantes foram obscurecidos pela luz fraca. Sua mulher se ajoelhou diante dele puxando uma corda cheia de espinhos através da língua. Todos os presentes o cercavam. Seu cocar bastante enfeitado lhe cobria os olhos. Ele piscou.

O templo era uma pilha de pedras coberta pela floresta. Não havia nenhuma esposa vestida de jade, ninguém por perto. Ele vestia apenas um jeans sujo novamente. Balançou a cabeça com vigor para afastar essa última visão. Aquilo doía, *ah*, doía sim. Deve ter sido o gim e por ter ouvido aquelas mulheres. De acordo com o que elas disseram, de qualquer forma, ele havia perturbado antigos ritos. O poder deveria estar no sangue ardente.

A camisa caiu do ombro. Estava num tom vermelho vivo, ensopada de sangue. Refletiu por um instante, depois pegou o isqueiro que tinha roubado de um dos professores e tentou queimar a camiseta. Estava molhada demais. As chamas não pegavam. Em vez disso, ateou fogo a uns gravetos que encontrou no chão. Quando conseguiu fazer o fogo pegar, jogou a camiseta. O sangue, ao queimar, liberava uma fumaça e um cheiro que quase lhe deram náusea. De brincadeira, sentou-se diante do fogo e cruzou as pernas, imitando a posição que vira em tantas cerâmicas, uma das mãos estendidas na direção das labaredas. Estava começando a ficar muito cansado e olhar para o fogo o hipnotizava.

O pouco que sabia sobre Xibalba o levara a acreditar que aquele era um lugar de fogo e escuridão, como no inferno sobre o qual os padres o advertiam quando era criança. Mas não era. Parecia-se mais com a aldeia remota onde ainda viviam como nos tempos antigos. Não havia antenas de televisão, rádios retumbando os últimos sucessos do *rock and roll* da Guatemala. Tudo permanecia em silêncio. Não viu ninguém enquanto passava pelo pequeno grupo de cabanas. O único movimento que percebeu foi de um morcego saindo da parte de baixo da porta de uma das casas com cobertura de palha. Os telhados eram armados como o teto das salas do templo: altos e estreitos, quase formando um pico. Sentia como se caminhasse por um mural na parede de um templo. Tudo era tão familiar… Normalmente, nenhum de seus sonhos embriagados tinha essa clareza.

Uma batida ritmada o trouxe de volta à arena desportiva. Havia três figuras humanas sentadas na plataforma em cima do muro. Ele os reconheceu como sendo Ah Puch, Itzamna e Ix Chel — o Deus da Morte, o Velho e a Velha, os supremos no panteão, ou tão supremos como era qualquer uma das muitas deidades. Os três estavam cercados por animais que os auxiliavam como escribas e serviçais. Tirando o olhar das paredes de pedra para a arena cheia de terra, viu a fonte do ruído. Sem dignar-se a notá-lo, uma criatura que era metade humana, metade jaguar tentava repetidamente fazer a bola passar por um dos aros de pedra intrincadamente entalhados que havia no alto das paredes da arena. A criatura nunca usava as patas. Em vez disso, usava a cabeça, os quadris, cotovelos e joelhos para mandar a bola quicando pela parede, na direção do aro. O homem-jaguar e suas presas o assustavam. Desde que o sonho começara, era a primeira coisa que sentira, além de curiosidade, e se perguntou se conseguiria roubar aqueles anéis de

DIREITOS DE SANGUE

pedra. Observou os músculos se contraírem e relaxarem enquanto imaginava por que nada daquilo parecia estranho. Ergueu a cabeça e olhou para os espectadores.

Pelo canto do olho, viu a bola vir em sua direção. Movimentando-se em padrões que lhe pareciam tão familiares quanto a aldeia, desviou-se, e bateu na bola com o cotovelo, lançando-a no aro mais próximo. Ela passou pelo aro sem tocar na pedra. Os espectadores arfaram e cochicharam uns com os outros. Ele também estava surpreso, mas decidiu que, por ali, discrição era a melhor opção.

— Olha! Nada mau! — ele gritou em espanhol.

O Senhor da Morte balançou a cabeça e olhou para o casal de anciões. Itzamna falou com ele em maia puro. Embora nunca tivesse falado aquela língua antes, ele a reconhecia e a compreendia.

— Bem-vindo a Xibalba, Xbalanque. Você é tão bom jogador quanto seu homônimo.

— Não me chamo Xbalanque.

— A partir de agora, chama. — A máscara negra da morte de Ah Puch o fuzilou com os olhos, fazendo-o engolir o segundo comentário.

— Sim, estou sonhando e sou Xbalanque. — Ele esticou as mãos e concordou com a cabeça. — Como queira.

Ah Puch desviou o olhar.

— Você é diferente e sempre soube disso — Ix Chel sorriu para ele.

Era o sorriso de um crocodilo, não de uma avó. Ele sorriu para ela, desejando acordar. Imediatamente.

— Você é um ladrão.

Ele começou a pensar em como sairia daquele sonho. Lembrava-se das piores partes dos antigos mitos — as decapitações, as casas de múltiplos horrores...

— Deveria usar suas habilidades para ganhar poder.

— É, vou fazer isso. Tem razão. Sem problema. Assim que eu voltar.

Um dos coelhos que estava com os três deuses observava-o com interesse, a cabeça inclinada para um dos lados e as narinas agitadas. Ocasionalmente, tomava notas em um esquisito pedaço de papel dobrado com uma espécie de caneta pincel. Lembrou-se de uma HQ que um dia lera, *Alice no País das Maravilhas*. Ela também sonhava com coelhos. E ele estava ficando com fome.

— Vá para a cidade, Xbalanque — a voz de Itzamna era esganiçada, mais aguda que a de sua mulher.

— Ei, não tem um irmão por aqui em algum lugar? — ele se recordava cada vez mais do mito.

— Você vai encontrá-lo. Vá. — A arena desportiva começou a tremer diante de seus olhos, e a pata do jaguar o acertou na nuca.

Xbalanque grunhiu de dor quando a cabeça escorregou da pedra que ele tinha aparentemente feito de travesseiro. Ficou de pé, esfregando as costas desnudas no calcário áspero.

O sonho ainda estava vívido, e ele não conseguia se concentrar em outra coisa. A lua tinha se posto enquanto ele estivera inconsciente. Estava muito escuro. As pedras descobertas da ruína brilhavam com sua própria luz, como ossos revirados em um túmulo. Os ossos da glória passada de seu povo.

Inclinou-se para pegar seus tesouros roubados e caiu sobre um joelho só. Sem conseguir se conter, vomitou o gim e as *tortillas* que comera. *Madre de Dios*, como se sentia mal. Com o corpo vazio e trêmulo, ele se ergueu vacilante outra vez para começar a descer da pirâmide. Talvez o sonho estivesse certo. Devia ir embora, partir para a Cidade da Guatemala agora. Pegar o que era seu. Era o suficiente para viver com conforto durante algum tempo.

Meu Deus, que dor de cabeça. Ressaca e ainda estava bêbado. Não era justo. A última coisa que pegara fora o esporão da arraia. As pontas ainda estavam cobertas com seu sangue. Xbalanque tocou na orelha com cuidado. Passou os dedos no buraco de seu lóbulo com dor e repugnância. A mão saiu ensanguentada. Aquilo definitivamente não fazia parte do sonho. Cambaleando, vasculhou os bolsos até encontrar o alargador. Tentou colocá-lo no lóbulo da orelha, mas doía demais e a carne viva não suportaria aquilo. Quase vomitou novamente.

Xbalanque tentou lembrar-se do estranho sonho. Estava esmaecendo. Tudo o que lembrava naquele momento era que o sonho o recomendara a voltar para a cidade. Ainda parecia uma boa ideia. Enquanto tropeçava e escorregava pelos flancos da montanha, decidiu roubar um jipe e ir com estilo. Talvez nem dessem pela falta. De qualquer maneira, não conseguiria andar tudo aquilo com aquela dor de cabeça.

◆

Na casa de sapé escura e cheia de fumaça, José ouviu atentamente Hunapu contar sua visão. O xamã assentiu com a cabeça quando Hunapu falou sobre sua audiência com os deuses. Ao terminar, olhou para o velho a fim de receber uma interpretação e orientação.

— Sua visão foi verdadeira, Hunapu. — Ele ergueu o corpo e escorregou da rede para o chão de terra.

Permaneceu em pé diante de Hunapu agachado e jogou um incenso de copal no fogo.

— Você precisa fazer como os deuses mandam ou trará má sorte para nós todos.

— Mas para onde tenho que ir? O que é Kaminaljuyu? — Hunapu encolheu os ombros, confuso. — Não entendo. Não tenho irmão, apenas irmãs. Não sei nada sobre esse jogo de bola. Por que eu?

— Você foi escolhido e tocado pelos deuses. Eles veem o que não vemos. — José colocou a mão no ombro do jovem. — É muito perigoso questioná-los. Eles se irritam facilmente.

"Kaminaljuyu é a Cidade da Guatemala. É para lá que você deve ir. Mas devo prepará-lo primeiro. — O xamã olhava para além dele. — Durma hoje. Amanhã você parte."

Quando voltou à casa do xamã na manhã seguinte, a maior parte da aldeia estava lá para participar da coisa mágica que acontecera. Ao deixá-los, José caminhou com ele até a floresta, carregando um pacote. Sem que ninguém da aldeia pudesse ver, o xamã amarrou uma atadura de algodão que trouxera com ele nos joelhos e cotovelos de Hunapu. O ancião disse que era assim que ele se vestia no sonho de José, na noite anterior. Também era um sinal de que a visão de Hunapu era verdadeira. José também o avisou para só contar sua missão para aqueles em quem confiasse e que fossem lacandones como ele. Os *ladinos* tentariam impedi-lo, se soubessem.

Xepon era pequena. Talvez trinta casinhas multicoloridas, agrupadas ao redor da igreja na praça. Sua tinta rosa, azul e amarela já desbotara, e as casas pareciam estar agachadas, as costas na chuva, que começara mais cedo. Quando Xbalanque saía pela estrada que cruza a montanha até a aldeia, ficou feliz ao ver uma cantina. Decidira pegar as estradas mais isoladas que encontrasse no mapa surrado que achara debaixo do banco do motorista para chegar à cidade.

Começou a manobrar em frente à cantina, mas decidiu estacionar na lateral, longe de olhares curiosos. Achou estranho não ter visto nenhuma pessoa desde que entrara na cidade, mas o tempo não estava bom para ninguém, principalmente para ele e sua ressaca. Seu Reebok, outro presente dos norte-americanos, estalou na calçada de madeira úmida na frente da cantina antes de ele entrar pela porta aberta. Era um ruído desconcertante em meio a um silêncio quebrado apenas pelo gotejar da água e pela chuva no telhado de zinco. Mesmo a falta de claridade do lado de fora não o preparara para aquela escuridão ou os anos de fumaça de tabaco aprisionada entre as estreitas paredes. Ainda havia faixas de *Feliz Navidad* desbotadas e esfiapadas penduradas no teto.

— O que você quer? — Ele ouviu a pergunta em espanhol, detrás do longo balcão paralelo à parede à sua esquerda.

A força e a hostilidade por trás da pergunta fizeram sua cabeça doer. Uma senhora índia encurvada o observava detrás do balcão.

— *Cerveza.*

Sem se preocupar com suas preferências, ela tirou uma garrafa da geladeira atrás do bar e a abriu, enquanto ele caminhava em direção a ela. Colocou a cerveja na madeira manchada e esburacada do balcão. Quando Xbalanque foi pegá-la, ela pôs a mão enrugada na garrafa e fez um movimento de queixo em sua direção. Ele tirou alguns quetzais amassados do bolso e colocou-os sobre o balcão. Ouviu-se o estrondo de um trovão próximo e os dois ficaram tensos. Ele percebeu, pela primeira vez, que o motivo de sua hostilidade podia não ter nada a ver com um cliente logo cedo. Ela arrancou o dinheiro do balcão, como se negasse o medo, e o colocou dentro da cinta de seu *huipil* manchado.

— O que você tem para comer? — O que quer que estivesse acontecendo, certamente não tinha nada a ver com ele. A cerveja estava boa, mas não era o que realmente precisava.

— Sopa de feijão-preto. — A resposta da mulher foi uma afirmação, definitivamente não um convite. Foi seguida de mais trovões no vale.

— O que mais?

Olhando em volta, Xbalanque percebeu tardiamente que alguma coisa estava muito errada. Em todas as bodegas em que estivera, não importava o tamanho nem o local, sempre havia velhos bêbados sentados, tentando conseguir uma bebida de graça. E as mulheres, mesmo as velhas como esta, quase nunca trabalhavam em bares nessas aldeiazinhas.

— Nada. — Seu rosto estava perto dele enquanto ele procurava por pistas do que pudesse estar acontecendo.

O outro retumbar de trovão parecia um rosnar de motores de caminhão. Os dois se viraram na direção da porta. Xbalanque afastou-se do balcão, procurando por uma outra saída. Não havia. Quando virou novamente para a velha, ela lhe dera as costas. Ele correu para a porta.

Soldados de verde se amontoavam nas carrocerias de dois veículos do exército estacionados no meio da praça. O rastro dos caminhões estava marcado por galhos e arbustos quebrados que foram atropelados no caminho para o parque. Conforme os soldados saíam do veículo, preparavam suas metralhadoras para atirar. Equipes de dois homens deixaram imedia-

DIREITOS DE SANGUE

tamente a área central para revistar as casas que rodeavam a praça. Outros homens armados saíram da praça e foram na direção do restante da aldeia.

Espalmando as mãos sobre o reboco, Xbalanque esgueirava-se pela parede externa da cantina buscando a segurança da lateral da rua.

Se conseguisse chegar até o jipe, teria uma chance de escapar. Tinha conseguido chegar à esquina da construção, quando um dos soldados o avistou. À ordem do soldado para que parasse, saltou para a rua, escorregando na lama, e saiu correndo até o veículo.

Tiros atingiram o chão logo a sua frente, espirrando lama nele. Xbalanque ergueu a mão para proteger os olhos e caiu de joelhos. Antes que conseguisse se levantar, um soldado de expressão mal-humorada agarrou seu braço e o arrastou de volta à praça. Seus pés escorregavam na lama espessa enquanto se esforçava para levantar e caminhar.

Um dos jovens soldados ladinos manteve sua Uzi apontada para o rosto de Xbalanque, enquanto era revistado, de cara na lama. Xbalanque escondera os artefatos no jipe, mas os soldados encontraram um esconderijo de quetzais no Reebok. Um deles ergueu a bolsa de dinheiro para o tenente, chefe da tropa. Ele olhou para as notas com nojo, mas colocou-as no bolso mesmo assim. Xbalanque não reclamou. Apesar da dor de cabeça excruciante que começara enquanto fugia dos soldados, tentava decidir o que poderia dizer para sair daquela situação. Se soubessem que o jipe era roubado, ele estaria morto.

O ruído de mais tiros o fez mergulhar na lama. Levantou a cabeça ligeiramente, batendo-a no cano da arma, logo acima dele. O soldado que a segurava recuou apenas o suficiente para que ele visse outro homem sendo arrastado de dentro da dilapidada escola amarela no lado oeste da praça. Ouvia crianças chorando dentro do pequeno prédio. O segundo prisioneiro também era índio, alto, a armação dos óculos torta no rosto estreito. Os dois soldados que o acompanhavam deixaram que ele se recompusesse antes de apresentá-lo ao tenente.

O professor arrumou os óculos antes de olhar diretamente para os óculos de sol espelhados do tenente. Xbalanque sabia que ele teria problemas: o professor tentara deliberadamente irritar o oficial do exército. O resultado só podia ter consequências piores do que aquelas que já enfrentavam.

O tenente ergueu seu bastão e atingiu os óculos do professor, arrancando-o do seu rosto. Quando este se abaixou para pegá-los, o oficial acertou suas têmporas. Com sangue escorrendo por todo o rosto e na camisa branca europeia, o professor recolocou os óculos. A lente direita estava espatifada. Xbalanque começou a procurar uma rota de fuga. Só esperava que o guarda estivesse distraído o bastante. Olhando de soslaio para o jovem com a Uzi, viu que o garoto não tirava os olhos dele.

— Você é um comunista. — O tenente fez uma afirmação e não uma pergunta, direcionada ao professor.

Antes que o professor pudesse responder, o oficial olhou na direção da escola com irritação. As crianças ainda choravam. Brandiu seu bastão na direção da escola e assentiu com a cabeça para um soldado à sua esquerda. Sem nem mirar, o soldado disparou sua metralhadora no prédio, quebrando janelas e furando o reboco. Alguns gritos vieram lá de dentro, seguidos de silêncio.

— Você é um traidor e um inimigo da Guatemala. — Ele bateu com o bastão no outro lado da cabeça do professor.

Mais sangue, e Xbalanque começou a ficar enjoado e a se sentir de alguma forma *errado*.

— Onde estão os outros traidores?

— Não há outros traidores. — O professor encolheu os ombros e sorriu.

— Fernandez, a igreja. — O tenente falou com um soldado que fumava um cigarro encostado num dos caminhões. Fernandez jogou o cigarro fora e pegou um tubo grosso ao lado dele, apoiado no caminhão. Enquanto mirava, outros homens ao redor do caminhão abasteciam o lançador com uma granada-foguete.

Virando em direção à igreja colonial, Xbalanque viu, pela primeira vez, o padre da aldeia do lado fora, discutindo com uma das equipes de revista, enquanto os soldados carregavam candelabros de prata. Houve o estampido do lançador de foguetes, seguido uma fração de segundos depois por uma explosão, quando a igreja desmoronou. Os soldados que estavam do lado de fora perceberam o tiro e se jogaram no chão. O padre caiu, em razão do choque ou de ferimentos, Xbalanque não saberia dizer. Agora estava sentindo dores em todas as articulações e músculos.

A chuva se misturava ao sangue no rosto do professor e, conforme pingava, manchava sua camisa de rosa. Xbalanque não viu mais nada. A dor tinha aumentado até ele se encolher na lama, trazendo os joelhos ao peito. Alguma coisa estava acontecendo. Sabia que morreria. Os malditos deuses o tinham levado até ali.

Ele mal ouviu a ordem que foi dada para que o levassem até o muro da escola com o professor. O tenente nem queria saber quem ele era. Por algum motivo, nem o fato de o tenente ter se dado ao trabalho de interrogá-lo parecia ser a pior falta de dignidade de todas.

Xbalanque tremia, de pé encostado na parede já marcada de balas. Os soldados deixaram-no ali sozinho e se afastaram, saindo da linha de tiro. A dor começou a vir em ondas, levando o medo, levando tudo, menos o peso enorme da agonia em seu corpo. Ele olhava através dos soldados se preparando para atirar e via o arco-íris entre as montanhas de um verde-jade bem vivo quando o sol, enfim, nascera. O professor lhe deu um tapinha no ombro:

— Você está bem? — Seu companheiro parecia preocupado de verdade.

Xbalanque ficou em silêncio enquanto juntava energia suficiente para não desabar no chão.

— Deus tem senso de humor, sabe? — O louco sorria para ele como se ele fosse uma criança chorona.

Xbalanque o xingou na língua de sua avó quiché, língua que nunca falara até o sonho com Xibalba.

— Morreremos pela vida do nosso povo. — O professor levantou a cabeça com orgulho e encarou as armas dos soldados quando foram erguidas para mirá-los.

— Não. De novo não! — Xbalanque correu para as armas enquanto atiravam.

Sua força derrubou o outro de joelhos. Enquanto se movia, Xbalanque percebeu que em uma pequena parte do seu cérebro aquela intensa agonia se fora. Enquanto as balas aceleravam para encontrá-lo, ele se sentia cada vez mais forte, mais poderoso do que nunca. As balas o alcançaram.

Xbalanque hesitou ao sentir o baque. Aguardou um instante pela dor inevitável e a escuridão final. Não vieram. Olhou para os soldados, que respondiam com olhos arregalados. Alguns correram para o caminhão. Outros largaram as armas e simplesmente correram. Poucos continuaram ali e seguiram atirando, olhando para o tenente que recuava lentamente em direção aos caminhões e chamava por Fernandez.

O guerreiro pegou um tijolo da rua e, gritando seu nome em uma mistura de medo e euforia, atirou-o em um dos caminhões com toda a força. Enquanto voava, acertou um soldado, esmagando sua cabeça e espalhando sangue e miolos em todos os companheiros em fuga. O soldado desacelerou o tijolo. Agora ele caía na direção do caminhão. O tijolo acertou o tanque de combustível, explodindo o veículo.

Xbalanque parou de correr na direção dos soldados e observou a cena flamejante. Homens em chamas — soldados que tinham se abrigado no veículo — berravam. A cena parecia saída de um daqueles filmes americanos a que assistira na cidade. Mas os filmes não tinham cheiro de gasolina, borracha e plástico queimados, além de todo o fedor de carne em chamas. Ele começou a recuar.

Remotamente, como se através de um pesado acolchoado, sentiu alguém puxar seu braço. Xbalanque virou para golpear o inimigo. O professor o olhava por trás dos óculos quebrados.

— *Se habla español?* — O homem alto o afastava da praça na direção de uma rua lateral.

— *Sí, sí* — Xbalanque começava a ter tempo para pensar no que estava acontecendo.

Sabia que nunca fora capaz de nada daquilo antes. Alguma coisa estava errada. O que a visão fizera com ele? Ele estava relaxando involuntariamente e sentia a força se esvair. Começou a se esgueirar na parede descascada de uma casa de cor vermelho pálida.

— *Madre de Dios...* temos que continuar a andar — o professor insistia. — Vão trazer a artilharia. Você é bom com balas, mas consegue desviar de foguetes?

— Não sei... — Xbalanque parou para pensar sobre isso por um instante. — Vamos descobrir depois. *Venha.*

Xbalanque sabia que o homem estava certo, mas era muito difícil. Sem o medo da morte, sentia como se tivesse perdido não apenas o poder, mas também sua força habitual. Olhou rua acima, em direção à lateral da montanha com mata fechada, bem acima das casas. As árvores significavam segurança. Os soldados nunca os seguiriam até a floresta, onde as guerrilhas poderiam estar esperando para emboscá-los. O ruído seco de um tiro o trouxe de volta.

O professor o arrastou da casa e, mantendo a mão debaixo do braço de Xbalanque, conduzia-o para o refúgio verde à frente. Viraram à esquerda entre duas casinhas e andaram de lado pela alameda estreita e enlameada que dividia as construções de ripas e emboço. Xbalanque andava lentamente, escorregando e derrapando na lama escura e escorregadia. Passados os quintais, a viela virava uma passagem que levava a uma subida íngreme, em direção à mata. O campo aberto tinha pelo menos 15 metros de absoluta exposição.

Ele chocou-se com seu compatriota quando este parou para espiar pela lateral da casa à esquerda.

— Está limpo. — O professor ainda não tinha soltado o braço de Xbalanque. — Consegue correr?

— *Sí.*

Depois de uma corrida assustada, Xbalanque caiu alguns metros adentro da mata. A floresta tropical era espessa o bastante para que não fossem vistos, caso ficassem parados e em silêncio. Eles ouviam os soldados discutindo logo abaixo, até que um sargento veio e mandou-os voltar para a praça. Alguém na aldeia morreria em seu lugar. O professor estava suado e nervoso. Xbalanque pensava se era pela vítima involuntária ou pela sobrevivência inesperada. Uma bala nas costas não era tão romântica quanto um pelotão de fuzilamento.

Enquanto penetravam as montanhas úmidas, tentando evitar os soldados, o companheiro de Xbalanque se apresentou. O professor se chamava Esteban Akabal, um comunista devoto e combatente da liberdade. Xbalanque ouviu, sem fazer um comentário, a longa fala sobre os malefícios do governo atual e a revolução vindoura. Ele só se perguntava de onde Akabal tirava energia para continuar. Quando Akabal por fim desacelerou, arfando como se estivessem subindo uma trilha íngreme, Xbalanque perguntou por que ele trabalhava com ladinos.

— É preciso trabalhar juntos pelo bem maior. As divisões ente quichés e ladinos são criadas e encorajadas pelo regime repressor sob o qual trabalhamos. Elas são falsas e, uma vez retiradas, não mais impedirão o desejo natural do trabalhador de se unir ao seu camarada de trabalho.

Num ponto com uma descida íngreme, ambos pararam para descansar.

— Os ladinos nos usarão, mas nada mudará seus sentimentos ou os meus. — Xbalanque balançou a cabeça. — Não tenho intenção de fazer parte do seu exército de trabalhadores. Como pego a estrada para a cidade?

— Você não pode pegar a estrada principal. Os soldados atirarão assim que o virem. — Akabal olhou para os cortes e hematomas que Xbalanque ganhara durante a subida. — Seu talento parece bastante seletivo.

— Não acho que seja um talento. — Xbalanque tirou um pouco do sangue seco que caíra na sua calça jeans. — Sonhei com os deuses. Eles me deram um nome e meus poderes. Depois do sonho, pude fazer o que fiz em Xepon.

— Os norte-americanos lhe deram poderes. Você é o que eles chamam de ás. — Akabal examinou-o de perto. — Sei de mais alguns pelas regiões do sul dos Estados Unidos.

"Na verdade, é uma doença. Um alienígena de cabelo vermelho a trouxe para a Terra. Ou pelo menos dizem que sim, já que guerras biológicas foram proibidas. A maioria dos que pegaram a doença, morreu. Alguns foram transformados."

— Vi alguns mendigando na cidade. Era bem ruim às vezes. — Xbalanque deu de ombros. — Mas não sou assim.

— Muito poucos se tornam algo melhor do que eram. Os norte-americanos veneram os ases. — Akabal balançou a cabeça. — Típica exploração das massas pelos mestres da mídia fascista.

"Sabe, você pode ser muito importante na nossa luta. — O professor se inclinou para a frente. — O elemento mítico, um laço com o passado do nosso povo. Seria bom, muito bom, para a gente."

— Acho que não. Vou para a cidade. — Chateado, Xbalanque lembrou-se do tesouro esquecido no jipe. — Depois que voltar para Xepon.

— O povo *precisa* de você. Poderia ser um grande líder.

— Já ouvi isso antes. — Xbalanque estava em dúvida.

A oferta era atraente, mas queria ser mais do que o símbolo do exército do povo. Com seu poder, queria *fazer* algo, algo que envolvesse dinheiro. Mas primeiro tinha que ir para a Cidade da Guatemala.

— Deixe-me ajudá-lo. — Akabal carregava o olhar intenso de desejo que as alunas da graduação tinham quando queriam dormir com o rei-sacerdote maia; ou como uma delas disse, uma cópia bem razoável dele. Combinado ao sangue ressecado no seu rosto, Akabal parecia ser o diabo em pessoa. Xbalanque deu alguns passos para trás.

— Não, obrigado. Amanhã de manhã volto para Xepon, pego meu jipe e vou.

Ele começou a descer a trilha. Olhando para trás, disse:

— Obrigado pela ajuda.

— Espere. Está escurecendo. Você não vai conseguir voltar à noite. — O professor se sentou e recostou em uma pedra ao lado da trilha. — Estamos bem longe de lá, e mesmo com uma equipe maior, eles não ousariam nos seguir. Vamos ficar aqui hoje à noite e amanhã de manhã voltamos para a aldeia. Vai estar segura. O tenente vai precisar de ao menos um dia para explicar a perda do caminhão e conseguir reforços.

Xbalanque parou e virou-se:

— Sem mais papo sobre exércitos?

— Não, prometo. — Akabal sorriu e fez um gesto para Xbalanque encostar-se na outra pedra.

— Você tem alguma coisa para comer? Estou morrendo de fome. — Xbalanque não conseguia se lembrar de ter sentido tanta fome. Nem mesmo nos piores momentos da infância.

— Não, mas, se estivéssemos em Nova York, você poderia ir a um restaurante chamado Aces High. É só para pessoas que nem você.

Enquanto Akabal contava da vida dos ases nos Estados Unidos, Xbalanque catava alguns galhos para se proteger do chão molhado e deitar. Dormira antes mesmo de Akabal terminar de falar.

De manhã, antes do nascer do sol, já estavam de volta à trilha. Akabal encontrara algumas castanhas e plantas comestíveis, mas Xbalanque ainda estava faminto e com dor. Apesar disso, voltaram para a aldeia em muito menos tempo do que levaram para subir no dia anterior.

Hunapu achou complicado e quente usar aquele acolchoado pesado de algodão enquanto caminhava, então o enrolou e o amarrou às costas. Caminhara um dia e uma noite sem dormir antes de chegar à pequena aldeia indígena, apenas um pouco maior que a sua. Hunapu parou e amarrou o acolchoado no corpo, como José fizera. O traje de um guerreiro e jogador, pensou ele com orgulho, e ergueu a cabeça. As pessoas aqui não eram lacandones, e olharam para ele com desconfiança quando entrou ao nascer do sol.

Um velho caminhava pela viela principal que levava para as casas com telhado de palha. Ele cumprimentou Hunapu em uma língua parecida, mas não a mesma de seu povo. Hunapu se apresentou ao *t'o'ohil* enquanto caminhava até ele. O guardião da aldeia observou o jovem durante um minuto inteiro de contemplação, antes de convidá-lo para sua casa, a maior em que Hunapu já entrara.

Enquanto a maior parte da aldeia aguardava do lado de fora pelas palavras do guardião sobre a aparição da manhã, os dois homens conversavam e tomavam café. Foi uma conversa difícil no começo, mas Hunapu logo entendeu o que o ancião dizia e pôde explicar quem era e qual a sua missão. Quando Hunapu terminou, o *t'o'ohil* sentou-se e chamou os três filhos, que ficaram atrás dele e aguardavam enquanto falava com Hunapu.

— Acredito que você é o Hunapu que voltou para nós. O fim do mundo chegará em breve, e os deuses mandaram mensageiros para nós. — O *t'o'ohil* fez um gesto para que um de seus filhos, um anão, desse um passo a frente. — Chan K'in vai com você. Como pode ver, os deuses o tocaram e ele fala diretamente com eles para nós. Se você for *hach*, verdadeiro, ele saberá. Se não for, ele também saberá.

O anão se aproximou de Hunapu e olhou para o pai, assentindo com a cabeça.

— Bol também vai com você.

Com isso, o filho mais novo se adiantou e olhou para o pai.

— Ele não gosta dos métodos antigos e não acreditará em você. Mas ele me respeita e vai proteger seu irmão nas viagens. Bol, pegue sua arma, bolsa e o que mais for precisar. Chan K'in, quero falar com você. Fique. — O ancião deixou o café e ficou de pé. — Vou comunicar à aldeia sobre sua visão e a jornada. Deve haver quem queira acompanhá-los.

Hunapu saiu com ele e ficou em silêncio enquanto o *t'o'ohil* contava para seu povo que o jovem seguia uma visão e tinha que ser respeitado. A maioria das pessoas partiu depois disso, mas algumas ficaram e Hunapu falou com elas sobre sua missão. Embora fossem índios, ele se sentia desconfortável de falar com eles porque usavam calça e camisa como os ladinos e não longas túnicas como os lacandones.

Quando Chan K'in e Bol vieram até ele, vestindo trajes tradicionais da aldeia, prontos para viajar e carregando suprimentos, apenas três homens estavam lá para ouvi-lo. Hunapu levantou-se e os outros homens foram embora, conversando entre si. Chan K'in estava calmo. Seu rosto sereno não mostrava nada do que sentia, ou se estava reticente em embarcar nessa jornada que traria dor para seu corpo retorcido. Bol, porém, demonstrava sua ira pela ordem do pai. Hunapu se perguntava se o irmão alto lhe daria um tiro na nuca na primeira oportunidade e voltaria para sua vida. Não importava. Não tinha escolha; tinha que continuar no caminho que os deuses determinaram para ele. É verdade que sentia certo receio de que os deuses o teriam escolhido para ter a companhia de homens vestidos de maneira tão chamativa. Acostumado às batas simples de seu povo, ele achava que os bordados vivos e as faixas vermelhas e roxas desses homens pareciam mais roupas dos ladinos do que a vestimenta adequada para verdadeiros homens. Sem dúvida veria muitas coisas que nunca vira em sua viagem para encontrar o irmão. Só torcia para que seu irmão soubesse como se vestir.

Demorou muito menos para sair das montanhas do que para subi-las. As poucas horas da caminhada que começaram de madrugada levaram Xbalanque e Akabal de volta a Xepon. Desta vez, a cidade estava com muito movimento. Olhando para os vestígios do caminhão na praça em que boa parte dos acontecimentos ocorrera, Xbalanque sentiu orgulho. Tarde demais para pensar no preço que a cidade pagara por sua fuga. Talvez essas pessoas não tivessem ficado tão impressionadas com ele quanto Akabal, que o levara para longe dos olhares raivosos de alguns dos habitantes da cidade e o ódio manchado de lágrimas de muitas mulheres. Com tantas pessoas e o aperto firme de Akabal em seu braço, ele não tinha a menor chance de subir ao jipe e fugir. Acabaram voltando para a cantina, que hoje era o local de uma reunião da cidade.

A entrada dos dois causou um alvoroço enquanto alguns pediam a sua morte e outros o chamavam de herói. Xbalanque não disse nada. Tinha medo de abrir a boca. Ficou em um canto, as costas apoiadas na beira de madeira do balcão, enquanto Akabal subiu nele e começou a falar para os grupos de homens que circulavam abaixo dele. Foram vários segundos de gritos e insultos mútuos em quiché e espanhol até conseguir a atenção de todos os homens.

Estava tão ocupado vendo os homens olhando para ele e procurando sinais de violência que demorou um tempo para entender o que Akabal estava falando. Akabal estava misturando língua maia com espanhol em um discurso cujo enfoque era Xbalanque e sua "missão". Akabal tinha pegado o que Xbalanque dissera e o ligara a um segundo objetivo cristão e o fim do mundo, como profetizado pelos antigos sacerdotes.

Xbalanque, a estrela da manhã, era o arauto de uma nova era, na qual os índios recuperariam suas terras e se tornariam os governantes do seu chão, como eram muitos séculos atrás. A futura destruição viria para os ladinos e norte-americanos, não para os maias; estes herdariam a Terra. Os quichés nunca mais seguiriam a liderança dos estrangeiros, socialistas, comunistas ou democratas. Tinham que seguir os seus ou se perderiam para sempre. E Xbalanque era o sinal. Os deuses lhe tinham dado seus poderes. Confuso, Xbalanque se lembrava da explicação de Akabal sobre seus poderes como a sequela de uma doença. Mas mesmo este filho de um deus não conseguiria vencer sozinho os invasores fascistas. Ele fora enviado para conquistar seguidores, guerreiros que lutariam ao seu lado até que tivessem recuperado tudo o que os ladinos e os séculos haviam lhes roubado.

Quando terminou, Akabal puxou Xbalanque para cima do balcão, e desceu, deixando o cara corpulento de camiseta imunda e calças jeans sozinho acima de uma sala lotada. Virando para encarar Xbalanque, Akabal ergueu o punho no ar e começou a gritar o nome de Xbalanque, várias vezes. Lentamente, e depois aumentando o fervor, cada homem na sala seguia a liderança do professor, muitos levantando seus rifles.

Vendo o forte entoar de seu nome fazer a sala tremer, Xbalanque engoliu em seco, nervoso, esquecendo até a fome. Quase desejou ter apenas o exército para se preocupar. Não estava pronto para se tornar o líder dos quais os deuses lhe falaram. Não foi assim que imaginara. Não estava vestindo o magnífico uniforme que criara em sua mente, e este não era o exército bem armado e bem treinado que lhe traria poder e o palácio presidencial. Todos o encaravam com uma expressão nos rostos que nunca vira antes. Era veneração e confiança. Lentamente, tremendo, ele ergueu o próprio punho, saudando os deuses e os presentes. Rezou em silêncio para aqueles deuses pedindo para que ele não estragasse tudo.

Um homenzinho sujo, o pesadelo dos ladinos, ganhou vida, ele também sabia que não era o que aquelas pessoas tinham visto em seus sonhos. Mas também sabiam que agora ele era a única esperança. E se era uma criação acidental da doença dos norte-americanos ou o filho dos deuses, ele prometeu para todas as deidades que reconhecia, maias e europeias, Jesus, Maria e Itzamna que faria tudo a seu alcance para seu povo.

Mas seu irmão Hunapu tinha que estar numa situação melhor que a dele.

Ali do lado de fora, na aldeia, enquanto Hunapu retirava sua armadura de algodão, um dos homens com quem tinha falado se juntava a eles. Em silêncio, caminhavam pelos bosques de Petén, cada um com seus próprios pensamentos. Andavam devagar por causa de Chan K'in, mas não de maneira tão lenta quanto Hunapu esperava. O anão estava obviamente acostumado a resolver seus problemas sem ajuda dos outros. Não havia anões na aldeia de Hunapu, mas eram conhecidos por trazerem boa sorte e as vozes dos deuses. Os homenzinhos eram reverenciados. José sempre dizia que Hunapu era para ter sido um anão, já que fora tocado pelos deuses. Hunapu estava ansioso para aprender com Chan K'in.

Ao meio-dia, fizeram uma pausa. Hunapu olhava para o sol, o significado de seu nome, no centro do céu, quando Chan K'in veio mancando até ele. O rosto do anão ainda não revelava nada. Eles ficaram sentados em silêncio por alguns minutos até que Chan K'in falou.

— Amanhã, no nascer do sol, um sacrifício. Os deuses querem ter certeza de que você tem valor. — Os enormes olhos negros de Chan K'in viraram para Hunapu, que assentiu com a cabeça.

Chan K'in levantou-se e foi se sentar ao lado do irmão. Bol ainda olhava para Hunapu como se o quisesse matar.

Foi uma tarde longa e quente para uma caminhada. Havia muitos insetos e nada conseguia espantá-los. Já estava quase escuro quando concluíram a penosa caminhada até Yalpina. Chan K'in entrou primeiro e falou com os anciões da aldeia. Assim que obtiveram sua autorização para entrar, mandaram uma criança buscar o grupo na mata. Vestindo sua armadura, Hunapu caminhou a passos largos até chegar à pracinha da aldeia. As pessoas se juntaram para ouvir Chan K'in e Hunapu falar. Estava claro que conheciam Chan K'in e sua reputação deu peso às solicitações de Hunapu. Até serem repreendidas pelas mães, as crianças riam e faziam troça da armadura de algodão e das pernas nuas de Hunapu. Mas quando ele começou a falar de sua missão de encontrar o irmão e se juntar a ele no renascimento da própria cultura indígena, as pessoas caíam no feitiço de seu sonho. Tiveram seus próprios presságios.

Quinze anos antes, nascera uma criança com lindas penas brilhantes como as de um pássaro selvagem. A garota foi empurrada pela multidão. Era linda e as penas, que faziam as vezes de seu cabelo, a deixavam ainda mais bonita. Disse que aguardava por alguém e Hunapu era essa pessoa. Ele pegou sua mão e ficou ao seu lado.

Naquela noite, muitos dos habitantes da cidade vieram para o lar dos pais da garota, no qual Hunapu e Chan K'in estavam hospedados, e falaram com ele sobre o futuro. A garota, Maria, não saiu do lado de Hunapu. Quando o último aldeão foi embora, eles se aninharam perto fogo e Maria vigiou seu sono.

Antes do amanhecer, Chan K'in acordou Hunapu e eles saíram pela floresta, deixando Maria para trás, se preparando para a partida. Hunapu trazia apenas seu machete, mas Chan K'in tinha uma delgada faca europeia. Pegando a faca do anão, Hunapu ajoelhou-se, as mãos esticadas com as palmas para cima. Na mão esquerda estava a faca. A mão direita, com o corte da machete feito três dias antes já cicatrizado, tremia por antecipação. Sem hesitar ou se encolher, Hunapu passou a faca pela palma da mão direita, segurando-a ali enquanto a cabeça caía para trás e seu corpo tremia em êxtase.

Sem nenhum movimento além do arregalar de seus enormes olhos, Chan K'in o observava arfar, o sangue pingando das mãos. Ele despertou de seu devaneio para colocar um pedaço de tecido feito à mão no chão, logo abaixo das mãos de Hunapu. Ele aproximou-se dele e puxou-lhe a cabeça para si, mirando os olhos abertos e vazios de Hunapu, como se procurasse parear a mente dele com a sua.

Após vários minutos, Hunapu caiu no chão e Chan K'in pegou o tecido manchado de sangue. Usando pedra e aço, ele acendeu uma pequena chama. Enquanto Hunapu voltava a ganhar consciência, lançou uma oferenda ao fogo. Hunapu aproximou-se com dificuldade e ambos olharam a fumaça subir aos céus para encontrar o sol nascente.

— O que você viu? — falou Chan K'in primeiro, enquanto seu rosto impávido não dava pista de seus pensamentos.

— Os deuses estão felizes comigo, mas temos que andar mais rápido e reunir mais pessoas. Acho… Vi Xbalanque liderando um exército de pessoas. — Hunapu assentiu com a cabeça e fechou as mãos. — É isso que querem.

— Está começando agora. Mas ainda temos muito a percorrer antes de conseguirmos. — Hunapu olhou para Chan K'in.

O anão estava sentado com as pernas curtas esticadas diante de si e o queixo apoiado na mão.

— Por enquanto, voltaremos para Yalpina e comeremos. — Ele esforçou-se para ficar de pé. — Vi alguns caminhões. Pegaremos um e viajaremos pelas estradas a partir de agora.

A conversa foi interrompida por Maria, que corria pela clareira, esbaforida.

— O cacique quer falar com você agora. Veio um mensageiro de outra aldeia. O exército está varrendo a área procurando rebeldes. Você tem que ir embora agora. — Suas penas refletiam os raios de sol da manhã, enquanto olhava para ele em súplica.

Hunapu concordou com a cabeça.

— Encontrarei com você na vila. Prepare-se para vir conosco. Será um sinal para os outros. — Hunapu virou-se para Chan K'in e fechou os olhos para se concentrar. As árvores nos arredores da clareira começaram a se transformar nas casas de Yalpina. A aldeia parecia crescer em sua direção. A última coisa que viu foi a surpresa de Chan K'in e Maria caindo de joelhos.

Quando Chan K'in e Maria voltaram para Yalpina, o transporte já tinha sido arranjado. Tiveram tempo para um café da manhã rápido, e então Hunapu e seus companheiros saíram em uma velha camionete que os levou ao sul, pela estrada que ligava a aldeia à capital. Maria os acompanhou, assim como meia dúzia de homens de Yalpina. Outros que se juntaram à causa estavam a caminho de outras aldeias indígenas em Petén e ao norte para Chiapas, no México, onde dezenas de milhares de indígenas tirados de casa pelos ladinos aguardavam.

O exército de Xbalanque aumentava cada vez mais conforme viajava em direção à Cidade da Guatemala. Cresciam também as histórias sobre seus feitos em Xepon. Quando tentou parar com as histórias, Akabal explicou-lhe como eram importantes, pois serviam para que o povo acreditasse nos boatos fantásticos. Xbalanque acabou aceitando a posição de Akabal, embora com relutância. Teve a sensação de estar constantemente aceitando as decisões de Akabal. Ser um líder de seu povo não era o que esperara.

O jipe e seu esconderijo estavam intactos. Ele e Akabal iam à frente de uma fila de velhos veículos barulhentos de toda espécie. Agora já contavam com centenas de seguidores, todos armados e prontos para a luta. Em Xepon, tinham lhe dado as calças e a camisa da aldeia, mas em cada cidade que passavam tinham outro estilo e feitio. Quando lhe davam suas próprias roupas junto com maridos e filhos, ele se sentia obrigado a usá-las.

Agora havia mulheres. A maioria viera para seguir os maridos e cuidar deles, mas muitas tinham vindo lutar. Xbalanque não se sentia à vontade com isso, mas Akabal lhes dava as boas-vindas. Xbalanque passava a maior parte do tempo tentando alimentar seu exército e se preocupando em quando o governo os atacaria. Tanto ele quanto Akabal concordavam que tinham ido longe demais facilmente.

Akabal estava obcecado em tentar juntar à marcha repórteres de TV, rádio e jornal. Toda vez que chegavam a uma cidade com telefone, Akabal começava a fazer ligações. Assim, a imprensa da oposição mandava o máximo de pessoas possível sem chamar a atenção da polícia secreta. Contavam com poucos para seguir Xbalanque sem que fossem presos.

Fora de Zacualpa veio a informação. Um jovem lhes contou que o exército tinha montado um bloqueio com dois tanques e cinco veículos de transporte de tropas. Duzentos soldados fortemente armados permaneciam a postos para impedir seu avanço com artilharia leve e mísseis.

Xbalanque e Akabal convocaram uma reunião com os líderes da guerrilha que tinham experiência de combate. Suas armas, antigas carabinas e escopetas, não tinham como competir com um exército e seus fuzis e mísseis. A única chance seria usar a experiência da guerrilha a seu favor. Suas tropas foram divididas em equipes e enviadas para as montanhas ao redor de Zacualpa. Mensageiros foram mandados para a cidade depois de Zacualpa, numa tentativa de trazer combatentes por trás do exército do governo, mas demandaria tempo até que os mensageiros pegassem trilhas afastadas e dessem a volta. Xbalanque seria a principal defesa e sua inspiração. Seria um verdadeiro teste. Se ganhasse, era a pessoa apropriada para ser seu líder. Se perdesse, apenas teria atraído a morte para todos.

Xbalanque voltou para o jipe e pegou o esporão de arraia do compartimento sob o assento do motorista. Akabal tentou ir com ele para a mata, mas Xbalanque mandou que ficasse. Os soldados poderiam ter franco-atiradores e não deveriam correr risco ao mesmo tempo.

Era basicamente uma desculpa. Xbalanque tinha pavor de que o poder não voltasse. Precisava de tempo para o sacrifício novamente, qualquer coisa que pudesse ajudá-lo a se concentrar na força que tivera antes e desde então nunca mais sentira. Tinha quase certeza de que Akabal o seguiria, mas tinha que ficar sozinho.

Xbalanque encontrou uma pequena clareira formada por um círculo de árvores e sentou no chão. Tentou recuperar o sentimento que tivera um pouco antes do outro sonho. Não conseguiu pensar em uma forma de conseguir uma garrafa de cerveja que fosse fora do acampamento. E se a solução fosse ficar embriagado? Teria que ser da maneira que os alunos da graduação tinham lhe explicado ou todos que estavam com ele morreriam. Trouxera uma das camisas de algodão branco que ganhara no caminho. A estampa intrincada foi feita apenas em linha vermelha. Parecia apropriada. Colocou-a no chão, entre as pernas.

A orelha tinha cicatrizado rapidamente e ele já usava o alargador havia alguns dias. De onde tiraria sangue dessa vez? Repassou mentalmente uma lista de locais sagrados do corpo que eram tradicionalmente usados. Sim, aquele serviria. Limpou o esporão entalhado com a camisa e esticou o lábio inferior. Rezando para cada um dos nomes de que conseguia se lembrar, pressionou o esporão de arraia no lábio inferior, a ponta rasgando a carne e saindo do outro lado. Em seguida, curvou-se sobre a camiseta e deixou o sangue correr pelo esporão e cair na camiseta branca, fazendo novos desenhos conforme jorrava.

Quando o sangue apenas gotejava sobre a camiseta, puxou o esporão do corpo. O gosto de sangue, ferroso e enjoativo, invadiu sua boca, e teve ânsia de vômito. Fechando os olhos e os punhos, se controlou e tentou impedir que o sangue da boca fosse engolido. Usando o mesmo isqueiro, ateou fogo na camisa, iniciando as chamas nos quatros lados do monte de tecido manchado.

Desta vez, não houve sonhos com Xibalba. Ou qualquer sonho de que se lembrasse. Mas a fumaça e a perda de sangue o fizeram desmaiar outra vez. Quando acordou, a lua já estava alta no céu e a noite já passava da metade. Desta vez não teve ressaca, nem dor, e os músculos se ajustaram a forças às quais não estava acostumado. Sentia-se bem, sentia-se formidável.

Ele se levantou, atravessou a clareira até a maior árvore e deu um soco no tronco com a mão desnuda. Foi uma explosão que deixou o chão salpicado de farpas e galhos. Levantou o rosto para o céu e agradeceu aos deuses.

Xbalanque parou na trilha de volta ao acampamento quando um homem saiu de trás de uma árvore para a terra nua. Por um instante temeu que o exército o tivesse encontrado, mas o homem lhe fez uma reverência. Com a arma alta, o guarda levou Xbalanque para junto dos outros.

Durante todo o restante da noite, os ruídos da preparação dos soldados mantinham todos acordados, menos os mais experientes. Akabal ficou andando ao lado do jipe, ouvindo o ronco dos motores dos tanques que mudavam de posição ou movimentavam as armas para mirar em outro alvo fantasma. Os sons ecoavam nas montanhas. Xbalanque os observou em silêncio por um tempo.

— Vou dar conta deles. Estou sentindo isso. — Xbalanque tentou encorajar Akabal. — Tudo o que tenho que fazer é acertá-los com as pedras.

— Não pode proteger todo mundo. Provavelmente não conseguirá nem proteger a si mesmo. Eles têm mísseis, muitos. Têm tanques. O que você vai fazer contra um tanque?

— Me disseram que o ponto fraco deles são as esteiras. Por isso, vou destruí-las primeiro. — Xbalanque balançou a cabeça para o professor.

— Akabal, os deuses estão conosco. Eu estou com vocês.

— *Você* está conosco. Desde quando você é deus? — Akabal olhou para o homem apoiado no volante.

— Acho que sempre soube. Só levou algum tempo para que os outros reconhecessem meu poder. — Xbalanque olhava para o céu, com o ar sonhador. — A estrela da manhã. Sou eu, sabia?

— Maria, mãe de Deus! Você pirou! — Akabal parou de caminhar só para balançar a cabeça na direção de Xbalanque.

— Acho que nenhum de nós deve dizer isso. Não é... adequado. Considerando todas as coisas.

— Considerando todas as coisas? Você...

Foram interrompidos por um mensageiro vindo de outra cidade e houve sons de mais agitação.

Houve uma outra rápida reunião entre os líderes da guerrilha. Akabal falou mais uma vez do papel de Xbalanque no plano.

— Você será acompanhado até a ponte pelos caminhões vazios. Eles vão atrair os disparos do exército. — O ex-professor olhava para o rosto calmo e impávido diante de si. Xbalanque não sentia medo. Apenas a euforia que mascarava qualquer outra emoção. — Mas, depois de algum tempo, vão precisar de uma oposição mais ativa. Ou seja, você. Seu ataque protegerá nossos franco-atiradores nas montanhas.

Suas pedras foram carregadas em trenós improvisados, atrelados à traseira do jipe e no para-choque do veículo de trás. Conforme o acampamento foi esvaziando, todos tomaram posição. Os motoristas da guerrilha deram a partida nos motores. Akabal caminhou até o jipe.

— Tente não morrer. Precisamos de você. — Ele ergueu a mão em um aceno de adeus.

— Pare de se preocupar. Vou ficar bem. — Xbalanque tocou no ombro de Akabal. — Vá para as montanhas.

O passo à frente de Xbalanque era o sinal para que a fila indiana na estrada estreita começasse sua jornada. Ao virar a curva, Xbalanque viu a ponte adiante e os tanques em ambos os lados com as armas apontadas para ele. Quando atiraram, ele pulou do jipe, o peso aumentado de seu corpo abria reentrâncias no chão conforme andava. Os fragmentos do jipe explodiram na sua direção. Sentia o poder em cada pedacinho de seu corpo e os estilhaços de metal ricocheteavam. Ainda assim, permaneceu com a cabeça baixa enquanto subia no trenó com a munição. Pegando a primeira pedra, jogou-a no ar e usou a mão vazia como taco, mandando a bola zunindo pelos ares para a encosta acima dos soldados. A pedra jogou terra neles, mas foi só. Mirou melhor. A pedra seguinte foi meticulosamente apontada e quebrou a esteira do tanque à esquerda. A outra emperrou a torre do tanque, e ela não conseguia mais virar. Os guerreiros indígenas começaram a atirar e os soldados foram caindo. Ele lançou mais pedras na fileira de soldados e viu alguns homens serem derrubados. Tinha muito sangue, mais sangue do que ele mesmo podia dar sozinho. Trouxeram um míssil e ele viu um cara ser baleado por um índio franco-atirador antes que o soldado pudesse atirar. Lançava o máximo de pedras o mais rápido que podia.

Balas de vez em quando o acertavam, mas eram detidas por sua pele. Xbalanque ficou mais descuidado e encarava o inimigo sem procurar proteção. Suas pedras causavam algum dano, mas a maior parte das mortes foram causadas pelos índios nas ladeiras acima dos soldados. Os encarregados perceberam isso e agora direcionavam o fogo de sua artilharia para as encostas. Grandes buracos apareceram na floresta onde os tanques e os mísseis tinham atingido. Apesar de sua força, Xbalanque não conseguiria deter o segundo tanque. O ângulo estava errado. Nada que lançasse o atingiria.

Um novo som entrou na luta. Um helicóptero se aproximava. Xbalanque percebeu que ele poderia conferir ao exército a vantagem de identificação aérea que poderia matar seu pessoal. Voava baixo e rápido acima da batalha. Xbalanque pegou uma pedra e percebeu que restavam apenas algumas pedras menores. Vasculhou o chão avidamente tentando encontrar algo para arremessar. Desistiu e arrancou um pedaço de metal retorcido da carcaça do jipe e lançou-o na direção do helicóptero, que foi atingido em pleno ar e explodiu. Ambos os lados foram atingidos pelos destroços. A bola de fogo em que a aeronave se transformou caiu na ravina e as chamas passaram da altura da ponte.

O motor do tanque restante acelerou e começou a recuar. Os soldados abriram caminho e tomaram o mesmo rumo. Xbalanque agora tinha uma nítida visão dos caminhões que carregavam soldados. Usando mais pedaços de metal arrancados do jipe, destruiu dois deles. Foi então que viu algo que acabou com todas as suas fantasias de ser um grande guerreiro: um garoto saltou da montanha e pulou sobre o tanque em retirada. Abriu a escotilha pelo lado de fora e, antes que fosse baleado, jogou uma granada dentro do veículo. Passou-se um instante até o tanque explodir quando o corpo do garoto envolvia a abertura da escotilha como uma bandeira sobre um caixão. Em seguida, as chamas engoliram os dois.

Como a batalha na ponte terminou com os soldados batendo em retirada, os índios começaram a descer da floresta e ir naquela direção. O silêncio se fez presente. Os gemidos dos feridos quebravam o silêncio e eram acompanhados pelos sons dos pássaros que voltavam para seus ninhos com a paz.

Akabal desceu a estrada para se juntar a Xbalanque. Ele ria.

— Ganhamos! Deu certo! Você foi magnífico! — Akabal agarrou Xbalanque e tentava sacudi-lo, mas percebeu que o homem mais baixo estava imóvel.

— Sangue demais. — Com a morte do menino, Xbalanque perdeu a vontade de comemorar a vitória.

— Mas foi sangue ladino. Isso é o que importa. — Um dos tenentes se juntara a eles.

— Nem todos eram ladinos. — Mas um *bom número*. — O tenente observou Xbalanque mais de perto.

— Você nunca viu nada assim antes, viu? Não deve deixar nosso povo vê-lo deste jeito. Você é um herói. Este é o seu dever.

— Os velhos deuses vão se refestelar hoje. — Xbalanque encarou toda a extensão da ponte, e viu os corpos do outro lado. — Talvez fosse isso o que queriam.

Fizeram Xbalanque atravessar a ponte às pressas. Nem teve tempo de parar e olhar o corpo do garoto que de fato destruiu o tanque. Nesse momento, seu pessoal o levava embora.

A imprensa encontrou-o antes que o exército. Hunapu, Chan K'in e Bol estavam do lado de fora da tenda sob o ar fresco da manhã, e observaram os dois helicópteros passarem sobre montanhas na direção sul. Um deles pousou na área aberta onde, na noite anterior, as danças e os discursos aconteceram. O outro pousou perto dos cavalos. Hunapu vira o ocasional avião ladino, mas nunca essas máquinas estranhas. Outra perversão da natureza praticada pelos ladinos na tentativa de chegar ao nível dos deuses.

A multidão começou a se juntar em torno dos dois helicópteros. O acampamento consistia de algumas tendas e alguns velhos caminhões decrépitos, mas agora havia centenas de pessoas morando ali. A maioria dormia no chão. Muitos deles foram tocados pelos deuses e tinham de ser entregues aos grupos por outros. Era triste ver tanta dor, mas estava claro que os deuses tinham começado a ter um papel maior na vida das pessoas antes mesmo que ele tivesse sido escolhido. Com tantos tão próximos aos deuses em sua companhia, ele se sentia forte e determinado. Só podia estar seguindo o caminho dos deuses.

Maria veio até ele e colocou a mão sobre seu braço, as pequenas penas que a cobriam roçando ligeiramente a sua pele.

— O que eles querem com a gente? — Maria estava inquieta. Ela já vira a reação ladina aos tocados pelos deuses antes.

— Eles querem nos colocar em um de seus circos, um show para sua diversão — Chan K'in respondeu irritado. Essa intromissão na marcha em direção a Kaminaljuyu era indesejada.

— Vamos descobrir o que eles querem, Maria. Não tenha medo. Eles são marionetes sem força ou almas de verdade. — Hunapu tocou o ombro da mulher. — Fique aqui e ajude a acalmar o pessoal.

Hunapu e Chan K'in começaram a andar até o helicóptero que estava no centro do acampamento. Bol seguiu-os, no silêncio habitual, carregando sua carabina, e observou os homens com as câmeras saírem do helicóptero. Virou para olhar aquela multidão que os encarava. Quando as hélices do helicóptero pararam, praticamente não havia barulho.

Os três homens passaram lentamente pelo meio da multidão. Tiveram o cuidado de não andar rápido demais a ponto de alguém não conseguir sair da frente. Mãos, patas, asas, membros contorcidos se esticavam para tocar Hunapu enquanto passava. Ele tentou retribuir a todos, mas não podia parar para falar, do contrário sabia que nunca chegaria ao helicóptero.

Quando chegaram à aeronave, com IMPRENSA pintado bem grande nas laterais e na traseira, os repórteres se encolheram, espremidos contra o helicóptero. Havia medo e repulsa em seus olhos. Quando um dos tocados pelos deuses deu um passo a frente, todos recuaram. Não entendiam que os tocados por deuses eram mais homens que eles próprios. Era típico dos ladinos serem cegos demais para verem a verdade.

— Sou Hunapu. Quem são vocês e por que vieram aqui? — Hunapu falou primeiro em maia, depois repetiu a pergunta em espanhol.

Ele trajava a armadura de algodão diante dos repórteres e das câmeras. As câmeras começaram a filmar assim que ele se destacou na multidão.

— Meu Deus, ele acha mesmo que é um desses Gêmeos Heróis. — O comentário feito em péssimo espanhol veio de um dos homens diante dele.

Ele olhou para o grupo amontoado. Nem mesmo ter o homem que queriam diante de si diminuía seu desconforto.

— Sou Hunapu — repetiu ele.

— Sou Tom Peterson da NBC, filial da América Central. Soubemos que tem uma cruzada de curingas por aqui. Bem, curingas e índios. E está claro que é verdade. — O loiro alto olhou para a multidão atrás de Hunapu. Seu espanhol tinha um sotaque estranho. Ele falava lenta e pausadamente, de uma maneira que Hunapu nunca tinha ouvido antes. — Vejo que você está no comando. Gostaríamos de falar sobre seus planos. Será que haveria um lugar mais tranquilo?

— Vamos conversar com vocês aqui. — Chan K'in encarou o homem de terno europeu de algodão branco. Peterson ignorou o anão ao lado de Hunapu. Quando seus olhos se cruzaram, foi o loiro quem recuou.

— Certo. Aqui está bem. Joe, vê se consegue captar o som. — Outro homem se movimentou entre Peterson e Hunapu e manteve o microfone apontado para Peterson, aguardando suas primeiras palavras. Mas a atenção de Hunapu não estava mais ali.

Os repórteres do segundo helicóptero perceberam o que estava acontecendo ali no meio e começaram a correr, tentando passar por entre as pessoas para chegar a Hunapu. Ele virou para os homens e as mulheres que seguravam seu equipamento longe do alcance das pessoas como se atravessassem um rio.

— Parem — disse ele em maia, mas sua voz chamou a atenção dos repórteres e de seu próprio pessoal. Todos pararam e viraram os olhos em sua direção. — Bol, traga-os aqui.

Bol lançou um olhar para o irmão antes de seguir até os repórteres. A multidão se abria para ele enquanto passava, trazendo os jornalistas para perto de seus companheiros. Ele gesticulou com a carabina para que ficassem parados antes de voltar para Hunapu e Chan K'in.

Peterson recomeçou com as perguntas:

— Aonde vocês vão?

— Vamos para Kaminaljuyu.

— Fica nos arredores da Cidade da Guatemala, não fica? Por que lá?

— Vou encontrar meu irmão lá.

— Bem, o que você vai fazer quando encontrar seu irmão?

Antes que Hunapu pudesse responder à pergunta, uma das mulheres do segundo helicóptero interrompeu.

— Maxine Chen, CBS. Como você está se sentindo em relação à vitória de seu irmão Xbalanque contra os soldados enviados para detê-lo?

— Xbalanque está enfrentando o exército?

— Você não sabia? Ele está vindo pelas Serranias e atraindo todos os grupos revolucionários indígenas que existem. Seu exército derrotou o governo todas as vezes que o encontrou. As Serranias estão em estado de emergência e nem isso deteve Xbalanque. — A mulher oriental não era mais alta que Hunapu. Ela olhou ao redor, para seus seguidores.

— Tem um rebelde atrás de cada árvore nas Serranias, é assim há anos. Aqui, em Petén, sempre foi tranquilo. Até agora. Qual é o seu objetivo? — Sua atenção se voltou a ele.

— Quando encontrar meu irmão Xbalanque, decidiremos o que queremos.

— Enquanto isso, o que planeja fazer a respeito da tropa do exército enviada para detê-lo?

Hunapu trocou um olhar com Chan K'in.

— Também não sabe sobre isso? Jesus, eles estão a apenas algumas horas de distância. Por que você acha que estamos todos aqui querendo tanto falar com vocês? Vocês pode não estar aqui no fim do dia.

O anão começou a interrogar Maxine Chen.

— Quantos são e a que distância estão? — Chan K'in fixou seus olhos negros e impassíveis nos dela.

— Talvez sessenta homens ou mais. Eles não mandam as forças de verdade para cá...

— Maxine! — Peterson perdeu seu distanciamento jornalístico. — Não se meta, pelo amor de Deus. Seremos todos presos por sua causa.

— Cala a boca, Peterson. Você sabe tão bem quanto eu que eles vêm cometendo genocídio aqui há anos. Essas pessoas estão finalmente reagindo. Que bom para eles. — Ela se ajoelhou na terra e começou a desenhar um mapa no chão para Hunapu e Chan K'in.

— Vou embora daqui. — Peterson fez um gesto com a mão e os rotores do helicóptero começaram a girar. Os repórteres e os câmeras voltaram para a aeronave ou começaram a correr para o que estava no curral dos cavalos.

Maxine tirou os olhos do mapa e olhou para o câmera.

— Robert, fique aqui comigo e teremos uma exclusiva.

O câmera pegou o equipamento de som de um técnico pronto para dar no pé e pendurou a alça no ombro.

— Maxine, ainda vou morrer por sua causa, mas eu volto para puxar teu pé.

Ela já havia voltado a atenção para o mapa.

— Mas não vai ser dessa vez, Robert. Você viu alguma artilharia pesada com as tropas do governo?

Demorou apenas alguns segundos para que o pessoal deles se organizasse e mostrasse as armas que tinham. Eram algumas carabinas e escopetas, nada mais pesado. A maioria usava machetes. Hunapu chamou Chan K'in e Bol. Juntos, determinaram o melhor plano de ação. Bol conduzia a conversa, e Hunapu ficou surpreso com o seu conhecimento. Embora fossem enfrentar apenas poucos soldados, estavam em desvantagem em termos de armas e experiência. Bol recomendou que atacassem as tropas do exército quando descessem pelos desfiladeiros até a savana. Ao separar as pessoas em dois grupos, poderiam ocupar melhor o terreno. Hunapu começou a se perguntar onde Bol adquirira tanto conhecimento. Suspeitou que o homem alto e calado tivesse sido um rebelde.

Depois de passar a instrução do plano de defesa para seu povo, Hunapu deixou o treinamento para Bol e fez outro sacrifício de sangue. Torcia para que a sinceridade de suas preces lhe desse a força que precisava para usar o poder dado pelos deuses e salvar seu povo. Os deuses teriam que estar ao seu lado, do contrário, seriam dizimados.

Quando voltou ao acampamento, Hunapu encontrou-o destruído e metade de seus guerreiros, que enfrentaria um exército, já montados. Depois que montou seu próprio cavalo, ajudou Chan K'in a montar na garupa. Falou brevemente com os índios guerreiros que o aguardavam encorajando-os e dando-lhes ordens para lutarem bem, pelos deuses.

Quando viram os homens cavalgando na sua direção, os soldados pararam os caminhões na boca do desfiladeiro e descarregaram. À medida que os soldados desciam dos caminhões e dos jipes, começaram a receber tiros dos franco-atiradores que Bol tinha colocado entre os arbustos. Apenas uma desconjuntada fila de homens enfrentava o ataque de Hunapu. Estavam distraídos com os companheiros caindo à esquerda e à direita, à mercê dos franco-atiradores. Alguns dos homens mais experientes ignoraram as mortes e continuaram lutando contra os homens que gritavam e usavam toda sua força. O sargento gritava para que mantivessem a formação e atirassem contra aqueles índios imundos.

Os cavaleiros de Hunapu não estavam acostumados a atirar cavalgando e mal conseguiam se posicionar para dar os tiros. Não conseguiam mirar ao mesmo tempo. Quando os homens do exército perceberam isso, começaram a derrubar os cavaleiros, um de cada vez. Naquele momento, Hunapu estava perto o suficiente dos soldados para ver o medo e a confusão começarem a desaparecer e a disciplina assumir controle. Um homem levantou-se e seguiu Hunapu com sua Uzi apontada diretamente para a cabeça do lacandon. Chan K'in gritou para alertar Hunapu, que desapareceu. Chan K'in estava sozinho no cavalo, agora descontrolado e encarando a bala do soldado. Quando o tiro explodiu o crânio de Chan K'in, Hunapu reapareceu atrás do soldado e cortou sua garganta com a faca de obsidiana, espalhando sangue sobre os companheiros do soldado antes de desaparecer outra vez.

Hunapu deu uma coronhada no capacete de um soldado antes que ele atirasse com uma bazuca nos arbustos nos quais os franco-atiradores se escondiam. Antes que qualquer um dos soldados pudesse reagir, ele virou a escopeta e atirou. Agarrando a bazuca, ele desapareceu e voltou quase imediatamente, sem a arma. Dessa vez matou o sargento.

Coberto de sangue e desaparecendo quase tão subitamente quanto surgia, Hunapu era o demônio para os soldados. Não conseguiam combater suas aparições. Não importava onde mirassem, ele estaria em outro lugar. Deram as costas para os guerreiros de Hunapu para tenter matar o próprio Hunapu. Era inútil. Rezando para a Virgem Maria e todos os santos para não serem os próximos, os homens largaram as armas e se ajoelharam no chão. Nem mesmo todos os chutes e as ameaças do tenente conseguiram fazê-los continuar a lutar.

Hunapu fez 36 prisioneiros, incluindo o tenente. Vinte soldados foram mortos. Ele perdera 17 homens e Chan K'in. Os ladinos foram derrotados. Não eram invencíveis.

Naquela noite, enquanto seu povo comemorava a vitória, Hunapu estava de luto por Chan K'in. Ele estava vestido de novo com a longa túnica branca dos lacandones. Bol viera até ele buscar o corpo de seu irmão. O índio alto disse que Chan K'in previra sua morte em uma visão e sabia de seu destino. O corpo de Chan K'in foi envolvido em um pano branco, que agora estava manchado com o sangue do anão. Bol ficou de pé, segurando o pequeno embrulho e observou o rosto triste e cansado de Hunapu através do fogo.

— Vejo você em Kaminaljuyu. — Hunapu ergueu os olhos, surpreso. — Meu irmão me viu lá, mas, mesmo que não tivesse visto, eu iria. Que nossas jornadas sigam em paz ou em morte para nossos inimigos.

♦

Apesar das primeiras vitórias, os irmãos sofreram muitas perdas durante o resto da marcha para a Cidade da Guatemala. Xbalanque foi ferido em uma tentativa de assassinato, mas tinha se curado numa velocidade sobrenatural. O ataque matou dois dos líderes da guerrilha, que o tinham seguido e lhe ensinado. Do norte vieram boatos de que aviões da força aérea guatemalteca estavam metralhando e bombardeando fileiras de índios que deixavam os campos de refugiados de Chiapas no México para se juntar a seus companheiros na Cidade da Guatemala. Centenas foram mortos, mas milhares continuavam a vir.

A tropa de elite, militares e policiais altamente treinados, sofriam baixas constantes. Xbalanque desacelerava o passo, mas a massa de gente que o seguia não se deixaria deter. A cada tiroteio, pegavam as armas dos soldados abatidos e se equipavam. Agora, tinham mísseis e até mesmo um tanque, abandonado pela tripulação apavorada.

Hunapu não se saía tão bem. O pessoal de Petén tinha menos experiência. Muitos morriam a cada embate com o exército. Após uma batalha em que nenhum dos lados podia de fato alegar vitória e só acabou quando ele finalmente localizou o comandante e pôde se teletransportar para matá-lo, Hunapu decidiu que era bobagem se opor ao exército e à polícia diretamente. Dispersou seus seguidores. Tinham que continuar o caminho individualmente ou em grupos pequenos até Kaminaljuyu. Do contrário, parecia inevitável que o governo conseguiria reunir forças suficientes para detê-los.

Xbalanque chegou primeiro. Uma trégua foi declarada quando seu exército se aproximava da Cidade da Guatemala. Akabal deu várias entrevistas que afirmavam que seu objetivo não era derrubar o governo guatemalteco. Confrontados com o questionamento da imprensa e a visita iminente da comitiva Cartas Selvagens da ONU, o general encarregado deu ordens para o exército acompanhar Xbalanque e seus companheiros, mas não deveriam atirar a menos que fossem atacados primeiro. Xbalanque e Akabal fizeram de tudo para não dar motivos ao exército. O líder do país permitiu que Xbalanque chegasse a Kaminaljuyu.

As ruínas de Kaminaljuyu ficaram repletas de seguidores dos irmãos. Eles montaram tendas e abrigos improvisados nas colinas baixas. Olhando para os soldados, caminhões e tanques que resguardavam o perímetro de Kaminaljuyu, podiam ver os subúrbios da Cidade da Guatemala que os cercavam. O acampamento já tinha 5 mil pessoas e chegavam mais a todo momento. Além dos maias da Guatemala e dos refugiados do México, havia quem vinha de Honduras e El Salvador.

O mundo assistia para saber o que aconteceria na Cidade da Guatemala no Natal. A cobertura de Maxine Chen sobre a batalha entre o índio Hunapu e seus seguidores curingas contra o exército guatemalteco virou uma reportagem especial de uma hora no programa *60 Minutes*. O encontro entre os próprios Gêmeos Heróis precisou ser transmitido por todas as principais redes e TVs a cabo americanas e pelos canais europeus.

Hunapu nunca tinha visto tanta gente em um só lugar. Conforme entrou no acampamento e passou pelos soldados que protegiam o perímetro, e depois pelas sentinelas maias, ficou maravilhado com o tamanho da multidão. Ele e Bol tinham tomado uma rota longa e tortuosa para evitar problemas, e fora uma longa caminhada. Diferente das pessoas de Petén, esses seguidores de Xbalanque vestiam-se de centenas de maneiras diferentes, todos festivos e chamativos. A atmosfera de comemoração não parecia adequada para Hunapu. Essas pessoas não pareciam estar venerando os deuses que prepararam o caminho e os levaram até ali. Pareciam estar em alguma festividade carnavalesca — alguns pareciam até mesmo o próprio carnaval.

Hunapu passou por um terço da multidão acampada sem ser reconhecido. A luz do sol reluzindo nas penas opalinas chamou sua atenção exatamente quando Maria se virou e o viu. Ela chamou seu nome e correu para encontrá-lo. Ao som do nome do outro Gêmeo Herói, as pessoas começaram a se juntar ao seu redor.

Maria pegou sua mão e a ficou segurando por um instante, sorrindo alegremente para ele.

— Estava tão preocupada. Fiquei com medo… — Maria baixou os olhos, desviando o olhar de Hunapu.

— Nosso assunto com os deuses ainda não acabou. — Hunapu fez um carinho em seu rosto.— E Bol fez o caminho quase todo comigo depois de voltar da sua aldeia.

Maria olhou para a mão que segurava e a soltou, envergonhada.

— Você vai querer ver seu irmão. Ele tem uma casa no centro de Kaminaljuyu. Ficaria honrada de levá-lo até lá. — Ela deu um passo para trás e mostrou com um gesto a multidão entre as fileiras de cabanas. Hunapu a seguiu enquanto ela abria caminho entre o amontoado de gente diante deles. Conforme passava, os índios murmuravam seu nome e iam atrás dele.

Depois de poucos passos foram abordados por repórteres. As luzes da câmera de TV se acenderam e perguntas foram berradas em inglês e espanhol. Hunapu olhou para Bol, que começou a afastar aqueles que se aproximavam demais. Eles ignoraram as perguntas, e as equipes de TV recuaram e depois de alguns minutos Maxine chamou imagens de arquivo de Hunapu caminhando e ocasionalmente cumprimentando alguém que reconhecia.

Enquanto a maioria das estruturas em Kaminaljuyu eram de tendas ou casas construídas de qualquer resto de material que as pessoas pudessem encontrar, as grandes cabanas gêmeas de madeira em uma praça no centro das ruínas eram prédios permanentes e impactantes. Seus telhados foram adornados com cúpulas como aquelas das ruínas do templo e havia bandeiras e amuletos pendurados nelas.

Ao chegarem à área aberta da praça, a multidão parou de segui-lo. Hunapu pôde escutar as câmeras e sentir que estavam sendo posicionadas enquanto ele, Bol e Maria seguiam sozinhos até a casa à esquerda. Antes de chegarem, um homem vestindo uma roupa das Serranias vermelha e roxa saiu dela. Foi seguido por um maia das Serranias, magro e de grande estatura, usando óculos e roupas europeias, exceto pela faixa na cintura.

Hunapu reconheceu Xbalanque de seus sonhos com Xibalba, mas, neles, ele parecia mais jovem. Este homem parecia mais sério, mas percebeu o caro relógio europeu em seu pulso e o tênis de corrida ladino em seus pés. Parecia um enorme contraste com o alargador de jade que usava. Hunapu ficou se perguntando sobre o alargador. Ele ganhara dos deuses? Hunapu foi flagrado nessa avaliação de seu irmão pelo parceiro de Xbalanque. O outro homem pegou Hunapu pelos ombros e o virou em direção à fila de câmeras. Xbalanque pousou a mão no ombro esquerdo de Hunapu. Usando um maia das Serranias que Hunapu entendia com dificuldade, Xbalanque falou com ele calmamente.

— A primeira coisa que vamos fazer é arrumar roupas de verdade para você. Acene para as câmeras. — Xbalanque seguiu sua própria sugestão.

— Depois, temos que dar um jeito de conseguir mais comida para o acampamento.

Xbalanque o virou para que pudessem se encarar e pegou sua mão.

— Fique assim para que possam pegar nossos perfis. Sabe, sol, estava começando a ficar preocupado com você.

Hunapu olhou bem nos olhos do homem diante de si. Pela primeira vez desde que encontrara o estranho que era seu irmão, viu nos olhos de Xbalanque as mesmas sombras de Xibalba que sabia existir nos seus. Estava claro que Xbalanque tinha muito a aprender sobre a maneira apropriada de venerar os deuses, mas também ficava claro que fora escolhido, assim como Hunapu, para falar por eles.

— Entre. Akabal vai anunciar que *nossa* declaração será feita depois. *Ko'ox.* — As últimas palavras de Xbalanque foram em lacandon.

Hunapu começou a achar que o quetzal das Serranias poderia ser um parceiro valioso. Lembrando-se de Maria e de Bol, conseguiu vê-los de relance, se misturando à multidão enquanto caminhava para a casa de Xbalanque. Seu irmão pareceu ler seus pensamentos.

— Ela é linda e muito devotada a você, não é? Vai tomar conta de seu guarda-costas e manter a imprensa longe até que ele consiga descansar. Temos planos a discutir. Akabal tem umas ideias maravilhosas para ajudar nossa gente.

Nos vários dias que se seguiram, os irmãos tinham encontros particulares, que iam muito além do entardecer. Mas, na manhã do terceiro dia, Esteban Akabal apareceu para anunciar que uma declaração seria lida ao meio-dia, fora do complexo onde os prisioneiros eram mantidos.

Com o sol diretamente na cabeça, Xbalanque, Hunapu e Akabal saíram da casa do primeiro em direção ao complexo dos prisioneiros. Conforme andavam, cercados pelos seguidores e repórteres, Hunapu ouviu o sobrevoo do helicóptero do exército ao meio-dia, e seus ombros ficaram tensos. O som dos helicópteros sempre o deixava nervoso. Assim que chegou, esperou o equipamento de som ser testado. Vários dos técnicos vestiam camiseta dos Gêmeos Heróis. Akabal explicou que a declaração seria lida em duas partes: a primeira por Hunapu e a segunda por Xbalanque. Eles falariam em maia e ele, Akabal, traduziria para espanhol e inglês. Hunapu pegou seu papel, nervoso. Akabal tinha ficado perplexo ao saber que ele não sabia ler, então tivera que memorizar o discurso que o professor tinha escrito. Ele agradecia aos deuses pelo treinamento de José para lembrar dos feitiços e dos rituais.

Hunapu se aproximou do microfone e viu Maxine acenar, encorajando-o. Mentalmente, pediu aos deuses que não o deixassem parecer um bobo. Quando começou a falar, seu nervosismo desapareceu e se afogou na raiva.

— Desde a primeira vez que vieram para nossa terra, vocês mataram nossos filhos. Buscaram destruir nossas crenças. Roubaram nossa terra e nossos objetos sagrados. Fomos escravizados. Não nos deram voz alguma na destruição de nossos lares. Se falássemos, éramos sequestrados, torturados, assassinados por sermos homens e não crianças maleáveis como queriam.

"Esse ciclo acaba agora. Nós, *hack winik*, homens de verdade, seremos livres novamente para vivermos como quisermos. Do gelo do norte longínquo às terras do fogo do sul, vemos o surgimento de um novo mundo no qual todo nosso povo pode ser livre.

"Os deuses estão nos observando e querem ser venerados da maneira antiga e adequada. Em troca, nos darão a força necessária para superar aqueles que tentam nos derrotar novamente. Eu e meu irmão somos o sinal deste novo mundo que está por vir."

Ao dar um passo para trás, Hunapu escutou seu nome ser berrado por milhares de maias em Kaminaljuyu. Ele olhou orgulhoso para a cidade arruinada, mergulhando na força que a veneração de seu povo lhe dava. Maria conseguiu ir para a frente do grupo de admiradores. Ergueu os braços em sinal de aprovação e foi seguida por centenas de pessoas. O gesto se espalhou pela multidão. Quando parecia que todos tinham levantado as mãos para implorar por sua ajuda, Hunapu levantou o rosto e os braços em direção ao céu. O barulho aumentou até que ele deixou as mãos caírem e olhou para o povo. Fez-se o silêncio.

Xbalanque deu um passo à frente.

— Não somos ladinos. Não queremos uma guerra ou mais mortes. Queremos apenas o que é nosso por direito: a terra, o país, que são nossos. Esta terra será o lar de qualquer índio americano, não importa onde tenham nascido nas Américas. Nossa intenção é encontrar a delegação Carta Selvagem da OMS enquanto ela está na Cidade da Guatemala. Vamos pedir a ajuda e o apoio deles para encontrar o lar dos *hach winik*. Principalmente os tocados pelos deuses do nosso povo precisam de ajuda imediata.

"Não estamos perguntando. Estamos dizendo. *Ko'ox*! Deixem-nos ir!"

Xbalanque ergueu o punho no ar e repetiu a frase dos lacandones várias vezes até que cada índio no acampamento repetisse em uníssono. Hunapu se juntou ao cântico e sentiu a força fluir de novo. Ao observar Xbalanque, soube que o irmão sentia o mesmo. Parecia o certo. Ficou claro que os deuses estavam com eles.

Hunapu e Xbalanque ficaram ao lado de Akabal enquanto ele traduzia o que acabaram de dizer. Os Gêmeos Heróis ficaram imóveis e em silêncio enquanto o professor se recusava a responder qualquer outra pergunta. Seu povo os encarava, com o mesmo silêncio estoico. Quando Akabal os conduzia de volta às suas casas, onde aguardariam notícias da delegação da OMS, seus seguidores, sem fazer um ruído, abriram caminho para deixá-los passar, mas fecharam a passagem antes que a imprensa conseguisse passar.

— Bom, não podemos acusá-los de falta de habilidade política. — O senador Gregg Hartmann descruzou as pernas e levantou-se da réplica de uma cadeira colonial para desligar a televisão do quarto do hotel.

— Um pouco de ousadia não faz mal a ninguém, Gregg. — Hiram Worchester recostou a cabeça na mão e olhou para Hartmann. — Mas que resposta você acha que deveríamos dar?

— Resposta! Que resposta podemos dar? — O senador Lyons interrompeu a resposta de Hartmann. — Estamos aqui para ajudar as vítimas do vírus carta selvagem. Não vejo ligação alguma. Esses… revolucionários, ou sei lá o que são, estão tentando nos usar. Temos a responsabilidade de ignorá-los. Não podemos nos dar ao luxo de nos envolver nessas insignificantes briguinhas nacionalistas!

Lyons cruzou os braços e caminhou até a janela. Discretamente, uma jovem empregada índia entrou no quarto para pegar os restos do almoço servido no quarto. De cabeça baixa, olhou para cada um deles antes de, em silêncio, retirar do quarto a pesada bandeja. Hartmann balançou a cabeça para o senador Lyons.

— Entendo seu ponto, mas o senhor viu as pessoas lá fora? Muitos dos que estão seguindo os "Gêmeos Heróis" são curingas. Não temos nenhuma responsabilidade sobre eles? — Hartmann recostou-se relaxadamente na cadeira e ajeitou as costas na tentativa de ficar confortável. — Além disso, não podemos nos dar ao luxo de ignorá-los. Isso comprometeria nossa própria missão se fingíssemos que eles e seus problemas não existem. O mundo aqui é muito diferente daquele que o senhor está acostumado a ver, mesmo com as reservas. Há diferentes atitudes. Os índios sofrem muito desde a Conquista. Eles pensam a longo prazo. Para eles, o vírus carta selvagem é apenas mais uma cruz a carregar.

— Aliás, senador, o senhor acha que esses rapazes são ases, como dizem os repórteres? — Mordecai Jones olhou através do quarto de hotel para o senador do Wyoming. — Tenho de reconhecer que tenho alguma simpatia pelo que estão tentando fazer. A escravidão, ou sei lá como chamam aqui, não é certa.

— É claro que estamos envolvidos por causa das vítimas do carta selvagem, no mínimo. Se um encontro com eles for apoiá-los para que consigam ajuda, temos a responsabilidade de fazer o que pudermos. — Tachyon falava de sua cadeira. — Por outro lado, ouço muito falarem sobre sua terra natal e vejo pouco comprometimento no trabalho em questões práticas. Questões como nível de subsistência das vítimas aqui. Pode-se ver que eles precisam de ajuda médica. O que acha, Hiram?

— Gregg tem razão. Não podemos evitar um encontro. O caso já teve muita publicidade. Além disso, estamos aqui para ver como os curingas são tratados em outros países. A julgar pelo que vimos, podemos ajudar aqui fazendo um pouco de pressão sobre o governo. Parece ser uma boa maneira de lidar com o assunto. Não temos que apoiar suas ações, apenas expressar nossa preocupação.

— Parece razoável. Deixo você cuidar da política. Preciso fazer aquela visita ao hospital. — Tachyon massageou uma das têmporas. — Estou cansado de falar com o governo. Quero ver o que está acontecendo.

A porta da sala de espera se abriu e Billy Ray olhou com curiosidade:

— Os telefones não param de tocar e temos repórteres subindo até pela escada de incêndio. O que dizemos a eles?

Hartmann fez um movimento de cabeça para Tachyon antes de responder:

— Aqueles que puderem dispor de tempo em seus cronogramas tão detalhadamente organizados vão encontrar com esses "Gêmeos Heróis". Mas deixe claro que estamos fazendo isso pelo interesse das vítimas do carta selvagem e não por razões políticas.

— Ótimo. O Padre, Crisálida e Xavier já devem estar voltando. Eles foram visitar o acampamento e falar com os curingas de lá — disse ele, antecipando a próxima pergunta de Tachyon e sorrindo para o médico. — Seu carro está esperando lá embaixo. Mas quanto antes o senhor puder me passar a nota oficial para a imprensa, melhor.

— Vou pedir para que o meu pessoal comece a redigir uma imediatamente, Billy. — Hartmann estava obviamente em terreno familiar. — Você a terá em mãos em uma hora.

Pela manhã, todos se reuniram, ainda de ressaca e vendo tudo em dobro por conta das celebrações da noite anterior, mas prontos para sair e ver a delegação da ONU. Quando Hunapu e Xbalanque saíram de suas casas, a multidão se calou. Xbalanque olhou para as pessoas e gostaria que fosse possível que todos o seguissem para a cidade. Ficaria ótimo no filme, mas Akabal estava convencido de que isso era apenas uma desculpa que o governo procurava para abrir fogo. Ele pulou sobre o capô do ônibus que tinha sido escolhido para levá-los até a cidade. Falou por quase meia hora até que as pessoas pareceram concordar em ficar em Kaminaljuyu.

Chegaram ao Caminho Real sem incidentes. A única surpresa tinha vindo da multidão de índios que faziam fila nas ruas em que passavam. Os espectadores ficavam imóveis e em silêncio, mas tanto Hunapu quanto Xbalanque foram fortalecidos por sua presença. No Caminho Real, desceram do veículo e foram conduzidos para o prédio por dois dos seus próprios guardas e quase vinte pessoas da segurança da ONU.

Xbalanque e Hunapu usaram as roupas o mais parecidas possível com a dos antigos reis. Cabelos amarrados com nós dos guerreiros no topo da cabeça, trajavam túnicas de algodão e saias envelope de algodão tingido. Hunapu estava acostumado a vestir apenas seu *xikul*, a túnica na altura do joelho. Sentia-se em casa quando usava o estilo antigo. Xbalanque passou boa parte da manhã arrumando a saia e se sentindo exposto por conta das pernas de fora. Conforme olhava com curiosidade pelo entorno do hotel, se viu em um espelho na parede. Quase parou, maravilhado com a visão de um guerreiro maia olhando para ele. Xbalanque ajeitou o corpo e ergueu a cabeça, mostrando seu alargador de jade.

Os olhos de Hunapu iam de uma ponta a outra do lobby. Nunca tinha visto um prédio tão grande com tantas decorações estranhas e gente com roupas esquisitas. Um gordo com uma camisa branca brilhante e bermudão florido com cores berrantes olhava para eles. O turista puxou pelo braço sua mulher, que estava vestida com a mesma estampa da roupa do marido, e apontou para eles. Ver de relance Xbalanque caminhando com orgulho por ali deteve Hunapu.

Mas teve que se conter para não gritar orações aos deuses quando entraram em uma sala ligeiramente menor que a casa da sua família e as portas se fecharam sem intervenção humana. A sala se mexeu sob seus pés e apenas o rosto calmo de Xbalanque não o fez achar que estavam prestes a morrer. Olhou para Akabal. O maia que estava vestindo roupas ocidentais abria e cerrava os punhos de forma ritmada. Hunapu se perguntava se ele também estava rezando.

Apesar da apatia exterior, Xbalanque foi o primeiro a sair pelas portas abertas quando o elevador chegou ao seu destino. O grupo inteiro saiu pelo corredor acarpetado em direção à porta ladeada por mais dois soldados da ONU. Houve alguns momentos de discussão até que concordassem que, depois que os guardas índios inspecionassem a sala de reunião, eles esperariam do lado de fora até que a reunião tivesse terminado. Os Gêmeos Heróis, porém, foram autorizados a ficar com suas facas de pedra cerimoniais. Durante esse momento, Xbalanque e Hunapu não disseram nada, deixando que Akabal fizesse os acertos. Hunapu assistiu a tudo enquanto tentava parecer um rei-guerreiro. Ficar nesses espaços confinados sempre o deixava nervoso. Ele olhava com frequência para o irmão, buscando orientação.

Dentro do quarto de hotel, os representantes da OMS os aguardavam. Akabal percebeu imediatamente o câmera de Peregrina.

— Fora. Sem câmeras, sem fitas. — O índio alto virou-se para Hartmann. — Foi o acordo. Com sua insistência.

— Peregrina, a moça de asas, é uma das nossas. Ela só quer fazer um registro histórico...

— Que você possa editar para se adequar aos seus propósitos pessoais. Não.

Hartmann sorriu e encolheu os ombros para Peregrine.

— Talvez fosse melhor que você...

— Claro. Sem problemas. — Ela agitou as asas displicentemente e conduziu o câmera para a saída.

Xbalanque percebeu que Akabal parecia ter sido tirado da calma que gostaria de ter tido naquele momento. Hunapu parecia se comunicar diretamente com os deuses. Ficou claro só de olhar para ele que nada ali interessava. Xbalanque tentou passar a mesma segurança.

— Bom. Agora estamos aqui para discutir...

Akabal começou a sua apresentação preparada, mas foi interrompido por Hartmann:

— Vamos ser informais aqui. Podem se sentar, por favor. Acho que é você que vai fazer a tradução aqui, não é? — Hartmann sentou na cabeceira da mesa, que parecia ter sido trazida para o quarto só para a reunião, já que a mobília fora afastada para os cantos. — Os outros cavalheiros falam inglês?

Xbalanque estava quase respondendo quando viu o olhar de advertência de Akabal. Em vez disso, apontou uma cadeira para Hunapu.

— Não. Vou traduzir para eles também.

Hunapu olhou de forma séria para o sacerdote cheio de tentáculos e para o homem com o nariz como Chac, o narigudo rei da chuva. Ficou satisfeito que os tocados por deus viajariam com este grupo. Era um sinal auspicioso. Mas também ficou surpreso de ver um padre abençoado pelos deuses. Talvez houvesse mais coisas além daquilo que os sacerdotes tinham tentado ensiná-lo e em que ele acreditara antes. Mencionou seus pensamentos para Akabal, que falava em inglês para Hartmann.

— Entre o nosso povo, as vítimas do vírus carta selvagem são consideradas como favorecidos pelos deuses. Eles são reverenciados, não perseguidos.

— E é disso que estamos aqui para falar, não é? Seu povo. — Hartmann não tinha parado de sorrir desde que entraram na sala. Xbalanque não confiava em uma pessoa que mostrava tanto os dentes.

O homem com tromba de elefante falou em seguida:

— Esse seu novo país seria aberto para todos os curingas? — Xbalanque fingia ouvir a tradução de Akabal. Ele respondeu em maia, sabendo que Akabal modificaria suas palavras de qualquer forma.

— Esta pátria toma de volta apenas uma pequena parte do que nos foi roubado. É para o nosso povo, sejam ou não tocados pelos deuses. Os tocados pelos deuses dos ladinos têm outros locais para ir pedir ajuda.

— Mas por que você acha necessário uma nação separada? Me parece que sua demonstração de poder político impressionaria o governo guatemalteco com sua força. Eles serão forçados a apresentar a reforma que você quer. — Hartmann trouxe a conversa de volta para Akabal, o que não desagradou Hunapu. Ele podia sentir hostilidade na sala e a falta de compreensão. Não importava o que dissessem, eles também eram ladinos. Ele olhou para Akabal, enquanto o homem respondia para um dos norte-americanos.

— Você não está escutando. Não queremos reformas. Queremos nossa terra de volta. Mas apenas uma pequena parte dela. As reformas vêm e vão há quatrocentos anos. Cansamos de esperar. — Akabal foi enfático. — Você sabe que para a maioria dos índios este vírus carta selvagem é apenas um outro tipo de varíola? Uma outra doença de branco trazida a nós para matar o máximo possível.

— Isso é ridículo! — O senador Lyons ficou irritado com a acusação. — Os humanos não tiveram nada a ver com o vírus carta selvagem.

— Viemos aqui ajudá-los. Esse é o nosso único objetivo. Para isso, achamos que temos de ter a cooperação do governo. — O senador Lyons parecia estar na defensiva. — Falamos com o general. Ele está planejando colocar clínicas nas províncias mais afastadas e trazer os casos mais sérios de surto do vírus carta selvagem para tratamento na cidade.

Os irmãos trocaram olhares. Ficou claro que cada um desses estranhos do norte não faria nada por eles. Hunapu estava ficando impaciente. Tinha muita coisa a fazer em Kaminaljuyu. Queria começar a ensinar os desinformados sobre os antigos deuses e o que significava venerá-los.

— Não podemos mudar o passado. Nós dois sabemos disso. Então, para quê? Por que vocês estão aqui? — Hartmann parou de sorrir.

— Vamos formar uma nação índia. Mas vamos precisar de ajuda — disse Akabal de maneira firme. Xbalanque aprovou sua falta de tolerância com a distração, embora não estivesse bem certo a respeito dos planos de Akabal para um governo socialista.

— Você tem ideia do que é a ONU? Com certeza não espera que nós forneçamos armas para sua guerra. — A boca do senador Lyons ficou esbranquiçada de raiva.

— Não, armas não. Mas se o senhor tivesse saído para ver nossos seguidores, teria visto quantos não foram tratados pelos médicos ladinos na esperança de que não sobrevivessem. E sim, eu sei o que o general lhe disse. Vamos precisar de muita ajuda médica, inicialmente, para cuidar dessas pessoas. Depois disso, vamos precisar de ajuda para escolas, estradas, transporte e agricultura. Todas as coisas que um país de verdade deve oferecer.

— Você sabe que esta é apenas uma missão de pesquisa, não sabe? Não temos nenhuma autoridade de fato na ONU ou mesmo no governo norte-americano a esse respeito. — Hartmann inclinou-se para a frente e abriu as mãos. — Só o que podemos oferecer neste momento é a nossa simpatia.

— Não vamos pôr em risco nossa posição na comunidade internacional por causa de suas aventuras militares! — O olhar do senador Lyons percorreu os três índios. Hunapu não se impressionou. As mulheres deviam ficar fora das decisões.

— Esta é uma missão pacífica. Não há nada de político no sofrimento e eu não quero tentar transformar o vírus carta selvagem em um lance nesse seu leilão por atenção — disse Lyons.

— Duvido que os judeus europeus do holocausto concordassem que o sofrimento não é político, senador. — Akabal viu a expressão de Lyons mudar para embaraço. — O vírus carta selvagem afetou meu povo. Isso é uma verdade. O meu povo enfrenta um genocídio ativo. Isso também é verdade. Se o senhor não quer o vírus carta selvagem envolvido nisso, tudo bem, mas isso não é realmente possível, certo?

"O que nós queremos dos senhores? Apenas duas coisas: ajuda humanitária e reconhecimento. — Pela primeira vez, Akabal parecia um pouco hesitante. — Em breve, o governo da Guatemala vai tentar nos destruir. Vão esperar vocês irem embora, vocês e os repórteres que os seguem. Não pretendemos permitir que tenham êxito. Temos certas… vantagens.

— Eles são ases, então? — Hartmann de repente ficou quieto e introspectivo.

Alguns repórteres já tinham usado aquele termo, e Akabal já o mencionara também, mas essa era a primeira vez que Xbalanque achava que o termo caberia. Ele se sentia um ás. Ele e seu irmão, o pequeno lacandon, poderiam derrotar qualquer um. Eram as encarnações dos reis-sacerdotes de seus pais, privilegiados pelos deuses ou por uma doença alienígena. Não importava. Levariam seu povo à vitória. Ele virou para Hunapu e percebeu que era como se o irmão tivesse os mesmos pensamentos.

— Eles acreditam terem sido chamados para servir os velhos deuses e serem os arautos de uma nova era, o começo do próximo ciclo. De acordo com nosso calendário, será no ano 2008 de vocês. Eles estão aqui para preparar o caminho para o próximo *katun*. — Akabal olhou para os norte-americanos novamente. — Mas, sim, acho que eles são ases. As provas se encaixam. É bem raro que um ás demonstre poderes que pareçam ter vindo de sua herança cultural, certo?

Houve três pancadinhas na porta. Xbalanque viu o chefe da segurança, aquele que chamavam de Carnifex, olhar para a sala. Por um momento se perguntou se aquilo era tudo uma armadilha elaborada.

— O avião está pronto e temos que partir daqui a uma hora.

— Obrigado. — Hartmann colocou a mão sob o queixo como se estivesse pensando. — Falando como senador americano, gostaria de ver o que podemos fazer, senhor Akabal. Por que não conversamos em particular por um instante?

Ele assentiu com a cabeça.

— Talvez o Padre queira conversar com Xbalanque e Hunapu? Os irmãos falam espanhol, se tiver um tradutor disponível.

Quando Hartmann e Akabal terminaram a confabulação e se juntaram a eles novamente, Xbalanque estava pronto para ir embora. Ouvindo Hunapu, ele começou a temer que seu irmão demonstrasse a ligação com os deuses naquele exato momento e local. Sabia que aquela não era uma boa ideia.

Xbalanque estava tentando explicar isso quando Hartmann apertou a mão de Akabal para um adeus. Para Xbalanque, aquele aperto de mão pareceu longo demais. Costumes norte-americanos. Ele voltou para dissuadir Hunapu da ideia de puxar a obsidiana e começou a conduzi-lo para a saída.

Quando voltaram para o elevador, mais uma vez escoltados pelo pessoal da segurança da ONU, Xbalanque perguntou a Akabal, em maia, o que Hartmann tinha dito.

— Nada. Ele vai "tentar" criar um "comitê" para "estudar" a questão. Ele fala como todos os ianques. Pelo menos nos viram. Isso nos dá legitimidade aos olhos do mundo. Já é útil.

— Eles não acreditam que nós servimos às vontades dos deuses, não é? — Hunapu estava muito mais irritado do que tinha se permitido demonstrar. Xbalanque o observou cautelosamente. Ele olhou bem nos olhos do irmão. — Vamos mostrar a eles o poder dos deuses. Eles vão aprender.

♦

Nas 24 horas seguintes, eles perderam metade dos jornalistas que cobriam o caso, uma vez que estes continuaram acompanhando a visita da ONU. O exército movimentou mais unidades para o local e, de forma mais preocupante, começou a evacuar os arredores. Por fim, todas as viagens para o campo foram canceladas. Era bom ficar livre dos antropólogos, mas a intenção era clara para todo mundo em Kaminaljuyu. Nenhum não combatente no acampamento.

Ao nascer do sol e ao meio-dia, em cada um dos três dias posteriores à visita a Hartmann, Hunapu sacrificara seu próprio sangue nos templos dos morros mais altos da cidade. Xbalanque se juntara a ele nos dois últimos nasceres do sol. Os apelos de Akabal por bom senso foram ignorados. Enquanto a tensão em Kaminaljuyu aumentava, os irmãos ficavam mais isolados. Discutindo os próprios planos um com o outro, ignoravam a maior parte das sessões de planejamento que Akabal e os líderes rebeldes faziam. Maria ficava a maior parte do tempo ao lado de Hunapu, quando não estava preparando o altar para algum sacrifício. Bol fazia treinamentos constantes com os guerreiros.

Xbalanque e Hunapu estavam no topo do templo arruinado cercados pelos seus seguidores. O quarto dia já estava quase amanhecendo. Havia uma vasilha decorada entre eles e Maria. Cada homem segurava sua lâmina de obsidiana apontada para a palma da mão. Ao nascer do sol, cortariam sua carne e deixariam o sangue jorrar e se misturar na vasilha antes de ser queimado no altar que Maria arrumara com flores e efígies. O sol ainda estava atrás do vulcão leste que se agigantava sobre a Cidade da Guatemala e cuspia fumaça no ar como se oferecesse um tabaco sagrado para os deuses.

Primeira luz. As facas escuras refulgiam. O sangue fluiu, misturou-se e encheu a vasilha. Milhares de vozes se ergueram em um cântico que saudava o dia com um apelo de clemência aos deuses. Duas cabanas de sapé explodiram quando os raios de luz as tocaram.

A poeira e os destroços caíram sobre as pessoas. Aqueles que estavam mais próximos da cabana foram os primeiros a ver que um míssil do governo tinha detonado os abrigos. Os combatentes percorreram o perímetro tentando impedir a invasão, enquanto aqueles que não conseguiam defender o acampamento se agruparam, formando uma grande massa no centro. Os mísseis do governo miraram na praça central, onde milhares de pessoas se ajoelhavam e rezavam ou gritavam, quando os foguetes passavam sobre suas cabeças e caíam nas proximidades.

Maxine Chen era uma das poucas jornalistas de elite a cobrir a cruzada dos Gêmeos Heróis. Ela e sua equipe tinham procurado abrigo atrás de um dos morros do templo, onde Maxine gravou o início do ataque. Uma garota índia, de 7 ou 8 anos, saiu correndo de trás da pequena colina e foi para a frente da câmera de Maxine. Seu rosto e o *huipil* branco estavam cheios de sangue e ela chorava de medo enquanto corria. Maxine tentou segurá-la, mas não conseguiu, e a garota se foi.

— Robert... — Maxine trocou um olhar com o câmera. Ele levantou o rosto detrás da câmera e a jogou para o operador de áudio, que quase a deixou cair. Em seguida, os dois saíram correndo pela multidão, que partia em direção ao pequeno abrigo das colinas.

Nos arredores das ruínas, o pessoal dos Gêmeos Heróis começou a atirar nos soldados, causando confusão, mas não dano suficiente. Os mísseis vinham de trás da linha de frente do exército. Os motores dos tanques roncavam, mas eles ficavam parados e atiravam na linha de defesa, matando alguns e destruindo as ruínas que estes usavam como proteção.

Enfrentando o fluxo de gente no centro de Kaminaljuyu, Xbalanque e Hunapu conseguiram chegar até as linhas de frente. O povo comemorou quando os viu. Em campo aberto, Xbalanque começou a jogar no exército o que encontrasse pela frente. E funcionava. As tropas, diante de seu ataque, tentaram retroceder, mas acabaram sendo impedidas e receberam ordens para seguir em frente. As balas ricocheteavam em sua pele. Os índios da defesa viram isso e se fortaleceram. Tentando ser mais precisos ao mirar, eles começaram a causar estragos. Mas os mísseis continuavam a vir, e eles ouviam os gritos daqueles que ficaram presos no centro do acampamento.

Hunapu movia-se para a frente e para trás, usando a faca para cortar as gargantas dos soldados mais próximos antes de voltar para o próprio lugar. Ele mirava nos oficiais, como Akabal recomendara que fizesse. Mas, com a pressão das pessoas atrás deles, as tropas da linha de frente não conseguiam fugir nem mesmo quando queriam escapar do demônio.

Xbalanque fugiu dos mísseis e se posicionou atrás de uma das colinas. Foi seguido por dois experientes líderes da guerrilha. Estavam apavorados com a carnificina. Era diferente de uma guerra na floresta. Quando viram Hunapu reaparecer, Xbalanque o pegou antes que ele pudesse ir de novo. A armadura de algodão de Hunapu estava encharcada do sangue dos soldados. O cheiro sufocava até mesmo os rebeldes. O sangue e a fumaça das armas fizeram Xbalanque se lembrar da primeira vez que passara por isso.

— Xibalba — Ele falava apenas com o irmão.

— Sim — Hunapu assentiu com a cabeça. — Os deuses estão com fome. Nosso sangue não foi suficiente. Querem mais sangue. Sangue com poder. Sangue de um rei.

— Acha que eles aceitariam sangue de um general? Do capitão da guerra?

Xbalanque olhou para trás, para o exército do outro lado da colina de terra.

Os guerrilheiros acompanhavam a conversa bem de perto, procurando um motivo para torcer pela vitória. Ambos anuíram com a cabeça com o mesmo pensamento.

— Se você puder pegar o general, as coisas vão degringolar entre eles. São recrutas, não voluntários. — O homem tirou o cabelo negro empoeirado dos olhos e encolheu os ombros. — Foi a melhor ideia que já ouvi.

— Onde está o capitão? — Os olhos de Hunapu estavam fixados em um alvo distante. — Vou trazê-lo. Tem que ser feito do jeito certo, senão os deuses não ficarão satisfeitos.

— Ele vai ficar na retaguarda. Vi um caminhão lá atrás com várias antenas, um centro de comunicações. A leste. — Xbalanque olhou para o irmão de forma inquieta. Alguma coisa parecia errada com ele.

— Você está bem?

— Sirvo a meu povo e a meus deuses. — Hunapu se afastou alguns passos e desapareceu com um ruído suave.

— Não sei se foi uma boa ideia. — Xbalanque se perguntava o que Hunapu tinha em mente.

— Tem ideia melhor? Ele vai ficar bem. — O rebelde começou a dar de ombros, mas foi interrompido com os ombros erguidos pelo som de helicópteros.

— Xbalanque, você tem que detê-los. Se puderem nos atacar do ar, estamos mortos. — Antes mesmo que o outro homem acabasse de falar, Xbalanque estava correndo para os helicópteros e no meio de Kaminaljuyu. Quando as hélices dos Hueys apareceram, ele pegou uma pedra do tamanho de uma cabeça e a lançou. O helicóptero à esquerda explodiu em chamas. O outro se afastou do acampamento. Mas Xbalanque não tinha reparado na posição do helicóptero quando o destruiu. Os estilhaços em chamas caíram em seus companheiros encolhidos, causando tanta morte e destruição quanto um míssil do governo.

Xbalanque virou as costas, xingando a si próprio por ser tão displicente com seu povo, e viu Hunapu no cume do monte mais alto. Seu irmão estava com uma expressão frágil, o corpo parcialmente estendido no chão, ao lado do altar de Maria. Xbalanque correu em direção ao templo.

Do outro lado, Akabal viu Hunapu aparecer com seu prisioneiro. Akabal tinha se separado dos Gêmeos no embate corpo a corpo logo após o ataque do primeiro morteiro. Agora, dava as costas para a massa de seguidores que se espremia nos montes centrais de terra. O puxão de Maxine Chen em seu braço o deteve. Ela o seguia, o rosto suado e sujo e a equipe de duas pessoas parecendo abatida. Robert pegou a câmera e filmou tudo o que podia enquanto se deslocava por Kaminaljuyu.

— O que está acontecendo? — Ela teve que gritar para ser ouvida em meio à multidão e às armas. — Quem é aquele com Hunapu? É Xbalanque?

Akabal negou com a cabeça e continuou andando, seguido por Chen. Quando ela viu que Akabal pretendia subir o morro em campo aberto, ela e Robert hesitaram, mas seguiram-no. O operador de áudio meneou a cabeça e se agachou na base do templo. Maria encontrou Xbalanque e eles foram para o outro lado. O câmera deu um passo para trás e começou a filmar assim que os seis chegaram ao topo. Ao ver Xbalanque, Hunapu ergueu o rosto e começou a entoar cânticos para o céu. Já não estava com a faca, e o sangue seco que cobria boa parte de seu rosto parecia tinta cerimonial. Xbalanque ouviu por um momento, e então meneou a cabeça. Em maia arcaico, ele discutiu com Hunapu, que continuava com seu cântico, alheio à interrupção de Xbalanque. Maxine perguntou o que havia acontecido a Akabal, mas ele balançou a cabeça, confuso. Maria tinha arrastado o general guatemalteco ao altar feito de terra e começou a tirar seu uniforme.

As armas cessaram fogo no mesmo instante em que Hunapu terminou seus cânticos e esticou a mão para Xbalanque. No silêncio, Maxine colocou as mãos no ouvido. Maria ajoelhou-se ao lado do general, segurando a tigela da oferenda a sua frente. Xbalanque recuou, balançando a cabeça negativamente. Hunapu esticou o braço abruptamente para Xbalanque. Olhando sobre o ombro de Hunapu, Xbalanque viu os tanques do governo seguirem adiante, destroçando a cerca e esmagando os índios sob suas esteiras.

Quando Xbalanque hesitou, o general acordou. Vendo-se estirado em um altar, praguejou e tentou sair dali. Maria colocou-o de volta no lugar. Reparando em suas penas, manteve-se longe dela, como se pudesse ser contaminado. Ele começou a discursar para Hunapu e Xbalanque em espanhol:

— Que diabos vocês pensam que estão fazendo? A convenção de Genebra estabelece claramente que oficiais prisioneiros de guerra devem ser tratados com dignidade e respeito. Devolvam minhas roupas!

Xbalanque ouvia os tanques e os gritos atrás de si enquanto o general do exército guatemalteco xingava a todos. Ele jogou a faca de obsidiana para Hunapu e agarrou os braços descontrolados do general.

— Me soltem. O que acham que estão fazendo, seus selvagens? — Quando Hunapu ergueu a faca, os olhos do homem se arregalaram. — Vocês não podem fazer isso! Por favor, estamos em 1986. Vocês estão todos loucos. Olha, eu vou mandá-los parar. Dou a ordem para que interrompam o ataque. Me deixem levantar. Por favor, Jesus, me deixa levantar!

Xbalanque imobilizou as costas do general contra o altar e olhou para cima enquanto Hunapu movia a faca.

— Ave Maria, cheia de g...

A faca de obsidiana cortou carne e cartilagem, sujando de sangue Maria e os irmãos. Xbalanque observava com um fascínio horrorizado Hunapu decapitar o general, pressionando a faca na nuca e rompendo as últimas conexões antes de erguer a cabeça do ladino ao céu.

Xbalanque largou o braço do defunto e, tremendo, levou a tigela cheia de sangue para Maria. Retirando o corpo do altar, ateou fogo no sangue enquanto Maria acendia o incenso de copal. Jogou a cabeça para trás e gritou os nomes de seus deuses ao céu. Suas palavras foram repetidas por seu povo, reunido logo abaixo, os braços para o alto em direção ao templo. Hunapu colocou a cabeça no altar, seus olhos abertos encarando Xibalba.

Os tanques pararam de avançar e começaram a bater em retirada. Os soldados da infantaria largaram as armas e correram. Alguns atiradores que tentaram detê-los e outros oficiais se juntaram à fuga. As forças do governo debandaram no caos, dispersando-se pela cidade, abandonando seus equipamentos e suas armas.

Maxine vomitara ao ver o sacrifício, mas seu câmera tinha tudo filmado. Pálida e trêmula, ela perguntou a Akabal o que estava acontecendo. Ele virou-se para ela com os olhos arregalados.

— Chegou o momento da Quarta Criação. O nascimento de Huracan, o coração dos céus, nossa casa. Os deuses voltaram para nós! Morte aos inimigos do nosso povo! — Akabal ajoelhou e esticou os braços na direção dos Heróis Gêmeos. — Levem-nos à glória, favoritos dos deuses.

♦

No quarto 502 do hotel Camino Real, um turista de shorts floridos e camisa de poliéster azul-clara enfiou o último suvenir na mala. Procurou pela mulher no quarto e a olhou pela janela.

— Da próxima vez, Martha, não compre nada que não caiba na sua mala. — Ele apoiou seu considerável peso sobre a mala e fechou o zíper. — Cadê o rapaz? Já faz meia hora que o chamamos. O que há de tão interessante lá fora?

— As pessoas, Simon. É uma espécie de procissão. Será que é alguma celebração religiosa?

— Será uma rebelião? Com toda essa agitação de que temos ouvido falar, quanto antes sairmos daqui, melhor.

— Não, parecem estar indo a algum lugar. — Sua mulher continuou a olhar para as ruas cheias de homens, mulheres e crianças. — São todos índios também. Dá para ver pelas roupas.

— Meu Deus, vamos perder o avião se não sairmos daqui agora. — Ele olhava para o relógio como se este fosse o responsável. — Liga de novo. Onde será que ele está?

Do diário de Xavier Desmond

15 de dezembro de 1986, a caminho de Lima, Peru:

Tenho sido negligente com meu diário — nenhuma anotação ontem ou anteontem. Posso apenas alegar exaustão e certa dose de desânimo.

Temo que a Guatemala tenha exaurido meu espírito. Ficamos, claro, estritamente neutros, mas quando vi as reportagens televisivas sobre a insurreição e ouvi algo do palavrório que era atribuído aos revolucionários maias, ousei ter esperanças. Quando de fato nos encontramos com os líderes indígenas, por um instante cheguei a ficar exultante. Consideraram minha presença na sala uma honra, um presságio auspicioso, pareciam me tratar com o mesmo tipo de respeito (ou falta de respeito) que prestavam a Hartmann e Tachyon, e o jeito que eles tratavam seus próprios curingas me deixou feliz.

Bem, sou um velho, um *curinga* velho na verdade, e tendo a construir castelos no ar. Agora, os revolucionários maias proclamaram uma nova nação, uma pátria ameríndia, onde os *seus* curingas serão bem-vindos e honrados. O restante de nós não precisa pedir. Não que eu me importasse muito em viver nas selvas da Guatemala — mesmo uma pátria autônoma curinga aqui não causaria grande impacto no Bairro dos Curingas, muito menos qualquer tipo de êxodo significativo. Ainda assim, há tão poucos lugares no mundo onde curingas são bem-vindos, onde podemos construir nosso lar em paz... quanto mais viajamos, mais vemos, mais somos forçados a concluir que o Bairro dos Curingas é o melhor lugar para nós, nosso único e verdadeiro lar. Não consigo expressar o quanto essa conclusão me entristece e apavora.

Por que precisamos traçar essas linhas, essas distinções tênues, esses rótulos e barreiras que nos separam? Ás, limpo e curinga, capitalista e comunista, católico e protestante, árabe e judeu, índio e *ladino*, e assim por diante, em todos os lugares e, claro, a verdadeira humanidade pode ser encontrada apenas do *nosso* lado da linha, e nos sentimos livres para oprimir, estuprar e matar o "outro", quem quer que ele venha a ser.

Há aqueles no *Cartas Marcadas* alegando que os guatemaltecos se envolveram num genocídio consciente de suas próprias populações indígenas, e há quem veja essa nova nação como algo muito bom. Mas eu desconfio.

Os maias acham que os curingas são tocados pelos deuses, especialmente abençoados. Sem dúvida é melhor ser honrado do que insultado por nossas várias limitações e deformidades. Sem dúvida.

Mas...

Ainda temos nações islâmicas no nosso caminho... um terço do mundo, alguém me disse. Alguns muçulmanos são mais tolerantes que outros, mas praticamente todos consideram a deformidade um sinal do descontentamento de Alá. As atitudes dos verdadeiros fanáticos, como os xiitas no Irã e a seita de Nur na Síria são aterrorizantes, hitleristas. Quantos curingas foram massacrados quando o aiatolá destituiu o xá? Para alguns iranianos, a tolerância que ele concedia aos curingas e mulheres era o maior pecado do xá.

E nós somos tão melhores nos esclarecidos Estados Unidos, onde fundamentalistas como Leo Barnett pregam que os curingas estão sendo punidos por seus pecados? Ah, sim, existe uma distinção, preciso lembrar disso. Barnett diz que ele odeia os pecados, mas ama os pecadores, e se ao menos nos arrependêssemos e tivéssemos fé e amor em Jesus, certamente seríamos curados.

Não, temo que, no fim das contas, Barnett, o aiatolá e os sacerdotes maias pregam todos o mesmo credo — que nosso corpo em algum sentido reflete a nossa alma, que algum ser divino estendeu diretamente a mão e nos deturpou dessa forma para mostrar sua satisfação (os maias) ou insatisfação (Nur al-Allah, o aiatolá, o Pregador Cospe Fogo). Acima de tudo, cada um deles está dizendo que os curingas são *diferentes*.

Minha própria crença é dolorosamente simples: acredito que curingas, ases e limpos são todos homens e mulheres e devem ser tratados dessa forma. Durante minhas noites obscuras da alma, me pergunto se sou o único homem que ainda acredita nisso.

Do diário de Xavier Desmond

♦

Ainda refletindo sobre a Guatemala e os maias. Um ponto que deixei de enfatizar antes: não consegui deixar de perceber que essa revolução idealista e gloriosa foi liderada por dois ases e um limpo. Mesmo nessas paragens, onde curingas são supostamente beijados pelos deuses, os ases lideram e os curingas seguem.

Alguns dias atrás — foi durante nossa visita ao Canal do Panamá, acredito que Digger Downs me perguntou se eu achava que os EUA algum dia teriam um presidente curinga. Eu lhe respondi que me contentaria com um congressista curinga (temo que Nathan Rabinowitz, cujo distrito inclui o Bairro dos Curingas, ouviu o comentário e o levou como algum tipo de crítica à sua representação). Então Digger quis saber se eu achava que um ás poderia ser eleito presidente. Uma pergunta mais interessante, devo admitir. Downs sempre parece meio sonolento, mas ele é mais perspicaz do que aparenta, embora não da mesma classe que alguns dos outros repórteres a bordo do *Cartas Marcadas*, como Herrmann, da AP, ou Morgenstern, do *Washington Post*.

Eu disse a Downs que, antes desse último Dia do Carta Selvagem, talvez fosse possível... embora pouco possível. Certos ases, como o Tartaruga (ainda desaparecido, os últimos jornais de Nova York confirmam), Peregrina, Ciclone e um punhado de outros são celebridades de primeira linha, obtendo considerável afeição pública. O quanto dela poderia se converter para a arena política, e como poderia sobreviver ao duro toma lá dá cá de uma campanha presidencial, essa é uma questão mais complexa. O heroísmo é uma mercadoria perecível.

Jack Braun estava perto o suficiente para ouvir a pergunta de Digger e a minha resposta. Antes que eu pudesse concluir — eu queria dizer que toda a equação havia mudado em setembro, que entre as perdas do Dia do Carta Selvagem estava qualquer chance mínima de um ás se tornar um candidato viável à presidência —, Braun interrompeu.

— Eles o rasgariam ao meio — ele nos disse.

— E se fosse alguém que eles amassem? — Digger quis saber.

— Eles amavam os Quatro Ases — Braun retrucou.

Braun não é mais o exilado que era no início da excursão. Tachyon ainda se recusa a reconhecer sua existência, e Hiram não chega a ser gentil, mas os outros ases não parecem saber quem ele é ou se importar com isso. No Panamá, estava sempre na companhia de Fantasia, escoltando-a aqui e ali, e ouvi rumores de uma ligação entre Golden Boy e a assessora de imprensa do senador Lyons, uma jovem loira e atraente. Sem dúvida, dos ases homens, Braun é de longe o mais atraente, na acepção convencional, embora Mordecai Jones tenha certa presença protetora. Downs também ficou impressionado com esses dois. A próxima edição da *Ases*, assim ele me informa, trará uma reportagem comparando Golden Boy e o Martelo do Harlem.

Verrugas e tudo o mais

Kevin Andrew Murphy

18 de dezembro de 1986, Lima:

Havia uma fileira de vasos de plantas ao longo das paredes caiadas do Museo Larco. Suculentas rastejantes misturam-se com arbustos anuais, e videiras longas e finas estendiam-se na direção do céu apoiadas nos arames de uma treliça, as flores exibindo todas as cores dos antigos *Livros coloridos das fadas*, de Andrew Lang, que Howard Mueller tinha quando criança: vermelho, azul, amarelo, rosa, laranja, carmesim, lilás e violeta. Os verdes eram cactos, a maioria encrespados e cheios de verrugas.

Assim como era Howard, mais conhecido no Bairro dos Curingas como Troll.

Turistas tiravam fotos dos vasos, ajustando um pouco o foco para também enquadrá-lo.

Howard já estava acostumado. Quando se cresce curinga, se aprende que é difícil evitar os olhares curiosos. Quando se chega a 2,75 metros, fica praticamente impossível. Felizmente, Howard também desenvolveu uma pele extremamente grossa, ao menos fisicamente.

Ele ouviu o clique dos obturadores atrás dele, as exclamações sussurradas em espanhol: "*¡Ay, que la chingada! ¡Mira a ese puto!*". O sotaque peruano era diferente do porto-riquenho com o qual se habituara, mas havia tantos xingamentos quanto — e quando se trabalha na segurança de um hospital, ouve-se todos. Especialmente no Bairro dos Curingas.

"*Puto*" tem seu significado literal como "prostituto masculino", mas idiomaticamente serve para insultar seja lá o que se queira. Howard desejou que seu espanhol fosse muito além disso.

Com 2,75 metros de altura, também aprendera a planejar seu dia adequadamente. Em seu país, o lugar favorito de Howard para seu dia de folga era a sala de leitura da Biblioteca Pública de Nova York. Os bibliófilos tendiam a ficar mais interessados em seus livros. Além disso, Howard aprendeu a apreciar locais com tetos abaulados ou sem teto.

Parou para pegar um folheto de um suporte de madeira, selecionando um em inglês, e deu uma olhada nas ilustrações fotográficas de várias mariposas e borboletas que havia nos jardins. O texto descrevia *Caligo idomeneus*, a borboleta-coruja, batizada assim pelas manchas amarelas nas asas que faziam com que parecesse um rosto de coruja; *Copaxa sapatoza*, bela mariposa saturniídea dourada com antenas emplumadas e marcas falciformes nas asas; e a *Ascalapha odorata* e a *Thysania agrippina*, a bruxa-preta e a bruxa-branca, duas das maiores mariposas conhecidas por vários nomes pitorescos em toda a América Latina. *Tara bruja*, espanhol para mariposa-bruxa. Também *la sorcière noire* para as pretas, se a língua for o francês. Dizem que se uma voar sobre a cabeça de alguém, é calvície certa, mas, se ela pousar na sua mão, ganha-se na loteria. Howard ficou careca quando tirou sua carta selvagem. Mas ganhar na loteria seria bem bacana.

Alguns espécimes de lepidópteros do panfleto revoavam pelo jardim do museu. Eram impressionantes, especialmente as bruxas-brancas, quase do tamanho da mão de um limpo.

As mãos de Howard eram mais substanciais, e verdes, de forma que pareciam um caule de cacto em forma de palma. Uma mariposa pousou sobre uma delas. Howard trouxe-a para mais perto.

— Então — ele perguntou ao animalzinho suavemente —, vou ganhar na loteria?

A bruxa-branca abanou as asas tão indiferente quanto a Rainha das Neves de Andersen poderia se entreter com um leque, aparentemente considerando a pergunta, então voou através do gramado.

Howard observou-a partir e deu uma risadinha, aproveitando o momento para ajustar a haste dos óculos de sol novos e avantajados que comprara em Nova York. "Avantajados" era relativo. Eles ficavam bem em muitos curingas, como óculos de sol normais, inclusive em Howard. A "novidade" foi encontrá-los no tamanho dele. Quase tudo precisava ser feito sob medida.

Howard voltou a olhar o guia de borboletas. O próximo nome de mariposa-bruxa era *mariposa de la muerte*, a mariposa da morte, embora o folheto observasse que este seria um nome melhor para a *Lonomia obliqua*, a mariposa gigante do bicho-da-seda. Sua forma larval é conhecida como taturana assassina, pois injeta um veneno anticoagulante através de farpas malignas, resultando em várias mortes ao ano. *Megalopyge opercularis*, a mariposa-flanela, é ainda mais perigosa. Com o apelido de "a víbora", suas lagartas, embora sejam menos venenosas que as taturanas assassinas, são encantadoras. Parecem topetes postiços felpudos e perdidos na fotografia, mas têm espinhos venenosos escondidos embaixo dos sedosos pelos amarelos.

Howard não se preocupava muito com venenos. Sua pele era dura como a de um elefante. Mas as lagartas das mariposas-flanela pareciam ser um problema para crianças, que querem pegá-las e afagá-las.

As mariposas-bruxas, contudo, são inofensivas. Ao menos de uma perspectiva científica. Mas no Peru, no quéchua local, são conhecidas como *taparaco* e aparecem bastante no conto popular "El emisario negro", um negro estranho que compra uma caixa misteriosa para o inca Huayana Capac. Quando ele a abre, voam mariposas e borboletas como se assustadas pelo boi da cara preta. Mas, em vez de pegarem a criança que tinha medo de careta, espalharam uma praga. As pessoas nos contos populares sempre fazem coisas estúpidas como esta. Se Howard aprendeu alguma coisa ao ler *Os livros coloridos das fadas* de Lang foi que, se alguém lhe der uma caixa misteriosa, *não abra*. Nunca terá algo de bom lá dentro. Veja o caso de Pandora.

Howard enfiou o folheto no bolso de trás da calça e abaixou-se para entrar na porta principal do museu. Tinha ouvido Fantasia dizer que o Museo Larco tinha uma coleção mundialmente conhecida de cerâmica erótica pré--colombiana. E havia muito tempo que não dormia com ninguém.

A coleção não decepcionou. Howard teve que se apoiar em um joelho para olhar dentro de todas as vitrines, mas foi recompensado com a visão de figuras de cerâmica pré-colombiana fazendo sexo de forma tão maluca quanto os limpos. Havia até alguns que pareciam curingas entre eles: uma mulher-pássaro com peitos pomposos; um casal de curingas-alpacas, ou talvez apenas alpacas de cerâmica, fazendo loucuras; e um curinga com cara de caveira e um pênis gigante que parecia a cabeça de Charles Dutton em um corpo de limpo pré-colombiano, bem, o próprio pênis de Howard, se tivesse menos verrugas, e marrom, em vez de verde.

Howard comprou o catálogo fotográfico do Museo Larco, então voltou aos jardins para esperar a limusine que o levaria de volta ao hotel. Uma buganvília púrpura formava uma sombra agradável em um canto, uma urna de terracota gigante ao lado dela lhe serviu como assento. Borboletas e mariposas voavam nas proximidades, ainda parecendo observá-lo com seus olhos de coruja e manchas nas asas. Ele tirou um charuto do bolso da camisa, um presente extremamente refinado de Fulgencio Batista, o velho presidente de Cuba, que ganharam durante a breve estada da excursão em Havana. Sentiu o aroma uma última vez, então arrancou a ponta com seus dentes amarelos tortos, que funcionavam melhor do que qualquer cortador de charuto. Howard cuspiu a ponta na buganvília e riscou um fósforo na própria pele.

Havia acabado de dar um longo trago da fumaça doce quando a limusine estacionou, as bandeiras da ONU tremulando de forma proeminente. Howard suspirou, exalando uma nuvem de fumaça que espantou as borboletas que o confundiam com um cacto. Ele se levantou, apagando o charuto na urna.

O chofer ignorou Howard, abrindo a porta para deixar sair um homem loiro, alto — falando relativamente — em um terno de linho, que por sua vez oferecia a mão galante para uma mulher pequena, mas estonteante. O homem era Jack Braun, o infame Golden Boy, a mulher, Asta Lenser, a primeira bailarina do American Ballet Theater, mais conhecida como Fantasia, a ás cuja dança fazia todos os homens (e mesmo algumas mulheres) a desejarem.

Howard tinha um pôster dela na parede do seu quarto, Asta vestida de Coppélia, a boneca de corda, do balé homônimo — um presente da noite em que o Dr. Tachyon lhe dera um ingresso para o Metropolitan. Seu penteado para aquela apresentação foi de cachos de latão firmemente enrolados que balançavam como molas. Naquele dia, ela usava uma franja espetada platinada, como o Rei dos Duendes de Bowie. Uma Rainha dos Duendes, e uma bem atraente por sinal.

— Oh! — ela gritou, a mão e o braço movendo-se em um gesto elegante, ainda que teatral, enquanto ela apontava para o ar acima do museu. — Oh, olhe, Jack! Que bonito!

Howard olhou também, observando uma revoada de mariposas e borboletas chegando ao telhado da antiga mansão colonial, verde-amarela e carmesim, damasco e azul-celeste, sulfúrea e fúcsia, algumas até translúcidas, como uma cascata de confetes vista através de uma vitrine da Tiffany's, mas despertada como por mágica, suas asas de todas as cores do arco-íris.

Os visitantes no jardim ficaram boquiabertos. Crianças riam e apontavam. O próprio Howard olhava maravilhado, perplexo com aquela criação. O caleidoscópio de lepidópteros rodopiava e girava, seus padrões vacilantes e metamorfoseantes, uma panóplia de fragmentos encrustados como joias.

Por um momento, um grupo de mariposas-bruxas pretas voou junto, transformando-se em algo que lembrava uma figura de capuz, como um Nazgûl de Tolkien, mas rapidamente se separaram, as mariposas pretas virando ornamentos escuros no meio de suas companheiras mais coloridas. Antes que Howard pudesse acompanhar seu avanço, Fantasia começou sua dança.

Dizer que ela era bonita era uma meia verdade. Dizer que ela era absolutamente hipnotizante era a verdade. Asta era uma dançarina, flexível, mas musculosa, extremamente ágil e com controle do corpo enquanto se entregava ao absoluto deleite terpsicórico.

Howard não sabia todos os nomes dos passos — *entrechat, pirouette,* cabriola, chicoteado, um *arabesque* gracioso e um *grand jeté* —, apenas sabia que a desejava. A mulher movia-se como uma borboleta, o vestido simples de seda delicadamente tingido de pêssego com fendas grandes que exibiam suas pernas incríveis. Sobre os ombros, de uma mão à outra, vestia um extravagante xale local, sem dúvida um presente recente de algum admirador, tramado com fios pitaia rosa e azul-celeste.

Asta erguia o xale sobre a cabeça como asas de mariposa, fazendo-o agitar-se no ar enquanto as borboletas rodopiavam ao seu redor, parte atraídas pelas cores, parte pelos movimentos e pelo magnetismo da mulher.

Todos os homens que a assistiam, inclusive Howard, estavam paralisados por sua beleza, presos como espécimes de lepidópteros em alfinetes. Devia haver uma mulher entre eles, pois Howard ouviu ao fundo o clique de um obturador de câmera. Não conseguia fazer nada além de assistir, só conseguia mover os músculos necessários para seguir os movimentos dela, em transe.

A dança espontânea de Asta finalmente chegou ao fim quando mergulhou num ponto no centro do gramado, sacudindo o xale como asas de borboleta ao interromper o voo. Tocou a cabeça no joelho, levando os braços para a frente para encostar na panturrilha, de forma que as cores do xale ficassem totalmente à mostra no desfecho de sua dança.

Os aplausos irromperam espontaneamente, o ruído e o movimento fazendo as mariposas e borboletas se dispersarem. Howard desvencilhou-se de seu transe e teve a desconfortável ciência de que a frente de sua calça jeans estava estendida por uma ereção violenta. Era ainda mais embaraçoso porque ficava no nível dos olhos de uma pessoa de altura média.

Fantasia ergueu-se, fazendo reverência por sua composição extravagante e improvisada de balé, observando seus admiradores e seu público. Ficou imóvel e satisfeita ao ver de relance o volume nas calças de Howard.

— E pensar — ela observou maliciosamente — que nem vimos ainda a coleção de porcelanas eróticas, Jack.

— Claro, Asta.

Asta simplesmente riu. Embora Jack Braun pudesse ter ficado contente por saber que ela seria dele naquela noite, Asta Lenser nunca pertenceria a ninguém de fato, exceto a si mesma.

19 de dezembro de 1986, a caminho de Cusco:

A bordo do *Cartas Marcadas*, as pessoas trocavam de assento como Fantasia trocava de parceiros na cama. Todos menos Howard e Mordecai Jones. O Martelo do Harlem exigira uma cadeira especial com reforço para suportar seu imenso peso. Howard exigiu tudo isso mais um espaço adicional para a cabeça, as pernas e largura. Ele mal conseguia ficar em pé no avião, então passava a maior parte do tempo esticado com a poltrona reclinada, olhando para o teto ou conversando com quem sentasse ao lado dele durante as horas do voo.

Naquela manhã eram o Padre Lula e o arcebispo Fitzmorris, o representante na excursão da instituição Catholic Charities. O arcebispo era um limpo de 60 anos, tinha cabelos brancos com traços ruivos e um rosto redondo e afável contrabalançado por óculos bifocais de armação prateada. Também era excessivamente imperturbável, folheando com interesse o livro de Howard sobre a arte erótica pré-colombiana.

— Oh, meu Deus — ele exclamou —, algumas dessas peças lembram os santos obscuros. — Ele bateu de leve numa página e deu uma risadinha. — Este senhor aqui lembra são Foutin.

Howard olhou para a fotografia. Era outro curinga com um pênis gigante.

— Temos, hum, um cara assim lá na clínica.

— É? — o Padre Lula quis saber, seus tentáculos enroscando-se com interesse. — É Philip, o novo zelador? Disse a ele que não há vergonha num corpo de curinga, mas ele não quer revelar o que se esconde embaixo daquela capa de chuva. E, temo dizer, as senhoras da igreja já começaram a especular.

— Ah, não — disse Howard. — Não é Phil. É outro cara.

O arcebispo ainda estava maravilhado com a fotografia.

— Espero que esse pobre curinga não seja precisamente como são Foutin.

— Bem, mais proporcional… — Howard admitiu, desconfortável.

— Bom ouvir isso, mas não foi exatamente o que eu quis dizer — o arcebispo Fitzmorris esclareceu. — Um dos ícones do santo está numa pequena paróquia na França. Quando achavam que o padre não estava olhando, as mulheres enfiavam a mão às escondidas embaixo da batina de são Foutin para tocá-lo e garantir fertilidade. Às vezes, até tiravam lascas. — Ele se reclinou para a frente, de um jeito conspirador, sussurrando, obviamente com uma anedota obscena favorita. — Vocês podem pensar que o membro do santo ficava gasto até desaparecer, mas ele se restaurava milagrosamente! Ou talvez não tão milagrosamente. Alguém na Idade Média foi esperto o suficiente para fazer um buraco na estátua e inserir um cabo de madeira. De vez em quando, se necessário, um dos padres usava um martelo para colocá-lo um pouco mais para fora.

Howard refletiu. Como a maioria dos curingas, não ficou totalmente satisfeito com o que o carta selvagem fizera com ele. Mas, ao menos, não tivera um cabo de vassoura enfiado no traseiro.

— É um santo oficial da Igreja? — perguntou o Padre Lula.

— Tão oficial quanto são Cristóvão, só menos conhecido. — O arcebispo Fitzmorris levou a mão à gola da camisa e puxou um medalhão prateado com a imagem de um homem barbado com um cajado, levando nas costas uma criança com auréola. — Sua Santidade deixou o dia desses dois fora do calendário litúrgico universal, junto com o restante dos santos obscuros, mas as paróquias dedicadas a eles ainda têm a liberdade de celebrar seus dias festivos, como qualquer um que possua uma veneração especial. "Cristóvão" é meu nome de batismo, e não vou a lugar algum sem a proteção do meu patrono. — O arcebispo beijou o medalhão e devolveu-o para dentro do colarinho, então lançou para Howard um olhar tranquilizador. — Sabe, senhor Mueller, o senhor lembra muito são Cristóvão. Ele também era um gigante entre os homens, cinco cúbitos de altura. Creio que são quase 2,5 metros.

— Sou mais alto.

— Eu sei — o arcebispo concordou —, e, se ouvi corretamente, muito forte também. Mas são Cristóvão era até mais forte, por isso carrega nas costas o Cristo Criança por um rio e, com ele, os pecados do mundo. Duvido que até mesmo o senhor Braun pudesse carregar esse fardo.

— Golden Boy tem pecados próprios o bastante para aguentar — observou o Padre Lula.

— Verdade — assentiu o arcebispo. — O pecado de Judas é o maior de todos.

A conversa começava a se desviar para um território desconfortável, especialmente considerando que o Golden Boy estava sentado a apenas poucas fileiras de distância, ainda flertando com Fantasia. Então, Howard perguntou:

— São Cristóvão também tinha verrugas?

— Não que eu saiba — respondeu o arcebispo Fitzmorris, achando graça —, mas os ícones mais antigos dele trazem-no com a cabeça de um cachorro.

— Tem um cara assim no Crystal Palace — Howard mencionou.

— Lupo. Faz um martíni excelente.

— Preciso conhecer — disse o arcebispo. — Gosto de um bom martíni.

— Então, o que aconteceu com o cabeça de cachorro? — Howard quis saber.

— Depois de ter carregado Nosso Senhor através do rio, Cristóvão foi recompensado com uma feição humana. — O arcebispo acrescentou rapidamente. — Veja bem, estou simplesmente repetindo a hagiografia como aprendi quando criança, muito antes do advento do carta selvagem.

— Jesus era um curinga — o Padre Lula declarou religiosamente, seus tentáculos se retorcendo — e hermafrodita. Não vejo por que Ele-Ela consideraria uma recompensa transformar alguém em um limpo.

— Quem somos nós para questionar a sabedoria inefável do divino?

— Pois é — concordou o Padre Lula. — O que eu questiono, contudo, é por que a Santa Madre Igreja ainda não aceitou a Igreja de Jesus Cristo Curinga como uma de suas paróquias, nem mesmo a vê como adequada para declarar um santo patrono para os afetados pelo carta selvagem.

— Padre Lula — o arcebispo suspirou —, o senhor ainda é um padre jovem. Essas questões levam tempo. Existem muitos santos patronos que já lidam com calamidades: Roque, Sebastião, Godeberta, Camilo de Lellis. E, verdade seja dita, passaram-se apenas quarenta anos. E, por mais triste que seja, existem questões de orgulho e política para se ocupar, sociedades que preferem ter seu santo patrono nomeado a ter controle sobre algo tão importante quanto o vírus carta selvagem.

— O carta selvagem é mais do que uma simples calamidade — o Padre Lula declarou sem rodeios.

— Concordo — admitiu o arcebispo Fitzmorris —, mas então essa se torna uma questão da qual outro santo deveria ter controle? São Judas, que torna todas as coisas possíveis? Eustáquio e Seus Companheiros, os patronos de situações difíceis? Santo Espiridião, o Milagreiro? Pessoalmente, eu aconselho a todos que lidam com o carta selvagem a rezar para santa Rita de Cássia. A santa das causas impossíveis parece a mais adequada. Considerando isso, a sociedade de Rita é pequena, e agostiniana, e Espiridião lida com milagres e pragas, então ele é o atual concorrente. Mas não seria nada inteligente descartar a santa das causas impossíveis.

Howard refletiu, tentando lembrar quando ouvira falar da santa das causas impossíveis.

— Castro não disse que ela ajudou os Dodgers a ganharem o campeonato alguns anos atrás?

— Heresia! — declarou o arcebispo Fitzmorris. — Foi trabalho do demônio! — Ele tirou a tampa de uma garrafinha de gim da empresa aérea, procurou algo com o que misturar e, como não encontrou, tomou puro. — Os Red Sox tinham que ter ganhado!

— Sabia que você era torcedor do Red Sox, Cristóvao — o Padre Lula lançou um olhar oblíquo com seus olhos cefalópodes para o arcebispo —, mas dominicano também?

— Do que está falando? — O arcebispo fez uma pausa, então acrescentou. — Você tem razão. Sou franciscano. Minhas principais preocupações são a caridade para os pobres e a cura dos doentes. E perturbar os jesuítas. Devo deixar essa coisa de lidar com a heresia com os dominicanos. — Ele deu um tapinha no braço do Padre Lula. — Como você, meu bom amigo. O herege.

— Não sou herege — o Padre Lula bufou.

— É o que ela dizia — riu o arcebispo Fitzmorris.

— Quem?

— Joana d'Arc — respondeu o arcebispo, os olhos azuis piscando —, e agora ela é uma santa. — Ele ergueu o gim num brinde. — Considere-se em boa companhia.

19 de dezembro de 1986, Cusco:

— E foi aqui onde o inca Manco Capac enterrou sua vara de ouro! — declarou a porquinho-da-índia gigante com poncho listrado com as cores do arco-íris, parecendo o primo peruano do Rato e da Toupeira de alguma ilustração não publicada de Rackham. Ela apontou para as pedras de cantaria próximas a uma antiga fonte colonial.

Risos abafados e repetições de "vara de ouro!" ecoaram pela Plaza de Armas, o antigo coração do império inca e o novo centro turístico de Cusco. Howard não conseguia entender se os peruanos tinham uma queda por piadas com pênis ou eram apenas menos conservadores que os nova-iorquinos. Provavelmente um pouco de cada.

Duas igrejas e uma catedral maior dominavam a praça, a pequena Iglesia del Triunfo, a maior, a Iglesia de la Compañía de Jesús e a imensa Catedral de Santo Domingo, toda em arenito pardo. Howard observou o Padre Lula e o arcebispo Fitzmorris entrarem na fachada gótica desta última, ainda conversando, numa atmosfera amistosa.

Howard não era muito de igrejas, apesar dos tetos das catedrais. Mas a excursão matutina a pé pela praça parecia uma boa maneira de esticar as pernas após o voo e outra junção bizarra de camas no último hotel.

Howard sentia falta de sua cama. Quando era adolescente, ainda naquele estirão de crescimento e sem saber como ficaria alto, seu velho amigo Chita ajudou-o a montá-la com algumas estruturas de latão.

Chita também o envolveu em arrombamentos. No fim das contas, Howard pagara por aquelas estruturas de cama, conseguindo seu primeiro emprego honesto como segurança do Sr. Musso.

A loja de móveis Musso há muito estava enterrada, junto com o Sr. Musso. Howard não soube o que acontecera com Chita. Eles se separaram, em mais de um sentido.

Quando se passa de dois metros, a pessoa começa a se acostumar com o espaço aéreo ao redor de sua cabeça. Mesmo no Bairro dos Curingas. Com 2,75 metros, as únicas pessoas que Howard costumava ver olho no olho eram o Árvore, o Gargântua e, às vezes, o Flutuador, dependendo da sua altitude no momento. Na Plaza de Armas, o que flutuava ao redor da cabeça de Howard eram mais borboletas, parte das mesmas migrações sazonais, como em Lima. Os turistas corriam para tirar fotos delas e, também, casualmente, dele. Howard tentou levar na esportiva.

No entanto, andar pela praça também foi uma boa maneira de ver seus camaradas curingas. Howard tinha um olho para a segurança e também um conhecimento forte dos possíveis curingas que o povo poderia atrair. Embora houvesse um bom número de curingas presentes, eles o lembravam dos funcionários da Funhouse. A guia turística porquinho-da-índia estava bem arrumada, os cabelos brancos obviamente lavados com xampu e penteados, os dentes recém-desgastados. Um homem com manchas de jaguar, pelagem, caninos, garras e uma cauda grossa meio crescida estava à sombra de uma árvore fazendo uma exímia apresentação de malabarismo com varetas de borboleta. Uma lhama de duas cabeças servia como anunciante de uma banca que vendia copos de frutas, uma cabeça gritava em voz feminina, a outra em masculina. As duas cabeças usavam chifres de renas de feltro vermelho, pois era a semana anterior ao Natal. E, próximo de uma fonte, um grupo diversificado de músicos curingas com gorros de Papai Noel alternava entre canções de festas internacionais e as tradicionais flautas andinas. Em vez do esperado sátiro tocando flauta de bambu, incluíram uma ninfa de madeira com casca dourada, cujas flautas eram seus próprios dedos. Uma mulher com pele escamada de bronze dançava ao lado dela, as escamas tilintando como sinos. Os curingas menos que apresentáveis tinham sido removidos pela polícia ou pagos para ficar em qualquer lugar longe dos negócios locais. Howard não sabia quais.

— *Señores y señoritas!* — a porquinho-da-índia gigante gritou. — Por favor, prestem atenção na praça. A primeira de nossas danças populares será *La Llamerada!* A dança dos pastores de lhamas!

Exceto pelo curinga com duas cabeças de lhama, que tinha uma cabeça em cada ponta, como o Pushmi-Pullyu do Dr. Doolittle, os bailarinos eram todos limpos, vestidos em trajes populares tradicionais. Suas calças e camisas tinham um tom terracota, as camisas e blusas eram douradas, e os cinturões tinham as cores de poncho extravagantes e contrastantes de que a maioria dos tecelões peruanos parecia gostar. Seus chapéus triangulares pareciam uma mistura de toucados de cerimônia maçônica, abafadores de bule e da cúpula de abajur preferida da avó limpa de Howard. Alguns pompons decoravam a parte superior, uma lhama de feltro colada na frente e, por alguma razão que Howard não conseguiu compreender, a letra U em vermelho.

A música era animada e a dança tinha muitas palmas, batidas de pés e balanço de saia para cortejar as lhamas pela praça, ou ao menos o curinga--lhama de duas cabeças. Ele, ela, ou eles pareciam realmente duas lhamas quando a parte central ficava tapada pelos dançarinos limpos. Howard imaginou como ele/ela ia ao banheiro e torceu para que não envolvesse um cateter. Howard comprou um copo de frutas e mastigou abacaxi e pedaços de melão-cantalupo, além de pedaços de uma fruta rosa exótica chamada "sapota". Tinha um gosto de abóbora, cereja e pêssego, mas não era bem isso. Como todas as frutas gostosas, o que tinha era um gosto próprio. Howard acabou comprando uma das frutas bege do tamanho de uma bola de futebol americano e descascou-a com as unhas, que eram pretas e afiadas e muito mais retas que seus dentes.

A sapota tinha um grande caroço, como o do abacate, que ele jogou numa lixeira junto com o copo plástico cheio de cascas. Mais borboletas revoaram ao redor da lixeira, bebericando o néctar derramado com suas longas línguas, ainda parecendo observá-lo com aqueles olhos estampados nas asas.

A próxima dança era mais tradicionalmente inca, a *Camiles*, a dança dos curandeiros. A ninfa com dedos de flauta de Pã soprava uma melodia aguda, e os curandeiros rodopiavam em ponchos de vicunha e chapéus de palha decorados com arcos, as bolsas balançando de forma incerta. Tiraram as bolsas das costas, fazendo um grande show abrindo os cordões e tirando seu conteúdo. Em seguida, correram pela praça, agitando maracas de cabaça, tentando vender saquinhos de ervas, amuletos populares de aparência suspeita e mais cabaças àqueles que assistiam, especialmente a todos os curingas presentes.

Howard não sabia o que havia nas bebidas de cabaça, mas tinham cheiro de alcaçuz e não eram do tipo gostoso de morango. Ele viu o malabarista com pintas de jaguar comprar uma. Para um local, a forma rápida e estridente com que pechinchou foi um tanto suspeita. Ele entregou todas as gorjetas do seu chapéu, e ingeriu a mistura. Uma a uma, suas manchas desapareceram, sua pelagem recuou, as garras retraíram-se, as presas diminuíram e mesmo a cauda grossa desapareceu no corpo, resultando num jovem limpo, bonito e mestiço.

— Estou curado! — o ex-curinga gritou. — !*Estoy curado! Estoy curado!* — O sotaque era forte, mas Howard reconheceu o espanhol e o que ele pensou ser português brasileiro. Embora não conhecesse as palavras, eram fáceis o bastante para adivinhá-las pelo contexto.

Ele balançou a cabeça e suspirou. Howard já vira curingas curados do carta selvagem. Havia várias possíveis reações. O choro era comum. Os desmaios eram outra reação. Muitos ficavam fora de si pelas partes do corpo que não tinham mais ou que nunca tinham tido antes. Mas um ás que mudasse de forma era um grande chamariz para curas milagrosas do carta selvagem, e muitos curingas turistas compravam-nas. Nada aconteceu, exceto que uma mulher com feridas purulentas nauseantes e cabelos que se sacudiam como centopeias teve seus cachos levemente acalmados. Ela começou a chorar, falando rapidamente com seus companheiros em português e tocando repetidamente os seios com uma das repulsivas mãos.

Howard achava que o efeito placebo servia para alguma coisa. Ignorou as repetidas súplicas dos curandeiros para que ele comprasse seu óleo de serpente ou qualquer que fosse a poção com aroma de alcaçuz que estivesse em suas cabaças. Em vez disso, comprou outro copo de frutas e ouviu quando a banda começou uma nova música.

— Howard, não é? — perguntou uma voz.

— Oi? — Howard olhou para baixo. Mais ou menos na altura do seu umbigo havia uma mulher com cabelos pretos brilhantes, óculos de grife de tamanho exagerado e um casacão muito preto de lã de alpaca vestido como asas de mariposa sobre um vestido de verão de chamalote azul. Uma perna branca bonita e musculosa destacava-se nele, posta em posição de bailarina enquanto esticava o pescoço na direção dele, expondo uma garganta igualmente pálida e um vislumbre tentador de dois seios pequenos e atrevidos.

Embora de boa qualidade, do ponto de vista privilegiado e pela experiência de Howard no Bairro dos Curingas, ele conseguia identificar uma peruca. Mentalmente, tirou a peruca e o casacão.

— Fantasia — ele concluiu.

— Shhh — ela pediu silêncio de um jeito conspirador, uma unha vermelha coquete sobre os lábios. — Estou aqui anônima. — Ela baixou os óculos de sol, olhando para ele por sobre a armação, expondo olhos de um lavanda brilhante e vívido. — Me chame apenas de "Asta", o.k.?

— Você não tinha os…

— Lilás takisiano — ela respondeu. — Última moda. Adoro lentes de contato coloridas. — Ela recolocou os óculos. — Viu aquela mulher haitiana? Terei que conseguir aquele vermelho sedutor também… embora eu ache que os dela são naturais.

Howard baixou seus óculos escuros.

— Estes aqui também.

Os lábios escarlate de Asta formaram um beicinho perfeito.

— Não sei por que você os esconde. São sua característica mais impressionante. — Ela deu uma espiada no zíper da calça de Howard. — Bem, uma de suas características mais impressionantes.

— Tenho um pouco de sensibilidade à luz. — Howard ajeitou os óculos escuros no nariz. — Algo que eu possa fazer por você, Asta?

— Sem dúvida, muitas coisas — ela refletiu, com um tom sedutor —, mas, no momento, eu poderia incomodar você por uma "erguidinha"? Você é tão mais alto, e eu queria observar a *sijilla*.

— A *sijilla*? — Howard repetiu.

— A dança dos médicos e advogados — Asta explicou. — É uma das danças espanholas. — Ela apontou para a praça, onde um novo grupo de dançarinos tomava posição e a multidão de curiosos formava uma parede de ombros que facilmente bloquearia a visão de alguém da altura de Asta.

Howard já estivera em shows e tivera garotas em seus ombros antes, embora já tivesse bastante tempo.

— Golden Boy não estava disponível?

— Quando se trata de assuntos sociais, Jack é quase tão "borboleta" quanto eu, sempre aqui e ali. — Asta acenou espontaneamente, assustando uma nuvem de borboletas verdadeiras. — Decidiu ir para outro lugar. — Uma covinha formou-se em seu rosto quando abriu um leve sorriso. — Além disso, você é mais alto.

Howard deu uma risadinha.

— E como sou. — Ele se abaixou e, como Asta não resistiu, envolveu a cintura dela com as mãos e ergueu-a até seu ombro direito.

— Não foi o levantar mais elegante, mas certamente o mais alto — ela observou, bem-humorada. — Ainda vamos fazer de você um *danseur*.

— Seria realmente interessante — respondeu Howard.

Fantasia assistiu aos dançarinos tomarem posição.

— Imagino que eu poderia chamar a atenção do mundo com esta *sijilla*. — As pernas curvavam-se com firmeza e destreza ao redor do ombro de Howard. — No fim das contas, a grande Pavlova fez o mesmo com o *Jarabe Tapatío*.

— Não sei se vi esse.

— Sério? — Asta apoiou a mão delicada no outro ombro dele. — Você nunca viu a *Dança do chapéu mexicano*?

— Bem, sim... — Howard sentiu-se enrubescer, o que sempre era vergonhoso, pois ficava verde-escuro. — Acabamos de passar no México.

— O Ballet Folklórico foi muito bonito, mas não é o que já foi sob a direção de Hernández e... ai, olhe para mim, já destilando veneno. Eu deveria ter dito que foi maravilhoso. — Ela apertou o ombro dele. — Você estava lá. Foi maravilhoso, não?

— Hum, foi.

— Bom. Confio que meu segredo está seguro com você. — As pernas de Fantasia apertaram como as molas de Slither quando Howard a levou para ver o Rei Lagarto e Destiny. — Estremeço de pensar o que aconteceria se eu fosse tão franca perto de Jack...

Howard deu uma risadinha. A *sijilla* era bem parecida com a *Dança do chapéu mexicano*, ou seja, uma daquelas danças espanholas com um monte de saias rodando e flertes, mas, em vez de *charros* e garotas em vestidos de *poblanas*, as mulheres travestiam-se, com máscaras e ponchos cômicos dos antigos médicos e advogados espanhóis. Os homens estavam fantasiados de demônios hispânicos, com polainas de cascos fendidos no pé direito, polainas com garras de pássaros no esquerdo, e máscaras amarelas de olhar malicioso, como filhos bastardos com icterícia de Devil John Darlingfoot e da Chickenfoot Lady.

A música ressoava aguda e tremulava enquanto os demônios de rosto amarelo corriam, sacudindo as máscaras de um jeito ameaçador, batendo os cascos de bode e os pés de galinha em uma passada manca. Os médicos começaram a sacudir garrafas do que pareciam ser medicamentos ou talvez amostras de urina na direção deles. Os advogados brandiam papéis que pareciam processos. Então, após um pouco de dança circular e flertes, as mulheres começaram a perseguir os homens ao redor da praça. Howard não sabia o que Asta estava pensando, mas da perspectiva dele, começou a lembrar um pouco o Dia de Sadie Hawkins, quando meninas convidam meninos para dançar, na escola Jokertown High.

A porquinho-da-índia gritou algo em espanhol. Asta aplaudiu com alegria, explicando para Howard o que acontecia:

— A dança celebra o trabalho dos médicos nos ranchos de Qosñipata e a epidemia de malária que houve lá.

Enquanto os médicos e advogados espantavam o último dos espíritos da malária, Howard observou:

— Tachy iria gostar disso. Devíamos...

As palavras morreram em seus lábios quando os homens trocaram as máscaras, voltando com rostos magros de elfos brancos, cabelos de cachos de cobre, e os chapéus de Três Mosqueteiros completos com penas de avestruz.

— Melhor não...

Os médicos e advogados com seus processos e medicamentos tiveram menos sucesso ao lidar com o vírus carta selvagem, ou ao menos aquela foi a interpretação que Howard extraiu do balé folclórico. Os demônios takisianos expulsaram todos os outros dançarinos da praça, exceto o curinga mestre de cerimônia, a *sijilla* terminou e os músicos fizeram uma pausa.

Asta deu um tapinha no ombro de Howard.

— Vamos fazer deste o nosso segredinho.

— Sem problemas.

Asta riu, um som ao mesmo tempo natural e adestrado, e ela desceu do ombro dele, deslizando pelo braço como se fosse um poste de bombeiro. Ela aterrissou em pé, apoiando a mão nele para se equilibrar.

Ela tirou a mão rapidamente.

— Meu Deus — disse ela, percebendo onde estava com a mão —, que abuso o meu.

Howard deu de ombros, baixando os olhos na direção dela.

— Acontece.

— Deixe-me reparar isso pagando seu almoço. Gosta de comida de rua?

Howard abriu um sorriso.

— Sempre estou disposto a experimentar.

— Este é meu lema também. — Asta olhou para as calças dele, então para o rosto, em seguida para as calças. — Espere aqui! — Ela deu um salto se afastando. — Volto num estalar de dedos!

As borboletas seguiram-na, obviamente tão encantadas quanto Howard. Quando Asta voltou com a comida, Howard teve uma ereção enorme, mas não pela dança. Aguardava na beirada da fonte, que sobrevivia a algumas centenas de séculos e podia resistir a um curinga de várias centenas de quilos.

— Eles têm algumas iguarias maravilhosas. — Asta balançava os saquinhos de papel pardo e dois copos com a facilidade de uma garçonete. — A maioria é para você, mas acho que não vai se importar se eu pegar um pouco. — Ela se recostou perto dele, delicada e mágica, abrindo os saquinhos de papel sobre toalhinhas na borda da fonte. — *Pepián de cuy* — disse ela, abrindo o primeiro pacote. — Porquinho-da-índia com molho de amendoim. — Ela abriu o segundo saquinho, revelando uma pilha de espetos de carne de aparência saborosa sobre uma cama de grãos. — E lhama grelhada com pilafe de quinoa. Nunca experimentei nenhum dos dois.

— Já provei quinoa — Howard admitiu. — Eles tinham na seção de comida saudável do Cosmic Pumpkin.

Ela sorriu.

— Totalmente de ervas e orgânico, juro.

O copo, como quase todos os copos, era pequeno demais em relação à mão de Howard. Precisava segurá-lo com as pontas dos dedos. O chá tinha uma agradável coloração verde amarelada, como chá verde pálido, e tinha algumas folhas grandes flutuando nele quase com a mesma cor de sua pele.

Tomou um gole. Era agridoce, mas gostoso, e mais doce que chá verde, o que as pessoas chamariam de chá de ervas naqueles dias, mas o que a vovó Mueller chamava de tisana.

— É folha de coca — Asta sorriu com malícia e tomou um gole do seu copo. — É o que bebem aqui nos Andes.

— Folha de coca? — Howard baixou o copo e olhou para as folhas. — Não é de onde vem a cocaína?

— Não é a única fonte, mas a mais comum. — Asta riu. — O chá é feito com folhas doces. As amargas têm mais cocaína, mas as doces são as que os andinos preferem para mascar e beber. — Ela acenou para a barraca de chá.

Howard viu duas garotas nativas com vestidos brancos de estilo flamenco com mais das mesmas folhas verdes bordadas ao redor dos punhos e dos decotes. Cestas no balcão exibiam montes das folhas, secas e frescas. O isopor e as varetas de doces coloridos nos cantos da barraca pareciam quase incongruentes.

— Dizem que o arbusto de coca nasceu quando uma mulher devassa foi dividida ao meio por dois amantes ciumentos — Asta sorriu. — Ela virou Cocamama, o espírito inca da saúde e da felicidade, deusa da planta de coca. — Ela deu outro golinho no chá. — Também dizem que os homens não devem mascar suas folhas antes de terem deixado uma mulher satisfeita na cama. — Ela piscou para ele. — Acho que podemos deixar essa regra para lá apenas desta vez.

Desconfortável, Howard mudou de assunto.

— Você gosta de folclore?

— Uma fraqueza profissional –– ela confessou. — Amo dançar, e todos os melhores balés têm como base contos populares. — Ela baixou os olhos para a pilha de lhama grelhada. — Eu estava no meu segundo ano na Juilliard quando minha carta selvagem virou. — Ela escolheu um espetinho. — Estávamos ensaiando *Giselle*. — Ela começou a mordiscar a carne de um jeito delicado, mas sugestivo. — Eu fazia uma das *wilis*.

— *Wili*? Muitos homens chamam … bem… o membro de willi…

— Não esse tipo, seu safadinho — Asta mordiscou novamente seu espeto de carne — Ficou nervoso ao falar de *wilis*? Deixa pra lá! — Ela deu uma risadinha, assustando algumas borboletas curiosas. — *Wilis* são espíritos de virgens rejeitadas que morreram antes do dia do casamento. Elas assombram a floresta e esperam encontrar um homem para fazê-lo dançar até a morte. E eu havia realmente entrado no papel, pois meu namorado tinha me deixado, porque enquanto *eu* estava no *corps de ballet*, *ele* estava solando como Albrecht. — Asta rasgou violentamente um pedaço de lhama com seus dentes pequenos e brancos. — Eu queria que ele me quisesse, eu queria que ele sofresse, mas, acima de tudo, eu queria que ele parasse de dançar. E consegui. — Ela gesticulava com seu espetinho pela metade. — Desde então, minha vida tem sido quase sempre boa. — Ela fez uma pausa antes de admitir com um beicinho pensativo. — Se bem que, se eu tivesse um *danseur* como parceiro, ele precisaria ser seis na escala Kinsey, ou seja, totalmente gay, se eu quisesse uma dança de verdade. — Ela olhou para Howard. — Então, me conte a sua história. Parece um pouco com a história dos três cabritos rudes?

— Sim, mas acho que não muito com a minha carta selvagem. — Howard deu uma risadinha. — Quando eu era criança, tinha verrugas. Tinha muita vergonha delas. As crianças me atormentavam e me chamavam de Senhor Sapo. Então, peguei o vírus. Fiquei verruguento de verdade e verde também, mas ninguém mais me perturbou depois disso, embora o apelido "Senhor Sapo" tenha pegado. — Ele encolheu os ombros, escolhendo alguns espetos de lhama. — Mas eu sempre gostei de *O vento nos salgueiros*, tinha uma edição bonita que minha avó me deu de aniversário, e eu gostava de carros também, então decidi que seria o primeiro curinga piloto na Nascar. Ajuda quando você é tão casca grossa que consegue sair caminhando de qualquer acidente. — Howard observou um espeto. Concluiu que lhama tinha gosto de algo entre carne de boi e de cordeiro, basicamente um *shawarma* peruano. — Mas o vírus tinha outros planos. Eu tinha acabado de tirar a carteira de motorista quando tive meu estirão de crescimento. — Howard mordeu os espetos. — Mas quando tive o estirão, foi um belo estirão. Assim, dei adeus ao "Senhor Sapo" e olá para o "Troll".

— Olá, Troll — disse Asta em tom sedutor. Ela escolheu um pedaço selecionado de *pepián de cuy* e mordeu-o sem comentar quando a banda começou a afinar os instrumentos.

Howard terminou o restante. Concluiu que porquinho-da-índia era bom e tinha gosto de frango, da mesma forma que coelho tinha gosto de frango, que era basicamente dizer que tinha gosto de coelho.

Então, sentiu-se envergonhado quando olhou para a curinga porquinho-da-índia gigante e branca. Ela anunciou que a próxima dança seria os *Chunchos*, a dança do povo da selva.

Asta ficou ao lado de Howard, apoiando-se no ombro dele enquanto ele continuava sentado.

As mulheres dançavam pela praça cobertas com coroas de flores, como se veria em uma feira renascentista, e seguravam bastões decorados com fitas e buquês de flores de seda na ponta. Os dançarinos usavam cocares com penas e máscaras cômicas de limpos bigodudos. Carregavam cajados que usavam para saltar como um punhado de Bo Jangles peruanos.

Em seguida, as feras da selva apareceram, mulheres com máscaras e chapéus de papagaio, as penas em muitas cores para combinar com os vestidos, os homens limpos surgiam como ursos e macacos, e curingas com forma animal comportavam-se como animais. O ás "jaguaromem" caçava a porquinho-da-índia pela praça, mudando de forma enquanto isso de homem completo para jaguar completo, exceto por ainda estar vestindo poncho e calças, fazendo-se parecer uma versão sul-americana de um dos tigres vaidosos do livro *Little Black Sambo*, tropeçando no jeans e se transformando em manteiga de jaguar.

Então, o sino da catedral começou a badalar estrondosamente, soando a hora, nove da manhã.

Fantasia se reclinou.

— Será que poderíamos ir a um lugar mais reservado? — ela sussurrou no ouvido de Howard enquanto o sino badalava. — Estou sendo observada.

O badalo final soou, e Howard olhou ao redor. Havia várias pessoas que os observavam, a maioria limpos e alguns curingas com câmeras, roubando fotografias do curinga gigante, como em geral faziam, virando-se para fingir que estavam tirando fotografias da catedral ou olhando-o, acanhados, quando ele os pegava no flagra. Aquilo era mais que normal e nada diferente para Howard do que qualquer final de semana no zoológico do Central Park.

A diferença eram as borboletas. Nuvens ainda revoavam ao redor da lixeira e dos carrinhos de frutas, ou pousavam na beirada da pia superior da fonte, furtando algumas gotas da água que jorrava. Mas havia um número surpreendente de borboletas-coruja e outros lepidópteros com manchas nas asas que imitavam olhos, que apontavam para ele como lentes de uma câmera.

Howard olhou diretamente para uma delas. Um instante depois, a borboleta voou, como se não fosse nada além de coincidência e a mente de Howard estivesse pregando peças nele. Mas, olhando de soslaio por trás dos óculos escuros, Howard observou uma porção de outras borboletas concentradas nele, como um mar de fotógrafos.

Ele se levantou e alongou o corpo, ainda observando as borboletas e mariposas. Embora algumas ainda estivessem concentradas nele, a maioria tinha os olhos falsos voltados para Asta.

Howard já tinha lidado o suficiente com poderes de ases para saber que não devia descartar algo estranho como coincidência em vez de atribuir algo mais sinistro a ele, especialmente considerando a figura encapuzada que vislumbrara no meio do caleidoscópio de borboletas sobre o Museo Larco. A imagem que apareceu logo que Fantasia surgiu.

Em seguida, ele se lembrou da reação das borboletas ao seu charuto. Embora não pensasse que poderia fumar o bastante para cobrir a Plaza de Armas inteira, havia três igrejas nas proximidades, e os católicos gostavam dos seus incensários e velas.

— Gostaria de ir à missa da manhã? — Howard perguntou. — O arcebispo Fitzmorris disse que daria uma bênção especial de feriado, e o Padre Lula deve estar lá também.

Asta olhou como alguém que não tinha o costume de ir à igreja, mas abriu seu melhor sorriso.

— Isso parece divino...

A Catedral de Santo Domingo tinha portas imensas como convém a uma catedral, uma fonte de água benta como era de se esperar, filas e mais filas de freiras vestidas de forma idêntica rezando rosários e muita fumaça de incenso de vários padres e dos coroinhas que balançavam turíbulos. Um bispo que não era o arcebispo Fitzmorris estava no púlpito, falando mais latim do que Howard conseguia entender, mas não importava. O que importava era que o incenso tivera o efeito desejado, e o séquito de mariposas e borboletas de Asta ficaram para trás.

A catedral também era conectada à pequena Iglesia del Triunfo, que era menor e mais abafada. Por algum motivo, provavelmente relacionado à história politicamente incorreta, havia uma estátua de algum santo matando um inca. Havia também tantas velas votivas diante de um ícone da Virgem Maria que davam a impressão de um incêndio.

O ar estava abafado quando Howard ajoelhou-se e, em seguida, sentou--se nos calcanhares para ficar quase do mesmo tamanho que Asta. Ela se ergueu a ponto de abraçá-lo, sussurrando no ouvido dele:

— Vá até a estação de trem. Compre passagens para Aguas Calientes. Não fale para ninguém. Por favor, eu explico tudo mais tarde! — Ela lhe beijou o rosto. — A vida de uma menina depende disso.

Então, Asta se afastou, fez o sinal da cruz, deixou um dinheiro na caixinha de doações e pegou um fósforo para acender uma nova vela votiva.

Howard não gostava muito de igrejas, mas gostou daquela menos ainda assim que viu algumas mariposas pretas revoando nos cantos, fora do alcance das velas.

Ele se levantou e voltou pelo corredor de ligação da catedral, ficando tempo suficiente para manter as aparências, como se tivesse vindo ouvir o arcebispo Fitzmorris e o Padre Lula proferirem suas homilias aos presentes, então saiu pelas portas da frente, fazendo o possível para se comportar como um turista incerto sobre qual seria a próxima parada.

Algumas novas borboletas e mariposas voaram atrás dele, mas não pareciam tão interessadas como antes, quando Asta estava nos seus ombros. Ficaram ainda menos interessadas quando acendeu seu charuto e passou um bom tempo o tragando e saboreando.

Fulgencio Batista tinha um gosto excelente para charutos. Durou a caminhada até a estação de trem. Howard comprou duas passagens, então se sentou no banco, observando o folheto turístico de Aguas Calientes e perguntando-se exatamente onde estava se metendo. Com 2,75 metros e resistente como um rinoceronte, não se preocupava muito consigo — e Asta tinha os ares de uma mulher com quem também não era necessário se preocupar muito —, mas a ideia de que uma criança estava em perigo? Isso era ruim.

O velho relógio de latão da estação marcava 10 horas e 25 minutos, cinco minutos até o trem de 10h30 para Aguas Calientes. Howard percebeu algumas mariposas sarapintadas com cor de líquen quase camufladas contra o verdete do mostrador. Uma figura misteriosa de capuz moveu-se silenciosamente ao lado dele. Howard assustou-se, esperando a aparição encapuzada que vislumbrara entre as mariposas-bruxas, mas era apenas uma freira.

A irmã sentou-se ao lado de Howard, ergueu o olhar para ele, sorriu de um jeito amigável e virou-se para a plataforma, contando humildemente as contas do seu rosário com olhos baixos. O rosto estava lavado, brilhante e limpo, sem um traço de maquiagem, e os olhos eram grandes e castanhos com pontinhos na íris de lentes de contato teatrais de alta qualidade.

Howard entregou a Fantasia seu bilhete dentro do folheto turístico, mas eles embarcaram separadamente.

O trem era um antigo Pullman, todo de madeira polida a mão, latão e elegância antiga. Howard encontrou um compartimento vazio e esperou. O sinal tocou, o trem sacudiu entrando em movimento, em seguida chacoalhou, as rodas estalando em um ritmo tranquilizador que logo desapareceu ao fundo. Lá fora, pelas janelas, a paisagem passava a toda velocidade, montanhas rochosas com solos cor de ferrugem, árvores e arbustos em vários tons de verde, enquanto o trem seguia seu caminho Andes acima.

A freira juntou-se a ele alguns minutos depois, sorriu, e levantou as venezianas da janela.

Depois de o condutor ter pegado os bilhetes, Asta fechou a porta e verificou se havia insetos à espreita no compartimento. Então, ela se sentou.

— E aí, o que há com as borboletas? — Howard perguntou.

— É um ás — Asta explicou.

— Imaginei. Quem é?

Ela ergueu as mãos, exasperada.

— Quem me dera eu soubesse! O Mariposa. O Colecionador de Borboletas. O Lepidopterologista. Escolha um nome!

— O Mensageiro de Preto?

— Hortencio disse isso, mas não fazia muito sentido. — Ela olhou para ele confusa. — Onde diabos você ouviu isso?

Howard pegou o panfleto do Museo Larco do bolso de trás da calça.

— Merda de folclore — Asta falou enquanto lia o folheto. — Todo mundo teve a carta virada quando estava com o nariz enfiado num livro de contos de fadas?

— Eu não.

— Claro, Troll. — Asta revirou os olhos e devolveu o panfleto.

— Quem é Hortencio?

— Lembra dos filhos de Batista, lá em Cuba?

— Sim. Não passei muito tempo com eles.

— Bem — ela contestou —, eu passei. Ao menos com um deles. — Ela olhou com raiva para Howard. — Não olhe para mim desse jeito. Nem parece que você não estava esperando se dar bem também. E, quem sabe, você possa. Eu gosto de gastar energia quando estou entediada, curiosa ou assustada... e, digo uma coisa, exatamente agora estou aterrorizada até a alma.

O trem movia-se ruidosamente, as rodas arranhando os trilhos com um som ritmado.

— Então, o que aconteceu com Hortencio Batista?

— Sexo — disse ela, simplesmente. — Nada para se vangloriar da minha parte, claro. Ele provavelmente se vangloriou. Ele se vangloria muito. Sobre as relações de sua família com a máfia, que todo mundo conhece. Sobre como os Gambione têm conexões de cocaína com outros cartéis das drogas, inclusive com os peruanos. E contou vantagem sobre como um rei da droga raptou a filha pequena de outro rei e a mantém em cativeiro, pedindo resgate e, surpresa, os Gambione vão acabar com a menina ou sequestrá-la eles mesmos para conseguir um resgate maior que o outro cara, eles não têm certeza, mas em qualquer caso sabem onde ela está e vão capturá-la amanhã.

— E ele te disse tudo isso?

— Não. — Ela olhou-o com incredulidade, fazendo uma pausa como se estivesse buscando uma resposta adequadamente maldosa. — Ele deu várias pistas, então desmaiou com pouco sexo e muito pó. Então, fui ler os arquivos dele. — Ela encolheu os ombros. — Eu não podia ir à polícia, são todos corruptos, e mesmo aqueles que não são tendem a ser do tipo que olham o quadro maior, que pouco se importam se uma menina vai se machucar, contanto que isso ferre o tráfico de drogas. Então eu decidi: foda-se! Eu sou uma ás! Posso cuidar disso! E montei meu próprio plano maluco. Não me julgue, mas não fico tão orgulhosa em dizer que tirei isso de uma página do manual de estratégia de Alma Spreckles: "Prefiro ser um bibelô de um velho do que a escrava de um jovem". Então liguei para esse velho rico que conheço e disse que transaria vinte vezes com ele a partir de domingo, quando voltasse para Nova York, se ele conseguisse um helicóptero particular e alguns guardas para tirar a mim e a criança do Peru antes que os Gambione pudessem pegá-la.

Asta enfiou a mão no hábito e procurou no bolso do vestido.

— Digo, olhe para ela. — E entregou uma fotografia a Howard. — Ela não deve ter mais que 7 anos. Oito no máximo. — Ela mordeu o lábio, piscando para segurar as lágrimas. — Eu fui uma garotinha como essa no passado. Digo, eu estava em sapatilhas de pontas e teria matado alguém por um vestido tão legal, mas ela é apenas uma criança. Nenhuma criança merece morrer.

Howard olhou para a fotografia. Asta tinha razão. A garota parecia ter 6, 7 anos, talvez 8, tinha bochechas gordinhas, olhos escuros e feições nativas. Usava um vestido branco emperequitado com muitos cristais e lantejoulas, e muitos babados, e seu sorriso parecia mais forçado que feliz, mas era apenas uma criança. O fotógrafo também usou um efeito de purpurina espalhafatoso ao redor dela, fazendo com que parecesse uma foto de *boudoir* repugnante.

Howard virou a foto. No verso estava escrito o nome *Lorra* e, abaixo dele, *Cocamama*.

— A deusa do arbusto de coca?

— Codinome da operação. — Asta pegou a fotografia. — Ou alguma menção engraçadinha e doentia de que a criança será partida em duas.

Howard balançou a cabeça.

— Você vai fazer tudo isso sozinha?

— Porra, não! — Asta praguejou. — Eu ia levar o Jack para me ajudar. Golden Boy não parava de falar como ele acabou com Juan Perón. O problema é que eu estava totalmente perplexa, pois o cara não consegue guardar um segredo para salvar a própria vida, e o rei da droga que raptou Lorra também é um ás ou tem ases trabalhando para ele, um deles sendo esse tal de *Emisario Negro*, que pode espionar com borboletas e mariposas. E, o que é pior, tem esse assassino ás-curinga sapo lançador de veneno horroroso que eles chamam de Curare, e isso é mais do que eu posso lidar sozinha, então dei minhas piruetas o mais rápido que pude para encontrar um substituto em quem eu pudesse confiar.

— E você me escolheu.

— Era você ou o Martelo do Harlem. — Asta encolheu os ombros. — E, apesar de eu não ter nada contra caras negros e carecas, pelo que eu saiba

Mordecai é um homem casado e feliz. Não sou uma destruidora de lares. — Ela fez uma careta. — E mesmo se eu fosse, sei muito bem que não se mexe com uma mulher do Harlem.

— Mas caras verdes carecas?

— Howard — Asta confessou —, você está no meu radar desde que te vi na plateia, quando eu estava dançando Coppélia. E agora estou assustada, e temos uma longa jornada de trem até Aguas Calientes.

— Você percebeu que está usando um hábito de freira?

— Você é católico?

— Não.

— Ótimo. — Ela sorriu. — Nem eu.

Ela começou a desabotoar o hábito.

— Meu Deus. Percebo que você também não é judeu.

Ela fez uma pausa, em seguida tocou-o com sua mão pequenina.

Howard ficou angustiado. Aquele era um momento terrível. Seu pênis, embora fosse verde, era proporcional. Mas isso significava que tinha mais de 30 centímetros, com verrugas e tudo mais. Parecia mais um pepino gigante do que algo que pertencia a um ser humano. A mera visão tinha transformado noites com mulheres de quem ele gostava em "Não é você, sou eu" e em outra noite sozinho.

— Você sabe — Asta disse as temidas palavras —, duvido que eu consiga aguentar tudo isso. — Ela acariciou o pênis. — Mas com certeza estou disposta a tentar. — Ela abriu ainda mais o sorriso. — Já viu a Dança das Willis?

— Não.

— Filisteu! — ela repreendeu — Isso precisa ser corrigido já.

Asta foi direto ao ponto. Howard já estava nele.

19 de dezembro de 1986, Aguas Calientes:

Asta havia tirado o hábito de freira e o manto de alpaca. Seu vestido embaixo deles era azul-celeste, como seu cabelo, cortado bem curto como o de Annie Lennox. Os olhos tinham a mesma cor ultramarina, brilhantes como ícones bizantinos. Embora Howard não tivesse visto se eram lentes de contato, eles combinavam, fazendo-a parecer uma náiade. Era bastante adequado, pois ela dissera que faria o papel de Ondina, no balé com o mesmo nome.

O cassete do jipe começou a estrondar música clássica, que era a deixa para Howard não olhar para trás. Em vez disso, fez ainda mais barulho. Enquanto Golden Boy podia erguer um tanque sobre a cabeça e era celebrado por essa façanha, Troll não era tão forte. Mas Howard conseguia virar um Chevy de cabeça para baixo, e isso ainda causava um grande tumulto.

Homens saíram da casa carregando armas. Então pararam, olhando assombrados e maravilhados, como se contemplassem uma visão de delicadeza transcendental com a qual, por acaso, eles também gostariam de transar.

Howard sabia como eles se sentiam.

Como eles também se acumulavam nas portas e janelas principais, ele contornou a casa e chutou uma porta lateral. Ela voou das dobradiças com um rangido satisfatório.

O prédio tinha dois andares e a única conclusão rápida que Howard podia tirar era que tinha uma quantidade insana de coleções de borboletas dispostas nas paredes. Ele prendeu a ponta do charuto entre os dentes, sugando-o apenas no caso de qualquer uma delas espontaneamente voltar à vida, mas elas permaneceram paradas: troféus, bichinhos de estimação mumificados, ex-sócios, ou seja lá como o Mensageiro de Preto considerava suas asseclas.

Howard subiu as escadas às pressas, desviando do teto baixo e escancarando as portas até ser recompensado com um quarto atulhado por uma quantidade imensa de bonecas e brinquedos, uma cama de dossel infantil e uma garotinha sentada nela atrás de uma mulher que apontava uma arma para ele. Ela puxou o gatilho e ele lançou a porta quebrada na direção dela, esmagando a arma e a mulher na parede. A cabeça de uma boneca explodiu e uma bala enterrou-se na parede com uma chuva de poeira de gesso, enquanto a mulher despencava no chão.

A garota gritou e continuou a gritar, dizendo algo em uma língua que Howard não entendia. Tudo que ele sabia era que estava longe de ser espanhol.

— Está tudo bem — ele tentou acalmá-la. — Vai ficar tudo bem, Lorra. Vamos sair daqui.

Como ela não parava de gritar, ele simplesmente agarrou o lençol e amarrou-a nele, travesseiros e bonecas e tudo o mais. Ele segurou o fardo de roupas de cama e a garota que se contorcia no seu peito e desceu rapidamente as escadas e saiu pela porta lateral, então fechou os olhos bem apertados e seguiu trôpego na direção das melodias da partitura orquestral de Werner Henze, uma tarefa mais complicada pelos gritos tão agudos que reverberavam nas suas costelas.

Em seguida, a testa dele encontrou a coluna superior da varanda coberta. Mas não era a primeira vez que aquele tipo de coisa acontecia. Howard atravessou a coluna e berrou:

— *Asta!* Cadê você?

— Aqui! — Em seguida. — Merda, é o sapo!

— *Lorra!* — coaxou uma voz. — *Lorra!*

Howard sentiu como se estivesse brincando de um jogo deturpado de cabra-cega. Sentiu a mão de alguém na sua perna, guiando-o, mas ainda dançando.

— Deixe-a no chão, aqui! — Howard ouviu a porta do jipe bater. — Você dirige! Eu ainda preciso dançar!

— Como vou dirigir se não consigo enxergar?

— Você vai conseguir enxergar direito! É só me erguer, e não olhe no retrovisor!

Howard fez o que lhe foi ordenado. Ele colocou Asta nos ombros. Ela travou as pernas ao redor do pescoço dele como o Velho do Mar de Simbad, mas sem dúvida era a Dama do Mar mais gostosa e excêntrica, pois fez ao contrário, os calcanhares presos sob o queixo de Howard, as coxas apertando suas têmporas, o traseiro no alto da cabeça, e a parte de trás do vestido caindo sobre os olhos dele como um véu.

Ele suspeitou que aquela não era a coreografia habitual de *Ondina*, mas Asta era uma bailarina habilidosa o bastante para improvisar. Howard abriu os olhos. Ele não estava petrificado pela ás Fantasia, embora pudesse senti-la alternando o peso no alto de sua cabeça quando se retorcia para a frente e para trás na dança interpretativa, imitando os movimentos de uma cachoeira, a ninfa da cerveja Olympia.

Howard ajustou o assento, arrancando-o. O banco traseiro ficava bom para ele, seu pé alcançava facilmente o acelerador, e pela primeira vez desde o ginásio, a corrida maluca do Sr. Sapo começava de verdade. Ele se lançou pela estrada em meio à floresta andina, a melodia do balé ainda ressoando dos alto-falantes, Asta empoleirada sobre sua cabeça.

— Estamos fora de perigo. — Ela desceu da cabeça dele segurando no santantônio, e sentou-se no banco traseiro, ao lado dele. — Dirija o mais rápido que puder!

Então, algo aterrissou no capô do jipe.

— *!Puta fea!* — coaxou o sapo gigante, usando o vocabulário espanhol limitado de Howard para chamar Fantasia de alguma variedade de prostituta. — *¡Monstruo verde! Deja a Lorra!*

O sapo tinha grandes olhos dourados, pele preta com manchas azuis elétricas, e era do tamanho de um garoto de mais ou menos 9 anos, embora houvesse muitos curingas adultos bem pequenos assim como havia aqueles muito grandes. Também usava uma sunga Speedo azul-elétrica. Rastejou pelo para-brisa com dedos alongados em patas grandes e pegajosas, as costas suando uma secreção leitosa.

Curare, o venenoso sapo assassino curinga.

O garoto-curinga melou os dedos na secreção de sapo e deu o bote, agarrando o rosto de Howard, segurando-se ao para-brisa com os dedos dos pés. O veneno entorpecia levemente, mas a pele de Howard era grossa e resistente. Seu único ponto realmente vulnerável eram os olhos, o análogo de Howard ao calcanhar de Aquiles ou ao ombro de Siegfried das lendas alemãs.

O sapo deve ter adivinhado, pois a língua pegajosa voou e grudou na lente direita dos enormes óculos. A língua retraiu-se. Os óculos Croakies resistiram, a faixa de neoprene que ele havia ajustado bem firme em uma loja de surfe de Nova Jersey para impedir que os pacientes com doença mental tentassem o mesmo truque. Howard considerou-a um investimento sábio.

Então, a lente se soltou. Curare esticou o braço para tocar Howard com seus dedos escorrendo veneno.

Howard apertou os joelhos contra o volante e agarrou as laterais do para-brisa, arrancando-o. Jogou-o para as margens da estrada, o sapo ainda grudado nele enquanto se afastavam a toda velocidade.

— !Juan! — gritou a garotinha atrás de Howard, seguido pelo som de soluços.

— !Cállate, pinche putita tonta! — Asta rosnou. — *Tu amigo, la rana, se fue. Te estamos tomando a América, y tendrás todas las muñecas y cosas que quieres, y todo lo que tienes que hacer es fabricar cocaína para el Sr. Phuc, ¿de acuerdo?*

— *!No lo entiendo!* — a garota se lamuriava. — *!No lo entiendo!* — Em seguida, disse mais alguma coisa em um idioma que não era espanhol.

— Merda! — Asta xingou. — Ela não sabe falar espanhol.

— O que ela disse? — perguntou Howard, ainda dirigindo. — O que você disse?

— Ela disse que não fala espanhol! — Asta tirou violentamente a fita do toca-fitas, silenciando de uma vez o concerto *Ondina*. — Disse para ela que a levaríamos para os Estados Unidos, que ela não precisava se preocupar com ser sequestrada, e que um senhor bonzinho lhe daria um lugar para viver.

— Isso é tudo? — Howard tinha certeza de que ouvira Asta chamar a criança de "putinha".

— Sim! — disse Asta, ríspida. — Eu omiti um pouco sobre os boquetes em Kien se ele pagasse pelo internato, mas… Ai, não, não! — Asta gritou. Em seguida, veio um tapa doloroso e mais choro. Então, Asta pegou um par de algemas e prendeu a criança no santantônio.

Howard não se surpreendeu pelo fato de Asta ter algemas. Mas o restante…

— Isso é mesmo necessário? É uma criança!

— Você prefere que ela se jogue do carro em movimento?

Howard não estava bem certo naquele instante sobre o que preferiria que acontecesse. Acelerou ainda mais pela estrada através da selva que Asta havia indicado antes.

— Por que seu poder de ás não funcionou no garoto-sapo?

— Não funciona em meninos — Asta respondeu automaticamente. — Apenas em homens. Provavelmente ele nem entrou na puberdade ainda.

Howard arfou.

— Era outra criança?

— Ou ele é gay. Ou aquela era uma rã. Digo, "Curare" poderia ser um nome de menina também.

— Sim, mas "Juan"?

— Talvez fosse como a música, "A Girl Called Johnny". — Asta especulou, lamentosa. — Waterboys? Eu dancei isso.

Era uma música boa, mas uma mentira ruim.

— Eu acabei de jogar uma criança do carro?

— Ah, e daí? — Asta gritou, exasperada. — E ele ainda era venenoso, o infeliz! Esses desgraçados vendem drogas! Você acha que eles pensariam duas vezes antes de usar um garoto como assassino?

Fantasia tinha razão, mas ele não queria machucar um garoto e rezou para não tê-lo machucado.

Então, a garota berrou:

— *!Juan! !Juan!*

Santa Rita das Causas Impossíveis ou um dos outros santos patronos do carta selvagem em potencial do arcebispo Fitzmorris devia estar ouvindo: Howard viu uma figura brilhante pular de árvore em árvore, um rastro de sombras pretas e céu azul, perfeitamente camuflado quando preso às copas das árvores, mas visível quando cruzou a estrada, o garoto-anfíbio pulando com o poder incrível de salto de um sapo de árvore, mas de tamanho humano. Fisicamente impossível pela lei quadrático-cúbica, claro, mas, como o voo da Peregrina, aquilo desaparecia de vista quando o carta selvagem entrava no jogo.

Borboletas voavam através das copas das árvores, mariposas saíam das cascas das árvores enquanto o sapo humano pulava de galho em galho, reunindo o exército — e visível entre aquele exército estava seu general, uma figura sombria como um espectro que se formava por um instante, sempre que um grupo de mariposas-bruxas se uniam.

O jipe emergiu da floresta na direção de um brilho atordoante sobre a linha das árvores e para uma visão panorâmica do vale, subindo a montanha para Machu Picchu, antiga cidadela inca. Howard apertou os olhos contra o brilho, pois estava sem uma das lentes de seus óculos.

Se fosse em outro momento, Howard teria gostado de parar e tirar umas fotos, admirar a grandeza da cidade-fortaleza havia muito arruinada, as pedras cinzentas de suas muralhas e ameias e a grama verde de suas praças e avenidas. Mas, naquela situação, apenas uma visão importava: um helicóptero esperava na praça central, três figuras ao lado dele.

— Ali! — Asta apontou. — Phuc os enviou!

Howard estava se perguntando quem era esse tal de Phuc, pois não havia perguntado nada a Asta sobre o seu benfeitor, supondo apenas que era algum anjo do balé que ela conhecera num teste de sofá, e não que ele tivesse qualquer direito de julgá-la sobre isso. Porém, a garota soluçante era outra questão.

— *!Por favor, déjenme ir!* — ela implorou quando Howard fez o jipe parar. — *!Por favor!*

Asta revirou os olhos.

— Agora ela fala espanhol.

— *!No lo entiendo!*

— Dê um tempo para ela — disse Howard. — Ela passou por maus bocados. — Ele se voltou para a garota. — Tudo bem, querida — ele falou com Lorra, limpando as lágrimas das suas bochechas com o máximo de cuidado que podia com suas mãos grosseiras. — Está tudo bem.

As lágrimas acumularam-se no dedo dele e se recusaram a cair, cristalizando-se de imediato. Nas fendas entre as verrugas, seus dedos ficaram levemente dormentes. Howard olhou para baixo. Não eram lantejoulas que cobriam o vestido da garota, mas lágrimas cristalizadas. A parte de trás do jipe estava inundada delas, como aquelas choradas pela boa irmã no conto de fadas *Diamantes e sapos*.

Howard, na sequência, trouxe uma lágrima no dedo e tocou-a na língua. Tinha um gosto agridoce e levemente etéreo, mas uma dormência espalhou-se daquele ponto onde sua língua a tocou.

Não eram diamantes. Eram pedras cristalizadas de cocaína.

— Ela é Cocamama — Howard percebeu. — Não é apenas um codinome, ela é um ás.

— Então, eu menti — Asta deu de ombros. — A maior parte do que eu disse é verdade. Ela não é a filha de um rei das drogas, mas foi roubada dos sócios dos Gambione, e se eles não conseguissem recuperá-la, estariam dispostos a matar a galinha dos ovos de ouro. E se a recuperarem, vão prendê-la numa masmorra para fiar palha em ouro, ou transformar açúcar em cocaína, ou alguma dessas merdas de contos de fadas. Nós ainda a resgatamos.

— Talvez — Howard assentiu —, mas quem diabos é este Sr. Phuc? Outro rei das drogas?

— É um sábio investidor com portfólio diversificado — Asta explicou de forma diplomática —, e ele cuida bem do seu pessoal. Lorra não vai querer outra vida, e nem você. — Ela abriu um sorrisinho. — Kien pode ser bastante generoso, especialmente se você tiver talentos especiais. — Howard ainda não estava convencido, então Asta acrescentou. — Olha só, quando eu liguei para Kien de Cuba, ele ficou horrorizado com o fato de os Gambione estarem pensando em matar uma garota tão talentosa apenas porque ficaram furiosos que algum ás juntou um punhado dos seus rapazes para roubá-la. — Asta desalgemou Lorra do santantônio. — E eu não estava inventando essa merda toda sobre o *Emisario Negro* e o sapo assassino. Um monte de mafiosos sangrou pelos olhos depois de ser picados por uma daquelas malditas lagartas. — Asta prendeu seu próprio punho com a algema. — Hortencio ficou assustado de se tremer todo.

O ar ao redor da garota brilhava como uma nuvem de purpurina, e ela pôs a mão em Asta.

— Nada disso! — Asta deu um tapa na menina. — Eu já cheirei mais cocaína do que você pode distribuir, docinho.

Lorra começou a chorar, os diamantes de cocaína caindo na grama.

— Solte-a — Howard grunhiu.

— Quê? E deixá-la aqui com matadores e assassinos? Não mesmo. — Asta parecia estar se divertindo. — Vejo que você não está mesmo interessado em se juntar à organização de Kien.

— É isso.

— Nem mesmo se ainda formos amigos de cama ocasionalmente?

Howard ficou tentado, mesmo que por um ínfimo segundo, mas ainda se sentia mal com aquilo tudo.

— Não.

— Azar o seu — Asta suspirou —, mas eu já temia que você diria isso. Jack é um boca aberta e um moleque, mas seu maior problema é que é invulnerável. — Asta sorriu, absorta. — Você não é. — Ela ergueu a mão livre num gesto teatral. — Senhoras?

Ouviu-se um som de armas sendo engatilhadas. Howard olhou além de Asta e viu um trio de mulheres asiáticas carregando rifles de alto calibre, armas mais que suficientes para derrubar um elefante e lidar facilmente com um rinoceronte. Ou com um troll.

Também havia o som vindo do helicóptero, uma melodia de festas de fim de ano mais que familiar: a "Dança da Fada Açucarada", de Tchaikovsky, do balé *O Quebra-Nozes*. Asta ficou na ponta dos pés.

— Ah, sim — ela observou, enquanto Howard era atingido. — Eu também esperava levar para Kien um troll de estimação de Natal. Acho que ele terá que se virar com a puta mágica da coca. — Ela dançou ao redor da garota, puxando Lorra pela algema, forçando-a a ficar nas pontas dos pés. — Prática, querida. Prática! Nunca será uma bailarina se não fizer seus alongamentos!

Lorra gritava enquanto era arrastada para o helicóptero, deixando uma trilha de diamantes de cocaína como migalhas de pão. Asta fez uma pausa, deixando a garota descansar, enquanto demonstrava como se fazia um *developè* dramático.

Foi um erro, pois Lorra chutou a canela da bailarina. Com força. Asta tombou.

Howard virou o rosto, atingindo o chão atrás do jipe no momento em que o trio asiático disparou seus rifles de elefante.

As balas rasparam a lateral do carro.

— *Du ma! Du ma!* — Asta gritou no que Howard imaginou ser vietnamita, enquanto os sinos tilintantes da celesta de Tchaikovsky triplicaram de volume. Ele olhou embaixo do carro e viu cinco pares de pés de mulher entrando no helicóptero.

Os pés de Asta eram reconhecíveis de imediato: tudo, menos bonitos. Eram retorcidos, tão esfolados e feios como sua alma.

O *flap-flap-flap* dos rotores do helicóptero começou, poeira e cristais de cocaína voando em todas as direções, mariposas e borboletas sendo sopradas, bem como uma grande migração de dúzias de espécies se sacrificaram nas hélices em uma tentativa vã de impedir a ascensão do helicóptero. Ele levantou voo de qualquer forma, e Howard também se ergueu, desviando quando uma das mulheres armadas deu outro tiro.

A grama explodiu centímetros atrás dele, então um jorro de azul e preto lançou-se pelos ares. Curare aterrissou na lateral do helicóptero. O garoto-sapo esfregou seus dedos alongados no rosto da mulher que estava pendurada na porta esquerda do veículo.

Ela congelou, tão paralisada como Howard quando via a dança de Asta.

Howard viu sua chance. Agachado para evitar os rotores do helicóptero em ascensão, correu, pulou e agarrou o lado esquerdo do trem de pouso. Ele se alçou, agarrando a atiradora paralisada e lançando-a para o lado, e ela acabou parando nos rotores quando o helicóptero tombou, desequilibrado pelas centenas de quilos do curinga. Uma explosão de sangue e vísceras espalhou-se no chão.

Ele abriu a porta com tudo, enfiando o punho na cabine para agarrar a outra mulher, esmagando-a na lateral mais distante. Asta gritou e a garota fez o mesmo, enquanto Howard agarrava o banco no qual estavam presas pelo cinto e o arrancava, parafusos estourando, e puxou-as para fora do helicóptero, caindo na praça logo abaixo com o banco sobre si para ao menos salvar a criança.

Howard aterrissou como um rinoceronte, de costas, a força da queda arrancando todo o seu ar, o banco balançando contra o peito enquanto Asta e Lorra gritavam. Ele não sabia de que altura tinha caído. Muito maior do que qualquer outra vez antes.

Acima dele, girando no céu azul, ele viu o helicóptero, rodopiando alto, e milhares de mariposas e borboletas enxameavam ao redor dele quando o sapo se soltou. A aeronave perdeu-se dentro do caleidoscópio de migração lepidóptera e desapareceu do campo de visão. Um momento depois, ouviu-se uma explosão, seguida um minuto depois por um cheiro de gasolina queimando e o fedor de cabelos queimados de 10 mil insetos em chamas.

Asta tirou o cinto, desafivelou o de Lorra e, mancando, arrastou a menina a alguns passos de distância; o banco, agora desocupado, começou a tombar. Howard percebeu que ele ainda o segurava parcialmente com o braço direito.

Ele o empurrou para o lado e sentou-se, observando Curare agachado sobre uma pilha de escombros antigos, juntando as pedras cinzentas com os dedos das mãos e dos pés pretos e azul-elétricos, piscando as membranas dos grandes olhos dourados que observavam o caleidoscópio de borboletas afunilando-se em um vértice, descendo num rodopio e tomando a forma de uma figura encapuzada. Milhares de asas coloridas agitavam-se dentro dela, formando um forro com as cores do arco-íris, o bordado vivo mais luxuoso do mundo, enquanto o tecido externo e escuro era um mosaico de mil mariposas pretas com uma borboleta-coruja fazendo as vezes de rosto e duas grandes mariposas brancas no lugar das mãos.

— Cai fora, Howard! — Asta se enfureceu, cambaleando de dor. — Cai fora, maldito sapo! Cai fora, seja lá o que for! — ela xingou, apontando o Mensageiro de Preto. — Cai fora, menina da coca! Eu sou uma diva! Sou uma estrela, droga! — Ela tentou ficar na ponta do pé, mas tombou, as canelas ainda sangrando com o chute de Lorra. — Caiam fora vocês todos!

— *Sim* — sussurrou o Mensageiro de Preto, em uma voz que não era mais que o farfalhar coordenado de milhares de asas de mariposa. — *Sim. Cai fora. É uma sugestão excelente...*

Ele pairou na direção dela e abriu sua túnica, ou sua túnica ilusória, as mariposas pretas que formavam as mangas e os tecidos que esvoaçavam ao lado como o Fantasma do Presente de Natal, revelando a Ignorância e a Miséria. Howard não conseguiu ver o que o Mensageiro de Preto revelou por causa do ângulo, mas o que quer que fosse, deve ter sido horrível de contemplar, pois Asta encarava apavorada, boquiaberta. O espectro apontou para ela e a mariposa branca que servia de mão voou para dentro da boca aberta de Asta.

A bailarina arfou e engasgou, então tombou, imóvel.

O Mensageiro de Preto fechou sua túnica, virando-se levemente, então zumbiu e sussurrou, o farfalhar das asas de mariposa pareciam formar palavras novamente, mas não em um idioma que Howard pudesse entender. Contudo, a mensagem não era para ele. Lorra assentiu com a cabeça e começou a revistar os bolsos de Asta, tirando a chave da algema que ela usou para se libertar.

Ela deu mais um chute em Fantasia de quebra, então correu para abraçar Curare. Sua aura cintilava com a luz branca enquanto as gotículas de veneno leitoso transmutavam-se em cristais transparentes.

O Mensageiro de Preto virou-se para Howard, suas mãos de mariposa branca multiplicando-se como cartas de um mágico, fazendo crescer mais duas.

— *Sr. Mueller* — a figura sussurrou, estendendo-as num gesto gracioso —, *sou grato por sua ajuda ao recuperar meus soldados e, embora eu não vá esquecer suas transgressões, preciso perdoá-las, pois foi enganado. Agiu com a melhor das intenções...* — seus olhos falsos de coruja observavam-no — *...na maior parte do tempo.*

— Hum, obrigado.

— *Estive observando o senhor e seus companheiros durante sua passagem pelos meus domínios, e preciso alertar que Fantasia não é a última duas caras entre os seus camaradas. As intenções dela são vis, mas humanas. Existe outro que não apresenta o mesmo rosto ao mundo como minhas belas viram, e as feições por trás desse rosto me fariam estremecer se eu as descrevesse.*

— Quem? — Howard perguntou. — Por quê?

— *Não ouso dizer para que os olhos desse rosto monstruoso não se voltem para mim e para os meus. Dou apenas um aviso, e peço em troca que leve Fantasia de volta com o senhor. Ela não se lembrará do dia que passou. Use sua honestidade implícita para tecer alguma mentira plausível que cubra os infortúnios dela. Ninguém deve suspeitar o que houve aqui, para a proteção da criança, no mínimo.*

Howard olhou para eles, unidos, abraçados.

— Diga a eles que sinto muito.

O Mensageiro virou-se e zumbiu no mesmo idioma que a garota tinha falado. Ela assentiu solenemente e caminhou até Howard, abraçando-o pelo pescoço e dando um beijo em sua bochecha. A nuca ficou um pouco dormente onde ela o tocou e sua bochecha formigou quando ele esfregou o beijo.

— *Que as circunstâncias sejam mais felizes quando nos reencontrarmos.*

Com isso, o Mensageiro de Preto ergueu os braços, subindo num caleidoscópio de borboletas e mariposas, enchendo o céu em todas as direções, espalhando todas as cores dos *Livros das fadas*, de Lang: vermelho, azul, amarelo, rosa, laranja, carmesim, lilás e violeta. E verde também.

Cocamama abraçou Curare, Lorra abraçando Juan, e então o garoto-sapo saltou com sua amiga nos braços, como uma ilustração de Bilbin para um livro de contos populares andinos.

Howard olhou para a forma inconsciente de Asta, ainda vestida como Ondina, exceto pelos cortes nas canelas e as escoriações nos pés. Parecia a Pequena Sereia após sofrer a maldição da bruxa do mar de que cada passo na terra pareceria como se ela estivesse andando sobre facas.

Ele nunca achou que a Pequena Sereia merecesse, até aquele momento.

20 de dezembro de 1986, a caminho de La Paz:

Billy Ray localizou uma chave de algema que abriu as algemas com as quais Asta se encontrava quando chegou. A história oficial foi que ela tinha sucumbido ao mal-estar de altitude.

— Então, qual é a história real? — Digger Downs perguntou. O repórter tinha conseguido ficar sentado ao lado de Fantasia que, por sua vez, estava sentada ao lado de Howard neste trecho do voo.

— Não era Billy que ia se sentar comigo? — Asta perguntou num tom de reclamação. — Ele foi tão simpático…

— Sim, mas alguém derramou um *Bloody Mary* nele — Downs lhe disse. — Confie em mim, ele foi até o toalete por um momento.

Howard sorriu.

— A história é exatamente a que contei: fugi da excursão para ir até Aguas Calientes experimentar as fontes termais. As camas de hotel estavam acabando com as minhas costas. Saí e encontrei Asta perambulando zonza por causa da altitude.

— Algemada.

Fantasia encarou-o com raiva.

— Se qualquer informação dessas aparecer nos jornais, eu entro com um processo.

— Liberdade de imprensa — Downs contestou. — A grande pergunta é: elas são suas?

Ela deu um tapa na cara do repórter.

Downs esfregou o rosto.

— Posso entender como um sim?

Asta tremia de raiva.

— Sou a primeira bailarina da American Ballet Company! Conheço gente poderosa em Nova York! E posso fazer com que eles esmaguem você como uma borboleta!

Ela pareceu um pouco perturbada quando disse a última palavra, então Downs repetiu:

— Como uma borboleta?

Asta pareceu ainda mais perturbada, e espirrou. Um pó branco iridescente saiu do seu nariz, cintilando como as escamas das asas de uma mariposa.

Ela pegou um lenço e começou a limpar, mortificada.

— Você não ousaria... — ela ameaçou. — Uma palavra...

— Uma palavra e eu estarei na rua, porque cachorrinhos são treinados em cima dos jornais de ontem, e você e seu pequeno hábito da boate Studio 54? Notícia velha, querida. Notícia velha. — Downs riu. — A única coisa que poderia vender jornal: você ter tido uma transa interessante. Vocês dois... — Ele agitou o dedo entre ela e Howard.

A expressão de Asta foi de mortificada a revoltada.

— Eu e... ah, agora você passou de desprezível para ridículo. — Ela se virou para Howard e acrescentou: — Sem ofensas. Você foi muito gentil, e tenho certeza de que tem muitas qualidades estelares, mas a simples logística... — Ela balançou a cabeça, desafivelou o cinto de segurança, levantou-se e caminhou, altiva, para a frente da cabine. — Vou encontrar Billy.

Downs acompanhou-a com um olhar curioso.

— Sinto cheiro de história aí, porque acredito nela, mas não acredito em você, camarada. — Ele olhou através do corredor para Howard. — E tem algo que não se encaixa. — Ele deu um tapinha na lateral do nariz. — Mas talvez eu esteja imaginando coisas. Acho que Fantasia não conseguiu resistir à cocaína à vontade disponível no Peru e foi para Aguas Calientes e, enquanto você estava lá, teve a Fantasia de todos os caras — e quando digo Fantasia de todos os caras, quero dizer de todos os caras. Certo, camarada?

— Talvez — Howard deu uma risadinha —, mas um cavalheiro é sempre discreto.

O matiz do ódio

Parte Três

Terça-feira, 23 de dezembro de 1986, Rio:

Sara detestou o Rio.

Do seu quarto no Hotel Luxor, na avenida Atlântica, a cidade parecia uma Miami Beach curvada: uma vitrine de reluzentes hotéis altos e brancos enfileirados diante de uma praia extensa e de ondas suaves e verde-azuladas, tudo esmaecendo a uma distância castigada pelo sol em cada lado.

A maioria dos membros da comitiva tinha cumprido rapidamente suas obrigações e estava usando a escala no Rio de Janeiro para descansar. Afinal, era quase fim de ano: um mês de viagem destroçara o idealismo da maioria deles. Hiram Worchester tinha ido para a farra, comendo e bebendo sem parar na miríade de restaurantes da cidade. A imprensa optou por uma cervejaria local e experimentou as cervejas brasileiras. Os dólares norte-americanos eram trocados por punhados de cruzados e os preços eram baixos. Os mais ricos do contingente tinham investido no mercado de pedras preciosas brasileiras — parecia haver um quiosque de joalheria em cada hotel.

E, mesmo assim, Sara estava atenta à realidade. Os avisos-padrão para turistas eram indício suficiente: não use joias nas ruas, não pegue ônibus, não confie em taxistas, tenha cuidado com crianças ou quaisquer curingas, não saia sem companhia, especialmente se for mulher; se quiser guardar algo, guarde no cofre ou fique com ele. Cuidado. Para as multidões pobres do Rio, qualquer turista era rico, e os ricos eram alvos legítimos.

E a realidade interferiu quando, entediada e inquieta, naquela tarde ela saiu do hotel, decidida a encontrar Tachyon em uma clínica local. Ela fez sinal para um dos abundantes taxis, um fusca amarelo e preto. Dois quarteirões afastados do mar, o Rio reluzente ficava obscuro, montanhoso, cheio e miserável. Através das vielas estreitas entre os prédios, ela conseguiu vislumbrar o antigo ponto de referência, o Corcovado, a estátua gigantesca do Cristo Redentor sobre um pico central da cidade. O Corcovado era uma lembrança de como o carta selvagem devastou este país. O Rio sofreu uma grande epidemia em 1948. A cidade sempre fora desordenada e pobre, com uma população oprimida fervendo em fogo brando sob as aparências. O vírus desencadeara meses de pânico e violência. Ninguém soube qual ás insatisfeito foi responsável pelo Corcovado. Uma manhã, a figura do Cristo simplesmente havia "mudado", como se o sol nascente estivesse derretendo uma estátua de cera. O Cristo Redentor virou um curinga, uma *coisa* disforme, corcunda, um dos braços estendidos fora arrancado por completo, o outro entortado para sustentar o corpo retorcido. Padre Lula celebrou uma missa no local ontem; duzentas pessoas rezaram juntas sob a estátua deformada.

Ela disse ao taxista que a levasse para Santa Teresa, um bairro antigo do Rio. Ali, os curingas haviam se juntado, como fizeram no Bairro dos Curingas de Nova York, buscando conforto para aflições mútuas à sombra do Corcovado. Santa Teresa tinha esses avisos também. Próximo da Estrada do Redentor, ela tocou o ombro do motorista.

— Pare aqui — pediu ela. O motorista disse algo rápido em português, então sacudiu a cabeça e estacionou.

Sara descobriu que aquele taxista não era diferente dos demais. Esqueceu de insistir que ele ligasse o taxímetro quando saíram da porta do hotel.

— Quanto foi?

Essa foi uma das poucas frases que aprendera. Ele insistia, com a voz alterada, que a corrida custara mil cruzados, quarenta dólares. Sara, exasperada e cansada das constantes pequenas explorações, contestou em inglês. Por fim, ela jogou uma nota de cem cruzados nele, ainda assim muito mais do que ele deveria ter recebido. Ele pegou a nota e partiu cantando pneus.

— *Feliz Natal!* — ele gritou, sarcástico.

Sara ergueu o dedo do meio para ele, o que lhe deu uma pequena satisfação. Em seguida, começou a procurar a clínica.

Tinha chovido naquela tarde, o temporal costumeiro da estação das chuvas que encharcava a cidade por algumas horas e voltava a abrir caminho para os raios de sol. Mesmo o temporal não conseguiu aplacar o cheiro forte do antiquado sistema de esgoto do Rio. Caminhando pela rua íngreme, ela era perseguida por odores fétidos. Como os outros, caminhava no centro da rua estreita, dando passagem apenas quando ouvia um carro. Rapidamente sentiu que chamava a atenção quando o sol começou a se pôr por trás das colinas. A maioria daqueles que estavam ao redor eram curingas ou pessoas pobres demais para viver em outro lugar. Não viu as viaturas de polícia que em geral patrulhavam as ruas turísticas. Um focinho peludo de raposa olhou atravessado para ela quando alguém passou dando cotoveladas, o que parecia ser uma lesma do tamanho de um homem arrastava-se pela calçada à sua direita; uma prostituta de duas cabeças matava tempo na entrada de alguma casa. Às vezes ela ficava paranoica no Bairro dos Curingas, mas a intensidade não era nada parecida com o que sentia ali. No Bairro dos Curingas teria ao menos entendido o que as vozes ao redor diziam, saberia que dois ou três quarteirões dali ficava a segurança relativa de Manhattan, seria capaz ao menos de ligar para alguém de uma cabine telefônica na esquina. Ali não havia nada. Tinha apenas uma vaga noção de onde estava. Se desaparecesse, poderia levar horas antes que alguém soubesse do fato.

Foi com nítido alívio que viu a clínica à frente e quase correu para sua porta aberta.

O lugar não havia mudado desde o dia anterior, quando os grupos da imprensa o visitaram. Era uma loucura superlotada e caótica. A clínica tinha um cheiro horrível, uma combinação de antissépticos, doenças e dejetos humanos. O assoalho era imundo, o equipamento antiquado, as camas meros catres amontoados o mais próximo possível um do outro. Tachyon tinha urrado com o aspecto do local, depois tinha imediatamente se lançado para dentro da confusão.

Ele ainda estava lá, parecendo nunca ter saído do lugar.

— *Boa tarde, senhorita Morgenstern* — disse ele em português. Sem o casaco acetinado, as mangas da camisa enroladas até metade dos braços magros, estava tirando uma amostra de sangue de uma garota comatosa cuja pele tinha escamas como as de um lagarto. — Veio trabalhar ou assistir?

— Pensei que fosse uma casa de samba.

Aquelas palavras renderam um sorriso leve, esgotado.

— Eles podem precisar de ajuda lá atrás — disse ele. — *Felicidades* — desejou em português.

Sara acenou para Tachyon e deslizou entre as fileiras de catres. Perto dos fundos da clínica, ela parou, surpresa, o cenho franzido. Perdeu o fôlego.

Gregg Hartmann estava agachado ao lado de um dos catres. Nele havia um curinga sentado, com espinhos farpados eriçados como os de um porco-espinho. Um cheiro almiscarado distinto emanava do homem. O senador, em roupas azuis hospitalares, limpava cuidadosamente uma ferida no antebraço do curinga. Apesar do odor, apesar da aparência do paciente, Sara conseguiu ver apenas preocupação no rosto de Hartmann enquanto ele trabalhava. Ele viu Sara e sorriu.

— Senhorita Morgenstern. Olá.

— Senador.

Ele sacudiu a cabeça.

— Não precisa ser tão formal assim. É Gregg. Por favor.

Ela podia ver a fadiga nas linhas ao redor dos olhos dele, na rouquidão de sua voz; era evidente que já estava ali fazia algum tempo. Desde o México, Sara estava evitando situações que pudessem deixá-los a sós. Mas ela o observava, desejando organizar seus sentimentos, desejando não sentir um apreço confuso pelo homem. Ela observou como ele interagia com outros, como reagia a eles, e refletiu. Sua mente lhe dizia que podia estar julgando-o injustamente; suas emoções a puxavam em duas direções ao mesmo tempo.

Ele estava olhando para ela, paciente e simpático. Ela correu a mão pelos cabelos curtos e assentiu com a cabeça.

— Gregg, então. E eu, Sara. Tachyon me mandou aqui para trás.

— Ótimo. Este aqui é o Mário, que estava na ponta errada da faca de alguém.

Gregg apontou para o curinga, que encarava Sara com uma intensidade feroz, sem piscar. As pupilas estavam vermelhas e os lábios, retraídos como num rosnado. O curinga não disse nada, sem vontade ou impossibilitado de falar.

— Acho que devo encontrar alguma coisa para fazer. — Sara olhou ao redor, querendo sair dali.

— Seria bem-vinda uma outra mão aqui com o Mário.

Não, ela quis dizer. *Eu não quero te conhecer. Não quero ter de dizer que estava errada.* Sara sacudiu a cabeça tarde demais.

— Hum, tudo bem. Claro. O que você precisa de mim?

Trabalharam juntos em silêncio. A ferida já tinha sido costurada. Gregg limpava-a com cuidado, enquanto Sara afastava os espinhos farpados para o lado. Ele passou pomada antibiótica na longa ferida, e pressionou gaze sobre ela. Sara percebeu que seu toque era extremamente gentil, mesmo que desajeitado. Ele atou o curativo e afastou-se.

— Ok., pronto, Mário. — Gregg deu um tapinha cuidadoso no ombro do curinga. O rosto espinhoso assentiu levemente, então Mário saiu mancando, sem dizer uma palavra. Sara percebeu Gregg olhando para ela, suando sob o calor da clínica. — Obrigado.

— Por nada. — Ela deu um passo para trás, desconfortável. — Você fez um bom trabalho com Mário.

Gregg riu. Ele estendeu as mãos, e Sara viu arranhões vermelhos inflamados espalhados sobre elas.

— Mário me deu muitos problemas até você aparecer. Sou uma ajuda estritamente amadora aqui. Formamos um belo time, não? Tachyon me pediu para descarregar suprimentos. Quer me dar uma ajuda?

Não havia uma maneira delicada de dizer não. Trabalharam em silêncio por um tempo, reabastecendo prateleiras.

— Não esperava encontrá-lo aqui — Sara comentou, enquanto lutavam para botar uma caixa no depósito.

Sara viu que ele havia entendido suas palavras não ditas e não se ofendeu.

— Sem garantir que uma câmera de vídeo estivesse filmando minhas boas ações, você quer dizer? — ele respondeu, sorrindo. — Ellen foi fazer compras com Peregrina. John e Amy tinham uma pilha deste tamanho de burocracias que queriam que eu resolvesse. — Gregg afastou as mãos um metro. — Vir aqui me pareceu muito mais útil. Além disso, a dedicação de Tachyon pode provocar um sentimento de culpa. Deixei um recado para a segurança dizendo que eu ia "sair". Imagino que Billy Ray esteja tendo um ataque bem agora. Prometa que não vai me dedurar.

O rosto dele era tão inocentemente travesso que ela teve de rir com ele. Com a risada, um pouco mais do ódio já frágil esfarelou-se.

— Você me surpreende o tempo todo, senador.

— Gregg, lembra? — disse ele suavemente.

— Desculpe. — O sorriso dela esmoreceu. Por um momento, sentiu uma forte atração por ele. Esforçou-se para que o sentimento cedesse, negou-o. *Não é o que você quer sentir. Não é real. Se muito, é uma reação adversa por tê-lo odiado durante tanto tempo.* Ela olhou ao redor para as prateleiras áridas e empoeiradas do depósito e abriu a caixa, rasgando-a violentamente.

Ela podia sentir os olhos dele observando-a.

— Você ainda não acredita no que eu disse sobre Andrea. — A voz dele oscilava entre uma afirmação e uma pergunta. Suas palavras, tão próximas do que ela estava pensando, fez com que seu rosto de repente corasse.

— Não tenho certeza de nada.

— E ainda me odeia.

— Não — ela retrucou. Tirou uma embalagem de isopor da caixa. E, em seguida, com repentina honestidade, impulsiva: — Para mim, provavelmente, é mais medo.

A confissão fez com que ela se sentisse vulnerável e exposta. Sara ficou feliz por não poder ver o rosto do senador. Repreendeu-se pela declaração. Aquilo indicava atração por Gregg; sugeria que, longe de odiá-lo, seus sentimentos estavam quase virando do avesso, e que era simplesmente algo que não queria que ele soubesse. Não por enquanto. Não até ela ter certeza.

A atmosfera entre eles estava carregada pela tensão. Ela procurou alguma maneira de enfraquecer aquele efeito. Gregg conseguia feri-la com uma palavra, podia fazê-la sangrar com um olhar.

O que Gregg fez em seguida fez Sara desejar nunca ter visto o rosto de Andrea no Súcubo, que não tivesse passado tantos anos odiando esse homem.

Ele não reagiu.

Esticou o braço sobre o ombro dela e lhe entregou uma caixa de ataduras esterilizadas.

— Acho que ficam na prateleira do alto — ele falou.

— Acho que ficam na prateleira do alto.

O Titereiro gritava dentro dele, golpeando as barreiras mentais que o detinham. A força ansiava por ser liberada, para atacar a mente aberta de Sara e alimentar-se dela. O ódio que o repelira em Nova York havia desaparecido, e ele conseguia ver o afeto de Sara, sentiu o gosto, como sal no sangue. Vermelho forte radiante, quente.

Tão fácil, lamentou o Titereiro. *Seria tão fácil. É profundo, intenso. Poderíamos fazer dele uma onda assoladora. Você poderia tê-la aqui. Ela imploraria para você soltá-la, ela daria tudo o que você pedisse — dor, submissão, qualquer coisa. Por favor...*

Gregg mal conseguia refrear aquela força. Nunca a havia sentido tão necessitada, tão frenética. Sabia que isso seria o perigo da viagem. Titereiro, aquela força dentro dele, teria de se alimentar, e ele apenas se alimenta do tormento e do sofrimento, todas as emoções raivosas, vermelhas e pretas. Em Nova York e Washington era fácil. Sempre havia marionetes por lá, mentes que encontrava e abria para que pudesse usá-las mais tarde. Gado, ração para a força. Lá era fácil escapulir sem ser visto, vigiar cuidadosamente e, então, atacar.

Aqui, não. Não nesta viagem. Ausências ficavam evidentes e precisavam de explicações. Ele precisava ser cuidadoso, precisava deixar a força continuar com fome. Ela estava acostumada a se alimentar semanalmente; desde que o avião deixou Nova York, conseguiu alimentá-la apenas uma vez: na Guatemala. Muito tempo atrás.

O Titereiro estava faminto. Sua necessidade não podia ser refreada por muito mais tempo.

Mais tarde, Gregg implorou. *Lembra-se de Mário? Lembra-se da potência opulenta que vimos nele? Tocamos nele, o abrimos. Expanda-se agora — veja, você ainda pode senti-lo, apenas a uma quadra de distância. Poucas horas e nós nos alimentaremos. Mas não com Sara. Eu não deixei que você tomasse Andrea ou Súcubo. Não deixarei você tomar Sara.*

Você acha que ela o amaria se soubesse? O Titereiro zombou. *Acha que ainda sentiria esse afeto se contasse para ela? Acha que ela o abraçaria, o beijaria, deixaria que a penetrasse? Se realmente quer que ela a ame por quem você é, conte tudo para ela.*

Cale a boca! Gregg gritou de volta. *Cale a boca! Você pode ficar com Mário. Sara é minha.*

Ele forçou o Titereiro a recuar. Forçou-se a sorrir. Levou três horas para encontrar uma desculpa para ir embora. Ficou feliz quando Sara decidiu ficar na clínica. Tremendo pelo esforço de manter o Titereiro dentro de si, saiu pela noite.

Santa Teresa, como o Bairro dos Curingas, ficava acordada à noite, ainda vibrante com a vida noturna. O Rio parecia nunca dormir. Ele pôde olhar para a cidade lá embaixo e enxergar uma enxurrada de luzes fluindo nas vielas entre as montanhas escarpadas e esparramando-se encostas acima. Era uma visão que fazia qualquer um parar por um instante e refletir sobre as pequenas belezas que, involuntariamente, uma humanidade dispersa criou.

Gregg mal percebia. A força fustigante dentro dele o conduzia. *Mário. Sinta-o. Encontre-o.*

O curinga que havia trazido o ferido Mário falava um pouco de inglês. Gregg ouviu por acaso a história que ele contou a Tachyon. Mário estava louco, ele disse. Desde que Clara fora gentil com ele, ele a incomodava. O marido de Clara, João, disse a Mário para se afastar, disse que ele era um bosta de um curinga. Disse que mataria Mário se ele não deixasse Clara em paz. Mário pareceu não se importar. Continuou a perseguir Clara, assustando-a. Então, João o esfaqueou.

Gregg ofereceu-se para fazer um curativo em Mário depois de Tachyon tê-lo costurado, sentindo o Titereiro queixando-se dentro dele. Tocou o odioso Mário, deixou a força abrir sua mente para sentir o fervilhar intenso de emoções. Soube de imediato — seria ele.

Conseguia sentir as emanações da mente aberta nos limites do seu alcance, talvez a uns oitocentos metros. Ele se movia através de ruas estreitas, serpenteantes, ainda vestido com as roupas do hospital. Algo de sua intensidade deve ter se revelado, pois ele não estava aborrecido. Em algum momento, uma multidão de crianças o cercou, puxando-o pelos bolsos, mas ele não olhou para elas, e elas foram embora em silêncio, dispersando-se pela escuridão. Ele continuou, cada vez mais perto de Mário, até que viu o curinga.

Mário estava em pé diante de um prédio decadente de três andares, observando uma janela no segundo andar. Gregg sentiu a fúria negra, pulsante, e sabia que João estava lá. Os sentimentos de Mário por João eram simples, bestiais; os que sentia por Clara eram mais complexos — um respeito cambiante, metálico; uma afeição azul-celeste entrelaçada por veios de desejo reprimido. Com sua pele farpada, Mário provavelmente nunca teve um amor consensual, Gregg sabia, mas conseguia sentir as fantasias na mente do curinga. *Agora, por favor.* Gregg deu um suspiro trêmulo. Abriu a guarda. O Titereiro gargalhou.

Ele acariciou a superfície da mente de Mário de forma possessiva, murmurando suavemente para si mesmo. Removeu as poucas restrições que uma sociedade negligente e a Igreja impuseram a Mário. *Isso, sinta o ódio,* ele sussurrou para Mário. *Fique pleno dessa fúria reverente. Ele a afasta de você. Ele o insultou. Ele o machucou. Deixe a fúria vir, deixe-a cegá-lo até não ver nada além do seu calor abrasante.* Mário caminhava pela rua sem cessar, os braços agitando-se como se estivesse num debate interior. Gregg observou o Titereiro aumentar a frustração, a dor, a raiva, até Mário soltar um grito rouco e correr para dentro do prédio. Gregg fechou os olhos, recostando-se numa parede obscura. O Titereiro correu com Mário, sem ver com os olhos do curinga, mas *sentindo* com ele. Ouviu gritos em português furioso, o rachar de madeira e, de repente, a fúria irrompeu maior do que antes.

Naquele momento, o Titereiro estava se alimentando, tirando o sustento das emoções desenfreadas. Mário e João estavam lutando, porque ele podia sentir bem nas profundezas uma sensação de dor. Ele abafou a dor para que Mário não a percebesse. Os gritos de uma mulher agora acompanhavam o tumulto e, a partir das reviravoltas na mente de Mário, Gregg soube que Clara também estava lá. O Titereiro aumentou a raiva de Mário até seu brilho o cegar. Sabia que Mário não conseguiria sentir mais nada. A mulher gritou mais alto, houve um baque abafado distinto, audível até mesmo na rua lá embaixo. Gregg ouviu o som de vidro se quebrando e um lamento: abriu os olhos para ver um corpo bater no capô de um carro e tombar na rua. O corpo ficou curvado num ângulo obsceno, a espinha quebrada. Da janela, Mário olhava para baixo.

Sim, foi bom. Foi saboroso. Isto será gostoso também.

O Titereiro fez a raiva ceder aos poucos, enquanto Mário desaparecia dentro do apartamento. Agora divertia-se com os sentimentos por Clara. Diluiu o respeito obrigatório, deixou a afeição se turvar. *Você precisa dela. Sempre a quis. Olhava para aqueles seios escondidos enquanto ela passava e imaginava como seriam, sedosos e quentes. Imaginava o lugar escondido entre as suas pernas, como seria o gosto, como seria o toque. Sabia que seria quente, melado de desejo. Você se masturbava à noite e pensava nela se retorcendo sob você, gemendo enquanto a penetrava.*

Naquele instante, o Titereiro ficou sarcástico, zombeteiro, modificando a paixão com o resíduo do ódio de Mário. *E você sabia que ela nunca iria te querer, não com a sua aparência, não como o curinga com espinhos farpados. Não. O corpo dela nunca poderia ser seu. Ela riu de você, fez piadas grosseiras. Quando João a possuía, ele ria e falava "Nunca seria o Mário; o Mário nunca vai tirar esse prazer de mim".*

Clara gritou. Gregg ouviu roupas se rasgando e sentiu o desejo incontrolável de Mário. Conseguia imaginar a cena. Conseguia imaginá-lo avançando sobre ela com brutalidade, sem se importar que seus espinhos sulcassem a pele desprotegida dela, buscando apenas alívio e a vingança imaginada no estupro violento, agonizante.

Basta, ele pensou em silêncio. *Pare com isso, já chega.* Mas o Titereiro apenas gargalhava, ficando com Mário até o orgasmo lançar sua mente para dentro do caos. Então o Titereiro, saciado, recuou. Riu, hilariante, deixando as emoções de Mário se normalizarem, deixando o curinga observar, horrorizado, o que tinha feito.

Ainda gritos vindo do prédio, e Gregg ouviu sirenes à distância. Abriu os olhos — arfando, piscando — e correu.

Dentro dele, o Titereiro recolheu-se para o seu lugar de costume e, silenciosamente, deixou que Gregg erguesse as barreiras ao redor dele. Satisfeito, adormeceu.

Sexta-feira, 26 de dezembro de 1986, Síria:

Misha sentou-se ereta como uma tábua, encharcada de suor com o sonho. Era evidente que gritara de medo, pois Sayyid se esforçava para sentar-se na própria cama.

— *Wallah*, mulher! Que é isso? — Sayyid fora talhado no molde heroico, três metros de altura e musculoso como um deus. Em repouso, era inspirador: um gigante egípcio, moreno, um mito vivo. Sayyid era a arma nas mãos de Nur al-Allah, e os terroristas como al-Muezzin eram as lâminas ocultas. Quando Sayyid levantava-se ante os fiéis, erguendo-se sobre todos, conseguiam ver no general de Nur al-Allah o símbolo visível da proteção de Alá.

Na mente arguta de Sayyid havia as estratégias que derrotaram as tropas israelenses mais bem armadas e equipadas nas Colinas de Golã, quando o mundo pensara que Nur al-Allah e seus seguidores estavam irremediavelmente em menor número. Tinha orquestrado a revolta em Damasco, quando o governante Partido Ba'th, de al-Assad, tentou afastar-se das leis corânicas, ao permitir que a seita de Nur forjasse uma aliança com as seitas sunitas e alauitas. Aconselhou com astúcia Nur al-Allah a enviar os fiéis para Beirute quando os líderes dos cristãos drusos ameaçaram derrubar o imperante partido islâmico. Quando a Mãe do Enxame enviara sua prole mortal para a Terra no ano anterior, foi Sayyid que protegeu Nur al-Allah e os fiéis. Na sua mente estava a vitória. Para o *jihad*, Alá dera a Sayyid a *hikma*, a sabedoria divina.

Era um segredo bem guardado que a aparência heroica de Sayyid também era uma maldição. Nur al-Allah decretou que os curingas eram pecadores, marcados por Deus. Tinham se desviado da charia, o caminho verdadeiro. Eram destinados a ser escravos dos fiéis verdadeiros no melhor dos casos; no pior, eram exterminados. Não teria sido prudente para ninguém saber que o brilhante estrategista de Nur al-Allah era quase um aleijado, que os músculos poderosos e torneados de Sayyid mal conseguiam suportar o peso esmagador do seu corpo. Embora seu peso tenha dobrado, sua massa aumentou quase quatro vezes.

Sayyid sempre estava cuidadosamente posicionado. Movia-se lentamente, quando se movia. Se precisasse percorrer qualquer distância, seguia a cavalo.

Homens que tinham visto Sayyid nos banhos públicos sussurravam que ele era heroicamente proporcional em todos os lugares. Somente Misha sabia que sua masculinidade era tão aleijada quanto o restante dele. Pelo defeito em sua aparência, Sayyid podia culpar apenas a Alá, e ele não ousava. Por sua incapacidade de ficar em pé mais do que alguns minutos, culpava Misha. À noite, com frequência, o corpo dela carregava as escoriações púrpura de seus punhos pesados. Mas ao menos as surras eram rápidas. Havia momentos em que ela pensava que seu peso terrível, sufocante, nunca sairia de cima dela.

— Não é nada — ela sussurrou. — Um sonho. Não quis te acordar.

Sayyid esfregou os olhos, encarando a mulher ainda zonzo. Ele conseguiu ficar sentado, ofegante com o esforço.

— Uma visão. Nur al-Allah disse…

— Meu *irmão* precisa do seu sono, assim como o seu general. Por favor.

— Por que você sempre precisa se opor a mim, mulher? — Sayyid franziu o cenho, e Misha soube que ele se lembrou de seu mais recente constrangimento, quando, frustrado, ele a espancou, como se pudesse encontrar alívio na dor da mulher. — Me diga — ele insistiu. — Preciso saber se é algo para dizer ao profeta.

Eu sou Kahina, ela queria dizer. *Sou aquela que recebeu o dom de Alá. Por que você seria aquele a decidir acordar ou não Najib? A visão não foi sua.* Mas ela reteve as palavras, sabendo que elas trariam ainda mais dor.

— Foi confuso — ela lhe disse. — Vi um homem, um russo pela forma que se vestia, que entregava muitos presentes a Nur al-Allah. Então o russo desapareceu, e outro homem, um americano, veio com mais presentes e deixou aos pés do profeta. — Misha lambeu os lábios secos, lembrando-se do pânico do sonho. — Então, não havia mais nada além de uma sensação de perigo terrível. Havia fios finos amarrados aos seus dedos longos, e de cada fio pendia uma pessoa. Uma de suas criaturas avançou com um presente. O presente era para mim, e ainda assim eu tive medo, temendo abrir o pacote. Eu o rasguei e dentro dele... — Ela estremeceu. — Eu... eu vi apenas a mim mesma. Sei que havia mais no sonho, mas acordei. Mesmo assim, eu sei, *sei* que o portador do presente está vindo. Logo estará aqui.

— Um americano? — Sayyid perguntou.

— Sim.

— Então já sei. Você sonha com o avião carregando infiéis do Ocidente. O profeta estará pronto para eles: um mês, talvez mais.

Misha assentiu com a cabeça, fingindo estar mais calma, embora o terror do sonho permanecesse dentro dela. *Ele estava vindo, e ele oferecia o presente e sorria.*

— Direi a Nur al-Allah pela manhã — disse ela. — Desculpe por atrapalhar o seu sono.

— Quero falar de mais coisa — Sayyid retrucou.

Ela sabia.

— Por favor. Nós dois estamos cansados.

— Estou totalmente acordado agora.

— Sayyid, eu não queria desapontá-lo de novo...

Ela esperava que aquelas palavras encerrassem o assunto, ainda que soubesse que não encerrariam. Sayyid levantou-se gemendo. Ele não disse nada, nunca dizia. Arrastou-se pelo quarto, respirando alto com o esforço. Ela conseguia ver o imenso volume ao lado de sua cama, uma sombra mais escura contra a noite.

Ele mais se jogou do que se abaixou sobre ela.

— Desta vez — ele arfou. — Desta vez.

Não foi daquela vez. Misha não precisava ser Kahina para saber que nunca seria.

Do diário de Xavier Desmond

29 de dezembro de 1986, Buenos Aires:

Não chore por Jack, Argentina...

A ruína de Evita voltou a Buenos Aires. Quando o musical estreou na Broadway pela primeira vez, imaginei o que Jack Braun deve ter pensado dos Quatro Ases ao ouvir a música de Lupone. Agora essa questão fica ainda mais pungente. Braun ficou muito calmo, quase estoico, diante de sua recepção aqui, mas o que deve estar sentindo por dentro?

Perón está morto, Evita ainda mais morta, até mesmo Isabel é apenas lembrança, mas os peronistas ainda são parte forte da cena política argentina. Eles não esqueceram. Em todos os lugares, cartazes insultam Braun e convidam-no a voltar para os Estados Unidos. Ele é o *gringo* supremo (eles usam essa palavra na Argentina?, me pergunto eu), o americano feio mas incrivelmente poderoso que veio à Argentina sem ser convidado e derrubou um governo soberano porque desaprovava sua política. Os Estados Unidos vêm fazendo esse tipo de coisa desde que a América Latina existe, e não tenho dúvida de que esses mesmos ressentimentos envenenam muitos outros lugares. Os Estados Unidos e mesmo os temidos "ases secretos" da CIA são, no entanto, conceitos abstratos, não têm rosto e são difíceis de entender — Golden Boy é de carne e osso, muito real e muito visível, e está *aqui*.

Alguém dentro do hotel vazou quais seriam os nossos quartos, e quando Jack saiu na sacada do seu no primeiro dia, recebeu um banho de estrume e frutas podres. Tem ficado aqui dentro desde então, exceto pelos compromissos oficiais, mas mesmo no hotel ele não está seguro. Na noite passada, enquanto estávamos em uma fila de cumprimentos na Casa Rosada, a esposa de um funcionário sindical — mulher jovem e bonita, o rosto moreno e pequeno envolto por volumes de cabelos pretos lustrosos — deu um passo na direção dele com um sorriso doce, olhou bem em seus olhos e cuspiu-lhe no rosto.

Isso causou uma agitação e tanto, e os senadores Hartmann e Lyons apresentaram algum tipo de protesto, creio eu. Braun ficou notavelmente contido, quase galante. Digger o perseguiu implacavelmente após a recepção; ele estava telegrafando uma atualização sobre o incidente para a *Ases* e queria uma declaração. Braun finalmente lhe deu alguma coisa: "Fiz coisas das quais não me orgulho", ele disse, "mas me livrar de Juan Perón não é uma delas."

"Sim, sim", ouvi Digger dizer a ele, "mas como se sentiu quando ela cuspiu em você?"

Jack apenas olhou com indignação. "Não bato em mulheres", ele disse. Então afastou-se e foi se sentar.

Downs virou-se para mim quando Braun saiu. "Não bato em mulheres", ele repetiu em uma imitação cantada da voz do Golden Boy, em seguida, acrescentou: "Que fracote...".

O mundo está a postos para enxergar covardia e traição em qualquer coisa que Jack Braun diga ou faça, mas a verdade, eu suspeito, é mais complexa. Pela sua aparência juvenil, às vezes é difícil lembrar quantos anos o Golden Boy realmente tem — seus anos de formação foram durante a Depressão e a Segunda Guerra Mundial, e ele cresceu ouvindo a NBC Blue Network, não vendo a MTV. Não é de se surpreender que alguns de seus valores pareçam estranhamente obsoletos.

Em muitos aspectos, o Judas dos Ases parece quase um inocente, um pouco perdido em um mundo que ficou complicado demais para ele. Acho que está mais incomodado do que admite com sua recepção aqui na Argentina. Braun é o último representante de um sonho perdido que floresceu por um instante na esteira da Segunda Guerra Mundial e pereceu na Coreia, nas audiências do Comitê da Câmara sobre Atividades Antiamericanas e na Guerra Fria. Eles pensaram que podiam transformar o mundo, Archibald Holmes e seus Quatro Ases. Não tinham dúvida, não mais do que seu país. O poder existia para ser usado, e eles tinham uma confiança suprema na capacidade de distinguir os mocinhos dos bandidos. Seus ideais democráticos e a pureza reluzente de suas intenções eram toda a justificativa de que precisavam. Para aqueles poucos ases do início, deve ter sido uma era de ouro, e nada mais apropriado que um *homem dourado* estivesse na sua essência.

Eras de ouro dão lugar a eras de escuridão, como qualquer estudante de história bem sabe, e como todos nós estamos descobrindo agora.

Braun e seus colegas podiam fazer coisas que ninguém mais tinha feito — podiam voar e erguer tanques e absorver a mente e as lembranças de um homem, e assim compraram a ilusão de que podiam fazer uma diferença verdadeira em escala global. Quando essa ilusão se dissolveu aos seus pés, a queda foi muito, muito grande. Desde então, nenhum outro ás ousou sonhar tão alto.

Mesmo em face da prisão, do desespero, da insanidade, da miséria e da morte, os Quatro Ases tinham triunfos aos quais se apegar, e a Argentina talvez fosse o mais brilhante desses triunfos. Que amargo retorno deve ser para Jack Braun.

Como se não fosse o bastante, nossa correspondência nos alcançou pouco antes de deixarmos o Brasil, e o malote incluía uma dúzia de exemplares da nova edição da *Ases* com a reportagem especial prometida por Digger. A capa traz Jack Braun e Mordecai Jones de perfil, os dois se encarando furiosos (Tudo habilmente montado, claro. Não acredito que os dois tenham se encontrado antes de todos nos reunirmos em Tomlin) sobre os dizeres: "O homem mais forte do mundo".

O artigo em si é um amplo debate sobre os dois homens e suas carreiras públicas, avivado por várias histórias sobre suas façanhas de força e muita especulação sobre qual dos dois, de fato, seria o homem mais forte do mundo.

Os dois personagens parecem envergonhados com a reportagem, Braun talvez ainda mais. Nenhum dos dois quer falar sobre o assunto, e certamente não parecem dispostos a esclarecer a questão tão logo. Entendo que houve discussão considerável e até mesmo apostas na seção de imprensa, desde que o artigo de Digger fora publicado (dessa vez, Digger parece ter causado impacto em seus colegas jornalistas), mas as apostas provavelmente permanecerão em aberto por muito tempo.

Eu disse a Downs que a história era espúria e ofensiva assim que a li. Ele pareceu surpreso. "Não entendo" ele me disse. "Qual é *sua* queixa?"

Minha queixa, conforme expliquei para ele, era simples. Braun e Jones dificilmente são as únicas pessoas a manifestar força sobre-humana desde o advento do carta selvagem; de fato, aquele poder em particular é bastante comum, vindo logo depois da telecinésia e da telepatia na tabela de incidências de Tachyon. Tem algo a ver com maximizar a força contrátil dos músculos, creio eu. Meu ponto é que vários curingas proeminentes mostram força aumentada também — apenas de cabeça, citei Elmo (o leão de chácara anão do Crystal Palace), Ernie do Ernie's Bar & Grill, o Estranheza, o Quasiman… e, de forma mais notável, Howard Mueller. A força do Troll talvez não seja igual às do Golden Boy e do Martelo do Harlem, mas certamente se aproxima. Nenhum desses curingas foi sequer mencionado de passagem na história de Digger, embora os nomes de uma dúzia de outros ases superfortes tenham aparecido aqui e ali. Por que isso? Queria saber.

Infelizmente, não posso dizer que causei uma boa impressão. Quando me expliquei, Downs simplesmente revirou os olhos e disse: "Vocês são *sensíveis* demais". Ele tentou ser condescendente ao me dizer que, se essa história fosse um sucesso, talvez escrevesse uma sequência sobre o *curinga* mais forte do mundo, e não conseguia compreender por que aquela "concessão" me deixou ainda mais furioso. E eles se perguntam por que nós somos sensíveis…

Howard achou a discussão toda muitíssimo divertida. Às vezes eu me espanto com ele.

De fato, meu acesso de mágoa não foi nada se comparado à reação que a revista causou em Billy Ray, nosso chefe de segurança. Ray foi um dos outros ases mencionados no artigo, sua força desprezada como não sendo de "primeira linha". Depois disso, foi possível ouvi-lo em todo o avião sugerindo que talvez Downs quisesse ir lá fora com ele para ver como ele era de segunda linha. Digger declinou da oferta. Pelo sorriso no rosto deste, duvido que Carnifex terá alguma publicidade positiva na *Ases* nos próximos tempos.

Desde então, Ray tem resmungado sobre a história a qualquer um que queira ouvir. O xis do argumento dele é que força não é nada; ele pode não ser tão forte quanto Braun ou Jones, mas é forte o bastante para enfrentar qualquer um deles em uma briga, e ele apostaria uma boa grana em si mesmo.

Pessoalmente, tive certa satisfação perversa com essa tempestade em copo d'água. A ironia é que eles estão brigando sobre quem tem o maior do que é, no fundo, um poder menor. Isso me faz lembrar que houve um tipo de manifestação no início dos anos 1970, quando o encouraçado *New Jersey* estava sendo reequipado no Centro de Suprimentos Navais de Bayonne, em Nova Jersey. O Tartaruga ergueu o navio com sua telecinésia, levantou-o muitos metros da água, e segurou-o no ar por quase meio minuto. Braun e Jones erguem tanques e atiram automóveis por aí, mas nenhum deles poderia, nem de longe, aproximar-se do que Tartaruga fez naquele dia.

A simples verdade é que a força contrátil da musculatura humana pode ser aumentada apenas até aí. São os limites físicos. O Dr. Tachyon diz que pode também haver limites ao que a mente humana pode realizar, mas até então eles não foram alcançados.

Se o Tartaruga for de fato um curinga, como muitos acreditam, eu consideraria essa ironia especialmente gratificante.

Suponho que sou, no fundo, tão pequeno quanto qualquer ser humano.

O matiz do ódio

Parte Quatro

Quinta-feira, 1º de janeiro de 1987, África do Sul:

A noite estava fria. Além da ampla varanda do hotel, a paisagem acidentada da bacia de Bushveld parecia idílica. A última luz do dia cingia as colinas relvadas de lavanda e laranja escuro; no vale, as águas amarronzadas e morosas do rio Olifants eram tocadas pelo dourado. Entre o grupo de acácias que margeava o rio, os macacos acomodavam-se para dormir, às vezes gritando.

Sara olhou para aquilo e sentiu náusea. Era tão terrivelmente bonito, e ocultava algo tão doentio.

Houve problemas até para manter a delegação reunida no país. A planejada celebração de Ano-Novo foi arruinada pelo jet lag e a briga para entrar na África do Sul. Quando o Padre Lula, Xavier Desmond e o Troll tentaram comer com os outros em Pretória, o maître recusou-se a acomodá-los, apontando para uma placa em inglês e africâner: EXCLUSIVO PARA BRANCOS.

— Não servimos negros, pessoas de cor ou curingas — ele insistiu.

Hartmann, Tachyon e vários dos outros membros de primeiro escalão da delegação protestaram imediatamente com o governo de Botha; chegaram a um acordo. A delegação poderia andar livremente em um pequeno hotel na Reserva Animal de Loskop; isolados, poderiam se misturar como quisessem. Deixaram claro para o governo que também achavam aquela ideia detestável.

Quando finalmente espocaram as rolhas de champanhe, a bebida deixou um gosto amargo na boca.

O grupo passou a tarde em um vilarejo caindo aos pedaços, na verdade, pouco mais que uma favela. Lá viram pessoalmente a espada de dois gumes do preconceito: o novo apartheid. No passado, a briga tinha dois lados, os africâneres e os ingleses contra os negros, mestiços e asiáticos. Agora, os curingas eram os novos *uitlanders*, os forasteiros, e tanto brancos quanto negros os insultavam. Tachyon observava a imundície e a pobreza deste novo bairro de curingas, e Sara viu seu rosto nobre e esculpido empalidecer de raiva; Gregg parecia mal-humorado. A delegação inteira voltara-se contra os funcionários públicos do Partido Nacional que a acompanhava desde Pretória e começou a criticar as condições dali.

Os funcionários recitaram a abordagem aprovada. Por isso temos a Lei de Proibição de Casamentos Mistos, eles disseram, explicitamente ignorando os curingas do grupo. Sem a separação estrita das raças, produziremos apenas *mais* curingas, *mais* pessoas de cor, e temos certeza de que nenhum de vocês quer isso. Por isso existe uma Lei de Imoralidade, uma Lei de Proibição de Interferência Política. Deixem que façamos as coisas do nosso jeito, e cuidaremos dos nossos próprios problemas. As condições são ruins, claro, mas estão melhorando. Vocês foram conduzidos pelo Congresso Nacional de Curingas e Africanos. O CNCA é ilegal, seu líder, Mandela, não passa de um fanático, um agitador. O CNCA levou vocês aos piores acampamentos que puderam encontrar — se o doutor, os senadores e seus colegas tivessem seguido *nosso* itinerário, teriam visto o outro lado da moeda.

De mais a mais, o ano começou infernal!

Sara pôs um pé sobre o gradil, abaixou a cabeça até apoiá-la nas mãos, e olhou para o pôr do sol. *Em todo lugar. Ali era possível ver os problemas de forma muito fácil, mas não é realmente diferente. É horrível em todos os lugares sempre que se olha além da superfície.*

Ela ouviu passos, mas não se virou. O gradil estremeceu quando alguém chegou perto dela.

— Irônico como esse país pode ser belo, não é? — A voz era de Gregg.

— Era exatamente o que eu estava pensando — Sara respondeu. Ela olhou para ele e seus olhos encaravam as montanhas. A única outra pessoa na varanda era Billy Ray, reclinado contra o gradil a uma distância discreta.

— Há momentos em que desejo que o vírus tivesse sido mais mortal, que simplesmente nos varresse do planeta e começasse de novo — disse Gregg. — Aquela cidadezinha hoje… — Ele balançou a cabeça. — Li a transcrição do seu telefonema. Trouxe tudo de volta. Comecei a me enfurecer novamente. Você tem um dom de fazer as pessoas reagirem àquilo que você sente, Sara. Você fará mais a longo prazo do que eu. Talvez possa fazer algo para impedir o preconceito; aqui, e com pessoas como Leo Barnett, nos Estados Unidos.

— Obrigada.

A mão dele estava próxima da dela. Ela a tocou suavemente com a sua; os dedos dele prenderam os dela e não os soltaram. As emoções do dia, da viagem inteira, ameaçavam subjugá-la; os olhos dela ficaram rasos d'água.

— Gregg — disse ela, muito suavemente. — Não tenho certeza de gostar do que estou sentindo.

— Sobre hoje? Sobre os curingas?

Ela deu um suspiro. O sol que perdia força aquecia seu rosto.

— Sim, é isso. — Ela fez uma pausa, se questionando se devia falar mais. — E sobre você também — ela acrescentou, por fim.

Ele não disse nada. Esperou, segurando a mão dela e observando o cair da noite.

— Tudo mudou tão rápido, a maneira que eu via você — Sara continuou depois de um tempo. — Quando eu pensei que você e Andrea... — Ela fez uma pausa, a respiração trêmula. — Você se importa, fica comovido quando vê o jeito que as pessoas são tratadas. Meu Deus, eu detestava você. Via tudo que o senador Hartmann fazia de um jeito deturpado. Via você como falso e vazio de compaixão. Agora que passou, e eu vejo sua expressão quando você fala sobre os curingas e o que temos que fazer para mudar as coisas, e...

Ela o virou para que ficassem cara a cara. Ergueu os olhos, sem se importar que ele visse que tinha chorado.

— Não estou acostumada a esconder as coisas. Gosto quando tudo fica às claras, então me perdoe se isso é algo que eu não deveria dizer. No que diz respeito a você, acho que estou muito vulnerável, Gregg, e estou com medo disso.

— Não tenho a intenção de machucá-la, Sara. — Ele levou as mãos ao rosto dela, e, com suavidade, secou os cantos úmidos de seus olhos.

— Então me diga para onde estamos indo, você e eu. Preciso saber quais são as regras.

— Eu... — Ele parou. Sara, observando o rosto dele, viu um conflito interno. Ele abaixou a cabeça; ela sentiu o hálito morno e doce dele no seu rosto. A mão dele envolveu seu queixo. Ela deixou que ele erguesse seu rosto, e seus olhos se fecharam.

O beijo foi suave e muito delicado. Frágil. Sara virou o rosto, e ele a puxou para si, pressionando o corpo dela no dele.

— Ellen... — Sara começou.

— Ela sabe — Gregg sussurrou. Os dedos dele acariciaram seus cabelos. — Eu disse para ela. Ela não se importa.

— Não queria que isso acontecesse.

— Aconteceu. Tudo bem — ele falou.

Ela se afastou dele e ficou feliz quando ele simplesmente a soltou.

— Então, o que faremos sobre isso?

O sol escondeu-se por trás das montanhas. Gregg era apenas uma sombra, ela mal via suas feições.

— A decisão é sua, Sara. Ellen e eu sempre ocupamos uma suíte dupla; uso o segundo quarto como escritório. Vou para lá agora. Se quiser, Billy leva você até lá. Pode confiar, não importa o que digam sobre ele. O homem sabe como ser discreto.

Por um momento, a mão dele acariciou o rosto dela. Então ele se virou, afastando-se rapidamente. Sara observou-o conversar rapidamente com Ray, e então ele atravessou as portas para o saguão do hotel. Ray permaneceu do lado de fora.

Sara esperou a escuridão instalar-se completamente sobre o vale, e o ar começar a esfriar o calor do dia. Ela sabia que já havia tomado a decisão, mas não estava certa se queria levá-la adiante. Esperou, aguardando por algum sinal da noite africana. Então, foi até Ray. Seus olhos verdes, perturbadoramente desalinhados em um rosto estranhamente assimétrico, pareciam olhá-la de forma avaliativa.

— Eu gostaria de subir — disse ela.

Do diário de Xavier Desmond

16 de janeiro, Adis Abeba, Etiópia:

Um dia difícil num país devastado. Os representantes da Cruz Vermelha local levaram alguns de nós para ver alguns dos esforços para o alívio da fome. Claro que todos estávamos cientes da seca e da fome muito antes de chegarmos aqui, mas ver pela televisão é uma coisa, e estar aqui, no meio dessa situação, é muito diferente.

Um dia como este me deixa extremamente ciente das minhas próprias falhas e deficiências. Desde que o câncer se apoderou de mim, perdi uma boa quantidade de peso (alguns amigos inocentes comentaram como minha aparência está boa), mas caminhar entre essas pessoas me deixa muito envergonhado pela pequena pança que resta. Eles *morrem de fome* diante dos meus olhos, enquanto nosso avião aguarda para nos levar de volta a Adis Abeba... para o nosso hotel, outra recepção, e sem dúvida uma refeição *gourmet* etíope. A culpa era esmagadora, bem como a sensação de impotência.

Acredito que todos sentimos isso. Não consigo conceber como Hiram Worchester pode ter se sentido. Para mérito dele, pareceu atordoado enquanto se movia entre as vítimas, e em algum momento estava tremendo tanto que precisou se sentar à sombra por um momento. O suor brotava dele. Mas ele se levantou depois disso, o rosto pálido e sério, e usou seu poder de gravidade para ajudá-los a descarregar as provisões de ajuda que havíamos trazido conosco.

Tantas pessoas contribuíram tanto e trabalharam tão duro para a ação de ajuda, mas aqui parece um esforço vão. As únicas realidades nos campos de ajuda humanitária são os corpos esqueléticos com suas barrigas extremamente inchadas, os olhos mortiços das crianças e o calor infinito transbordando sobre esta paisagem queimada, ressequida.

Partes deste dia permanecerão na minha memória por muito tempo — ou ao menos pelo tempo que ainda me resta. Padre Lula concedeu a extrema-unção a uma mulher à beira da morte que tinha uma cruz cóptica no pescoço. Peregrina e seu câmera gravaram boa parte da cena para o documentário, mas, depois de um breve período, ela não aguentou e voltou ao avião para nos aguardar. Ouvi que ficou tão enjoada que vomitou o café da manhã.

E havia uma jovem mãe certamente com não mais que 17 ou 18 anos, tão esquálida que era possível contar cada costela, os olhos de uma pessoa incrivelmente mais velha. Segurava seu bebê no peito murcho, vazio. A criança já estava morta tempo suficiente para começar a cheirar mal, mas ela não deixava que a tirassem dela. O Dr. Tachyon assumiu o controle da mente dela e a manteve calma, tirando gentilmente o cadáver da criança de seus braços e levando-o para longe. Ele entregou o corpo a um dos assistentes humanitários e, em seguida, sentou-se no chão e começou a chorar, o corpo tremendo a cada soluço.

Mistral também terminou o dia aos prantos. A caminho do campo de refugiados, ela se vestiu com sua roupa de voo branca e azul. A garota é jovem, uma ás, e poderosa; sem dúvida achou que poderia ajudar. Quando chamou os ventos para si, a imensa capa que vestia presa ao punho e ao tornozelo a soergueu como um paraquedas e levou-a para o céu. Mesmo a estranheza dos curingas que caminhavam entre eles não despertou muito interesse aos olhos ensimesmados dos refugiados, mas, quando Mistral alçou voo, a maioria deles — não todos, mas a maioria — virou-se para assistir, e seu olhar seguiu-a na direção do azul alto e quente, até que finalmente imergiram mais uma vez na letargia do desespero. Acho que Mistral sonhou que de alguma forma seus poderes de vento pudessem reunir nuvens e fazer com que a chuva trouxesse a cura para aquela terra. E como foi bonito, orgulhoso esse sonho...

Ela voou por quase duas horas, às vezes tão alto e tão longe que desaparecia de vista, mas, apesar de todos os seus poderes de ás, tudo que ela conseguiu erguer foi uma poeira dos demônios. Quando por fim desistiu, estava exausta, o rosto jovem e doce sujo de poeira e areia, os olhos vermelhos e inchados.

Pouco antes de irmos embora, uma atrocidade ressaltou a profundidade do desespero ali. Um jovem alto com cicatrizes de acne no rosto atacou um colega refugiado — enlouqueceu, arrancando o olho de uma mulher, e comeu-o enquanto as pessoas assistiam sem compreender. Ironicamente, tínhamos encontrado o garoto assim que chegamos — ele passara um ano em uma escola cristã e falava algumas palavras de inglês. Parecia mais forte e mais saudável do que a maioria dos outros que vimos. Quando Mistral voou, ele se ergueu e gritou para ela. "Jetboy!", ele disse em uma voz muito límpida, forte. O Padre Lula e o senador Hartmann tentaram falar com ele, mas o inglês dele limitava-se a alguns substantivos, inclusive "chocolate", "televisão" e "Jesus Cristo". Ainda assim, o garoto era mais vivo do que a maioria — seus olhos arregalaram-se para o Padre Lula, e ele estendeu a mão e tocou os tentáculos faciais daquele com admiração, e de fato sorriu quando o senador deu tapinhas em seu ombro e lhe disse que estávamos aqui para ajudar, embora não ache que ele tenha entendido uma palavra. Todos ficamos chocados quando o vimos sendo carregado para longe, ainda gritando, as esqueléticas bochechas marrons cobertas de sangue.

Em todos os sentidos, um dia terrível. Naquela noite, de volta a Adis Abeba, nosso motorista nos levou pelas docas, onde estava o carregamento de ajuda humanitária com a altura de dois andares em alguns pontos. Hartmann sentiu uma ira extrema. Se havia alguém que podia fazer esse governo criminoso tomar uma atitude e alimentar seu povo faminto, esse alguém era ele. Rezo por ele, ou rezaria, se acreditasse em um deus... mas que tipo de deus permitiria as obscenidades que vimos nesta viagem...

A África é um lugar tão belo como qualquer outro na face da terra. Eu deveria escrever sobre todas as belezas que vimos neste mês que passou. Victoria Falls, as neves do Kilimanjaro, milhares de zebras movendo-se pelo mato alto como se o vento tivesse listras. Caminhei entre ruínas de orgulhosos reinos antigos, cujos nomes me são desconhecidos, segurei artefatos pigmeus na mão, vi o rosto de um bosquímano animar-se de curiosidade em vez de sentir horror quando me olhou pela primeira vez. Certa vez, durante uma visita a uma reserva animal, acordei cedo e, quando olhei pela janela na alvorada, vi que dois imensos elefantes africanos tinham vindo para perto do prédio, e Radha estava entre eles, nua à luz da manhã, enquanto eles a tocavam com suas trombas. Desviei o olhar, pois parecia, de alguma forma, um momento particular.

Beleza, sim, no país e em tantas pessoas, cujos rostos são cheios de ternura e compaixão.

Ainda assim, apesar de toda aquela beleza, a África me deprimiu e entristeceu de modo considerável, e eu ficarei feliz em ir embora. O campo foi apenas uma parte. Antes da Etiópia, vieram o Quênia e a África do Sul. É o período errado do ano para as Ações de Graças, mas as cenas que testemunhamos nessas poucas semanas que passaram me deixaram mais com desejo de agradecer do que em qualquer outro momento durante a celebração presunçosa de futebol e gulodice dos Estados Unidos em novembro. Mesmo os curingas tinham o que agradecer. Eu já sabia disso, mas a África deixou esse fato violentamente claro para mim.

A África do Sul foi uma maneira terrível de começar esta parte da viagem. Os mesmos ódios e preconceitos existem nos Estados Unidos, claro, mas, sejam quais forem as nossas falhas, ao menos somos civilizados o bastante para manter uma fachada de tolerância, fraternidade e igualdade segundo as leis. No passado, eu poderia ter chamado isso de mero sofisma, mas isso foi antes de eu experimentar a realidade da Cidade do Cabo e de Pretória, onde toda a feiura é escancarada e consagrada pelas leis, reforçada por uma mão de ferro, cuja luva de veludo ficou sem dúvida fina e gasta. Ao que parece, ao menos na África do Sul, o ódio é aberto, enquanto os Estados Unidos se escondem por trás de uma fachada hipócrita. Talvez, talvez... mas, se for assim, eu aceitarei a hipocrisia e agradecerei.

Acredito que foi a primeira lição da África, que existem lugares piores no mundo que o Bairro dos Curingas. A segunda foi que existem coisas piores do que a repressão, e o Quênia nos ensinou quais.

Como a maioria das outras nações da África Central e Oriental, o Quênia foi poupado do pior do carta selvagem. Alguns esporos teriam chegado a essas terras por difusão aérea, a maioria por meio de portos marítimos, chegando via cargas contaminadas em porões pouco esterilizados ou sem esterilização. Por um bom motivo, cargas com a palavra CUIDADO são observadas com grande desconfiança na maior parte do mundo, e muitos capitães tornaram-se adeptos de omitir seu último porto de parada quando este era a Cidade de Nova York.

Quando se vai para o interior, os casos de carta selvagem tornam-se quase inexistentes. Existem aqueles que dizem que o falecido Idi Amin era um tipo de ás-curinga insano, com tanta força como Troll ou o Martelo do Harlem, e a capacidade de se metamorfosear em leopardo, leão ou falcão. O próprio Amin dizia ser capaz de desmascarar seus inimigos telepaticamente, e os poucos inimigos que sobreviveram dizem que era um canibal que considerava a carne humana algo necessário para manter os seus poderes. Porém, tudo isso é material para rumores e propaganda, e se Amin era um curinga, um ás ou um maluco limpo pateticamente iludido, ele certamente está morto e, nesse canto do mundo, casos documentados do vírus carta selvagem são cada vez mais difíceis de encontrar.

DO DIÁRIO DE XAVIER DESMOND

Mas o Quênia e as nações circundantes têm um pesadelo viral próprio. Se o vírus carta selvagem aqui é uma quimera, a AIDS é uma epidemia. Enquanto o presidente recebia o senador Hartmann e a maioria do grupo, alguns de nós continuaram uma visita exaustiva a meia dúzia de clínicas no Quênia rural, seguindo de um vilarejo a outro de helicóptero. Deixaram conosco um helicóptero em más condições, e isso porque Tachyon insistiu. O governo teria preferido que passássemos nosso tempo palestrando na universidade, encontrando educadores e líderes políticos, passeando em reservas florestais e museus.

A maioria dos meus colegas delegados ficou um tanto feliz em obedecer. O carta selvagem tem quarenta anos, e nós nos acostumamos a ele, mas a AIDS é um novo terror no mundo, que começamos a entender há pouco. Nos Estados Unidos ainda se pensa que é uma doença de homossexuais, e confesso que me sinto culpado de pensar desse jeito também, mas aqui na África essa crença é uma mentira comprovada. Já existem mais vítimas da AIDS neste continente do que infectados pelo xenovírus takisiano desde sua liberação sobre Manhattan quarenta anos atrás.

E a AIDS, de alguma forma, parece um demônio mais cruel. O carta selvagem mata noventa por cento daqueles que o contraem, com frequência de formas terríveis e dolorosas, mas a distância entre noventa por cento e cem por cento não é insignificante se você está entre os dez que sobreviverão. É uma distância entre a vida e a morte, entre a esperança e o desespero. Alguns dizem que é melhor morrer do que viver como curinga, mas eu não sou um desses. Mesmo que minha vida não tenha sido sempre feliz, ainda tenho lembranças e conquistas das quais gosto e me orgulho. Sou feliz por ter sobrevivido e não quero morrer. Aceitei minha morte, mas não significa que para mim ela seja bem-vinda. Ainda tenho muitas coisas a fazer. Como Robert Tomlin, eu ainda não vi *Sonhos Dourados*. Nenhum de nós viu.

No Quênia, vimos vilas inteiras que estão morrendo. Vivos, sorrindo, falando, capazes de comer e defecar e fazendo amor, até mesmo bebês, vivos para todos os fins práticos — e, ainda assim, mortos. Aqueles que tiraram a Rainha Negra podem morrer na agonia de transformações inexplicáveis, mas existem medicamentos para a dor e, ao menos, morrem rapidamente. A AIDS é menos misericordiosa.

Temos muito em comum, os curingas e as vítimas da AIDS. Antes de eu deixar o Bairro dos Curingas, planejávamos um evento beneficente da LADC para arrecadar fundos, na Funhouse, no fim de maio — um grande acontecimento com o máximo de grandes nomes do entretenimento que pudéssemos contratar. Depois do Quênia, mandei um telegrama com instruções a Nova York para providenciar a divisão dos recursos arrecadados com um grupo adequado de vítimas da AIDS. Nós, párias, precisamos nos unir. Talvez eu ainda possa erguer algumas pontes necessárias antes que a minha própria Rainha Negra seja colocada no jogo.

Descendo o Nilo

Gail Gerstner-Miller

As tochas no templo queimavam devagar, continuamente, às vezes tremeluzindo quando alguém passava por elas. Seu brilho iluminava o rosto das pessoas reunidas em uma pequena antecâmara contígua ao saguão principal. Estavam todos presentes, aqueles que pareciam pessoas normais e os outros que eram extraordinários: a mulher-gato, o homem com cabeça de chacal, os alados, com pele de crocodilo e cabeça de pássaro.

Osíris, o que tudo vê, falou.

— A alada chegará.

— Ela é uma das nossas?

— Ela nos ajudará?

— Não diretamente — respondeu Osíris. — Mas dentro dela está aquele que terá o poder para fazer coisas grandiosas. Por ora, precisamos esperar.

— Já esperamos muito tempo — disse Anúbis, o chacal. — Um pouco mais não fará diferença.

Os outros murmuraram, concordando. Os deuses vivos recostaram-se para esperar com paciência.

O quarto no Winter Palace Hotel, de Luxor, estava abafado, e ainda era manhã. O ventilador de teto agitava o ar letárgico com vagar, e o suor corria em filetes, fazendo cócegas, pela caixa torácica e pelos seios de Peregrina, que estava deitada na cama, soerguida, observando Josh McCoy encaixar uma nova fita cassete em sua câmera. Ele olhou para ela e sorriu.

— É melhor irmos — disse ele.

Ela sorriu também, preguiçosa na cama, as asas movendo-se levemente, trazendo mais frescor para o quarto do que o ventilador em câmera lenta.

— Se você está dizendo. — Ela se ergueu, esticou-se com toda a flexibilidade e observou como McCoy a olhava. Caminhou até ele, desviando-se dele quando ele tentou segurá-la.

— Já não teve o bastante? — ela perguntou, provocativa, e tirou uma calça jeans da mala. Rebolou para conseguir vesti-la, agitando as asas para manter o equilíbrio. — A lavanderia do hotel deve ter lavado com água fervendo. — Ela respirou fundo e puxou o zíper teimoso. — Pronto.

— Mas você está ótima — disse McCoy. Ele envolveu-a por trás, e Peregrina estremeceu quando ele a beijou na nuca e acariciou os seios ainda sensíveis pela manhã de amor.

— Pensei que você tinha dito que precisávamos ir. — Ela se recostou nele. McCoy suspirou e afastou-se relutante.

— Precisamos. Precisamos encontrar os outros em… — Ele olhou para o relógio no pulso— … três minutos.

— Que droga — disse Peregrina, sorrindo com malícia. — Acho que seria possível me convencer a passar o dia todo na cama.

— O trabalho nos aguarda — disse McCoy, procurando suas roupas, enquanto Peregrina vestia uma camiseta regata. — E estou ansioso para ver se esses que se dizem deuses vivos realmente fazem tudo que alardeiam.

Ela o observou se vestir, admirando o corpo esguio, musculoso. Era loiro, estava em forma e atuava como documentarista e câmera, além de ser um amante maravilhoso.

— Pegou tudo? Não esqueça o chapéu. O sol é violento mesmo no inverno.

— Peguei tudo que preciso — disse Peregrina com um olhar de canto de olho. — Vamos.

McCoy virou o aviso de NÃO PERTURBE pendurado na maçaneta, então fechou e trancou a porta. O corredor do hotel estava silencioso e deserto. Tachyon deve ter ouvido seus passos abafados, porque esticou o pescoço pela porta entreaberta quando passaram diante do quarto dele.

— Bom dia, Tachy — disse Peregrina. — Josh, o Padre Lula, Hiram e eu vamos assistir à cerimônia da tarde no Templo dos Deuses Vivos. Quer vir conosco?

— Bom dia, minha querida — Tachyon, resplandecente numa camisola de brocado branco, balançou a cabeça para McCoy. — Não, obrigado. Verei tudo que preciso na reunião de hoje à noite. Está muito quente para se arriscar lá fora. — Tachyon olhou com atenção para ela. — Você está bem? Parece pálida.

— Acho que o calor também está me afetando — Peregrina respondeu. — Ele, a comida e a água. Ou melhor, os micróbios que vivem nelas.

— Não queremos que você fique doente — disse Tachyon com seriedade. — Entre aqui e deixe que te examine rapidamente. — Ele abanou o rosto. — Vamos descobrir o que está te incomodando, e assim terei algo de útil para fazer no meu dia.

— Estamos sem tempo agora. Os outros estão esperando por nós...

— Per — McCoy interrompeu, um olhar preocupado no rosto —, vai levar apenas alguns minutos. Eu desço e digo para Hiram e o Padre Lula que você está atrasada. — Ela hesitou, e ele acrescentou. — Por favor.

— Ah, está bem. — Ela sorriu para ele. — Vejo você lá embaixo.

McCoy assentiu com a cabeça e continuou pelo corredor, enquanto Peregrina seguia Tachyon para dentro da suíte bem decorada. A sala de estar era espaçosa e muito mais fresca que o quarto dividido por ela com McCoy. Claro, ela refletiu, eles haviam produzido muito calor naquela manhã.

— Uau — ela comentou, olhando ao redor pelo quarto decorado com opulência. — Devo ter pegado os aposentos dos serviçais.

— É mesmo uma coisa, não é? Eu gosto especialmente da cama. — Tachyon apontou para uma grande cama de dossel com rede branca que era visível através da porta aberta do quarto. — É preciso subir uns degraus para deitar nela.

— Que divertido!

De forma maliciosa, ele olhou para ela.

— Quer experimentar?

— Não, obrigada. Já fiz meu sexo matutino.

— Per — Tachyon reclamou num tom provocador —, não entendo por que você está atraída por aquele homem. — Ele tirou do armário sua maleta médica de couro vermelho. — Sente-se aqui — ele falou, indicando uma poltrona de veludo molhado — e abra a boca. Diga "aaaa".

— Aaaa — Peregrina repetiu, obediente, depois de se sentar. Tachyon examinou a garganta.

— Parece bem saudável. — Ele examinou rapidamente os ouvidos e verificou os olhos. — Parece tudo bem. Fale sobre os sintomas. — Ele retirou o estetoscópio da maleta. — Náusea, vômitos, tontura?

— Um pouco de náusea e vômito.

— Quando? Depois de comer?

— Não, na verdade. A qualquer momento.

— Você está enjoando todos os dias?

— Não. Talvez algumas vezes por semana.

— Huuummm. — Ele levantou a camiseta de Peregrina e encostou o estetoscópio no seio esquerdo dela. Ela deu um salto com o toque do aço frio na pele quente. — Desculpe… batidas cardíacas fortes e regulares. Desde quando está vomitando?

— Há alguns meses, acho. Desde que a excursão começou. Achei que era estresse.

Ele franziu a testa.

— Você está vomitando há uns meses e nem pensou em me consultar? Sou médico.

Ela se esquivou com desconforto.

— Tachy, você anda ocupado. Não quis te incomodar. Acho que é toda esta viagem, a comida, água diferente, padrões diversos de higiene.

— Deixe-me fazer o diagnóstico, por favor, minha jovem. Você está dormindo o bastante ou seu novo namorado está mantendo você acordada o tempo todo?

— Estou indo para a cama cedo toda noite — ela lhe garantiu.

— Tenho certeza — disse ele ironicamente. — Mas não foi o que eu perguntei. Você está dormindo o suficiente?

Peregrina enrubesceu.

— Claro que sim.

Tachyon guardou os equipamentos na maleta.

— Como está o seu ciclo menstrual? Problemas?

— Não menstruo faz um tempo, mas isso não é problema, até porque estou tomando pílula.

— Per, por favor, tente ser um pouco mais precisa. Quanto tempo?

Ela mordeu o lábio e sacudiu as asas suavemente.

— Não sei, alguns meses, acho.

— Huuummmm. Venha cá. — Ele a levou para o seu quarto, e as asas dela enrolaram-se no corpo instintivamente. O ar-condicionado estava ligado a todo vapor e parecia cerca de vinte graus mais frio. Tachyon apontou para a cama. — Tire a calça e deite-se.

— Tem certeza de que isso é uma consulta médica? — ela perguntou de forma provocativa.

— Quer que eu chame uma dama de companhia?

— Não seja bobo. Eu confio em você!

— Não deveria — disse Tachyon, olhando-a com desejo. Ele ergueu as sobrancelhas quando Peregrina tirou os tênis Nike e os jeans. — Você não usa roupa de baixo?

— Nunca. Atrapalha. Quer que eu tire a camiseta também?

— Se fizer isso, nunca mais vai poder sair deste quarto! — Tachyon ameaçou.

Ela riu e beijou-o no rosto.

— Qual é o problema? Você já me examinou um milhão de vezes.

— Nos locais adequados, com você de camisola de hospital e com uma enfermeira no quarto — ele argumentou. — Nunca com você nua, quase nua — ele corrigiu — no meu quarto. — Ele jogou uma toalha para ela. — Aqui, cubra-se.

Tachyon admirou suas pernas longas e bronzeadas e o traseiro atraente enquanto ela se acomodava na cama, enrolando a toalha de forma prudente sobre os quadris. A rajada de ar refrigerado vinda do ar-condicionado fez o corpo de Peregrina se arrepiar por inteiro, mas Tachyon ignorou.

— É melhor que suas mãos estejam quentes — Peregrina alertou quando ele ajoelhou perto dela.

— Como o meu coração — disse Tachyon, apalpando a barriga dela. — Dói aqui?

— Não.

— Aqui? Aqui?

Ela fazia que não com a cabeça.

— Não se mova — ele ordenou. — Preciso do meu estetoscópio. — Dessa vez ele aqueceu a ponta de metal com as mãos antes de posicioná-lo na barriga da mulher-pássaro. — Tem tido muita indigestão?

— Um pouco.

Uma expressão estranha atravessou o rosto astuto de Tachyon quando ele a observou saindo da cama.

— Vista a calça. Vou colher uma amostra de sangue e então você pode ir bancar a turista com os outros.

Ele preparou a seringa enquanto ela amarrava os tênis de corrida. Peregrina esticou o braço, encolheu-se quando ele achou a veia com habilidade, esfregou a pele sobre ela, enfiou a seringa e puxou o sangue. Ela assistiu fascinada e, de repente, aquela visão do sangue lhe deu náuseas.

— Merda. — Ela correu para o banheiro, deixando para trás uma chuva de penas, e curvou-se sobre a privada, vomitando todo o café da manhã do serviço de quarto e o que restava de jantar e champanhe da noite anterior.

Tachyon segurou os ombros dela enquanto Peregrina vomitava e, quando ela se recostou, exausta, na banheira, ele limpou o rosto dela com uma toalha quente e úmida.

— Tudo bem?

— Acho que sim. — Ele a ajudou a se levantar. — Foi o sangue. Embora ver sangue nunca tenha me incomodado antes.

— Peregrina, acho que você não deveria sair em excursão. Deveria ir para a cama, sozinha, com uma xícara de chá quente.

— Não — ela contestou. — Estou bem. É só essa viagem toda. Se eu passar mal, Josh me traz de volta.

— Nunca vou entender as mulheres. — Ele balançou a cabeça com tristeza. — Prefere um simples humano quando poderia ter a mim. Venha aqui para eu fazer um curativo nesse buraquinho que eu deixei no seu braço. — Ele foi pegar gaze estéril e esparadrapo.

Peregrina sorriu delicadamente.

— Você é um doce, doutor, mas seu coração está enterrado no passado. Estou chegando ao ponto de estar pronta para um relacionamento sério, e não acho que você poderia me dar isso.

— E ele pode?

Ela deu de ombros, as asas movendo-se com eles.

— Espero que sim. Vamos ver, não é?

Ela pegou sua bolsa e o chapéu da cadeira e caminhou até a porta.

— Per, gostaria que você reconsiderasse.

— O quê? Dormir com você ou sair para a excursão?

— Sair para a excursão, sua sacana.

— Estou bem agora. Por favor, pare de se preocupar. Sério, nunca tive tantas pessoas se preocupando comigo como nesta viagem.

— Isso é porque, minha querida, debaixo do seu glamour nova-iorquino, você é incrivelmente vulnerável. Você faz as pessoas quererem te proteger. — Ele abriu a porta para ela. — Tenha cuidado com McCoy, Per. Não quero que você se magoe.

Ela o beijou antes de sair do quarto. As asas rasparam no batente da porta e uma revoada de penas finas caiu no chão.

— Droga — ela falou, inclinando-se para pegar uma. — Estão caindo muito nos últimos dias.

— É mesmo? — Tachyon pareceu curioso. — Não, não se preocupe com elas. A camareira limpa depois.

— Tudo bem. Tchauzinho. Divirta-se com seus exames.

Os olhos de Tachyon eram de preocupação, e eles seguiram o corpo gracioso de Peregrina percorrendo o corredor. Ele fechou a porta, uma das penas na mão.

— Isso não parece bom — falou em voz alta fazendo cócegas no queixo com a pena. — Nada, nada bom.

♦

Peregrina encontrou McCoy no saguão conversando com um homem moreno, troncudo, de uniforme branco. Suas duas outras companhias caminhavam devagar nas proximidades. Hiram Worchester, ela refletiu, parecia um pouco cansado. Hiram, um dos amigos mais antigos e queridos de Peregrina, vestia um dos seus ternos tropicais feitos sob medida, mas parecia largo nele, quase como se tivesse perdido um pouco de seus mais de 130 quilos. Talvez, assim como ela, estivesse sentindo o esforço das constantes viagens. O Padre Lula, o gentil pastor da Igreja de Jesus Cristo Curinga, quase fazia Hiram parecer esbelto. Tinha a altura de um homem normal, mas era duas vezes mais largo. Seu rosto era redondo e cinza, os olhos cobertos por membranas piscantes e um amontoado de tentáculos pendendo sobre sua boca como um bigode em constante movimento. Ele sempre a fazia lembrar um dos Profundos, as criaturas ficcionais de Lovecraft, mas na verdade ele era bem mais bacana.

— Per — disse McCoy. — Este é o senhor Ahmed. Está com a polícia turística. Sr. Ahmed, esta é Peregrina.

— É um prazer — disse o guia, curvando-se para beijar a mão dela.

Peregrina respondeu com um sorriso e, em seguida, cumprimentou Hiram e o padre. Ela se virou para Josh, que a observava atentamente.

— Você está bem? — Josh perguntou. — Sua aparência está péssima. O que Tachyon fez, tirou quase um galão de sangue?

— Claro que não. Estou bem — ela respondeu, seguindo Ahmed e os outros para esperar a limusine. *E se eu continuar dizendo isso*, ela falou para si mesma, *talvez até eu acredite*.

— O que é isso? — perguntou Peregrina quando pararam diante de uma guarita policial de metal e vidro. Havia dois homens bem armados dentro da caixa, que ficava próxima de um muro alto que cercava muitos metros do deserto que era o Templo dos Deuses Vivos. No alto do muro caiado havia uma cerca de arame farpado, e ele era patrulhado por homens vestidos de azul e armados com metralhadoras. Câmeras de vídeo supervisionavam incansavelmente o perímetro. O efeito do branco puro da parede contra a areia reluzente e o céu azul-claro egípcio era estonteante.

— Por causa dos Nur — explicou Ahmed, apontando para a fila de turistas que aguardavam para entrar no terreno do templo —, todos precisam passar por dois detectores, um para metal, outro para nitratos. Esses fanáticos estão determinados a destruir o templo e os deuses. Já fizeram vários ataques contra o templo, mas até agora foram impedidos antes de causar muitos danos.

— Quem são os Nur? — o Padre Lula perguntou.

— São os seguidores de Nur al-Allah, um falso profeta determinado a unir todas as seitas islâmicas sob seu comando — Ahmed respondeu. — Ele decidiu que Alá deseja a destruição de todos os deformados pelo vírus carta selvagem, assim, o Templo dos Deuses Vivos se tornou um dos alvos da seita.

— Temos de esperar na fila com os turistas? — Hiram interrompeu-o com nervosismo. — No fim das contas, estamos aqui por um convite especial.

— Ah, não, sr. Worchester — Ahmed respondeu apressadamente. — O portão VIP é por aqui. Vocês já vão entrar. Por gentileza...

Quando fizeram fila atrás de Ahmed, McCoy sussurrou para Peregrina:

— Nunca passei por um portão VIP, só pelo portão da imprensa.

— Não saia do meu lado. Vou te levar a muitos lugares nos quais você nunca esteve antes — ela prometeu.

— Já levou.

O portão VIP tinha os próprios detectores de metal e nitrato. Passaram por eles, vigiados de perto por guardas vestidos com as túnicas azuis dos fiéis dos deuses vivos, que examinaram cuidadosamente a bolsa de Peregrina e a câmera de McCoy. Um homem mais idoso aproximou-se quando os equipamentos de McCoy estavam sendo devolvidos. Era baixo, bem bronzeado e tinha uma aparência saudável, olhos cinzentos, cabelos grisalhos e uma barba branca magnífica que criava um belo contraste com sua túnica azul esvoaçante.

— Meu nome é Opet Kemel — ele anunciou. Sua voz era grave, harmoniosa, e ele sabia como usá-la para exigir atenção e respeito. — Sou o sacerdote principal do Templo dos Deuses Vivos. Estamos muito satisfeitos que os senhores tenham podido nos honrar com sua presença. — Ele olhou para o Padre Lula, Peregrina, Hiram e McCoy, e então voltou os olhos para Peregrina. — Sim, meus filhos ficarão felizes por vocês terem vindo.

— O senhor se importa se filmarmos a cerimônia? — perguntou Peregrina.

— De forma alguma. — Ele gesticulou de forma expansiva. — Venham por aqui e mostrarei os melhores lugares da casa.

— Pode nos falar um pouco sobre a história do templo? — Peregrina pediu.

— Sem dúvida — Kemel respondeu enquanto eles o seguiam. — A epidemia de carta selvagem de Porto Said, em 1948, causou muitas "mutações", acredito que são chamadas assim entre eles, claro, os celebrados *Nasr*: Al Haziz, Khôf e outros grandes heróis de antigamente. Muitos homens de Luxor trabalhavam nas docas de Said à época e também foram afetados pelo vírus. Alguns passaram-no para seus filhos e netos.

"O significado verdadeiro dessas mutações impressionou-me há mais de uma década, quando vi um jovem fazer as nuvens soltarem a chuva tão necessária sobre os campos do seu pai. Percebi que era uma encarnação de Min, o deus antigo das lavouras, e que sua presença era um prenúncio da antiga religião.

"Eu era arqueólogo na época e tinha acabado de descobrir um templo intacto — ele apontou para os pés deles — embaixo da terra, bem onde estamos pisando. Convenci Min do seu destino e encontrei outros para se juntarem a nós: Osíris, um homem declarado morto que retornou à vida com visões do futuro; Anúbis, Tuéris, Tot... Com o passar dos anos, todos vieram para o Templo dos Deuses Vivos para ouvir as preces de seus suplicantes e operar milagres."

— Exatamente que tipo de milagres? — Peregrina questionou.

— Muitos tipos. Por exemplo, se uma mulher com uma criança está tendo um momento difícil, ela rezará para Tuéris, a deusa da gravidez e do parto. Tuéris vai garantir que tudo fique bem. E ficará. Tot resolve controvérsias, pois sabe quem diz a verdade e quem mente. Min, como já disse, pode fazer chover. Osíris vê pedaços do futuro. É tudo muito simples.

— Entendo. — As alegações de Kemel pareciam razoáveis, dadas as capacidades que podiam ser despertadas nas pessoas conhecidas por Peregrina. — Quantos deuses são?

— Talvez 25. Na verdade, alguns não conseguem fazer nada de especial — disse Kemel em tom confidente. — São o que vocês chamam de curingas. Contudo, parecem-se com os antigos deuses. Bastet, por exemplo, é coberta de pelos e tem garras. E eles reconfortam muito as pessoas que vêm rezar para eles. Mas vejam vocês mesmos. A cerimônia está quase pronta para começar.

Ele os levou por grupos de turistas que posavam perto de estátuas dos deuses, cabines que vendiam tudo, de filmes Kodak, chaveiros e Coca-Cola até réplicas de joias antigas e estatuetas dos próprios deuses. Passaram pelas cabines, atravessaram uma porta estreita numa parede de arenito feita diretamente na face de uma rocha, e então desceram degraus de pedra gastos. Arrepios corriam pela pele de Peregrina. Estava frio dentro da estrutura iluminada por luzes elétricas que lembravam tochas tremeluzentes. O vão da escada tinha uma bela decoração esculpida em baixo-relevo da vida cotidiana no Egito antigo, inscrições hieroglíficas intrincadamente detalhadas e representações de animais, pássaros, deuses e deusas.

— Que trabalho maravilhoso de restauração! — exclamou Peregrina, encantada pelo belo frescor dos relevos pelos quais passaram.

— Na verdade — Kemel explicou —, tudo está desse jeito desde quando descobri o lugar vinte anos atrás. Acrescentamos algumas comodidades modernas, como eletricidade, obviamente. — Ele sorriu.

Entraram numa câmara larga, um anfiteatro com um palco diante de bancos de pedra na forma de arquibancada. As paredes da câmara tinham caixas de vidro mostrando artefatos que, segundo Kemel, foram descobertos no templo.

McCoy registrou-os meticulosamente, gravando por vários minutos as estátuas de madeira pintada que pareciam novas, como se tivessem sido pintadas no dia anterior; colares, colarinhos e peitorais de lápis-lazúli, esmeralda e ouro, cálices esculpidos de alabastro translúcido, jarras de unguento feitas de jade, intrincadamente esculpidas na forma de animais, pequenas arcas encrustadas de modo elaborado, e tabuleiros de jogos, cadeiras... Os tesouros fantásticos de uma civilização morta estavam dispostos diante deles, uma civilização que, assim refletiu Peregrina, Opet Kemel parecia ter restaurado com seu Templo dos Deuses Vivos.

— Chegamos. — Kemel indicou um grupo de bancos na frente do anfiteatro, próximo do palco, fez uma mesura e saiu.

Não demorou para o anfiteatro encher. As luzes diminuíram e o teatro ficou em silêncio. Um holofote brilhava no palco, uma música estranha soava baixinho, tão antiga e misteriosa quanto o próprio templo, e a procissão de deuses vivos começou. Havia Osíris, o deus da morte e da ressurreição, e sua consorte Ísis. Atrás dele veio Hapi, carregando um estandarte de ouro. Tot, o juiz com cabeça de íbis, seguia com seu babuíno de estimação. Shu e Tefnut, irmão e irmã, deus e deusa do ar, flutuavam sobre o chão. Sobek seguiu-os com sua pele escura e rachada de crocodilo e focinho no lugar da boca. Hator, a grande mãe, tinha os chifres de uma vaca. Bastet, a deusa-gato, movia-se delicadamente, seu rosto e corpo cobertos de pelagem fulva, garras projetando-se dos dedos. Min parecia um homem normal, mas uma pequena nuvem pairava sobre ele, seguindo-o como um cãozinho obediente para onde fosse. Bes, o belo anão, dava cambalhotas e caminhava sobre as mãos. Anúbis, o deus do submundo, tinha a cabeça de um chacal. Hórus tinha asas de falcão...

Sem parar eles chegavam, cruzando o palco lentamente e sentando-se em seguida em tronos dourados, enquanto eram apresentados ao público em inglês, francês e árabe.

Após as apresentações, os deuses começaram a mostrar suas capacidades. Shu e Tefnut estavam deslizando no ar, brincando de pegar com a nuvem de Min, quando o som inesperado e ensurdecedor de uma arma de fogo estilhaçou a cena tranquila, evocando gritos de horror dos espectadores presos no anfiteatro. Centenas de turistas pularam em pé e se juntaram como gado aterrorizado. Alguns escaparam pelas portas ao fundo, e as escadarias logo ficaram congestionadas com pessoas em pânico, aos berros. McCoy, que tinha puxado Peregrina para o chão e a coberto com seu corpo ao primeiro som de tiro, puxou-a para trás dos pilares largos e elaboradamente esculpidos que ladeavam o palco.

— Você está bem? — ele arfou, espiando ao redor da coluna os sons de loucura e destruição, sua câmera zumbindo.

— Ai. Ai. O que foi?

— Três caras com metralhadoras. — As mãos dele eram firmes e havia uma ponta de excitação na sua voz. — Não parecem estar atirando nas pessoas, apenas nas paredes.

Uma bala passou zunindo de raspão pelo pilar. O som de vidro estilhaçando encheu o ar enquanto os terroristas destruíam as caixas cheias de artefatos inestimáveis e marcavam as paredes belamente esculpidas com suas metralhadoras.

Os deuses vivos fugiram quando o primeiro tiro soou. Apenas um permaneceu para trás, o homem que foi apresentado como Min. Quando Peregrina espiou do pilar, uma nuvem apareceu do nada e pendeu sobre a cabeça dos terroristas. Começou a chover torrentes sobre eles, fazendo com que se espalhassem, escorregando e deslizando no chão de pedra molhada, tentando encontrar cobertura contra a tempestade que não os deixava ver nada. Peregrina, buscando na bolsa suas garras de metal, percebeu que Hiram Worchester estava em pé, sozinho, um olhar de concentração violenta no rosto. Um dos agressores soltou um grito agonizante quando sua arma escorregou da mão e caiu sobre o pé. Ele caiu, gritando, sangue espirrando do seu membro quebrado. Hiram voltou o olhar para o segundo terrorista enquanto Peregrina colocava suas luvas.

— Vou tentar ficar sobre eles — disse ela a McCoy.

— Tome cuidado — ele falou, atento na filmagem da ação.

Ela flexionou os dedos, agora envoltos em luvas de couro com garras de titânio afiadas como lâminas. Suas asas tremeram com a expectativa quando ela correu meia dúzia de passos e bateu as asas estrondosamente quando avançou e se lançou no ar... e com um grito foi ao chão.

Ela se viu de quatro, ralando a palma das mãos nas pedras rústicas e batendo o joelho esquerdo com tanta força que ficou dormente após uma pontada inicial de dor aguda e excruciante.

Por um longo segundo, Peregrina se recusou a acreditar no que havia acontecido. Ela engatinhou no chão, balas zumbindo ao seu redor, então se ergueu e bateu as asas novamente, com força. Mas nada aconteceu. Ela não podia voar. Ficou ali no chão, ignorando os tiros ao redor dela, tentando entender o que estava acontecendo, o que estava fazendo de errado.

— Peregrina — gritou McCoy —, abaixe!

O terceiro terrorista apontou para ela, gritando algo incoerente. Um olhar de horror de repente contorceu seu rosto e ele se lançou na direção do teto. A arma escorregou de sua mão e bateu com tudo no solo. Hiram, indiferente, deixou o homem cair de uma altura de nove metros, enquanto os outros terroristas eram espancados pelos guardas do templo. Kemel chegou apressado, um olhar de horror incrédulo no rosto.

— Graças aos Misericordiosos vocês não se machucaram! — ele gritou, correndo até Peregrina, que ainda estava zonza e confusa com o que lhe acontecera.

— Sim — disse ela, distante, então seus olhos se concentraram nas paredes da câmara. — Mas olhe todo esse estrago!

Uma pequena estátua de madeira, dourada e incrustada com faiança e pedras preciosas, jazia em pedaços aos pés de Peregrina. Ela parou e pegou-a com cuidado, mas a madeira frágil virou pó com seu toque, deixando para trás uma concha retorcida de ouro e joias.

— Sobreviveu por tanto tempo apenas para ser destruída por essa loucura... — murmurou ela baixinho.

— Ah, sim. — Kemel encolheu os ombros. — Bem, as paredes podem ser restauradas, e temos mais artefatos para colocar nas vitrines.

— Quem eram aquelas pessoas? — o Padre Lula perguntou, limpando a poeira de sua batina de forma imperturbável.

— Os Nur — Kemel respondeu. Ele cuspiu no chão. — Fanáticos!

McCoy correu até eles, a câmera pendurada no ombro.

— Pensei que tinha dito para você ter cuidado — ele repreendeu Peregrina. — Ficar em pé no meio de um lugar com idiotas disparando metralhadoras não é o que eu chamaria de cuidado! Graças a Deus Hiram estava cuidando daquele cara.

— Eu sei — disse Peregrina —, mas não deveria ter acontecido aquilo. Eu estava tentando voar, mas não consegui. Nunca me aconteceu uma coisa dessas antes. É estranho. — Ela tirou os longos cabelos dos olhos, parecia perturbada. — Não sei o que está acontecendo.

A câmara ainda estava um alvoroço. Os terroristas poderiam ter assassinado centenas de pessoas se tivessem escolhido atirar nelas e não nos símbolos da antiga religião, mas mesmo assim várias dezenas de turistas foram atingidos por balas perdidas ou se feriram tentando escapar. Os guardas do templo tentavam ajudar aqueles que estavam feridos, mas havia muitos caídos e encolhidos sobre os bancos de pedra, lamentando, chorando, gritando, sangrando...

Peregrina afastou-se de McCoy e dos outros, nauseada a ponto de vomitar, mas não tinha nada no estômago. McCoy segurou-a quando ela se inclinou com ânsia. Quando parou de tremer, recostou-se nele com alívio.

Ele tomou a mão de Peregrina com cuidado.

— Melhor levarmos você até o Dr. Tachyon.

No caminho de volta ao Winter Palace Hotel, McCoy pôs o braço ao redor dela e a puxou.

— Tudo vai ficar bem — tranquilizou-a. — Provavelmente você só está cansada.

— E se não for isso? E se tiver algo realmente errado comigo? E se — ela perguntou num sussurro cheio de horror — eu nunca mais voar de novo?

Ela enterrou o rosto no ombro de McCoy enquanto os outros a olhavam com muda compaixão. As lágrimas empaparam a camisa de McCoy enquanto ele acariciava os longos cabelos dela.

— Tudo vai ficar bem, Per. Prometo.

— Huumm, eu devia ter contado com isso — Tachyon falou quando Peregrina contou a história entre lágrimas.

— Como assim? — perguntou McCoy. — O que tem de errado com ela?

Tachyon encarou Josh McCoy com frieza.

— É um assunto particular. Entre uma mulher e seu médico. Então...

— Tudo que diz respeito a Per me preocupa.

— É isso mesmo? — Tachyon olhou de forma hostil para McCoy.

— Tudo bem, Josh — disse Peregrina. Ela o abraçou.

— Se é assim que você quer. — McCoy virou-se para sair. — Espero você no bar.

Tachyon fechou a porta.

— Agora, sente-se e limpe as lágrimas. Não é nada sério, de verdade. Você está perdendo as penas pelas mudanças hormonais. Sua mente reconheceu essa condição e bloqueou seu poder como meio de proteção.

— Condição? Proteção? O que está acontecendo comigo?

Peregrina empoleirou-se na ponta do sofá. Tachyon sentou-se perto dela e tomou as mãos frias dela nas suas.

— Nada que não se resolva em alguns meses. — Seus olhos lilases voltaram-se diretamente para os azuis dela. — Você está grávida.

— Quê? — Peregrina afundou nas almofadas do sofá. — É impossível! Como pode ser? Eu sempre tomei pílula! — Ela se sentou novamente. — O que a NBC vai dizer? Será que essa situação consta do meu contrato?

— Sugiro que você pare de tomar pílula e todas as outras drogas, inclusive o álcool. Afinal, você quer um bebê feliz e saudável.

— Tachy, isso é ridículo! Não posso estar grávida. Você tem certeza?

— Absoluta. E, considerando os sintomas, diria que está no quarto mês. — Ele acenou com a cabeça para a porta. — Como seu amante vai se sentir sendo pai?

— Josh não é o pai. Estamos juntos apenas há algumas semanas. — Ela ficou boquiaberta. — Ai, meu Deus!

— O quê? — Tachyon perguntou com preocupação na voz e nas feições.

Ela saiu do sofá e começou a caminhar pelo quarto, as asas remexendo distraidamente.

— Doutor, o que aconteceria ao bebê se pai e mãe carregassem o carta selvagem? Mãe curinga, pai ás, esse tipo de coisa? — Ela parou ao lado da prateleira da lareira e brincou com bibelôs empoeirados que estavam sobre ela.

— Por quê? — Tachyon perguntou, desconfiado. — Se McCoy não é o pai, quem é? Um ás?

— Sim.

— Quem?

Ela suspirou e deixou de lado a figurinha com a qual estava brincando.

— Não acho que realmente importe. Nunca o verei de novo. Foi apenas uma noite. — Ela sorriu com a lembrança. — E que noite!

Tachyon de repente lembrou-se do jantar no Aces High, no Dia do Carta Selvagem. Peregrina saiu do restaurante com...

— Fortunato? — ele gritou. — Fortunato é o pai? Você foi para a cama com ele, aquele cafetão? Que falta de gosto! Não dorme comigo, mas deita-se com ele! — Ele parou de gritar e respirou várias vezes profundamente. Caminhou até o bar e serviu-se de um conhaque. Peregrina olhava-a com espanto.

— Não posso acreditar — Tachyon falou, quase esvaziando o copo com um gole. — Eu tenho tanto mais a oferecer.

Certo, ela pensou. *Outro ponto na sua agenda de casinhos. Mas talvez eu tenha sido apenas isso para Fortunato também.*

— Vamos encarar os fatos, doutor — disse Peregrina com irreverência, zangada com o egocentrismo dele. — Ele foi o único homem com quem transei e me fez brilhar. Foi absolutamente incrível. — Ela sorriu por dentro com o olhar furioso no rosto de Tachyon. — Mas isso não importa agora. E o bebê?

Uma multiplicidade de pensamentos correu pela mente de Peregrina. *Terei que reformar meu apartamento*, pensou. *Espero que tenham consertado o teto. Um bebê não pode viver numa casa sem teto. Talvez eu deva mudar para o norte. Provavelmente seria melhor para a criança.* Ela sorriu para si mesma. *Uma casa grande com gramado, árvores e um jardim. E cachorros. Nunca pensei em ter um bebê. Será que vou conseguir ser uma boa mãe? É um bom momento para descobrir. Tenho 32 anos e o velho relógio biológico está correndo.*

Mas, como aconteceu? A pílula sempre funcionou. Os poderes de Fortunato, ela cogitou, *são baseados em sua sexualidade potente. Talvez, de alguma forma, tenham driblado os contraceptivos. Fortunato… e Josh! Como ele vai reagir à notícia? O que ele vai pensar?*

A voz de Tachyon quebrou seu devaneio.

— Você ouviu alguma palavra do que falei? — ele questionou.

Peregrina corou.

— Desculpe. Estava pensando em como será ter um filho.

Ele grunhiu.

— Per, não é tão simples — disse ele com cuidado.

— Por que não?

— Você e aquele homem têm o carta selvagem. Portanto, a criança terá noventa por cento de chance de morrer antes ou no nascimento. Nove por cento de chance de ser um curinga e um por cento, *um por cento* — ele enfatizou — de ser um ás. — Ele tomou mais do conhaque. — As probabilidades são terríveis, terríveis. A criança não tem chance. Nenhuma.

Peregrina começou a caminhar para a frente e para trás.

— Existe algo que possamos fazer, algum tipo de teste que possa dizer se o bebê está bem agora?

— Bem, sim, posso fazer um ultrassom. É terrivelmente primitivo, mas vai dizer se a criança está se desenvolvendo normalmente ou não. Se o bebê não estiver, eu sugiro… não, eu peço, com muita veemência, que você aborte. Já existem curingas o suficiente neste mundo — disse ele de um jeito amargurado.

— E se o bebê for normal?

Tachyon suspirou.

— O vírus com frequência não se expressa até o nascimento. Se a criança sobreviver ao trauma do nascimento sem manifestar o vírus, então você tem de esperar. Esperar e imaginar o que vai acontecer, e quando vai. Peregrina, se você deixar a criança nascer, vai passar a vida toda nessa agonia, preocupando-se e tentando protegê-la de tudo. Considere o estresse da infância e da adolescência, qualquer uma poderia despertar o vírus. É justo com você? Com a criança? Com o homem que está esperando por você lá embaixo? Pensando — Tachyon adicionou friamente — que ele ainda queira ser parte de sua vida quando souber.

— Vou me arriscar com Josh — disse ela rapidamente, chegando logo ao pensamento que dominava sua mente. — Posso fazer o ultrassom em breve?

— Vou ver se posso conseguir algo no hospital local. Se não pudermos fazer em Luxor, então você vai ter que esperar até voltarmos ao Cairo. Se a criança for anormal, deve considerar um aborto. De fato, você deveria fazer um aborto, independentemente do resultado.

Ela o encarou.

— Destruir o que pode virar um ser humano saudável? Pode ser como eu — ela argumentou. — Ou Fortunato.

— Per, você não sabe como o vírus foi bom para você. Você ganhou fama e sucesso financeiro com suas asas. Você é uma das poucas afortunadas.

— Claro que sou. Digo, sou bonita, mas nada especial. Garotas bonitas são tão fáceis de encontrar. De fato, tenho de agradecer a você pelo meu sucesso.

— É a primeira vez que alguém me agradece por ajudar a destruir a vida de milhões de pessoas — disse Tachyon, fechando a cara.

— Você tentou impedir — disse ela de forma tranquilizadora. — Não é sua culpa que o Jetboy tenha estragado tudo.

— Per — falou Tachyon, sério, mudando de assunto, como se as falhas do passado fossem muito dolorosas para perder tempo com elas —, se você não interromper a gravidez, ela vai aparecer muito em breve. É melhor você começar a pensar o que vai dizer para as pessoas.

— Por quê? Vou dizer a verdade, claro. Que vou ter um filho.

— E se perguntarem sobre o pai?

— Ninguém tem nada a ver com isso!

— E o que dizer para McCoy — disse Tachyon.

— Acho que você tem razão. Mas o mundo não precisa saber sobre Fortunato. Por favor, não diga a ninguém. Eu odiaria que ele lesse isso nos jornais. Gostaria de dizer para ele pessoalmente. — *Se eu o vir de novo*, ela acrescentou mentalmente. — Por favor...

— Não é da minha alçada informá-lo — respondeu Tachyon com frieza. — Mas ele precisa saber. É um direito dele. — Ele franziu a testa. — Não sei o que você viu naquele homem. Se fosse eu, isso nunca teria acontecido.

— Você já disse isso antes — Peregrina retrucou, o aborrecimento surgindo em seu rosto. — Mas é um pouco tarde demais para pensar no que poderia ter sido. No fim, tudo ficará bem.

— Não vai ficar tão bem — disse Tachyon, firme. — As probabilidades são: a criança morrerá ou será um curinga, e não acho que você seja forte o bastante para lidar com qualquer uma dessas possibilidades.

— Vou ter de esperar para ver — falou Peregrina, pragmática. Ela se virou para ir embora. — Acho que é melhor eu dar a notícia para Josh. Ele vai ficar feliz por não ser nada sério.

— E pelo filho que você está carregando ser de outro homem? — perguntou Tachyon. — Se puder manter seu relacionamento depois disso, McCoy é um homem muito incomum.

— Ele é, doutor — confirmou para ele e para si mesma. — Ele é.

Peregrina caminhou lentamente até o bar, lembrando-se do dia em que conhecera McCoy. Ele deixou claro seu interesse por ela na primeira vez, quando foram apresentados nos escritórios da NBC, em novembro. Câmera e documentarista autônomo de talento, ele agarrou com as duas mãos a oportunidade de filmar a excursão, e, como confessou mais tarde a Peregrina, de conhecê-la mais de perto e intimamente. Peregrina estava quase curada da obsessão por Fortunato, e os galanteios de McCoy ajudaram. Eles se provocaram e se seduziram até finalmente terminarem na cama, na Argentina. Dividiam o quarto desde então.

Mas McCoy não conseguia suscitar nela a paixão sexual que Fortunato havia despertado. Ela duvidava que algum homem conseguisse. Peregrina o quis novamente depois daquela noite selvagem que tiveram. Ele era como uma droga na qual ela se viciara. Todas as vezes que o telefone tocava ou batiam à porta, ela esperava que fosse Fortunato. Mas ele nunca voltou. Com a ajuda de Crisálida, ela encontrou a mãe do ás e soube que ele havia deixado Nova York e estava em algum lugar no Oriente, provavelmente no Japão.

A percepção de que ele a deixou de forma tão negligente ajudou-a a superar, mas agora ele voltava com tudo para a sua mente. Ela imaginou como ele se sentiria sobre a gravidez, sobre ser pai. Ele algum dia saberia? Ela suspirou.

Josh McCoy, disse a si mesma com seriedade, *é um homem maravilhoso, e eu o amo. Não estrague tudo por um homem que você provavelmente nunca verá de novo. Mas, se eu o visse novamente, como seria?* Pela milionésima vez, ela reviveu suas horas com Fortunato. Só de pensar naquilo já fazia com que ela o quisesse. Ou a McCoy.

Josh estava bebendo uma cerveja Stella. Quando ele a viu, acenou para o garçom e eles chegaram juntos à mesa.

— Me traz outra cerveja — disse McCoy ao garçom. — Vinho, Per?

— Hum, não, obrigada. Você tem água mineral? — ela perguntou ao garçom.

— Claro, madame. Temos Perrier.

— Ótimo, me traga uma.

— Bem, o que Tachyon tinha para dizer? Tudo bem com você? — McCoy perguntou.

Não sou tão corajosa para falar do assunto com ele como pensei que fosse, Peregrina disse a si mesma. *E se ele não conseguir lidar com a situação? É melhor,* ela decidiu, *simplesmente dizer a verdade para ele.*

— Não há nada de errado comigo. Nada que o tempo não cure. — Ela deu um gole na bebida que o garçom deixou diante dela e murmurou. — Vou ter um bebê.

— O quê? — McCoy quase derrubou a cerveja. — Um bebê?

Ela assentiu, olhando para ele diretamente pela primeira vez desde que se sentara. *Eu realmente te amo,* ela pensou. *Por favor, não torne esse momento mais difícil para mim do que já é.*

— Meu? — ele perguntou com calma.

Aquela seria a parte difícil.

— Não — ela admitiu.

Josh esvaziou o restante da cerveja e pegou a segunda garrafa.

— Se não sou o pai, quem é? O Bruce Willis?

Peregrina fez uma careta.

— Keith Hernandez? Bob Weir? Senador Hartmann? Quem?

Ela ergueu a sobrancelha para ele.

— Independentemente do que os tabloides de supermercado e, aparentemente, você pensem, não durmo com todo homem cujo nome está ligado ao meu. — Ela tomou mais um gole da Perrier. — De fato, costumo ser meticulosa ao escolher meus parceiros. — Ela abriu um sorriso malicioso. — Afinal, eu escolhi você.

— Não tente mudar de assunto — ele alertou. — Quem é o pai?

— Quer mesmo saber?

Josh assentiu rapidamente.

— Por quê?

— Porque — ele suspirou —, por acaso, eu amo você e acho que é importante saber quem é o pai do seu filho. Ele já sabe?

— Como? Eu acabei de saber.

— Você o ama? — McCoy perguntou, franzindo a testa. — Por que vocês terminaram? Foi ele quem terminou?

— Josh — Peregrina explicou, paciente. — Não houve relacionamento. Foi uma noite. Eu conheci o homem e fomos para a cama. Nunca o vi novamente. — *Embora não tenha sido,* ela acrescentou mentalmente, *por falta de tentar.*

O franzir de cenho de McCoy ficou mais profundo.

— Você tem costume de ir para a cama com qualquer um por quem se sente atraída?

Peregrina enrubesceu.

— Não. Eu acabei de dizer que não. — Ela pousou a mão sobre a dele. — Por favor, entenda. Não tinha ideia de que você estava no meu futuro quando eu o conheci. Você sabia que não era minha primeira vez quando fizemos amor e, acima de tudo — ela provocou —, tenho certeza de que não sou a primeira mulher com quem você dormiu, sou?

— Não, mas eu esperava ser o último. — McCoy correu a mão pelos cabelos. — Isso realmente atrapalha os meus planos.

— Como assim?

— Bem, e o pai? Ele vai ficar numa boa enquanto eu caso com a mãe do filho dele?

— Quer casar comigo? — Pela primeira vez, Peregrina sentiu que algo daria certo.

— Sim, quero! O que tem de estranho nisso? Esse cara vai ser um problema? Afinal, quem é ele?

— É um ás — disse ela com vagar.

— Quem? — McCoy insistiu.

Ai, caramba, ela pensou. *Josh conhece muito sobre a cena de Nova York. Com certeza ouviu falar de Fortunato. E se ele tiver a mesma atitude que Tachyon teve? Talvez eu não devesse dizer para ele, mas talvez ele tenha o direito de saber.*

— O nome dele é Fortunato...

— *Fortunato!* — explodiu McCoy. — O cara com todas aquelas putas? Gueixas, ele chama assim! Você dormiu com *ele!* — Ele deu mais goles na cerveja.

— Realmente não sei qual é a importância disso agora. Aconteceu. E, se você quiser saber, ele é muito charmoso.

— Tudo bem, tudo bem — McCoy olhou furiosamente.

— Se você tiver ciúme de todos os homens com quem dormi, então não aposto muitas fichas no nosso futuro. E um casamento está fora de questão.

— Peraí, Per, dá um tempo. Foi meio inesperado.

— Bem, foi um choque para mim também. Nesta manhã, pensei que eu estava cansada. À tarde, descubro que estou grávida.

Uma sombra cresceu sobre a mesa. Era Tachyon, num terno de cetim lilás que combinava com seus olhos.

— Importam-se se eu me juntar a vocês? — Ele puxou uma cadeira sem esperar resposta. — Conhaque — disse ele de repente para o garçom que rondava a mesa. Todos encararam-se até o garçom fazer uma mesura leve e precisa e sair. — Falei com o hospital local — disse Tachyon por fim. — Podemos fazer o teste amanhã de manhã.

— Que teste? — McCoy perguntou, olhando de Peregrina para Tachyon.

— Você contou para ele? — Tachyon inquiriu.

— Não tive chance de falar com ele sobre o vírus — Peregrina falou num sussurro que mal se ouviu.

— Vírus?

— Por causa de Peregrina e For... do pai, que é... que carrega o carta selvagem, a criança também o terá — disse Tachyon com clareza. — Um ultrassom deve ser feito o mais rápido possível para determinar a situação do feto. Se a criança estiver se desenvolvendo de forma anormal, ainda aconselho a interromper a gravidez, mas isso, claro, será decisão dela.

McCoy encarou Peregrina.

— Você não me disse isso!

— Não tive chance — disse ela, na defensiva.

— A chance é de uma em cem de que a criança seja um ás, mas de nove em dez de que ela seja um curinga — acrescentou Tachyon, implacável.

— Um curinga! Você diz, como uma daquelas coisas horríveis que vivem no Bairro dos Curingas, algo horrível, uma atrocidade?

— Meu caro jovem — Tachyon começou com raiva —, nem todos os curingas...

— Josh — Peregrina interrompeu com suavidade —, eu sou uma curinga.

Os dois homens viraram-se para ela.

— Sou — ela insistiu. — Curingas têm deformidades físicas. — As asas dela bateram. — Como essas. Sou uma *curinga*.

— Essa discussão não vai nos levar a lugar algum — Tachyon falou após um longo silêncio. — Per, vejo você hoje à noite. — Ele se afastou sem tocar no conhaque.

— Bem — disse McCoy. — A pequena notícia de Tachyon com certeza lança uma luz diferente no assunto.

— Como assim? — ela questionou, sentindo um calafrio tomando conta dela.

— Odeio curingas — McCoy falou sem rodeios. — Eles me dão calafrio! — Os nós dos seus dedos estavam brancos de apertar a garrafa de cerveja. — Olhe, não posso continuar com isso. Vou ligar para Nova York e dizer para eles enviarem outro câmera. Vou tirar minhas coisas do seu quarto.

— Você vai embora? — Peregrina perguntou, estupefata.

— Sim. Olha só, foi muito divertido — disse ele de propósito — e eu realmente gostei de você. Mas vou me ferrar se for passar minha vida toda cuidando do filho bastardo de um cafetão! Ainda mais — ele acrescentou depois de refletir um instante — um que vai virar um tipo de monstro!

Peregrina encolheu-se como se tivesse sido esbofeteada.

— Pensei que você me amasse — disse ela, voz e asas tremendo. — Você acabou de me pedir em casamento.

— Acho que me enganei. — Ele terminou a cerveja e se levantou. — Tchau, Per.

Peregrina não conseguiu encará-lo quando ele saiu. Ela encarava a mesa, fria e trêmula, e não percebeu o olhar intenso e demorado que McCoy lançou para ela quando saiu do bar.

— A-hã.

Hiram Worchester sentou-se diante dela, na cadeira na qual McCoy estava. Peregrina estremeceu. É verdade, ele foi embora, ela pensou. *Nunca, nunca mais*, ela disse a si mesma com ímpeto, *vou me envolver com outro homem. Nunca!*

— Cadê o McCoy? O Padre Lula e eu queremos saber se vocês virão conosco para o jantar. Claro — ele acrescentou quando ela não respondeu —, se vocês tiverem outros planos...

— Não — disse ela lentamente —, sem planos. Serei somente eu, acho. Josh estará, hum, fora, filmando algo bem local. — Ela se perguntou por que mentia para um dos seus amigos mais antigos.

— Claro. — Hiram abriu um sorriso. — Vamos encontrar o Padre Lula e seguir para o salão de jantar. Usar meus poderes sempre me deixa faminto. — Ele se levantou e puxou a cadeira dela.

O jantar foi excelente, mas ela mal o saboreou. Hiram comeu vorazmente duas porções imensas e elogiou poeticamente o *batarikh* — o caviar egípcio — e o *shish-kebab* de cordeiro servido com um vinho chamado *rubis d'Egypte*. Ele exortou em alto e bom som Tachyon a experimentar um pouco quando ele se juntou ao grupo, mas Tachyon declinou com um aceno de cabeça.

— Você está pronta para a reunião? — perguntou para Peregrina. — Onde está McCoy?

— Lá fora, filmando — respondeu Hiram. — Sugiro que sigamos sem ele.

Peregrina murmurou seu consentimento.

— De qualquer forma, ele não foi convidado — Tachyon retrucou.

♦

O Dr. Tachyon, Hiram Worchester, o Padre Lula e Peregrina encontraram-se com Opet Kemel em uma pequena antecâmara ao lado do anfiteatro que fora gravemente danificado no ataque terrorista daquele dia.

— Deve haver espiões Nur entre nós — Kemel exclamou, olhando ao redor da sala. — É a única maneira de aqueles cães terem furado a segurança. Ou, ainda, subornaram alguém do meu pessoal. Estamos tentando desmascarar o traidor agora. Os três assassinos suicidaram-se depois da captura — Kemel falou, o ódio na sua voz fazendo com que Peregrina duvidasse da veracidade de suas palavras. — Agora eles são *shahid*, mártires de Alá na incitação daquele maluco, Nur al-Allah. Que ele tenha uma morte demorada e dolorosa. — Kemel virou-se para Tachyon. — O senhor vê, doutor, por que precisamos da sua ajuda para nos proteger…

A voz dele arrastava-se, arrastava-se. Às vezes, Peregrina ouvia Hiram, o Padre Lula ou Tachyon interromper, mas ela não estava ouvindo de verdade. Sabia que a expressão no seu rosto era educada e curiosa. Era a expressão que mantinha quando recebia convidados tediosos em seu programa, que tagarelavam o tempo todo sobre nada. Ela se perguntou como Letterman estava se virando com o *Pouso da Peregrina*. Bem, provavelmente. A cabeça dela recusava-se a permanecer em assuntos desimportantes e voltou para Josh McCoy. O que poderia ter feito para que ele ficasse? Nada. Talvez tenha sido melhor ele ter ido embora, se aquela era sua verdadeira atitude diante daqueles atingidos pelo carta selvagem. Ela pensou na Argentina, na primeira noite deles juntos. Ela reunira coragem, pusera o vestido mais *sexy* e fora até o quarto dele com uma garrafa de champanhe. McCoy estava ocupado com uma mulher que havia trazido do bar do hotel. Peregrina, extremamente envergonhada, escapuliu de volta para seu quarto e começou a beber o champanhe. Quinze minutos depois, McCoy apareceu. Demorou tanto, ele explicou, porque precisou se livrar da mulher.

Peregrina ficou impressionada por sua confiança suprema. Era o primeiro homem com quem ela ficava desde Fortunato, e seu toque era maravilhoso. Passaram todas as noites juntos desde então, fazendo amor ao menos uma vez ao dia. Naquela noite, ela estaria sozinha. Ele odeia você, disse a si mesma, porque você é uma curinga. Ela pousou a mão esquerda sobre o abdômen. *Não precisamos dele*, Peregrina disse ao bebê. *Não precisamos de mais ninguém.*

A voz de Tachyon interrompeu seu devaneio.

— Vou avisar o senador Hartmann, a Cruz Vermelha e a ONU. Tenho certeza de que poderemos ajudá-los de alguma forma.

— Obrigado, obrigado! — Kemel estendeu o braço sobre a mesa para tomar as mãos de Tachyon em agradecimento. — Agora — disse ele, sorrindo para os outros —, talvez os senhores queiram conhecer minhas crianças. Elas expressaram o desejo de conversar com todos os senhores, especialmente com a senhora. — Ele voltou seu olhar penetrante para Peregrina.

— Comigo?

Kemel assentiu e levantou-se.

— Venham por aqui.

Passaram entre longas cortinas douradas que separavam a antecâmara do auditório, e Kemel levou-os a outra sala, onde os deuses vivos esperavam por eles.

Min estava lá, Osíris com sua barbicha, Tot e sua cabeça de pássaro, o irmão e a irmã flutuantes, bem como Anúbis e Ísis e uma dúzia de outros nomes que Peregrina não conseguia lembrar. De pronto, cercaram os americanos e o Dr. Tachyon, todos falando ao mesmo tempo. Peregrina se viu cara a cara com uma mulher grande que sorria e falava com ela em árabe.

— Desculpe — disse Peregrina, sorrindo de volta. — Não entendo.

A mulher gesticulou para o homem com cabeça de pássaro que estava próximo deles, que imediatamente se juntou à conversa.

— Sou Tot — disse ele em inglês, seu bico dando-lhe um sotaque estranhamente estalado. — Tuéris pediu para lhe dizer que o filho que você carrega nascerá forte e saudável.

Peregrina olhou de um para o outro, a incredulidade no rosto.

— Como você sabia que eu estava grávida? — ela perguntou.

— Ah, sabíamos desde que ouvimos falar que você estava a caminho do templo.

— Mas esta viagem foi marcada meses atrás!

— Sim. Osíris é amaldiçoado por saber pedaços do futuro. Seu futuro, do seu filho, estava em um desses pedaços.

Tuéris disse alguma coisa, e Tot sorriu.

— Ela diz para você não se preocupar. Será uma mãe muito boa.

— Mesmo?

Tuéris entregou para ela uma bolsinha de linho com hieróglifos bordados. Peregrina abriu-a e encontrou um pequeno amuleto feito de pedra vermelha. Ela o examinou com curiosidade.

— É um *achet* — Tot piou. — Representa o sol que se ergue no leste. Dará a você a força e o poder de Rá, o Grande. É para a criança. Guarde-o até o garoto estar grande o suficiente para usá-lo.

— Obrigada. Pode deixar.

Impulsivamente, ela abraçou Tuéris, que correspondeu ao gesto e desapareceu na sala cheia.

— Agora, venha — disse Tot —, os outros desejam conhecê-la.

Quando Peregrina e Tot circularam entre os deuses, ela foi cumprimentada com grande afeto por todos.

— Por que estão agindo assim? — ela questionou depois de um abraço especialmente apertado de Hapi, o touro.

— Estão felizes por você — Tot respondeu. — O nascimento de uma criança é algo maravilhoso. Especialmente para alguém com asas.

— Entendo — disse ela, embora não entendesse. Tinha a sensação de que Tot escondia algo, mas o homem com cabeça de pássaro escapou para dentro do grupo antes que ela pudesse questioná-lo.

Em meio a cumprimentos e discursos improvisados, de repente percebeu que estava exausta. Peregrina encontrou o olhar de Tachyon enquanto ele conversava com Anúbis. Ela apontou para o relógio e Tachyon acenou para ela. Quando se juntou aos dois, ouviu-o perguntar a Anúbis sobre a ameaça de Nur. O Padre Lula estava por perto, discutindo teologia com Osíris.

— Os deuses nos protegerão — respondeu Anúbis, erguendo os olhos. — E, pelo que eu entendo, a segurança ao redor do templo será intensificada.

— Desculpe interrompê-los — disse Peregrina, abordando Tachyon —, mas não temos aquele compromisso logo de manhã?

— Pelos céus flamejantes, quase me esqueci. Que horas são? — Ele ergueu a sobrancelha quando viu que já passava de uma hora. — Melhor irmos. Leva uma hora para voltarmos a Luxor, e você, jovem dama, precisa dormir.

Peregrina entrou no quarto do Winter Palace Hotel apreensiva. As coisas de McCoy tinham desaparecido. Ela afundou numa poltrona grande, e as lágrimas que a ameaçaram a noite toda vieram. Ela chorou até não mais poder e a cabeça doía com o esforço. *Vá para a cama*, disse a si mesma. *Foi um dia longo. Alguém tentou atirar em você, você descobriu que está grávida, e o homem que você ama a deixou. Em seguida, vai descobrir que a NBC cancelou o* Pouso da Peregrina. *Ao menos sabe que seu bebê ficará bem*, ela pensou enquanto se despia. Desligou a luz e deslizou sobre a cama de casal.

Mas seu cérebro não desligou. *E se Tuéris estiver errada? E se o ultrassom revelar uma deformidade? Terei que fazer um aborto. Não quero, mas não posso trazer outro curinga ao mundo. O aborto é contra tudo que eu fui levada a acreditar.*

Mas será que quero passar o resto da minha vida cuidando de um monstro? Posso tirar a vida de um bebê, mesmo ele sendo um curinga?

Ela avançou e regrediu nesses pensamentos até finalmente cair no sono. Seu último pensamento coerente foi sobre Fortunato. *O que será que ele ia querer?*, ela se perguntou.

Foi acordada por Tachyon esmurrando a porta.

— Peregrina. — Ela ouviu seu chamado de modo quase indistinto. — Você está aí? São sete e meia.

Ela rolou para fora da cama, enrolou-se no lençol e abriu a porta. Tachyon estava lá, em pé, o aborrecimento estampado no rosto.

Ele encarou-a.

— Sabe que horas são? Você devia me encontrar lá embaixo meia hora atrás.

— Eu sei, eu sei. Fale mais alto enquanto eu me visto.

Ela pegou as roupas e seguiu para o banheiro. Tachyon fechou a porta e observou o corpo coberto pelos lençóis com alegria.

— Que houve aqui? — ele perguntou. — Onde está seu amante?

Peregrina pôs a cabeça na fresta da porta do banheiro e falou enquanto escovava os dentes.

— Foi embora.

— Quer conversar sobre isso?

— Não! — Ela olhou o espelho de relance enquanto escovava rapidamente os cabelos e franzia a testa para o rosto exausto e os olhos vermelhos e inchados. *Você está péssima*, disse a si mesma. Vestiu as roupas, enfiou os pés em um par de sandálias, pegou a bolsa e juntou-se a Tachyon, que a esperava ao lado da porta.

— Desculpe, dormi demais — disse ela enquanto se apressavam pelo saguão e chegavam ao táxi que estava à espera. — Levou uma eternidade para eu dormir.

Tachyon observou-a atentamente quando a ajudou a entrar no táxi. Partiram em silêncio, a mente dela ocupada com o bebê, McCoy, Fortunato, maternidade, carreira. De repente, ela perguntou:

— Se o teste mostrar que há alguma anormalidade, poderemos fazer o aborto hoje?

Tachyon pegou as mãos frias dela.

— Sim.

Por favor, ela rezou, *por favor, não deixe que nada esteja errado com meu bebê.* A voz de Tachyon interrompeu seus pensamentos.

— Que foi?

— Per, o que aconteceu com McCoy?

Ela olhou para a janela e tirou a mão das de Tachyon.

— Ele foi embora — disse ela, distante, torcendo os dedos. — Acho que voltou para Nova York. — Piscou para deter as lágrimas. — Tudo parecia bem, digo, com minha gravidez e Fortunato e tudo o mais. Mas depois que ele ouviu que, se o bebê vivesse, provavelmente seria um curinga, bem...

— As lágrimas voltaram com tudo. Tachyon entregou para ela seu lenço bordado de cetim. Peregrina pegou-o e enxugou os olhos. — Bem — disse ela, continuando a história —, quando Josh ouviu aquilo, decidiu que não queria ter nada comigo ou com o bebê. Então, foi embora. — Ela fez do lenço de Tachyon uma bolinha úmida.

— Você realmente o ama, não é? — Tachyon perguntou com cuidado. Peregrina assentiu e limpou mais lágrimas.

— Se você abortar, ele vai voltar?

— Não sei e não quero saber — ela explodiu. — Se ele não pôde me aceitar do jeito que sou, então não o quero comigo.

Tachyon balançou a cabeça.

— Pobre Per — disse ele suavemente. — McCoy é um babaca.

Pareceu que passara uma eternidade antes de o táxi estacionar em frente ao hospital. Enquanto Tachyon conversava com a recepcionista, Peregrina recostou-se na parede fria e branca da sala de espera e fechou os olhos. Ela tentou esvaziar a mente, mas não conseguia parar de pensar em McCoy. *Se ele viesse, você o aceitaria de volta*, ela se acusou. *Sabe que aceitaria. Mas não virá, não comigo carregando um filho do Fortunato.* Ela abriu os olhos quando alguém tocou seu braço.

— Tem certeza de que está bem? — Tachyon perguntou.

— Só estou cansada. — Ela tentou sorrir.

— Assustada? — ele quis saber.

— Sim — ela admitiu. — Nunca pensei de verdade em ter filhos, mas, agora que estou grávida, quero ter um bebê mais do que qualquer outra coisa. — Peregrina suspirou e abraçou o abdômen, como se o protegesse. — E espero que o bebê esteja muito bem.

— Estão bipando ao médico que vai realizar o procedimento — Tachyon comentou. — Espero que esteja com sede. Você terá de beber muitos copos d'água. — Ele pegou um jarro e um copo de uma bandeja trazida até ele por uma enfermeira. — Pode começar agora.

Peregrina começou a tomar água. Terminou seis copos antes de um homem baixote de jaleco branco vir às pressas até eles.

— Dr. Tachyon? — perguntou ele, pegando a mão de Tachyon. — Sou o Dr. Ali. É um grande prazer conhecê-lo e recebê-lo em meu hospital. — Ele se voltou para Peregrina. — Esta é a paciente?

Tachyon fez as apresentações.

O Dr. Ali esfregou as mãos uma na outra.

— Vamos lá — disse ele, e eles o seguiram até a ala de ginecologia e obstetrícia do hospital.

— Você, minha jovem, pode entrar na sala. — Ele apontou. — Tire a roupa toda e vista a camisola que estará lá. Continue bebendo água. Quando tiver se trocado, volte aqui e faremos a sonografia.

Quando Peregrina juntou-se novamente a Tachyon, agora vestindo um jaleco branco sobre as finas roupas de seda, e ao Dr. Ali, pediram para que ela se deitasse na maca. Ela seguiu as instruções, apertando o amuleto de Tuéris na mão. Uma enfermeira ergueu a túnica e esfregou um gel transparente na barriga de Peregrina.

— Gel condutor — Tachyon explicou. — Ajuda a levar as ondas sonoras.

A enfermeira começou a mover um pequeno instrumento que parecia um microfone sobre a barriga de Peregrina.

— O transdutor — disse Tachyon enquanto ele e Ali examinavam a imagem na tela de vídeo à sua frente.

— Bem, o que estão vendo? — perguntou Peregrina.

— Um momento, Per.

Tachyon e Ali conversaram em voz baixa.

— Dá para imprimir? — Peregrina ouviu Tachyon perguntar. O Dr. Ali deu instruções à enfermeira em árabe, e em pouco tempo uma impressão de computador da imagem apareceu.

— Pode descer agora — disse Tachyon. — Já vimos tudo que dá para ver.

— E? — perguntou Peregrina muito ansiosa.

— Tudo parece bem… até agora — disse Tachyon devagar. — A criança parece estar se desenvolvendo normalmente.

— Que maravilha! — Ela o abraçou enquanto ele a ajudava a descer da maca.

— Se você pretende continuar com essa gravidez, insisto que passe por ultrassom a cada quatro ou cinco semanas para monitorar o crescimento do bebê.

Peregrina assentiu.

— Essas ondas sonoras não vão machucá-lo, não é?

— Não — disse Tachyon. — A única coisa que pode prejudicar a criança já existe dentro dela.

Peregrina olhou para Tachyon.

— Sei como você se sente por ter que repetir isso para mim o tempo todo, mas o bebê vai ficar bem, eu sei disso.

— Peregrina, isso não é um conto de fadas! Você não terá um "viveram felizes para sempre"! Pode arruinar sua vida!

— Quando eu tinha 13 anos cresceram asas em mim que poderiam ter arruinado a minha vida, mas não arruinaram. Nem vão arruinar agora.

Tachyon suspirou.

— Não há argumentos com você. Vá vestir suas roupas. É hora de voltarmos para o Cairo.

♥

Tachyon esperava do lado de fora do vestiário.

— Onde está o Dr. Ali? — perguntou ela, olhando ao redor. — Queria agradecer-lhe.

— Ele tinha outros pacientes para atender. — Tachyon a conduziu pelo corredor com o braço ao redor dos ombros dela. — Vamos embora... — a voz dele parou. Vindo pelo corredor na direção deles estava Josh McCoy. Peregrina ficou satisfeita ao ver que ele parecia tão péssimo quanto ela. Não deve ter conseguido dormir também. Ele parou diante deles.

— Per — ele começou. — Estive pensando...

— Bom para você — disse Peregrina com rispidez. — Agora, se nos der licença...

McCoy esticou a mão e agarrou o braço da mulher alada.

— Não. Quero falar com você e pretendo fazer isso agora. — Ele a afastou de Tachyon.

Ela precisava falar com ele, disse a si mesma. Talvez tudo pudesse se ajeitar. Assim ela esperava.

— Tudo bem — disse ela para Tachyon, trêmula. — Vamos acabar com isso.

A voz de Tachyon seguiu-os.

— McCoy. Sem dúvida você é um idiota. E eu aviso você, se magoá-la, de qualquer jeito, vai se arrepender por muito tempo.

McCoy ignorou-o e continuou a puxar Peregrina pelo corredor, abrindo portas até encontrar uma sala vazia. Ele a puxou e bateu a porta atrás de si. Soltou o braço dela e começou a caminhar para a frente e para trás.

Peregrina ficou em pé, encostada na parede, esfregando o braço onde as marcas dos dedos dele estavam visíveis.

McCoy parou de andar e a encarou.

— Desculpe se te machuquei.

— Acho que vai ficar roxo — disse ela, inspecionando o braço.

— Não pode — McCoy disse, zombando. — Escoriações no símbolo sexual dos Estados Unidos!

— Essa foi bem podre — disse ela, sua voz perigosamente baixa.

— Mas é verdade — respondeu ele de pronto. — Você é um símbolo sexual. Tem suas páginas centrais da *Playboy*, aquela escultura nua de gelo no Aces High. E que tal aquele pôster nu, "Anjo caído", que o Warhol fez?

— Não há nada de errado em posar nua! Não tenho vergonha de mostrar meu corpo ou de ter outras pessoas olhando para ele.

— Não brinca! Você tira a roupa para qualquer um que te pedir!

Ela ficou pálida de fúria.

— Sim, tiro! Inclusive para você! — Ela deu um tapa no rosto de McCoy e virou-se para a porta, as asas tremendo. — Não vou ficar aqui ouvindo mais insultos seus.

Ela pegou na maçaneta, mas McCoy lançou-se na frente dela e manteve a porta fechada.

— Não. Preciso falar com você.

— Você não está conversando, está me ofendendo — rebateu Peregrina —, e eu não gosto disso nem um pouco.

— Você não sabe o que é ofensa — ele lhe disse, os olhos castanhos brilhando com raiva. — Por que você não grita? Provavelmente Tachyon está bem aí fora. Ele amaria correr aqui para dentro e te salvar. Você poderia transar com ele como agradecimento.

— Como você ousa? — gritou Peregrina. — Não preciso dele para me proteger. Dele ou de você ou de qualquer outro! Me deixe sair! — ela exigiu, furiosa.

— Não. — Ele pressionou o corpo dela na parede. Ela se sentiu uma borboleta pregada numa placa de veludo. Podia sentir o calor pesado dele contra si. — É assim que vai ser? — ele se enfureceu. — Homens querendo te proteger? Homens querendo trepar com você apenas porque você é a Peregrina? Não quero que ninguém mais toque em você. Ninguém além de mim.

"Per — disse ele com mais suavidade. — Olhe para mim. — Quando ela se recusou, ele forçou o queixo dela até que encarasse seus olhos, lágrimas rolando em suas bochechas. — Per, desculpe por tudo que eu disse ontem. E por tudo que acabei de dizer. Não queria, mas quando vi aquele almofadinha enfeitado com as mãos em você, perdi as estribeiras. O pensamento de qualquer outro além de mim tocando em você me deixa louco. — Os dedos no queixo dela se retesaram. — Ontem, quando você disse que Fortunato era o pai do bebê, tudo que consegui ver foi ele na cama com você, te abraçando, te amando. — Ele a soltou e caminhou até a janela da pequena sala, olhando para fora sem nada ver, as mãos fechando e abrindo. — Foi então — ele continuou — que percebi exatamente o que eu estava enfrentando. Você é famosa, bonita, sexy e todos querem você. Não quero ser o Sr. Peregrina. Não quero competir com seu passado. Quero o seu futuro.

"O que eu disse ontem sobre os curingas não era verdade. Foi a primeira desculpa na qual consegui pensar. Queria ferir você da mesma forma que eu estava ferido. — Ele correu a mão pelos cabelos loiros.

"Realmente me doeu quando você me contou sobre o bebê, porque ele não é meu. Não odeio curingas. Gosto de crianças e vou amar seu bebê e tentar ser um bom pai. Se Fortunato aparecer, bem, vou lidar com isso da melhor forma que eu puder. Caramba, Per, eu te amo. A noite passada sem você foi horrível. Ela me mostrou o que o futuro seria se eu deixasse você ir embora. Eu te amo — ele repetiu — e quero você para o resto da minha vida."

Peregrina abraçou-o e encostou-se nas costas dele.

— Eu também te amo. A noite passada foi a pior noite da minha vida. Percebi o quanto você significava para mim, e também o que este bebê significa. Se eu puder ter apenas um de vocês, quero meu filho. Sinto em dizer isso, mas eu precisava dizer isso para você. Mas também te quero.

McCoy virou-se e tomou as mãos dela. Ele as beijou.

— Você parece terrivelmente determinada.

— Estou.

McCoy riu.

— Não importa o que aconteça quando o bebê nascer, faremos o melhor que pudermos. — Ele baixou o rosto, sorrindo. — Eu tenho um montão de sobrinhos e sobrinhas, por isso sei até como trocar fraldas.

— Ótimo. Você poderá me ensinar.

— Ensino — ele prometeu, seus lábios tocando os dela quando a puxou para mais perto.

A porta se abriu. Uma figura de trajes brancos olhou para eles com desaprovação. Depois de um momento, o Dr. Tachyon encarou-os.

— Vocês já terminaram? — perguntou ele, num tom gélido. — Estão precisando desta sala.

— Tudo bem com a sala, mas não terminamos. Estamos apenas começando — disse Peregrina, sorrindo radiante.

— Bem, contanto que você esteja feliz — falou Tachyon lentamente.

— Estou — ela lhe garantiu.

Saíram do hospital com Tachyon. Ele pegou um táxi sozinho. McCoy e Peregrina conseguiram uma carruagem puxada a cavalos que esperava no meio-fio atrás do táxi.

— Temos que voltar ao hotel — disse Peregrina.

— Você está me fazendo uma proposta?

— Claro que não. Tenho que fazer as malas para a gente voltar à excursão no Cairo.

— Hoje?

— Sim.

— Então, precisamos correr.

— Por quê?

— Por quê? — McCoy cobriu-a de beijos no rosto e no pescoço. — Temos que recuperar a última noite, claro.

— Ah. — Peregrina falou com o cocheiro e a carruagem ganhou velocidade. — Não queremos mais perder tempo.

— Já chega o que perdemos — McCoy concordou. — Você está feliz? — perguntou ele suavemente enquanto ela se aninhava em seus braços, a cabeça deitada em seu peito.

— Mais feliz do que jamais estive! — Mas uma voz baixinha no fundo de sua mente a lembrava o tempo todo de Fortunato.

Os braços dele apertaram-se ao redor dela.

— Eu te amo.

Do diário de Xavier Desmond

30 de janeiro, Jerusalém:

A cidade aberta de Jerusalém, como a chamam. Uma metrópole internacional, governada em conjunto por representantes de Israel, Jordânia, Palestina e Grã-Bretanha sob um mandato das Nações Unidas, sagrada para três das grandes religiões mundiais.

Infelizmente, a frase apropriada não é "cidade aberta", mas "ferida aberta". Jerusalém sangra assim por quase quatro décadas. Se essa cidade é sagrada, eu odiaria visitar uma que fosse profana.

Os senadores Hartmann e Lyons e os outros delegados políticos almoçaram com os representantes da cidade hoje, mas o restante de nós passou a tarde passeando nesta cidade internacional livre em limusines fechadas com vidros blindados e blindagem especial para resistir a ataques de bomba. Jerusalém, ao que parece, gosta de recepcionar seus visitantes internacionais distintos explodindo-os pelos ares. Não parece importar quem são os visitantes, de onde vêm, que religião professam, quais suas tendências políticas — existem facções o suficiente na cidade para que todos possam esperar ser odiados por alguém.

Dois dias atrás, estávamos em Beirute. De Beirute a Jerusalém é uma transição da água para o vinho. O Líbano é um país lindo, e Beirute é tão adorável e pacífica que parece quase serena. Suas diversas religiões parecem ter resolvido o problema de viver em relativa harmonia, embora haja incidentes, é claro — nenhum lugar do Oriente Médio (ou do mundo, a propósito) é completamente seguro.

Mas, em Jerusalém, as deflagrações de violência têm sido endêmicas por trinta anos, uma pior do que a outra. Quarteirões inteiros lembram muito Londres durante os ataques aéreos da Segunda Guerra, e a população que permanece cresceu tão acostumada ao som distante das rajadas de metralhadora que mal parece prestar atenção.

Paramos por um breve momento no que restava do Muro das Lamentações (em grande parte destruído em 1967 por terroristas palestinos em represália pelo assassinato de al-Haziz por terroristas israelenses no ano anterior) e, de fato, ousamos sair dos veículos. Hiram olhava ao redor o tempo todo e fechou um punho, como se desafiasse qualquer um a começar uma confusão. Ele estava estranho ultimamente; irritado, ficava rapidamente furioso, mal-humorado. Contudo, as coisas que testemunhamos na África afetaram a todos. Um fragmento do muro ainda está razoavelmente em boas condições. Toquei-o e tentei sentir a história. Em vez disso, senti os buracos deixados nas pedras pelas balas.

Grande parte do nosso grupo voltou ao hotel depois disso, mas o Padre Lula e eu pegamos um atalho para visitar o Bairro dos Curingas deles. Disseram-me que é a segunda maior comunidade de curingas do mundo depois do nosso Bairro dos Curingas... uma segunda distante, mas, de qualquer forma, a segunda. Isso não me surpreende. O islã não vê meu povo com gentileza, e, assim, os curingas de todo o Oriente Médio vêm para cá em busca da escassa proteção oferecida pela soberania da ONU e por uma pequena força de paz internacional, com poucos soldados, poucas armas e desmoralizada.

O bairro é incrivelmente nojento, e o peso da miséria humana dentro de seus muros é quase palpável. Ainda assim, por ironia, suas ruas têm a reputação de serem mais seguras do que qualquer outro lugar em Jerusalém. O bairro tem as próprias muralhas, construídas ainda em nossa época, originalmente para poupar os sentimentos de pessoas decentes, escondendo-nos, obscenidades vivas, da vista deles, mas aquelas mesmas muralhas têm sido uma medida de segurança para aqueles que vivem dentro dela. Uma vez lá dentro, não vi nenhum limpo, apenas curingas — curingas de todas as raças e religiões, todos vivendo em relativa paz. No passado podem ter sido muçulmanos, judeus ou cristãos, zelotes ou sionistas, até mesmo seguidores de Nur, mas, após sua carta ter sido tirada, eram simplesmente curingas. O curinga é o grande equalizador, atravessando todos os outros ódios e preconceitos, unindo toda a humanidade numa nova irmandade da dor. Um curinga é um curinga, e tudo o mais que ele for não importa.

Que bom se funcionasse da mesma forma com os ases.

A Igreja de Jesus Cristo Curinga tem uma igreja em Jerusalém, e o Padre Lula me levou até lá. O prédio parecia mais uma mesquita do que uma igreja cristã, ao menos no lado de fora, mas dentro não era tão diferente assim da igreja que eu visitava no Bairro dos Curingas, embora muito mais antiga e em grande decadência. O Padre Lula acendeu uma vela e fez uma oração, e então voltamos para a paróquia apertada, caindo aos pedaços, onde o Padre Lula conversou com o sacerdote em um latim hesitante, enquanto compartilhávamos uma garrafa de vinho tinto azedo. Enquanto conversavam, ouvi o som de uma arma automática estalando em algum lugar no meio da noite, a poucos quarteirões dali. Uma noite típica de Jerusalém, suponho.

Ninguém lerá este livro até depois da minha morte, momento no qual estarei seguramente imune a ações judiciais. Pensei muito e intensamente sobre se devo ou não registrar o que aconteceu hoje à noite, e finalmente decidi que devo. O mundo não deve esquecer as lições de 1976 e ser lembrado às vezes que a LADC não representa todos os curingas.

Uma velha curinga entregou-me um bilhete quando o Padre Lula e eu saíamos da igreja. Supus que alguém tivesse me reconhecido.

Quando li o bilhete, declinei da recepção oficial, alegando doença novamente, mas desta vez era um artifício. Jantei no meu quarto com um criminoso procurado, um homem que posso descrever apenas como um famoso terrorista internacional curinga, embora seja um herói dentro do Bairro dos Curingas de Jerusalém. Não darei seu nome verdadeiro, mesmo nestas páginas, pois sei que ainda visita a família em Tel Aviv de vez em quando. Usa uma máscara canina preta em suas "missões", e para a imprensa, a Interpol e as diversas facções que policiam Jerusalém, ele é conhecido alternadamente como Cão Negro e Cão Infernal. Hoje à noite ele usava uma máscara completamente diferente, um capuz em formato de borboleta coberto com purpurina prateada, e não teve problemas ao cruzar a cidade.

— O que você precisava lembrar — ele me disse — é que os limpos são essencialmente estúpidos. Você usa a mesma máscara duas vezes e deixa que tirem sua foto com ela, e eles começam a pensar que é seu rosto.

O Cão, como eu o chamarei, nasceu no Brooklyn, mas emigrou para Israel com a família aos 9 anos e se tornou cidadão israelense. Tinha 20 anos quando virou curinga.

— Viajei meio mundo para tirar minha carta selvagem — disse ele. — Poderia ter ficado no Brooklyn.

Passamos várias horas discutindo Jerusalém, Oriente Médio e as políticas do carta selvagem. O Cão lidera o que a honestidade me força a chamar de organização terrorista curinga, os Punhos Deformados. São ilegais em

Israel e na Palestina, e não são de brincadeira. Foi evasivo sobre quantos membros tinham, mas não se envergonhou ao confessar que praticamente todo o apoio financeiro vinha do Bairro dos Curingas de Nova York.

— Você pode não gostar da gente, senhor prefeito — disse-me o Cão —, mas seu povo gosta. — Ele chegou a insinuar levemente que um dos delegados curingas em nossa excursão estava entre seus patrocinadores, embora se recusasse, é claro, a fornecer o nome.

O Cão está convencido de que a guerra está chegando ao Oriente Médio, e será logo.

— Já passou da hora — disse ele. — Nem Israel e tampouco a Palestina têm fronteiras defensáveis, e não são nações economicamente viáveis. Cada qual está convencido de que o outro é culpado de todos os tipos de atrocidades terroristas, e ambos estão corretos. Israel quer Negev e a Cisjordânia, a Palestina quer um porto no Mediterrâneo, e os dois países ainda estão cheios de refugiados da partilha de 1948 que querem seu lar de volta. Todo mundo quer Jerusalém, exceto a ONU, que já tem. Merda, *precisam* de uma boa guerra. Os israelenses pareciam estar vencendo em 1948 até Nasr dar um chute no traseiro deles. Sei que Bernadotte venceu o Prêmio Nobel da Paz pelo Tratado de Jerusalém, mas, apenas entre nós, poderia ter sido melhor se lutassem até as últimas e amargas consequências… quaisquer tipos de consequências.

Perguntei a ele sobre todas as pessoas que teriam morrido, mas ele apenas ergueu os ombros.

— Estariam mortos. Mas, talvez, se isso acabasse, realmente acabasse, algumas das feridas começariam a cicatrizar. Em vez disso, recebemos dois meios-países enfezados que compartilham o mesmo desertinho e não se reconhecerão mutuamente. Chegamos a quatro décadas de ódio, terrorismo e medo, e ainda vamos chegar à guerra, e logo. De qualquer forma, não faço ideia de como Bernadotte conseguiu a Paz de Jerusalém, mas não me surpreende ele ter sido assassinado por seus problemas. Os únicos que odeiam o acordo mais que os israelenses são os palestinos.

Enfatizei que, por mais impopular que pudesse ser, a Paz de Jerusalém durou quase quarenta anos. Ele ignorou isso como "um beco sem saída de quarenta anos, não uma paz real. Foi o medo mútuo que o fez funcionar. Os israelenses sempre tiveram superioridade militar. Mas os árabes tinham os ases de Porto Said, e você acha que os israelenses não se lembram? Todas as vezes que os árabes erguem um memorial para Nasr em qualquer lugar, de Bagdá a Marrakesh, os israelenses estouram tudo. Acredite, eles têm memória. Apenas agora a situação toda está ficando desequilibrada. Fontes dizem que Israel estaria realizando suas experiências de carta selvagem em voluntários de suas Forças Armadas, e eles apresentaram alguns ases próprios. Agora, isso é fanatismo para você, voluntariar-se para o carta selvagem. E, no lado árabe, você tem Nur al-Allah, que chama Israel de uma 'nação curinga desgraçada' e prometeu destruí-la por completo. Os ases de Porto Said eram gatinhos se comparados ao seu grupo, mesmo o velho Khôf. Não, a guerra está chegando, e logo."

— E quando chega? — perguntei a ele.

Ele carregava uma arma, um tipo de pistola semiautomática com um longo nome russo. Ele a sacou e pousou na mesa entre nós.

— Quando chegar a hora — disse ele —, poderão se matar à vontade, mas seria muito melhor deixarem o Bairro dos Curingas em paz, ou terão de lidar conosco também. Já demos aos Nur algumas lições. Toda vez que matarem um curinga, mataremos cinco deles. Você acharia que eles entenderiam a ideia, mas os Nur têm compreensão lenta.

Disse a ele que o senador Hartmann esperava conseguir um encontro com Nur al-Allah para começar as discussões que poderiam levar a uma solução pacífica a esses problemas de área. Ele riu. Conversamos por bastante tempo, sobre curingas, ases e limpos, e violência e não violência, guerra e paz, sobre fraternidade e vingança e dar a outra face e cuidar de si mesmo, e no fim não entramos em nenhum acordo.

— Por que você veio? — perguntei finalmente.

— Pensei que deveríamos nos conhecer. Poderíamos ter sua ajuda. Seu conhecimento do Bairro dos Curingas, seus contatos na sociedade dos limpos, o dinheiro que você poderia levantar.

— Vocês não terão minha ajuda — eu lhe disse. — Percebi para onde seu caminho vai levar. Tom Miller tentou trilhá-lo dez anos atrás.

— Gimli? — Ele deu de ombros. — Primeiro, Gimli era um louco de pedra. Eu não sou. Gimli quer o mundo para beijá-lo e torná-lo melhor. Eu apenas luto para me proteger. Para te proteger, Des. Reze para que seu Bairro dos Curingas nunca precise dos Punhos Deformados, mas, se precisar, estaremos lá. Li a história de capa da *Times* sobre Leo Barnett. Talvez o Nur não seja o único lento na compreensão. Se é o que parece, talvez o Cão Negro vá para casa e encontre aquela árvore que cresce no Brooklyn, certo? Não vou a um jogo do Dodger desde que tinha 8 anos.

Meu coração veio parar na garganta quando olhei para a arma na mesa, mas estendi a mão e toquei no telefone.

— Posso chamar nossa segurança agora mesmo e garantir que isso não aconteça, que você não mate mais nenhum inocente.

— Mas não vai — disse o Cão. — Porque temos muito em comum.

Afirmei para ele que não tínhamos nada em comum.

— Ambos somos curingas — disse ele. — O que mais importa? — Então, enfiou a arma no coldre, ajustou a máscara e saiu calmamente do meu quarto.

E Deus me ajude: fiquei sentado lá, sozinho, por vários minutos intermináveis, até ouvir as portas do elevador abrirem no corredor — e finalmente tirei a mão do telefone.

O matiz do ódio

Parte cinco

Domingo, 1º de fevereiro de 1987, deserto sírio:

Najib a derrubou com um golpe rápido, mas Misha persistiu.

— Ele está vindo — disse Misha. — Os sonhos de Alá me dizem que preciso ir a Damasco para encontrá-lo.

Na escuridão da mesquita, Najib brilhava como um feixe verde perto do *mihrab*, o nicho de oração encrustado de joias. Às noites, Nur al-Allah ficava mais impressionante, uma visão arrebatadora do profeta, luzindo com a fúria do próprio Alá. Não disse nada quanto à afirmação de Misha, olhando primeiro para Sayyid, que descansava sua grande massa contra um dos pilares tombados.

— Não — Sayyid grunhiu. — Não, Nur al-Allah. — Ele olhava para Misha, ajoelhada em súplica diante do irmão, e os olhos do homem estavam cheios de uma ira borbulhante porque ela não se submeteria à vontade do irmão ou às sugestões de Sayyid. — Você sempre disse que as abominações devem ser mortas. Você diz que a única maneira de negociar com os infiéis é com o gume de uma espada. Deixe-me cumprir essas palavras por você. O governo inteiro do Ba'th não poderá fazer nada para nos impedir, al-Assad treme quando Nur al-Allah fala. Levarei alguns dos fiéis a Damasco. Vamos limpar as abominações e aqueles que as trazem com fogo purificador.

A pele de Najib chamejou por um momento, como se o conselho de Sayyid o tivesse entusiasmado. Seus lábios retraíram-se numa expressão violenta. Misha sacudiu a cabeça.

— Irmão — ela implorou. — Ouça também a Kahina. Tive o mesmo sonho por três noites. Vejo dois de nós com os norte-americanos. Vejo os presentes. Vejo um caminho novo, nunca antes percorrido.

— Diga a Nur al-Allah também que você acordou gritando do sonho, que sentiu o perigo dos presentes, que esse Hartmann tinha mais de um rosto em seus sonhos.

Misha olhou para trás, encarando o marido.

— Um novo caminho é sempre perigoso. Presentes sempre obrigam aquele que os recebe. Vai dizer a Nur al-Allah que não há perigo em seu método, o método da violência? Nur al-Allah já está tão forte que conseguirá derrotar o Ocidente inteiro? Os soviéticos não nos ajudarão; eles vão querer as mãos limpas.

— *Jihad* é batalha — esbravejou Sayyid.

Najib assentiu com a cabeça e ergueu uma das mãos brilhantes diante do rosto, virando-a como se maravilhado com a luz suave que ela irradiava.

— Alá castiga os infiéis com sua mão — ele concordou. — Por que não deveríamos fazer o mesmo?

— Por conta do sonho de Alá — Misha insistiu.

— O sonho de Alá ou o *seu*, mulher? — perguntou Sayyid. — O que os infiéis farão se Nur al-Allah fizer o que pedi? O Ocidente não fez nada sobre os reféns que o islã tomou, não fez nada sobre outros assassinatos. Vão reclamar a Damasco e a al-Assad? Nur al-Allah governa a Síria em tudo, somente não tem um título. Nur al-Allah reuniu metade do islã sob sua força. Eles se queixarão, gritarão. Chorarão e gemerão, mas sem interferir. O que farão — se recusarão a fazer comércio conosco? — Sayyid cuspiu nas lajotas com intrincados desenhos aos seus pés. — Eles ouvirão a gargalhada de Alá no vento.

— Esses norte-americanos têm os próprios guardas — Misha se opôs. — Têm aqueles que chamam de ases.

— Nós temos Alá. Sua força é tudo que precisamos. Qualquer um do meu povo ficaria honrado em se tornar um *shahid*, um mártir de Alá.

Misha voltou-se para Najib, que ainda olhava para a própria mão, enquanto Sayyid e Misha discutiam.

— Irmão, o que Sayyid pede ignora os dons que Alá nos deu. Seu método ignora o dom dos sonhos e ignora a *kuwwa nuriyah*, a força da luz.

— Como assim? — A mão de Najib baixou-se.

— O poder de Alá está em sua voz, em sua presença. Se você se encontrasse com essas pessoas, eles se curvariam da maneira que os fiéis se curvam quando você fala. Qualquer um do povo de Alá poderia matá-los, mas apenas Nur al-Allah pode realmente trazer os infiéis para a fé de Alá. Qual das duas opções é honra maior para Alá?

O MATIZ DO ÓDIO

Najib não respondeu. Ela conseguiu ver seu rosto luminescente se contorcer num profundo franzir, e ele se afastou alguns passos. Ela sabia que havia vencido. *Louvado seja Alá! Sayyid me espancará de novo por isso, mas valerá a pena.* O rosto latejava onde Najib batera, mas ela ignorava a dor.

— Sayyid? — chamou Najib. Ele olhava através de uma janela entreaberta para o vilarejo. Vozes fracas saudavam a visão fulgurante.

— A decisão é de Nur al-Allah. Ele conhece meu conselho — falou Sayyid. — Não sou um *kahin*. Minha presciência limita-se à guerra. Nur al-Allah é forte, acho que deveríamos demonstrar essa força.

Najib voltou ao *mirhab*.

— Sayyid permitirá que Kahina vá até Damasco e se encontre com os norte-americanos?

— Se for o desejo de Nur al-Allah — respondeu Sayyid, tenso.

— É — disse Najib. — Misha, volte para a casa de seu marido e prepare-se para a viagem. Você encontrará esta delegação e me contará sobre ela. Então, Nur al-Allah decidirá como proceder.

Misha curvou-se, encostando a cabeça nas lajotas frias. Manteve os olhos baixos, sentindo o calor do olhar de Sayyid quando passou por ele.

Ao sair, Najib balançou a cabeça para a postura mal-humorada de Sayyid.

— Acha que o ignoro para acreditar em sua mulher, meu amigo? Ficou ofendido?

— É sua irmã, e é Kahina — respondeu Sayyid com voz neutra.

Najib sorriu, e a escuridão de sua boca era como uma fenda no rosto brilhante.

— Deixe-me perguntar, Sayyid: somos realmente fortes o suficiente para fazer o que sugeriu?

— *In sha'Allah*, claro, eu não teria dito se não pensasse ser verdade.

— E seu plano seria mais fácil de executar em Damasco, ou aqui, na nossa região, no momento em que escolhermos? — A compreensão fez Sayyid sorrir. — Ah, aqui, claro, Nur al-Allah. Aqui.

Terça-feira, 3 de fevereiro de 1987, Damasco:

O hotel ficava próximo ao *souk* al-Hamidiyah. Mesmo com a vibração do compressor do arcaico ar-condicionado, Gregg conseguia ouvir o movimento animado do mercado. O *souk* era vertiginoso com milhares de *djellabas* de cores brilhantes, entremeados com o preto chapado dos xadores. As multidões enchiam os corredores estreitos entre as tendas coloridas das barracas e inundavam as ruas. Na esquina mais próxima, um vendedor de água anunciava aos berros seus produtos: "*Atchen, taa saubi!* — Se estiver com sede, venha até mim!"

Em todos os lugares havia multidões, do *souk* aos minaretes brancos de 1.200 anos da Mesquita dos Omíadas.

— A gente até acha que o carta selvagem nunca existiu. Por sinal, nem o século XX — comentou Gregg.

— Isso porque Nur al-Allah garantiu que nenhum curinga ousasse caminhar pelas ruas. Eles matam curingas aqui. — Sara, na cama, punha as cascas de sua laranja no exemplar de *al Ba'th*, o jornal oficial da Síria, sujando-o. — Lembro de um relato que conseguimos do correspondente do *Post* aqui. Um curinga teve o azar de ser pego roubando comida no *souk*. Enterraram-no na areia de forma que apenas a cabeça ficasse de fora, então o apedrejaram até a morte. O juiz, que pertencia à seita Nur pelo jeito, insistiu que fossem jogadas apenas pedras pequenas para que o curinga tivesse tempo suficiente para refletir sobre seus pecados antes de morrer.

Gregg enroscou os dedos no cabelo desgrenhado dela, puxou gentilmente sua cabeça para trás, e beijou-a com ardor.

— Por isso estamos aqui — disse ele. — É por isso que espero encontrar a Luz de Alá.

— Você está tenso desde o Egito.

— Acho que é uma parada importante.

— Porque o Oriente Médio está entre as principais preocupações do próximo presidente?

— Você é uma cadelinha impertinente.

— Vou tomar o "inha" como um elogio. E "cadela" é a fêmea do cachorro, seu porco sexista. E eu *consigo* farejar uma história. — Ela enrugou o nariz para ele.

— Isso significa que terei seu voto?

— Depende. — Sara revirou o lençol, espalhando *al-Ba'th*, laranja e cascas ao chão, e tomou a mão de Gregg. Ela beijou levemente os dedos dele, e então levou a mão dele para baixo da cintura. — Que tipo de incentivos você estaria pensando em oferecer? — perguntou ela.

— Farei o que tiver de fazer. — E isso era verdade. O Titereiro rodopiou levemente, com impaciência. *Se eu fizer de Nur al-Allah uma marionete, influenciarei seus atos. Poderei me sentar à mesa com ele e fazê-lo assinar o que quiser: Hartmann, o Grande Negociador, o humanitário do mundo. Nur al-Allah é a chave para esta região. Com ele e alguns outros líderes... O pensamento fez com que ele sorrisse. Sara riu com voz rouca.*

— Nenhum sacrifício é grande demais, não é? — Ela riu novamente e puxou-o para cima de si. — Gosto de um homem com senso de obrigação. Bem, comece a merecer seu voto, senador. E, desta vez, *você* fica por baixo.

Poucas horas depois, veio uma batida discreta na porta. Gregg estava em pé ao lado da janela, dando nó em sua gravata enquanto olhava para a cidade.

— Sim?

— Billy, senador. Kahina e o grupo estão aqui. Já falei com os outros. Devo enviá-la para a sala de conferência?

— Só um segundo.

Sara chamou-o baixinho da porta aberta do banheiro.

— Vou descer para o meu quarto.

— Você poderia ficar aqui por um momento. Billy vai cuidar para que ninguém veja você sair. Depois haverá coletiva de imprensa, então você poderia descer em meia hora. — Gregg foi até a porta, abriu uma fresta e falou com Billy. Então ele saiu rapidamente, passando para a suíte adjacente e batendo à porta. — Ellen? Kahina está a caminho.

Ellen entrou enquanto Gregg vestia o paletó e Sara escovava o cabelo. Sorriu automaticamente para Sara, assentindo. Gregg conseguia perceber uma leve chateação em sua mulher, um vislumbre de ciúme; ele fez o Titereiro suavizar aquela aspereza, moldando-a até o azul frio. Ele precisava de pouquíssimo esforço, pois ela não tivera ilusões sobre o casamento desde o início — casaram-se porque ela era uma Bonestell, e os Bonestell da Nova Inglaterra sempre estiveram envolvidos em política, de um jeito ou de outro. Ela sabia como bancar a esposa apoiadora quando estava ao lado dele, o que dizer e como dizer. Ela aceitava que "homens tivessem necessidades" e não se importava, contanto que Gregg não as exibisse em público ou a impedisse de ter seus próprios casos. Ellen estava entre os mais flexíveis de suas marionetes.

Deliberadamente, apenas pelo prazer que o desgosto oculto de Ellen lhe daria, ele abraçou Sara. Conseguiu sentir Sara hesitante na presença de Ellen. *Posso mudar isso,* o Titereiro murmurou na cabeça dele. *Veja, há tanta afeição nela. Apenas uma torção, e eu poderia...*

Não! A profundidade de sua reação surpreendeu Gregg. *Não vamos forçá-la. Nunca tocamos em Súcubo, não tocaremos em Sara.*

Ellen observou o abraço com delicadeza, e o sorriso não deixou seus lábios.

— Espero que vocês tenham dormido bem. — Não havia nada no tom além de meras palavras. Glacial, distante, seu olhar afastou-se de Sara; ela sorriu para Gregg. — Querido, temos de ir. E quero falar com você sobre aquele repórter, o Downs... ele está me fazendo perguntas estranhas, e também está falando com Crisálida...

A reunião não foi o que ele esperava, apesar de John Werthen tê-lo instruído no protocolo necessário. Os guardas árabes ao longo da parede, armados com uma mistura de Uzis e armas automáticas soviéticas, eram intimidantes. Billy Ray reforçara cuidadosamente sua segurança. Gregg, Tachyon e outros membros políticos da delegação estavam presentes. Os ases e (especialmente) os curingas estavam em algum lugar de Damasco, enquanto o presidente al-Assad fazia turismo com eles.

A própria Kahina foi uma surpresa. Era uma mulher pequena, delicada. Os olhos de ébano sobre os véus eram brilhantes, inquiridores e curiosos; seu vestido era simples, exceto por uma linha de contas turquesa sobre a testa. Os tradutores a acompanhavam. Além disso, um trio de homens musculosos em vestes beduínas estava sentado por perto, observando.

— Kahina é uma mulher numa sociedade islâmica muito conservadora, senador — disse John. — O máximo que eu puder enfatizar isso será pouco. O fato de ela estar aqui é mesmo um rompimento com a tradição, permitido a ela apenas porque é a gêmea profeta do irmão e porque acreditam que ela tem mágica, *sihr*. Ela é casada com Sayyid, o general que arquitetou as vitórias militares de Nur al-Allah. Ela pode ser a Kahina, e tem uma educação liberal, mas não é uma mulher do Ocidente. Tenha cuidado. Essas pessoas ficam ofendidas facilmente e guardam rancor por muito tempo. E, por Deus, senador, diga a Tachyon para baixar o tom.

Gregg acenou para Tachyon, vestido escandalosamente como de costume, mas com uma nova mania. Abandonara o cetim, quente demais para ele naquele clima. Em vez disso, parecia que havia atacado um bazar no *souk*, emergindo com uma aparência clichê de um xeque de cinema: calças vermelhas e largas de seda, camisa de linho solta e casaco com brocado intrincado, contas e balangandãs em todos os cantos. Seu cabelo estava escondido sob uma touca elaborada; as pontas longas de suas sapatilhas eram viradas para cima e curvadas para trás. Gregg decidiu não comentar. Apertou as mãos dos outros e acomodou Ellen quando todos já estavam sentados. Acenou com a cabeça para Kahina e seu séquito, que afastaram seus olhares de Tachyon.

— *Marhala* — disse Gregg. — Sejam bem-vindos.

Os olhos dela reluziram. Ela inclinou a cabeça.

— Falo pouco de inglês — disse ela lentamente em um sotaque pesado e com voz baixa. — Será mais fácil se meu tradutor, Rashid, falar por mim.

Fones de ouvido foram distribuídos. Gregg os pôs.

— Estamos exultantes que Kahina tenha vindo até aqui para combinarmos um encontro com Nur al-Allah. Esta é uma honra maior do que merecemos.

O tradutor falava suavemente em seu fone. Kahina assentia. Ela falou em uma torrente rápida de árabe.

— A honra é que o senhor tenha vindo de tão longe para encontrá-lo, senador — a voz rouca de Rashid traduziu. — O Corão diz: "Para aqueles que não creem em Alá e seu apóstolo, preparamos um fogo ardente".

Gregg olhou para Tachyon, que ergueu a sobrancelha levemente sob a touca e encolheu os ombros.

— Gostaríamos de acreditar que compartilhamos uma visão de paz com Nur al-Allah — respondeu Gregg lentamente.

Kahina pareceu quase se divertir com aquilo.

— Nur al-Allah, desta vez, escolheu minha visão. Por ele, poderia ter ficado no deserto até os senhores partirem... — Kahina ainda estava falando, mas a voz de Rashid calou-se. Kahina olhou com raiva para o homem, dizendo algo que o levou a fazer uma careta. Um dos homens com Kahina gesticulou com grosseria; Rashid limpou a garganta e recomeçou.

— Ou... ou talvez Nur al-Allah poderia ter seguido o conselho de Sayyid e massacrado os senhores e as abominações que trouxeram consigo.

Tachyon recostou-se na cadeira, chocado; Lyons, o senador republicano, incrédulo, curvou-se para Gregg e sussurrou:

— E eu pensei que *Barnett* era doente.

Dentro de Gregg, o Titereiro agitava-se, faminto. Mesmo sem uma ligação mental direta, as emoções revoltas podiam ser sentidas. Os acompanhantes de Kahina estavam de cenho franzido, obviamente irritados com a candura da mulher, mas temerosos em perturbar alguém que, no fim das contas, era um dos profetas gêmeos. Os guardas próximos à parede ficaram tensos. Os representantes da ONU e da Cruz Vermelha discutiam aos sussurros.

Kahina estava sentada calmamente no meio do turbilhão, as mãos juntas sobre a mesa, os olhos fixos em Gregg. A intensidade do seu olhar era ameaçadora; ele se viu lutando para não desviar o rosto.

Tachyon curvou-se para a frente, seus dedos longos entrelaçados.

— As "abominações" são inocentes — disse ele sem meias-palavras. — Se alguém tem responsabilidade, este alguém sou *eu*. Seu povo serviria melhor os curingas com gentileza, e não com escárnio e brutalidade. Foram infectados por uma doença cega, horrível e não discriminatória. Como a senhora, que simplesmente teve sorte.

Os acompanhantes murmuraram para tal declaração, lançando olhares raivosos ao alienígena, mas Kahina respondeu calmamente:

— Alá é supremo. O vírus pode ser cego, mas Alá não. Aqueles que são dignos, Ele recompensa. Aqueles que não são, Ele abate.

— E quanto aos ases que nós trouxemos, que adoram outra versão de Deus, ou talvez nenhuma delas? — Tachyon persistiu. — E os ases em outros países que adoram Buda ou Amaterasu, ou a Serpente Emplumada, ou nenhum deus?

— Os caminhos de Alá são sutis. Sei que as palavras Dele no Corão são a verdade. Sei que as visões que Ele me concede contêm a verdade. Sei que, quando Nur al-Allah fala com a voz Dele, é a verdade. Além disso, é estúpido afirmar que se entende Alá. — A voz dela trouxe um tom de irritação, e Gregg sabia que Tachyon a atingira num ponto sensível.

Tachyon balançou a cabeça.

— E eu afirmaria que a estupidez maior é tentar entender os humanos, que criaram esses deuses — retorquiu ele.

Gregg ouvia a troca de farpas com grande excitação. Ter Kahina como marionete: ela poderia ser quase tão útil para ele quanto o próprio Nur al-Allah. Até aquele momento, ele ignorara a influência de Kahina. Pensou que uma mulher dentro desse movimento fundamentalista islâmico não poderia desfrutar de um poder real. Mas viu que sua avaliação poderia estar errada.

Kahina e Tachyon ficaram se encarando. Gregg ergueu a mão, fazendo uma voz moderada, tranquilizadora.

— Por favor. Doutor, deixe-me responder. Kahina, nenhum de nós tem a intenção de insultar suas crenças. Estamos aqui apenas para ajudar o seu governo a lidar com os problemas do vírus carta selvagem. Meu país já vem lidando com o vírus por mais tempo, tivemos a população mais afetada. Também estamos aqui para aprender, para ver outras técnicas e soluções. Podemos fazer isso melhor nos reunindo com aqueles que têm maior influência. Em todo o Oriente Médio ouvimos que essa pessoa é Nur al-Allah. Ninguém tem mais poder que ele.

O olhar de Kahina voltou-se para Gregg. O ressentimento ainda não havia deixado as pupilas de mogno.

— Você estava nos sonhos de Alá — disse ela. — Eu vi você. Fios saíam da ponta dos seus dedos. Quando você puxava, as pessoas da outra ponta dos fios se moviam.

Meu Deus! O choque e o pânico quase derrubaram Gregg do assento. O Titereiro rosnou como um cão acuado em sua cabeça. O pulso latejava em suas têmporas, e ele conseguia sentir o calor subir pelo rosto. *Como ela poderia saber...?*

Gregg forçou-se a rir, abrindo um sorriso.

— É um sonho comum com políticos — disse ele, como se ela tivesse contado uma piada. — Provavelmente eu estava tentando fazer os eleitores marcarem o campo correto na cédula. — Houve risadinhas em seu lado na mesa. Gregg deixou sua voz passar novamente para a seriedade. — Se eu *pudesse* controlar pessoas, além de já ser presidente, eu puxaria os fios que fariam seu irmão se encontrar conosco. Esse poderia ser o significado do seu sonho?

Sem pestanejar, ela olhou para ele.

— Alá é sutil.

Você precisa tomá-la. Não importa que Tachyon esteja aqui ou que seja perigoso porque ela é uma ás. Você precisa tomá-la pelo que ela pode dizer. Você precisa tomá-la, porque poderá nunca encontrar com Nur al-Allah. *Ela está aqui, agora.*

O poder em Gregg estava impaciente, ávido; forçou para que se acalmasse.

— O que convencerá Nur al-Allah, Kahina?

Um rompante de árabe; a voz de Rashid falou no ouvido de Gregg.

— Alá o convencerá.

— E a senhora. A senhora também é conselheira dele. O que dirá a ele?

— Discutimos quando eu disse que os sonhos de Alá me disseram para vir a Damasco. — Seus acompanhantes murmuravam de novo. Um deles tocou o ombro dela e sussurrou em seu ouvido violentamente. Kahina sacudiu a cabeça. — Direi ao meu irmão o que os sonhos de Alá me instruírem a dizer. Nada mais. Minhas palavras não têm peso algum.

Tachyon empurrou a cadeira para trás.

— Senador, sugiro que não percamos mais tempo nisto. Quero ver algumas clínicas que o governo sírio se deu ao trabalho de montar. Talvez *lá* eu possa realizar algo de concreto.

Gregg olhou ao redor da mesa. Os outros estavam assentindo. O próprio pessoal de Kahina parecia impaciente. Gregg levantou-se.

— Então, esperaremos sua resposta, Kahina. Por favor, eu imploro, diga ao seu irmão que, às vezes, quando você conhece um inimigo, descobre que ele não é de verdade o inimigo. Estamos aqui para ajudar. Isso é tudo.

Quando Kahina se levantou e tirou o fone de ouvido, Gregg casualmente estendeu a mão para ela, ignorando o desprezo que o gesto provocou nos acompanhantes. Quando Kahina não reagiu ao cumprimento, ele manteve a mão estendida.

— Temos um ditado que diz: em Roma, aja como os romanos — comentou ele, esperando que ela entendesse as palavras ou que Rashid as traduzisse. — Assim, o primeiro passo para entender alguém é conhecer os seus costumes. Um dos nossos é que colegas apertam as mãos em sinal de compreensão.

Ele pensou por um momento que a tática havia falhado, que a oportunidade passaria. Estava quase feliz. Abrir a mente e a vontade de um ás que já o aterrorizara com sua percepção inconsciente, e fazê-lo com Tachyon em pé ao lado dele, observando...

Então a mão dela, surpreendentemente branca sob a escuridão noturna de suas túnicas, resvalou contra os dedos dele.

Você precisa...

Gregg deslizou pelos filamentos curvos e ramificados do sistema nervoso, observando bloqueios e armadilhas, especialmente qualquer sinal de consciência de sua presença. Se sentisse, teria fugido tão rápido quanto entrara. Sempre fora extremamente cuidadoso com ases, mesmo com aqueles dos quais ele sabia não terem poderes mentais. Kahina não parecia ciente de sua invasão.

Ele a abriu, preparando as entradas que usaria mais tarde. O Titereiro suspirou com o turbilhão agitado de emoção que encontrou ali. Kahina era profunda, complicada. Os tons de sua mente eram saturados e fortes. Conseguiu sentir a atitude dela diante de si: uma esperança brilhante, amarelo-esverdeada, o ocre da suspeita, um veio marmorizado de pena/nojo pelo mundo dele. E, ainda assim, havia uma inveja reluzente embaixo de tudo isso, e uma ânsia que parecia atada aos seus sentimentos pelo irmão.

Ele seguiu aquela trilha retroativamente e ficou surpreso pelo rancor puro e amargo que encontrou. Estava escondido com cuidado, sobreposto sob emoções mais seguras, mais benignas, e selado com o respeito pela preferência de Alá por Nur al-Allah, mas existia. Pulsava ao toque dele, vivo.

Levou apenas um instante. A mão dela já havia se retraído, mas o contato estava estabelecido. Ele permaneceu com ela por mais alguns segundos, por segurança, então voltou a si.

Gregg sorriu. Estava feito, e ele ainda estava em segurança. Kahina não percebeu, Tachyon nem suspeitou.

-- Ficamos todos gratos pela sua presença — disse Gregg. — Diga a Nur al-Allah que tudo que desejamos é compreensão. O próprio Corão não começa com o exórdio "em nome de Alá, o Compassivo, o Misericordioso"? Em certo sentido, somos frutos dessa mesma compaixão.

— Este é o presente que o senhor traz, senador? — perguntou ela em inglês, e Gregg pôde sentir o desejo emergindo de sua mente aberta.

— Creio — respondeu ele — que este é o mesmo presente que a senhora daria a si mesma.

Quarta-feira, 4 de fevereiro de 1987, Damasco:

A batida na porta do seu quarto acordou Sara. Grogue, ela olhou primeiro para o relógio: 1h35 da manhã, horário local — parecia muito tarde. Ainda sentia o jet lag. *Porém, era cedo demais para ser Gregg.*

Ela vestiu um robe, esfregou os olhos e foi até a porta. O pessoal de segurança havia sido bem específico quanto aos riscos aqui em Damasco. Ela não ficou bem na frente da porta, mas inclinou-se diante do olho mágico central. Olhando por ele, viu o rosto distorcido de uma mulher árabe envolto no xador. Os olhos, a fina estrutura do rosto, eram familiares, inclusive as contas azul-marinho costuradas no véu do xador.

— Kahina? — perguntou ela.

— Sim — veio a resposta abafada do corredor. — Por favor. Gostaria de falar.

— Só um minuto. — Sara correu a mão pelo cabelo. Trocou o robe fino e rendado por um mais pesado, que escondesse melhor o corpo. Tirou a corrente da porta e abriu apenas um vão.

A mão pesada abriu completamente a porta, e Sara prendeu um grito. Um homem musculoso a encarou com raiva, uma pistola presa ao seu punho imenso. Ele ignorou Sara após uma olhada de relance e fez uma ronda no quarto, abrindo a porta do armário, olhando no banheiro. Grunhiu e voltou para a porta. Falou algo em árabe, e então Kahina entrou. O guarda-costas fechou a porta atrás dela e se pôs ao lado da entrada.

— Desculpe — disse Kahina. A voz dela lutava com o inglês, mas seus olhos pareciam gentis. Ela apontou na direção do guarda. — Em nossa sociedade, uma mulher...

— Acho que entendo — disse Sara. O homem a encarava de forma rude. Sara apertou o cinto do robe e puxou a gola mais para cima. Involuntariamente bocejou. Kahina pareceu sorrir embaixo do véu.

— Novamente, desculpe por acordar você, mas o sonho... — Ela encolheu os ombros. — Posso sentar?

— Por favor. — Sara apontou para duas cadeiras ao lado da janela. O guarda resmungou. Falou algumas sílabas em disparada.

— Ele disse que na janela não — Kahina traduziu. — Muito inseguro.

Sara puxou as cadeiras para o centro da sala, o que pareceu satisfazer o guarda, que se recostou na parede. Kahina tomou uma das cadeiras, o tecido escuro de sua túnica farfalhando. Sara sentou-se cuidadosamente na outra.

— Você estava na reunião? — perguntou Kahina quando se acomodaram.

— Na coletiva de imprensa, logo em seguida, você diz? Sim.

Kahina assentiu.

— Vi você lá. Conhecia seu rosto nos sonhos de Alá. Eu venho aqui agora por causa do sonho de hoje à noite.

— Você diz que *meu* rosto estava nos seus sonhos?

Kahina fez que sim com a cabeça. Sara achou que o xador quase impossibilitava ler o rosto escondido. Eram apenas os olhos penetrantes sobre os véus. Ainda assim, parecia haver uma profunda bondade neles, uma empatia. Sara sentiu que gostava da mulher.

— Na... coletiva — Kahina tropeçou na palavra —, eu disse que Nur al-Allah esperava ouvir meus sonhos antes de decidir encontrar seu pessoal. Acabei de ter um sonho.

— Então, por que veio até mim e não falou com seu irmão?

— Porque no sonho... foi dito para vir até você.

Sara balançou a cabeça.

— Não entendo. Não nos conhecemos. Eu era apenas uma entre dúzias de repórteres que estavam lá.

— Você está apaixonada por *ele*.

Ela sabia de quem Kahina falava. Sabia, mas a objeção foi automática.

— Ele?

— Aquele com duas caras. Aquele com os fios. Hartmann. — Como Sara não respondeu, Kahina estendeu a mão e tocou suavemente a mão dela. O gesto era fraterno e estranhamente sábio. — Você ama aquele que um dia odiou — disse Kahina, sem tirar a mão de Sara.

Sara percebeu que não podia mentir, não para os olhos sinceros e vulneráveis de Kahina.

— Acho que sim. Você é a vidente. Pode me dizer como vai acabar? — Sara disse em tom de piada, mas Kahina não percebeu a inflexão ou escolheu ignorá-la.

— Você será feliz por um momento, embora não seja esposa dele, embora esteja pecando. Eu entendo. — Os dedos de Kahina apertaram os de Sara. — Entendo como o ódio pode ser espada cega, como pode ser usado até você começar a pensar diferente.

— Você está me confundindo, Kahina. — Sara se afastou, desejando estar completamente acordada, desejando que Gregg estivesse ali. Kahina retirou a mão.

— Deixe-me contar o sonho. — Kahina fechou os olhos. As mãos pousadas sobre o colo. — Eu... vi Hartmann, com as duas caras, uma agradável de ver, a outra deformada como abominação de Alá. *Você* estava ao lado dele, não sua esposa, e o rosto que era agradável sorria. Eu pude ver seus sentimentos por ele, como seu ódio foi transformado. Meu irmão e eu também estávamos lá, e meu irmão apontava para a abominação dentro de Hartmann. A abominação cuspiu, e o cuspe caiu sobre mim. Eu me vi, e *meu* rosto era o seu. E vi que também tinha outro rosto dentro dos meus véus, um rosto de abominação, feio, com raiva. Hartmann estendeu a mão e virou minha cabeça até que só a abominação pudesse ser vista.

"Por um tempo, as imagens do sonho ficaram confusas. Pensei ter visto uma faca, e vi Sayyid, meu marido, brigando comigo. Então as imagens clarearam, e vi um anão, e o anão falou. Ele disse: 'Fale para ela que, no fundo, o ódio ainda vive. Diga a ela para lembrar disso. O ódio a protegerá'. O anão riu, e sua risada era maldosa. Não gostei dele."

Os olhos dela se abriram, e havia um terror distante neles. Sara começou a falar, parou, começou novamente:

— Eu... Kahina, não sei o que tudo isso significa. São apenas imagens aleatórias, quase iguais a sonhos que eu tenho. Significam alguma coisa para você?

— É o sonho de Alá — Kahina insistia, sua voz ríspida com a intensidade. — Eu pude sentir Seu poder nele. Eu entendo isso: meu irmão encontrará com seu povo.

— Gregg... o senador Hartmann... e os outros ficarão felizes em saber. Acredite em mim, queremos apenas ajudar seu povo.

— Então, por que o sonho é tão terrível?

— Talvez porque sempre haja medo na mudança.

Kahina piscou. De repente, sua franqueza desapareceu. Isolou-se, tão escondida como seu rosto atrás dos *véus*.

— Disse algo muito parecido a Nur al-Allah. Ele não gostou desse pensamento, da mesma forma que não gostei dele agora. — Ela se levantou rapidamente. O guarda empertigou-se ao lado da porta. — Estou feliz que tenhamos nos encontrado — disse ela. — Vejo você novamente no deserto.

Ela foi até a porta.

— Kahina...

Ela se virou e aguardou.

— Era tudo o que a senhora queria me dizer?

A sombra dos véus escondeu seus olhos.

— Queria dizer apenas mais uma coisa — disse ela. — Eu usei seu rosto no sonho. Acho que somos muito parecidas. Sinto que somos... como parentes. O que esse homem que você ama faria comigo, poderia também fazer com você.

Ela meneou a cabeça para o guarda. Eles saíram depressa para o corredor e desapareceram.

Quarta-feira, 4 de fevereiro de 1987, no deserto sírio:

Era a paisagem mais árida que Gregg já vira. As janelas ficavam espessas com a sujeira lançada para cima pelas hélices do helicóptero. Embaixo dele, a terra era desolada. A vegetação era esparsa e seca, agarrando-se à vida na rocha vulcânica do planalto desértico. A terra próxima à costa era relativamente exuberante, mas as palmeiras e as fazendas cultiváveis deram lugar aos pinheiros quando o trio de helicópteros deixou para trás as montanhas de Jabal Duriz. Então, havia apenas espinheiros e arbustos pequenos. A única vida que viram foi em assentamentos ocasionais, onde homens de túnica e turbante olham de modo desconfiado para cima entre os rebanhos de bodes.

A viagem era longa, barulhenta e decididamente desconfortável. O ar era turbulento e os rostos ao redor de Gregg estavam irritados. Ele olhou novamente para Sara. Ela lhe lançou um sorriso sem entusiasmo e encolheu os ombros. Os helicópteros começaram a descer na direção de uma pequena cidade que parecia cercada por tendas de cores brilhantes, postas nas dobras de um vale fluvial pré-histórico. O sol punha-se atrás dos montes púrpura e áridos, as luzes das fogueiras de acampamento pontilhavam o lugar.

Billy Ray virou-se para trás quando o helicóptero lançou rajadas rodopiantes de poeira através das tendas.

— Joanne disse que está tudo bem para a aterrissagem, senador. — Billy quase gritou entre o rugido dos motores, com as mãos ao lado da boca, como um megafone. — Quero que o senhor saiba que eu ainda não gosto desta situação.

— Estamos mais do que seguros, Billy — gritou Gregg de volta. — O homem precisaria ser maluco para fazer algo conosco.

Billy lançou para ele um olhar de esguelha.

— Ahã. Ele é fanático. A seita Nur está ligada ao terrorismo em todos os lugares no Oriente Médio. Ir ao seu quartel-general, deixar-se a *sua* mercê, e com os recursos limitados que tenho, é pôr a prêmio a segurança.

Ele parecia mais entusiasmado do que preocupado — Carnifex *gostava* de brigas —, mas Gregg captava um sentimento fraco, frio de medo sob a ansiedade crescente de Ray. Ele alcançou a mente de Billy e atiçou aquele medo, desfrutando da sensação quando o sentimento foi realçado. Gregg disse a si mesmo que não era simplesmente por diversão, mas porque a paranoia deixaria Ray ainda mais eficiente se houvesse problemas.

— Agradeço suas preocupações, Billy — disse ele. — Mas já estamos aqui. Vamos ver o que podemos fazer.

Os helicópteros pousaram numa praça central, perto da mesquita. Os passageiros desembarcaram, todos menos Tachyon tremeram pelo frio da noite. Apenas uma parte da delegação tomou o voo de Damasco. Nur al-Allah proibiu que quaisquer "abominações odiosas" fossem até aquele lugar; a lista excluíra todos os curingas óbvios, como o Padre Lula ou Crisálida; Radha e Fantasia decidiram permanecer em Damasco. A maioria das esposas e grande parte da equipe científica permaneceu na capital também. A arrogância do "convite" de Nur al-Allah enfureceu muitos do contingente: houve um debate acirrado sobre se deveriam ir no fim das contas. A insistência de Gregg finalmente venceu.

— Olhem, como todos, achei as exigências dele detestáveis. Mas o homem é uma força legítima aqui. Ele governa a Síria e boa parte da Jordânia e da Arábia Saudita. Não importa quem sejam os líderes eleitos, Nur al-Allah uniu as seitas. Não gosto de suas doutrinas ou métodos, mas não posso negar seu poder. Se virarmos as costas para ele, não mudaremos *nada*. Seu preconceito, sua violência, seu ódio continuarão a se espalhar. Se o encontrarmos, bem, ao menos há uma chance de conseguirmos abrandar sua crueldade.

Ele riu, de um jeito desdenhoso consigo mesmo, balançando a cabeça para o próprio argumento.

— Não acho que teremos chance. Ainda assim... é algo que precisamos enfrentar, se não com Nur al-Allah, quando voltarmos para casa, com fundamentalistas como Leo Barnett. O preconceito não vai desaparecer porque o ignoramos.

O Titereiro, expandindo-se, garantiu que Hiram, Peregrina e os outros abertos a ele murmurassem seu consentimento. O restante guardou de forma relutante suas objeções, mesmo que a maioria tenha decidido não ir como forma de protesto.

No fim, os ases dispostos a encontrar-se com Nur al-Allah eram Hiram, Peregrina, Braun e Jones. O senador Lyons decidiu ir no último minuto. Tachyon, para desespero de Gregg, insistiu para ser incluído. Os repórteres e o pessoal da segurança aumentaram as fileiras mais tarde.

Kahina saiu da mesquita quando o ruído das hélices diminuía e os passos foram ouvidos a partir das portas do helicóptero. Ela fez uma reverência quando desembarcaram.

— Nur al-Allah dá-lhes as boas-vindas — disse ela. — Venham, por favor.

Gregg ouviu o suspiro repentino de Peregrina quando Kahina os chamou. No mesmo instante, sentiu uma onda de indignação e pânico. Olhou sobre os ombros para encontrar as asas de Peregrina ao redor do corpo, como um escudo, os olhos fixos no chão próximo da mesquita. Ele seguiu o olhar dela.

Uma fogueira crepitava entre os prédios. Em sua luz tremeluzente conseguiam ver três corpos podres amontoados contra a parede, pedras espalhadas ao seu redor. O corpo mais próximo era, sem dúvida, um curinga, o rosto alongado em um focinho peludo e as mãos com garras parecidas com chifres. O cheiro atingiu-os, apodrecido e horrível; Gregg conseguiu sentir o inflar de choque e nojo. Lyons estava ficando desesperado e ruidosamente enjoado; Jack Braun murmurou, praguejando. Por dentro, o Titereiro sorria com satisfação, embora Gregg franzisse a testa.

— Que afronta é essa? — Tachyon questionou Kahina. Gregg deixou--se entrar na mente dela e encontrou os tons mutáveis de confusão. Ela olhou para os corpos, e Gregg sentiu uma rápida ponta de traição dentro dela. Ainda assim, quando Kahina olhou para trás, cobriu-a com o ver-de-esmeralda plácido da fé, e sua voz era cuidadosamente monótona, seu olhar tranquilo.

— Eram... abominações. Alá pôs a marca da indignidade neles, e sua morte não significa nada. É o que Nur al-Allah decretou.

— Senador, estamos *indo embora* — declarou Tachyon. — Isso é um insulto intolerável. Kahina, diga a Nur al-Allah que protestaremos com mais força ainda ao seu governo. — Seu rosto aristocrático era firme com a fúria controlada, as mãos apertadas ao lado do corpo. Mas, antes que qualquer um deles pudesse se mover, Nur al-Allah saiu da entrada em arco da mesquita.

Gregg não tinha dúvida de que Nur al-Allah escolhera o melhor momento para se apresentar. Na noite que caía, ele apareceu como uma pintura medieval de Cristo, uma luz santa emanava dele. Vestia um *djellaba* leve, através do qual sua pele reluzia, a barba e os cabelos escuros sobre aquele brilho.

— Nur al-Allah é o profeta de Alá — disse ele em inglês com sotaque. — Se Alá deixar vocês irem, vocês podem ir. Se Ele ordenar que fiquem, ficarão.

A voz de Nur al-Allah era como um violoncelo — um instrumento complexo, glorioso. Gregg sabia que deveria responder, mas não conseguia. Todos no grupo ficaram em silêncio. Tachyon congelou na metade do caminho de volta aos helicópteros. Gregg precisou lutar para fazer a boca funcionar. A mente encheu-se de teias, e foi apenas a força do Titereiro que permitiu que se livrasse daquelas amarras. Quando ele respondeu, sua voz parecia fina e rude.

— Nur al-Allah permite o assassinato de inocentes.

♦

— Nur al-Allah permite o assassinato de inocentes. Este não é o poder de Alá. É apenas a fraqueza de um homem — Gregg rouquejou.

Sara quis berrar sua concordância, mas a voz não obedecia. Todos estavam parados, como se estivessem em choque. Ao lado de Sara, Digger Downs rabiscava freneticamente no caderno de notas; ele parou, o lápis esquecido na mão.

Sara sentiu um temor rápido — por si, por Gregg, por todos. *Não deveríamos ter vindo. Essa voz...* Eles sabiam que Nur al-Allah era um orador talentoso, até suspeitavam que tinha algum poder de ás, mas nenhum relato disse que era tão poderoso.

— O homem falha quando falha com Alá — respondeu Nur al-Allah placidamente. A voz dele tecia um encanto suave, um adormecimento que os recobria. Quando falava, as palavras pareciam cheias de verdade. — Os senhores acreditam que sou um demente, mas não sou. Os senhores acham que sou uma ameaça, mas ameaço apenas os inimigos de Alá. Os senhores me acham perverso e cruel; se assim for, é apenas porque Alá é cruel com os pecadores. Venham comigo.

Ele se virou, caminhando rapidamente de volta para a mesquita. Peregrina e Hiram já estavam se movendo para segui-lo, Jack Braun olhava confuso enquanto dava passos largos na direção do profeta; Downs passou por Sara, que lutava contra a compulsão, mas suas pernas estavam possuídas. Ela caminhou a passos lentos com os outros. Do grupo, apenas Tachyon era imune ao poder de Nur al-Allah. Suas feições ficaram tensas, ficou imóvel e empertigado no meio do pátio. Quando Sara passou, ele olhou para os helicópteros; então, com um olhar furioso, deixou-se conduzir com ela para o interior da mesquita.

Lampiões a óleo iluminavam os recessos sombrios entre os pilares. Na frente, Nur al-Allah estava em pé no estrado do *minbar*, o púlpito. Kahina estava à sua direita, e Sara reconheceu a figura colossal de Sayyid à esquerda. Os guardas com metralhadoras automáticas moveram-se para os postos ao redor da sala enquanto Sara e os outros circulavam o *minbar*, confusos.

— Ouçam as palavras de Alá — entoou Nur al-Allah. Era como se uma deidade estivesse falando, pois sua voz retumbava e estrondava. Sua fúria e seu desprezo faziam-nos tremer ao passo que perguntavam se as próprias pedras da mesquita cairiam quando a força reverberasse. — "Quanto aos infiéis, porque seus pecados, suas desgraças não cessarão de afligi-los ou acocorar-se na soleira de sua porta." E Ele também diz: "Ai do pecador mentiroso! Ele ouviu as revelações de Alá recitadas para Ele e, então, como se nunca as tivesse ouvido, persistiu no desdém. Aqueles que ridicularizarem Nossas revelações quando mal as tiverem ouvido, estes sofrerão punição vergonhosa. Aqueles que negarem as revelações do seu Senhor, sofrerão o tormento de uma tortura abominável".

Sara sentiu lágrimas espontâneas rolando por suas bochechas. As citações pareciam queimar, gravar-se em sua alma como ácido. Embora parte dela lutasse, queria gritar para Nur al-Allah e pedir seu perdão. Olhou para Gregg e viu-o próximo do *minbar*. Os tendões de seu pescoço estavam saltados, parecia estar estendendo a mão para Nur al-Allah, e não havia arrependimento em seu rosto. *Não consegue ver?*, ela queria dizer. *Não consegue ver como estamos errados?*

E, então, apesar de a voz de Nur al-Allah ainda ser profunda e ressonante, a energia desapareceu dela. Sara limpou as lágrimas com ódio, enquanto o rosto brilhante e irônico dele sorria.

— Veem? Os senhores sentiram o poder de Alá. Os senhores vieram aqui para conhecer seu inimigo, agora sabem que ele é forte. Sua força é a de Deus, e os senhores não conseguiriam derrotá-la, assim como não conseguiriam quebrar a espinha do mundo. — Ele ergueu a mão e fechou-a em punho diante deles. — O poder de Alá está aqui. Com ele, varrerei todos os infiéis desta terra. Acham que preciso de guardas para prendê-los? — Nur al-Allah cuspiu. — *Não!* Somente a minha voz é sua prisão. Se eu quisesse que os senhores morressem, com meu simples comando, os senhores enfiariam um cano de arma na boca. Levarei Israel ao chão. Tomarei aqueles marcados pelo Flagelo de Alá e os transformarei em escravos; aqueles com poder que se recusarem a se entregar a Alá, matarei. É o que ofereço a vocês. Sem negociação, sem compromisso, apenas o punho de Alá.

— É isso que não podemos permitir. — A voz era de Tachyon, do fundo da mesquita. Sara permitiu-se sentir uma esperança desesperada.

— É isso que não podemos permitir — Gregg ouviu as palavras quando seus dedos esticaram-se na direção das sandálias de Nur al-Allah. O Titereiro aumentou sua força, mas era como se Nur al-Allah estivesse no alto de uma montanha, e Gregg estivesse erguendo o braço em vão no sopé. Gotas de suor brotavam de sua testa. Sayyid olhava para baixo, com desdém, sem nem mesmo dignar-se a chutar a mão de Gregg para longe do mestre.

Nur al-Allah riu das palavras de Tachyon.

— Desafia-me, ser que não crê em Alá? Consigo senti-lo, Dr. Tachyon. Posso sentir seu poder espreitando minha mente. Acredita que minha mente pode ser invadida da maneira que poderia invadir a mente de um de seus companheiros. Não é bem assim. Alá me protege, e Alá punirá a todos que o atacarem.

Ainda enquanto falava, Gregg viu o esforço no rosto de Nur al-Allah. Seu brilho pareceu diminuir, e as barreiras que detinham Gregg enfraqueceram. Mesmo com o profeta se gabando, o ataque mental de Tachyon estava superando os obstáculos. Gregg sentiu uma esperança fugaz.

Naquele momento, com a atenção de Nur al-Allah em Tachyon, Gregg conseguiu tocar a carne reluzente do pé do profeta. A emanação esmeralda fervia, mas ele ignorou. O Titereiro gritou, triunfante.

E, então, recuou velozmente. Nur al-Allah estava *lá*. Estava ciente, e Gregg conseguia sentir a presença de Tachyon também. *Muito perigoso*, o Titereiro gritou. *Ele sabe, ele sabe*. Do fundo veio um baque e um grito abafado, e Gregg olhou para trás para o doutor.

Um dos guardas chegou por trás de Tachyon, atingindo o alienígena na cabeça com o cabo de sua Uzi. Tachyon estava de joelhos, as mãos cobrindo a cabeça, gemendo. Ele lutou para se levantar, mas o guarda espancou-o brutalmente. Tachyon jazia inconsciente no mosaico de ladrilhos do chão, sua respiração pesada.

Nur al-Allah gargalhou. Baixou os olhos para Gregg, cuja mão ainda se esticava futilmente na direção do profeta.

— Viram? Sou protegido por Alá, pelo meu povo. E o *senhor*, senador Hartmann, o senhor com os fios de Kahina? O senhor ainda me quer? Talvez eu devesse mostrar ao senhor os fios de Alá e fazer o senhor dançar para alegria Dele. Kahina disse que o senhor é um perigo, e Sayyid quer o senhor morto. Então, talvez o senhor devesse ser o primeiro sacrifício. Como seu povo reagiria se visse o senhor confessar seus crimes e, então, implorando pelo perdão de Alá, se suicidasse? Seria bem eficaz, não acha?

Nur al-Allah apontou o dedo para Gregg.

— Sim — falou ele. — Acho que seria.

O Titereiro gritou de medo.

— Sim, acho que seria.

Misha ouviu as palavras do irmão com inquietude. Tudo que ele fizera foi dar um tapa no seu rosto: a exibição dos curingas apedrejados, o ataque a Tachyon, agora suas ameaças presunçosas. Najib a traiu em cada palavra.

Najib a usara e mentira para ela, ele e Sayyid. Ele a deixou ir a Damasco pensando que ela o representava, que se ela trouxesse os norte-americanos, poderia haver uma chance de acordo. Mas Najib não se importava. Não tinha ouvido seus alertas de que fora longe demais. Uma exasperação lenta ergueu-se dentro dela, dissolvendo sua fé. *Alá. Eu acreditei em Sua voz dentro de Najib. Mas agora ela mostra seu segundo rosto. É o Seu também?*

A dúvida diluiu a mágica da voz de Najib, e ela ousou falar e interrompê-lo.

— Você se move rápido demais, Najib — ela sibilou. — Não nos destrua com seu orgulho.

Seu rosto brilhante contorceu-se, seu discurso parou no meio da frase.

— *Eu* sou o profeta — disse ele com rispidez. — Não você.

— Então, ao menos me ouça, ouça aquela que vê nosso futuro. É um erro, Najib, que leva para longe de Alá.

— *Quieta!* — ele rugiu, e seu punho voou. Uma vertigem de tom avermelhado a cegou. Naquele momento, com a voz de Najib abafada pela dor, algo em sua mente capitulou, alguma barreira que segurava toda a malignidade. Essa fúria era fria e mortal, envenenada com cada insulto e abuso que Najib lhe infligira durante todos aqueles anos, ornada com frustração, renúncia e submissão. Najib afastou-se dela, esperando sua obediência. Ele retomou sua invectiva, o poder da voz estendendo-se novamente sobre o grupo.

Aquilo não podia tocá-la, não através daquilo que vazava do lago de amargura.

Ela viu a faca no cinturão dele e sabia o que precisava fazer. A compulsão era grande demais para resistir.

Ela saltou sobre Najib, gritando algo incompreensível.

Sara viu Nur al-Allah apontando seu dedo brilhante na direção de Gregg. Ainda na sequência daquele gesto, a atenção dela esbarrou em Kahina. Sara franziu a testa, mesmo sob o encanto das palavras de Nur al-Allah, pois Kahina estava tremendo — ela encarava o irmão e não havia nada em seus olhos além de raiva. Gritou algo em árabe, e ele se virou para ela, ainda pulsando com o poder reluzente. Eles trocaram palavras; ele a golpeou.

Era como se aquele golpe houvesse levado Kahina a uma loucura divina. Kahina saltou sobre Nur al-Allah como um gato predador, gritando enquanto o arranhava com as mãos. Filetes escuros de sangue marcavam a lua que era o rosto dele. Ela puxou a faca longa e curvada do cinturão dele, tirando-a da bainha encravada de joias. No mesmo movimento, ela talhou sua garganta com o gume afiado. Nur al-Allah agarrou o pescoço, o sangue vertendo entre os dedos quando um arfar abafado e úmido saiu dele. Ele tombou para trás.

Por um momento, o horror manteve todos em suspensão, em seguida, a sala explodiu em gritos. Kahina estava em pé sobre Nur al-Allah, em choque, a faca balançando nos dedos pálidos. Sayyid urrou em descrença, sacudindo o braço imenso e mandando Kahina aos tropeções para o chão. Sayyid deu um passo desajeitado para a frente — Sara percebeu com um susto que o gigante era aleijado. Dois dos guardas agarraram Kahina, erguendo-a enquanto ela lutava. Outros homens agacharam-se ao lado do abatido Nur al-Allah, tentando estancar o fluxo de sangue.

Sayyid alcançou Kahina. Ele agarrou a adaga que ela deixara cair, olhando para as manchas escuras nela. Ele se lamentou, os olhos voltados para o céu, e então ergueu a lâmina para atingi-la.

Mas ele gemeu com a adaga ainda em riste. Cambaleou, os joelhos dobrando-se como se um grande peso o pressionasse de cima para baixo, esmagando-o. Sayyid gritou em agonia, largando a arma. Seu corpo gigantesco desmoronou, o esqueleto incapaz de aguentar a carne. Todos ouviram o estalar seco e repugnante de ossos quebrando. Sara olhou ao redor e viu Hiram suando, a mão direita apertada em um punho até embranquecer as juntas.

Sayyid choramingava, uma massa disforme sobre as lajotas. Os guardas soltaram Kahina, confusos.

Kahina correu. Um dos guardas ergueu sua Uzi, mas foi esmagado contra a parede por Mordecai Jones. Jack Braun, com seu brilho dourado, agarrou outro dos guardas de Nur al-Allah e lançou-o através do recinto. Peregrina, suas asas caídas, não conseguiu alçar voo. Ainda assim, calçou suas luvas com garras e retalhou um guarda. Billy Ray, com um grito exultante, girou e chutou os joelhos do guarda ao seu lado.

Kahina mergulhou através de uma passagem arcada e desapareceu.

Sara encontrou Gregg na confusão. Estava seguro, e uma onda de alívio a invadiu. Ela começou a correr em direção a ele, e o alívio se tornou frígido.

Ele parecia calmo. Quase parecia sorrir.

Sara engasgou. Não sentiu nada além de um vazio escancarado.

— Não — sussurrou ela para si mesma.

O que ele faria comigo, ele também faria a você.

— Não — insistiu ela. — Não pode ser.

Nur al-Allah havia apontado seu dedo acusador para Gregg, e Gregg sabia que sua única esperança estava na amargura dentro de Kahina. Nur al-Allah estava além do seu controle, agora ele sabia, mas Kahina era dele. O estupro que Gregg praticou na mente da mulher foi brutal e implacável. Ele arrancou tudo dela, exceto o ódio latente, deixando-o fluir e crescer. Funcionara além de suas expectativas.

Mas ele queria Kahina morta. Ele a queria silenciada. Devia ter sido Hiram que impedira Sayyid — cavalheiresco demais para entregar Kahina para a justiça islâmica e estranhamente brutal com seus poderes. Gregg repreendeu-se por não ter previsto aquilo, pois poderia ter controlado Hiram, havia muito tempo uma marionete, mesmo com os tons estranhos que ele vira recentemente no homem. Agora o momento havia passado, o encanto fora quebrado com a perda da voz de Nur al-Allah. Gregg tocou a mente de Hiram e viu lá novamente aquelas cores suaves e estranhas. Ele não tinha tempo de refletir sobre aquilo.

As pessoas estavam gritando. Uma Uzi soltou uma rajada ensurdecedora.

No meio do caos, Gregg sentiu Sara. Ele se virou para encontrá-la encarando-o. As emoções mudavam desordenadamente dentro dela. Seu amor estava esfarrapado, esticado até afinar-se sob o ocre crescente da desconfiança.

— Sara — chamou ele, e o olhar dela desviou-se rapidamente, olhando para a confusão de pessoas ao redor de Nur al-Allah.

A briga espalhava-se ao redor dele. Ele pensou ter visto Billy, felicidade no rosto, mergulhando aos murros sobre um guarda.

Vamos tomar Sara ou você vai perdê-la. O Titereiro parecia estranhamente triste. *Não há nada que você possa dizer para desfazer o dano. Ela é tudo que você pode salvar disso aqui. Entregue-a para mim ou ela desaparecerá também.*

Não, ela não pode saber. É impossível que ela saiba. Gregg protestou, mas sabia que estava errado. Ele conseguia ver o dano em sua mente. Nenhuma mentira poderia reparar aquilo.

Com sofrimento, ele entrou na mente de Sara e acariciou o tecido lápis-lazúli rasgado de sua afeição. Gregg observou como — lenta e cuidadosamente — o Titereiro enterrou sua desconfiança sob fitas brilhantes e suaves do falso amor.

Ele a abraçou rapidamente.

— Venha — disse ele, ríspido. — Vamos sair daqui.

Fora do salão, Billy Ray estava em pé sobre um guarda desacordado. Sua voz estridente ordenou que o pessoal da segurança se posicionasse.

— Vão! Você, pegue o doutor. Senador Hartmann, agora! Vamos sair daqui!

Ainda havia alguma resistência em campo, mas o pessoal de Nur al-Allah estava em choque. A maioria estava ajoelhada em torno do corpo caído de Nur al-Allah. O profeta ainda estava vivo: Gregg conseguia sentir seu temor, sua dor. Gregg queria Nur al-Allah morto também, mas não houve oportunidade para isso.

Houve disparos perto de Gregg. Braun, agora brilhando intensamente, deu um passo diante do atirador escondido; eles conseguiram ouvir o chiado dos projéteis ricocheteando do seu corpo. Gregg grunhiu em choque bem quando Braun arrancou a arma do homem. Um disparo perfurante atingiu seu ombro, o impacto o fez cambalear.

— Gregg! — ele ouviu Sara gritar.

De joelhos, ele gemeu. Tirou a mão do ombro e viu os dedos reluzindo com sangue. O salão girou ao seu redor; o Titereiro encolheu-se de medo.

— Joanne, tire-os daqui! O senador foi atingido! — Billy Ray moveu Sara para o lado e agachou-se ao lado de Gregg. Com cuidado, rasgou o paletó manchado de sangue do senador para examinar o ferimento. Gregg conseguiu sentir o alívio invadir o homem.

— O senhor ficará bem… um bom curativo e pronto. Me dê sua mão…

— Eu consigo levantar — disse ele com irritação e entredentes, esforçando-se para ficar em pé. Sara pegou seu braço bom, ajudando-o a se erguer. Ele engoliu ar — havia violência ao seu redor, e o Titereiro estava zonzo demais para se alimentar. Ele se forçou a pensar, ignorar a dor latejante. — Billy, vá em frente. Pegue os outros. — Havia pouco a fazer. O restante do pessoal de Nur al-Allah estava cuidando de seu profeta; Peregrina já havia saído; Jones e Braun conduziam Lyons e os outros dignitários. Hiram deixou Tachyon quase sem peso e ajudou a levá-lo para fora, enquanto o doutor sacudia a cabeça, atordoado. Ninguém resistiu à retirada deles.

Sara deixou Gregg apoiar-se nela quando fugiram. Ao tombarem em seus assentos no helicóptero, ela o abraçou suavemente.

— Fico feliz por você estar em segurança — sussurrou ela. Tomou a mão dele quando as hélices do helicóptero rasgaram o ar da noite.

Era como se Gregg pegasse a mão de madeira de uma boneca. Não significava nada. Absolutamente nada.

Do diário de Xavier Desmond

7 de fevereiro, Cabul, Afeganistão:

Hoje estou sentindo muita dor. A maioria dos delegados saiu em uma excursão para vários locais históricos, mas eu optei por ficar no hotel novamente.

Nossa excursão... o que posso dizer? A Síria ocupou as manchetes no mundo todo. Nosso contingente de imprensa dobrou, todos ávidos por conseguir uma história exclusiva sobre o que aconteceu no deserto. Dessa vez, não fiquei triste ao ser excluído. Per me disse como foi...

A Síria mexeu com todos nós, comigo inclusive. Nem toda a minha dor é causada pelo câncer. Algumas vezes, quando fico profundamente aborrecido, lembrando da minha vida e imaginando se fiz algum bem ou se toda a obra de minha vida foi em vão. Tentei falar em nome do meu povo, apelar para a razão e para a decência e a humanidade em comum que nos une a todos, e sempre me convenci de que a força silenciosa, a perseverança e a não violência nos faria avançar nessa longa caminhada. A Síria me fez refletir... como se chama à razão um homem como Nur al-Allah, como se entra em acordo com ele, como se fala com ele? Como apelar à sua humanidade, se ele nem se considera humano? Se existe um Deus, rezo para que ele me perdoe, mas eu me vejo desejando que eles tenham matado os Nur.

Hiram deixou a excursão, embora temporariamente. Prometeu reencontrar conosco na Índia, mas agora está de volta à Cidade de Nova York, depois de sair de jatinho de Damasco para Roma e, então, pegar um Concorde de volta aos Estados Unidos. Ele nos disse que surgiu uma emergência no Aces High que exigia sua atenção pessoal, mas suspeito que a verdade é que a Síria o tenha perturbado mais do que estava disposto a admitir. O rumor que corre no avião é que Hiram perdeu o controle no deserto, que atingiu o general Sayyid com muito mais força do que era necessário para detê-lo. Billy Ray, claro, não acha que Hiram fora longe o bastante. "Se fosse eu, teria esmagado o cara até ele virar apenas uma mancha marrom e vermelha no chão", ele me disse.

O próprio Worchester recusou-se a falar sobre o assunto e insistiu que estava dando essa pausa simplesmente por estar "enjoado até a morte de folhas de uva recheadas", mas, mesmo quando fez a piada, notei gotas de suor sobre sua testa ampla e calva, e um leve tremor na mão. Espero que um rápido descanso o recupere. Quanto mais viajamos juntos, mais sinto respeito por Hiram Worchester.

Contudo, se as nuvens de fato trazem uma luz de esperança, talvez algo de bom tenha surgido do monstruoso incidente na Síria: o prestígio de Gregg Hartmann parece ter aumentado imensamente com seu contato tão próximo com a morte. Por uma década, seus sucessos políticos foram perseguidos pelo espectro da Grande Revolta no Bairro dos Curingas, em 1976, quando ele "perdeu a cabeça" em público. Para mim, sua reação foi simplesmente humana — afinal de contas, ele acabara de testemunhar uma mulher sendo despedaçada por uma multidão. Mas os candidatos a presidência não podem chorar, sofrer ou se enfurecer como o restante de nós, como Muskie provou em 72 e Hartmann confirmou em 76.

A Síria deve finalmente ter deixado esse trágico incidente para trás. Todos que estavam lá concordam que o comportamento de Hartmann foi exemplar — foi firme, manteve a cabeça fria, teve coragem, foi um pilar de força diante das ameaças bárbaras de Nur. Todos os jornais nos Estados Unidos estamparam a foto da Associated Press que foi tirada enquanto eles se retiravam: Hiram ajudando Tachyon a entrar no helicóptero ao fundo, e em primeiro plano o senador Hartmann esperava, o rosto marcado pela poeira, mas ainda assim sério e forte, o sangue impregnado na manga da camisa branca.

Gregg ainda afirma que não será candidato à presidência em 1988 e, de fato, todas as pesquisas apontam que Gary Hart tem uma liderança esmagadora para a nomeação dos Democratas, mas a Síria e a fotografia certamente farão maravilhas para o reconhecimento do seu nome e para sua posição. Espero desesperadamente que ele reconsidere. Não tenho nada contra Gary Hart, mas Gregg Hartmann é um homem especial e, talvez, para aqueles tocados pelo carta selvagem, ele seja nossa última e melhor esperança.

Se Hartmann falhar, todas as minhas esperanças naufragam com ele, e então que escolha teremos senão procurar o Cão Negro?

Suponho que eu deva escrever algo sobre o Afeganistão, mas há pouco a se registrar. Não tenho forças para ver os pontos turísticos que Cabul tem a oferecer. Os soviéticos estão muito em evidência aqui, mas estão sendo muito corretos e corteses. A guerra é mantida a certa distância durante nossa curta escala. Dois curingas afegãos foram apresentados para nossa aprovação, sendo que os dois juraram (através de intérpretes soviéticos) que a vida de um curinga aqui é idílica. De alguma forma, não me convenci disso. Se entendo corretamente, eles são os únicos dois curingas em todo o Afeganistão.

O *Cartas Marcadas* voou diretamente de Bagdá para Cabul. O Irã estava fora de questão. O aiatolá compartilha muito das opiniões dos Nur quanto ao carta selvagem, e ele domina a nação nominalmente e de fato, então nem mesmo a ONU poderia nos conseguir permissão de pouso. Ao menos o aiatolá não faz distinção entre ases e curingas — somos todos filhos demoníacos do Grande Satanás, segundo ele. Obviamente, ele não esqueceu a tentativa de Jimmy Carter de libertar reféns, quando meia dúzia de ases do governo foram enviados em uma missão secreta que acabou em um estrago horrendo. O rumor é que Carnifex foi um dos ases envolvidos, mas Billy Ray nega enfaticamente. "Se eu estivesse lá, teríamos resgatado nosso pessoal e, além disso, chutado a bunda velha do cara", ele diz. Sua colega do Departamento de Justiça, Lady Black, ajusta um pouco o sobretudo preto e sorri, enigmática. O pai de Mistral, Ciclone, não raro é relacionado àquela missão fracassada, mas não é algo que ela comente.

Amanhã de manhã voaremos pelo Passo Khyber e entraremos na Índia, um mundo totalmente diferente, um subcontinente esparramado, com a maior população de curingas fora dos Estados Unidos.

12 de fevereiro, Calcutá:

A Índia é o país mais estranho e fabuloso entre os que vimos nesta viagem... se pudermos de fato chamá-la de país. Parece mais uma centena de países em um. Acho difícil relacionar o Himalaia e os palácios dos magnatas às favelas de Calcutá e às selvas de Bengali. Os próprios indianos vivem em dúzias de mundos diferentes, dos velhos britânicos que tentam fingir que o vice-rei ainda governa os pequenos enclaves do Raj, aos marajás e nababos que são reis em tudo, exceto no nome, até os mendigos nas ruas desta cidade dispersa e imunda.

Ela tem *muito* da Índia.

Em Calcutá é possível ver curingas nas ruas em qualquer lugar que se vá. São tão comuns quanto os mendigos, as crianças nuas e os cadáveres, e não raro se encaixam nessas categorias. Nessa quase nação de hindus, muçulmanos e siques, a maioria esmagadora de curingas parece ser hindu, mas, pelas atitudes dos islâmicos, isso não surpreende. Os hindus ortodoxos inventaram uma nova casta para os curingas, muito abaixo até mesmo dos intocáveis, mas ao menos lhes é permitido viver.

Interessante como não encontramos nenhum bairro de curingas na Índia. Essa cultura é acentuadamente dividida com base em raça e etnia, e as hostilidades são muito arraigadas, como se mostrou de maneira clara nas revoltas do carta selvagem de Calcutá, em 1947, e em boa parte da carnificina pelo país afora que acompanhou a divisão do subcontinente naquele mesmo ano. Apesar disso, hoje em dia, veem-se hindus, muçulmanos e siques vivendo lado a lado na mesma rua, e os curingas e limpos e até mesmo alguns patéticos dois-de-paus compartilham as mesmas favelas horrendas. Isso não parece ter feito com que eles se amassem mais, infelizmente.

A Índia também ostenta vários ases nativos, inclusive alguns de poder considerável. Digger está em um momento magnífico, lançando-se pelo país para entrevistar todos eles, ou o maior número que concordar em se encontrar com ele.

Radha O'Reilly, por outro lado, está claramente muito infeliz aqui. Ela própria é da realeza indiana, parece, ao menos do lado materno... seu pai era algum tipo de aventureiro irlandês. Seu povo pratica uma variedade de hinduísmo formado ao redor de Ganesha, o deus-elefante, e da mãe negra Kali, e para eles sua habilidade do carta selvagem a transforma na noiva prometida de Ganesha, ou algo nesse sentido. De qualquer forma, ela parece bastante convencida de que está correndo o iminente perigo de ser raptada e devolvida à força para seu país natal; assim, exceto pelas recepções oficiais em Nova Déli e Bombaim, permanecia rigorosamente anônima nos diversos hotéis, com Carnifex, Lady Black e o restante da nossa segurança por perto. Acredito que ela ficará muito feliz quando deixar a Índia.

O Dr. Tachyon, Peregrina, Mistral, Fantasia, Troll e o Martelo do Harlem acabaram de voltar de uma caçada a tigres, em Bengala. Seu anfitrião foi um dos ases indianos, um marajá abençoado com uma espécie de toque de Midas. Entendo que o ouro que ele cria é inerentemente instável e volta ao seu estado original dentro de 24 horas, embora o processo de transmutação, mesmo assim, seja suficiente para matar qualquer coisa viva que ele tocar. Ainda assim, seu palácio tem a reputação de ser um lugar espetacular. Ele resolveu o dilema mítico tradicional ao ter seus serviçais o alimentando.

Tachyon voltou da expedição com um bom humor que eu não via desde a Síria, vestindo uma jaqueta dourada estilo Nehru e um turbante combinando, preso por um rubi do tamanho do meu polegar. O marajá foi generoso com os presentes, ao que parece. Mesmo a perspectiva de a jaqueta e de o turbante em poucas horas serem substituídos por roupas comuns não pareceu diminuir o entusiasmo do nosso alienígena quanto às atividades do dia. O cortejo reluzente da caça, os esplendores do palácio e o harém do marajá, tudo parece ter feito Tachy se lembrar dos prazeres e das prerrogativas que ele no passado desfrutava como príncipe de Ilkazam, no seu mundo natal. Ele admitiu que mesmo em Takis não havia visão que se comparasse ao final da caçada, quando o animal foi capturado e o marajá aproximou-se calmamente dele, removeu uma luva dourada, e transmutou a imensa fera em ouro maciço com um toque.

Enquanto nossos ases aceitavam seus presentes de ouro imaginário e tigres de caça, passei o dia em ocupações mais humildes, na companhia inesperada de Jack Braun, que fora convidado para caçar com os outros, mas declinou. Em vez disso, Braun e eu cruzamos Calcutá para visitar o monumento que os indianos erigiram para Earl Sanderson, no local onde ele salvou Mahatma Gandhi do assassinato.

O memorial lembra um templo hindu e a estátua dentro dele parece mais alguma deidade menor indiana do que um negro americano que jogava futebol para os Rutgers, mas, ainda assim... Sanderson tornou-se de fato um tipo de deus para essas pessoas; tinha várias oferendas, deixadas pelos adoradores, espalhadas sobre os pés da estátua. Havia muitas pessoas ali, e tivemos de esperar por um bom tempo antes de conseguirmos entrar. O Mahatma ainda é reverenciado por todos na Índia, e um tanto de sua popularidade parece ter sido transmitida para a lembrança do ás americano que ficou entre ele e a bala do assassino.

Braun falou muito pouco quando estávamos lá dentro, apenas encarava a estátua, como se de alguma forma quisesse que ela tomasse vida. Foi uma visita emocionante, mas não totalmente confortável. Minha deformidade atraiu olhares severos de alguns dos hindus de casta mais alta na multidão. E sempre que alguém roçava em Braun — o que acontecia com frequência naquela massa compacta de pessoas —, seu campo de força biológico começava a brilhar, cercando-o de uma aura dourada fantasmagórica. Tenho medo que meu nervosismo arranque o melhor de mim, e interrompi o devaneio de Braun e nos tirei de lá rapidamente. Talvez eu tenha exagerado, mas se uma só pessoa naquela multidão percebesse quem era Jack Braun, poderia ter suscitado uma cena imensamente feia. Braun ficou muito mal-humorado e quieto na volta para o nosso hotel.

Gandhi é um dos meus heróis pessoais, e com todos os sentimentos confusos sobre os ases, preciso admitir que fico grato a Earl Sanderson pela intervenção que salvou a vida de Gandhi. O grande profeta da não violência morrer por uma bala assassina teria sido grotesco demais, e acho que a Índia desmoronaria na esteira dessa morte, em um banho de sangue fratricida sem precedentes no mundo.

Se Gandhi não tivesse vivido para liderar a reunificação do subcontinente após a morte de Jinnah, em 1948, aquela nação estranha de duas pontas chamada Paquistão teria realmente sobrevivido? O Congresso das Províncias Unidas da Índia teria substituído todos os insignificantes governantes e absorvido seus domínios, como ameaçava fazer? O próprio formato desse país descentralizado, essa colcha de retalhos infinitamente diversa é uma expressão do sonho de Mahatma. Acho impossível imaginar que curso a história indiana teria tomado sem ele. Então, nesse sentido ao menos, os Quatro Ases deixaram uma verdadeira marca no mundo e, talvez, tenham demonstrado que um homem determinado pode de fato mudar o curso da história para melhor.

Enfatizei tudo isso para Jack Braun em nosso trajeto para casa, pois ele parecia muito retraído. Temo que não tenha ajudado muito. Ele me ouviu com paciência e, quando terminei, disse: "Foi Earl que o salvou, não eu", e voltou ao silêncio.

♦

Fiel à promessa, Hiram Worchester hoje retornou à excursão, via Concorde, partindo de Londres. Sua breve estada em Nova York parece lhe ter feito um bem imenso. Seu antigo entusiasmo estava de volta, e ele prontamente convenceu Tachyon, Mordecai Jones e Fantasia a se unirem a ele numa expedição para encontrar o vindalho mais apimentado de Calcutá. Ele insistiu para Peregrina se juntar à festa gastronômica, mas o pensamento pareceu deixá-la verde de enjoo.

Amanhã de manhã, o Padre Lula, Troll e eu visitaremos o Ganges, onde corre a lenda de que um curinga pode se banhar nas águas sagradas e ser curado de suas aflições. Nossos guias nos falaram que existem centenas de casos documentados, mas, francamente, tenho minhas dúvidas, embora o Padre Lula insista que em Lourdes também há curas milagrosas de curingas. No fim das contas, talvez eu me sujeite e pule nas águas sagradas. Um homem morrendo de câncer raramente pode dar-se ao luxo do ceticismo, suponho eu.

Crisálida também foi convidada, mas declinou. Nos últimos dias parece mais confortável nos bares do hotel, bebendo amaretto e jogando infinitas partidas de paciência. Aproximou-se bastante de dois dos nossos repórteres, Sara Morgenstern e o onipresente Digger Downs, e ouvi um boato de que ela e Digger estariam dormindo juntos.

De volta do Ganges, preciso fazer minha confissão. Tirei meu sapato e minha meia, enrolei a calça na perna e pus meu pé nas águas sagradas. Depois disso, ainda era um curinga, infelizmente... um curinga de pé molhado.

Aliás, as águas sagradas são imundas e, enquanto eu buscava meu milagre, alguém roubou o meu sapato.

A lágrima da Índia

Walton Simons

As pessoas em Colombo estavam esperando o gorila desde cedo, e a polícia estava tendo problemas para mantê-los longe das docas. Algumas passavam pelas barricadas de madeira, e eram rapidamente pegas e arrastadas para as reluzentes vans amarelas da polícia. Algumas estavam sentadas nos carros estacionados, outras tinham crianças empoleiradas nos ombros. A maioria estava contente por estar atrás dos cordões de isolamento, esticando o pescoço para ver o que a imprensa local chamava de "o grande monstro americano".

Dois guindastes enormes ergueram o gorila gigante lentamente para fora da barca. Pendia amarrado e sem força, a pelagem escura despontando da trama de aço. A única indicação de vida era o lento subir e descer do peito com 4,5 metros de largura. Quando os guindastes giraram juntos, emitiram um rangido, balançando o gorila para o lado até ele estar sobre o vagão recém-pintado de verde. O vagão de carga gemeu quando o gorila se acomodou em seu largo suporte de aço. Houve comemorações e palmas esparsas da multidão.

Era como a visão que tivera apenas poucos meses antes — a multidão, o mar calmo, o céu claro, o suor na sua nuca —, tudo igual. As visões nunca mentiam. Sabia exatamente o que aconteceria nos próximos 15 minutos mais ou menos; depois disso, poderia voltar a viver de novo.

Ajustou a gola da camisa Nehru e apresentou sua identificação governamental para o policial mais próximo. O oficial assentiu e saiu do caminho. Era um assistente especial do secretário de Assuntos Internos, que lhe dava uma série particularmente ampla de responsabilidades. Às vezes, o que ele fazia era pouco mais que servir de babá de estrangeiros ricos em visita. Mas era preferível aos vinte e tantos anos que passara em embaixadas no exterior.

Havia um grupo de vinte ou trinta norte-americanos ao redor do trem. A maioria usava uniformes cinza-claro de segurança e estava ocupada acorrentando a fera no vagão. Mantinham um olho no gorila enquanto desempenhavam seu trabalho, mas não agiam como se estivessem assustados. Um homem alto com camisa de estampa havaiana e bermuda xadrez estava bem distante, conversando com uma garota de vestido de verão de algodão azul-claro. Os dois usavam viseiras vermelhas e pretas do "Rei Pongo".

Ele caminhou até o homem alto e deu um tapinha em seu ombro.

— Agora não. — O homem nem se deu ao trabalho de se virar.

— Sr. Danforth? — Ele tocou o ombro dele novamente, mais forte.
— Bem-vindo ao Sri Lanka. Sou G. C. Jayewardene. O senhor me telefonou no mês passado sobre o seu filme. — Jayewardene falava inglês, cingalês, tâmil e holandês. Seu cargo governamental exigia.

O produtor do filme virou-se, o rosto inexpressivo.

— Jayewardene? Ah, claro. O cara do governo. Prazer em conhecê-lo. — Danforth segurou a mão de Jayewardene e a balançou algumas vezes. — Estamos realmente ocupados agora. Acho que o senhor já percebeu.

— Claro. Se não for incomodar muito, gostaria de acompanhar o transporte do gorila. — Jayewardene não conseguia evitar a surpresa com o tamanho do animal. O monstro era maior que o Buda de Aukana, de 12 metros. — Parece muito maior quando se vê de perto.

— Não é brincadeira. Mas valerá a pena todo o sangue, suor e lágrimas que custou trazê-lo até aqui quando o filme for lançado. — Ele apontou o monstro com o polegar. — Aquela criança ali costuma fazer muito auê.

Jayewardene tampou a boca com a mão, tentando esconder a expressão confusa.

— Publicidade — Danforth sorriu. — Precisa observar a gíria da indústria, acho. Claro, G. C., você pode vir no vagão VIP conosco. É aquele que vai na frente do nosso amigo peludo.

— Obrigado.

O gorila gigante exalou, levantando uma pequena nuvem de poeira e sujeira ao lado da boca aberta.

— Muito auê — disse Jayewardene.

O estalar rítmico das rodas do trem na antiga ferrovia o relaxou. Jayewardene percorrera a ilha em trens incontáveis vezes em quarenta e poucos anos, desde que embarcara em um pela primeira vez, quando menino. A garota de vestido azul, que finalmente apresentou-se como Paula Curtis, olhava pela janela para os degraus dos campos de chá. Danforth trabalhava sobre um mapa com caneta hidrográfica vermelha.

— Ok. — disse ele, levando a ponta de trás da caneta aos lábios. — Levamos o trem até o fim da linha, que fica próximo da cabeceira do Kalu Ganga. — Ele alisou o mapa nos joelhos e apontou para o local com a caneta. — O que nos leva às margens do Parque Nacional de Udu Walawe, e Roger provavelmente encontrou locações ótimas para nós lá. Certo?

— Certo — Paula respondeu. — Se você confia em Roger.

— Ele é o diretor, minha querida. Temos que confiar nele. Péssimo não termos conseguido pagar alguém decente, mas os efeitos especiais vão acabar com a maior parte do orçamento.

Um atendente passou por eles, carregando uma bandeja com pratos de arroz com curry e macarrão de arroz. Jayewardene pegou um prato e sorriu.

— *Es-thu-ti* — disse ele, agradecendo ao jovem atendente. O garoto tinha um rosto redondo e o nariz achatado, obviamente um cingalês, como ele próprio.

Paula afastou-se da janela o bastante para pegar um prato. Danforth acenou para o garoto passar.

— Não sei se entendi. — Jayewardene deu uma garfada no arroz, mastigou rapidamente e engoliu. Para o seu gosto, tinha pouca canela no curry. — Por que gastar dinheiro em efeitos especiais quando se tem um gorila de 12 metros?

— Como eu disse antes, os monstros fazem muito auê. Mas seria um inferno tentar fazê-lo atuar. Sem mencionar que é proibitivamente perigoso para todos que estão ao seu redor. Sim, podemos usá-lo em algumas tomadas e, claro, para efeitos sonoros, mas a maior parte das coisas será feita com miniaturas. — Danforth pegou com os dedos um punhado de arroz do prato de Paula e jogou na boca, então encolheu os ombros. — Então, quando o filme for lançado, os críticos dirão que não conseguem diferenciar o gorila real do modelo, e as pessoas tomarão isso como um desafio, entende? Imaginando que podem ser aquelas que adivinharão quem é quem. Isso vende ingresso.

— Claro que o valor de propaganda é menor do que o dinheiro gasto para trazer a fera da Cidade de Nova York e atravessar meio mundo com ela. — Jayewardene limpou o canto da boca com o guardanapo de tecido.

Danforth ergueu os olhos, sorrindo.

— Na verdade, trouxemos o gorila de graça. Veja bem, toda hora ele pira e começa a quebrar as coisas. A cidade fica até o pescoço com ações judiciais toda vez que isso acontece. Se não estiver em Nova York, não causará nenhum prejuízo. Eles quase pagaram para que tirássemos a coisa das mãos deles. Claro que tivemos que garantir que nada acontecerá para ele, ou o zoológico perde uma de suas principais atrações. É para isso que os rapazes de cinza estão aí.

— E se o gorila escapar, sua produtora de filmes será responsável — Jayewardene deu outra garfada.

— Vamos dopá-lo o tempo todo. E, francamente, ele não parece muito interessado em nada.

— Exceto em mulheres loiras — Paula apontou para seu cabelo castanho e curto. — Sorte a minha. — Ela voltou a olhar pela janela. — Que montanha é aquela?

— Sri Pada. O pico de Adão. Há uma pegada no topo que dizem ter sido deixada pelo próprio Buda. É um lugar muito sagrado. — Jayewardene fazia a peregrinação ao topo da montanha todo ano. Planejava fazê-la num futuro próximo, assim que sua agenda permitisse. Dessa vez, com esperança de limpar-se espiritualmente para que não tivesse mais visões.

— Agora é sério. — Paula cutucou Danforth com o cotovelo. — Vamos ter tempo para fazer algum passeio?

— Veremos — disse Danforth, pegando mais um pouco de arroz. Jayewardene largou o seu prato.

— Com licença. — Ele levantou e caminhou até o fundo do vagão, deslizou a porta e saiu para a plataforma.

A cabeça gigante do gorila estava a menos de quatro metros de distância. Seus olhos agitaram-se, então ele avistou o topo arredondado do pico de Adão. O gorila abriu a boca; lábios afastados, revelando os imensos dentes amarelados. Havia um estrondar, mais alto que o motor do trem, vindo do fundo da garganta do monstro.

— Ele está acordando — ele gritou para os homens da segurança que viajavam ao fundo do vagão-plataforma.

Eles aproximaram-se com cuidado, apoiando-se no corrimão lateral do vagão, evitando as mãos acorrentadas do gorila. Um observava o monstro, rifle apontado para o meio da cabeça. Os outros trocaram o recipiente plástico preso ao dispositivo intravenoso no braço do gorila.

— Obrigado. — Um dos guardas acenou para Jayewardene. — Ele ficará bem agora. Isso vai deixá-lo fora do ar por horas.

O gorila virou a cabeça e olhou diretamente para ele, então se voltou para o pico de Adão. Suspirou e fechou os olhos. Havia algo nos olhos castanhos do monstro que ele não conseguia identificar. Fez uma pausa, em seguida voltou para o vagão. O gosto residual do curry era amargo no fundo da garganta.

A LÁGRIMA DA ÍNDIA

♦

Chegaram ao acampamento ao anoitecer. De fato, era mais uma cidade de tendas erguidas às pressas e de construções portáteis. Havia menos atividade do que Jayewardene esperava. Grande parte da equipe estava sentada conversando ou jogando cartas. Apenas o pessoal de segurança do zoológico estava ocupado, descarregando cuidadosamente o gorila sobre um caminhão com carroceria aberta. Ele ainda estava inconsciente com a droga.

Danforth disse a Paula que apresentasse Jayewardene para o pessoal. O diretor, Roger Winters, estava ocupado fazendo alterações no roteiro de filmagem. Ele vestia traje Frank S. Buck, complementado com chapéu colonial para esconder os cabelos ralos. Paula levou Jayewardene para longe do diretor.

— Você não vai gostar dele — disse ela. — Ninguém gosta. Ao menos ninguém que eu conheça. Mas ele consegue fazer todo mundo seguir o cronograma. Aqui está alguém mais interessante para o senhor. O senhor não é casado, certo?

— Viúvo.

— Ah, me desculpe. — Ela acenou para uma loira que estava sentada nos degraus de madeira da principal contrução do acampamento. A mulher vestia a camiseta vermelha e preta do "Rei Pongo", calça jeans justa e botas de couro para caminhada.

— Oi, Paula — disse a loira, jogando os cabelos. — Quem é o seu amigo?

— Robyn Symmes, conheça o senhor G. C. Jayewardene — disse Paula. Robyn estendeu a mão. Jayewardene segurou-a suavemente. — Muito prazer, senhorita Symmes. — Jayewardene fez uma mesura, com a consciência embaraçosa de como sua camisa estava apertada na barriga proeminente. Ficou lisonjeado por estar na companhia das duas únicas mulheres que vira no acampamento. As duas eram atraentes, numa perspectiva estrangeira. Ele limpou o suor da testa e se perguntou como elas ficariam de sári.

— Bem, preciso acomodar o Danforth. Por que vocês não conversam um pouco? — Paula já estava se afastando antes que qualquer um deles tivesse tempo para responder.

— Seu nome é Jayewardene? Alguma relação com o presidente Junius Jayewardene?

— Não. É um nome comum. Está gostando daqui? — Ele se sentou ao lado dela. Os degraus estavam desconfortavelmente quentes.

— Bem, faz poucos dias que estou aqui, mas é um lugar lindo. Um pouco quente demais para o meu gosto, mas sou de Dakota do Norte.

Ele concordou com a cabeça.

— Temos todo tipo de beleza imaginável aqui. Praias, montanhas, selva, cidades. Para todos os gostos. Exceto clima frio, claro.

Houve uma pausa.

— Então. — Robyn bateu as mãos nas coxas. — O que o senhor faz para o seu governo ter decidido mandá-lo para cá conosco?

— Sou uma espécie de diplomata. Meu trabalho é deixar os visitantes estrangeiros felizes aqui. Ou ao menos tentar. Gostamos de manter uma reputação de país amistoso.

— Bem, certamente não vi nada para contradizê-la. As pessoas que conheci praticamente matam a gente com gentileza. — Ela apontou para a fileira de árvores às margens do acampamento. — Mas os animais são uma coisa de louco. Sabe o que encontraram esta manhã?

Ele deu de ombros.

— Uma cobra. Bem ali. *Ui.* É algo que definitivamente não tem em Dakota do Norte. — Ela estremeceu. — Posso lidar com a maioria dos animais, mas serpentes... — Ela fez uma careta.

— A natureza é completa e harmoniosa aqui. — Ele sorriu. — Mas eu devo estar importunando a senhorita.

— Não, de forma alguma. O senhor certamente é mais interessante que o Roger, ou que os funcionários e ajudantes. Quanto tempo o senhor ficará aqui? Digo, com a produtora.

— De vez em quando, durante toda a sua estada, embora eu volte para Colombo amanhã por alguns dias. O Dr. Tachyon, o alienígena, e uma grande delegação do seu país chegarão para estudar o efeito do vírus no meu país. — Um tremor subiu por sua espinha.

— O senhor é uma formiguinha trabalhadora, não é? — Ela ergueu os olhos. A luz estava começando a diminuir ao redor das copas oscilantes das árvores. — Vou tirar uma soneca. O senhor talvez queira fazer o mesmo. Paula vai mostrar ao senhor onde pode dormir. Paula sabe de tudo.

Jayewardene observou-a se afastar, suspirando pela lembrança de prazer que achou melhor esquecer, então se levantou e caminhou na direção que Paula seguira. Ele precisava dormir para estar bem na viagem de volta no dia seguinte. Mas dormir nunca era algo fácil para ele. E tinha medo de sonhar. Aprendeu a temer.

Ele acordou mordendo a mão direita com tanta força que ela chegou a sangrar. Sua respiração estava irregular e a camisa de dormir banhada em suor.

A LÁGRIMA DA ÍNDIA

O mundo ao redor dele tremulou e em seguida entrou em foco. Outra visão trazida do futuro.

Elas estavam acontecendo com mais frequência, apesar de suas orações e da meditação. Era apenas um pequeno alívio essa visão não ser sobre ele. Não diretamente, de qualquer forma.

Colocou as calças e os sapatos, abriu o zíper da tenda e saiu. Caminhou em silêncio na direção do caminhão no qual o gorila estava acorrentado. Dois homens estavam de guarda.

Um estava recostado na cabine; o outro, sentado com as costas num dos pneus imensos e sujos de lama. Os dois seguravam rifles e cigarros acesos. Estavam conversando baixinho.

— O que foi? — perguntou o homem ao lado da cabine enquanto Jayewardene se aproximava. Ele não se furtou a erguer o rifle.

— Queria olhar o gorila de novo.

— No meio da noite? Pode ver amanhã de manhã, quando estiver claro.

— Não consegui dormir. E voltarei para Colombo amanhã. — Ele caminhou até se aproximar do monstro. — Quando foi a primeira aparição do gorila?

— Blecaute de 1965, cidade de Nova York — disse o homem sentado. — Apareceu no meio de Manhattan, mas ninguém sabe de onde veio. Provavelmente tem algo a ver com o carta selvagem. Ao menos é o que o povo diz.

Jayewardene assentiu com a cabeça.

— Vou até o outro lado para ver o rosto dele.

— Só não ponha a cabeça na boca do bicho. — O guarda lançou a guimba do cigarro no chão. Jayewardene esmagou-a com o sapato quando passou.

O hálito do gorila era quente, orgânico, mas não fétido. Jayewardene aguardou, esperando que a fera abrisse os olhos novamente. A visão lhe dissera o que havia por trás deles, mas queria dar outra olhada. Os sonhos nunca se enganaram antes, mas sua reputação seria destruída se ele fosse às autoridades com essa história e ela se provasse falsa. E questionariam sobre como ele poderia saber daquilo. Provavelmente teria de responder sem revelar suas habilidades incomuns. Um problema difícil de resolver em tão pouco tempo.

Os olhos do gorila permaneciam fechados.

Os sons da noite na selva eram mais distantes do que o habitual. Os animais estavam longe do acampamento. Jayewardene esperava que fosse por sentirem a presença do gorila. Sentiam o que havia de errado nele. Olhou para o relógio. Em algumas horas amanheceria. Falar com Danforth seria a primeira coisa a fazer pela manhã, depois voltaria para Colombo. O Dr. Tachyon tinha a reputação de ser capaz de operar milagres. Seria sua tarefa transformar o gorila. A visão deixou aquilo bem claro. Talvez o alienígena pudesse ajudá-lo também. Se sua peregrinação falhasse.

Ele voltou para sua tenda e passou as horas seguintes orando para Buda por um pouco menos de iluminação.

Já passara das nove quando Danforth apareceu, os olhos turvos, vindo da construção portátil principal. Jayewardene estava na sua segunda xícara de chá, mas ainda se movia lentamente, como se o corpo estivesse encapsulado na lama.

— Sr. Danforth. Preciso falar com o senhor antes de ir embora.

Danforth bocejou e concordou.

— Ótimo. Olha, antes de ir embora, quero tirar umas fotos. Sabe, a equipe toda e o gorila. Algo para dar às agências de notícias. Eu gostaria que o senhor estivesse nelas também. — Danforth bocejou novamente, a boca ainda mais aberta. — Meu Deus, tenho que botar um pouco de café para dentro. Os garotos já devem estar com tudo pronto. Estarei livre por alguns minutos depois disso, então poderemos conversar.

— Acho que seria melhor falarmos agora, em particular. — Ele olhou para a selva. — Talvez dar uma caminhada para longe do acampamento.

— Na selva? Soube que eles mataram uma cobra ontem. De jeito nenhum. — Danforth recuou. — Falo com o senhor depois de tirarmos as fotos de publicidade, antes não.

Jayewardene deu outro gole no chá e caminhou até o caminhão. Ele não ficara surpreso ou indignado com a atitude de Danforth. O homem tinha o peso de um projeto multimilionário nos ombros. Aquele tipo de pressão podia distorcer os valores de qualquer um, fazê-lo temer as coisas erradas.

A maioria da equipe já estava reunida na frente do gorila gigante. Paula estava sentada na frente dele, roendo as unhas enquanto olhava para o cronograma da produção. Ele se ajoelhou perto dela.

— Vejo que sua majestade arrastou o senhor para isso assim como o restante de nós — disse Paula sem erguer os olhos.

— Temo que sim. A senhorita não parece ter dormido muito bem.

— Não é que eu não tenha dormido bem. Não dormi, ponto. Fiquei acordada com Roger e o senhor D. a noite toda. Mas já era de se esperar. — Ela inclinou a cabeça para trás e girou-a em um movimento lento e circular. — Bem, assim que Roger, Robyn e o chefe chegarem, podemos acabar com essa diversão.

Jayewardene tomou o restante do chá de uma vez. Um ônibus carregado de figurantes, a maioria cingaleses, com alguns tâmiles e muçulmanos, estava programado para chegar mais tarde, naquele dia. Todos os selecionados para estar no filme falavam inglês, o que não era incomum, considerando o envolvimento da ilha na história britânica.

Danforth apareceu com Roger a tiracolo. O produtor olhou para o grupo e semicerrou os olhos.

— O gorila está com a cabeça virada para o lado errado. Alguém pode virar o caminhão?

Um guarda de cinza acenou, entrou na cabine e ligou o caminhão.

— Tudo bem. Todo mundo fora do caminho para que possamos fazer isso rápido. — Danforth chamou a todos na sua direção.

Alguém assobiou, e Jayewardene virou-se. Robyn estava caminhando na direção do grupo. Trajava um longo vestido prata colado ao corpo. Não estava sorrindo.

— Por que preciso usar isso agora? Já vai ser ruim o bastante durante as filmagens. Eu provavelmente terei uma insolação. — Robyn levou as mãos aos quadris e franziu a testa.

Danforth deu de ombros.

— Filmar na selva é um pé no saco. Você sabia disso quando aceitou o papel.

Robyn apertou os lábios bem firme e ficou em silêncio. O caminhão estacionou na posição e Danfort bateu palmas.

— Muito bem. Todo mundo de volta para onde estava antes. Vamos acabar com isso o mais rápido possível.

Um dos guardas foi até Danforth. Jayewardene aproximou-se o bastante para ouvir.

— Acho que nós o acordamos quando movemos o caminhão, senhor. Quer que eu o dope de novo antes de tirar as fotos?

— Não. Vai ficar melhor se houver um pouco de vida no desgraçado. — Danforth coçou o queixo. — E dê-lhe comida quando tivermos acabado. Depois pode fazer com que ele desmaie de novo.

— Certo, senhor.

Jayewardene tomou seu lugar na frente do caminhão. A respiração do gorila estava irregular. Ele se virou. Os olhos do gorila se agitaram e se abriram. Suas pupilas estavam dilatadas. Os olhos moviam-se devagar, passaram pelas câmeras, pararam em Robyn e ficaram brilhantes e decididos. Jayewardene sentiu sua pele congelar.

O gorila suspirou fundo e rugiu, um som como uma centena de leões.

Jayewardene começou a correr, mas tropeçou em alguém que reagira afastando-se do gorila e trombou com ele. O gorila balançava-se para a frente e para trás no caminhão. Um dos pneus estourou. O monstro continuou a rugir e a puxar as correntes. Jayewardene lutou para se pôr em pé. Ouviu o rangido agudo de metal raspando em metal, então um zunido alto quando as correntes estalaram. Estilhaços de aço das correntes quebradas voaram em todas as direções. Um pedaço atingiu um guarda. O homem caiu, aos berros. Jayewardene correu até o homem e o ajudou a ficar em pé. O chão sacudia bem atrás deles. Ele se virou para olhar para trás, mas o gorila já tinha passado por eles. Jayewardene voltou para o homem ferido.

— Costela quebrada, eu acho. Talvez duas — disse o guarda entredentes.
— Vou ficar bem.

Uma mulher gritou. Jayewardene deixou o homem e correu na direção dos gritos. Conseguiu ver a maior parte do gorila sobre os telhados de lata das construções portáteis. O gorila se curvou e pegou algo com a mão direita. Era Robyn. Jayewardene ouviu um tiro e tentou se mover mais rápido. Seu corpo já doía.

O gorila arrancou uma tenda e a jogou em um dos guardas, cujo rifle estava erguido para dar outro tiro. As lonas voaram sobre o homem, atrapalhando sua mira.

— Não. Não — Jayewardene gritou. — Você pode acertar a mulher.

O monstro olhou para o campo um instante, então sacudiu o braço livre com desdém para os seres humanos e abriu caminho pela floresta. Robyn Symmes estava lânguida e pálida contra a imensa escuridão do peito do animal.

Danforth sentou-se no chão com a cabeça nas mãos.

— Que merda. O que vamos fazer agora? Isso não podia ter acontecido. Aquelas correntes eram feitas de titânio. Isso não pode estar acontecendo.

Jayewardene pôs a mão no ombro do produtor.

— Sr. Danforth, precisarei do seu carro mais veloz e do seu melhor motorista. E talvez seja melhor o senhor vir conosco.

Danforth olhou para cima.

— Aonde vamos?

— Para Colombo. Um grupo de ases americanos está chegando em poucas horas. — Ele deu um sorriso sem graça. — Muito tempo atrás, nossa ilha era chamada *Serendib*. A ilha da coincidência auspiciosa.

— Graças a Deus. Então, temos uma chance. — Ele se levantou, a cor voltando ao rosto. — Vou agilizar as coisas.

— Precisa de ajuda? — Paula limpava um corte no supercílio com a manga da camisa.

— Toda ajuda possível — disse Danforth.

O gorila rugiu novamente. Já parecia incrivelmente distante.

O carro acelerava pela estrada, sacudindo-os a cada lombada e buraco. Ainda estavam a alguns quilômetros de Ratnapura. Jayewardene estava no banco da frente, orientando o motorista. Paula e Danforth estavam em silêncio no banco de trás. Quando fizeram uma curva, viram vários monges budistas adiante, em túnicas cor de açafrão.

— Pare — ele gritou, e o motorista freou o carro. O veículo derrapou para fora da estrada até parar. Os monges, que estavam trabalhando na estrada de terra com pás, pararam na lateral e fizeram sinal para que passassem.

— Quem são eles? — perguntou Paula.

— Monges. Membros de um grupo de tecnólogos — disse Jayewardene, enquanto o motorista voltava para a estrada. Ele fez reverências aos monges quando passou. — Passam a maior parte do tempo fazendo esse tipo de trabalho.

Ele planejou dar um telefonema quando chegassem a Ratnapura. Informar ao governo a situação e desaconselhar um ataque militar à criatura. Aquilo seria difícil, pela quantidade de danos que poderia causar. Tachyon e os ases seriam a resposta. Tinham de ser. Seu estômago queimava. Era perigoso que seu plano dependesse de pessoas que ele nunca vira, mas não tinha opção.

— Fico me perguntando o que o deixou maluco — disse Danforth, a voz baixa, quase inaudível.

— Bem — Jayewardene virou-se para falar com eles —, ele olhou para as câmeras, depois para a senhorita Symmes. Foi como se algo tivesse estalado no seu cérebro, tirando-o do estupor.

— Se alguma coisa acontecer com ela, será minha culpa. — Danforth olhava para o assoalho lamacento do carro. — Minha.

— Então teremos que fazer o máximo para garantir que nada aconteça com ela — disse Paula. — Ok.?

— Certo — Danforth respondeu, desanimado.

— Lembre-se — disse ela, dando tapinhas no ombro dele. — É a bela que mata a fera. Não o contrário.

— Espero que possamos resolver essa situação e manter a bela e a fera vivas. — Jayewardene virou-se para olhar novamente a estrada. Ele avistou os prédios de Ratnapura adiante. — Diminua a velocidade quando entrar na cidade. Vou mostrar aonde precisamos ir. — Ele pretendia informar os militares sobre a situação e, então, voltar a Colombo. Jayewardene afundou no banco do carro. Desejou ter dormido melhor na noite anterior. Naquele dia, o trabalho se estenderia até o dia seguinte, e talvez até o outro.

♦

Chegaram a Colombo um pouco depois do meio-dia e foram diretamente para a casa de Jayewardene. Era uma residência ampla, de estuque com telhado vermelho. Mesmo quando a esposa estava viva, era mais espaço do que necessitavam. Agora ele chacoalhava dentro dela como um coco dentro de um vagão fechado e vazio. Ligou para seu gabinete e descobriu que a delegação americana de ases tinha chegado e estava no Galadari Meridien Hotel. Após acomodar Danforth e Paula, foi até o altar no jardim e reafirmou seu compromisso de obedecer aos Cinco Preceitos.

Em seguida, vestiu às pressas uma camisa branca e calças limpas, e comeu alguns punhados de arroz frio.

— Aonde o senhor vai agora? — Paula perguntou quando ele abriu a porta para sair.

— Falar com o Dr. Tachyon e com os americanos sobre o gorila. — Ele balançou a cabeça quando ela se levantou do sofá. — Seria melhor para os senhores descansarem agora. Seja o que for, eu ligo.

— Ok.

— Tudo bem se pegarmos algo para comer? — Danforth já estava com a porta da geladeira aberta.

— Claro. Fiquem à vontade.

O tráfego estava pesado, mesmo na Estrada da Praia, que Jayewardene havia indicado para o motorista. O ar-condicionado do carro estava quebrado e suas roupas limpas já estavam empapadas de suor antes mesmo de percorrerem metade do caminho até o hotel.

O motorista da produtora de cinema, seu nome era Saul, diminuiu a velocidade para parar diante do Galadari Meridien quando o motor morreu. Ele virou a chave várias vezes, mas vinha apenas um clique.

— Olhe. — Jayewardene apontou para a entrada do hotel. As pessoas estavam dispersas perto da porta principal quando algo se ergueu no ar. Jayewardene cobriu os olhos quando eles o sobrevoaram. Um era um elefante indiano adulto. Uma visão bem comum, mas este estava voando. Sentado nas suas costas havia um homem bastante musculoso. As orelhas do elefante estavam bem esticadas e pareciam ajudar a criatura a se orientar enquanto voava.

— A Garota Elefante — disse Saul. As multidões pararam na rua, apontando em silêncio enquanto os ases voavam sobre elas.

— Faça o que puder com o carro — disse ele a Saul, que já estava com o capô aberto.

Jayewardene caminhou rapidamente até a entrada principal do hotel. Empurrou o porteiro que estava sentado na calçada balançando a cabeça, e adentrou a escuridão. Os funcionários do hotel estavam ocupados acendendo velas e acalmando os hóspedes no bar e no restaurante.

— Garçom, traz essas bebidas aqui. — A voz masculina vinha do bar. Falava inglês com sotaque americano.

Jayewardene deixou que os olhos se acostumassem com a penumbra, então foi cuidadosamente até o bar. O barman acendia lampiões perto do espelho atrás do bar. Jayewardene puxou seu lenço e limpou a testa suada.

Eles estavam sentados juntos em um compartimento do restaurante. Havia um homem grande, com a barba no formato do naipe de espadas, vestindo um terno azul de três peças feito sob medida. Na frente dele havia outro homem. Era de meia-idade, mas em forma, e sentava-se no compartimento como se estivesse em um trono. Embora pensasse conhecer o homem, pôde reconhecer instantaneamente a mulher que estava sentada entre eles. Usava um curto vestido preto tomara que caia, enfeitado com lantejoulas. Sua pele era transparente. Ele desviou rapidamente o olhar dela. Os ossos e os músculos refletiam a luz de uma forma perturbadora.

— Perdoem-me — disse ele, caminhando até eles. — Meu nome é Jayewardene. Sou do Departamento de Assuntos Interiores.

— O que você quer? — O homem grande pegou uma cereja espetada de seu drink e rolou-a entre seu polegar e o dedo indicador manicurados. O outro homem levantou-se, sorriu e apertou a mão de Jayewardene. O gesto foi estudado, um cumprimento político refinado por anos de prática.

— Sou o senador Gregg Hartmann. Prazer em conhecê-lo.

— Obrigado, senador. Espero que seu ombro esteja melhor. — Jayewardene lera sobre o incidente nos jornais.

— Não foi tão sério quanto a imprensa fez parecer. — Hartmann olhou para a outra ponta do compartimento. — O homem que está torturando aquela cereja é Hiram Worchester. E a dama é...

— Crisálida, suponho — Jayewardene fez uma reverência. — Posso me juntar aos senhores?

— Claro — disse Hartmann. — Tem algo que possamos fazer pelo senhor?

Jayewardene sentou-se perto de Hiram, cujo corpanzil obscurecia parcialmente Crisálida. Ele achava profundamente perturbador olhar para ela.

— Muitas coisas, talvez. Para onde a Garota Elefante e aquele homem estavam indo agora?

— Capturar o gorila, claro. — Hiram olhou para ele como se fosse um parente de que se tem vergonha. — E resgatar a garota. Acabamos de saber. Capturar a fera é como uma tradição. — Ele fez uma pausa. — Para os ases.

— E isso é possível? Não acho que a Garota Elefante e um homem possam lidar com isso. — Jayewardene virou-se para Hartmann.

— O homem com ela era Jack Braun — disse Crisálida. Seu sotaque era mais britânico que americano. — Golden Boy. Ele pode lidar com quase qualquer coisa, inclusive com um gorila gigante. Embora não tenha descansado muito nos últimos tempos. Seu brilho anda um pouco fraco. — Ela cutucou Hiram. — Você não acha?

— Pessoalmente, não me importo com o que aconteça ao Sr. Braun. — Hiram girou o pequeno mexedor de plástico vermelho em forma de adaga na sua bebida. — E acho que o sentimento é mútuo.

Hartmann tossiu.

— Ao menos eles devem conseguir resgatar a atriz. Isso deve simplificar os problemas para o seu governo.

— Sim. É o que se espera. — Jayewardene dobrava e desdobrava um guardanapo de tecido. — Mas esse resgate deveria ser cuidadosamente planejado.

— Sim, e eles ficaram fora de controle — disse Crisálida, dando um gole no seu conhaque.

Jayewardene teve a sensação de ter visto um brilho de maldade nos olhos de Hartmann, mas descartou-a como um raio.

— Os senhores poderiam me dizer onde encontro o Dr. Tachyon?

Hiram e Crisálida riram. Hartmann manteve seu equilíbrio e lançou um olhar desaprovador para eles.

— Ele não está disponível agora.

Crisálida chamou o garçom e apontou para o seu copo.

— Qual das comissárias ele está conhecendo melhor dessa vez?

— Lá em cima, no escuro, juntos. Se algo puder ajudar Tachy a se livrar do seu problema, será isso. O doutor não deve ser perturbado agora. — Hiram segurou o mexedor de plástico acima da mesa e fechou o punho com a outra mão. O mexedor caiu e ficou preso no tampo da mesa. — Entendeu?

— Poderíamos passar seu recado para ele? — Hartmann perguntou, ignorando Hiram.

Jayewardene pegou sua carteira de pele de cobra e entregou a Hartmann um dos seus cartões de visita.

— Por favor, peça para entrar em contato comigo o mais rápido possível. Talvez eu esteja ocupado o restante da tarde, mas ele pode me encontrar em casa. É o último número.

— Farei o que puder — disse Hartmann, levantando-se para cumprimentá-lo novamente com um aperto de mãos. — Espero que nos vejamos de novo antes de partirmos.

— Prazer em conhecê-lo, Sr. Jayewardene — disse Crisálida. Ele achou que ela talvez estivesse sorrindo, mas não conseguiu ter certeza. Jayewardene virou-se para sair, mas parou bruscamente quando duas pessoas entraram no bar. Uma era o homem que Jayewardene pensou ter quase 40 anos. Era alto e musculoso, tinha cabelos loiros e uma câmera pendurada no ombro. A mulher que o acompanhava era tão surpreendentemente bonita como as fotografias que Jayewardene vira dela. Mesmo sem as asas, teria chamado a atenção.

Peregrina era uma visão na qual ele se demoraria com gosto. Jayewardene saiu do caminho deles para que se juntassem aos outros no compartimento.

Ainda estavam acendendo velas e luminárias no saguão quando ele saiu.

Foi difícil providenciar um helicóptero com o gorila à solta, mas o comandante da base lhe devia mais de um favor. O piloto, acessório sob o braço, esperava Jayewardene no helicóptero. Tinha a pele escura, um tâmil, parte do novo plano dos militares de tentar integrar as forças armadas. A aeronave era um modelo grande, obsoleto, faltava a aerodinâmica fluida dos helicópteros de ataque mais recentes. A pintura verde-oliva estava descascando da superfície metálica do helicóptero e os pneus estavam carecas.

Jayewardene assentiu para o piloto e falou com ele em tâmil.

— Eu havia pedido um megafone a bordo.

— Está aí, senhor. — O piloto abriu a porta e entrou na cabine. Jayewardene o seguiu.

O jovem tâmil repassou uma lista de controle, acionando interruptores, examinando medidores.

— Nunca andei num helicóptero — disse Jayewardene, afivelando o cinto de segurança. Ele puxou o cinto, testando-o, não exatamente feliz por ele estar desfiado nas beiradas.

O piloto encolheu os ombros e pôs seu capacete, então acionou o motor, pegou o manche e ligou o rotor. As hélices giraram ruidosamente e o helicóptero alçou voo devagar.

— Para onde vamos, senhor?

— Vamos para Ratnapura e o pico de Adão. — Ele tossiu. — Estamos em busca de um homem sobre um elefante voador. Ases americanos.

— Quer que eu entre em combate com eles, senhor? — O tom do piloto era frio e profissional.

— Não. Não, nada disso. Apenas observe-os. Estão atrás do gorila que escapou.

O piloto respirou fundo e assentiu, então acionou o rádio e pegou o bocal.

— Base Leão, aqui é Sombra Um. Pode nos dar informações sobre um elefante voador? Câmbio.

Houve uma pausa e um estalo de estática antes de a base responder.

— Seu alvo reportado segue para leste de Colombo. Velocidade aproximada de um cinco zero quilômetros por hora. Câmbio.

— Positivo. Câmbio e desligo.

O piloto verificou a bússola e ajustou o curso.

— Espero que possamos encontrá-los antes de eles localizarem o gorila. Não acho que tenham uma ideia real de onde procurar, mas o país não é tão grande. — Jayewardene apontou para nuvens pretas adiante. Nesse momento, houve um brilho de relâmpago. — Estamos seguros com o tempo ruim?

— Bastante seguros. O senhor acha que esses americanos seriam estúpidos o bastante para voar numa tempestade? — Ele apontou o helicóptero na direção de um ponto estreito na parede de nuvens.

— Difícil dizer. Não conheço essas pessoas. Mas eles já lidaram com a criatura antes. — Jayewardene olhou para baixo. A terra abaixo se erguia gradualmente. A selva era interrompida aqui e havia campos de chá e arroz ou reservatórios de água. Do ar, os arrozais inundados pareciam cacos de espelho quebrado, os pedaços reunidos de forma a quase se tocar.

— Tem algo adiante, senhor. — O piloto estendeu a mão por baixo do assento e lhe entregou uns binóculos. Jayewardene pegou-os, limpou as lentes com a ponta da camisa e olhou na direção que o piloto apontava. Havia algo. Ele girou o botão de ajuste e focalizou. O homem no elefante estava apontando para o solo.

— São eles — disse Jayewardene, colocando os binóculos no colo. — Chegue perto o bastante para que possam ouvir. — Ele levantou o megafone.

— Sim, senhor.

A boca e a garganta de Jayewardene estavam secas. Ele abriu a janela quando se aproximaram. Os ases não pareciam tê-los percebido ainda. Ele apertou o botão do megafone e ajustou o controle de volume no máximo. Viu os ombros e a cabeça do gorila acima das copas das árvores e soube por que os americanos não estavam prestando atenção ao helicóptero.

Ele pôs o megafone para fora da janela enquanto o helicóptero se aproximava.

— Garota Elefante. Sr. Braun. — Jayewardene achava que Golden Boy era um nome inadequado para um homem crescido. — Meu nome é Jayewardene. Sou funcionário do governo do Sri Lanka. Os senhores entendem o que estou falando? — Ele falou cada palavra lenta e cuidadosamente. O megafone vibrava em suas mãos suadas.

Jack Braun acenou e meneou com a cabeça. O monstro parou, olhou para cima e arreganhou os dentes. Arrancou a folhagem do topo de uma árvore e deixou Robyn numa bifurcação entre dois galhos nus.

— Resgatem a mulher se puderem, mas não machuquem o gorila. — A voz de Jayewardene soava quase ininteligível de dentro do helicóptero, mas Braun fez um sinal com o polegar erguido para indicar que entendera. — Estaremos a postos — Jayewardene concluiu.

O gorila abaixou-se, recolheu um punhado de terra e amassou-a entre as mãos. A criatura rugiu e lançou uma bola de terra nos ases. O elefante voador desviou de sua trajetória. A bola continuou a subir. Jayewardene viu que atingiria o helicóptero e agarrou-se ao assento o mais firme que podia. A terra bateu com um ruído surdo contra a lateral da aeronave. O helicóptero começou a rodar, mas o piloto rapidamente reassumiu o controle e colocou a aeronave na posição vertical.

— Melhor manter uma distância segura — disse o piloto, garantindo que o gorila ficasse à vista. — Se a aceleração não tivesse agido sobre aquilo, não acho que estaríamos no ar agora.

— Certo. — Jayewardene expirou lentamente e limpou a testa. Algumas gotas esparsas de chuva começaram a salpicar o para-brisa.

A Garota Elefante se afastou uns 45 metros do gorila e desceu ao nível da copa das árvores. Braun saltou de suas costas e desapareceu entre os arbustos. O elefante ganhou altura novamente e trombeteou, voltando a perseguir o monstro. O gorila rosnou e bateu no peito, o som parecia uma explosão subterrânea.

O embate durou um minuto ou dois, então o gorila balançou para trás, recuperando o equilíbrio bem no momento em que cairia. A Garota Elefante mergulhou rapidamente na direção da mulher na árvore. O gorila sacudiu os braços na direção dela. O elefante voador inclinou-se para desviar, oscilando um pouco.

— Ele a atingiu? — Jayewardene virou-se para o piloto. — Devemos nos aproximar e tentar ajudar?

— Não acho que tenha muito o que fazer. Talvez distraí-lo. Mas isso poderia nos derrubar. — O piloto segurou o manche entre os joelhos e limpou o suor da palma das mãos.

O gorila rugiu e abaixou-se para pegar algo. Jack Braun contorcia-se na mão da criatura, tentando empurrar os dedos gigantes do gorila para abri-los. O gorila ergueu-o até sua boca aberta.

— Não — disse Jayewardene, virando o rosto.

A fera rugiu novamente, e Jayewardene voltou a olhar. O monstro esfregava a boca com a mão livre. Braun, aparentemente ileso, apoiava as costas nos dedos do gorila e empurrava o polegar, tentando abri-lo. O monstro agitou o braço como um arremessador de beisebol, lançando Braun às cambalhotas pelo ar. Ele caiu na mata fechada vários segundos e várias centenas de metros depois.

O tâmil estava levemente boquiaberto, então deu um giro no helicóptero na direção onde Braun havia desaparecido na mata.

— O gorila tentou comê-lo, mas ele não desceu. Acho que ele quebrou um dente do demônio.

A Garota Elefante seguiu atrás deles. O gorila tirou Robyn da árvore e, depois de um triunfante rugido final, começou a perambular novamente pela selva. Jayewardene mordeu o lábio e olhou para a copa das árvores, procurando os galhos quebrados que indicassem onde Braun caíra.

A chuva aumentou e o piloto ligou os limpadores.

— Lá está ele — disse o tâmil, diminuindo a velocidade até pairar. Braun estava escalando uma grande palmeira. Suas roupas estavam um farrapo, mas ele não parecia estar machucado. A Garota Elefante aproximou-se, envolveu a tromba ao redor da cintura dele e ergueu-o sobre suas costas. Braun inclinou-se e segurou nas orelhas dela.

— Sigam-nos — disse Jayewardene, usando novamente o megafone. — Vamos levá-los de volta à base aérea. Tudo bem, senhor Braun?

O ás dourado ergueu novamente o polegar, desta vez sem olhar para eles.

Jayewardene ficou em silêncio por vários minutos. Talvez sua visão estivesse errada. A fera parecia muito violenta. Uma pessoa normal teria sido esmagada, virado uma pasta entre os dentes do gorila. Não. O sonho tinha de ser verdade. Ele não poderia permitir qualquer insegurança, ou o gorila não teria nenhuma chance.

Eles venceram a tempestade e voltaram para Colombo.

Jayewardene fez uma pausa diante da porta de Tachyon. Ele estava dormindo quando o alienígena telefonou. Tachyon pediu desculpas por demorar tanto para retornar e começou a listar os motivos. Jayewardene interrompeu e perguntou se ele poderia passar no hotel imediatamente. O doutor disse sim com pouco entusiasmo.

Ele bateu à porta e aguardou, então ergueu a mão novamente antes de ouvir os passos do outro lado. Tachyon abriu a porta, vestindo uma camisa branca com mangas bufantes e calças azuis de veludo com um imenso xale vermelho na cintura.

— Sr. Jayewardene? Entre, por favor.

Jayewardene fez uma mesura e entrou.

Tachyon sentou-se na cama, embaixo de uma pintura a óleo das Cataratas de Dunhinda. Sobre o criado-mudo, havia um chapéu de plumas escarlate e um prato de arroz pela metade.

— O senhor é o mesmo sr. Jayewardene do helicóptero? Sobre quem Radha comentou comigo?

— Sim. — Jayewardene sentou-se na poltrona próxima à cama. — Espero que o sr. Braun não tenha se ferido.

— Apenas seu orgulho já ferido. — Tachyon fechou os olhos por um momento, como se tentasse reunir forças, então reabriu. — Por favor, me diga como posso ajudá-lo, sr. Jayewardene.

— Os militares estão planejando atacar o gorila amanhã. Precisamos impedi-los e dominar a criatura sozinhos. — Jayewardene esfregou os olhos. — Mas não estou começando do início. Os militares lidam com a dura realidade. Mas o senhor, doutor, trabalha no contexto do extraordinário diariamente. Não conheço o senhor, mas, na minha posição, preciso confiar no senhor.

Tachyon firmou os pés oscilantes no chão e endireitou os ombros.

— Passei a minha vida aqui, tentando corresponder à confiança dos outros. Apenas desejaria poder acreditar na confiança que me é concedida. Mas o senhor diz que precisamos impedir os militares e subjugar o gorila nós mesmos. Por quê? Certamente eles estão mais bem equipados…

Jayewardene interrompeu.

— O vírus não afeta animais, se eu entendo bem.

— Eu sei que o vírus não afeta animais — respondeu Tachyon com um sacudir de seus cabelos ruivos e cacheados. — Eu ajudei a desenvolver o vírus. Toda criança sabe… — Ele cobriu a boca. — Ancestrais, me perdoem. — Ele saiu da cama e foi até a janela. — Há vinte anos ele me encara, e eu o perdi. Por minha própria estupidez, sentenciei alguns indivíduos a um inferno em vida. Falhei com um dos meus novamente. A confiança não é justificada. — Tachyon apertou os punhos contra as têmporas e continuou a se repreender.

— Com seu perdão, doutor — disse Jayewardene. — Acho que suas energias seriam mais benéficas se a aplicássemos ao problema atual. — Tachyon virou-se, uma expressão de dor no rosto. — Sem ofensa, doutor — ele acrescentou, sentindo a profundidade da culpa do alienígena.

— Não. Não, claro que não. Sr. Jayewardene, como o senhor soube?

— Não foram muitas as pessoas de nosso povo tocadas pelo vírus. Sou uma das poucas. Suponho que deveria agradecer por estar vivo e tudo o mais, mas é da nossa natureza reclamar. Minha habilidade me dá visões do futuro. Sempre sobre alguém ou algum lugar que eu conheça, em geral comigo mesmo. E muito detalhadas e vívidas. — Ele balançou a cabeça. — A mais recente me mostrou a verdadeira natureza do gorila.

Tachyon sentou-se novamente na cama, juntando a ponta dos dedos.

— O que não entendo é o comportamento primitivo demonstrado pela criatura.

— Tenho certeza de que a maioria das nossas questões poderá ser respondida assim que ele for um homem novamente.

— Claro. Claro. — Tachyon pulou da cama novamente. — E sua habilidade. Deslocamento temporal do eu consciente durante o estado onírico. Era o que minha família tinha em mente quando eles criaram o vírus. Algo que transcende os valores físicos conhecidos. Incrível.

Jayewardene deu de ombros.

— Sim, incrível. Mas é um fardo do qual eu abdicaria com prazer. Quero ver o futuro na sua perspectiva adequada, o aqui e o agora. Esse "poder" destrói o fluxo natural da vida. Depois que o gorila for restabelecido, planejo fazer minha peregrinação ao Sri Pada. Talvez por meio da pureza eu possa me livrar dele.

— Tive algum sucesso revertendo os efeitos na minha clínica. — Tachyon girou o xale na cintura. — Claro que a taxa de sucesso não é o que esperava. E o risco seria todo seu.

— Precisamos lidar com o gorila primeiro. Depois disso, meu caminho poderá ficar mais claro.

— Se tivéssemos mais tempo aqui — Tachyon lamentou. — A delegação deve deixar a Tailândia depois de amanhã. Isso nos deixa com pouca margem para erro. E não podemos todos sair para caçar a criatura.

— Não acho que o governo permitiria, de qualquer forma. Não depois de hoje. Quanto menos envolvermos seu pessoal, melhor.

— Concordo. Não consigo acreditar que os outros saíram daquele jeito. Às vezes, acho que todos estamos sofrendo de algum tipo de insanidade horripilante. Hiram especialmente. — Tachyon caminhou até a janela e abriu as persianas. Raios iluminavam o horizonte, delineando rapidamente a parede de nuvens tempestuosas imponentes. — Obviamente eu preciso ser incluído nessa pequena aventura. Radha pode me dar capacidade de manobra. Ela é meio indiana. Houve problemas entre o seu país e a Índia nos últimos tempos, creio eu?

— Infelizmente, sim. Os indianos apoiam os tâmiles, pois têm a mesma herança cultural. A maioria cingalesa vê isso como apoio aos Tigres Tâmiles, um grupo terrorista. — Jayewardene baixou os olhos. — É um conflito sem vencedores e com muitas vítimas.

— Então, precisamos abafar essa história. Isso que Radha estava escondendo, temendo por sua vida. Ela poderia apresentar a resposta para outros problemas. — Tachyon fechou as cortinas. — Que artilharia será usada contra o gorila?

— Duas levas de helicópteros. A primeira se moverá com redes de aço. A segunda, se necessário, estará cheia de aeronaves fortemente armadas.

— O senhor poderia nos infiltrar na base antes que a segunda leva decole? — Tachyon esfregou as mãos.

— É possível. Sim, acho que poderia.

— Ótimo. — O alienígena sorriu. — E, Sr. Jayewardene, em minha própria defesa, existem tantas coisas na minha vida, a fundação da clínica, a Grande Revolta no Bairro dos Curingas, a invasão do Enxame...

Jayewardene interrompeu-o.

— Doutor, o senhor não me deve explicações.

— Mas devo uma a ele.

Eles pararam o carro a alguns quilômetros de distância do portão para colocar Radha no porta-malas. Jayewardene tomou um gole do chá de seu copo de isopor. Era grosso, cor de cobre e quente o bastante para ajudar a espantar o frio pré-aurora. Como a estrada até a base aérea era esburacada, ele havia enchido apenas parcialmente o copo. Havia uma dor fria dentro dele que nem mesmo o chá conseguia alcançar. Mesmo na sua melhor perspectiva, seria forçado a renunciar ao cargo. Estava ultrapassando sua autoridade de maneira imperdoável. Mas não podia se preocupar com o que poderia lhe acontecer, o gorila era sua primeira preocupação. Ele e Tachyon tinham ficado acordados a maior parte da noite, tentando cobrir todas as coisas que poderiam dar errado e o que fazer se o pior acontecesse.

Jayewardene estava no banco dianteiro com Saul. Tachyon estava atrás, entre Danforth e Paula. Ninguém falava. Jayewardene tirou sua identificação governamental quando se aproximaram do bem iluminado portão frontal.

O guarda do portão era um jovem cingalês. Os ombros eram tão retos quanto os vincos do uniforme cáqui. Os olhos eram brilhantes e ele se moveu com passos medidos até o lado de Jayewardene no carro.

Jayewardene baixou o vidro e entregou a identidade ao guarda.

— Gostaríamos de falar com o general Dissanayake. O Dr. Tachyon e dois representantes da produtora de cinema norte-americana estão no grupo, além de mim.

O guarda olhou para a identidade, então para as pessoas no carro.

— Um momento — disse ele, então seguiu para uma pequena guarita ao lado do portão e pegou o telefone. Após conversar alguns momentos, voltou e devolveu a identidade com cinco crachás laminados de visitantes. — O general os receberá. Está no gabinete. Sabe o caminho, senhor?

— Sim, obrigado — disse Jayewardene, fechando o vidro e prendendo um dos crachás no bolso da camisa.

O guarda abriu o portão e, com a lanterna de ponta vermelha, indicou o caminho para que passassem. Jayewardene suspirou quando passaram pelo portão que se fechou atrás deles. Ele guiou Saul ao complexo dos oficiais e deu um tapinha em seu ombro.

— Sabe o que fazer?

Saul fez o carro parar entre duas faixas amarelas desbotadas e retirou as chaves, segurando-as entre o dedão e o indicador.

— Assim que o porta-malas abrir, você não precisa se preocupar com minha desgraça.

Eles saíram do carro e caminharam pela calçada até o prédio. Jayewardene ouviu os rotores do helicóptero cortando o ar acima. Assim que entraram, Tachyon ficou ao lado de Jayewardene enquanto ele os guiava pelos corredores de linóleo. O alienígena mexia nos punhos da camisa rosa-coral. Paula e Danforth seguiram-nos de perto, sussurrando entre si.

O cabo no lado de fora do gabinete do general ergueu os olhos de sua xícara de chá e acenou para eles. O general estava sentado atrás da mesa em uma grande cadeira giratória. Era um homem de altura média e constituição compacta, olhos escuros e fundos e uma expressão que raramente se alterava. Alguns na comunidade militar sentiam que, aos 54 anos, Dissanayake era jovem demais para ser general. Mas fora firme e controlado ao lidar com os Tigres Tâmiles, um grupo militante separatista. Tinha conseguido evitar um banho de sangue sem parecer fraco. Jayewardene respeitava-o. O general acenou com a cabeça quando entraram, apontando para o grupo as cadeiras diante de sua mesa atulhada.

— Por favor, sentem-se — falou Dissanayake, apertando os lábios num meio sorriso. Seu inglês não era tão bom quanto o de Jayewardene, mas ainda era facilmente compreensível. — Sempre um prazer vê-lo, Sr. Jayewardene. E, claro, receber nossos outros distintos visitantes.

— Obrigado, general. — Jayewardene esperou os outros se sentarem antes de continuar. — Sabemos que o senhor está muito ocupado agora e agradecemos por nos ter recebido.

Dissanayake olhou para o relógio de ouro no pulso e assentiu.

— Sim, eu deveria estar pronto para as operações agora. A primeira leva está programada para decolar enquanto conversamos. Então — disse ele, juntando as mãos —, se o senhor puder ser o mais breve possível.

— Não achamos que os senhores devam atacar o gorila — disse Tachyon. — Pelo que eu saiba, ele nunca machucou ninguém. Houve algum relato de incidentes até agora?

— Não que eu tenha recebido, doutor. — Dissanayake recostou-se na cadeira. — Mas o monstro está a caminho do pico de Adão. Se não for controlado, certamente haverá fatalidades.

— Mas, e quanto a Robyn? — perguntou Paula. — Os senhores vão atrás do gorila com helicópteros de ataque e ela provavelmente será morta.

— E se não fizermos nada, centenas podem morrer. Possivelmente milhares, se ele chegar à cidade. — Dissanayake mordeu o lábio. — É meu dever impedir que isso aconteça. Entendo o que significa ter uma amiga em perigo. E garanto que faremos o possível para resgatar a srta. Symmes. Meus homens sacrificarão a própria vida para salvar a dela, se necessário for. Mas, para mim, a segurança dela não é mais importante que a de outros que estão sob ameaça. Por favor, tentem entender minha posição.

— E nada que dissermos persuadirá o senhor de ao menos postergar o ataque? — perguntou Tachyon, tirando os cabelos dos olhos.

— O gorila está muito próximo do pico de Adão. Muitas peregrinações acontecem nesta época do ano, e não há tempo para uma evacuação bem-sucedida. Atrasos quase certamente custarão vidas. — Dissanayake levantou-se e pegou o quepe sobre a mesa. — E agora preciso cuidar dos meus afazeres. Os senhores são bem-vindos para monitorar a operação daqui, se quiserem.

Jayewardene balançou a cabeça.

— Não, obrigado. Agradecemos o tempo que o senhor perdeu conosco. O general estendeu as mãos ao lado do corpo.

— Queria poder ser mais útil. Boa sorte a nós todos, inclusive ao gorila.

O céu começava a clarear quando voltaram ao carro. Saul estava recostado na porta, um cigarro apagado na boca. Tachyon e Jayewardene caminharam até ele, enquanto Danforth e Paula entravam no carro.

— Tudo seguindo de acordo com o plano? — perguntou Jayewardene.

— Ela saiu e está escondida. Ninguém parece ter percebido nada. — Saul puxou um isqueiro de plástico. — Agora?

— Agora ou nunca — disse Tachyon, deslizando para o banco de trás. Saul acendeu o isqueiro e encarou a chama por um instante antes de acender o cigarro. — Vamos dar no pé daqui já.

— Cinco minutos — disse Jayewardene, caminhando rapidamente para o outro lado do carro.

Estacionaram perto do portão frontal. O guarda caminhou lentamente e estendeu a mão.

— Seus crachás, por favor.

Jayewardene desprendeu o seu e entregou-o para o guarda.

— Merda — falou Danforth. — Deixei o negócio cair.

Saul ligou as luzes internas do carro. Jayewardene olhou para o relógio. Não tinham tempo para aquilo. Danforth esticou a mão no vão entre a ponta do assento e a porta, fez uma careta e puxou o crachá. Entregou-o rapidamente para o guarda, que levou os crachás de volta à guarita antes de abrir o portão.

O portão estalou ao se fechar atrás deles com menos de dois minutos restantes. Saul pisou no acelerador rapidamente até 80 km/h, fazendo o melhor para evitar os buracos.

— Espero que Radha consiga cuidar disso. Ela nunca estendeu seus poderes por uma área tão grande antes. — Tachyon tamborilava os dedos no banco de vinil do carro. Ele se virou. — Já estamos longe o bastante, eu acho. Pare aqui.

Saul estacionou e eles saíram para olhar a base aérea.

— Não entendo. — Danforth agachou-se perto da traseira do carro. — Digo, tudo o que ela consegue fazer é se transformar em elefante. Não sei onde isso vai nos levar.

— Sim, mas a massa tem de vir de algum lugar, Sr. Danforth. Uma energia elétrica é a fonte conversível mais fácil. — Tachyon olhou para o relógio. — Vinte segundos.

— Sabe, se o senhor puder tornar seus filmes tão empolgantes como isso Sr. D... — Paula balançou a cabeça. — Vamos lá, Radha.

A base inteira mergulhou silenciosamente na escuridão.

— Que chocante! — Danforth levantou-se com tudo e se equilibrou na ponta dos pés. — Ela conseguiu.

Jayewardene olhou para o céu cinzento sobre o horizonte. Uma figura escura ergueu-se da escuridão maior e moveu-se na direção deles, lançando faíscas azuis ocasionais.

— Acho que ela pode estar um pouco sobrecarregada — comentou Tachyon. — Mas não há tiros. Tenho certeza de que não sabem o que os atingiu.

— Isso é ótimo — disse Danforth. — Porque também não sei o que aconteceu.

— O que sei — disse Saul, encostado na porta dianteira, ligando o carro —, é que nenhum helicóptero vai decolar de lá por um tempo. E a Srta. Garota Elefante me deve uma bateria nova para ontem.

Radha aproximou-se voando e aterrissou perto do carro, as faíscas chispando a cada vez que um pé tocava o chão. Jayewardene achou que ela parecia um pouco maior do que estava no dia anterior. Tachyon aproximou-se e pisou na perna dianteira dela, seu cabelo se levantando como uma peruca de palhaço quando a tocou. Radha o ergueu até suas costas.

— Vejo vocês em breve, se tiver sorte — disse o alienígena, acenando.

Jayewardene fez que sim com a cabeça e disse:

— A viagem até o pico de Adão deve nos custar uma hora daqui. Voem para noroeste o mais rápido que puderem.

O elefante alçou voo em silêncio, e eles desapareceram antes que qualquer coisa mais pudesse ser dita.

♦

A estrada era estreita. Uma floresta densa crescia às margens e estendia-se adiante, até o infinito. Eles estavam sozinhos, exceto por um ônibus e algumas carroças puxadas por cavalos. Jayewardene explicou a eles o que realmente era o gorila e como ele soube. Discutir sua habilidade de ás fez o tempo passar durante a viagem. Saul acelerava o máximo que podia nas estradas cheias de lama, fazendo um tempo melhor do que Jayewardene pensava ser possível.

— Mas eu não entendo uma coisa — falou Paula, inclinando-se para a frente e ficando com a cabeça perto da dele. — Se essas visões são sempre verdadeiras, por que o senhor está trabalhando tão duro para ver como as coisas acabarão?

— Para mim não há escolha — respondeu Jayewardene. — Não posso deixar as visões ditarem como vou levar a vida, então tento agir como se não tivesse esse conhecimento. E um pouco de conhecimento do futuro é muito perigoso. O resultado final não é minha única preocupação. O que acontece nesse ínterim é igualmente importante. Se alguém for morto pelo gorila porque eu sabia que, no fim das contas, ele teria sua humanidade restaurada, eu seria culpado por ter causado essa morte.

— Acho que o senhor está sendo um pouco duro consigo mesmo — Paula deu um leve aperto no ombro dele. — Tem um limite para o que se pode fazer.

— Essas são as minha crenças. — Jayewardene virou-se e fitou os olhos dela. Ela devolveu o olhar por um instante, então se afundou no banco ao lado de Danforth.

— Tem alguma coisa acontecendo lá adiante — disse Saul em um tom monótono, quase desinteressado.

Estavam no topo de um monte. As árvores haviam se afastado das margens da estrada algumas centenas de metros em cada lado, dando-lhes uma visão desobstruída.

O pico Sri Pada ainda estava coberto pela bruma do início da manhã. Helicópteros circundavam algo perto do sopé da montanha e que não dava para ver.

— Acha que estão atrás do nosso garoto? — perguntou Danforth.

— Tenho quase certeza. — Jayewardene desejou ter trazido os binóculos. Uma das formas circulantes poderia ser Radha com Tachyon, mas daquela distância não havia como dizer. A clareira terminou, e eles foram cercados novamente pela selva.

— Querem que eu corra um pouco mais? — Saul apagou o cigarro no cinzeiro.

— Contanto que cheguemos lá vivos — respondeu Paula, apertando o cinto de segurança.

Saul apertou um pouco mais o acelerador, deixando jorros de lama atrás deles.

Estacionaram atrás de dois ônibus abandonados que bloqueavam a estrada. Não se via ninguém além da fera e de seus algozes. Os peregrinos tinham fugido para a montanha ou voltado para a estrada, no vale. Jayewardene subiu o mais rápido que pôde os degraus de pedra, os outros o seguiram. Os helicópteros tinham impedido que o gorila subisse muito a montanha.

— Algum sinal da nossa elefanta? — Danforth questionou.

— Não consigo vê-los daqui. — As laterais do corpo de Jayewardene já doíam pelo esforço. Parou para descansar um momento e olhou para cima quando um dos helicópteros soltou uma rede de aço. Houve um rugido como resposta, mas eles não conseguiriam dizer se a rede acertara o alvo.

Esforçaram-se para subir as várias centenas de metros, passando por um posto de descanso vazio, mas incólume. Os helicópteros ainda estavam forçando o ataque, embora parecessem em menor número agora. Jayewardene escorregou em uma das lajotas molhadas e bateu o joelho contra o canto de um degrau. Saul agarrou-o pelas axilas e o ergueu.

— Estou bem — disse ele, esticando dolorosamente a perna. — Vamos continuar.

Um elefante trombeteou a distância.

— Rápido — disse Paula, subindo as escadas de dois em dois degraus. Jayewardene e os outros subiram aos trotes atrás dela. Depois de mais quase cem metros, ele os parou.

— Temos que cortar caminho pela encosta da montanha aqui. O caminho é muito perigoso. Segurem nas árvores quando puderem. — Ele saiu para o solo úmido e firmou-se contra uma palmeira, então começou a avançar lentamente na direção da batalha.

Estavam um pouco mais altos que o gorila quando chegaram perto o bastante para ver o que estava acontecendo. O monstro tinha uma rede de aço em uma das mãos e uma árvore arrancada na outra. Mantinha Radha e os dois helicópteros remanescentes afastados como um gladiador com rede e tridente. Jayewardene não conseguia ver Robyn, mas supôs que a fera a tivesse deixado novamente no topo de uma árvore.

— Bem, agora que estamos aqui, que diabos faremos? — Danforth recostou-se em uma jaqueira, respirando profundamente.

— Vamos pegar Robyn. — Paula limpou a terra das mãos nos shorts e deu um passo na direção do gorila.

— Espere. — Danforth agarrou a mão dela. — Não posso me dar ao luxo de te perder. Vamos ver o que Tachyon pode fazer.

— Não — falou Paula, se esquivando. — Temos que tirá-la de lá enquanto o gorila está distraído.

Os dois encararam-se com firmeza por um instante, então Jayewardene interveio.

— Vamos chegar um pouco mais perto e ver o que é possível fazer.

Eles meio que escorregaram, meio que caminharam encosta abaixo, então chegaram a uma saliência que era apenas lama. Jayewardene sentiu-a deslizar de forma desconfortável nos seus sapatos. Robyn não estava em lugar nenhum visível, e o gorila não notou a aproximação.

O último helicóptero moveu-se para a posição sobre o gorila e lançou sua rede. O símio prendeu-a na ponta da árvore e girou-a para um lado, então lançou a árvore no helicóptero que se retirava, que precisou arremeter bruscamente para evitar ser atingido. O gorila batia no peito e rugia.

Radha e Tachyon aproximaram-se por trás no nível das copas das árvores. O gorila abaixou-se, pegou uma das redes de aço e girou-a até ela se tornar uma mancha em movimento. Uma batida sibilante soou quando a ponta da rede acertou Radha na pata dianteira. Tachyon deslizou das costas dela e ficou pendurado pela orelha. Radha ganhou altura e puxou Tachyon de volta para os seus ombros.

O gorila pisoteou a terra e arreganhou os dentes, em seguida, ergueu-se abrindo e fechando as imensas mãos negras.

— Não vejo o que podemos fazer — exclamou Danforth. — Aquela coisa é simplesmente forte demais.

— Veremos — disse Jayewardene.

Tachyon inclinou-se perto de uma das imensas orelhas de Radha. O elefante mergulhou como uma pedra por uma distância, então começou a circular rapidamente ao redor da cabeça do gorila. O símio ergueu os braços e girou, tentando manter o inimigo à vista. Após alguns momentos, a criatura estava a meio giro atrás do elefante. Radha mergulhou diretamente nas costas do gorila. Tachyon pulou no pescoço da criatura, e o elefante voador afastou-se rapidamente para uma distância segura. O gorila encolheu-se, então voltou-se para Tachyon, que estava agarrado na pelagem grossa de seu ombro. A fera tirou o alienígena facilmente do ombro e ergueu-o para inspeção, rugiu em seguida e levou Tachyon à boca.

— Puta merda — disse Danforth, segurando Paula.

O monstro estava com Tachyon quase na boca quando ficou paralisado, estremeceu convulsivamente por um instante e tombou para trás. O impacto sacudiu a água das árvores, lançando lama no rosto de Jayewardene e de seus companheiros. Jayewardene apressou-se para descer o monte na direção do gorila, tentando ignorar a dor no joelho.

Tachyon estava se contorcendo para se livrar dos dedos rígidos do gorila quando eles chegaram ao lado da criatura. Ele desceu rapidamente do corpo gigante e equilibrou-se segurando em Jayewardene.

— Pelos céus em chamas! O senhor estava certo, sr. Jayewardene. — Ele deu vários suspiros profundos. — Tem um homem dentro da fera.

— Como você o parou? — perguntou Danforth, ficando alguns passos mais longe que os outros. — E onde está Robyn?

— Voltou para Dakota do Norte — veio uma voz fraca de uma copa de árvore próxima. Robyn acenou e começou a descer da árvore.

— Vou ver se ela está bem — disse Paula, correndo até a árvore.

— Para responder à sua primeira pergunta, Sr. Danforth — falou Tachyon, contando os botões arrancados na camisa —, a principal porção do cérebro é símia e consiste em grande parte em um filme em preto e branco. Mas também existe uma personalidade humana, completamente subordinada à mentalidade do gorila. Eu dei temporariamente controle igual para elas, provocando assim uma estase que o paralisou.

Danforth assentiu com a cabeça, mesmo sem compreender.

— Então, o que faremos agora?

— O Dr. Tachyon vai devolver a forma humana ao gorila. — Jayewardene esfregou a perna. — Os militares provavelmente não ficarão longe por muito tempo. Não há muito tempo para fazer o que precisa ser feito. — Como se enfatizasse sua observação, um dos helicópteros apareceu e pairou sobre eles por um momento antes de se afastar.

Tachyon assentiu e olhou para Jayewardene.

— O senhor viu a transformação em sua visão. Eu estava ferido? Apenas por curiosidade.

Jayewardene encolheu os ombros.

— Isso importa?

— Não. Creio que não. — Tachyon roeu uma das unhas. — Importa. Esse é o problema. Quando restaurarmos a dominação da mente humana, ele irradiará toda aquela matéria excessiva na forma de energia. Qualquer um nas proximidades, inclusive eu, provavelmente será aniquilado.

Jayewardene apontou para Radha, que estava ajudando Robyn a descer da árvore.

— Talvez, se o senhor estivesse suspenso no ar, voando, por assim dizer, o perigo seria minimizado. E se a energia fosse canalizada em algo como um raio... — Jayewardene ergueu os olhos para o céu carregado.

— Sim. Essa ideia traz possibilidades. — Tachyon assentiu com a cabeça e gritou para Radha. — Não se transforme de volta ainda.

Poucos minutos depois, todos estavam em posição. Jayewardene estava sentado perto de Paula, que por sua vez tinha a cabeça de Robyn no colo. Saul e Danforth ficaram em pé a alguns metros de distância. Radha, pairando a uns três metros do chão, segurava Tachyon na tromba a cerca de um metro da cabeça do gorila. Saul rasgara a camisa para servir de venda para a Garota Elefante e para Tachyon. Eles podiam ouvir a respiração pesada da fera de onde estavam sentados.

— Seria melhor vocês fecharem os olhos ou se virarem — disse Jayewardene. Eles acataram a sugestão.

A visão assumiu o controle, e Jayewardene sentiu que o ar se esvaía dele. Sentiu o cheiro da selva úmida. Ouviu pássaros cantando e o ruído distante dos rotores do helicóptero. O sol escondeu-se atrás de uma nuvem. Uma formiga subiu em sua perna. Ele fechou os olhos. Embora estivesse com as pálpebras fechadas, a luz tinha o brilho do magnésio. Houve um único estrondo ensurdecedor de trovão. Involuntariamente ele pulou, em seguida, esperou um instante e abriu os olhos.

Através de uma linha branca na sua visão causada pelo brilho, viu Tachyon ajoelhado perto de um homem magro, nu, caucasiano. Radha pisava nos pequenos focos de fogo que formaram um círculo ao redor deles.

— Como vou explicar isso para o zoológico do Central Park? — perguntou Danforth, com uma expressão confusa.

— Ah, não sei — disse Jayewardene, seguindo lentamente de volta para a encosta, onde estava Tachyon. — Para mim, parece um grande estardalhaço.

Tachyon ajudou o homem nu a ficar em pé. Tinha altura média e feições comuns. Ele mexeu a boca, mas não fez nenhum som.

— Acho que ele passou pela experiência intacto — disse Tachyon, apoiando o ombro na axila do homem. — Obrigado.

Jayewardene balançou a cabeça e tirou três envelopes idênticos do bolso da calça.

— O que tinha de acontecer, aconteceu. Quando os militares aparecerem, e eles virão, quero que os senhores entreguem estes envelopes para eles. Digam que são meus. Um vai para o presidente, um para o primeiro-ministro e o último para o ministro de Assuntos Interiores. É minha carta de renúncia.

Tachyon pegou os envelopes e os guardou.

— Entendo.

— Quanto a mim, pretendo fazer a peregrinação ao topo do Sri Pada. Talvez me ajude a alcançar meu objetivo. Me livrar dessas visões. — Jayewardene voltou para os degraus de pedra.

— Sr. Jayewardene — disse Tachyon. — Se sua peregrinação não der certo, eu estaria disposto a fazer o que fosse possível para ajudá-lo. Talvez tente colocar algum amortecedor mental para mantê-lo fora de sintonia com sua habilidade. Partiremos amanhã. Acredito que seu governo ficará feliz com a nossa partida. Mas o senhor seria mais que bem-vindo para vir conosco.

Jayewardene fez uma reverência e foi até Paula e Robyn.

— Sr. Jayewardene — disse Robyn com voz rouca. Seus cabelos loiros estavam desgrenhados e emplastrados com lama. As roupas eram farrapos. Jayewardene tentou não olhar. — Obrigada por ajudar a me salvar.

— Imagine, por nada. Mas a senhora deveria ser levada para um hospital assim que possível. Apenas por precaução. — Ele se voltou para Paula. — Planejo fazer a peregrinação até o topo da montanha agora, se quiser me acompanhar.

— Não sei — disse Paula, olhando para Robyn.

— Pode ir — disse Robyn. — Vou ficar bem.

Paula sorriu e olhou de volta para Jayewardene.

— Eu adoraria.

As luzes de neon multicoloridas refletem-se em fragmentos no chão molhado. Os japoneses estão todos ao nosso redor, a maioria deles homens. Encaram Peregrina, que tem suas asas belas, enfeitadas, fechadas ao redor do corpo. Ela olha para a frente, ignorando-os.

Caminhamos um bom pedaço. Meus quadris doem e meus pés estão me matando. Ela para em uma viela e se vira para mim. Eu aceno com a cabeça. Ela caminha lentamente para a escuridão. Eu a sigo, com medo de fazer um ruído que chame a atenção. Sinto-me inútil, como uma sombra. Peregrina estende as asas. Elas quase tocam a pedra fria em cada lado da viela. Ela volta a fechá-las.

Uma porta se abre e a viela se enche de luz. Um homem sai. É magro, alto, com pele escura, olhos amendoados e uma testa alta. Ele ergue a cabeça para nos olhar.

— Fortunato? — pergunta ela.

Jayewardene agachou-se perto das brasas quase apagadas da fogueira. Outros peregrinos estão sentados em silêncio perto dele. A visão o acordara: mesmo aqui, não havia escapatória. Embora a peregrinação não estivesse oficialmente completa até ele voltar para casa, sabia que as visões continuariam. Estava contaminado pelo vírus carta selvagem, talvez contaminado pelos anos que passou em outros países. A pureza espiritual e a completude eram impossíveis de atingir. Ao menos no presente momento.

Paula apareceu atrás dele e pousou as mãos suavemente sobre seus ombros.

— É bonito aqui em cima, realmente.

Os outros ao redor da fogueira olhavam para ela com desconfiança. Jayewardene a levou para longe dali. Eles ficaram na beirada do pico, olhando para a névoa escura que descia pela montanha.

— Cada religião tem sua própria crença sobre a pegada — disse ele. — Acreditamos que foi feita por Buda. Os hindus dizem que foi feita por Shiva. Os muçulmanos alegam que é de quando Adão ficou parado por mil anos, expiando pela perda do paraíso.

— Quem quer que seja, tinha um pé grande — disse Paula. — Aquela pegada tinha quase um metro de comprimento.

O sol ergueu-se no horizonte, trazendo aos poucos a luz para as brumas rodopiantes embaixo deles. As sombras cresceram imensas na paisagem cinzenta. Jayewardene prendeu a respiração.

— O Espectro de Brocken — ele disse, fechando os olhos em oração.

— Uau — disse Paula. — Acho que é minha semana de coisas gigantes.

Jayewardene abriu os olhos e suspirou. Suas fantasias sobre Paula eram tão irreais quanto aquelas sobre destruir seu poder por meio da peregrinação. Eram como duas engrenagens de um relógio cujos dentes se combinavam, mas o centro permanecia para sempre à distância.

— O que você viu é uma das mais raras maravilhas aqui. É possível vir aqui todos os dias durante um ano e não ver o que vimos.

Paula bocejou, então deu um sorrisinho.

— Parece que é hora de descer.

— Sim. Chegou a hora.

♦

Danforth e Paula encontraram-no no aeroporto. Danforth estava barbeado e com roupas limpas, quase o mesmo produtor convencido que ele conhecera poucos dias antes. Paula vestia shorts e uma camiseta branca e justa. Parecia pronta para seguir em frente com sua vida. Jayewardene a invejou.

— Como está a Srta. Symmes? — perguntou ele.

Danforth revirou os olhos.

— Bem o suficiente para ligar para o advogado dela três vezes nas últimas doze horas. Estou mesmo em maus lençóis. Terei sorte se conseguir trabalho quando voltar.

— Ofereça para ela um contrato de cinco filmes e muitas falas — disse Jayewardene, condensando todo seu conhecimento de jargão do cinema em uma frase.

— Contrate esse cara, Sr. D. — Paula sorriu e pegou Jayewardene pelo braço. — Ele poderia tirar você de confusões que nem eu conseguiria.

Danforth encaixou os dedões nos passadores de sua calça e balançou-se para a frente e para trás.

— Não é uma má ideia, de verdade. Nada má. — Ele estendeu a mão para Jayewardene e o cumprimentou. — Realmente, não sei o que teríamos feito sem o senhor.

— Teríamos ido por água abaixo. — Paula deu um abraço de lado em Jayewardene. — Acho que é aqui que dizemos adeus.

— Sr. Jayewardene. — Uma jovem mensageira do governo abriu caminho pela multidão até chegar ao lado deles. Estava ofegante, mas deu um jeito de arrumar o uniforme antes de entregar um envelope a Jayewardene. Trazia o selo presidencial.

— Obrigado — disse ele, abrindo-o com o polegar. Leu em silêncio.

Paula inclinou-se para olhar, mas estava escrito em cingalês.

— O que está escrito?

— Que minha renúncia não foi aceita e que consideram que estou em uma licença estendida. Não é exatamente a coisa mais segura que ele poderia ter feito, mas muito apreciada. — Ele fez uma reverência para Danforth e Paula. — Estou ansioso pela estreia do filme.

— *King Pongo* — disse Danforth. — Será com certeza um sucesso monstruoso.

♠

O avião estava mais cheio do que ele esperava. As pessoas estavam perambulando desde a decolagem, conversando, reclamando, se embebedando. Peregrina estava em pé no corredor, conversando com o homem alto e loiro que havia estado com ela no bar. Mantinham a voz baixa, mas Jayewardene conseguiu adivinhar pelos olhares que não era uma conversa agradável.

Peregrina afastou-se do homem, deu um suspiro profundo, e caminhou até Jayewardene.

— Posso sentar com o senhor? — perguntou ela. — Conheço todo mundo neste avião. Alguns consideravelmente melhor do que eu gostaria.

— Estou lisonjeado e contente — disse ele. E era verdade. As feições e a fragrância dela eram cativantes, mas intimidadoras. Mesmo para ele.

Ela sorriu, os lábios curvando-se de uma forma quase cruel de tão atraente.

— Aquele homem que o senhor e Tachy salvaram. Está sentado bem ali. — Ela o indicou com o arquear de uma sobrancelha. — O nome dele é Jeremiah Strauss. Era um ás de segunda categoria chamado Projecionista. Acho que somos todos malucos do mesmo hospício. Ah, lá vem ele.

Strauss aproximou-se, as mãos agarrando-se nos encostos dos assentos enquanto caminhava. Estava pálido e temeroso.

— Sr. Jayewardene? — Ele disse, como se tivesse praticado a pronúncia nos últimos dez minutos. — Sou Jeremiah Strauss. Me contaram tudo o que o senhor fez por mim. E quero que o senhor saiba que nunca esqueço um favor. Se precisar de um emprego quando chegar a Nova York, U Thant é um amigo da família. Vamos arranjar alguma coisa.

— É muita gentileza de sua parte, Sr. Strauss, mas eu teria feito tudo aquilo de qualquer maneira. — Jayewardene estendeu a mão para o homem.

Strauss sorriu, endireitou os ombros e apoiou-se para voltar ao assento.

— Eu diria que ele vai precisar de uma boa readaptação — disse Peregrina num sussurro. — Vinte anos é tempo demais.

— Posso apenas desejar que se recupere rapidamente. É difícil sentir pena de mim, considerando as circunstâncias dele.

— Sentir pena de si é um direito inalienável. — Ela bocejou. — Não acredito no tanto que estou dormindo. Deve haver tempo para uma soneca longa e agradável antes de chegarmos à Tailândia. Importa-se de eu usar o seu ombro?

— Não. Por favor, use-o como se fosse seu. — Ele olhou pela janela. — Austrália. E em seguida?

Ela descansou a cabeça contra o ombro dele e fechou os olhos.

— Malásia, Vietnã, Indonésia, Nova Zelândia, Hong Kong, China, Japão. Fortunato. — Ela disse a última palavra quase tão baixo que ele mal ouviu. — Duvido que vamos esbarrar nele lá.

— Mas você vai. — Ele disse, esperando deixá-la feliz, mas ela olhou para ele como se a tivesse flagrado com as roupas de baixo.

— O senhor sabe disso? Teve uma daquelas visões comigo? — Alguém obviamente falara sobre seu poder com Peregrina.

— Sim. Desculpe. Não tenho controle sobre elas. — Ele voltou a olhar pela janela, sentindo-se envergonhado.

Ela descansou a cabeça novamente no ombro de Jayewardene.

— Não é sua culpa. Não se preocupe. Tenho certeza de que Tachy conseguirá fazer alguma coisa pelo senhor.

— Assim espero.

Ela dormiu por mais de uma hora. Ele comeu com uma só mão para não a acordar. O rosbife que comera caiu como uma bola de chumbo no estômago. Sabia que sobreviveria à comida ocidental até chegarem ao Japão. O ar retumbava baixo ao passar pela superfície metálica do avião. Peregrina respirava suavemente perto do seu ouvido. Jayewardene fechou os olhos e rezou por um sono sem sonhos.

Mergulho no Tempo do Sonho

Edward Bryant

Durante o mês anterior, Cordelia Chaisson sonhou sobre o assassinato com bem menos frequência. Era de se surpreender que ainda pensasse tanto assim nele; afinal de contas, tinha visto coisas muito piores. O trabalho a consumia, o emprego na Global Fun & Games exauria bastante seus dias. Trabalhar no evento beneficente em prol das vítimas de AIDS/VCS em maio, na Funhouse de Xavier Desmond, no Bairro dos Curingas, ocupava boa parte das noites. Na maioria delas, Cordelia ia para a cama muito depois do noticiário das onze. Às cinco da manhã tudo recomeçava. Havia pouco tempo para diversão.

Mas ainda havia as ocasionais noites ruins de sonhos: sai da estação da 14th Street, saltos estalando com rapidez no concreto sujo, o murmúrio do tráfego na rua acima. Ouve a voz a poucos passos acima, no nível da rua, dizendo "Me dá a bolsa, vadia!". Hesita, então segue em frente de qualquer forma. Com medo, mas…

Ela ouvia a segunda voz, um sotaque australiano: "Bom dia, camaradas. Algum problema aqui?".

Cordelia deixava as escadas e entrava na noite abafada. Via a cena instantânea de dois punks brancos com barba por fazer cercando uma mulher de meia-idade no espaço entre a curta fileira de telefones públicos e o fundo de compensado de uma banca de jornais fechada. A mulher segurava firme um poodle preto latindo e sua bolsa de mão.

Bronzeado, alto e magro, o homem que Cordelia supunha ser o australiano enfrentava os dois jovens. Usava uma roupa cor de areia que parecia uma versão mais crua, mais autêntica, de um conjunto da Banana Republic. Tinha uma faca brilhante e bem cuidada numa das mãos.

— Algum problema, filho? — ele repetia.

— Não, nenhum problema, babaca — disse um dos punks, que puxava uma pistola de cano curto da jaqueta e atirava no rosto do australiano.

Aconteceu rápido demais para Cordelia reagir. Enquanto o homem caía na calçada, os assaltantes corriam. A mulher com o poodle gritava, momentaneamente em sintonia com os latidos do cachorro.

Cordelia corria até o homem e se ajoelhava ao lado dele. Sentia o pulso no seu pescoço. Quase imperceptível. Provavelmente era tarde demais para reanimação. Ela desviava o olhar do sangue empoçado ao lado da cabeça do homem. O cheiro quente e metálico do sangue a nauseava. Uma sirene soava cada vez mais alto a menos de um quarteirão de distância.

— Eles não levaram a minha bolsa! — a mulher gritava.

O rosto do homem se contorcia. E morria.

— Merda — dizia Cordelia baixinho, desamparada. Não havia nada que pudesse fazer.

Deve haver algum problema, Cordelia pensou, quando um homem de terno escuro que não reconhecia acenou para que ela entrasse em uma das salas da GF&G. *Provavelmente merda grande.* As duas mulheres que estavam diante da mesa examinavam uma pilha de folhas impressas. Ruiva e durona, Polly Rettig era a chefe de marketing dos serviços via satélite da GF&G. Era a chefe imediata de Cordelia. A outra mulher era Luz Alcala, vice-presidente de programação e chefe de Polly. Nem Rettig nem Alcala sorriram como de costume. O homem de preto deu um passou para trás, na direção da porta, e permaneceu ali, de braços cruzados. *Segurança?*, Cordelia especulou.

— Bom dia, Cordelia — Polly cumprimentou. — Por favor, sente-se. Falamos com você em um minuto. — Ela voltou a atenção para Alcala e apontou algo na folha que estava em sua mão.

Luz Alcala assentiu lentamente com a cabeça.

— Ou compramos isso primeiro, ou ficaremos empacados. Talvez contratar alguém bom...

— Nem pense nisso — Polly interrompeu, franzindo de leve a testa.

— Talvez seja necessário — disse Luz. — Ele é perigoso. — Cordelia tentou tirar a expressão assustada do rosto. — E também é poderoso demais.

Com os dedos entrelaçados, Rettig virou-se para Cordelia.

— Me diga o que sabe sobre a Austrália.

— Já vi tudo que Peter Weir dirigiu — disse Cordelia, hesitando por um instante. O que está acontecendo ali?

— Nunca esteve lá?

— Nova York é o mais distante que já estive de casa. — Casa era o distrito de Atelier, em Louisiana. Casa era um lugar sobre o qual não gostava de pensar. Para todos os efeitos, ela não existia.

Polly olhou para Luz.

— O que acha?

— Acho que sim. — A mulher mais velha pegou um envelope e entregou-o para Cordelia. — Abra, por favor.

Ela encontrou um passaporte, passagens aéreas, um cartão American Express e um gordo talão de *traveler's checks*.

— Você precisa assinar esses aqui. — Luz indicou os cheques e o cartão de crédito.

Em silêncio, Cordelia ergueu os olhos da foto sorridente afixada à primeira página do passaporte.

— Bonita foto — ela disse. — Não lembro de ter dado entrada.

— Tínhamos pouco tempo — disse Polly Rettig, se desculpando. — Tomamos a liberdade.

— A questão é que você parte esta tarde para o outro lado do mundo — informou Alcala.

Cordelia ficou atordoada, depois percebeu uma crescente empolgação.

— Para a Austrália?

— Voo comercial — disse Luz. — Paradas rápidas para abastecer em Los Angeles, Honolulu e Auckland. Em Sydney, você vai pegar um voo da Ansett para Melbourne e outro avião até Alice Springs. Então, alugará um Land Rover e dirigirá até Madhi Gap. Terá um dia cheio — ela acrescentou com indiferença.

Milhares de coisas povoavam a mente de Cordelia.

— E meu emprego aqui? E não posso simplesmente abandonar o evento beneficente… Quero ir a Nova Jersey neste fim de semana para ver o Buddy Holley.

— Ele pode esperar até você voltar. E o evento pode esperar — Polly disse com firmeza. — A PR tudo bem, mas a LADC e o Projeto AIDS Manhattan não pagam o seu salário. Isso é um assunto da Global Fun & Games.

— Mas…

— É importante. — Com a voz suavemente modulada, Luz fez a frase soar como uma decisão

— Mas, o que é? — Ela sentiu como se estivesse ouvindo a Tia Alice na Rádio País das Maravilhas. — Do que se trata?

Luz parecia estar escolhendo as palavras com cuidado.

— Você viu a PR fazendo propaganda do plano da GF&G de inaugurar um serviço de entretenimento mundial via satélite.

Cordelia assentiu com a cabeça.

— Pensei que fosse para daqui a muitos anos.

— E era. A única coisa que estava impedindo o plano era o capital de investimento.

— Conseguimos o dinheiro — Polly disse. — Temos ajuda de investidores associados. Agora precisamos de tempo de satélite e estações terrestres para transmitir nossa programação pelo planeta.

— Infelizmente — Luz continuou —, surgiu um concorrente repentino aos serviços das instalações comerciais no complexo de telecomunicações em Madhi Gap. Um homem chamado Leo Barnett.

— O pregador da TV?

Alcala fez que sim com a cabeça.

— O caçador de ases, intolerante, psicótico, filho da puta preconceituoso com as espécies — disse Rettig com uma raiva repentina. — *Aquele* pastor da TV. Cospe Fogo, como alguns o chamam.

— E as senhoras vão *me* enviar para Madhi Gap? — perguntou Cordelia com empolgação. *Incrível*, ela pensou. Era bom demais para ser verdade. — Obrigada! Muito obrigada. Farei um trabalho sensacional.

Polly Rettig e Luz Alcala entreolharam-se.

— Espere — disse Luz. — Você vai para assessorar, mas não vai negociar.

Era bom demais para *ser* verdade. Merda, ela pensou.

— Conheça o Sr. Carlucci — disse Luz.

— Marty — disse uma voz anasalada atrás de Cordelia.

— *Sr.* Carlucci — Luz repetiu.

Cordelia virou-se e olhou novamente, com atenção, para o homem que ela tinha desprezado como algum tipo de ajuda contratada. Altura mediana, corpo compacto, cabelos pretos estilosos. Carlucci sorriu. Parecia um gângster. Amável, mas ainda assim um gângster. Seu terno não parecia ter sido comprado em uma loja. Naquele momento, observando melhor, o casaco parecia caro e feito sob medida.

Carlucci ofereceu a mão.

— É Marty — disse ele. — Passaremos um dia e uma noite em um avião, poderíamos também ser amistosos quanto a isso, não é?

Cordelia sentiu a desaprovação das duas mulheres mais velhas. Ela pegou a mão de Carlucci. Ela não era atleta, mas sabia que tinha um aperto de mão firme. Cordelia sentiu que o homem poderia ter apertado os dedos dela com *muito* mais força se quisesse. Atrás daquele sorriso, ela sentiu uma ponta de algo feroz. Não era homem para se contradizer.

— O Sr. Carlucci — Luz começou — representa um grande grupo de investidores que tem parceria conosco na questão da aquisição da maior parte do entretenimento global via satélite. Estão fornecendo uma parte do capital com o qual esperamos montar a rede de satélites inicial.

— Uma grana preta — disse Carlucci. — Mas faremos com que ela seja recuperada e provavelmente dez vezes mais nos próximos cinco anos. Com nossos recursos e sua capacidade de — ele abriu um sorrisinho — conseguir talentos, imagino que não tem como perdermos. Todo mundo vai ganhar.

— Mas queremos saturar o mercado australiano — Luz falou — e a estação terrestre já está montada. Tudo que precisamos é uma carta de intenção de venda assinada.

— Posso ser muito persuasivo. — Carlucci sorriu de novo. Para Cordelia, a expressão era de uma barracuda mostrando os dentes. Ou talvez um lobo. Algo predador. E, sem dúvida, persuasivo.

— É melhor você ir arrumar as malas, querida — Luz sugeriu. — Tente levar só uma bagagem de mão. Roupas suficientes para uma semana. Um traje sofisticado e outro mais confortável para o *outback* australiano. Qualquer coisa que precisar, pode comprar lá. Alice Springs é isolada, mas é um lugar civilizado.

— Não é o Brooklyn — disse Carlucci.

— Não — completou Luz. — Não é mesmo.

— Esteja no aeroporto Tomlin às quatro — Polly informou.

Cordelia olhou de Carlucci para Polly Rettig, e em seguida para Luz Alcala.

— Estarei lá antes. Obrigada. Farei um bom trabalho.

— Sei que fará, querida — Luz respondeu, os olhos escuros de repente parecendo cansados.

— Assim espero — Polly disse.

Cordelia sabia que estava dispensada. Ela se virou e seguiu para a porta.

— Vejo você no avião — disse Carlucci. — Primeira classe o tempo todo. Espero que não se importe que eu fume.

Ela hesitou apenas por um momento, então disse, com firmeza:

— Eu me importo.

Pela primeira vez, Carlucci franziu a testa. Polly Rettig deu uma risada irônica. Até Luz Alcala sorriu.

Cordelia dividia apartamento com apenas uma colega num prédio de muitos andares na Maiden Lane, perto do Woolworth Building e do Túmulo do Jetboy. Veronica não estava em casa, então Cordelia rabiscou um rápido bilhete. Levou cerca de dez minutos para fazer a mala com o que achou que precisaria na viagem. Então ligou para o Tio Jack e perguntou se ele poderia encontrá-la antes que ela pegasse o Tomlin Express. Ele podia. Era seu dia de folga.

Quando ela saiu da avenida e entrou no restaurante, Jack Robicheaux já estava esperando por ela. Não era surpresa. Ele conhecia o sistema de tráfego sob Manhattan melhor do que ninguém.

Toda vez que Cordelia via o tio, sentia como se estivesse olhando para um espelho. Claro, ele era homem, 25 anos mais velho, quase trinta quilos mais pesado. Mas os cabelos escuros e os olhos eram os mesmos. E também as maçãs do rosto. A semelhança familiar era inegável. E, então, havia a similaridade menos tangível. Os dois diferenciavam-se de qualquer adulto normal da Louisiana. Ambos, no início da fase adulta, fugiram do interior cajun e rumaram para a cidade de Nova York.

— Oi, Cordie — Jack levantou-se quando a viu, lhe deu um abraço firme e um beijo na bochecha.

— Estou indo para a Austrália, Tio Jack. — Ela não tinha a intenção de estragar a surpresa, mas saiu de qualquer forma.

— Não brinca — Jack sorriu. — Quando?

— Hoje.

— É mesmo? — Jack sentou-se e recostou-se no banco verde de courino. — Como assim?

Ela lhe contou sobre a reunião.

Jack franziu a testa à menção de Carlucci.

— Sabe o que eu acho? Suzanne... Nômada... tem perambulado com Rosemary e pelo escritório da promotoria, me dando um pouco de trabalho para as horas livres. Não ouço tudo, mas pesco algumas coisas. Acho que nesse caso talvez a gente esteja falando de dinheiro dos Gambione.

— A GF&G não faria esse tipo de coisa — disse Cordelia. — São corretos, mesmo que façam grana com as revistas eróticas.

— O desespero cria uma cegueira especial. Ainda mais se o dinheiro foi lavado em Havana. Sei que Rosemary está tentando transformar os Gambione em uma empresa legal. Acho que TV via satélite se encaixa aí.

— Você está falando do meu trabalho — disse Cordelia.

— Melhor do que rodar bolsinha para o grande Fortunato.

Cordelia sentiu o rubor subir pelo rosto. Jack olhou arrependido.

— Desculpe — disse ele. — Não quis ser maldoso.

— Olha, este é um grande dia para mim, de verdade. Só queria compartilhar.

— Fico feliz. — Jack inclinou-se sobre a mesa de fórmica. — Sei que vai dar tudo certo lá na Austrália. Mas, se precisar de qualquer ajuda, de qualquer coisa, ligue para mim.

— Do outro lado do mundo?

Ele assentiu com a cabeça.

— Não importa o quão longe estiver. Se eu não puder estar lá pessoalmente, talvez possa sugerir alguma coisa. E se realmente precisar de um crocodilo de quatro metros e meio em carne e osso — ele abriu um sorriso —, me dê umas dezoito horas. Sei que consegue segurar as pontas por esse tempo.

Ela sabia exatamente o que ele queria dizer. Por isso Jack era a única pessoa do clã Robicheaux que realmente significava alguma coisa para ela.

— Vou ficar bem. Vai ser incrível.

Ela se levantou da mesa.

— Não vai tomar um café?

— Não posso. — Ela ergueu a mala de mão de couro mole. — Preciso pegar o próximo trem para Tomlin. Por favor, mande um beijo para C.C. por mim. Para Nômada e os gatos também.

Jack assentiu.

— Ainda quer os gatinhos?

— Pode apostar.

— Vou com você até a estação. — Jack se levantou e pegou a mala. Ela resistiu apenas por um instante antes de sorrir e deixar que ele a carregasse.

— Tem uma coisa que quero que você lembre — disse Jack.

— Não falar com estranhos? Tomar minha pílula? Comer verduras?

— Fique quieta e ouça — disse ele, carinhoso. — Seu poder e o meu, eles podem estar relacionados, mas ainda são diferentes.

— Eu provavelmente não viro uma valise — Cordelia brincou.

Ele a ignorou.

— Você usou o nível reptiliano do seu cérebro para controlar algumas situações muito violentas. Matou pessoas para se proteger. Não esqueça que pode usar o poder para dar vida também.

Cordelia ficou confusa.

— Não sei como. Isso me assusta. Eu preferiria simplesmente esquecer disso.

— Mas não pode. Lembre-se do que eu estou dizendo. — Enfrentando táxis, eles cruzaram a avenida até a entrada do metrô.

— Não está vendo muito Nicholas Roeg? — Cordelia quis saber.

— Tudo dele — Jack respondeu.

— Talvez este seja o meu "rito de passagem".

— Só me faça o favor de voltar inteira.

Ela sorriu.

— Se eu consegui lidar com um crocodilo gigante aqui, imagino que possa lidar muito bem com um punhado de crocodilos na Austrália.

Jack sorriu também. Era uma expressão carinhosa, amigável. Mas exibiu todos os dentes. Jack era um metamorfo, e Cordelia não era, mas a semelhança familiar era inequívoca.

Quando encontrou Marty Carlucci no terminal da United, no Tomlin, Cordelia descobriu que o homem carregava uma mala de mão cara, de couro de crocodilo, e uma valise combinando. Ela ficou mais que aborrecida, mas não havia muito o que dizer.

A mulher que trabalhava no computador no balcão de check-in lhes atribuiu assentos com uma fila de distância na primeira classe, fumante e não fumante. Cordelia suspeitou que não faria muita diferença para os seus pulmões, mas sentiu que tivera uma vitória moral. Ela também suspeitava que se sentiria mais confortável por não precisar se sentar com seu ombro roçando no dele.

Uma boa parcela da empolgação da viagem arrefeceu no momento em que o 747 pousou no aeroporto de Los Angeles. Cordelia passou as duas horas seguintes olhando para a escuridão do início da noite e imaginando se ela um dia veria o Poço de Piche de La Brea, as Watts Towers, a Disneylândia, o Monumento Nacional de Insetos Gigantes, a excursão na Universal. Comprou alguns livros na loja de suveniers. Finalmente, Carlucci e ela foram chamados para o voo da Air New Zealand. Como no primeiro trecho, solicitaram assentos de primeira classe em cada lado da cabine que dividia os fumantes ativos dos passivos.

Carlucci roncou a maior parte do trajeto até Honolulu. Cordelia não conseguia dormir de jeito nenhum. Dividiu seu tempo entre ler o novo livro de suspense de Jim Thompson e olhar pela janela para o Pacífico iluminado pela lua a 36 mil pés abaixo deles.

Carlucci e ela trocaram alguns traveler's checks por dólares australianos na passagem por Honolulu.

— Os preços estão bons. — Carlucci apontou para a tabela de conversão pregada no vidro da cabine de câmbio. — Verifiquei no jornal antes de sairmos dos Estados Unidos.

— Ainda estamos nos Estados Unidos.

Ele a ignorou. Apenas para puxar assunto, ela perguntou:

— Você sabe bastante sobre finanças?

O orgulho preencheu sua voz.

— Faculdade de Finanças e Comércio de Wharton. Bolsa integral. Financiada pela família.

— Seus pais são ricos?

Ele a ignorou.

O jumbo da Air New Zealand terminou o embarque e decolou, e os comissários alimentaram os passageiros uma última vez preparando-os para enfrentarem a longa noite até Auckland. Cordelia acendeu a luz de leitura quando a iluminação da cabine diminuiu. Por fim, ouviu Carlucci resmungar da fileira à frente:

— Vai dormir, menina. O jet lag vai ser de lascar. Ainda temos um monte de Pacífico para cruzar.

Cordelia percebeu que o homem tinha mesmo razão. Esperou mais alguns minutos para que parecesse uma ideia sua, então apagou a luz. Puxou o cobertor sobre o corpo e encolheu-se no assento de forma a poder observar a janela. A empolgação da viagem quase se extinguira por completo. Percebeu que estava realmente exausta.

Ela não viu nuvens. Apenas o oceano reluzente. Achava incrível que pudesse ser aparentemente infinito. Tão enigmático. Ocorreu-lhe que o Pacífico podia engolir um 747 inteiro com uma ondulação mínima.

Eer-Moonans!

As palavras não significavam nada para ela.

Eer-Moonans.

A frase era tão suave que poderia ter sido um sussurro na sua mente.

Os olhos de Cordelia abriram-se de repente. Tinha algo de muito errado. A vibração tranquilizadora dos motores do jumbo estava de alguma forma distorcida, misturada com o suspiro de um vento crescente. Ela tentou se livrar do cobertor, que de repente ficara sufocante, e agarrou as costas do assento da frente, as unhas cravadas no couro frio.

Quando olhou para o outro lado, Cordelia prendeu a respiração. Estava encarando os olhos arregalados, surpresos e mortos de Marty Carlucci. O corpo ainda estava virado para a frente.

Mas a cabeça fora virada em 180 graus. O sangue viscoso pingava lentamente da orelha, da boca. Tinha empoçado no fundo dos olhos e escorria pelo rosto.

O som do grito ficou sufocado na cabeça de Cordelia. Era como gritar em um tambor. Finalmente conseguiu se livrar do cobertor e olhou para o corredor, incrédula.

Ela ainda estava no 747 da Air New Zealand. E estava no deserto. Um se sobrepunha o outro. Ela movia os pés e sentia a textura áspera da areia, ouvia seu rascar. O corredor tinha vários arbustos que se moviam, e o vento continuava a ganhar força.

— Tio Jack! — ela gritou. É claro que não houve resposta.

Então, ouviu o uivo. Era um uivo inexpressivo que aumentava e diminuía, ganhando volume. Lá no fundo da cabine, no túnel que também era o deserto, viu as formas pulando na direção dela. As criaturas saltavam como lobos, primeiro no corredor, em seguida correndo aos tropeços sobre o alto dos assentos. Cordelia sentiu um cheiro rançoso, apodrecido. Saiu para o corredor, recuando até suas costas ficarem inteiras contra a parede ao fundo da cabine.

As criaturas eram indistintas à meia-luz. Não conseguia sequer saber ao certo a quantidade. Eram como lobos, garras estalando e rasgando os assentos, mas as cabeças eram muito estranhas. Os focinhos eram achatados, truncados. Rufos de espinhos brilhantes circundavam-lhes o pescoço. Os olhos eram buracos pretos mais profundos do que a noite que os cercava.

Cordelia olhou os dentes. Eram presas longas demais e em profusão para caber confortavelmente naquelas bocas. Dentes que mastigavam e se chocavam, lançando esguichos de saliva escura.

Os dentes tentavam alcançá-la.

Corra, droga! A voz estava na sua cabeça. Era sua voz. *Corra!*

… enquanto dentes e garras buscavam sua garganta.

Cordelia encolheu-se para o lado. O líder dos lobos bateu contra a parede metálica, uivou de dor, cambaleou até ficar em pé, confuso, quando o segundo monstro saltador golpeou-o nas costelas. Cordelia passou aos trancos pela confusão de horrores no corredor da cozinha do avião.

Foco! Cordelia sabia o que precisava fazer. Não era o Chuck Norris, nem tinha uma Uzi à mão. No instante de trégua, enquanto as criaturas-lobo rosnavam e cuspiam uma na outra, novamente desejou que Jack estivesse ali. Mas não estava. Concentre-se, disse a si mesma.

Um dos focinhos achatados apareceu de repente na porta da cozinha. Cordelia encarou o par de olhos pretos, foscos e mortais. "Morra, seu filho da puta", ela gritou. Sentiu o poder crescendo a partir do nível reptiliano do cérebro, sentiu a força fluir na mente hostil do monstro, golpeando diretamente o tronco cerebral. Ela parou seu coração e sua respiração. A criatura esforçou-se para avançar na direção dela, então despencou para a frente sobre suas garras.

O monstro seguinte surgiu. Quantos deles havia? Ela tentou pensar. Seis, oito, não tinha certeza. Outro focinho curto projetou-se. Outro par de garras. Mais dentes reluzentes. Morram! Ela sentiu seu poder escoando. Uma sensação que ela ainda não conhecia. Era como tentar correr na areia movediça.

Os corpos das criaturas-lobo empilhavam-se. Os monstros sobreviventes pulavam a barreira, avançando contra ela. O último correu até a cozinha.

Cordelia tentou desligar seu cérebro, sentiu o poder minguar enquanto a criatura se lançava sobre o amontoado de cadáveres. Quando a boca cheia de dentes tentou alcançar sua garganta, ela cerrou os dois punhos e tentou acertá-la. Um dos espinhos do rufo do monstro fincou nas costas da mão esquerda de Cordelia. A saliva fumegante espirrava no seu rosto.

Ela sentiu o ritmo acelerado da respiração da criatura falhar e cessar, e o corpo desabou aos seus pés. E então sentiu o arrepio espalhar-se pela mão, subindo pelo braço. Cordelia agarrou o espinho com a mão direita e puxou-o. O espinho saiu e ela o jogou longe, mas o frio não diminuía.

Vai chegar ao meu coração, ela pensou, e essa foi a última coisa que passou em sua cabeça. Cordelia sentiu-se desfalecer, caindo sobre a pilha de corpos monstruosos. O vento encheu seus ouvidos; a escuridão tomou conta de seus olhos.

— Ei! Você está bem, menina? O que houve?

O sotaque era nova-iorquino. Era a voz de Marty Carlucci. Cordelia esforçou-se para abrir os olhos. O homem estava inclinado sobre ela, o hálito mentolado de pasta de dente. Ele a pegou pelos ombros e sacudiu-a com delicadeza.

— *Eer-Moonans* — Cordelia disse com a voz debilitada.

— Hein? — Carlucci parecia perplexo.

— Você está... morto.

— Acertou na mosca — disse ele. — Não sei quantas horas dormi, mas estou me sentindo péssimo. E você?

As lembranças da noite cederam.

— O que está acontecendo? — Cordelia perguntou.

— Estamos pousando. Chegaremos daqui a meia hora em Auckland. Se quiser usar o banheiro, se lavar e tudo o mais, é melhor se apressar. — Ele tirou as mãos dos ombros dela. — Tudo bem?

— Tudo bem. — Cordelia sentou-se, trêmula. A cabeça parecia entupida de algodão encharcado. — Está todo mundo bem. O avião não está cheio de monstros?

Carlucci a encarou.

— Apenas turistas. Ei, você teve pesadelos? Quer um pouco de café?

— Café. Obrigada. — Ela pegou a bolsa e passou por ele com esforço para chegar ao corredor. — É isso. Pesadelos. Bem ruins.

No banheiro, ela alternou água fria e quente no rosto. Escovar os dentes ajudou. Engoliu três comprimidos de Midol e desembaraçou o cabelo. Cordelia fez o melhor que pôde em relação à maquiagem. Por fim, ela se olhou no espelho e balançou a cabeça.

— Merda — disse a si mesma —, você está parecendo que tem trinta anos.

A mão esquerda coçou. Ela a ergueu na frente do rosto e viu a ferida inflamada. Talvez tivesse prendido a mão em algo quando se mexeu durante o sono, e aquilo se traduziu em sonho. Talvez fosse um estigma. As duas possibilidades soavam implausíveis. Talvez fosse algum novo e estranho efeito colateral da menstruação. Cordelia sacudiu a cabeça. Nada fazia sentido. A fraqueza a assolou e ela precisou sentar-se na tampa da privada. A parte de dentro do seu crânio parecia um redemoinho. Talvez tenha passado muito da noite lutando contra monstros.

Cordelia percebeu que alguém estava batendo à porta do banheiro. Outros queriam se aprontar para chegar à Nova Zelândia. Contanto que não fossem criaturas-lobo...

♦

A manhã estava ensolarada. A Ilha do Norte, na Nova Zelândia, era de um verde intenso. O 747 tocou o solo com um impacto quase mínimo, e então permaneceu no final da pista de aterrissagem por vinte minutos, até o pessoal do controle de doenças entrar a bordo. Cordelia não esperava por aquilo. Observou, perplexa, quando os homens jovens e sorridentes, em seus uniformes bem limpos, passaram pelos corredores carregando latinhas que soltavam um jato de aerossol com pesticida que criava uma névoa. Algo naquela cena lembrou-a perversamente do que lera sobre os momentos finais do Jetboy.

Carlucci deve ter pensado algo similar. Depois de prometer não fumar, mudou-se para o assento ao lado dela.

— Espero que seja pesticida — disse ele. — Seria realmente uma piada de mau gosto se fosse o vírus carta selvagem.

Depois de os passageiros terem murmurado, se queixado, ofegado e tossido, o jumbo taxiou até o terminal, e todos desembarcaram. O piloto informou que teriam duas horas antes de o avião partir para o trecho de 1.600 quilômetros até Sydney.

— Apenas o tempo de esticar as pernas, comprar alguns cartões-postais, fazer algumas ligações — Carlucci comentou. Cordelia recebeu com alegria a ideia de fazer um pouco de exercício.

No terminal principal, Carlucci foi fazer suas ligações transoceânicas. O terminal parecia extraordinariamente cheio. Cordelia viu as equipes de câmera à distância. Caminhou para as portas de saída.

Vindo de trás, ela ouviu uma voz:

— Cordelia! Senhorita Chaisson!

A voz não era de Carlucci. Como assim? Ela se virou e viu a imagem do cabelo ruivo flutuando e adornando um rosto que parecia vagamente o de Errol Flynn em *Capitão Blood*. Porém, Flynn nunca usaria essas roupas berrantes, nem mesmo no filme colorizado *Aventuras do Capitão Fabian*.

Cordelia parou e sorriu.

— Então — ela falou —, agora está gostando de música *new wave*?

— Não — respondeu o Dr. Tachyon. — Não, acredito que não.

— Temo — disse a mulher alta e alada ao lado de Tachyon — que nosso bom Tachy nunca irá muito além de Tony Bennett. — Um vestido de corte simples, volumoso, de seda azul farfalhava ao redor dela. Cordelia piscou. Era difícil confundir Peregrina.

— Injusto, minha querida. — Tachyon sorriu para sua amiga. — Tenho meus favoritos entre os artistas contemporâneos. Gosto muito de Plácido Domingo. — Ele voltou-se para Cordelia. — Esqueci a minha educação em algum lugar. Cordelia, já foi apresentada formalmente a Peregrina?

Cordelia tomou a mão estendida.

— Fiz uma ligação para o seu agente faz algumas semanas. Muito prazer. *Cale a boca*, disse para si mesma. *Não seja grosseira*.

Os estonteantes olhos azuis de Peregrina avaliaram-na.

— Desculpe — disse ela. — É sobre o evento beneficente na boate do Des? Estive muito ocupada organizando outros projetos enquanto ao mesmo tempo me preparava para esta viagem.

— Peregrina — Tachyon voltou a falar —, esta jovem é Cordelia Chaisson. Nos conhecemos da clínica. Ela sempre vai até lá com amigos visitar C.C. Ryder.

— C.C. vai conseguir ir à Funhouse — disse Cordelia.

— Isso seria fabuloso — Peregrina afirmou. — Admiro o trabalho dela há muito tempo.

— Talvez pudéssemos todos nos sentar para tomar alguma coisa — Tachyon sugeriu. Ele sorriu para Cordelia. — Houve um atraso para trazer o transporte terrestre do senador para Auckland. Acredito que ficaremos presos no aeroporto por um tempo. — O homem deu uma olhada para trás.

— Também estamos tentando evitar o restante do grupo. A aeronave nos deixa próximos demais.

Cordelia sentiu a proximidade tentadora do ar fresco começar a se afastar.

— Tenho apenas duas horas — disse ela, hesitando. — Tudo bem, vamos beber alguma coisa.

Enquanto seguiam para o restaurante, Cordelia não viu Carlucci. Ele podia se virar bem sozinho. O que ela percebeu foi o número de olhares que os seguiu. Sem dúvida, um pouco da atenção era voltada para Tachyon — seus cabelos e modelito sempre garantiam atenção. Mas a maioria das pessoas olhava para Peregrina. Provavelmente os neozelandeses não estavam acostumados a ver mulheres altas e lindas com asas funcionais retraídas nas costas. Era espetacular, Cordelia admitiu a si mesma. Seria ótimo ter essa aparência, estatura, presença. Imediatamente, Cordelia sentiu-se muito jovem. Quase uma criança. Inadequada. Droga.

Em geral, Cordelia tomava seu café com leite. Mas se café preto fosse ajudar a clarear a mente, ela lhe daria uma chance. Insistiu que os três esperassem por uma mesa ao lado da janela. Se não podia respirar o ar lá fora, ao menos poderia sentar-se a alguns centímetros dele. As cores das árvores não familiares lembraram-na das fotos que vira da Península de Monterey.

— Então — disse ela após terem feito os pedidos à garçonete —, acho que posso dizer que o mundo é realmente pequeno. Como está indo a excursão? Vi algumas fotos do Grande Gorila no jornal das onze antes de vir para cá.

Tachyon teceu elogios à turnê ao redor do mundo do senador Hartmann. Cordelia lembrou-se de que lera um artigo interminável sobre isso no *Post*, no metrô, mas estava tão ocupada com o evento beneficente da Funhouse que não prestou muita atenção.

— Parece uma canseira tremenda — disse ela quando Tachyon terminou suas observações.

Peregrina sorriu, cansada.

— Não tem sido exatamente uma viagem de férias. Acho que a Guatemala foi meu lugar favorito. Vocês pensaram em levar o evento beneficente ao clímax com um sacrifício humano?

Cordelia fez que não com a cabeça.

— Acho que faremos tudo com um tom mais festivo, mesmo considerando o motivo do evento.

— Olha só — Peregrina disse. — Farei o que puder com o meu agente. Nesse meio-tempo, talvez eu possa apresentá-la a algumas pessoas que ajudarão. Conhece Radha O'Reilly? A Garota Elefante? — Como Cordelia negou com a cabeça, ela continuou. — Quando ela se transforma num elefante voador, é mais bacana do que qualquer coisa que Dough Henning, aquele ilusionista, jamais sonhou. Também deveria falar com Fantasia. Poderia usar uma bailarina como ela.

— Seria incrível — Cordelia disse. — Obrigada. — Sentiu a frustração de querer fazer tudo sozinha — *exibindo* todos — e, ainda assim, sabendo quando aceitar a ajuda que fora oferecida de forma graciosa.

— Então — Tachyon falou, interrompendo os pensamentos dela. — E o que a senhorita está fazendo tão longe de casa? — A expressão dele parecia ansiosa; os olhos reluziam com curiosidade genuína. Cordelia sabia que não podia dizer que ganhara a viagem por vender biscoitos de escoteira. Optou pela honestidade. — Estou indo para a Austrália com um cara da GF&G tentar comprar uma estação terrestre de satélites antes que ela seja garfada por um pastor da TV.

— Ah — disse Tachyon. — Seria aquele pregador Leo Barnett, por acaso? Cordelia assentiu com a cabeça.

— Espero que vocês consigam — Tachyon falou, franzindo a testa. — O poder do nosso amigo Cospe Fogo está crescendo exponencial e perigosamente. Eu, por exemplo, preferia ver um atraso no crescimento desse império midiático.

— Ontem mesmo — Peregrina comentou —, ouvi Crisálida dizer que uns brutamontes do grupo de jovens de Barnett vão para o Village e espancam qualquer um que achem ser um curinga vulnerável.

— *Die Juden* — Tachyon murmurou. As duas mulheres olharam para ele com olhares de dúvida. — História. — Ele suspirou, então falou com Cordelia. — Qualquer ajuda que precisem para concorrer com Barnett, nos avise. Acho que encontrarão bastante apoio entre ases e curingas.

— Ei — disse uma voz extremamente familiar por trás de Cordelia. — O que está acontecendo?

Sem olhar para trás, Cordelia falou.

— Marty Carlucci, estes são o Dr. Tachyon e Peregrina. — Para esta última, ela disse: — Marty é meu acompanhante.

— Olá. — Carlucci ocupou a quarta cadeira. — Claro, eu conheço você — ele falou para Tachyon. Olhou para Peregrina, observando-a ostensivamente. De cima a baixo. — Você eu já vi muito. Há anos tenho fitas de todos os programas que você fez. — Os olhos dele estreitaram-se. — Dizem que você está grávida.

— Obrigada — disse Peregrina. — Sim — ela olhou para ele, desafiadora.

— Hum, certo — Carlucci falou, virando-se para Cordelia. — Vamos lá, garota. Precisamos voltar para o avião. — Com mais firmeza, completou. — Agora!

Eles se despediram. Tachyon ofereceu-se para pagar pelo café.

— Boa sorte — Peregrina desejou especificamente para Cordelia. Carlucci parecia preocupado, e não notou.

Quando os dois caminharam na direção do portão de embarque, ele soltou:

— Vagabunda idiota.

Cordelia parou de pronto.

— *O quê?*

— Não é você. — Carlucci pegou o braço dela de um jeito bruto e empurrou-a na direção da barreira de segurança. — Aquela curinga que vende informações, Crisálida. Trombei com ela nos telefones. Imaginei que poderia economizar o preço de uma chamada.

— E? — quis saber Cordelia.

— Um desses dias ela vai ficar com as tetas invisíveis presas na centrifugadora de roupas e vai ter sangue de verdade espalhado na parede da lavanderia. Falei isso para Nova York também.

Cordelia esperou, mas ele não completou.

— E? — ela repetiu.

— O que você falou com aqueles dois estranhos? — Carlucci questionou. A voz dele parecia ameaçadora.

— Nada — Cordelia respondeu, ouvindo seu alarme interior. — Nada mesmo.

— Que bom. — Carlucci fez uma careta e murmurou. — Ela vai virar comida de peixe, eu juro.

Cordelia encarou Carlucci. A total convicção em sua voz fez com que ele não parecesse mais um gângster de ópera-bufa. Teve a impressão de que ele estava falando sério. Ele a fez se lembrar das criaturas-lobo no suposto sonho da noite anterior. Tudo que faltava era a baba escura.

O humor de Carlucci não melhorou durante o voo para a Austrália. Em Sydney, passaram pela alfândega e transferiram-se para um Airbus A-300. Em Melbourne, Cordelia finalmente conseguiu botar o rosto para fora por alguns minutos. O ar cheirava a frescor. Ela admirou o DC-3 suspenso por um cabo na frente do terminal. Então, seu acompanhante alvoroçou-se para que fossem ao portão certo da Ansett. Dessa vez, foram em um 727. Cordelia ficou feliz por não ter despachado sua bagagem. Parte da irritação de Marty Carlucci envolvia especulações de que sua bagagem despachada havia se extraviado e ido parar em Fiji ou outro destino inadequado.

— Então por que você não carregou tudo com você? — Cordelia disse.

— Algumas coisas de lá não podem ser levadas na mão.

O 727 rumou para norte, longe da vegetação costeira. Cordelia pegou o assento da janela. Observou um deserto aparentemente infinito. Apertou os olhos, buscando estradas, ferrovias, qualquer sinal de intervenção humana. Nada. A terra deserta, limpa e amarronzada era salpicada por sombras de nuvens.

Só depois que a notícia de que o avião estava se aproximando de Alice Springs foi dada pelos alto-falantes da cabine, Cordelia percebeu que havia prendido a mesinha, afivelado o cinto de segurança e encaixado a bolsa sob o assento dianteiro. Tudo ficara extremamente automático.

O aeroporto estava mais agitado do que esperava. De alguma forma, previra uma pista de aterrissagem única e poeirenta com um barracão de latão galvanizado ao lado dela. O voo da TAA aterrissou minutos antes, e o terminal estava cheio de pessoas que pareciam ser turistas.

— Vamos alugar a Land Rover agora? — ela perguntou para Carlucci.

Impaciente, o homem estava recostado na esteira de bagagem.

— Sim, sim. Vamos para a cidade. Fiz reservas para nós no Stuart Arms. Precisamos de uma boa noite de sono. Não quero estar pior do que estou amanhã na reunião. Está tudo marcado para as três horas — ele acrescentou, com uma aparente reconsideração. — O jet lag vai nos pegar bem rápido. Sugiro que jantemos bem quando chegarmos a Alice. Então, cama até as dez ou onze da manhã. Se alugarmos o carro e sairmos de Alice perto do meio-dia, chegaremos a Gap com antecedência suficiente. Aí está você, sua filha da puta! — Ele puxou a bolsa de crocodilo da esteira. — Ok., vamos.

Pegaram o ônibus da Ansett para Alice. Levou meia hora até a cidade, e o ar-condicionado trabalhava duro contra o calor sufocante. Cordelia olhava pela janela enquanto o ônibus se aproximava de Alice Springs. À primeira vista, não parecia extremamente diferente de uma pequena e árida cidade dos Estados Unidos. *Com certeza Baton Rouge era mais esquisita*, Cordelia pensou. Não parecia de forma alguma com o que ela esperava depois de ver as duas versões de *A Town Like Alice*.

O prédio de arquitetura da virada do século do Hotel Stuart Arms ficava do outro lado da rua do aeroporto, fato que deixou Cordelia feliz. Estava escurecendo quando os passageiros desembarcaram e foram pegar suas bagagens. Cordelia olhou para o relógio. Os números não significavam absolutamente nada. Precisava ajustá-lo para a hora local. E mudar a data também, ela lembrou. Não tinha certeza de que dia da semana era naquele momento. A cabeça começou a latejar quando entrou no calor que perdurava mesmo quando a escuridão começava a cair. Ansiava poder deitar-se, esticar-se sobre lençóis limpos, *depois* de ter tomado um longo banho. Ela reconsiderou essa parte. O banho poderia esperar até ela dormir por vinte ou trinta horas. No mínimo.

— Pronto, garota — falou Carlucci. Estavam diante de um balcão de check-in antigo. — Aqui está sua chave. — Ele fez uma pausa. — Tem certeza de que não quer economizar para a GF&G e ficar no meu quarto?

Cordelia não tinha energia para abrir nem um sorriso amarelo.

— Não — ela respondeu, pegando as chaves da mão do homem.

— Quer saber? Você não está nesta brincadeira aqui só porque as meninas do Fortunato acham você o máximo.

Do que ele estava falando? Ela usou a energia necessária para olhar para ele.

— Eu observei você nos escritórios da GF&G. Gostei do que vi. Falei bem de você.

Cordelia suspirou. Bem alto.

— Tudo bem — disse ele. — Ei, sem ofensas. Também estou exausto. — Carlucci pegou a bolsa de crocodilo. — Vamos levar as coisas para o quarto e jantar.

Havia uma placa no elevador: FORA DE SERVIÇO. Ele se virou, exausto, para a escadaria.

— Segundo andar — disse Carlucci. — Ao menos uma coisa boa.

Passaram por um pôster mimeografado na escadaria anunciando uma banda chamada Gondwanaland.

— Talvez depois de comermos você queira sair para dançar?

Nem ele soou muito entusiasmado.

Cordelia não se deu ao trabalho de responder.

O patamar abria-se para um corredor decorado com madeira escura e algumas caixas de vidro discretas que continham artefatos aborígenes. Cordelia olhou para os bumerangues e rombos[1]. Sem dúvida, ela estaria em condições de olhá-los com um pouco mais de interesse no dia seguinte.

Carlucci olhou para sua chave.

— Os quartos são um ao lado do outro. Meu Deus, estou ansioso para capotar. Estou realmente morto.

Uma porta se abriu atrás deles. Cordelia viu de relance duas figuras escuras saltando. Eram monstros. Depois concluiu que deviam ser pessoas usando máscaras. *Máscaras feias.*

Mesmo cansada como estava, seus reflexos ainda funcionavam. Ela começou a desviar para o lado quando um braço estendido a atingiu no peito e lançou-a sobre uma das caixas de vidro, que se estilhaçou, espalhando cacos. Cordelia debateu-se, tentando se equilibrar, quando alguém ou alguma coisa tentou agarrar-se a ela. Pensou ter ouvido Marty Carlucci gritar.

---

1 Rombo (*bullroarer*) é um instrumento musical feito de madeira e usado como meio de comunicação. O instrumento data do Período Paleolítico. (N. T.)

Os dedos fecharam-se em algo duro — a ponta de um bumerangue — quando sentiu, mais do que viu, seu agressor virando-se e pulando na sua direção. Ela trouxe o bumerangue para a frente num arco sibilante. Instinto. Tudo instinto. *Merda*, ela pensou. *Vou morrer.*

A ponta afiada do bumerangue partiu em dois o rosto do agressor com o som de uma faca sendo enterrada em uma melancia. Dedos estendidos resvalaram em seu pescoço e caíram. Um corpo rolou ao chão.

Carlucci! Cordelia girou e viu a figura escura agachada sobre o colega. A figura ergueu-se, partiu na direção dela, e ela percebeu que era um homem. Mas agora tinha pouco tempo.

Pense!, disse a si mesma. *Pense pense pense. Foco.* Era como se seu poder estivesse abafado pelas camadas opressivas da fadiga. Mas ele ainda estava lá. Ela se concentrou, sentiu o nível inferior do cérebro despertar e atacou.

Pare, desgraçado!

A figura parou, cambaleou e começou a avançar novamente. E caiu. Cordelia sabia que havia desligado tudo no sistema nervoso autônomo do homem. O cheiro de intestino solto piorou ainda mais as coisas.

Ela passou por ele e ajoelhou-se ao lado de Marty Carlucci. Ele estava deitado de bruços, olhando para cima. A cabeça fora virada completamente, como no suposto sonho. Levemente esbugalhados, seus olhos mortos encaravam o teto.

Cordelia moveu-se para encostar-se na parede, levou os punhos à boca, sentindo os incisivos morderem os nós dos dedos. Ainda sentia a adrenalina formigar nos braços e nas pernas. Cada nervo dela parecia exposto.

Jesus!, ela pensou. *O que vou fazer?* Ela olhou para os dois lados. Não havia mais agressores no corredor, nem testemunhas. Podia ligar para o Tio Jack em Nova York. Ou para Alcala, Rettig. Podia tentar encontrar Fortunato no Japão. Se o número que tinha ainda fosse válido. Podia tentar localizar Tachyon em Auckland. Em seguida, caiu em si. Estava a muitos milhares de quilômetros de todos em quem confiava, de todos que *conhecia*.

— O que vou fazer? — Desta vez ela murmurou. Foi se arrastando até a valise de Carlucci e abriu as travas. O homem tinha fingido uma calma gélida na alfândega. Não tinha dúvida de que havia motivo. Cordelia remexeu nas roupas, procurando a arma que ela sabia estar lá. Abriu a bolsinha marcada como "Barbeador e adaptador". A arma era de aço azulado e feia, um tipo de pistola automática discreta e reduzida. Parecia tranquilizadoramente pesada em sua mão.

As tábuas do assoalho estalaram na escadaria. De algum jeito, Cordelia ouviu as palavras esparsas: "... agora ele e a putinha devem estar mortos...".

Ela se levantou com esforço e passou pelo cadáver de Marty Carlucci. Então, começou a correr.

No final do corredor, bem distante da escadaria principal, havia uma janela que dava para uma escada de incêndio. Cordelia a abriu, deslizando suavemente a janela quando o vidro ficou preso no batente por um instante. Ela apertou o corpo para sair, depois se virou para fechar a janela. Viu sombras se contorcendo no outro lado do corredor. Cordelia agachou-se e desceu as escadas com cuidado.

Por um momento, desejou ter pegado a mala. Ao menos tinha a bolsa com o passaporte e o cartão Amex, além dos traveler's checks na bolsa de mão pendurada ao ombro. Cordelia percebeu que estava com a chave do quarto aninhada na mão esquerda. Ela a colocou no punho para que a chave ficasse entre o dedo indicador e o dedo médio.

Os degraus eram de metal, mas eram velhos e estalavam. Rápido e furtivo, Cordelia descobriu, eram mutuamente excludentes aqui.

Ela viu que desceria num beco. O barulho da rua, a cerca de vinte metros de distância, era alto e turbulento. Primeiro pensou que fosse uma festa. Depois, detectou os sons abafados de raiva e dor. O barulho da multidão crescia.

— Incrível — ela murmurou. Então lhe ocorreu que uma revolta poderia ser uma boa cobertura para sua escapada. Já tinha começado a pensar em planos de contingência. Primeiro, ficar viva. Sair dali. Depois, ligar para Polly ou Luz e lhes informar o que acontecera. Enviariam alguém para substituir Carlucci enquanto ela ficaria escondida. Maravilhoso. Um cara novinho em folha, num terno sob medida, para assinar o nome da sua empresa no contrato. Que dificuldade havia nisso? Ela poderia fazê-lo. Mas não se estivesse morta.

Com a chave e a arma a postos, Cordelia desceu do último degrau da escada de incêndio e seguiu para a saída do beco. E congelou. *Sabia* que alguém estava bem atrás dela.

Ela se virou, levando a mão esquerda para a frente, mirando a chave no ponto onde ela esperava estar o pescoço do agressor. Alguém estava lá, de verdade. Dedos fortes agarraram seu pulso, amortecendo facilmente todo o impulso do seu golpe.

A figura puxou-a para a frente, sob a pouca luz que vinha do Stuart Arms através das grades da escada. Cordelia ergueu a arma e colocou o cano na barriga do agressor. Ela puxou o gatilho.

Nada aconteceu.

Ela teve um vislumbre dos olhos escuros fixos nos dela. A figura esticou o braço com a mão livre e estalou algo na lateral da arma. Uma voz masculina disse:

— Ei, senhorinha, esqueceu a trava. Agora vai funcionar.

Cordelia estava assustada demais para puxar o gatilho.

— Ok., entendi. Quem é você? Pode nos tirar daqui?

— Pode me chamar de Warreen. — A luz desceu de repente, atravessando as grades, deixando reluzentes listras de cuaga.

Cordelia olhou para as barras de luz atingindo o rosto do homem. Percebeu os cabelos pretos desgrenhados e encaracolados, os olhos baixos tão escuros como os dela, o nariz chato e largo, o maxilar marcado, os lábios grossos. Era, como sua mãe o chamaria, um homem de certa cor. Era, também percebeu, o homem mais impressionante que já vira. Seu pai teria dado umas chibatadas nela por aquele pensamento.

Passos estrondaram na escada de incêndio.

— Agora a gente cai fora daqui — Warreen disse, levando-a na direção da saída do beco.

É claro que não foi tão fácil assim.

— Há homens ali — disse Cordelia. Viu uma quantidade indeterminada de homens segurando o que pareciam varas. Estavam esperando, delineados contra a luz da rua.

— Ali também. — Warreen riu, e Cordelia viu o brilho dos dentes brancos. — Atire neles, mocinha.

A ideia parece boa, Cordelia pensou, erguendo a arma na mão direita. Quando puxou o gatilho, houve o som de lona rasgando e balas estourando tijolo. O brilho irregular do cano mostrou que os homens do beco estavam deitados no chão. Não achou que tivesse acertado nenhum deles.

— Mais tarde nos preocupamos com o tiro ao alvo — disse Warreen. — Agora, vamos embora. — Ele agarrou a mão esquerda de Cordelia com a sua mão direita, aparentemente sem perceber que a chave ainda estava no mesmo lugar no seu punho.

Ela se perguntou se pulariam nas costas dos homens prostrados como Tarzan pulando amarelinha em crocodilos no lugar de pedras.

Não foram a lugar nenhum.

Algo parecido com calor arrebatou-a. Parecia que a energia fluía através dos dedos de Warreen para o seu corpo. O calor vinha de dentro para fora — igual, ela pensou, a um forno de micro-ondas.

O mundo pareceu mover-se rapidamente dois metros para a esquerda e então cair um metro. O ar girava ao redor dela. A noite afunilou-se em um ponto brilhante centralizado em seu peito. Então, não era mais noite.

Warreen e ela estavam numa planície marrom-avermelhada que se unia ao céu distante em um horizonte longínquo. Havia plantas ocasionais que pareciam robustas e um pouco de brisa. O vento era quente e redemoinhava a poeira.

Ela percebeu que estava na mesma planície que vira da cabine do jumbo da Air New Zealand no pesadelo entre Honolulu e Auckland.

Cordelia cambaleou levemente, e Warreen a pegou pelo braço.

— Vi este lugar antes — disse ela. — As criaturas-lobo estão vindo?

— Criaturas-lobo? — Warreen pareceu confuso por um instante. — Ah, mocinha, você está falando dos Eer-Moonans, os dentuços das sombras.

— Acho que sim. Muitos dentes? Sempre em matilha? Têm umas fileiras de espinhos no pescoço. — Segurando despreocupadamente a arma, ela massageou o ponto inflamado nas costas da mão esquerda.

Warreen franziu a testa e examinou a ferida.

— Furada por um espinho? Você teve muita sorte. O veneno deles em geral é fatal.

— Talvez nós, crocodilos, tenhamos imunidade natural — disse Cordelia, sorrindo cansada. Warreen a olhou perplexo, embora discretamente. — Esquece. Acho que só fui sortuda.

Ele assentiu.

— Foi mesmo, mocinha.

— Que merda de "senhorinha" é essa? — perguntou Cordelia. — Não quis perder tempo perguntando lá no beco.

Warreen olhou assustado, então abriu um grande sorriso.

— As senhoras europeias parecem gostar. Alimenta aqueles impulsos deliciosamente coloniais, sabe? Às vezes eu ainda falo como guia turístico.

— Não sou europeia — disse Cordelia. — Sou *cajun*, do Sul dos Estados Unidos.

— Dá no mesmo para nós. — Warreen continuava a sorrir. — Os ianques são iguais aos europeus. Não tem diferença. Todos vocês são turistas aqui. Então, como devo chamá-la?

— Cordelia.

A expressão dele ficou séria enquanto se reclinava e tomava a arma da mão dela. Examinou-a com cuidado, verificando detalhadamente seu funcionamento, então reativou a trava.

— H&K reduzida, totalmente automática. Equipamento muito caro, Cordelia. Vai atirar em uns dingos? — Ele devolveu a arma para ela.

Ela a deixou pender da sua mão.

— É do cara com quem vim para Alice Springs. Ele está morto.

— No hotel? — perguntou Warreen. — Os capangas de Murga-Muggai? Dizem que ela vai matar o agente do pregador.

— Quem?

— A mulher-caranguejeira. Não é uma mulher legal. Tenta me matar há anos. Desde que eu era criança. — Ele disse isso calmamente. Cordelia pensou que ele ainda parecia uma criança.

— Por quê? — ela questionou, estremecendo involuntariamente. Se tinha alguma fobia, era de aranhas. Ela tossiu quando o vento lançou areia no seu rosto.

— Começou como uma vingança de clã. Agora é outra coisa. — Warreen parecia refletir, então acrescentou: — Ela e eu temos alguns poderes. Acho que ela sente que aqui, no interior, há lugar apenas para um desses. Muito tacanha.

— Que tipo de poderes? — quis saber Cordelia.

— Você é cheia de perguntas. Eu também. Talvez possamos trocar conhecimentos durante a caminhada.

— Caminhada? — Cordelia inquiriu, um pouco bobamente. De novo, os eventos ameaçavam ultrapassar sua capacidade de compreendê-los. — Para onde?

— Uluru.

— Onde fica?

— Lá. — Warreen apontou para o horizonte.

O sol estava a pino. Cordelia não tinha ideia para que direção da bússola ele apontava.

— Não há nada lá. Apenas um monte de deserto que parece onde eles caçaram o Mad Max.

— Vai ter. — Warreen tinha começado a andar. Já estava a uma dúzia de passos de distância. A voz dele era embotada pelo vento. — Mexa as pernas bonitas, mocinha.

Concluindo que tinha pouca escolha, Cordelia seguiu-o.

— Agente do pregador? — murmurou ela. Não era Marty. Alguém tinha se enganado e muito.

— Onde estamos? — quis saber Cordelia. O céu estava riscado por pequenos cúmulos-nimbos, mas nenhuma das sombras de nuvem parecia lhes dar sombra. Ela desejou com todas as forças que dessem.

— No mundo — disse Warreen.

— Este não é o meu mundo.

— No deserto, então.

— Sei que é um deserto — retrucou Cordelia. — Posso ver que é um deserto. Posso sentir. O calor é óbvio. Mas que deserto é?

— É a terra de Baiame — falou Warreen. — É o grande Planalto de Nullarbor.

— Tem certeza? — Cordelia esfregou o suor da testa com a faixa de pano que tinha rasgado cuidadosamente da barra de sua saia da Banana Republic. — Olhei no mapa do avião no caminho de Melbourne. As distâncias não fazem sentido. Este não seria o Deserto Simpson?

— As distâncias são diferentes no Tempo do Sonho — Warreen disse simplesmente.

— O Tempo do Sonho? — *Onde estou, num filme de Peter Weir?*, ela pensou. — Como no mito?

— Não tem mito — disse o rapaz. — Estamos agora onde a realidade estava, está e estará. Estamos na origem de todas as coisas.

— Certo. — *Estou sonhando*, Cordelia pensou. *Estou sonhando ou estou morta e esta é a última coisa que meus neurônios estão criando antes do clarão e da escuridão total.*

— Todas as coisas no mundo das sombras são criadas aqui primeiro — falou Warreen. — Pássaros, criaturas, grama, o jeito de fazer as coisas, os tabus que devem ser observados.

Cordelia olhou ao redor. Havia pouco para se ver.

— São originais? — ela quis saber. — Eu só vi cópias até agora?

Ele assentiu vigorosamente.

— Não vejo nenhum buggy de duna — disse ela, um pouco petulante, sentindo o calor. — Não vejo nenhum avião ou máquinas de venda automática cheias de Diet Pepsi geladinha.

Ele respondeu para ela com seriedade.

— Aquelas são apenas variações. Aqui é onde tudo começa.

Estou morta, ela pensou com tristeza.

— Estou com calor — disse ela. — Estou cansada. Quanto teremos que andar?

— Um bocado. — Warreen manteve os passos sem esforço. Cordelia parou e pousou as mãos nos quadris.

— Por que preciso te acompanhar?

— Se não vier — Warreen disse por sobre o ombro —, vai morrer.

— Ah. — Cordelia começou a andar novamente, tendo de correr alguns passos para alcançar o homem. A imagem que ela não conseguia tirar da cabeça era a de latas geladas de refrigerante, a umidade formando gotículas no alumínio. Ela ansiava por ouvir o clique e o silvo quando a lingueta se solta para trás. E as borbulhas, o sabor...

— Continue andando — Warreen mandou.

— Há quanto tempo estamos andando? — perguntou Cordelia. Ela ergueu os olhos e cobriu-os. O sol estava notavelmente mais próximo do horizonte. As sombras estendiam-se às costas dos dois.

— Está cansada? — disse o companheiro de caminhada.

— Estou exausta.

— Precisa descansar?

Ela pensou sobre aquilo. Sua conclusão a surpreendeu.

— Não. Não, não acho que precise. Ao menos ainda não. — De onde vinha aquela energia? *Estava* exausta e, ainda assim, a força parecia crescer nela, como se fosse uma planta tirando sua nutrição da terra. — Este lugar é mágico.

Warreen concordou com a cabeça, como se fosse natural.

— É, sim.

— Mas — ela comentou — *estou* faminta.

— Não precisa de comida, mas logo entenderá.

Cordelia ouviu um som além do vento e dos próprios passos na areia. Virou-se e viu um canguru cinza-amarronzado pulando e alcançando-os facilmente.

— Estou com fome o bastante para comer um desses — disse ela.

O canguru encarou-a com seus imensos olhos castanhos.

— Eu espero que não — disse o animal.

Cordelia fechou a boca com um clique e o encarou de volta.

Warreen sorriu para o canguru e disse com gentileza:

— Boa tarde, Mirram. Vamos encontrar sombra e água logo?

— Sim — disse o canguru. — Infelizmente, a recepção está sendo feita por um primo de Gurangatch.

— Ao menos — disse Warreen — não é um bunyip.

— Isso é verdade — concordou o canguru.

— Vamos encontrar armas?

— Debaixo da árvore — contou o canguru.

— Que bom — Warreen disse com alívio. — Não gostaria de combater um monstro apenas com minhas mãos e dentes.

— Desejo tudo de bom a você — falou o canguru. — E você — ele se dirigiu a Cordelia —, fique em paz. — A criatura se pôs em noventa graus no caminho deles e saltitou pelo deserto, e logo o perderam de vista.

— Cangurus falantes? — disse Cordelia. — Bunyips? Gurnagatches?

— Gurangatch — Warreen corrigiu-a. — Às vezes, lagarto e peixe ao mesmo tempo. É, claro, um monstro.

Mentalmente ela encaixava as peças.

— E está monopolizando um oásis.

— Bingo.

— Não podemos evitá-lo?

— Não importa que caminho tomemos — Warreen comentou —, acho que ele nos encontrará. — Ele deu de ombros. — É só um monstro.

— Certo. — Cordelia estava feliz por ainda ter bem junto de si a mini H&K. O aço estava quente e escorregava de sua mão. — Apenas um monstro — ela murmurou por entre lábios secos.

Cordelia não tinha ideia de como Warreen encontraria o lago e a árvore. Até então, pelo que conseguia dizer, tinham seguido um caminho perfeitamente reto. Um ponto apareceu à distância do pôr do sol. Crescia ao passo que se aproximavam. Cordelia viu um carvalho do deserto de aparência robusta marcado com listras de carvão. Parecia ter sido atingido por raios mais de uma vez e estar ocupando aquele trecho de solo pobre por séculos. Um cinturão de grama cercava a árvore. Uma inclinação suave levava até os juncos e, em seguida, às margens de um lago com cerca de dez metros.

— Onde está o monstro? — perguntou Cordelia.

— Shhh. — Warreen caminhou a passos largos até a árvore e começou a se despir. Seus músculos eram esbeltos e belamente definidos. A pele reluzia com o suor, brilhando quase em azul-escuro no anoitecer. Quando ele tirou a calça jeans, Cordelia primeiro desviou os olhos, então decidiu que aquela não era uma ocasião para pudores, falsos ou não.

Meu Deus, ela pensou. *Ele é bonito.* Dependendo do gênero, seus familiares teriam ficado escandalizados ou impelidos ao linchamento. Mesmo que tenha sido educada para abominar esse pensamento, queria chegar até ele e tocá-lo levemente. Isso, ela percebeu num susto, não era típico dela de forma alguma. Apesar de estar cercada por pessoas de outras raças em Nova York, elas ainda a deixavam nervosa. Warreen produzia aquela reação, ainda que fosse imensamente diversa em natureza e intensidade. Ela *queria* tocá-lo.

Nu, Warreen dobrou as roupas com cuidado e as deixou numa pilha ao lado da árvore. Um por um, pegou uma variedade de objetos da grama. Inspecionou um longo porrete, então deixou-o de lado. Por fim, ergueu-se com uma lança numa das mãos, um bumerangue na outra. Olhou intensamente para Cordelia.

— Não poderia estar mais pronto que isso.

Ela sentiu um tremor como água gelada correndo por ela. Era uma sensação de medo e empolgação.

— E agora?

Ela tentou manter a voz baixa e contínua, mas saiu quase como um gritinho. Nossa, ela odiava aquilo.

Warreen não teve chance de responder. Apontou na direção do laguinho escuro. Ondulações apareceram no lado mais distante. O centro dessas ondulações parecia se mover na direção deles. Algumas bolhas estouraram na superfície.

A água foi lançada de lado. O que observava o casal à margem era uma figura saída de um pesadelo. *Parece pior do que qualquer curinga que já vi*, Cordelia pensou. Quando ergueu mais o corpo sobre a água, ela concluiu que a criatura devia ter ao menos a massa de Bruce, o Tubarão de Spielberg. A boca de sapo abriu-se, revelando uma multiplicidade de dentes cor de ferrugem. Observava os humanos com olhos fendidos e inchados de lagarto.

— É igualmente filho de peixe e lagarto — disse Warreen, como se estivesse numa conversa comum guiando uma turista europeia por uma reserva florestal. Ele deu um passo à frente e ergueu a lança.

— Primo de Gurangatch! — ele clamou. — Beberemos da fonte e descansaremos embaixo da árvore. Queremos fazer isso em paz. Se não pudermos, precisarei tratá-lo da maneira que Mirragen, o homem-gato, tratou seu poderoso ancestral.

Gurangatch sibilou como um trem freando. Sem hesitação, lançou-se adiante, caindo na margem molhada com um ruído de uma enguia de dez toneladas. Warreen deu um pequeno salto para trás, e os dentes manchados travaram-se na frente de seu rosto. Ele cutucou o focinho do Gurangatch com a lança. O lagarto-peixe chiou ainda mais alto.

— Você não é tão ágil como Mirragen — o monstro disse numa voz de mangueira de vapor. Gurangatch recuou quando Warreen investiu com a lança e o acertou novamente. Dessa vez, a ponta ficou presa embaixo das escamas prateadas que cercavam o olho direito do monstro. A criatura se retorceu, puxando a lança dos dedos de Warreen.

O monstro empinou-se, olhando para Warreen de três, quatro, seis metros. O homem olhou para cima, ansioso, o bumerangue inclinado na mão direita. O chiado era quase um suspiro.

— Hora de morrer de novo, priminho! — O pescoço de touro de Gurangatch curvou-se e afundou. As mandíbulas abertas.

Desta vez, Cordelia lembrou-se de tirar a trava de segurança. Desta vez ela se firmou segurando a H&K com as duas mãos. Desta vez as balas foram exatamente onde ela queria.

Ela viu os projéteis formarem uma linha embaixo da garganta de Gurangatch. Ela soltou o gatilho, ergueu a arma, deu uma rajada no rosto do monstro. Um dos olhos da criatura estourou como um balão cheio de tinta. Ele berrou com a dor, o creme esverdeado escorrendo sobre o focinho. As feridas no pescoço vazavam um líquido carmesim. *Cores de Natal*, Cordelia pensou. *Aguente firme, garota. Não fique histérica.*

Enquanto Gurangatch contorcia-se para dentro d'água, Warreen girou sua arma num arco curto e firme e lançou a ponta do bumerangue no outro olho da criatura. Com isso, o monstro urrou tão alto que Cordelia encolheu-se e recuou um passo. Então, Gurangatch dobrou-se sobre a água e afundou. Cordelia teve a rápida impressão de um rabo grosso, serpenteante, desaparecendo no meio do chapinhar. Então o lago ficou calmo, pequenas ondas ainda batendo contra as margens. As reverberações diminuíram até desaparecer.

— Ele mergulhou na terra — disse Warreen, agachando-se e olhando para a água. — Sumirá por um bom tempo.

Cordelia travou de novo a H&K.

Mãos livres das armas, Warreen ergueu-se e se afastou do lago. Cordelia não conseguiu evitar. Ela admirou. Warreen baixou os olhos, então encontrou os olhos dela novamente. Com um pouco de aparente embaraço, ele disse:

— É a excitação da luta. — Então, ele sorriu e continuou. — Não teria acontecido em circunstâncias normais, se eu estivesse guiando uma europeia pelo *outback*.

Ocorreu a Cordelia pegar as roupas dobradas dele e lhe estender.

Com dignidade, Warreen aceitou as vestimentas. Antes de se afastar para se vestir, ele falou:

— Se estiver pronta, seria um bom momento para se refrescar e descansar um pouco. Só que estou sem chá, me desculpe.

Cordelia respondeu:

— Eu dou um jeito.

O deserto demorava para esfriar no pôr do sol. Cordelia continuava a sentir o calor subindo do chão atrás dela. Warreen e ela se deitaram de costas nas raízes retorcidas e semiexpostas da árvore. O ar parecia um cobertor acolchoado recobrindo o rosto. Quando ela se mexia, o movimento parecia à meia velocidade.

— A água estava deliciosa — disse ela —, mas ainda estou com fome.

— Sua fome aqui é uma ilusão.

— Então vou fantasiar uma pizza.

— Hum — Warreen refletiu. — Muito bem. — Com um suspiro, ele se ergueu sobre os joelhos e correu os dedos pela casca rústica da árvore. Quando encontrou uma parte solta, arrancou-a do tronco. A mão direita estendida para a frente, dedos se mexendo para pegar algo que Cordelia não conseguia ver. — Aqui. — Ele estendeu sua descoberta para ela.

A primeira impressão dela foi de algo semelhante a uma cobra que se contorcia. Olhou a cor pastosa, os segmentos e as muitas pernas.

— O que é isso? — ela quis saber.

— *Witchetty grub.* — Warreen sorriu. — É um dos nossos pratos típicos. — Ele estendeu a mão para a frente como um garotinho travesso. — Isso revira seu estômago, mocinha?

— Minha nossa. Não — disse ela com um lampejo de raiva. — Não me chame desse jeito. — *O que está fazendo?*, ela se perguntou enquanto pegava a criaturinha. — Tem que comer vivo?

— Não, não precisa. — Ele se virou e bateu com a criatura contra o carvalho. A larva convulsionou uma vez e parou de se retorcer.

Forçando-se apenas a fazê-lo sem pensar no ato, ela pegou o *witchetty*, aquela grande e esbranquiçada larva, jogou-a na boca e começou a mastigar. *Meu Deus*, ela pensou, *por que eu faço essas coisas?*

— O que achou? — perguntou Warreen com uma expressão cerimoniosa.

— Bem — respondeu Cordelia, engolindo —, não tem gosto de frango.

As estrelas começaram a surgir, formando um cinturão reluzente em todo o céu. Cordelia estava deitada com os dedos dobrados sob a cabeça. Lembrou-se que vivia em Manhattan por quase um ano e nunca olhou para as estrelas.

— Nurunderi está bem aqui em cima — disse Warreen, apontando para o céu —, junto com suas duas jovens mulheres, deixado lá por Nepelle, o governante dos céus, depois de as mulheres terem se servido da comida proibida.

— Maçãs? — perguntou Cordelia.

— Peixe. *Tukkeri*, uma iguaria dada apenas aos homens. — Sua mão se moveu, os dedos apontando de novo. — Lá, mais longe, é possível ver as Sete Irmãs. E lá, Karambal, seu perseguidor. Pode chamá-lo de Aldebarã.

Cordelia disse:

— Tenho um monte de perguntas.

Warreen fez uma pausa.

— Não são sobre as estrelas.

— Sobre o que, então?

— Sobre tudo isso. — Ela se sentou e estendeu os braços para a noite. — Como cheguei aqui?

— Eu te trouxe.

— Eu sei. Mas como?

Warreen hesitou por um longo momento. Em seguida, disse:

— Tenho sangue aranda, mas não fui criado dentro da tribo. Conhece os aborígenes urbanos?

— Como em *A última onda?* — Cordelia perguntou. — Eu vi *The Fringe Dwellers* também. Não são aborígenes tribais nas cidades, certo? São como cidadãos mesmo?

Warreen deu risada.

— Você compara quase tudo ao cinema. É como comparar tudo ao mundo das sombras. Sabe alguma coisa da realidade?

— Acho que sim. — Neste ponto, ela não estava tão certa, mas não estava disposta a admiti-lo.

— Meus pais procuraram trabalho em Melbourne — Warreen falou. — Eu nasci no *outback*, mas não me lembro de nada disso. Fui um garoto urbano. — Ele deu uma risada amarga. — Meu rito de passagem parecia destinado a me levar para os soldados bêbados vomitando na sarjeta.

Cordelia, ouvindo como se fascinada, não disse palavra.

— Quando eu era criança, quase morri de febre. Nada do *wirinun*, o curandeiro, conseguia me ajudar. Meus pais, desesperados, estavam prontos para me levar ao médico branco. Então a febre cedeu. O *wirinun* sacudiu seu cajado medicinal sobre mim, olhou nos meus olhos, e disse aos meus pais que eu viveria e faria grandes coisas. — Warreen fez uma pausa novamente. — As outras crianças na cidade tiveram o mesmo tipo de febre. Todas elas morreram. Meus pais me disseram que o corpo delas murchou ou se transformou em coisas indescritíveis. Mas todas morreram. Apenas eu sobrevivi. Os outros pais me odiavam e odiavam meus pais por me protegerem. Então, fomos embora. — Ele ficou em silêncio.

Aquilo despontou na mente de Cordelia como uma estrela, subindo.

— O vírus carta selvagem.

— Eu sei — Warreen disse. — Acho que você está certa. Minha infância foi tão normal quanto meus pais puderam me proporcionar, até eu ficar adulto. Então... — A voz dele desapareceu.

— Então? — Cordelia ecoou, ansiosa.

— Quando cresci, descobri que podia entrar no Tempo do Sonho à vontade. Podia explorar a terra dos meus ancestrais. Que conseguia até levar os outros comigo.

— Então este é realmente o Tempo do Sonho. Não é um tipo de ilusão partilhada.

Ele se virou para o lado e olhou para ela. Os olhos de Warreen estavam a pouco mais de meio metro de distância dos dela. O olhar dele era algo que ela conseguia sentir no fundo do estômago.

— Não há nada mais real.

— Aquilo que aconteceu comigo no avião. Os Eer-Moonans?

— Há outros do mundo das sombras que podem entrar no Tempo do Sonho. Um deles é Murga-Muggai, cujo totem é a caranguejeira. Mas tem alguma coisa… errada com ela. Você a chamaria de psicótica. Para mim, ela é a Maldade, mesmo que ela alegue parentesco com o Povo.

— Por que ela matou Carlucci? Por que tentou me matar?

— Murga-Muggai odeia homens santos europeus, especialmente o norte-americano que vem do céu. O nome dele é Leo Barnett.

— Cospe Fogo — Cordelia disse. — Ele é pregador na TV.

— Ele salvará nossas almas. Ao fazer isso, nos destruirá, como clã e como indivíduos. Tribos nunca mais.

— Barnett… — Cordelia suspirou. — Marty não era um deles.

— Europeus parecem muito um com o outro. Não importa se ele não trabalhava para o homem do céu. — Warreen olhou para ela intensamente. — Você está aqui com o mesmo objetivo?

Cordelia ignorou a pergunta.

— Mas como eu sobrevivi aos Eer-Moonans?

— Acredito que Murga-Muggai subestimou seu poder. — Ele hesitou. — E possivelmente era seu período da lua. Muitos monstros não tocam uma mulher que sangra.

Cordelia assentiu. Ela começou a sentir muito por seu tempo em Auckland ter terminado.

— Acho que terei de depender da H&K. — Depois de um tempo, ela perguntou: — Warreen, quantos anos você tem?

— Dezenove. — Ele hesitou. — E você?

— Indo para os dezoito. — Os dois ficaram quietos. *Um cara de dezenove bem maduro*, Cordelia pensou. Não era como qualquer um dos garotos dos quais se lembrava em Louisiana, ou mesmo em Manhattan.

Cordelia sentiu um calafrio descendo no ar desértico e dentro de sua mente. Sabia que o frio aumentava dentro dela porque agora teve tempo de pensar em sua situação. Não estava apenas a milhares de quilômetros de casa entre estranhos, mas também fora do seu mundo.

— Warreen, você tem namorada?

— Estou sozinho aqui.

— Não, não está. — A voz dela não saiu aguda. Graças a Deus. — Me abraça?

O tempo parou por alguns instantes. Em seguida, Warreen se aproximou e, desajeitado, envolveu-a com os braços. Sem querer, ela deu uma cotovelada no olho dele antes que os dois estivessem confortáveis. Cordelia absorveu avidamente o calor do corpo do rapaz, o rosto colado no dele. Os dedos dela se insinuaram na suavidade surpreendente do cabelo de Warreen.

Eles se beijaram. Cordelia sabia que seus pais a matariam se soubesse o que ela estava fazendo com aquele negro. Primeiro, claro, teriam linchado Warreen. Ela se surpreendeu. Não era diferente tocar aquele rapaz e qualquer outra pessoa de quem ela gostava. Não havia muitas. Warreen parecia ainda melhor que qualquer uma delas.

Ela o beijou muitas vezes mais. Ele fez o mesmo com ela. O frio da noite aumentou e a respiração deles ficou mais rápida.

— Warreen... — ela finalmente disse, num arfar. — Quer fazer amor?

Ele pareceu se afastar, mesmo que ainda estivesse nos braços dela.

— Eu não devia...

Ela pensou em algo.

— Hum, você é virgem?

— Sim. E você?

— Sou de Louisiana. — Ela cobriu a boca do rapaz com a sua.

— Warreen é apenas meu nome de batismo. Meu nome verdadeiro é Wyungare.

— O que significa?

— Aquele que volta para as estrelas.

O momento chegou quando Cordelia se ergueu para recebê-lo e sentiu Wyungare mergulhando dentro dela. Mais tarde, percebeu que não pensara em sua mãe e no que a família acharia. Nem mesmo uma vez.

O gigante apareceu primeiro como uma pequena saliência no horizonte.

— É para lá que vamos? — quis saber Cordelia. — Uluru?

— O local da mágica suprema.

O sol da manhã ergueu-se enquanto caminhavam. O calor não era menos opressivo do que fora no dia anterior. Cordelia tentou ignorar a sede. As pernas doíam, mas não era por andar muito. Ela gostava da sensação.

Várias criaturas do deserto banhavam-se ao sol no caminho e inspecionavam os humanos enquanto passavam.

Um emu.

Um lagarto franjado.

Uma tartaruga.

Uma cobra-preta.

Um vombate.

Wyungare reconhecia a presença de cada um com um cumprimento cortês. "Primo Dinewan" para o emu. "Mungoongarlie" para o lagarto; "Bom dia, Wayambeh" para a tartaruga e assim por diante.

Um morcego circulou-os três vezes, gritou um cumprimento e afastou-se. Wyungare acenou educadamente.

— Voe com cuidado, irmão Narahdarn.

Seu cumprimento para o vombate foi especialmente efusivo.

— Ele era meu totem-irmão — ele explicou para Cordelia. — Warreen.

Encontraram um crocodilo tomando sol ao lado da trilha.

— Ele é seu primo também — disse Wyungare. Ele disse a ela o que falar.

— Bom dia, primo Kurria — disse Cordelia. O réptil olhou para ela, sem se mover um centímetro no calor furioso. Então abriu a boca e sibilou. Fileiras de dentes brilharam ao sol.

— Sinal auspicioso — disse Wyungare. — O Kurria é seu guardião.

Enquanto Uluru crescia à distância, poucas eram as criaturas que vinham à trilha observar os seres humanos.

Cordelia percebeu com espanto que, por uma hora ou mais, esteve perdida em pensamentos. Olhou para Wyungare.

— Por que você estava no beco bem naquela hora para me ajudar?

— Fui guiado por Baiame, o Grande Espírito.

— Não foi bom o bastante.

— Aquela noite foi um tipo de *corroboree*, um ritual sagrado, um encontro com objetivo.

— Tipo um comício?

Ele fez que sim com a cabeça.

— Meu povo em geral não entra nesse tipo de coisa. Às vezes precisamos usar meios europeus.

— O que foi aquilo? — Cordelia fez sombra sobre os olhos e tentou enxergar apertando-os. Uluru crescera até o tamanho de um punho.

Wyungare também apertou os olhos para Uluru. De alguma forma parecia estar olhando para muito mais longe.

— Vamos tirar os europeus das nossas terras. Principalmente não vamos deixar que o homem que prega tome mais terrenos.

— Não acho que vai ser muito fácil. Os australianos não são muito obstinados, são?

Wyungare deu de ombros.

— Você não tem fé, mocinha? Apenas porque estamos em desvantagem de quarenta ou cinquenta para um, não temos tanques ou aviões, e sabemos que poucos se importam com a nossa causa? Apenas por que somos nossos piores inimigos quando se trata de organizarmos a nós mesmos? — A voz dele parecia raivosa. — Nosso estilo de vida resiste inabalado por 60 mil anos. Há quanto tempo *sua* cultura existe?

Cordelia começou a dizer algo para acalmá-lo.

O jovem se apressou.

— Achamos difícil nos organizarmos efetivamente à maneira dos maori, na Nova Zelândia. Eles são grandes clãs. Somos tribos pequenas. — Ele sorriu, mal-humorado. — Você poderia dizer que os maori lembram seus ases. Somos mais parecidos com curingas.

— Os curingas podem se organizar. Há pessoas de consciência que os ajudam.

— Não precisaremos da ajuda dos europeus. Os ventos estão subindo, em todo o mundo, da forma que acontece aqui, no deserto. Olhe para a terra natal indígena que está sendo talhada com facões e baionetas da selva norte-americana. Considere a África, a Ásia, cada continente onde vive a revolução. — A voz dele se ergueu. — Chegou a hora, Cordelia. Mesmo o Cristo branco reconhece o girar da grande roda que gemerá e se moverá novamente em pouco mais que uma década. As fogueiras já queimam, mesmo que o seu povo ainda não sinta o calor.

Eu o conheço?, pensou Cordelia. Sabia que não. Não suspeitava nada daquilo. Mas dentro do coração ela reconhecia a verdade naquilo que ele dizia. E ela não o temia.

— Murga-Muggai e eu não somos os únicos filhos da febre — disse Wyungare. — Existem outros. Existem muitos mais, eu temo. Isso fará diferença aqui. *Nós* faremos a diferença.

Cordelia assentiu levemente com a cabeça.

— O mundo inteiro está ardendo. Todos nós estamos ardendo. O Dr. Tachyon, o senador Hartmann e todo o grupo de europeus em excursão sabem disso? — Seus olhos negros encaravam diretamente os dela. — Eles sabem realmente o que está acontecendo fora de sua visão limitada nos Estados Unidos?

Cordelia não disse nada. *Não*, ela pensou. *Provavelmente não.*

— Eu acho que não.

— Então é essa a mensagem que você precisa levar até eles — revelou Wyungare.

— Eu vi as fotos — disse Cordelia. — É a Ayers Rock.

— É Uluru — Wyungare falou.

Eles encaravam o gigantesco monólito de arenito vermelho.

— É a maior rocha do mundo — Cordelia comentou. — Cerca de 400 metros até o topo e muitos quilômetros de largura.

— É o local da mágica.

— As marcas na lateral — disse ela. — Parecem o corte transversal de um cérebro.

— Apenas para você. Para mim, parecem as marcas do peito de um guerreiro.

Cordelia olhou ao redor.

— Deveria haver centenas de turistas aqui.

— Eles estão no mundo das sombras. Aqui eles seriam comida para a Murga-Muggai.

Cordelia não acreditou.

— Ela come gente?

— Ela come qualquer um.

— Nossa, eu odeio aranhas. — Ela parou de olhar o penhasco. O pescoço começou a doer. — Temos que escalar?

— Tem uma trilha um pouco mais suave. — Ele indicou que teriam de andar um pouco mais pelo sopé de Uluru.

Cordelia achou a massa absoluta da rocha surpreendente — e algo mais. Sentiu uma admiração que rochas grandes não despertam normalmente. *Deve ser mágica*, ela pensou.

Após vinte minutos de caminhada, Wyungare disse:

— Aqui. — Ele se abaixou. Havia outro depósito de armas. Ele apanhou uma lança, um porrete — *nullanulla*, como ele o chamou —, uma faca de pedra, um bumerangue.

— Conveniente — Cordelia disse.

— Mágico. — Com uma faixa de couro, Wyungare juntou as armas. Encaixou o fardo no ombro e apontou para o cume de Uluru. — Próxima parada.

Para Cordelia, a subida proposta não parecia mais fácil do que no primeiro ponto.

— Tem certeza?

Ele apontou para a bolsa e a H&K.

— Você deve deixá-las.

Ela sacudiu a cabeça, olhando primeiro para as armas dele, então para as suas.

— Sem chance.

Cordelia deitou-se de barriga, olhando com curiosidade para o despenhadeiro acima. Em seguida olhou para baixo. *Eu não deveria ter feito isso,* ela pensou. Talvez tivessem sido apenas algumas centenas de metros, mas era como se recostar num fosso de elevador vazio. Ela se esforçou para ficar em pé. A H&K na mão esquerda não ajudou.

— Apenas solte — disse Wyungare, chegando perto para pegar a mão livre de Cordelia.

— A gente pode precisar dela.

— Seu poder será mínimo contra a Murga-Muggai.

— Eu arrisco. Quando chegar a hora da magia, precisarei de toda ajuda que eu puder conseguir. — Ela estava sem fôlego. — Tem certeza de que é o caminho mais fácil?

— É o único. No mundo das sombras, existe uma corrente pesada fixada à rocha para o primeiro terço desta jornada. É uma afronta a Uluru. Os turistas a usam para se puxarem para cima.

— Eu me conformaria com a afronta — disse Cordelia. — Quanto falta?

— Talvez uma hora, talvez menos. Depende de Murga-Muggai decidir lançar rochas em cima da gente.

— Ah. — Ela pensou naquilo. — Acha que tem chance de acontecer?

— Ela sabe que estamos chegando. Depende do humor dela.

— Espero que ela não esteja de TPM.

— Monstros não sangram — Wyungare disse com seriedade.

Eles chegaram ao topo amplo e irregular de Uluru e se sentaram numa pedra plana para descansar.

— Onde ela está? — Cordelia quis saber.

— Se não a encontrarmos, ela nos encontrará. Está com pressa?

— Não. — Cordelia olhou ao redor, apreensiva. — E os Eer-Moonans?

— Você matou todos no plano das sombras. Não existe um estoque infinito daquelas criaturas.

Ai, meus Deus, pensou Cordelia, *eu matei uma espécie em extinção.* Ela teve vontade de rir.

— Recuperou o fôlego?

Ela grunhiu e se levantou.

Wyungare já estava em pé, seu rosto voltado para o céu, medindo a temperatura e o vento. Era muito mais frio no topo da rocha do que lá embaixo, no deserto.

— É um bom dia para morrer — disse ele.

— Você também vê muitos filmes, não é?

Wyungare deu um sorrisinho.

Caminharam quase o diâmetro inteiro do topo de Uluru antes de chegar a uma área ampla e plana com cerca de noventa metros de largura. Um penhasco de arenito descia até o deserto apenas poucos metros adiante.

— Parece promissor — disse Wyungare. A superfície de arenito gasto não estava totalmente vazia. Pedaços de rocha do tamanho de bolas de futebol americano estavam espalhadas como grãos de areia. — Estamos bem perto.

A voz pareceu vir de todos os lados ao redor deles. As palavras rascavam como dois pedaços de arenito sendo raspados um contra o outro.

— Esta é a minha casa.

— Não é sua casa — Wyungare retrucou. — Uluru é o lar de todos nós.

— Vocês invadiram…

Cordelia olhou ao redor, ansiosa, sem ver nada além de rocha e uns arbustos esparsos.

— … e vão morrer.

Além da clareira rochosa, uma camada de arenito com cerca de três metros virou-se, batendo na superfície de Uluru e estilhaçando-se. Pedaços de pedra espalharam-se pela área, e Cordelia deu um passo atrás por reflexo. Wyungare não se moveu. Murga-Muggai, a mulher-caranguejeira, ergueu-se de sua toca e lançou-se ao ar livre.

Para Cordelia, foi como se de repente pulasse no pior de seus pesadelos. Havia aranhas grandes na sua terra natal, nos braços de rio, mas nada daquela magnitude. O corpo de Murga-Muggai era marrom-escuro e felpudo, do tamanho de um fusca. O corpo bulboso balançava, oscilando em oito pernas articuladas. Todos os membros eram recobertos por pelos castanhos espetados.

Reluzentes olhos facetados observavam os intrusos humanos.

A boca arreganhada, as papilas movendo-se suavemente, um líquido claro, viscoso pingando no arenito. Mandíbulas abertas e contorcidas.

— Ai, meu Deus — Cordelia disse, querendo dar outro passo para trás. Muitos passos. Queria acordar daquele sonho.

Murga-Muggai moveu-se na direção deles, as pernas reluzindo ao passo que deslizava de uma forma que parecia oscilar dentro e fora da realidade. Para Cordelia, era como assistir a um filme em *stopmotion* muito bem-feito.

— Seja o que for — Wyungare disse —, Murga-Muggai é uma criatura com graça e equilíbrio. É sua vaidade. — Ele tirou o fardo de armas, desamarrando a faixa de couro.

— Sua carne dará um almoço ótimo, primos — veio a voz abrasiva.

— Não sou sua parente — disse Cordelia.

Wyungare sopesou o bumerangue, como se avaliasse um experimento, então o lançou de forma fluida na direção de Murga-Muggai. A ponta de madeira afiada acariciou os pelos rígidos no alto do abdômen da criatura aracnídea e afastou-se no céu aberto. A arma descreveu um arco e começou a voltar, mas não tinha altitude suficiente para ultrapassar a rocha. Cordelia ouviu o bumerangue se estilhaçar na pedra abaixo da borda de Uluru.

— Má sorte — disse Murga-Muggai. Ela riu, um som oleoso, viscoso.

— Por que, prima? — disse Wyungare. — Por que você faz essas coisas?

— Garoto bobo — retrucou Murga-Muggai —, você perdeu o contato com a tradição. Esta será a sua morte, do contrário será a morte do nosso povo. Você está errado. Preciso remediar isso.

Aparentemente sem pressa para comer, ela reduziu com lentidão a distância entre eles. Suas pernas continuavam a se mover de forma circular. Era vertiginoso assistir.

— Meu apetite por europeus está crescendo — ela falou. — Desfrutarei do banquete variado de hoje.

— Terei apenas uma chance — Wyungare disse em voz baixa. — Se não funcionar…

— Vai funcionar — disse Cordelia. Ela caminhava ao lado dele e tocou seu braço. — *Laissez les bons temps rouler.*

Wyungare olhou para ela.

— Que a festa comece. A frase favorita do meu velho.

Murga-Muggai saltou.

A criatura aracnídea desceu sobre eles como um guarda-chuva virado pelo vento com hastes sobressalentes, curvadas em movimento.

Wyungare prendeu o cabo da lança no arenito infértil e ergueu a ponta reforçada a fogo na direção do corpo do monstro. Murga-Muggai gritou em fúria, triunfante.

A ponta da lança resvalou em uma mandíbula e quebrou. O cabo flexível da lança primeiro curvou-se, em seguida estourou em farpas, como se uma espinha se rompesse. A criatura aracnídea estava tão perto que Cordelia pôde ver o abdômen pulsar. Conseguiu sentir o cheiro obscuro, ácido.

Agora estamos encrencados, ela pensou.

Wyungare e ela cambalearam para trás, tentando escapar de pernas ávidas e mandíbulas estalantes. A *nullanulla* rolava pelo arenito.

Cordelia recolheu a faca de pedra. Era como, de repente, assistir a tudo em câmera lenta. Uma das pernas dianteiras peludas de Murga-Muggai lançou-se na direção de Wyungare. A ponta bateu no peito do rapaz, bem abaixo do coração. A força do golpe jogou-o para trás. O corpo de Wyungare rolou na clareira como uma daquelas bonecas de pano molengas com as quais Cordelia brincava quando menina.

E tão sem vida quanto elas.

— Não! — Cordelia gritou. Correu até Wyungare, ajoelhou-se ao seu lado, procurou pulso na garganta. Nada. Não respirava. Os olhos encaravam, como cegos, o céu vazio.

Ela embalou o corpo do rapaz por apenas um instante, percebendo que a aranha gigante a observava com paciência a pouco menos de vinte metros.

— Você é a próxima, prima imperfeita — vieram as palavras rústicas. — Você é valente, mas não acredito que possa ajudar a causa do meu povo mais do que o combate. — Murga-Muggai começou a avançar.

Cordelia percebeu que ela ainda estava segurando a arma. Apontou a mini H&K para a criatura aracnídea e apertou o gatilho. Nada aconteceu. Acionou e desativou a trava de segurança. Puxou o gatilho. Nada. *Droga*. Finalmente estava vazia.

Foco, ela pensou. Encarou os olhos de Murga-Muggai e desejou que a criatura morresse. O poder ainda estava dentro dela. Conseguia senti-lo. Ela se esforçou. Mas nada aconteceu. Ela estava desesperada. Murga-Muggai nem mesmo reduziu a velocidade.

Era óbvio que o nível reptiliano não atingiria aranhas. A coisa-aranha partiu para cima dela como um gracioso trem expresso de oito pernas.

Cordelia sabia que não havia mais o que fazer. Exceto aquilo que mais temia.

Ela se perguntou se a imagem na sua cabeça seria a última coisa que ela veria. Era a memória de um velho desenho animado que mostrava Fay Wray na mão do King Kong, na lateral do Empire State Building. Um homem num bimotor gritava para a mulher: "Solte ele, Fay! Solte ele!".

Cordelia reuniu toda a força histérica que lhe restava e lançou a H&K vazia na cabeça de Murga-Muggai. A arma atingiu um olho facetado e o monstro afastou-se um pouco. Ela saltou para a frente, agarrando com braços e pernas uma das pernas dianteiras da criatura aracnídea.

O monstro cambaleou, começou a se recuperar, mas Cordelia cravou a faca de pedra numa junta da perna. A extremidade dobrou-se e o impulso foi arrebatador. A aranha era uma bola de pernas se debatendo, rolando com Cordelia presa a um dos membros peludos.

A mulher teve um vislumbre caótico do deserto crescendo adiante e abaixo dela. Ela se soltou, bateu numa pedra, rolou, agarrou uma saliência e parou.

Murga-Muggai foi lançada no espaço vazio. Para Cordelia, o monstro pareceu ficar pendurado por um instante, suspenso como o Coiote nos desenhos do Papa-Léguas. Então, a criatura aracnídea despencou.

Cordelia observou a coisa se debater, lutar e ficar cada vez menor. Um grito como unhas raspando uma lousa acompanhou a queda.

Por fim, tudo que ela conseguia ver era o que parecia uma mancha preta no sopé de Uluru. Podia imaginar apenas os restos espatifados com as pernas espalhadas.

— Você mereceu! — disse ela em voz alta. — Vaca.

Wyungare! Ela se virou e voltou mancando para o corpo. Ele estava morto.

Por um instante, Cordelia permitiu-se o luxo de lágrimas raivosas. Então, percebeu que tinha sua magia.

— Será apenas um minuto — disse ela, como se orasse. — Não mais que isso. Não mais. Apenas um minuto.

Ela se curvou bem perto de Wyungare e se concentrou. Sentiu o poder ser drenado de sua mente e flutuar ao redor do homem, isolando a carne fria. O pensamento fora uma revelação. No passado, ela tentara apenas derrubar o sistema nervoso autônomo. Nunca tentara acionar um. Nunca lhe havia ocorrido.

As palavras de Jack pareciam ecoar a doze mil quilômetros de distância: "Você pode usar o poder para dar vida também".

A energia fluiu.

A batida mais ínfima do coração.

O mais leve sopro.

Outro.

Wyungare começou a respirar.

Ele gemeu.

Graças a Deus, pensou Cordelia. *Ou a Baiame*. No topo de Uluru, ela olhou ao redor, meio envergonhada.

Wyungare abriu os olhos.

— Obrigado — disse ele suavemente, mas de modo claro.

A revolta passou por eles. Cassetetes policiais voavam. Cabeças aborígenes eram quebradas.

— Que inferno — Wyungare falou. — Dá até para pensar que estamos na maldita Queensland. — Ele parecia impedido de se juntar à briga apenas pela presença de Cordelia.

Cordelia cambaleou até encostar-se na parede do beco.

— Você me trouxe de volta para Alice?

Wyungare assentiu com a cabeça.

— É aquela mesma noite?

— Todas as distâncias *são* diferentes no Tempo do Sonho — Wyungare explicou. — Temporais e espaciais.

— Muito obrigada.

O barulho de gritos raivosos, berros, sirenes era ensurdecedor.

— E agora? — disse o jovem.

— Uma noite de sono. De manhã, alugo uma Land Rover. Então, vou até Madhi Gap. — Ela ponderou sobre uma questão. — Você vai ficar comigo?

— Hoje à noite? — Wyungare hesitou também. — Sim, eu fico com você. Você não é tão má quanto o pregador do céu, mas devo encontrar uma maneira de convencê-la a não fazer o que deseja sobre a estação de satélite.

Cordelia começou a relaxar um pouco.

— Claro — Wyungare falou, olhando ao redor —, você terá que me botar para dentro do seu quarto.

Cordelia sacudiu a cabeça. É como no *ensino médio novamente*, ela pensou. Pôs o braço ao redor do homem ao seu lado.

Havia tantas coisas que precisava contar às pessoas. A estrada sul para Madhi Gap estendia-se diante deles. Ela ainda não havia decidido se faria uma ligação para Nova York primeiro.

— Tem uma coisa — Wyungare disse.

Ela o olhou, questionadora.

— Sempre houve o costume — disse ele lentamente — de homens europeus usarem suas amantes aborígenes e, em seguida, abandoná-las.

Cordelia encarou-o, olho no olho.

— Não sou um homem europeu — ela respondeu.

Wyungare sorriu.

Do diário de Xavier Desmond

14 de março, Hong Kong:

Ultimamente tenho me sentido melhor, me alegro em dizer. Talvez tenha sido nossa breve estada na Austrália e na Nova Zelândia. Vindo logo depois de Cingapura e Jacarta, Sydney parecia quase a nossa casa, e fiquei estranhamente empolgado com Auckland e a prosperidade e limpeza relativa de seu pequeno bairro de curingas. Apesar da aflitiva tendência de chamarem a si próprios de "feios", um termo ainda mais ofensivo que "curinga", meus irmãos *kiwis* pareciam viver de forma decente como quaisquer curingas em quaisquer lugares. Pude até comprar um exemplar de uma semana antes de o *Grito do Bairro dos Curingas* no hotel. Fez muito bem para a alma ler as notícias de casa, mesmo que muitas das notícias parecessem dedicadas a uma guerra de gangues deflagrada em nossas ruas.

Hong Kong também tem seu bairro de curingas, tão incansavelmente mercantil como o restante da cidade. Entendo que o continente chinês despeja a maior parte de seus curingas aqui, na Colônia da Coroa. De fato, uma delegação dos principais mercadores curingas convidou Crisálida e a mim para almoçarmos com eles amanhã e discutirmos "possíveis alianças comerciais entre curingas de Hong Kong e da Cidade de Nova York". Estou ansioso.

De fato está carregado, será bom me afastar dos meus colegas delegados por algumas horas. O clima a bordo do *Cartas Marcadas* atualmente é irascível no melhor dos casos, principalmente graças a Thomas Downs e seus instintos jornalísticos mais do que superdesenvolvidos.

Nossa correspondência nos alcançou em Christchurch, bem quando estávamos partindo para Hong Kong, e o pacote incluía exemplares antecipados da última edição da *Ases*. Digger passeou para cima e para baixo pelos corredores depois da decolagem, distribuindo cópias de cortesia, como é de hábito. Deveria tê-las lido primeiro. Ele e sua execrável revista atingiram seu novo recorde de baixaria, temo eu.

A edição trazia na capa a história da gravidez de Peregrina. Foi divertido observar que a revista sente que o bebê de Per seja a grande novidade da viagem, pois dedicou duas vezes mais espaço para isso do que com quaisquer histórias anteriores de Digger, mesmo o terrível incidente na Síria, embora, talvez, tenha sido apenas para justificar o pôster em papel *couché* de quatro páginas de Peregrina antes e agora, em vários trajes e estados de nudez.

Os boatos sobre a gravidez começaram já na Índia e foram oficialmente confirmados enquanto estávamos na Tailândia, assim, Digger não pode ser culpado por dar a notícia. Esse é o tipo de coisa que a *Ases* destaca. Infelizmente, por sua saúde e nosso senso de camaradagem a bordo do *Cartas Marcadas*, Digger, claro, não concordou com Per que sua "condição delicada" fosse uma questão particular. Digger cavou longe demais.

A capa pergunta "Quem é o pai do bebê de Peregrina?". Dentro da revista, o artigo abre com uma página dupla ilustrada pelo desenho de um artista de Peregrina segurando uma criança nos braços, exceto que a criança é uma silhueta preta com uma interrogação no lugar do rosto. "O pai é um ás, diz Tachyon", vem como subtítulo, levando a uma faixa muito maior e laranja que declara: "Amigos imploram pelo aborto do monstruoso bebê curinga." Fofoca que Digger arrancou de Tachyon com conhaque enquanto os dois inspecionavam o lado mais ordinário da vida noturna de Cingapura, conseguindo algumas seletas indiscrições. Ele não deu o nome do pai do bebê de Peregrina, mas, uma vez bêbado o bastante, Tachyon não mostrou hesitação em tagarelar sobre todos os motivos pelos quais ele acredita que Peregrina deveria abortar a criança, sendo o principal os 90% de chance de que o bebê nasça curinga.

Confesso que ler a história me encheu de um ódio gélido e me fez ficar duplamente feliz que o Dr. Tachyon não seja meu médico pessoal. Em momentos como esse é que me pergunto como Tachyon pode fingir ser meu amigo, ou amigo de qualquer curinga. *In vino veritas*, dizem: os comentários de Tachyon deixam muito claro que ele acredita no aborto como única escolha para qualquer mulher na situação de Peregrina. Os takisianos têm aversão à deformidade e em geral "se desfazem" (uma palavra educada) de seus filhos deformados (muito poucos em quantidade, pois ainda não foram abençoados com o vírus que tão generosamente decidiram espalhar na

Do diário de Xavier Desmond

Terra) pouco depois do nascimento. Pode me chamar de sensível demais se quiser, mas a implicação clara do que Tachyon diz é que a morte é preferível ao estado de curinga, que é melhor que a criança nunca viva a passar uma vida como curinga.

Quando deixei a revista de lado, estava tão furioso que sabia ser impossível falar com Tachyon de qualquer maneira racional, então me levantei e fui até o compartimento da imprensa para dar a Downs minha opinião. No mínimo eu queria enfatizar, mais que duramente, que era gramaticalmente admissível omitir o adjetivo "monstruoso" antes da expressão "bebê curinga", embora os editores da *Ases* acreditem que seja obrigatório.

Contudo, Digger viu que eu estava me aproximando e me encontrou no meio do caminho. Consegui levar sua consciência a um patamar elevado o suficiente para que soubesse como eu estava chateado, pois ele já começou a conversa com desculpas.

— Ei, eu apenas escrevi o artigo — ele começou. — Eles fazem os títulos em Nova York, sobre isso e a arte, eu não tenho controle nenhum. Olhe, Des, da próxima vez eu falo com eles…

Ele nunca teve a chance de terminar a promessa que estava prestes a fazer, porque bem nesse momento Josh McCoy aproximou-se por trás dele e deu batidinhas nas costas de Digger com o exemplar enrolado da *Ases*. Quando Downs se virou, McCoy começou a briga. O primeiro soco quebrou o nariz de Digger com um barulho desagradável que quase me fez desmaiar. McCoy continuou até fender os lábios de Digger e soltar alguns dentes. Agarrei McCoy com os braços e enrolei minha tromba no pescoço dele para tentar segurá-lo, mas ele estava tão louco e forte com a raiva que me afastou com facilidade, temo eu. Nunca fui do tipo atlético, e na minha atual condição receio que esteja lamentavelmente fraco. Felizmente, Billy Ray chegou a tempo de separá-los antes que McCoy pudesse causar danos mais sérios.

Digger passou o restante do voo lá atrás, no fundo do avião, alimentado por analgésicos. Conseguiu irritar Billy Ray também ao pingar sangue na frente do traje branco de Carnifex. Billy é extremamente obsessivo com sua aparência, e comentava o tempo todo conosco: "Aquelas manchas de sangue desgraçadas não vão sair". McCoy foi para a frente do avião, onde ajudou Hiram, Mistral e o Sr. Jayewardene a consolarem Per, que estava consideravelmente arrasada com a história. Enquanto McCoy estava atacando Digger na parte de trás da aeronave, ela estava lavando a roupa suja com o Dr. Tachyon lá adiante. O confronto era menos físico, mas igualmente dramático, segundo o que Howard me diz. Tachyon desculpava-se sem parar, mas nenhuma pilha de desculpas pareceu aplacar a fúria de Peregrina. Howard diz que foi bom ela estar com as garras bem longe, em segurança, na bagagem.

Tachyon terminou o voo sozinho, no *lounge* da primeira classe, com uma garrafa de Rémy Martin e o olhar desamparado de um cachorrinho que tinha acabado de fazer xixi no tapete persa. Se eu fosse um homem mais cruel, poderia ter subido lá e jogado na cara dele minha raiva, mas achei que não teria coragem. Acho isso muito curioso, mas existe algo no Dr. Tachyon que torna difícil ficar com raiva dele por muito tempo, não importa o quão insensível e chocante seja seu comportamento.

Não importa. Estou ansioso por essa parte da viagem. De Hong Kong, viajaremos para o continente, Cantão, Xangai e Pequim, além de outras paradas igualmente exóticas. Planejo caminhar sobre a Grande Muralha e ver a Cidade Proibida. Durante a Segunda Guerra Mundial, preferi servir na Marinha na esperança de ver o mundo, e o Extremo Oriente sempre teve um glamour especial para mim, mas acabei alocado numa escrivaninha em Bayonne, Nova Jersey. Mary e eu compensaríamos isso logo em seguida, quando o bebê estivesse um pouco mais velho e eu tivesse um pouco mais de segurança financeira.

Bem, fizemos nossos planos, enquanto os takisianos faziam os deles.

Por anos, a China chegou a representar todas as coisas que eu nunca fiz, todos os lugares distantes que quis visitar e aos quais nunca fora, minha própria história de *Sonhos Dourados*. E agora ela assoma em meu horizonte, finalmente. É suficiente para acreditar que o fim está realmente próximo.

Hora zero

Lewis Shiner

A loja tinha uma pirâmide de aparelhos de TV na vitrine, todos ligados no mesmo canal. Eles acompanharam a aterrissagem de um 747 no aeroporto de Narita, em seguida voltaram para mostrar um repórter na frente da tela. Depois, a cena do aeroporto mudou para uma imagem mostrando a caricatura de Tachyon, um avião desenhado e as palavras *Cartas Marcadas*.

Fortunato parou na frente da loja. Estava escurecendo; ao seu redor, ideogramas de neon de Ginza iluminavam a vida em vermelho, azul e amarelo. Ele não conseguia ouvir nada através da vitrine, então assistiu impotente enquanto a tela passava imagens de Hartmann, Crisálida e Jack Braun.

Soube que mostrariam Peregrina um instante antes de ela aparecer na tela, os lábios levemente abertos, os olhos mirando adiante, o vento nos cabelos. Não precisava de poderes do carta selvagem para prevê-lo. Mesmo se ele ainda os tivesse. Sabia que a mostrariam porque era o que ele temia. Fortunato assistia a sua imagem refletida sobreposta à dela, transparente, fantasmagórica.

Comprou um *Times* japonês, o maior jornal em língua inglesa de Tóquio. "Ases invadem o Japão", dizia a manchete, e havia um encarte especial com fotografias coloridas. A multidão agitava-se ao seu redor, a maioria de homens, a maioria de terno, a maioria no piloto automático. Aqueles que o percebiam lançavam um olhar assustado e desviavam o rosto em seguida. Viam sua altura, magreza e aspecto de estrangeiro. Se pudessem adivinhar que ele era meio japonês, não se importariam; a outra metade era afro-americana, *kokujin*. No Japão, bem como em outras partes do mundo, quanto mais branca a pele, melhor.

O jornal dizia que a turnê ficaria no recém-restaurado Hotel Imperial, a poucos quarteirões de onde Fortunato estava. E assim, Fortunato pensou, a montanha veio a Maomé. Queira Maomé ou não.

Era hora, Fortunato pensou, *de tomar um banho.*

Fortunato agachou-se ao lado da torneira e ensaboou-se por inteiro, em seguida lavou-se cuidadosamente com o balde de plástico. Jogar o sabonete dentro do ofurô era uma das violações de etiqueta que os japoneses não toleravam, a outra era usar sapatos em tatames. Uma vez limpo, Fortunato foi até a ponta da banheira, a toalha pendurada para cobrir a genitália com a habilidade casual de um nativo japonês.

Entrou na água a cerca de 45 graus, entregando-se ao prazer agonizante. Uma mistura de suor e condensação imediatamente surgiu em sua testa e correu pelo rosto. Os músculos relaxados, apesar de ele não estar. À sua volta, outros homens no ofurô estavam sentados com os olhos fechados, ignorando-o.

Ele se banhava mais ou menos a este horário todos os dias. Nos seus meses passados no Japão, transformou-se numa criatura de hábitos, como os milhões de japoneses ao seu redor. Levantava-se por volta das nove da manhã, um horário que viu apenas uma dúzia de vezes na cidade de Nova York. Passava as manhãs em meditação ou estudando, indo duas vezes por semana a um *zen shukubo*, um templo do outro lado da baía, na cidade de Chiba.

Às tardes, ele era um turista, vendo tudo dos impressionistas franceses na Bridgestone até as xilogravuras no Riccar, caminhando pelos Jardins Imperiais, fazendo compras em Ginza, visitando os santuários.

À noite, havia o *mizu-shobai*. O negócio da água. Era o que chamavam de gigantesca economia subterrânea do prazer, tudo do mais conservador nas casas de gueixas até as prostitutas mais desavergonhadas, das paredes espelhadas das boates até os pequenos bares de luz vermelha onde, tarde da noite, depois de bastante saquê, a anfitriã poderia ser chamada para dançar nua no balcão de fórmica. Era um mundo inteiro servindo ao apetite carnal, diferente de tudo que Fortunato já vira. A rede de prostitutas de luxo que ele ingenuamente chamava de gueixas fazia suas operações em Nova York parecerem insignificantes. Apesar de tudo que acontecera com ele, apesar do fato de que ele ainda tentava se obrigar a deixar o mundo totalmente e se isolar num mosteiro, não conseguia ficar longe daquelas mulheres. As *jo-san*, as promoters pagas para realizar desejos. Mesmo que ele apenas as observasse, falasse com elas e fosse para casa sozinho se masturbar no seu cubículo, no caso de sua habilidade de carta selvagem esgotada começar a voltar, no caso de seu poder tântrico estar começando a se formar dentro de seu chacra *muladhara*.

Quando a água já não doía, ele se levantou, se ensaboou e enxaguou novamente para voltar ao ofurô. *Era hora*, ele pensou, *de tomar uma decisão*. Encarar Peregrina e os outros no hotel, ou sair da cidade, talvez ficar uma semana no *shukubo* na cidade de Chiba, assim ele não os encontraria por acidente.

Ou, ele pensou, *uma terceira alternativa*. Deixar o destino decidir. Ir em frente, cuidando de sua vida, e, se tivesse de encontrá-los, os encontraria.

Aconteceu cinco dias depois, pouco antes do pôr do sol na tarde de terça-feira, e não foi um acidente de forma alguma. Ele estava conversando com um garçom que conhecera na cozinha do Chukuyotei, e saiu pela porta traseira para um beco. Quando ergueu os olhos, ela estava lá.

— Fortunato — ela disse. Mantinha as asas bem esticadas ao lado do corpo. Paradas, elas quase tocavam as paredes do beco. Seu vestido era um tomara que caia de crochê azul-escuro colado ao corpo. Parecia estar grávida de seis meses. Nada que ele vira mencionou esse fato.

Havia um homem com ela, indiano ou algo assim. Tinha mais ou menos cinquenta anos, gorducho, meio calvo.

— Peregrina — Fortunato falou. Ela parecia triste, cansada, aliviada, tudo de uma vez. Os braços dela ergueram-se, e Fortunato caminhou até ela e a abraçou com carinho. Ela aninhou a testa no ombro dele por um segundo, então se afastou.

— Este... este é G. C. Jayewardene — disse Peregrina. O homem juntou a palma das mãos, cotovelos para fora, e abaixou a cabeça. — Ele me ajudou a encontrá-lo.

Fortunato fez uma mesura desajeitada. Jesus, ele pensou, estou virando um japonês. Logo mais estarei gaguejando sílabas sem sentido no início de cada frase, ou mesmo sendo incapaz de falar.

— Como o senhor sabia...? — ele perguntou.

— Carta selvagem — Jayewardene disse. — Eu vi este momento há um mês. — Ele deu de ombros. — As visões chegam até mim sem pedir licença. Não sei por que ou o que significam. Sou prisioneiro delas.

— Sei como se sente — Fortunato comentou. Olhou novamente para Peregrina. Ele esticou o braço e pousou a mão sobre a barriga da mulher. Conseguiu sentir o bebê se mexendo dentro dela. — É meu. Não é?

Ela mordeu o lábio e assentiu.

— Mas não é por isso que estou aqui. Eu teria deixado você em paz. Sei que é o que você desejou. Mas precisamos de sua ajuda.

— Que tipo de ajuda?

— Hiram — ela respondeu. — Ele desapareceu.

Peregrina precisava se sentar. Em Nova York, Londres ou na Cidade do México, haveria um parque a uma distância razoável. Em Tóquio, o espaço era muito valioso. O apartamento de Fortunato ficava a meia hora de trem, um quarto com quatro tatames, cerca de dois por quatro metros, num complexo de paredes cinzentas com corredores estreitos e banheiros comunitários, sem grama ou árvores. Além disso, apenas um lunático tentaria pegar um trem na hora do rush, quando ferroviários de luvas brancas ficavam de prontidão para empurrar as pessoas nos vagões já lotados.

Fortunato levou-os até a esquina, num sushi bar no estilo cafeteria. A decoração era de vinil vermelho, fórmica branca e detalhes cromados. O sushi percorria o recinto sobre uma esteira rolante que passava em todos os reservados do restaurante.

— Podemos conversar aqui — Fortunato falou. — Mas eu não experimentaria a comida. Se quiserem comer, levo vocês a outro lugar, mas terá fila.

— Não — Peregrina falou. Fortunato podia perceber que o cheiro forte de vinagre e de peixe não estava caindo bem no estômago dela. — Está bom aqui.

No caminho até lá, já haviam perguntado um para o outro como estavam, e os dois foram agradáveis e vagos nas respostas. Peregrina comentara sobre o bebê. Saudável, ela disse, normal pelo que todos puderam dizer. Fortunato fez algumas perguntas educadas a Jayewardene. Não restava nada além de tratar do assunto.

— Ele deixou esta carta — Peregrina disse. Fortunato a examinou. A escrita parecia tremida, diferente da caligrafia em geral compulsiva de Hiram. Dizia que estava deixando a viagem por "motivos pessoais". Garantiu a todos que estava saudável. Esperava reunir-se a eles mais tarde. Caso contrário, ele os veria em Nova York.

— Sabemos onde ele está — Peregrina disse. — Tachyon encontrou-o telepaticamente e confirmou que ele não estava machucado ou algo assim. Mas ele se recusa a entrar no cérebro de Hiram e descobrir o que há de errado. Diz que não tem esse direito. Também não vai deixar que nenhum de nós fale com Hiram. Diz que se alguém quer sair da viagem, não é da nossa conta. Talvez ele esteja certo. Eu sei que, se eu tentasse falar com ele, não sairia boa coisa.

— Por que não? Você dois são tão amigos.

— Ele está diferente agora. Não é o mesmo desde dezembro. É como se algum feiticeiro tivesse colocado uma maldição nele enquanto estávamos no Caribe.

— Alguma coisa específica aconteceu para detonar essa reação nele?

— Algo aconteceu, mas não sabemos o quê. Domingo estávamos almoçando no palácio com o primeiro-ministro Nakasone e todos os outros oficiais. De repente, chegou aquele homem de terno barato. Ele simplesmente entrou e entregou para Hiram um pedaço de papel. Hiram ficou muito pálido e não disse nada a respeito. Naquela tarde ele voltou para o hotel sozinho. Disse que não estava se sentindo bem. Deve ter sido aí que fez as malas e foi embora, porque no domingo à noite ele já havia sumido.

— Você se lembra de mais alguma coisa sobre o homem de terno?

— Tinha uma tatuagem. Saía da camisa e chegava até o pulso. Deus sabe o quanto subia pelo braço. Era realmente vívida, todos aqueles verdes, vermelhos e azuis.

— Provavelmente cobria o corpo todo — Fortunato comentou. Esfregou as têmporas, onde sua dor de cabeça diária começava. — Era da Yakuza.

— Yakuza… — Jayewardene repetiu.

Peregrina olhou de Fortunato para Jayewardene e voltou para Fortunato.

— Isso é ruim?

— Muito ruim — Jayewardene respondeu. — Até eu ouvi falar neles. São gângsteres.

— Como a Máfia — Fortunato explicou. — Só que não tão centralizados. Cada família… eles chamam de clã… é independente. Existem cerca de 2.500 clãs no Japão, cada um com o próprio *oyabun*. *Oyabun* é como o *don*. Significa "no papel de pai". Se Hiram tiver problema com a Yakuza, não conseguiremos nem descobrir qual clã está atrás dele.

Peregrina pegou outro bilhete na bolsa.

— Este é o endereço do hotel de Hiram. Eu… disse para Tachyon que não o procuraria. Disse a ele que alguém deveria ter o endereço em caso de emergência. Então o Sr. Jayewardene me falou sobre a visão…

Fortunato pôs a mão no papel, mas não olhou para ele.

— Não tenho mais poderes — ele disse. — Usei tudo que tinha lutando com o Astrônomo, e não restou nada.

Esse fato remontava a setembro, no Dia do Carta Selvagem, em Nova York. O quadragésimo aniversário da grande cagada do Jetboy, quando os esporos caíram na cidade e milhares morreram, Jetboy entre eles. Foi o dia em que um homem chamado Astrônomo escolheu para ficar quite com os ases que o perseguiram e derrubaram sua sociedade secreta de maçons egípcios. Ele e Fortunato lutaram com bolas de fogo reluzentes sobre o East River. Fortunato venceu, mas isso lhe custou tudo que tinha.

Aquela fora a noite em que fizera amor com Peregrina pela primeira e última vez. A noite na qual seu filho fora concebido.

— Não importa — Peregrina falou. — Hiram te respeita. Vai te ouvir.

Na verdade, Fortunato pensou, ele tem medo de mim e me culpa pela morte de uma mulher que ele amava. Mulher que Fortunato usou como peão contra o Astrônomo, e perdeu. Uma mulher que Fortunato amara também. Anos atrás.

Mas, se não aceitasse agora, nunca veria Peregrina novamente. Era muito difícil ficar longe dela, sabendo que ela estava tão perto. Era uma dificuldade de ordem totalmente diferente levantar-se e se afastar dela quando estava bem ali, diante dele, tão alta, poderosa e transbordando de emoção. O fato de ela carregar seu filho deixava tudo ainda mais difícil, trazia algo que ele não estava pronto para cogitar.

— Vou tentar — Fortunato disse. — Farei o que puder.

O quarto de Hiram ficava no Akasaka Shanpia, um hotel de empresários próximo à estação de trem. Exceto pelos corredores estreitos e os sapatos para fora das portas, poderia ter sido um hotel de preço médio nos Estados Unidos. Fortunato bateu à porta de Hiram. Houve um chiado, como se todos os barulhos do quarto de repente tivessem parado.

— Sei que você está aí dentro — Fortunato disse, blefando. — É Fortunato, cara. Você poderia me deixar entrar.

Após alguns segundos, a porta se abriu.

Hiram havia transformado o lugar numa bagunça. Havia roupas e toalhas no chão, pratos com comida ressecada e copos sujos, pilhas de jornais e revistas. Cheirava ligeiramente a acetona e uma mistura de suor e bebida velha.

O próprio Hiram perdera peso. As roupas dançavam ao seu redor como se ainda estivessem penduradas em cabides. Depois de deixar Fortunato entrar, caminhou até a cama sem dizer nada. Fortunato fechou a porta, tirou uma camisa suja de uma cadeira e sentou-se.

— Então — Hiram falou por fim. — Parece que fui descoberto.

— Eles estão preocupados. Acham que você pode estar encrencado.

— Não é nada. Não há absolutamente nada com que precisem se preocupar. Não viram meu bilhete?

— Não tente me enrolar, Hiram. Você está envolvido com a Yakuza. Esse não é o tipo de gente com quem você deve se arriscar. Me diga o que aconteceu.

Hiram olhou para ele.

— Se eu não disser, você vai se meter e conseguir a informação, não vai? — Fortunato deu de ombros, outro blefe. — É. Certo.

— Só quero ajudar — Fortunato falou.

— Bem, sua ajuda não é necessária. É uma pequena questão financeira. Nada mais.

— Quanto dinheiro?

— Alguns milhares.

— De dólares, claro. — Mil ienes correspondiam a menos do que cinco dólares norte-americanos. — Como aconteceu? Jogo?

— Olha, tudo é muito embaraçoso. Prefiro não falar sobre isso, certo?

— Você está falando isso para um homem que foi cafetão por trinta anos. Acha que vou te dar bronca? Seja lá o que tenha feito?

Hiram deu um suspiro profundo.

— Não. Acredito que não.

— Pode se abrir.

— Eu saí para caminhar sábado à noite, meio tarde, na rua Roppongi…

— Sozinho?

— Sim. — Ficou envergonhado novamente. — Ouvi muitas coisas sobre as mulheres daqui. Só queria… me deixar seduzir, entende? O Oriente misterioso. Mulheres que realizariam os sonhos mais selvagens. Estou bem longe de casa. Eu só… queria ver.

Não era diferente do que Fortunato fizera nos últimos seis meses.

— Entendo.

— Vi uma placa que dizia "Garotas que falam inglês". Entrei e havia um corredor longo. Devo ter errado o lugar para onde apontava a placa. Fui até o fundo do prédio. Havia uma espécie de porta acolchoada no final do corredor, nenhuma placa, nem nada. Quando entrei, alguém tirou meu casaco e se afastou para algum lugar. Ninguém falava inglês. Então, as garotas mais ou menos me arrastaram até uma mesa e me fizeram pagar bebidas para elas. Havia três delas. Eu tomei uma ou duas bebidas. Mais que uma ou duas. Era uma espécie de desafio. Elas usavam linguagem de sinais, ensinando um pouco de japonês para mim. Deus. Eram tão bonitas. Tão… delicadas, sabe? Mas com olhos imensos e escuros que olhavam para você e então se desviavam. Meio tímidas e meio… sei lá. Provocantes. Disseram que ninguém jamais havia bebido dez jarras de saquê antes. Como se ninguém tivesse sido homem o bastante. Então, eu bebi. Até então, elas haviam me convencido de que eu teria todas as três como prêmio.

Hiram começou a suar. As gotas rolavam sobre o rosto e ele as limpava com o punho da camisa de seda manchada.

— Eu estava… bem, muito excitado, podemos dizer. E bêbado. Elas ficavam flertando e me tocando no braço, tão leves, como borboletas pousando na minha pele. Sugeri que fôssemos para outro lugar. Elas me dissuadiam o tempo todo. Pedindo mais bebidas. E, então, simplesmente perdi o controle. — Ele ergueu os olhos para Fortunato. — Não tenho sido… eu mesmo ultimamente. Algo tomou conta de mim naquele bar. Acho que agarrei uma das garotas. Meio que tentei tirar sua roupa. Ela começou a gritar e todas as três fugiram correndo. Então, o leão de chácara começou a me empurrar na direção da porta, sacudindo uma conta no meu rosto. Era de 50 mil ienes. Mesmo bêbado, eu sabia que algo estava errado. Ele apontou para o meu casaco, e em seguida para o valor. Então para os jarros de saquê e mais números. Então para as garotas e mais números. Acho que foi aquilo que realmente me aborreceu. Pagar tanto dinheiro apenas para ser paquerado.

— Eram as garotas erradas — Fortunato falou. — Meu Deus, há milhões de mulheres se vendendo nesta cidade. Tudo que precisa fazer é perguntar para um taxista.

— Tudo bem. Tudo bem. Cometi um erro. Poderia acontecer com qualquer um. Mas eles foram longe demais.

— Então você saiu.

— Eu saí. Tentaram me perseguir e eu os colei no chão. De alguma forma, voltei para o hotel. Levou uma eternidade até eu encontrar um táxi.

— Certo — Fortunato disse. — Onde exatamente fica esse lugar? Consegue encontrá-lo novamente?

Hiram negou com a cabeça.

— Já tentei. Passei dois dias procurando.

— E a placa? Lembra alguma coisa dela? Consegue rabiscar algum dos caracteres?

— Os japoneses, você diz? De jeito nenhum.

— Deve haver alguma coisa.

Hiram fechou os olhos.

— Tudo bem. Talvez haja a figura de um pato. De perfil. Parecia um pato-isca, como os americanos. Apenas um esboço.

— Certo. E você me disse tudo que aconteceu no clube.

— Tudo.

— E no dia seguinte o *kobun* encontrou você no almoço.

— *Kobun*?
— O soldado *yakuza*.

Hiram enrubesceu novamente.

— Ele simplesmente entrou. Não sei como passou pela segurança. Ficou bem diante da mesa onde eu estava sentado. Fez uma reverência até a cintura com as pernas afastadas; a mão direita para fora, assim, palma para cima. Apresentou-se, mas eu fiquei tão assustado que não consegui me lembrar do nome. Em seguida, me entregou uma conta. O valor era de 250 mil ienes. Tinha outra nota em inglês embaixo. Dizia que o valor dobraria a cada dia, à meia-noite, até eu pagar.

Fortunato fez as contas de cabeça. Em dólares, a dívida agora estava próxima de 7 mil. Hiram disse:

— Se não for paga até quinta-feira, eles disseram…
— O quê?
— Disseram que eu nunca veria o homem que me mataria.

Fortunato telefonou para Peregrina de um telefone público, de cor vermelha para ligações locais apenas. Alimentou-o com um punhado de moedas de dez ienes para impedir que bipasse a cada três minutos.

— Eu o encontrei — Fortunato disse. — Ele não ajudou muito.
— Ele está bem? — Peregrina parecia sonolenta. Era muito fácil para Fortunato imaginá-la esticada na cama, coberta apenas com um fino lençol branco. Não lhe restaram poderes. Não podia parar o tempo ou projetar seu corpo astral, ou lançar rajadas de *prana* ou invadir o pensamento das pessoas. Mas seus sentidos ainda eram muito apurados, mais aguçados do que antes do vírus, e ele conseguia recordar o cheiro do perfume da mulher e seus cabelos e seu desejo como se estivessem todos ao seu redor.

— Está nervoso e perdendo peso. Mas nada aconteceu com ele ainda.
— Ainda?
— A Yakuza quer dinheiro. Alguns milhares. Foi basicamente um mal-entendido. Tentei fazer com que ele cedesse, mas não cedeu. É uma questão de orgulho. Ele escolheu o país certo para isso. As pessoas morrem por orgulho aqui aos milhares, todos os anos.
— Você acha que chegará a esse ponto?
— Sim. Ofereci pagar *por* ele. Ele se recusou. Eu faria pelas costas, mas não consigo encontrar o clã que está atrás dele. O que me assusta é que, pelo visto, estão ameaçando Hiram com um assassino invisível.
— Você diz, um ás?

— Talvez. Em todo esse tempo que estou aqui, ouvi falar apenas sobre um ás confirmado de verdade, um *zen roshi* a norte da ilha de Hokkaido. Por um lado, acho que os esporos teriam sedimentado bastante antes de conseguir chegar aqui. E, mesmo se chegassem, nunca se ouviria sobre eles. Estamos falando de uma cultura que transforma a modéstia em religião. Ninguém quer se destacar. Então, se estamos contra algum tipo de ás, é possível que ninguém tenha ouvido falar dele.

— Posso fazer alguma coisa?

Ele não tinha certeza do que ela estava oferecendo e não queria pensar muito sobre isso.

— Não — ele respondeu. — Agora não.

— Onde você está?

— Num telefone público, no distrito de Roppongi. O clube onde Hiram se meteu em problemas é em algum lugar aqui.

— É que… não tivemos oportunidade de conversar. Com Jayewardene lá e tudo o mais.

— Eu sei.

— Saí para te procurar depois do Dia do Carta Selvagem. Sua mãe disse que você tinha ido para um mosteiro.

— E tinha. Então eu cheguei aqui e ouvi sobre aquele monge, lá em Hokkaido.

— O ás.

— Sim. O nome dele é Dogen. Ele consegue criar bloqueios mentais, um pouco como o Astrônomo, mas não tão drástico. Ele pode fazer com que as pessoas esqueçam coisas ou tirar habilidades mundanas que possam interferir na meditação ou…

— Ou tirar o poder de carta selvagem de alguém. O seu, por exemplo.

— Por exemplo.

— Você foi visitá-lo.

— Ele disse que me aceitaria. Mas apenas se eu renunciasse ao meu poder.

— Mas você disse que seu poder havia desaparecido.

— Até agora. Mas eu não dei a ele uma chance de voltar. E se eu for ao mosteiro, poderia ser permanente. Às vezes, o bloqueio se desgasta e ele precisa renová-lo. Às vezes, ele não se desgasta de jeito nenhum.

— E você não sabe se quer arriscar.

— Quero. Mas eu ainda me sinto… responsável. Como se o poder não fosse totalmente meu, entende?

— Olha, eu nunca quis me livrar do meu. Não como você ou Jayewardene.

— Ele quer mesmo?

—- Com certeza parece querer.

— Talvez, quando isso tudo acabar — Fortunato falou —, ele e eu possamos ir ver Dogen juntos. — O tráfego estava aumentando ao seu redor; os ônibus e furgões de entrega deram lugar a sedãs caros e táxis. — Tenho que ir — ele disse.

— Prometa uma coisa — Peregrina disse. —- Prometa que vai se cuidar.

— Sim — ele respondeu. — Sim. Eu prometo.

O distrito de Roppongi ficava a cerca de três quilômetros a sudeste de Ginza. Era a parte de Tóquio onde os clubes ficavam abertos depois da meia-noite. Nos últimos tempos foi invadido com negócios *gaijin*, boates e pubs e bares com promoters ocidentais.

Levou um bom tempo até Fortunato se acostumar com as coisas fechando cedo. Os últimos trens saíam do centro da cidade à meia-noite, e ele caminhou até Roppongi mais de uma vez durante suas primeiras semanas em Tóquio, ainda buscando alguma satisfação ilusória, não se contentando com sexo ou álcool, mas sem querer arriscar-se à violenta punição aplicada pelos japoneses a quem é flagrado com drogas. Finalmente, ele desistiu. A visão de tantos turistas, o barulho estrondoso e incessante de suas línguas, e a batida previsível da música não valiam os poucos prazeres que os clubes tinham a oferecer.

Ele tentou três lugares e nenhum lembrava o que Hiram dissera ou tinha a placa do pato. Em seguida, foi ao Berni Inn, ao norte, um dos dois no distrito. Era um perfeito pub inglês, com Guinness e torta de rim e bolo *red velvet*. Cerca de metade das mesas estava ocupada ou por turistas estrangeiros em duplas ou trios, ou mesas grandes de empresários japoneses.

Fortunato reduziu a velocidade para observar a dinâmica em uma das mesas japonesas. Contas caras mantinham o negócio da água vivo. Ficar fora a noite toda com os garotos do escritório era apenas parte do trabalho. O mais jovem e menos confiante deles falava mais alto e ria mais forte. Ali, com a desculpa do álcool, era o único momento em que a pressão desaparecia, a única chance de fazer besteira e sair ileso. O homem mais velho sorria com satisfação. Fortunato sabia que, mesmo se pudesse ler os pensamentos deles, não haveria muito para ver. O perfeito empresário japonês conseguia esconder seus pensamentos até de si mesmo, conseguia apagar-se tão completamente que ninguém saberia que ele estava lá.

O barman era japonês e provavelmente novo no emprego. Olhou para Fortunato com uma mistura de horror e reverência. Japoneses são criados para pensar os *gaijin* como uma raça de gigantes. Fortunato, com mais de um metro e oitenta, os ombros curvados para a frente como um abutre, era um pesadelo de infância ambulante.

— *Genki desu-ka*? — Fortunato perguntou educadamente, fazendo uma pequena reverência com a cabeça. — Estou procurando uma boate — ele continuou em japonês. — Tem uma placa assim. — Desenhou um pato em um dos guardanapos vermelhos e mostrou-o ao barman. Este assentiu com a cabeça, afastando-se, um sorriso rígido de medo no rosto.

Finalmente, uma das garçonetes estrangeiras saiu de trás do bar e sorriu para Fortunato.

— Tenho a impressão de que Tosun não ficará muito tempo aqui — ela falou. Seu sotaque era do norte da Inglaterra. Seus cabelos eram castanho-escuros e presos para cima com *hashi*, e seus olhos eram verdes. — Posso ajudar?

— Estou procurando uma boate em algum lugar por aqui. Tem um pato na placa, como este aqui. Lugar pequeno, não fazem muitos negócios com *gaijin*.

A mulher olhou para o guardanapo. Por um segundo, ela fez o mesmo olhar que o barman. Então, transformou suas feições num sorriso japonês perfeito. Parecia horrível em suas feições europeias. Fortunato sabia que ela não estava com medo dele. Tinha de ser a boate.

— Não — ela respondeu. — Desculpe.

— Olha só. Sei que a Yakuza está envolvida nisso. Não sou policial e não estou procurando problema. Só estou tentando pagar uma dívida de alguém. De um amigo meu. Acredite, eles *querem* me ver.

— Sinto muito.

— Qual o seu nome?

— Megan. — O jeito que ela pensou antes de dizer revelou a Fortunato que ela estava mentindo.

— De que parte da Inglaterra você vem?

— De nenhum, na verdade. — Ela amassou casualmente o guardanapo e jogou-o embaixo do balcão. — Sou do Nepal. — Ela lhe lançou outro sorriso frio e afastou-se.

♦

Ele olhou cada bar do distrito, a maior parte deles duas vezes. Ao menos parecia o caminho. Hiram poderia, claro, ter estado meio quarteirão mais longe na outra direção, ou Fortunato simplesmente não notou o bar. Às quatro da manhã, ele estava muito cansado para procurar, cansado demais até para voltar ao seu apartamento.

Viu um motel do outro lado da Roppongi Crossing. As tarifas por hora eram altas, paredes sem janelas na entrada. Depois da meia-noite, era de fato algo a se negociar. Fortunato passou pelo jardim escuro e deslizou o dinheiro por um vão na parede. A mão passou para ele uma chave.

O corredor estava cheio de sapatos de homens estrangeiros de tamanho 42 e sandálias *zori* mínimas ou sapatos de salto pontudos. Fortunato encontrou seu quarto, entrou e trancou a porta. A cama estava recém-feita com lençóis de cetim rosa. Havia espelhos e uma câmera de vídeo no teto que alimentava uma TV de tela grande no canto. Pelos padrões do motel, o quarto era muito comportado. Alguns imitavam selvas ou ilhas desertas, camas no formato de barcos, carros ou helicópteros, show de luzes e efeitos especiais.

Ele apagou a luz e se despiu. Ao seu redor, sua audição supersensível captava gritinhos e guinchos, risadas sufocadas. Ele dobrou o travesseiro sobre a cabeça e deixou os olhos abertos para a escuridão.

Ele estava com 47 anos. Por vinte anos viveu dentro de um casulo de poder e nunca percebeu o envelhecimento. Então, os últimos seis meses começaram a lhe ensinar o que havia perdido. A fadiga terrível após uma longa noite como aquela. Manhãs em que suas juntas doíam tanto que era difícil levantar. Lembranças importantes começavam a desbotar, trivialidades o assombravam obsessivamente. Nos últimos tempos, havia as dores de cabeça, a indigestão e as cãibras. A consciência constante de ser humano, ser mortal, ser fraco.

Nada viciava tanto como o poder. Em comparação, a heroína era um copo de cerveja quente. Houve noites, observando uma multidão infinita de mulheres bonitas seguindo para Ginza ou Shinjuku, praticamente todas elas à venda, em que pensou que não poderia continuar sem sentir aquele poder novamente. Falava consigo mesmo como um alcoólatra, prometendo-se que esperaria apenas mais um dia. E, de alguma forma, ele resistiu. Por um lado, porque as lembranças da última noite em Nova York, de sua batalha final com o Astrônomo, ainda estavam tão frescas, lembrando-o da dor que o poder lhe impingiu. Por outro, porque já não tinha certeza de que o poder estava lá, se a *kundalini*, a grande serpente, estava morta ou apenas adormecida.

Naquela noite, ele observou de forma desamparada como uma centena ou mais de japoneses mentiram para ele, ignoraram-no, até mesmo se humilharam em vez de lhe dizer o que tão obviamente sabiam. Ele começou a se ver através dos olhos deles: imenso, desajeitado, suado, barulhento e bruto, um patético gigante bárbaro, uma espécie de macaco supercrescido que não podia nem mesmo ser responsabilizado pela falta de polidez.

Uma pequena mágica tântrica mudaria aquilo tudo.

Amanhã, dizia a si mesmo, *se você ainda se sentir desse jeito, então você vá em frente, tente consegui-lo de volta.*

Fechou os olhos e, finalmente, adormeceu.

Ele acordou com uma ereção pela primeira vez em meses. Era destino, disse a si mesmo. Destino que trouxe Peregrina até ele, que provocou a necessidade de usar seu poder novamente.

Era verdade? Ou ele apenas queria uma desculpa para fazer amor com ela novamente, uma válvula de escape por seis meses de frustração sexual?

Vestiu-se e pegou um táxi até o Hotel Imperial. A comitiva tomava um andar inteiro da nova torre de 31 andares, e tudo dentro dela era ampliado para europeus. Os corredores e o interior dos elevadores pareciam imensos para Fortunato. Quando saiu no trigésimo andar, as mãos tremiam. Ele se recostou à porta de Peregrina e bateu suavemente. Segundos depois, bateu novamente, mais forte.

Ela atendeu à porta em uma camisola folgada que tocava o chão. Suas penas estavam eriçadas e ela mal conseguia abrir os olhos. Então, ela o viu.

Tirou a corrente da porta e deixou que entrasse. Ele fechou a porta e a tomou nos braços. Conseguia sentir a criaturinha na barriga da mulher, movendo-se quando ele a abraçou. Ele a beijou. Centelhas pareciam estalar ao redor deles, mas podia ter sido apenas a força de seu desejo, livrando-se das correntes que ele mantivera presas por tanto tempo.

Ele puxou as alças da camisola pelos braços dela. A camisola caiu na cintura e revelou os seios com mamilos escuros e dilatados. Ele tocou um com a língua e sentiu a doçura argilosa de seu leite. Ela pôs os braços em volta da cabeça dele e gemeu. Sua pele era suave e fragrante como a seda de um quimono antigo. Ela o empurrou na direção da cama desfeita, e ele se afastou dela o suficiente para tirar as roupas.

Ela deitou de barriga para cima. A gravidez era o cume do seu corpo, onde todas as curvas terminavam. Fortunato ajoelhou-se ao lado dela e beijou-a no rosto e na garganta, nos ombros e nos seios. Ele não podia aparentar estar recuperando o fôlego. Virou-a de lado, de costas para ele, e lhe beijou a lombar. Então esticou a mão entre as pernas de Peregrina, sentindo o calor e a umidade contra a palma da mão, movendo lentamente os dedos através do emaranhado de pelos pubianos. Ela se movia devagar, apertando um travesseiro com as mãos.

Ele se deitou atrás dela e a penetrou por trás. A carne macia de suas nádegas pressionada em sua barriga, os olhos dele perderam o foco.

— Nossa — ele disse. E começou a se mover lentamente dentro dela, o braço esquerdo embaixo dela e a mão em um seio; a mão direita tocando levemente a curva da barriga. Ela se movia com ele, os dois em câmera lenta, sua respiração ficando cada vez mais forte e rápida até ela gritar e forçar os quadris contra ele.

No último momento possível ele usou a mão e bloqueou a ejaculação no períneo. O fluido quente inundou de volta sua virilha e as luzes pareceram piscar ao seu redor. Ele relaxou, pronto para sentir o corpo astral desprender-se de sua carne.

Não aconteceu.

Ele envolveu Peregrina com os braços e segurou-a com força. Enterrou o rosto no pescoço dela, deixou os longos cabelos cobrirem sua cabeça.

Agora ele sabia. O poder desaparecera.

Teve um único momento lúcido de pânico, em seguida a exaustão o levou ao sono.

Dormiu por mais ou menos uma hora e acordou cansado. Peregrina estava deitada de costas, observando-o.

— Você está bem? — perguntou ela.

— Sim. Estou.

— Você não está brilhando.

— Não — ele confirmou. Olhou para as mãos. — Não funcionou. Foi maravilhoso. Mas o poder não voltou. Não há nada lá.

Ela se virou para o lado, encarando-o.

— Ah, não. — Ela acariciou o rosto dele. — Sinto muito.

— Tudo bem — ele disse. — De verdade. Passei os últimos seis meses hesitando, com medo de que o poder voltasse, depois com medo de que não voltasse. Ao menos agora eu sei. — Ele a beijou no pescoço. — Ouça. Precisamos falar sobre o bebê.

— Podemos conversar, mas não estou esperando nada de você, certo? Quer dizer, eu devia ter lhe falado algumas coisas antes. Tem um cara na excursão, o nome dele é McCoy. É o cinegrafista desse documentário que estamos fazendo. Parece que as coisas estão ficando sérias entre a gente. Ele sabe sobre o bebê e não se importa.

— Ah — disse Fortunato. — Eu não sabia.

— Tivemos uma briga horrível uns dias atrás. E ver você de novo... bem, aquilo foi realmente especial, aquela noite em Nova York. Você é um cara e tanto. Mas sabe que não poderia acontecer nada de permanente entre nós.

— Não — Fortunato admitiu. — Acho que não. — A mão dele se moveu como num reflexo para acariciar sua barriga inchada, acompanhando as veias azuis contra a pele pálida. — É bizarro. Nunca quis filhos. Mas agora que está acontecendo, não é como eu pensei que fosse. É como se não importasse o que eu quero. Sou responsável. Mesmo que eu nunca veja a criança, ainda sou responsável e sempre serei.

— Não torne as coisas mais difíceis do que precisam ser. Não faça com que eu me arrependa de ter ido atrás de você.

— Não. Quero apenas saber que você vai ficar bem. Você e o bebê.

— O bebê está bem. Tirando o fato de que nenhum de nós tem um sobrenome para dar a ele.

Uma batida na porta. Fortunato ficou tenso, de repente sentindo-se deslocado.

— Per? — disse a voz de Tachyon. — Per, você está aí?

— Um minuto — ela respondeu. Vestiu um roupão e entregou as roupas a Fortunato. Ele ainda estava abotoando a camisa quando ela abriu a porta.

Tachyon olhou para Peregrina, para a cama desarrumada, para Fortunato.

— Você — ele disse. Balançou a cabeça como se sua pior suspeita tivesse se provado correta. — Per me disse que você estava… ajudando.

Ciumento, homenzinho? Fortunato pensou.

— É isso — ele respondeu.

— Bem, espero que eu não tenha interrompido. — Ele olhou para Peregrina. — O ônibus para o santuário de Meiji deve sair em quinze minutos. Se você for.

Fortunato o ignorou, foi até Peregrina e beijou-a delicadamente.

— Eu te ligo — ele falou —, quando souber de alguma coisa.

— Tudo bem. — Ela apertou a mão dele. — Tome cuidado.

Ele passou por Tachyon para sair no corredor. Um homem com uma tromba de elefante no lugar do nariz estava esperando lá fora.

— Des — Fortunato falou. — Que bom ver você. — Aquilo não era totalmente verdade. Des parecia terrivelmente velho, as bochechas afundadas, o volume do corpo derretendo. Fortunato perguntou-se se suas próprias dores eram tão óbvias.

— Fortunato — Des respondeu. Eles se cumprimentaram com um aperto de mãos. — Há quanto tempo.

— Não achei que você sairia de Nova York.

— Eu tinha a obrigação de ver um pouco do mundo. A idade acaba pegando a gente de jeito.

— Sim — Fortunato disse. — Não é brincadeira.

— Bem — Des falou. — Tenho que ir para o ônibus da excursão.

— Claro — disse Fortunato. — Eu te acompanho.

Houve um tempo em que Des era um de seus melhores clientes. Parecia que aqueles tempos haviam acabado.

Tachyon os alcançou no elevador.

— O que você *quer*? — Fortunato perguntou. — Não pode me deixar sozinho?

— Per me contou sobre seus poderes. Eu vim para dizer que sinto muito. Sei que você me odeia. Embora eu realmente não saiba por quê. Suponho que seja a maneira que me visto, o jeito que me comporto, é algum tipo de ameaça obscura à sua masculinidade. Ou pelo menos você escolheu ver isso dessa forma. Mas é sua cabeça, não a minha.

Fortunato balançou a cabeça, irritado.

— Preciso apenas de um segundo. — Tachyon fechou os olhos. O elevador apitou e as portas se abriram.

— Seu segundo acabou — Fortunato disse. Contudo, não se mexeu. Des entrou, lançando para Fortunato um olhar consternado, e o elevador fechou as portas. Fortunato ouviu os cabos estalando atrás de portas com padronagem de bambu.

— Seu poder ainda está aí.

— Bobagem.

— Você o está prendendo dentro de si. Sua mente é cheia de conflitos e contradições que o retêm.

— Usei tudo que tinha na luta com o Astrônomo. Caí vazio. O fundo do poço. Limpo. Nada restou para recarregar. Como gastar a bateria de um carro. Nem uma chupeta resolve. Acabou.

— Para usar sua metáfora, até mesmo uma bateria carregada não é acionada se a chave de ignição estiver desligada. E a chave — disse Tachyon apontando para a testa do outro — está aí dentro. — Ele se afastou, e Fortunato bateu com tudo no botão do elevador com a palma da mão.

Ele ligou para Hiram do saguão.

— Venha até aqui — falou Hiram. — Eu te encontro na frente do prédio.

— O que foi?

— Apenas venha.

Fortunato pegou um táxi e encontrou Hiram andando de um lado para o outro na frente da fachada cinzenta do Akasaka Shanpia.

— O que houve?

— Entre e veja — Hiram pediu.

O quarto parecia ruim antes, mas agora estava um desastre. As paredes estavam manchadas com creme de barbear, as gavetas da cômoda haviam sido jogadas num canto, os espelhos estavam quebrados e o colchão rasgado em pedaços.

— Nem vi acontecer. Eu estava aqui o tempo todo e não vi.

— Do que você está falando? Como não viu acontecer?

Os olhos de Hiram eram frenéticos.

— Fui ao banheiro por volta das nove da manhã e peguei um copo d'água. Sei que até aí estava tudo bem. Voltei para cá e liguei a TV, assisti talvez por meia hora. Daí ouvi algo como uma porta batendo. Ergui os olhos e o quarto estava do jeito que você está vendo. E esse bilhete estava no meu colo.

O bilhete estava em inglês: "A hora zero chega amanhã. Você pode morrer fácil assim. Homem-Zero".

— Então, é um ás.

— Não vai acontecer de novo — falou Hiram. Obviamente nem mesmo ele acreditava. — Sei o que esperar. Ele não vai me enganar duas vezes.

— Não podemos arriscar. Deixe tudo aqui. Você pode comprar roupas novas hoje à tarde. Quero que você saia e não pare em lugar nenhum. Por volta das dez horas entre no primeiro hotel que vir e peça um quarto. Ligue para Peregrina e diga a ela onde você está.

— Ela... ela sabe o que aconteceu?

— Não. Sabe que é um problema de dinheiro. E isso é tudo.

— Tudo bem. Fortunato, eu...

— Esqueça — interrompeu Fortunato. — Só não pare.

A sombra da figueira-de-bengala dava um pouco de frescor à manhã. Lá em cima, o céu leitoso estava encoberto de névoa. *Sumoggu*, como eles chamavam. Era fácil perceber o que os japoneses pensavam do Ocidente pelas palavras que pegavam emprestadas: *rashawa*, hora do rush; *sarariman*, executivo assalariado; *toire*, toalete.

Ajudava estar ali, nos Jardins Imperiais, um oásis de calma no coração de Tóquio. O ar era mais fresco, embora os botões das cerejeiras só fossem abrir dali a um mês. Quando abrissem, a cidade inteira sairia com suas câmeras. Diferentemente dos nova-iorquinos, os japoneses conseguiam apreciar a beleza que estava diante deles.

Fortunato terminou o último pedaço de camarão cozido de sua *bentô*, a embalagem com o almoço que acabara de comprar fora do parque, e jogou-a fora. Não conseguia se acalmar. O que queria era falar com o *roshi*, Dogen. Mas Dogen estava a um dia e meio de distância, e ele teria que pegar um avião, trem, ônibus e ainda caminhar para chegar lá. Peregrina estava impossibilitada pela gravidez e ele duvidava que Mistral fosse forte o bastante para uma viagem de ida e volta de quase dois mil quilômetros. Não havia maneira de chegar até Hokkaido e voltar a tempo para ajudar Hiram.

A alguns metros de distância, um senhor arava o cascalho em um jardim ornamental com um ancinho de bambu gasto. Fortunato pensou na disciplina física implacável de Dogen: a caminhada de 38 mil quilômetros, equivalente a uma volta na Terra, com duração de mil dias, ao redor do monte Tanaka; o sentar-se constante, a imobilidade perfeita sobre o duro assoalho de madeira do templo; o arar infinito do jardim ornamental de pedras do mestre.

Fortunato foi até o senhor.

— *Sumi-masen* — disse ele, apontando para o ancinho. — Posso?

O velho entregou o ancinho a Fortunato. Parecia não conseguir decidir se estava com medo ou se divertia. Havia vantagens, Fortunato pensou, em ser um estrangeiro entre as pessoas mais educadas da Terra. Começou a arar o cascalho, tentando erguer a menor quantidade possível de poeira, tentando formar linhas harmoniosas no cascalho apenas por meio da força de vontade, canalizada incidentalmente através do ancinho. O senhor foi até a figueira-de-bengala e sentou-se.

Enquanto trabalhava, Fortunato imaginou Dogen. Parecia jovem, mas a maioria dos japoneses parecia jovem para Fortunato. Sua cabeça estava raspada a ponto de brilhar, o crânio formado de planos e ângulos, as bochechas formando covinhas quando falava. As mãos formavam *mudras* aparentemente por vontade própria, os dedos indicadores esticados para tocar as pontas dos polegares quando não tinham nada mais a fazer.

Por que me chamou?, disse a voz de Dogen dentro da cabeça de Fortunato.

Mestre!, Fortunato pensou.

Ainda não sou seu mestre, disse a voz de Dogen. *Você ainda vive no mundo.*

Não sabia que o senhor tinha poder para fazer isso, Fortunato pensou.

Não é o meu poder. É o seu. Sua mente veio até mim.

Não tenho poder, respondeu Fortunato.

Você está cheio de poder. Parece pimenta chinesa dentro da minha cabeça. Por que eu não consigo senti-lo?

Você se escondeu dele, do jeito que o gordo tenta se esconder dos yakitori *ao redor dele. Assim funciona o mundo. O mundo exige que você tenha poder, e ainda assim o uso dele faz você se envergonhar. É como o Japão está agora. Nós nos tornamos muito poderosos no mundo e, para fazê-lo, abdicamos de nossos sentimentos espirituais. Você precisa tomar uma decisão. Se quiser viver no mundo, precisa admitir seu poder. Se quiser alimentar seu espírito, precisa deixar o mundo. Agora mesmo, você está se dividindo em pedaços.*

Fortunato ajoelhou no cascalho e fez uma grande reverência. *Domo arigatô, o sensei. Arigatô* significa "obrigado", mas, literalmente, significa "isso machuca". Fortunato sentiu a verdade dentro das palavras. Se não tivesse acreditado em Dogen, não teria ferido tanto. Ele ergueu os olhos e viu o velho jardineiro encarando-o com medo abjeto, mas ao mesmo tempo fazendo uma série de pequenas mesuras nervosas para não parecer grosseiro. Fortunato sorriu para ele e fez outra grande reverência.

— Não se preocupe — disse ele em japonês. Ergueu-se e entregou ao velho seu ancinho. — Apenas outro *gaijin* maluco.

Seu estômago doía novamente. Não era a *bentô*, ele sabia. Era o estresse em sua mente, devorando o corpo por dentro.

Estava de volta a Harumi-Dori, seguindo na direção de Ginza. Esteve perambulando por horas, enquanto o sol se punha e a noite florescia ao seu redor. A cidade parecia uma floresta eletrônica. As placas longas e verticais amontoavam-se pela extensão da rua, piscando ideogramas e caracteres latinos escritos em inglês em neon reluzente. As ruas estavam cheias de japoneses em roupas de ginástica ou jeans e camisas esporte. Junto com os cidadãos normais estavam os *sararimen* em seus ternos simples e cinzentos.

Fortunato parou para se recostar em um dos graciosos postes em forma de "f". *Aqui está*, ele pensou, *em toda a sua glória*. Não havia um lugar mais mundano no planeta, nenhum lugar mais obcecado por dinheiro, aparelhos eletrônicos, bebidas e sexo. E a algumas horas de distância havia os templos no meio de pinheirais, onde homens estavam sentados sobre os calcanhares e tentavam transformar a mente em rios ou poeira ou luzes estelares.

Decida-se, disse a si mesmo. Precisa tomar sua decisão.

— *Gaijin-san*! Você gosta de garota? Garota bonita?

Fortunato virou-se. Era um vendedor de um Pinku Saron, uma instituição japonesa única na qual o cliente paga pela hora por saquê à vontade e uma *jo-san* de topless. Ela sentava passivamente em seu colo, enquanto ele acariciava seus seios e bebia até ficar num estado no qual estivesse preparado para ir para casa, enfrentar a esposa. Aquilo era, Fortunato concluiu, um presságio.

Ele pagou três mil ienes por meia hora e caminhou até um corredor obscuro. A mão suave tomou a sua e levou-o para o subterrâneo, numa sala completamente escura e cheia de mesas e outros casais. Fortunato ouvia negócios sendo discutidos ao seu redor. Sua promoter levou-o para uma das pontas do salão e sentou-o com as pernas enfiadas sob uma mesa baixa, as costas apoiadas num encosto de madeira. Então, graciosamente, acomodou--se no colo dele. Ele ouvia o farfalhar do quimono quando ela o abriu para liberar os seios.

A mulher era pequena e cheirava a pó compacto, sabonete de sândalo e, levemente, a suor. Fortunato esticou a mão e tocou o rosto dela, os dedos percorrendo as linhas do queixo. Ela não prestava atenção.

— Saquê? — perguntou ela.

— Não — respondeu Fortunato. — *I-ie, domo.* — Os dedos dele seguiram os músculos do pescoço até os ombros da mulher, além das margens do quimono, então desceram. As pontas dos dedos resvalaram levemente sobre os seios pequenos e delicados, os mamilos pequeninos endurecidos ao toque. A mulher ria nervosamente, levando uma das mãos à boca. Fortunato deitou a cabeça entre os seios e inalou o aroma de sua pele. Era o cheiro do mundo. Era hora de fugir ou se render, e ele se recostou num canto, sem forças para resistir.

Delicadamente, ele puxou o rosto dela e a baixou. Seus lábios eram firmes, nervosos. Ela riu de novo. No Japão, eles chamam o beijo de *suppun*, a prática exótica. Apenas adolescentes e estrangeiros o faziam. Fortunato beijou-a novamente, sentindo-se enrijecer e a eletricidade passar através dele para a mulher. Ela parou de rir e começou a tremer. Fortunato estava trêmulo também. Conseguia sentir a serpente, *kundalini*, começar a despertar. Movia-se ao redor de sua virilha e começou a desenrolar-se pela espinha. Lentamente, como se ela não entendesse o que estava fazendo ou por quê, a mulher o tocou com suas mãozinhas, pousando-as atrás do pescoço dele. Sua língua o tocava levemente nos lábios, no queixo e nas pálpebras. Fortunato desamarrou o quimono e abriu-o. Ele a ergueu facilmente pela cintura e sentou-a na ponta da mesa, encaixando as pernas dela sobre seus ombros, curvando-se para abri-la com a língua. O gosto dela era apimentado, exótico, e em segundos ela se animou embaixo dele, quente e úmida, seus quadris movendo-se involuntariamente.

Ela empurrou a cabeça dele para longe e inclinou-se para a frente, abrindo as calças de Fortunato. Ele a beijou nos ombros e no pescoço. Ela gemia com suavidade. Não parecia haver ninguém mais na sala quente e lotada, ninguém mais no mundo. Estava acontecendo, Fortunato pensou. Ele já conseguia ver um pouco na escuridão, o rosto liso e quadrado da garota, as linhas começando a aparecer sob os olhos, ver como ela a transferiu para a escuridão do *Pinku Saron*, querer ainda mais a mulher pelo desejo de poder vê-la por dentro às escondidas. Ele a abaixou sob si. Ela arfou quando ele a penetrou, os dedos enterrando-se nos ombros dele, e os olhos se revirando.

Sim, ele pensou. *Sim, sim, sim. O mundo. Eu me rendo.* O poder crescia dentro dele como lava derretida.

Passava um pouco das dez quando ele caminhou até o Berni Inn. A garçonete, aquela que lhe dissera chamar-se Megan, tinha acabado de sair da cozinha. Ela estacou quando viu Fortunato. A garçonete atrás dela quase a atropelou com uma bandeja de tortas de carne.

Ela encarou a testa dele. Fortunato não se viu para saber que sua testa inchara novamente, destacando-se com o poder do seu *rasa*. Atravessou o recinto até ele.

— Vá embora — ela falou. — Não quero falar com você.

— A boate — Fortunato disse. — Aquela com a placa do pato. Você sabe onde é.

— Não. Eu nunca…

— Me diga onde é — ele ordenou.

Toda a expressão no rosto da mulher desapareceu.

— Do outro lado de Roppongi. À direita, no posto policial, desça dois quarteirões, então à esquerda, meio quarteirão. O bar na frente se chama Takahashi's.

— E o lugar no fundo? Como se chama?

— Não tem nome. É um ponto de encontro da Yakuza. Não é Yamaguchi-gumi, nenhuma dessas gangues grandes. Apenas um pequeno clã.

— Então, por que você tem tanto medo deles?

— Eles têm um ninja, um guerreiro das sombras. É um daqueles… como vocês chamam? Um ás. — Ela olhou para a testa de Fortunato. — Como você, não é? Dizem que ele já matou centenas. Ninguém jamais o viu. Ele poderia estar neste bar agora mesmo. Se não agora, estará mais tarde. Vai me matar por ter te contado.

— Você não entende — falou Fortunato. — Eles querem me ver. Eu só consegui o que eles querem.

Era do jeito que Hiram havia descrito. O corredor era de gesso cinza cru e a porta no final era estofada com courino turquesa com grandes botões de latão. Lá dentro, uma das promoters veio tirar o casaco de Fortunato.

— Não — ele disse em japonês. — Quero ver o *oyabun*. É importante. — Ela ficou parada, um pouco surpresa apenas com sua aparência. Sua grosseria era mais do que ela podia lidar.

— *W... wa... wakarimasen* — ela gaguejou.

— Sim, entendeu. Entendeu muito bem. Vá e diga ao seu chefe que preciso falar com ele. Agora.

Ele esperou perto da entrada. A sala era longa e estreita, com teto baixo e azulejos espelhados na parede esquerda, sobre uma fileira de cabines. Havia um balcão na outra parede, com banquetas cromadas como de uma lanchonete. A maioria dos homens era de coreanos, em ternos baratos de poliéster e gravatas largas. As beiradas das tatuagens apareciam em volta das golas e punhos de camisa. Sempre que olhavam para ele, Fortunato encarava de volta e eles se afastavam.

Eram onze horas. Mesmo com o poder se movendo dentro dele, Fortunato estava um pouco nervoso. Era estrangeiro até a alma no meio da fortaleza inimiga. Não estou aqui para causar problemas, disse a si mesmo. Estou aqui para pagar a dívida de Hiram e ir embora.

E, em seguida, ele pensou: tudo vai dar certo. Não era nem meia-noite de quarta-feira, e o negócio de Hiram estava quase acertado. Na sexta-feira, o 747 partiria para a Coreia e para a União Soviética, levando Hiram e Peregrina. E, então, ele estaria sozinho, pronto para pensar sobre os próximos passos. Ou talvez devesse entrar no avião, voltar para Nova York. Peregrina disse que não tinham um futuro juntos, mas talvez não fosse verdade.

Ele amava Tóquio, mas Tóquio nunca o amaria. Ela satisfaria todas as necessidades dele, daria a ele grande liberdade em troca da menor tentativa de cortesia, o deixaria zonzo com sua beleza, o exauriria com seus prazeres sexuais únicos. Mas ele sempre seria um *gaijin*, um estrangeiro, nunca teria uma família em um país onde a família é mais importante que qualquer outra coisa.

A promoter agachou-se ao lado da última cabine, falando com um japonês de cabelos longos com permanente e terno de seda. Não havia dedinho em sua mão esquerda. A Yakuza costumava cortar dedos para expiar os erros. Os rapazes mais jovens, Fortunato ouvira falar, não concordavam muito com a ideia. Fortunato suspirou e caminhou até a mesa.

O *oyabun* estava sentado perto da parede. Fortunato imaginou que tinha cerca de quarenta anos. Havia duas *jo-san* perto dele, e outra diante dele entre um par de guarda-costas corpulentos.

— Deixe-nos a sós — ordenou Fortunato à promoter. Ela se afastou enquanto protestava. O primeiro guarda-costas levantou-se para expulsar Fortunato. — Vocês também — falou Fortunato, fazendo contato visual com cada um deles e com cada garota.

O *oyabun* observou tudo com um sorriso silencioso. Fortunato curvou--se diante dele. O *oyabun* meneou com a cabeça e disse:

— Meu nome é Kanagaki. Quer se sentar?

Fortunato sentou-se diante dele.

— O *gaijin* Hiram Worchester me enviou aqui para pagar sua dívida — Fortunato pegou o talão de cheques. — O valor, acredito eu, é de 2 milhões de ienes.

— Ah — disse Kanagaki. — Outro "ás". Vocês nos divertiram bastante. Especialmente o camarada pequeno de cabelo ruivo.

— Tachyon? O que ele tem a ver com isso?

— Com isso? — Ele apontou para o talão de Fortunato. — Nada. Mas muitas *jo-san* tentaram lhe dar prazer nos últimos dias. Parece que ele estava tendo problemas em desempenhar sua masculinidade.

Tachyon?, Fortunato pensou. *Ficou brocha?* Ele quis rir. Certamente aquilo explicava o humor péssimo do baixinho.

— Isso não tem nada a ver com ases — falou Fortunato. — São negócios.

— Ah, negócios. Muito bem. Vamos acertar isso como um negócio. — Ele olhou para o relógio e sorriu. — Sim, o valor é de 2 milhões de ienes. Em poucos minutos serão 4 milhões. Uma pena. Duvido que terá tempo de trazer o *gaijin* Worchester-*san* aqui antes da meia-noite.

Fortunato balançou a cabeça.

— Não há necessidade de Worchester-*san* estar aqui pessoalmente.

— Há sim. Sentimos que há uma questão de honra em jogo aqui.

Fortunato encarou o homem.

— Estou pedindo ao senhor para fazer o necessário. — Ele fez da frase tradicional uma ordem. — Eu darei o dinheiro ao senhor. A dívida será cancelada.

A vontade de Kanagaki era muito forte. Ele quase conseguiu dizer as palavras que estava tentando soltar da garganta. Em vez disso, falou numa voz abafada.

— Honrarei a sua presença.

Fortunato fez o cheque e entregou-o a Kanagaki.

— O senhor me entende. A dívida está cancelada.

— Sim — respondeu Kanagaki. — A dívida está cancelada.

— O senhor tem um homem a seu serviço. Um assassino. Acho que ele chama a si mesmo de Homem-Zero.

— Mori Riishi. — Ele deu o nome à moda japonesa, primeiro o sobrenome.

— Worchester-*san* não sofrerá nada. Ele não deve sofrer nada. Este Homem-Zero, Mori, ficará longe dele.

Kanagaki ficou em silêncio.

— O que foi? — Fortunato questionou. — O que foi que o senhor não quer falar?

— É tarde demais. Mori já saiu. O *gaijin* Worchester vai morrer à meia-noite.

— Jesus! — exclamou Fortunato.

— Mori vem para Tóquio com uma grande reputação, mas não temos prova. Ele ficou muito preocupado em causar uma boa impressão.

Fortunato lembrou que não havia verificado com Peregrina.

— Qual hotel? Em qual hotel Worchester-*san* está hospedado?

Kanagaki estendeu as mãos.

— Quem sabe?

Fortunato começou a se levantar. Enquanto esteve conversando com Kanagaki, os guarda-costas voltaram com reforços. Cercaram a mesa. Fortunato não poderia perder tempo com eles. Formou um triângulo de energia ao redor de si e correu para a porta, empurrando-os para o lado enquanto escapava.

Lá fora, a Roppongi ainda estava lotada. Na estação Shinjuku, os boêmios bêbados estariam tentando abrir caminho até os últimos trens da noite. Na de Ginza, eles estariam fazendo fila nos pontos de táxi. Faltavam dez minutos para a meia-noite. Não havia tempo.

Ele deixou seu corpo astral se soltar e partiu como um foguete noite adentro na direção do Hotel Imperial. O neon, o vidro espelhado e os detalhes cromados ficaram borrados quando ele ganhou velocidade. Não reduziu até atravessar a parede do hotel e subir ao quarto de Peregrina. Ele se deixou ficar visível, uma imagem brilhante, rósea e dourada do seu corpo físico.

Peregrina, ele pensou.

Ela rolou na cama, abriu os olhos. Fortunato viu, com uma espécie de pontada pequena, distante, que ela não estava sozinha. *Preciso saber onde está Hiram.*

— Fortunato? — sussurrou ela, então o viu. — Ai, meu Deus.

Depressa. O nome do hotel.

— Espere um minuto. Anotei aqui. — Ela caminhou nua até o telefone. O corpo astral de Fortunato ficava livre de desejo e fome, mas ainda assim a visão dela mexia com ele. — Ginza Dai-Ichi. Quarto oito, zero, um. Ele disse que é um prédio grande em forma de "h" ao lado da estação Shimbashi...

Sei onde é. Me encontre lá o mais rápido que puder. Traga ajuda.

Ele não pôde esperar resposta. Voltou de uma vez ao corpo físico e alçou voo.

Odiava o espetáculo que aquilo causava. Estar no Japão fez dele um homem mais discreto do que era em Nova York. Mas não havia escolha. Levitou direto para o céu, alto o bastante para não conseguir divisar os rostos virados para cima, e descreveu um arco na direção do Hotel Dai-Ichi.

Ele chegou à porta do quarto de Hiram meia-noite em ponto. A porta estava trancada, mas Fortunato arrancou os parafusos com a mente, rompendo a madeira ao redor deles.

Hiram estava sentado na cama.

— Que...

Fortunato parou o tempo.

Era como um trem freando. Os incontáveis sons mínimos do hotel diminuíram até um grunhido profundo, então pararam no silêncio entre as batidas. A própria respiração de Fortunato havia parado.

Não havia ninguém no quarto além de Hiram. Doía para Fortunato virar a cabeça; para Hiram teria sido como se ele se movesse num borrão de velocidade. As portas de correr do banheiro estavam abertas. Fortunato não conseguia ver ninguém lá.

Então ele se lembrou de como o Astrônomo era capaz de esconder-se dele de forma que Fortunato não o visse. Deixou o tempo começar a girar novamente bem devagar. Ergueu as mãos, lutando com o ar pesado e viscoso, e esquadrinhou o quarto, fazendo um quadrado vazio com os dedões e os indicadores. Ali estava o armário, as portas fechadas. Ali estava um pedaço da parede com motivos de bambu com nada pendurado nela. Ali estava o pé da cama e a ponta de uma espada samurai movendo-se lentamente na direção da cabeça de Hiram.

Fortunato lançou-se para a frente. O corpo parecia levar uma eternidade para se erguer no ar na direção de Hiram. Ele abriu os braços e jogou Hiram ao chão, sentindo algo duro raspar a sola dos seus sapatos. Ele rolou sobre as costas e viu lençóis e colchão partirem-se em dois.

A espada, ele pensou. Uma vez convencido de que estava lá, conseguia vê-la. Agora o braço, pensou, e lentamente o homem inteiro tomou forma diante dele, um jovem japonês de camisa branca, calças de algodão cinza e pés descalços.

Ele deu partida no tempo novamente antes que o esforço o exaurisse por completo. Ouviu passos no corredor. Estava com medo de desviar o olhar, com medo de que pudesse perder o assassino de novo.

— Largue a espada — ordenou Fortunato.

— Você pode me ver — disse o homem em inglês. Virou-se para olhar para a porta.

— Abaixe a espada — disse Fortunato, transformando as palavras em ordem, mas era tarde demais. Ele não tinha mais contato visual, e o homem resistiu a ele.

Sem pensar, Fortunato olhou para a porta. Era Tachyon, de pijama de seda vermelho, Mistral atrás dele. Tachyon estava entrando no quarto, e Fortunato sabia que o pequeno alienígena estava prestes a morrer.

Olhou para trás, para Mori. Ele havia desaparecido. Fortunato ficou gelado com o pânico. *A espada*, ele pensou. *Encontre a espada*. Olhou onde a espada teria de estar se estivesse partindo na direção de Tachyon e reduziu o tempo novamente.

Lá. A lâmina, curvada e incrivelmente afiada, o aço ofuscando como a luz do sol. *Venha até mim*, Fortunato pensou. Ele puxou a lâmina com a mente.

Queria apenas tirá-la das mãos de Mori. Subestimou o próprio poder. A lâmina deu um giro completo, quase atingindo Tachyon. Rodou entre dez e quinze vezes para finalmente se enterrar na parede atrás da cama.

Em algum momento, ela fatiara o topo da cabeça de Mori.

Fortunato protegeu-os com seu poder até estarem na rua. Foi o mesmo truque que o Homem-Zero usou. Ninguém os viu. Deixaram o cadáver de Mori no quarto, o sangue encharcando o carpete.

Um táxi estacionou, e Peregrina saiu. O homem que estava na cama com ela saiu em seguida. Era um pouco menor que Fortunato, com cabelos loiros e um bigode. Ficou ao lado de Peregrina, e ela tomou a mão dele.

— Tudo bem? — perguntou ela.

— Sim — respondeu Hiram. — Tudo bem.

— Isso significa que você vai voltar para a excursão?

Hiram olhou para os outros.

— Sim, acho que vou.

— Que bom — disse Peregrina, percebendo de repente como todos estavam sérios. — Todos estávamos preocupados com você.

Hiram assentiu.

Tachyon se aproximou de Fortunato.

— Obrigado — disse ele em voz baixa. — Não apenas por salvar minha vida. Você provavelmente salvou a viagem também. Outro incidente violento, depois do Haiti, da Guatemala e da Síria… bem, teria acabado com tudo que estamos tentando conquistar.

— Com certeza — disse Fortunato. — Acho que não devemos ficar aqui por muito tempo. Não há por que dar chance ao azar.

— Não — Tachyon concordou. — Acho que não.

— Hum, Fortunato — disse Peregrina. — Josh McCoy.

Fortunato apertou a mão dele e acenou com a cabeça. McCoy sorriu e deu a mão de novo para Peregrina.

— Ouvi falar bastante de você.

— É sangue na sua camisa — Peregrina confirmou. — O que houve?

— Nada — respondeu Fortunato. — Acabou.

— Tanto sangue — falou Peregrina. — Como com o Astrônomo. Tem tanta violência em você. Isso me assusta às vezes.

Fortunato não disse nada.

— Então — disse McCoy. — O que acontece agora?

— Acho — falou Fortunato — que eu e G. C. Jayewardene vamos ver um homem num mosteiro.

— Tá brincando? — McCoy quis saber.

— Não — falou Peregrina. — Não acho que esteja. — Ela olhou para Fortunato por um bom tempo, e em seguida disse: — Cuide-se, ouviu?

— Claro — respondeu Fortunato. — Como seria diferente?

— Aí está — disse Fortunato. O mosteiro estendia-se pela encosta inteira, e além dele havia jardins de pedra e campos em nível. Fortunato tirou a neve de uma pedra às margens da trilha e se sentou. A cabeça estava limpa e o estômago quieto. Talvez fosse apenas o ar puro da montanha. Talvez fosse algo mais.

— É muito bonito — disse Jayewardene, agachando-se.

A primavera não chegaria a Hokkaido antes de um mês e meio. Contudo, o céu estava claro. Claro o bastante para ver, por exemplo, um 747 a muitas e muitas milhas de distância. Mas os 747 não voavam sobre Hokkaido. Especialmente aqueles que seguiam para a Coreia, quase a 1.600 quilômetros a sudoeste.

— O que aconteceu na quarta-feira à noite? — perguntou Jayewardene depois de alguns minutos. — Houve todo tipo de comoção e, quando acabou, Hiram estava de volta. Quer falar sobre isso?

— Não há muito a dizer — respondeu Fortunato. — Gente brigando por dinheiro. Um garoto morreu. Ele nunca matara ninguém, como soube depois. Era muito jovem, estava muito assustado. Apenas queria fazer um bom trabalho, corresponder a uma reputação que inventara para si. — Fortunato ergueu os ombros. — É o jeito do mundo. Esse é o tipo de coisa que sempre vai acontecer num lugar como Tóquio. — Ele se levantou, tirando a sujeira da calça. — Está pronto?

— Sim — disse Jayewardene. — Esperei por isso muito tempo.

Fortunato assentiu com a cabeça.

— Então, vamos em frente.

Do diário de Xavier Desmond

21 de março, a caminho de Seul:

Um rosto do meu passado me confrontou em Tóquio e vem atormentando minha mente desde então. Dois dias atrás, decidi que o ignoraria e as questões levantadas com a presença dele, que não faria menção a ele neste diário.

Fiz planos de oferecer este volume para que fosse publicado depois da minha morte. Não espero virar um best-seller, mas pensei que a quantidade de celebridades a bordo do *Cartas Marcadas* e os diversos eventos importantes pelos quais passamos atrairia ao menos um pouco de interesse no grande público norte-americano, então minha obra poderia encontrar seus leitores. Quaisquer *royalties,* mesmo modestos, que ela gerar serão bem-vindos pela LADC, à qual destinei todo o meu espólio.

Ainda assim, mesmo que eu esteja bem morto e enterrado antes que qualquer pessoa leia estas palavras, hesito em escrever sobre Fortunato. Pode chamar de covardia, se quiser. Os curingas são notórios covardes, a julgar pelas piadas cruéis que não permitem passar na televisão. Posso facilmente justificar minha decisão de não falar nada sobre Fortunato. Meus acordos com ele durante todos esses anos foram questões particulares, tendo pouco a ver com política ou assuntos mundiais ou com as questões que tentei abordar neste diário, tampouco têm a ver com esta viagem.

De qualquer forma, sinto-me livre, nestas páginas, para repetir a fofoca que circulou inevitavelmente no avião, para relatar os diversos pontos fracos e indiscrições do Dr. Tachyon, Peregrina, Jack Braun e Digger Downs e de todo o restante. Posso realmente fingir que as fraquezas deles são de interesse público e as minhas não são? Talvez pudesse... o público sempre sentiu fascinação por ases e repulsa por curingas... mas não farei isso. Quero que este diário seja honesto, verdadeiro. E desejo que os leitores entendam um pouco de como foi viver quarenta anos como um curinga. E, para fazê-lo, preciso falar sobre Fortunato, não importa o quanto possa me envergonhar.

Fortunato agora vive no Japão. Ajudou Hiram de alguma forma obscura depois de Hiram deixar a excursão de forma repentina e bastante misteriosa em Tóquio. Não vou fingir que sei dos detalhes, tudo foi cuidadosamente abafado. Hiram parecia quase ele mesmo quando voltou ao grupo em Calcutá, mas voltou a se deteriorar bem rápido, e parece pior a cada dia. Tornou-se volátil e desagradável, e dissimulado. Mas não falarei sobre Hiram, de quem os inimigos não sabem nada. O ponto é que Fortunato se envolveu no assunto de alguma forma e veio ao nosso hotel, onde falei com ele por alguns momentos no corredor. Foi tudo que houve... agora. Mas, nos anos passados, Fortunato e eu tivemos outros acordos.

Perdoem-me. É difícil. Sou velho e curinga, e a idade e a deformidade me deixaram sensíveis. Minha dignidade é tudo que me restou, e estou prestes a abdicar dela.

Eu estava escrevendo sobre autodepreciação.

Este é o momento para verdades difíceis, e a primeira delas é que muitos limpos odeiam curingas. Alguns desses são vermes, sempre prontos para odiar qualquer coisa diferente. Nesse sentido, nós, curingas, não somos diferentes de qualquer outra minoria oprimida; somos todos odiados com a mesma peçonha honesta por aqueles predispostos a odiar.

Existem outros limpos, contudo, que são mais predispostos à tolerância, que tentam ver o ser humano que existe por baixo da superfície. Pessoas de boa vontade, que não odeiam, pessoas generosas bem-intencionadas como... bem, como o Dr. Tachyon e Hiram Worchester para escolher dois exemplos próximos. Esses dois cavalheiros provaram, com o passar dos anos, que se importam profundamente com os curingas no abstrato. Hiram através de suas obras beneficentes anônimas, Tachyon por seu trabalho na clínica. E, ainda assim, os dois, estou convencido, ficam tão enojados com a simples deformidade física da maioria dos curingas quanto Nur al-Allah ou Leo Barnett. É possível ver isso em seus olhos, não importa o quanto se esforcem para ser imparciais e cosmopolitas. Alguns de seus melhores amigos são curingas, mas eles não gostariam que uma irmã deles se casasse com um.

Esta é a primeira verdade indizível da condição de curinga.

Como seria fácil criticar esse fato, condenar homens como Tachy e Hiram pela hipocrisia e pelo "formismo" (uma palavra horrível cunhada por um ativista curinga especialmente idiota e assumida pelos Curingas por uma Sociedade Justa, de Tom Miller, no seu auge). Fácil, e errado. São homens decentes, mas ainda assim apenas homens, e não podem ser diminuídos por terem sentimentos humanos normais.

Porque, vejam, a segunda verdade indizível da condição de curinga é que, não importa o quanto curingas irritem os limpos, nós nos irritamos uns com os outros ainda mais.

A autodepreciação é a pestilência psicológica específica do Bairro dos Curingas, uma doença que muitas vezes é fatal. A principal causa de morte entre curingas abaixo dos cinquenta anos é, e sempre foi, o suicídio. Isso apesar do fato de que praticamente toda doença conhecida pelo homem é mais séria quando contraída por um curinga, pois a química e o formato do nosso corpo variam tanto e de forma tão imprevisível que nenhum tratamento é realmente seguro.

No Bairro dos Curingas é quase impossível encontrar um lugar para se comprar um espelho, mas existem lojas de máscaras em cada quarteirão.

Se isso não for prova suficiente, considere os nomes concedidos. Apelidos, assim os chamam. São mais do que isso. São holofotes sobre as profundezas reais da autodepreciação curinga.

Se este diário deve ser publicado, pretendo insistir que o título seja *O diário de Xavier Desmond*, não *O diário de um curinga* ou qualquer variação dessas. Sou um homem, um homem especial, não um curinga genérico. Nomes são importantes; são mais do que simplesmente palavras, eles formam e colorem as coisas que nomeiam. As feministas perceberam isso muito tempo atrás, mas os curingas ainda não compreenderam.

Fiz questão, durante todos esses anos, de responder apenas ao meu nome, e a nenhum mais, ainda assim conheço um dentista curinga que chama a si mesmo de Cara de Peixe, um talentoso pianista de *ragtime* que responde a Saco de Gato, e um matemático curinga brilhante que assina seus artigos como Geleia. Até nesta excursão eu estou na companhia de três pessoas chamadas Crisálida, Troll e Padre Lula.

Claro, não somos a primeira minoria a vivenciar essa forma específica de opressão. Alguns negros já a sofreram; gerações inteiras cresceram com a crença de que as meninas negras "mais lindas" eram aquelas com as peles mais claras, cujas feições se aproximavam mais do ideal caucasiano. Finalmente alguns deles olharam para além daquela mentira e proclamaram que o *negro* era lindo.

De tempos em tempos, vários curingas bem-intencionados, mas tolos, tentaram fazer a mesma coisa. A Freakers, uma das instituições mais imorais do Bairro dos Curingas, tem o que chamam de um concurso de "Miss Aberração" todos os anos no 14 de fevereiro, no Dia dos Namorados. Por mais sinceros ou depreciativos que sejam esses esforços, certamente são errôneos. Nossos amigos, os takisianos, cuidaram disso ao pôr uma pequena e esperta deformação na peça que pregaram em nós.

O problema é que todo curinga é único.

Mesmo antes da minha transformação, nunca fui um homem bonito. Mesmo depois da mudança, não sou abominável, de forma alguma. Meu "nariz" é uma tromba, com cerca de sessenta centímetros, com dedos na ponta. Minha experiência tem sido que a maioria das pessoas se acostuma com minha aparência se ficar perto de mim por alguns dias. Gosto de me dizer que, após mais ou menos uma semana, mal se percebe que sou diferente, e talvez haja mesmo uma ponta de verdade nisso.

Se o vírus tivesse sido assim tão gentil, dando a todos os curingas trombas no lugar do nariz, o ajuste poderia ter sido muito mais fácil, e uma campanha "Trombas são lindas" poderia ter feito um bem de verdade.

Mas, pelo que eu saiba, sou o único curinga com tromba. Poderia trabalhar muito duro para desconsiderar a estética da cultura limpa na qual vivo, convencer-me de que sou um belo don Juan e que os outros são os de aparência engraçada, mas nada disso ajudará na próxima vez que eu encontrar aquela criatura patética que chamam de Homeleca dormindo na caçamba de lixo atrás da Funhouse. A verdade horrível é: meu estômago fica tão extremamente revirado pelos casos mais extremos de deformidade curinga quanto eu imagino que fique o do Dr. Tachyon, mas, ao menos, eu me sinto muito mais culpado.

O que me leva, indiretamente, de volta a Fortunato. Fortunato é… ou ao menos era… um intermediador. Ele administrava uma rede de prostituição de luxo. Todas as meninas dele eram excelentes: bonitas, sensuais, habilidosas em toda a arte erótica e, de modo geral, pessoas agradáveis, tão deliciosas na cama como fora dela. Ele as chamava de gueixas.

Por mais de duas décadas, fui um dos seus melhores clientes.

Acredito que ele fazia muitos negócios no Bairro dos Curingas. Sei com certeza que Crisálida não raro negocia informações por sexo, no andar de cima do Crystal Palace, sempre que um homem que precise dos seus serviços lhe agrade. Sei de um punhado de curingas realmente afluente, nenhum deles casado, mas quase todos têm amantes limpas. Os jornais locais que vimos noticiam que as Cinco Famílias e os Punhos Sombrios estão se digladiando nas ruas, e sei por quê: no Bairro dos Curingas, a prostituição é um grande negócio, ao lado das drogas e do jogo.

A primeira coisa que um curinga perde é sua sexualidade. Alguns perdem-na totalmente, tornando-se impotentes ou assexuados. Mas, mesmo aqueles cuja genitália e os impulsos sexuais permanecem inalterados pelo carta selvagem, se veem despojados de identidade sexual. Do instante que ele se estabiliza, não é mais um homem ou mulher, apenas um curinga.

Um apetite sexual normal, a autodepreciação anormal e uma ânsia pelas coisas que foram perdidas... masculinidade, feminilidade, beleza, seja o que for. São os demônios comuns do Bairro dos Curingas, e eu os conheço bem. O início do meu câncer e a quimioterapia combinaram-se para exterminar todo o meu interesse em sexo, mas minhas lembranças e minha vergonha permanecem intactas. Envergonha-me ser lembrado por Fortunato. Não porque eu menospreze uma prostituta ou quebre suas leis idiotas — tenho nojo dessas leis. Envergonho-me porque, mesmo tentando, como fiz por todos esses anos, nunca pude encontrar em mim desejo por uma mulher curinga. Sabia de muitas que mereciam ser amadas: delicadas, gentis, carinhosas, que precisavam de compromisso, ternura e, sim, sexo, tanto quanto eu. Algumas delas se tornaram amigas queridas. Ainda assim, nunca consegui reagir a elas sexualmente. Permaneciam feias aos meus olhos como eu devo ter sido aos delas.

E assim são as coisas no Bairro dos Curingas.

A luz de apertar os cintos acabou de acender, e não estou me sentindo muito bem agora, então terminarei por aqui.

Eterna primavera em Praga

Carrie Vaughn

Abril de 1987

Os delegados já estavam acomodados nos quartos do hotel, a verificação de segurança do prédio e das ruas adjacentes já havia sido feita e a agente do CRISE-A, Joann Jefferson, se permitiu um momento para fazer uma pausa na sacada de um dos quartos mais altos e admirar a vista de Praga. O hotel ficava na margem sul do rio Moldava, e tinha uma ótima visão da Ponte Carlos — uma construção renascentista cravada de estátuas em pé que pareciam peregrinos fantasmas — e da fortaleza na montanha do outro lado das águas cinzentas do rio. O horizonte da cidade era único, reconhecidamente europeu e medieval, mas com toques exóticos, sobrenaturais. Igrejas com estranhos pináculos salientes; cúpulas em estilo barroco; contornos pontudos nos telhados e fachadas românticas no estilo *art nouveau*, remanescentes dourados do otimismo do século passado, geminados com bairros adjacentes de ruas estreitas e emaranhadas. A cidade comunista parecia cansada, mas vislumbres do que ela já havia sido, uma das grandes capitais culturais da Europa, conseguiam se sobressair no cinza. A luminosidade solar da tarde fazia as paredes e os pináculos do castelo da montanha brilhar.

E lá estava ela, conhecendo o mundo, um sonho que se realizava. A ironia era que, depois de cinco meses na estrada com a excursão da OMS, Joann precisaria urgentemente de férias.

De volta ao corredor, a caminho do quarto que servia de centro de operações da excursão, encontrou Billy Ray, que havia terminado sua própria varredura de segurança. Ele assumia uma atitude de fortão profissional, com seu traje de luta branco e um rosto quebrado e malconservado que conferia a ele uma constante expressão carrancuda. Mas era um agente meticuloso. Já trabalhavam juntos havia anos.

— Como estamos? — perguntou ele.

— Bem. Calmos. Acho que estamos todos desgastados.

— Não seria lindo? Se todos ficassem em seus quartos sem causar problemas, só para variar? — Ele cruzou os braços e bufou, como se demonstrasse como aquilo seria improvável com seu grupo.

— Mas desse jeito não teríamos uma foto no jornal, não é? — ela brincou, e Ray deu risada.

Ele olhou de canto de olho enquanto deixava aberta a maior parte do espaço do corredor entre eles. A maioria das pessoas que a conhecia fazia isso. Estava acostumada a manter uma boa distância dos outros, mas Ray costumava observá-la com esse olhar, como se a medisse, como se imaginasse quanto sua superforça e poder de cura poderiam resistir ao poder de drenagem de vida de Joann.

Ela ajustou a capa preta e prateada com mais firmeza ao redor do corpo, mantendo a cabeça baixa e escondida sob o capuz, consciente de que mostrava uma imagem perigosa e misteriosa de si mesma da qual nem sempre gostava. Mas a capa a ajudava a controlar seu poder, evitando que sugasse a energia de tudo e de todos ao seu redor. Não tocava outro ser vivo, exceto para prejudicá-lo, desde criança.

— Você deve manter os olhos bem abertos — acrescentou ele —, há uns espiões atocaiados no prédio do outro lado da rua. Espiões padrão *versus* espiões de merda. Talvez fiquem agressivos.

— Provavelmente soubessem mais sobre a excursão lendo os jornais do que fazendo vigilância.

— Pois é. Posso ficar com o primeiro turno do plantão, se quiser descansar um pouco.

— Quero sim, obrigada — ela disse, e ele acenou, seguindo na direção do centro de operações.

O contingente de segurança e os funcionários da excursão não ficavam em quartos luxuosos como os delegados. Contudo, ainda era um hotel cinco estrelas, e Joann estava mais que satisfeita com seu quarto "normal" com cama *king size*, banheiro privativo com banheira vitoriana. Considerava a extravagância de um banho quente de banheira quando o telefone do quarto tocou.

— Lady Black, é a congressista Cramer. Posso ter uma palavrinha com a senhora?

— Sim, claro, congressista. Algum problema? — Por dentro, ela lamentou. Se tivessem algum problema, os delegados não deviam ligar para ela, e sim ligar para o centro de operações. A menos que isso fosse algo extraoficial. Extraoficial e complicado, obviamente.

— Gostaria muito de falar sobre isso pessoalmente, se possível. — Ela havia formado a frase como um pedido, mas o tom de comando era inconfundível. Lá se fora o banho de banheira. Joann lançou um olhar melancólico para a enorme cama e disse adeus ao cochilo da tarde.

A congressista Carol Cramer, republicana de Missouri, era uma daquelas famosas mulheres políticas por acidente, que ocupavam a vaga deixada quando seus maridos morriam — nesse caso, ele caiu duro depois de um ataque cardíaco fulminante durante a campanha à reeleição. Ela ganhou as eleições para a vaga do marido três anos depois e parecia almejar uma longa carreira na política. Como a congressista mais nova da excursão, tinha um perfil bastante discreto. Seu principal objetivo parecia ser cumprir seu papel de representante do Partido Republicano na viagem ao mesmo tempo que evitava qualquer tipo de escândalo que pudesse prejudicar suas futuras aspirações políticas. O que tornava ainda mais surpreendente o pedido de uma conferência secreta com uma agente de segurança do CRISE-A. Joann pensou consigo: quanta encrenca uma civilizada senhora sulista do meio-oeste como Carol Cramer conseguiria arranjar?

Cramer a esperava, e escancarou a porta quando Joann chegou ao seu quarto. Joann declinou da oferta de uma cadeira para se sentar e preparou-se para ouvir com atenção. Cramer caminhava em passos comedidos. Era uma mulher na casa dos cinquenta anos, e estava muito bem-vestida em um terninho sob medida azul-claro. Seus cabelos loiro-acinzentados eram curtos, enrolados e bem penteados. Era o tipo de mulher que nunca saía do quarto sem verificar se roupas, cabelo, maquiagem, tudo, estavam perfeitos.

— Eu preciso de… bem, de um favor. Mas gostaria que ficasse em segredo, se possível. Não é nada ilegal, com certeza. Mas é… delicado. Lady Black, preciso que encontre uma pessoa.

Joann levantou uma sobrancelha e aguardou mais detalhes.

— Tenho alguns amigos, doadores de campanha, na verdade, e é por isso que gostaria que isso ficasse entre nós. Eles têm uma filha, vinte anos de idade, que desistiu da Smith College no começo do ano e depois simplesmente sumiu. Sua família tem recursos consideráveis, claro, e já contratou detetives, mas eles não conseguiram avançar muito. Acreditam que ela está aqui em Praga e me pediram para confirmar essa informação e conversar com ela se eu puder.

Ela tirou um envelope surrado da gaveta da escrivaninha. Depois virou-o e tirou um punhado de fotografias, além de um relatório datilografado. Joann aproximou-se para ver.

A filha, Katrina Duboss de acordo com a etiqueta, era uma curinga. No lugar de seu braço esquerdo, ela tinha um aglomerado de serpenteados membros laranja, como uma água-viva. Os membros pareciam preênseis, envolvendo-se no braço da cadeira de jardim onde estava sentada. As brilhantes escamas laranja desse estranho membro subiam pelo pescoço e cobriam parcialmente a bochecha, dando a impressão de que usava meia máscara. A foto era casual, tirada em algum churrasco. No fundo, um grupo de garotos com idade universitária jogavam frisbee. Vestida com uma regata e saia longa, ela segurava uma lata de Coca-Cola na mão normal e revirava os olhos, como se o fotógrafo tivesse pedido para que fizesse uma pose. A moça parecia tímida, mas não envergonhada. Não tentava se esconder da câmera, nem disfarçar sua deformidade. Tinha olhos castanhos alegres.

— Ela é uma curinga — observou Joann, dizendo o óbvio.

Cramer fechou os olhos e suspirou, como se isso fosse uma tragédia.

— Sim, aconteceu há alguns anos. Ela foi infectada e ficou doente por um bom tempo. E eu acho que… as coisas não têm sido as mesmas para a família desde então.

— Imagino que não — ironizou Joann. A julgar pela foto, Katrina parecia relaxada. Feliz, até. Parecia conformada com sua transformação. Talvez o resto da família não sentisse o mesmo.

O relatório datilografado era uma lista de paradeiros do último ano. Katrina Duboss havia raspado a poupança para comprar uma passagem para Londres. De lá, ela perambulava, sumindo por semanas antes de reaparecer em alguma outra cidade europeia. Parecia estar fazendo um mochilão pela Europa. Qualquer universitário poderia ter deixado a faculdade para viajar por alguns meses, mas a moça parecia ter adotado isso como estilo de vida.

— Ela estava estudando artes na faculdade — disse Cramer. — Seus pais sabiam que ela queria conhecer a Europa, mas assim? Eles podiam tê-la ajudado, mas não se falam há meses.

Joann sabia que essa não era a história toda, pois já vira esse cenário representado em dezenas de outras famílias. Famílias abastadas que de repente descobriam um curinga no lar, uma peça de um quebra-cabeça que não se encaixava em seu mundo perfeito e seu primeiro instinto era enterrar o problema. Essa era a definição de "ajuda" para algumas pessoas. Joann se perguntou se por acaso os pais de Katrina não haviam proposto amputação e cirurgia plástica, imaginando que meio corpo pudesse ser melhor que um inteiro deformado. Ninguém poderia culpar Katrina por fugir dessa situação. Exceto talvez alguém como Cramer.

Ela não deveria ficar julgando Cramer, a família Duboss ou mais ninguém. Mas também não deveria ter que lidar com esse tipo de novela quando seu trabalho era proteger a comitiva.

— Senhora, isso realmente não faz parte do meu trabalho. A senhora deveria falar com a embaixada, eles têm pessoas que lhe seriam muito mais úteis...

— Se eu fosse falar com eles, atrairia uma publicidade de que a família não precisa agora. Estou tentando evitar, e a família gostaria de evitar qualquer inquérito oficial.

O que conferia a todo o incidente um aspecto suspeito de que Joann não gostava nem um pouco. "Extraoficial" geralmente significava "esconda as merdas que eu fiz". O que será que a família estava tentando esconder? E claro que Cramer não queria ser vista mexendo os pauzinhos para um patrocinador de campanha.

— Ela é maior de dezoito anos, pode fazer o que quiser. Não podemos forçá-la a voltar para casa — disse Joann.

— Eu sei disso, mas gostaria de conversar com ela, se pudesse. Por Mark e Barbara.

A excursão ficaria em Praga por dois dias. A segurança local ficaria parcialmente encarregada de ficar de babá dos delegados. Por essa razão, teria o mínimo de folga durante esses dois dias. Teoricamente, até poderia dedicar algumas horas chacoalhando algumas árvores e ver se a garota Duboss cairia de alguma. Muito provavelmente isso não aconteceria, e Joann nem se sentiria muito mal por isso.

— Verei o que posso fazer, mas não prometo nada.

— Obrigada — disse a congressista Cramer, estendendo a mão para Joann. Ela manteve as mãos por baixo da capa e balbuciou desculpas. Não apertava as mãos de ninguém, nem mesmo com luvas. Mesmo com elas era um risco para as pessoas. Cramer recuou, abaixando a mão, encabulada, e Joann saiu do quarto.

♦

Na manhã seguinte, em vez de repetir o périplo de outra pessoa, Joann foi se encontrar com fontes na Embaixada dos EUA. Os agentes da inteligência daqui não eram idiotas. Rastreavam cidadãos americanos que entravam e saíam do país, especialmente aqueles que poderiam acionar algum alarme de segurança. Katrina Duboss não necessariamente acionaria um alarme, mas, se Cramer estivesse certa, deveria estar andando com um pessoal que o faria. Além disso, qualquer curinga se destacaria nessa parte do mundo. Ela não teria de se explicar, sua busca seria extraoficial como Cramer havia pedido. Apesar disso, Joann estava tentada a tornar todo o negócio *oficial* só pra ver que tipo de esqueleto surgiria. Esse tipo de coisa *fazia* parte do seu trabalho. Mas aguardaria para ver o que aconteceria antes de chegar a esse ponto.

Rapidamente, conseguiu o que queria: um ponto de partida. O funcionário da embaixada conseguiu lhe dar uma lista de lugares onde universitários e artistas boêmios insatisfeitos se reuniam. Boêmios, literalmente, nessa parte do mundo. Os boêmios originais. Ela duvidava que alguém tivesse reparado nisso.

Com a lista em mãos, foi dar uma caminhada.

Já que ela investigaria mesmo, poderia fazer isso fingindo ser turista. Portanto, vagou pelas ruas, admirando a arquitetura e fazendo algumas paradas para reparar em tudo, desde o esplendor *art nouveau* do teatro de ópera do século XIX até os sombrios pináculos angulosos da igreja medieval de Týn. A praça Venceslau, na extremidade da rua larga e arborizada que ficaria bem em qualquer outra cidade da Europa ocidental, com mais um impressionante quarteirão de prédios do século XIX e uma enorme estátua equestre. E, até mesmo depois da Segunda Guerra Mundial e quarenta anos sob o domínio comunista, a cidade tinha um bairro judeu e uma sinagoga medieval intacta com a característica silhueta do telhado em gablete. Ali encontrou um guia turístico empolgado que falava inglês e insistia que o famoso Golem do rabino Loew ficava guardado dentro do telhado. Joann sorriu ao ouvir a história e deu-lhe uma boa gorjeta.

Virando a esquina, na fronteira com a Cidade Velha, se deparou com uma fachada pintada, na qual havia o mural de uma mulher lindíssima com cabelos ruivos longos e ondulados, vestido longo e delicado, cercada de espirais e lírios. Alfons Mucha — era uma obra de Alfons Mucha formando um arco pintado sobre uma porta, jogada, aleatoriamente, no meio da cidade, escurecida pela fuligem, mas, ainda, claramente um Mucha. Ela ficou observando por um tempo. Que cidade esquisita e incongruente.

Seu pai iria amar. Joann parou por um momento para enviar ao pai um cartão-postal com a foto da Ponte Carlos sobre o rio. Conseguira lhe enviar um cartão de quase todas as cidades que visitara na viagem. Ele provavelmente já tinha uma bela coleção, com fotos de praias e monumentos, pôr do sol e Ayers Rock, as pirâmides de Gizé, o horizonte urbano de Tóquio, a Casa Rosada de Buenos Aires.

Quando tirasse férias, talvez pudessem fazer uma viagem juntos. Ela lhe faria essa sugestão.

A lista de pontos de encontro da juventude insatisfeita era mais ou menos o que ela esperava. Bares, cafés, o porão de um sebo, todos lugares com um ar vagamente clandestino. Até por trás da Cortina de Ferro algumas coisas não mudavam e pouquíssima coisa impedia os jovens de se juntarem para beber e conversar sobre como mudariam o mundo. Mesmo que, numa cidade como esta, em um país como este, tivessem que falar bem baixinho e olhar para todos os lados enquanto conversavam.

As pessoas a observavam em todos os lugares, seja por ser negra, seja porque sua altura e capa ondulante atraíam os olhares. Ela chamava atenção até em Nova York, caramba. Já estava acostumada. Isso também significava que raramente alguém mexia com ela. Com a superfície escura da capa para fora, conseguia conter sua energia e quase se tornar uma sombra. Isso evitava causar muito tumulto quando procurava, dentro de cafés, por curingas, artistas ou qualquer pessoa que pudesse conhecer Katrina.

Encontrou o lugar ao entardecer. O sexto endereço da lista parecia ter uma fachada de loja normal numa ruela da periferia da Cidade Velha. Um pequeno lance de escadas descia até uma porta recuada, um porão sob um prédio de blocos quadrados. Enquanto esperava e observava, um par de moças de cabelos curtos e jeans surrados atravessou a porta e saiu, de braços dados, dando risada e conversando baixinho em tcheco.

A porta não estava trancada. Não precisava de senha secreta, não tinha guardas. Ficava escondida ali, embaixo do nariz de todos, o tipo de lugar pelo qual a maioria das pessoas passaria batido, a não ser que soubesse que estava ali. Rapidamente, ela se esgueirou e entrou.

Envolta por sua capa, tentou ser discreta, ficando nas sombras. Quando um garoto com olhos turvos fumando um cigarro esbarrou nela rumo à porta, ela abriu caminho, e ele não olhou uma segunda vez. Ao continuar sua descida, encontrou um salão amplo e o alvoroço de uma contracultura nascente. Lâmpadas apenas em bocais ligados por uma extensão lançavam uma luz forte sobre a cena. O lugar era uma mistura de cafeteria com oficina mecânica, pequenos grupos reunidos em mesas que eram pouco mais que uma chapa de compensado apoiada em cavaletes. O ar cheirava a café forte e cerveja amarga. As conversas criavam um burburinho. Uma garota de cabelos pretos e jaqueta jeans tocava violão e cantava com ardor, ainda que fosse um pouco desafinada. Panfletos, pôsteres e até tinta spray decoravam as paredes, com propaganda de bandas punk britânicas e revolução anticomunista. Ninguém aqui poderia ter mais de 25 anos e todos vestiam jeans rasgados, camisetas, roupas militares, saias ciganas e túnicas desbotadas, tudo de brechós chiques. Uma energia ansiosa perpassava o lugar, com pessoas debruçadas sobre seu trabalho, trocando palavras entusiasmadas. Era como se esses jovens tivessem acabado de sair de *Hair*, só que com vinte anos de atraso.

Estavam num porão que poderia muito bem ter sido construído havia seiscentos anos, paredes pálidas e teto abobadado, com a friagem da idade e as paredes de pedra próximas. Aquelas paredes de pedra medievais, agora todas manchadas com slogans e pichações. Teve vontade de chorar. Mas o tempo não para, certo? Aquilo era uma cidade, não um museu.

Ela avistou a curinga americana na parte de trás do salão, debruçada sobre uma mesa, desenhando num enorme pedaço de cartolina. Joann não a vira quando passou os olhos pela primeira vez no salão; seu lado esquerdo estava virado para a parede e desse ângulo ela se parecia com uma das ninfas de Mucha, cabelos longos enrolados e jogados para trás, olhos brilhantes e feições delicadas. Em vez das roupas esvoaçantes, usava um xale sobre uma jaqueta militar verde, vestido de caxemira, meia fina e sapatos Doc Martens.

Joann aguardou um pouco, apenas observando.

Katrina não era a única curinga do lugar. Joann avistou mais três, um com pele úmida e mosqueada como a de uma salamandra, outro com um par extra de braços alongados e sem ossos enfiados nos bolsos de uma jaqueta sem mangas e o terceiro com um cabelo azul brilhante que podia muito bem ter sido tingido, até que Joann o viu se mexer sozinho, como algas marinhas na correnteza. Os curingas não estavam em grupos, mas espalhados pelo lugar, cada um trabalhando em seu próprio projeto. Não havia um número suficiente deles para formar sua própria panelinha, ou comunidade. Estranhamente, a discriminação não era tão pronunciada quando a minoria se tornava tão pequena a ponto de não provocar ansiedade. Joann já havia experimentado esse fenômeno com bastante frequência. Katrina estava aqui porque podia ser uma artista, não apenas uma curinga.

Ela parecia bem. Aparentemente saudável, sorrindo. Talvez precisasse comer um pouquinho mais.

Enquanto Joann observava, começaram a surgir padrões de comportamento no grupo. Diferentes agrupamentos de pessoas pareciam estar envolvidos em seus próprios projetos e conversas, mas, após uma observação mais detida, todos os projetos tinham algo em comum: cartazes, faixas, bandeirolas, buzinas. Todos acessórios óbvios para algum tipo de manifestação. Seu coração ficou um pouco apertado de pensar que esses garotos estavam se preparando para confrontar a polícia tcheca, talvez até forças de ocupação soviéticas, e esse tipo de coisa nunca acabava bem.

Um garoto magrelo com cabelo espetado e feições abatidas que seriam charmosamente brutas se ele ganhasse um pouco de peso parecia ser um dos líderes. Ele circulava pela sala, verificando os vários grupos de garotos, dando dicas nos seus trabalhos. Vestia uma camiseta desbotada de uma banda pouco conhecida e jeans esfarrapados e se movia com autoridade, falando com as pessoas, acenando com aprovação ou balançando a cabeça, e todos da pequena colônia de artistas o observavam com reverência. Então, provavelmente era o mandachuva do lugar.

Quando o cara se aproximou de Katrina, passou o braço de um jeito bem possessivo em volta dela, puxou-a para mais perto e a beijou. Ela riu. Quando tentou se desvencilhar para voltar ao desenho, ele não a soltou. Eles disseram algumas palavras. Ele falava inglês com sotaque alemão.

Joann aguardou até que ele terminasse a conversa e começasse a dar outra volta pela sala antes de se aproximar e abordar a moça.

— Katrina Duboss? — perguntou Joann com delicadeza.

Os olhos da jovem se arregalaram, cheios de culpa, e ela recuou para a parede.

— Como você sabe quem eu sou?

— Meu nome é Joann Jefferson. Você já ouviu falar da congressista Carol Cramer? Ela é amiga de seus pais?

— Você é da polícia? — perguntou ela. — Ou detetive, algo assim?

Algo assim? Seria muito pior dizer que era uma agente federal?

— Não exatamente — ela respondeu. — Não aqui, pelo menos. Só estou fazendo um favor para a congressista Cramer, que está aqui como delegada em uma comitiva da ONU e me pediu para procurá-la. Você a conhece? Ela gostaria de falar com você.

Mais relaxada, Katrina sorriu.

— Sim, eu a conheço. Meus pais me levavam aos jantares beneficentes que ela organizava. Nunca vi um grupo de predadores mais pretensioso. Pode dizer a ela que estou bem. Não quero falar com ela.

— Eu entendo — disse Joann. *E não posso dizer que te culpo.* — Mas acho que sua família está preocupada com você. Você tem alguma mensagem, qualquer coisa que gostaria de dizer a eles?

— Na verdade, eles não estão preocupados comigo de verdade, sabe? Só que não conseguiram bolar uma boa história sobre o que aconteceu comigo para contar aos amigos.

As serpentes do seu lado pareciam agitadas, virando e se contorcendo até que se enrolaram na frente dela como um escudo. O gesto parecia-se com um cruzar de braços.

— Tudo bem. Aviso Cramer que você está bem.

Do outro lado da sala, o garoto punk alemão as observava. Katrina rapidamente desviou o olhar.

— É melhor você sair daqui — ela disse a Joann. — Você é meio peixe fora d'água aqui, sabia? Está deixando todo mundo nervoso.

Joann sorriu.

— Ouço muito isso. Pode me dar uma dica do que vocês estão tentando fazer aqui?

A curinga apertou os olhos.

— Você está me achando com cara de dedo-duro?

— Só estou curiosa. Não gostaria de ver vocês entrando numa furada.

— Mais do que eu já entrei, com os amigos dos meus pais mandando pessoas como você atrás de mim?

— Existem furadas e furadas — disse Joann. — Só tome cuidado. Se puder evitar, não se coloque numa situação de onde não vai conseguir sair. Não sei exatamente quando ou onde vocês vão começar o protesto que obviamente estão planejando, mas você deveria pensar duas vezes antes de se envolver.

— Agradeço a preocupação — retrucou Katrina, cheia de sarcasmo e desprezo.

Ela não era uma criança, Joann se recordou. Devia lhe dar um pouco mais de crédito.

Katrina pegou dois pedaços de carvão, um com a mão normal e o outro com o membro-serpente, que se enrolou nele e segurou-o como uma espada. Debruçou-se sobre o papel e usou os dois pedaços para desenhar marcas, riscos, curvas e linhas que formavam uma imagem. O trabalho de Katrina era lindo. Só com uma cor ela havia criado uma série de imagens sombreadas no papel, uma rua de paralelepípedos se transformando numa chuva de flores que, por sua vez, se transformava no cabelo ondulado de uma mulher, e o rosto forte dessa mulher era robusto, determinado. Tinha mais alguém caminhando pelas ruas e observando a arte de Mucha.

— Muito bom — disse Joann, contida.

Katrina abriu um sorriso que conseguia exprimir tanto gratidão quanto sarcasmo.

— Olá, meu nome é Erik — o jovem alemão havia retornado, colocando seu braço protetor em volta de Katrina e lançando um olhar para Joann, que se esforçou para não rir da situação. — E você é?

— Joann — ela respondeu, calmamente. — Você tem uma bela comunidade, Erik. Desejo a vocês muita sorte.

— E o que você quer aqui?

— Sou só uma turista, estou de passagem e admirando o trabalho de Katrina. — Ela não esperava nada além do olhar de total incredulidade da parte dele. — Vou deixá-los em paz. Tenham uma boa noite.

Joann foi seguida a maior parte do caminho até a embaixada, o que não a surpreendeu. Provavelmente eram os espiões que Ray vira de tocaia no hotel. A segurança da comitiva já havia passado um bom tempo avisando os delegados que provavelmente seriam todos seguidos por algum tipo de agente de inteligência estrangeiro se passeassem pela cidade, e ela não esperava que a tratassem de maneira diferente. À noite, no escuro, eram fáceis de identificar, principalmente porque havia muito menos gente na rua. Dois deles estavam algumas quadras atrás dela, um de cada lado da rua. O que estava na mesma calçada tinha altura mediana, cabelos pretos bem curtos e um rosto anguloso. Vestia roupa social e jaqueta de couro marrom, e parecia estar procurando um endereço, lendo um cartão que tinha na mão para ver se batia com as placas de rua pregadas nos prédios de esquina e nas placas acima das lojas. Como já fazia isso desde as últimas dez quadras, não acreditou muito na sua tentativa de encontrar um endereço específico. Isso sem falar que mais ou menos a cada cinco minutos ele olhava para o outro lado da rua, onde estava seu parceiro. Esse segundo homem era grande, meia cabeça mais alto que as pessoas que ele ultrapassava na calçada. Essa era sua única característica distinta. Vestia um sobretudo com o colarinho virado para cima, mãos dentro dos bolsos, e andava com os ombros encolhidos. Seus passos eram ritmados, mas lentos. Movia-se como um homem que atravessava uma tempestade, apesar de o céu estar limpo e o ar estar frio, mas sem incomodar. Ela poderia tê-lo confundido com um senhor de idade perdido em pensamentos durante uma caminhada noturna, exceto pelo fato de o homem da jaqueta de couro olhar repetidamente para ele, sendo que o maior ocasionalmente lhe respondia com um aceno de cabeça.

Independentemente de como as ruas medievais da parte antiga da cidade serpenteassem ou mudassem de direção, virando abruptamente e dando em praças antes de sair de novo num ângulo estranho, eles estavam sempre atrás dela. Essa era a cidade deles, afinal de contas — ela os considerava locais, não da KGB.

Através da Cidade Velha e ao longo do caminho turístico principal de volta ao hotel, poucas luzes iluminavam as ruas, mas aquelas poucas eram suficientes. Joann levou a capa ao ombro e estendeu uma das mãos, como se sentisse a presença de chuva no ar. Concentrando-se nas luzes, respirou fundo. Dois postes de luz, um à frente dela e outro atrás, piscaram e apagaram. Um traço tênue de luz seguiu sua mão, sinal de que a eletricidade agora fazia parte dela. Ela sentiu o zumbido passando pela sua pele, aquecendo sua carne e até seus ossos. Quase agradável, se não tivesse que se preocupar tanto com o que aconteceria depois. Ela era um capacitor humano, um relâmpago domado, envolto numa capa isolante para impedir que aquilo se libertasse — até o momento que ela quisesse.

Já havia deixado as ruas medievais de paralelepípedo e agora andava sobre o asfalto moderno, com um bueiro moderno com grades de aço no canto oposto, entre ela e os agentes que a seguiam. Foi onde mirou, balançando sua capa e estendendo o braço, enviando um raio que formou um arco voltaico com o metal. Um estalo como o de um trovão ecoou e choveram faíscas. Joann virou a esquina, usando a explosão para distraí-los de sua fuga. Seu relâmpago não deveria ter causado muito prejuízo, talvez chamuscado um pouco o asfalto, mas parecia emocionante.

Deixe-os tentar entender essa. Ou eles pensaram que a seguiriam até o hotel ilesos? Algumas quadras à frente, ela se escondeu sob um pórtico para dar uma espiada e, como era de se esperar, parecia tê-los despistado. Ela esfregou as mãos numa demonstração de satisfação.

De volta ao hotel, Joann tinha talvez uma hora para relaxar e tentar dormir um pouco antes de voltar ao trabalho. Encontrou-se com Billy Ray no saguão do hotel; provavelmente ele a esperava.

— Fez um bom passeio? — perguntou Ray, levantando uma sobrancelha de forma maliciosa, ou talvez fosse só o formato esquisito de sua boca e de seu maxilar.

— Com certeza. Tive companhia a maior parte do tempo, alguns de nossos amigos do outro lado da rua, suponho.

— Eles causaram algum incômodo?

— Não, nem um pouquinho. — Ele não precisava saber que ela talvez tivesse exagerado um pouco no seu esforço de despistá-los...

— Eu sei, você é totalmente capaz de tomar conta de si mesma, não precisa me lembrar.

Ela baixou o capuz, expondo a cabeça, o cabelo curto, o sorriso. Ela sentiu a eletricidade estática fazendo cócegas nas bochechas e no couro cabeludo, a energia ambiente do lugar clamando por ela na fiação, nas lâmpadas e até no coração pulsante de Ray. Ela teria de vestir novamente o capuz dentro de pouco tempo, antes que o zumbido se tornasse um comichão e depois uma ardência. Ela sugaria a energia e depois a expulsaria numa explosão que não conseguiria controlar.

— Ray, você está *morrendo de vontade* de tentar cuidar de mim, não está?
Ele sorriu.
— Você flerta mais indiscretamente do que qualquer um que eu conheço, gata.
— Ah, então é isso?
Ele deu um passo na sua direção, um passo perigoso. A energia transbordava dele, sua força, alimentada pelo poder de ás, fluindo, e tudo que ela precisava fazer era estender a mão e tocar aquele rosto áspero... Ele sabia disso também. Apesar do sorriso nos lábios, seu olhar estava confuso. Talvez estivesse só com um pouco medo.
— Um dia desses eu tento, só pra saber o que acontece — ele disse, quando estava a menos de um palmo de distância. Ela só precisava se inclinar para a frente e beijá-lo.
— Você sabe onde me encontrar — retrucou ela, erguendo o capuz ao mesmo tempo que desviava dele e se afastava. Atrás dela, ele riu.

Joann nunca se lembrava da época em que seu toque não era fatal. Sua primeira vítima havia sido a mãe. Aquela época era um borrão, felizmente. O acidente, o medo, os dias de tentar entender o que havia acontecido e perceber que era tudo culpa sua. Isolados no hospital, seu pai a segurava enquanto ela chorava. Ele vestia um traje de proteção completo para evitar o mínimo de contato acidental até que os médicos conseguissem entender exatamente qual era a natureza do seu ás assassino. Borracha grossa, plástico escorregadio e a máscara antigás sibilante entre eles. Ele conseguia abraçá-la, mas não tocá-la. Nunca mais sentiria o suave toque de uma pele na dela. Ele não poderia dar-lhe um beijo para fazer a dor passar.

Ela havia passado muito tempo pensando em como sua vida seria diferente se seu pai não tivesse ficado com ela. Se ele a tivesse culpado em vez de tê-la perdoado. Se tivesse rejeitado a filha e a aberração de seus poderes em vez de tê-la abraçado, ainda que metaforicamente. Nos dias em que ela queria sair gritando e quebrando janelas e cortando a própria carne, ele estava lá para dissuadi-la. Será que ela conseguiria ter vivido sozinha se ele não estivesse lá para convencê-la de que tudo isso valeria a pena um dia?

"Claro que esse seu poder é perigoso. Ele pode ser destruidor se você não tomar cuidado. Mas essa é a natureza da eletricidade, das facas, dos carros, e são todas ferramentas das quais precisamos. Joann, você precisa achar uma maneira de transformar isso numa coisa boa. Usá-lo para construir coisas em vez de destruí-las."

Por causa de seu pai, ela havia entrado para o serviço governamental, em vez de ir para uma instituição. Na maior parte dos dias, sabia que havia tomado o caminho certo. Ela fez a escolha de seu nome de ás, Lady Black, um nome com vários significados. Era a cor do lado absorvente de sua capa e a cor da sua pele. Representava o perigo de seu poder obscuro. O título, "Lady", lembrava as pessoas a tratá-la com respeito.

Os delegados tinham reuniões e excursões durante todo o dia seguinte. Essa era outra parada na qual a missão declarada da comitiva no papel e na realidade não batiam. Aparentemente, os delegados deveriam observar com interesse imparcial as inovações de um governo do bloco comunista oriental no trato com o vírus carta selvagem e relatar as condições experimentadas pelas vítimas do vírus. Na realidade, eram levados a um circo preparado de instituições limpíssimas e entrevistas cuidadosamente preparadas com curingas escolhidos e treinados a dedo, e até alguns ases em situações controladas. Oficiais tchecos apresentaram um homem de meia-idade que conseguia rearranjar por telecinésia as letras impressas de qualquer livro para que formassem *O manifesto comunista*. Ideologicamente era impressionante, sem dúvida, por mais questionável que fosse a utilidade real daquele ás. Os delegados americanos foram corteses o suficiente para não perguntar quantos dos ases mais poderosos da Tchecoslováquia estavam trabalhando para agências de inteligência ou haviam sido recrutados pela KGB, enquanto os guias tchecos foram educados o suficiente para não oferecerem a informação.

A excursão de Joann pela cidade na noite anterior ilustrava que pelo menos algumas das vítimas do vírus no país passavam despercebidas pelo sistema. O país não isolava todos os seus curingas, o que o tornava quase melhor que alguns outros, supunha ela.

Em sua função de guarda-costas e babá, Joann acompanhava uma das comitivas, composta, em sua maior parte, de políticos americanos e funcionários da OMS, e não das celebridades que saíam com Billy Ray para brincar de turistas fotogênicos na Cidade Velha. Depois de várias semanas nessa situação, a rotina foi estabelecida: o Dr. Tachyon interrogava profissionais médicos bastante aturdidos, que gaguejavam suas respostas num inglês médio ou às vezes até em francês, ou falavam via intérpretes. Os políticos observavam, fingindo interesse com expressões vidradas. Cramer estava lá, mas Joann não havia tido oportunidade de falar com ela sobre Katrina. Isso aconteceu horas depois, enquanto a maioria dos outros delegados bebericava drinques vespertinos no bar do hotel, e a congressista convidou novamente Joann à antessala de seu quarto.

— Eu a encontrei — disse Joann, enquanto Cramer suspirava. — Ela não quer voltar para casa. Nem falar sobre o assunto, na verdade.

— Ela está bem? Não está metida em confusão, está? — A congressista estava sentada na beirada de uma cadeira de encosto reto com espirais, retirada de uma mesa de café da manhã.

Isso depende de como você define problemas.

— Acho que está tudo bem com ela — disse Joann, tomando cuidado para ser neutra. — Mas, como disse, ela é adulta. Se não quer conversar, não podemos obrigá-la. — Ela esperava que isso desse um ponto final à conversa.

— Você acha que... Eu gostaria de conversar com ela, Lady Black. Sabe onde ela está? Consegue marcar um encontro?

Isso não só ia além das responsabilidades normais de Joann, como, além disso, Cramer estava quase fazendo uso de sua posição para ganhar consideração especial — um pequeno abuso de poder praticado por políticos desde que o mundo é mundo, mas, ainda assim, um abuso, caso Joann decidisse usar isso contra ela. Não queria sair por aí caçando a artista desgarrada novamente.

— A Srta. Duboss certamente...

— A família está preocupada com ela, você precisa entender isso. Se eu puder conversar com ela... Pelo menos conseguiria dar aos pais informações de primeira mão sobre a filha. Será que é muito difícil?

— Vou ver o que posso fazer.

A recepção formal da embaixada era naquela noite. Ela não tinha tempo. Mas, verdade seja dita, estava curiosa. Outro passeio ao centro da cidade, e talvez ficasse sabendo qual o objetivo dos garotos com os protestos planejados.

Quando chegou ao beco curvo onde ficava a comuna de arte subterrânea, viu o lugar cercado por carros de polícia com luzes piscando. Alguns policiais uniformizados matavam tempo, entediados. Mais policiais entravam e saíam pela porta do porão, carregando pôsteres rasgados da parede, pilhas de papéis e até baldes de tinta e materiais de arte. Levavam o que apreendiam até um pequeno caminhão de mudanças estacionado na outra extremidade do beco, e jogavam tudo lá dentro, sem se preocupar em como caíam. Se perguntasse, tinha certeza de que responderiam que estavam coletando provas, independente de como o processo parecesse caótico para quem via de fora. Esses eram os homens da lei comuns, não o serviço secreto ou algo assim. De onde ela estava, esperando na esquina para assistir à "desinteligência", ouvindo conversas em um idioma que não entendia, não dava para adivinhar que tipo de crime estavam investigando e se isso fazia alguma diferença. Haviam encontrado a base dos artistas, e ela fora fechada.

Em Nova York, um grupo de curiosos teria se acumulado nos dois extremos do beco, se acotovelando e empurrando para conseguir ver de perto, e meia dúzia de policiais e barreiras estariam dispostos só para afastar o público. Aqui, não havia ninguém. Os pedestres apontavam e continuavam andando, cabeças baixas e olhares furtivos. Observar uma cena como esta atraía atenção indesejada. Joann entendeu a deixa e foi embora.

Sempre ficava de olho para ver se encontrava seus amigos, os dois agentes que a haviam seguido no dia anterior. Tinha a péssima sensação de que foram eles quem levaram a polícia até o esconderijo, depois de ela mostrar o caminho. Até o momento, não pareciam estar por perto. Mas, também, nem precisavam estar.

No cruzamento seguinte, um vulto se estendeu e vários tentáculos laranjas se enrolaram em seu braço. Ao primeiro sinal do toque, Joann pulou para trás, afastando-se do alcance e enrolando sua capa isolante com mais firmeza ao seu redor.

Katrina Duboss, hoje vestindo suéter, xale e saia de camponesa boêmia diferentes, estava na esquina, sorrindo.

— Você sente tanto nojo assim de mim? — perguntou ela.

— Meu toque é fatal — disse Joann. — Você teria morrido se tivesse encostado na minha pele. — A garota ficou pálida. E, sim, Joann ouvia muito esse tipo de reação. Quase pior do que a falta de toque era ter que explicar às pessoas, e o olhar de pena que vinha em seguida, quando entendiam as implicações.

— Você é uma ás? — perguntou Katrina. Ela apertou os olhos, tentando ver algo debaixo do capuz de Joann. — Ás ou curinga?

Essa era a pergunta filosófica da era, não é? Da maneira como algumas pessoas fugiam de Joann com medo, podia muito bem ser uma curinga, independente do que via quando olhava no espelho.

— Venha comigo, Katrina — Joann indicou o caminho com um gesto, e ela e Katrina seguiram caminhando, lado a lado. A curinga mantinha uma distância segura entre elas.

Joann estava prestes a começar a conversa difícil quando Katrina perguntou:

— Vale a pena? Ser uma ás, se esse é o preço que precisa pagar?

Nunca ninguém tinha colocado a questão em termos tão diretos, mas a pergunta era elegante. Elegante e impossível de responder — ninguém lhe tinha dado a a opção de pagar um preço por ser ás. Tanto o poder quanto o preço tinham sido lançados aleatoriamente.

— Para ser sincera, eu raramente penso em mim como uma ás. Só estou fazendo o melhor que posso com o que tenho.

— É, eu também — disse ela.

Mais alguns passos à frente e Joann perguntou:

— Todo mundo ficou bem?

— Ah, sim. Nós os vimos chegando. Não graças a você.

Mesmo se Joann não tivesse levado a polícia até o porão, os garotos colocariam a culpa nela do mesmo jeito. Então, que colocassem, em especial se os impedisse de embarcar em qualquer protesto potencialmente perigoso.

— A congressista Cramer quer encontrá-la pessoalmente. Você acha que pode lhe dar alguns minutos? Tem um café perto do hotel onde vocês duas conseguiriam conversar sem atrair muita atenção.

— Não quero falar com ela. Ela só está tentando agradar meus pais.

Não podia culpar a garota por ser observadora. Joann inclinou a cabeça, mostrando ter entendido.

Katrina disse:

— Por que você está trabalhando para Cramer? Eu pesquisei sobre você e a excursão da OMS. Isso parece estar muito além dos seus deveres.

— Eu estava curiosa. Você e seus amigos estão claramente planejando alguma coisa. Ou estavam.

— Ainda estamos. Isso não vai nos impedir. Conseguimos tirar o necessário e eles não vão nos impedir. Podemos ir hoje à noite, se quisermos.

Alguma coisa em seu olhar, a maneira como sorria, fizeram Joann pensar que ela não falava em termos hipotéticos.

— O que exatamente vocês estão planejando? — perguntou Joann.

— Você vai ter que ler os jornais amanhã para saber.

— Isso não é um jogo, Katrina. Se esses caras te prenderem fazendo algo de que eles não gostam, você vai se dar muito mal. A embaixada, seus pais, ninguém vai conseguir tirar você dessa.

Ela riu.

— Ah, eu sei. Meus pais não levantariam um dedo para me ajudar. A invasão foi só para nos intimidar. Para nos assustar. Não funcionou — ela falava com a convicção de nariz empinado e punhos cerrados da juventude e da retidão.

— Foi isso que aquele cara, Erik, disse? Ele está colocando você nessa?

— Você acha isso porque uma garotinha iludida como eu não poderia nunca ter suas próprias opiniões? Ou porque sou tão agradecida por qualquer cara que *olhar* para uma aberração deformada que faria qualquer coisa por ele? — Ela abriu os braços e as serpentes se retorceram. A luz que cintilava nas escamas laranja fazia parecer que ela estava pegando fogo. — Não estou fazendo isso pelo Erik, nem porque sou louca, nem por estar tentando me vingar dos meus pais, nem por fazer parte de um culto ou nada disso. Estou fazendo isso porque quero, porque é algo correto de se fazer, porque posso ajudar. Posso usar a grana do fundo para algo bom em vez de sair fazendo compras inúteis ou algo assim. Porque Praga é linda e Mucha e Dvorak e Kafka moraram aqui e porque, por mais imbecil que pareça de fora, protestos como este estão funcionando. Vão funcionar. E não dói sonhar um pouco, não é?

Joann baixou os olhos. Ah, a juventude e suas convicções.

— Katrina… Tome cuidado. Eu estarei em Praga só por mais um dia. Se você tiver algum problema ou precisar de ajuda, entre em contato.

— Eu vou ficar bem. Pode falar para Cramer que estou *bem*.

Girando a saia, Katrina virou-se e saiu pisando firme, o braço de tentáculos enrolados na cintura como se a protegessem.

Joann só voltou ao hotel depois do entardecer, quando Ray a encontrou à porta.

— Você está atrasada — ele disse, irritado. — Precisamos estar na embaixada em meia hora.

— Exato — ela disse, passando por ele. — Aconteceu alguma coisa enquanto eu não estava que você não conseguiu lidar sozinho?

— Bem, não.

— Então, estou de volta, no trabalho e não quero ouvir mais uma palavra sobre o assunto.

— Você anda fazendo alguma besteira por aí?

Ela olhou para cima o suficiente para que Ray pudesse enxergar sua expressão sob o capuz, e franziu a testa de forma presunçosa para ele.

— Eu disse que não queria ouvir mais uma palavra. Você confia em mim ou não?

Ele franziu a testa.

— Não é que eu *não* confie em você. Mas você é meio esquisita, sabe?

Vindo de Billy Ray, era quase um elogio.

— Agente Ray, sou uma ás, o que me torna tão esquisita quanto você. Agora, não acha que deveríamos reunir os delegados e nos apressar?

Ele fez um gesto grandioso na direção do saguão.

— Depois de você, princesa.

A Embaixada dos EUA em Praga era um palácio genuíno do século XVII, com pátios, alas, molduras barrocas, tetos cavernosos e uns cem quartos. Até o Dr. Tachyon parecia impressionado, conforme o grupo seguia pelo caminho que atravessava o jardim, passando por portais arqueados no salão de recepção formal. Seres humanos raramente viviam à altura desses padrões.

As recepções de embaixadas, como Joann havia aprendido, eram todas muito parecidas. O embaixador e sua esposa seriam ótimos anfitriões e sua equipe seria fantasticamente hábil para suavizar dificuldades, gafes e outros acidentes antes de se tornarem incidentes internacionais. A comida, bebida e música seriam excelentes. Alguma especialidade nacional seria proeminentemente apresentada — como o tango na Argentina, o sashimi no Japão, e assim por diante. Poderia haver ou não álcool em um país islâmico, mas provavelmente haveria algo para compensar sua ausência. Um café incrível, por exemplo. Mas aqui era o Leste Europeu. Tinha álcool de sobra.

Era como assistir a um filme, do ponto de vista de Joann. O *mesmo* filme, com este pessoal. O Dr. Tachyon virando taças e taças de champanhe de uma vez. Hiram Worchester voltara para a excursão, pelo menos por enquanto, e estava debruçado sobre uma bandeja de canapés. Os políticos circulavam, apertando mãos e conversando. Joann avistou a congressista Cramer usando um vestido de gola alta tão conservador que parecia mais um terninho de saia longa do que um vestido de gala. Xavier Desmond, que poderia insistir que não era um político, fazia parte do grupo que circulava. Crisálida, entretanto, não. Com um longo tomara que caia roxo que parecia destacar os contornos de sua musculatura, ela sentou-se nas cercanias, observando de perto. Uma mudança desde o início da excursão: Peregrina não exibia mais modelitos esbeltos da alta-costura em todos os eventos. Ela ainda conseguia ficar absolutamente linda em roupas de maternidade que cobriam sua barriga saliente com muita elegância.

Tudo isso acontecia no salão de recepção finamente acortinado e acarpetado da embaixada, feito para uma reunião bem incomum: política, pública, sensacional e séria. Como de costume, Joann ficava de fora, espreitando sob o capuz. Observando, e nada mais.

Quando Cramer saiu de uma conversa e atravessou o salão em sua direção, o estômago de Joann embrulhou. E agora? Impossível ser importante o suficiente para interromper a recepção. Para alguém que desejava evitar atenção, Cramer estava atraindo muita atenção para si nesse momento. Joann endireitou-se e lembrou que era uma profissional. Sem se encolher nos cantos para escapar dessa.

— Lady Black. Agente Jefferson. Posso dar uma palavrinha com você?

Joann teve de disfarçar seu suspiro.

— Por que não vamos lá fora, congressista Cramer? — A ás levou-a por um salão lateral até um canto mais reservado do terraço, onde a luz e os ouvidos curiosos não chegavam.

Cramer estava impaciente ao perguntar:

— Conseguiu marcar um encontro com Katrina?

— Não, congressista. A Srta. Duboss não parece querer ter nada a ver com sua família. — *E disse que você estava só querendo agradar os pais dela*, mas isso Joann não disse.

— Ela é inteligente — disse Cramer, e sua expressão mudou, fazendo-a recuar com algo parecido com uma dor. Joann levantou uma sobrancelha curiosa.

A mulher começou a andar de um lado para o outro nos extremos do terraço de mármore.

— Falei ao telefone com os pais de Katrina esta tarde. Temo que… tenha havido um pequeno mal-entendido. Quando me pediram para fazer contato com ela, acreditei que quisessem que ela fosse para casa. Eu supus… entenda, se ela fosse minha filha, eu gostaria que ela voltasse para casa.

— O que queriam de verdade? — perguntou Joann, delicadamente.

Devia ser algo péssimo, a julgar pela maneira como respirou fundo antes de falar.

— Querem provas de que ela infringiu os termos do fundo fiduciário para poderem deserdá-la. Se for presa, se condenada por qualquer coisa além de uma multa de trânsito, ela perde o fundo. E olhe, não é por ela ter fugido, não é por ter feito algo de *errado*, é só por causa de sua condição. É uma injustiça horrível. Entende? Katrina foi inteligente de se afastar. Ela é *filha* deles, eles deveriam cuidar dela.

O mundo dos fundos fiduciários e filhos deserdados ia muito além da experiência de Joann, mas a preocupação de Cramer era sincera. A família era obviamente mais importante do que o vírus carta selvagem ou qualquer outra consideração. *Disso* Joann entendia.

Ela também entendia que Katrina estava, enquanto conversavam, se preparando para entrar exatamente no tipo de encrenca que a deserdaria. Cramer talvez quisesse saber, embora fosse melhor que não ficasse sabendo. *Katrina* gostaria de saber… certamente desejaria ficar longe de problemas se isso significasse manter seu fundo fiduciário. E, além disso, deixando seus pais mais putos.

Se Joann soubesse exatamente onde Katrina estava e o que estava fazendo.

Cramer continuou:

— Só quero lhe oferecer minha ajuda. Ela obviamente não pode recorrer à família se estiver metida em confusão. Mas eu gostaria que ela tivesse *algum* recurso. Nós entramos na política porque achamos que podemos resolver todos os problemas do mundo. Que conseguimos fazer a diferença de verdade. Eu sabia que seria difícil, mas olhe para esta comitiva, que bem real estamos fazendo? Mas pensei que pudesse pelo menos ajudar uma única pessoa.

Joann mal a ouvia, porque não se tratava mais de Cramer. Ela estava decidida: tinha que sair dali, encontrar Katrina e manter a polícia longe dela. O resto podia esperar.

— Vou tentar falar com ela mais uma vez — disse.

— Agradeço muitíssimo sua ajuda, agente Jefferson.

Tudo bem, mas naquele momento Joann estava mais preocupada com o fato de se Katrina lhe agradeceria.

Ela olhou para o salão, e a festa estava a todo vapor. Os delegados não poderiam estar mais seguros do que ali, no meio da Embaixada dos EUA. Conseguiriam ficar sem ela por algumas horas.

Billy Ray fazia uma impressionante exibição de força sozinho, plantado na entrada arqueada entre o salão e os jardins. Vestia seu traje de luta e, de braços cruzados e cara fechada, estudava todos que entravam ou saíam. Ela parou a seu lado, colocou a capa para trás e falou sobre o ombro.

— Billy, pode me cobrir?

— Por quê? O que houve?

— É um favor pessoal, para um dos delegados, que fugiu do controle, mas estou cuidando disso, então preciso sair para terminar.

— Gata, isso não tem o menor sentido. O que houve?

Chamando-o para fora, por trás de um arbusto conveniente, ela contou toda a história a ele.

— Hum. Ótimo — disse ele com os lábios curvados. — Você sabe que não deve nada a essas pessoas, né? Nem a Cramer, nem à riquinha.

— Não se trata mais de Cramer, aí é que está — respondeu Joann, suspirando e olhando para a cidade como se esperasse fogos de artifício subindo do protesto planejado. O rio brilhava como chumbo líquido sob as luzes noturnas da cidade, e os pináculos da Igreja de Týn erguiam-se como um cetro demoníaco.

— Nos anos 1960, alguns estudantes atearam fogo neles mesmos para protestar contra a ocupação soviética do país. É *nesse* tipo de coisa que eu temo que ela tenha se metido.

Porque ali estava uma garota cuja vida tinha virado de cabeça para baixo pelo vírus carta selvagem, mas que estava determinada a seguir em frente, encontrar sentido, fazer alguma coisa grande no mundo. Joann entendia.

— E se for isso que ela esteja determinada a fazer, como você vai impedi-la?

— Só quero encontrá-la e falar com ela.

—- Então vou te ajudar.

— Não precisa, sério, você não...

— Sério. Deve ser mais divertido que este show — realmente, um Tachyon meio embriagado acabava de abordar o pianista que tocava uma música de fundo, implorando-lhe para tocar Mozart. Ray olhou de forma maliciosa. — Além disso, você precisa de alguém na sua retaguarda.

Que mal poderia haver? Hum.

Juntos, saíram da recepção. Ele tocou seu ombro para que ela seguisse adiante, descendo a calçada até o portão de serviço. Ela nem pensava mais; o gesto era tão natural quanto esconder os olhos do sol. O tecido da sua capa protegia os dois. Tão próximos e, ainda assim, tão distantes, pensou ela pela milionésima vez.

Uma chuva primaveril havia caído naquela tarde, dando às ruas um brilho escorregadio e deixando um friozinho no ar. A bainha de sua capa umedecia conforme roçava na calçada.

Quando Joann pensava nisso, seu destino era óbvio: praça Venceslau. O largo passeio público havia sido o local de reuniões políticas e passeatas durante décadas. Se o grupo de Katrina e Erik estava planejando algo — algo que quisessem que atraísse muita atenção —, iriam para lá. Ela e Ray partiram a pé, planejando encontrar um táxi assim que saíssem do terreno da embaixada. Mas, claro, a essa hora e nessa parte da cidade, os táxis eram escassos. A parte central da cidade não era tão grande, então continuaram caminhando, cruzando o rio e entrando na Cidade Velha.

Ali, Ray foi imediatamente atacado por uma figura imensa de casaco comprido. Ele a estava seguindo ontem. O brutamontes havia agarrado o ás pelo meio numa corrida a toda velocidade, e continuava o carregando, tirando-o da calçada e levando-o para o outro lado da rua.

Joann encostou-se na parede do prédio mais próximo e procurou o parceiro do agressor. Ela o avistou do outro lado da rua, esperando. O grandão continuou em frente, esmagando Ray contra uma parede, rachando os tijolos em todas as direções. Ray curvou-se, tonto, mas manteve os pés no chão e deu um soco que atingiu o estômago do grandalhão com um barulho surdo antes que ele o erguesse novamente e voltasse a esmagá-lo na parede. Deviam saber do ás de Ray e que teriam que esmagá-lo várias vezes antes de conseguir derrubá-lo. E a impressão era de que queriam fazer exatamente isso.

Joann não podia deixar aquilo acontecer. Ela correu, passando a capa por cima dos ombros e esticando o braço até o brutamontes. Seu parceiro, o menor, não fazia nada, o que deixava Joann desconfiada. O que ele estaria esperando? Ou, mais precisamente, o que estaria escondendo?

Com um olho no parceiro, que observava a meia quadra de distância, Joann espalmou a mão nas costas do maior e *puxou*, abrindo as portas para seu poder. A sensação era de um furacão bem no meio do estômago, um buraco escancarado desesperado por poder, que engoliria a energia e continuaria a engolir até que todo o seu ser explodisse. Ela já havia planejado tudo: derrubá-lo como uma pedra, sugando-o até que ele estivesse quase seco, depois virar e devolver uma boa dose de sua própria energia lhe dando um soco. Ele ficaria fora do ar por semanas, se não morresse imediatamente.

Mas nada aconteceu. Ela o tinha firme nas mãos, mas nada saía dele e ela não sentia nem uma faísca. Era como se ele já estivesse morto, mas de alguma maneira, ainda de pé, ainda se mexendo. Ele se virou para encará-la com um olhar petrificado. Depois, com agilidade surpreendente, o grandão a segurou e a tirou do chão. Nada, ainda. Ela tentou o contrário, segurando seus ombros com as duas mãos nuas para enviar-lhe uma bomba de energia. A energia ricocheteou numa cascata de relâmpagos e ele continuava segurando firme. Agora era ela quem lutava, chutando e enterrando as unhas naquela carne estranhamente inflexível. Ele era sólido, seus músculos duros e sua expressão vagamente branda conforme começava a esmagá-la.

E lá estava alguém que conseguia tocar nela; ele a tocava e não caía. Não morria. Ela conseguia tocar este homem, ele conseguia tocá-la sem morrer; o fato a deixava até emocionada. Apesar de ele claramente querer matá-la, ela quase se inclinou para beijá-lo. Hipótese: para cada poder de ás que existia, havia, em algum lugar, um poder igual e oposto. Todos os ases tinham um oposto contra o qual seu poder era inútil. A ideia oferecia um equilíbrio estranhamente reconfortante para o universo. Se ela podia drenar a força vital de qualquer um, não seria razoável imaginar que havia um ás, em algum lugar, cujo poder era que sua força vital não pudesse ser drenada?

Claro que a Lei de Murphy se intrometeria: um homem que podia tocá-la estava tentando matá-la.

Seus braços estavam presos. Ela lhe desferia chutes nos joelhos e na virilha, mas ele nem piscava. Ela só conseguia golpear sua carne sólida como pedra. O grande segredo profissional de Joann era que quase não tinha experiência em artes marciais e combate corpo a corpo, que normalmente seria exigida de um agente federal que trabalhasse com segurança. Ela podia aprender os movimentos, mas de fato não podia treinar com ninguém sem correr o risco de matar a pessoa com seu poder. Quando se podia incapacitar qualquer pessoa só com um toque, ninguém imaginaria que ela *precisaria* de proficiência em combate corpo a corpo. Então, nem pensar. Presa no abraço do poderoso ás, ela não conseguia fazer nada além de se debater, enquanto ele apertava cada vez mais forte. Suas costelas estalavam e ela engasgou ao inspirar quando seus pulmões se recusaram a se expandir.

Foda-se. Contorcendo-se, tentando ficar o mais escorregadia possível, ela deslizou para baixo do abraço e para fora da capa. O aperto do cara titubeou. Ele tentou segurar no tecido liso e ela conseguiu se desvencilhar. Mais por instinto que por estratégia, ela se virou e soltou uma explosão de energia guardada, um flash de luz que se expandia, o som do trovão ecoando nas pedras.

O ás piscou e cambaleou para trás, tapando seus olhos com um braço enquanto jogava a capa para o lado. Sua explosão não o tinha matado, mas parecia tê-lo cegado.

O outro agente ainda não atacava. Ray estava se levantando da calçada, esfregando a cabeça, e rosnando de ódio.

— Ray — avisou Joann.

— Que merda, deixa comigo — rosnou ele. E pulou.

O grandalhão fechou o punho e girou para tentar atingir Ray, mas o ás de branco já estava fora do alcance e descendo sobre a cabeça do gigante, colocando um braço em volta de seu pescoço, girando e atingindo seu rosto com um soco. De sua cabeça, voaram pedaços de pedra.

Espere aí, pedra?

O outro agente tcheco gritou um comando e correu para cima deles. Joann estendeu a mão como quem diz "pare". E ele parou. Ambos viraram-se para assistir.

O grandalhão piscava, confuso. Ray fizera um estrago: uma série de rachaduras irradiavam-se de seu rosto, começando na bochecha, passando ao redor do olho, depois subia por uma marca em sua testa, algum tipo de cicatriz ou tatuagem. Ele levantou a mão, coçando a marca, e outro pedaço de pedra se desprendeu e o símbolo se desfez.

O homem havia congelado, imóvel como uma estátua. Idêntico a uma estátua. As rachaduras de seu rosto se alargavam, o estrago aumentava, espalhando-se por todo o seu corpo até que a figura inteira desmoronou, deixando seu casaco e roupas amontoados no topo da pilha.

Um silêncio estranho pairou sobre eles, confusos e vigilantes. Joann ajoelhou-se ao lado dos restos, a pilha de pedras e areia, passando os dedos por ela. Piscando, confuso, Ray agachou-se onde havia caído quando o gigante se desintegrou. O que estava acontecendo ali?

A expressão do agente tcheco restante endureceu, o pesar virando indiferença. Finalmente, ele disse:

— Não importa. Posso fazer outro e mais outro.

Ele era o ás, não seu parceiro agigantado. Seu poder: trazer pedra à vida, transformando-a em homens...

Os olhos de Joann arregalaram-se.

— Você é judeu. É daí que vem seu poder. Seu ás, ele vem do folclore do golem...

— Sou um bom comunista — disse ele, direto, como se estivesse acostumado a dizê-lo respeitosamente, repetidas vezes. — Eu e meus servos somos bons agentes e ainda vou descobrir o que vocês planejam...

Joann suspirou com frustração.

— Não temos nenhum plano!

— Eu sei que vocês estão conspirando com os manifestantes estrangeiros para provocar a agitação popular.

Ela não conseguiu se segurar e riu.

— Você entendeu tudo ao contrário. Eu estava só... — ela balançou a cabeça. Deixa para lá.

Fechando o punho, ela sentiu seu poder estalando. Ela conseguiria derrubá-lo ali mesmo com um toque se precisasse. Ele era humano e tinha um fluxo de energia normal que passava por um sistema nervoso convencional. Não era como seu servo de pedra. Mas não fez isso, porque ele não estava fazendo nada além de ficar ali, parado. Esfregando as mãos, foi buscar sua capa. Jogou a capa sobre o corpo girando-a, com a prática de sempre, e enrolou-a em volta de si para concentrar seu poder.

— Joan, está tudo bem? — Ray estava de pé novamente, machucado, um fio de sangue pingando de sua testa, mas nada de grave. Ela se perguntou se deveria avisá-lo do sangue antes que pingasse na roupa.

— Sim, tudo bem — disse ela. Suas costelas estavam doloridas, mas se recuperaria. Olhou para o agente tcheco. — Honestamente, não estou aqui para causar nenhum problema. Podemos sair daqui numa boa e nenhum de nós precisa relatar o que houve.

— A escolha é toda sua. Decida o que faremos — ele disse, levantando o queixo, orgulhoso e desafiador.

Ele esperava que o matassem. Ele teria feito isso, se os papéis estivessem invertidos. Ela só precisava levantar a mão, ou dizer uma palavra, e Ray arrancaria a cabeça do agente com um soco.

— Vamos embora, Ray — disse Joann, arrumando sua capa com mais firmeza ao redor dos ombros e indo embora. — Já perdemos muito tempo.

— Tem certeza? — perguntou Ray.

— Tenho.

Juntos, caminharam até o próximo cruzamento. Quando ela olhou para trás, o agente tcheco já havia sumido.

Um relógio mental tiquetaqueava: Katrina estaria em apuros? Estava a ponto de ser presa?

Era tarde e o trânsito quase inexistente, mas uma dezena de carros de polícia já tinham passado por eles. Joann achou que certamente seriam parados. Ela tinha virado a superfície negra de sua capa para fora, pois ficava mais discreta assim, mas o traje branco de Ray brilhava como um farol. A polícia parecia estar numa missão, dirigindo rápido, seguindo para direções semelhantes. Não lhe soava bem. Joann se apressou, e Ray seguia atrás dela, protegendo-a.

Joann ouvia risadas e vozes altas conforme o largo passeio da praça se estendia diante dela. Finalmente, enxergou.

Um grupo de jovens, de adolescentes a punks com 20 e poucos anos, corria pela rua vários quarteirões adiante, rindo e seguindo em frente numa multidão confusa. Talvez tivesse enxergado a saia camponesa, o suéter e o membro serpenteante de Katrina, mas não tinha certeza. Podia ser o cachecol de outra pessoa. O grupo definitivamente parecia com os garotos do porão. Joann correu para alcançá-los, mas estavam bem à frente e não tinham a intenção de esperar. O que quer que tivessem planejado, já haviam feito e tinham conseguido, agora se dispersavam. Apressavam-se rua abaixo, virando uma esquina distante e longe da visão. Sem ver muito sentido em continuar a persegui-los, Joann diminuiu o passo, parou e virou-se para olhar o largo passeio em direção ao coração da praça Venceslau e a estátua equestre do rei Venceslau, que ocupava o centro.

A estátua estava coberta de flores. Envolta por cobertores floridos, nas laterais, no pescoço, coroas ao redor da cabeça, cordas de flores ao redor do rei Venceslau montado, fazendo uma espiral até a ponta de sua lança, penduradas na ponta como uma bandeira. Mais flores, pedaços de flores e flores jogadas, espalhadas pelos arbustos em volta da estátua e algumas penduradas nas árvores do outro lado da rua. As toneladas de flores de papel eram o que estavam fazendo na sessão artística daquele porão. Haviam transformado o monumento num caprichado jardim que brotava no meio da cidade.

Com as flores, os garotos haviam pregado cartazes, faixas, pôsteres, amarrando-os nas árvores, pregando-os nas lojas, colando-os na base da estátua. Símbolos, desenhos, slogans, a maioria em tcheco, que Joann não entendia. Alguns em alemão, outros em inglês... nenhum em russo. Slogans em prol da democracia, da paz. Havia desenhos de tanques e bombas com o sinal de proibido em vermelho sobre eles, símbolos de paz, letras de músicas e assim por diante. O lindo desenho a carvão de Katrina estava entre eles, e seria molhado pela chuva, rasgado e jogado no lixo. Joann quase foi resgatá-lo, para enrolá-lo cuidadosamente e guardá-lo. Mas não, ele fazia parte daquilo.

E esse foi seu protesto. Sem marcha, sem gritaria, sem perturbação. Nada explodindo, ninguém pegando fogo. O dia amanheceria e os habitantes da cidade, a polícia, os invasores soviéticos e os fotojornalistas veriam uma brilhante e colorida obra de arte, cheia de energia e esperança.

— Era *isto*? — questionou Ray, aproximando-se de Joann. — Este foi o grande protesto?

— Foi — disse Joann, rindo. — Bem bonito, não achou?

Ray olhou para a cena, com uma expressão confusa, coçando os cabelos curtos.

— Acho que sim, não sei se chamaria de arte ou algo assim.

Ela olhou para ele.

— Billy, você não saberia o que é arte nem se ela te desse um tapa na cara e te pagasse o jantar.

— Joann, agora quase pareceu que você estava me chamando para sair.

Foi um daqueles momentos em que a gravidade parecia vacilar por um momento, ou talvez o oxigênio da atmosfera de repente tivesse mudado, deixando-a meio zonza. Ela percebeu que poderia ter dito sim. Poderia ter chamado o homem para jantar. E não iria a lugar nenhum, não significaria nada, não haveria sentido naquilo. A menos que... e se tivesse sentido? Ela poderia ter dito sim, poderia ter dito não, mas não disse nada. Só ficou ali parada, olhando para ele com cara de boba, e ele olhando para ela com a mesma expressão. Então, ele se inclinou.

Era como um garoto chegando de mansinho bem na beirada de um precipício, olhando lá para baixo, vendo até onde conseguia chegar sem despencar para a morte certa. Talvez convencido de que, mesmo se caísse, não poderia se machucar de verdade. Bem, aquele *era* Billy Ray, afinal de contas. Podia até ser espancado, mas não sairia quebrado.

Só dessa vez, ela não se afastou. Não puxou seu capuz e virou de lado. Não protegeu quem passava, nem a si mesma. Os dedos de Ray passearam pelo queixo dela, subindo pela bochecha esquerda. Um formigamento seguia por onde ele a tocava, e, por aquela fração de segundo, ela se permitiu acreditar que a sensação vinha do choque do contato humano em sua pele, da surpresa do movimento carinhoso da mão sedutora sobre seu rosto, convidando-a para receber mais. Poderia virar o rosto, passá-lo pela palma da mão dele e puxá-lo. Superar o instinto de uma vida inteira de se manter distante de repente pareceu muito fácil.

Ray também deve ter se deixado levar pelo otimismo, porque foi ousado, encostando a mão no rosto dela em vez de apenas fazer um teste, dando mais um passo em direção a um inevitável beijo. Mas aquele formigamento gostoso e quente não era a emoção do flerte ou o início das preliminares; era energia mesmo. Força vital que soltava faíscas entre eles, energia da mão de Ray fluindo para dentro da pele dela, inundando suas terminações nervosas, inundando-a e fazendo seu sangue se transformar em lava. Ray gemeu de dor, estremeceu, e seus olhos se reviraram.

Ele despencou para trás. Em vez de correr para a frente e tentar segurá-lo como qualquer pessoa normal faria, Joann enrolou-se em sua capa e deu um passo para trás. Isolando seu poder, puxando-o para dentro, forçando sua respiração a permanecer calma, mesmo com seu coração palpitando. Ela se controlou, conforme havia praticado a vida toda.

Ray caiu no chão, batendo a cabeça na calçada, e ficou ali deitado, imóvel. Depois, soltando um gemido, colocou a mão na cabeça. Então não tinha morrido. Ela ficou aliviada.

— Que pancada! Parece que um caminhão me atropelou, sabia? — ele murmurou.

Era um dos ases mais fortes, daqueles que conseguiam aguentar muita pancada. Por um momento pensou que talvez, só talvez… Mas não.

Tudo bem. Tinha que estar tudo bem.

— Você sabia que era arriscado — disse ela para Ray, com um sorriso torto.

— Quem não arrisca — ele murmurou como resposta, lutando para respirar, embora tentasse disfarçar. — Eu pediria uma mão para me levantar… mas não precisa. Sem ofensas.

Ele se levantou, reclamando como um velho.

— É melhor voltarmos para a embaixada — ela disse. — Garantir que os delegados bêbados cheguem bem ao hotel.

— Acho que prefiro que você me dê outro nocaute desses.

Joann estava calma o suficiente para rir da piada.

♦

A excursão da OMS estava programada para partir para Cracóvia na tarde seguinte, mas Joann conseguiu marcar uma reunião entre Cramer e Katrina para aquela manhã num café no meio do caminho entre o hotel e a Cidade Velha. Elas não atrairiam muita atenção e teriam um pouco de privacidade.

Cramer já estava sentada à mesa com Joann quando Katrina entrou, com cara de quem dormiu pouco, claro. Seu grupo devia ter ficado acordado a noite toda comemorando o fato de terem conseguido redecorar a praça Venceslau. A polícia limpou a praça rapidamente, mas não antes de as fotos serem estampadas nos jornais daquela manhã. Até a imprensa internacional tinha conseguido relatar a história. Talvez Katrina estivesse certa, talvez protestos como aquele — vários deles, com o tempo — funcionassem.

Cramer ficou em pé, ajustando suas mangas nervosamente, como se estivesse encontrando a própria filha. Katrina as viu, suspirou, e caminhou até elas.

Cramer estendeu a mão.

— Katrina, querida, não sei se se lembra de mim…

— Eu me lembro, Sra. Cramer. Que bom ver a senhora — disse Katrina, apertando a mão da mulher mecanicamente. A educada filha de uma rica família tomando a frente. A fachada não lhe caía bem, depois que se conhecia artista de olhos brilhantes.

Elas se sentaram, e Katrina colocou o braço com o emaranhado de serpentes sobre a mesa. Cramer observou por um momento, empalidecendo um pouco. Mas se recuperou rápido e disse com sinceridade:

— Devo confessar, estou muito decepcionada com seus pais…

— Mas a senhora ainda vai aceitar contribuições deles, tenho certeza.

— E você ainda vai usar o dinheiro do fundo. Não se trata de dinheiro, não para mim. Só queria que soubesse… que tem amigos. Sei que pode nunca pedir a ajuda deles, mas quero que saiba que não está sozinha.

— Sei que não. Obrigada.

— E quando decidir que está pronta para voltar para casa…

— Tenho certeza de que vou conseguir comprar uma passagem de avião, como qualquer outra pessoa — disse Katrina.

Joann escondeu um sorriso com a mão.

Katrina deixou a congressista pagar um café, e seguiram conversando trivialidades de um jeito desconfortável por meia hora, até que Cramer disse precisar voltar ao hotel para se juntar ao resto dos delegados e ir para o aeroporto. Joann conseguiu alguns minutos a sós com Katrina, enquanto a acompanhava até a porta do café.

— Ela é igual aos meus pais — Katrina explicou. — Quero dizer, não *exatamente*. Pelo menos parece ter algum senso de decência. Mas meus pais querem que eu acredite que é o fim do mundo, que vou acabar com a minha vida.

Ela levantou o braço, e as serpentes se agitaram, irritadas.

— Mas ainda consigo pintar, desenhar. Ainda consigo ver o mundo e encontrar um namorado. Ainda tenho uma vida. Uma vida boa. Será que eles não enxergam isso?

— O resto de nós consegue — disse Joann, porque a pergunta não parecia retórica. Katrina precisava de uma resposta... de validação. Mas Joann teve que parar e redirecionar a pergunta para si mesma. Ainda tinha uma boa vida. Caramba, tinha construído uma vida boa. Lá estava ela, viajando pelo mundo, algo que muitas pessoas sonhavam e nunca conseguiam realizar. Tinha amigos, um propósito. E talvez, algum dia, em algum lugar, conheceria um ás com o poder que fosse exatamente o oposto do dela. Talvez alguém que conseguisse do nada produzir um fluxo de energia interminável. E talvez também fosse inteligente, bonito, bem-humorado, carinhoso...

Sonhar não custava nada, certo?

— Cuide-se, Katrina — Joann disse à moça antes de acompanhar a congressista Cramer até o hotel.

Do diário de Xavier Desmond

10 de abril, Estocolmo:

Muito cansado. Temo que meu médico estava certo — esta viagem pode ter sido um erro drástico no que tange à minha saúde. Sinto que resisti bastante bem durante os primeiros meses, quando tudo era recente, novo e empolgante, mas durante o último mês a exaustão cumulativa manifestou-se, e a pressão do dia a dia tornou-se quase insuportável. Os voos, jantares, as filas de recepção intermináveis, as visitas a hospitais, guetos de curingas e instituições de pesquisa, tudo isso ameaça se transformar num grande borrão de dignitários e aeroportos, tradutores, ônibus e salas de jantar de hotéis.

Não estou conseguindo manter a comida no estômago e sei que perdi peso. O câncer, o esforço da viagem, minha idade… quem pode dizer? Tudo isso, suspeito eu.

Felizmente, a viagem está quase no fim. Nosso retorno a Tomlin está programado para 29 de abril, e resta apenas um punhado de paradas. Confesso que estou ansioso para voltar ao lar, e não acho que estou sozinho. Todos estamos cansados.

Ainda assim, apesar do preço a ser pago, eu não teria perdido essa viagem por nada. Vi as pirâmides e a Grande Muralha, caminhei nas ruas do Rio, de Marrakesh e de Moscou, e logo acrescentarei Roma, Paris e Londres à lista. Vi e vivi muitos sonhos e pesadelos, e aprendi muito, eu acho. Posso apenas rezar para que eu viva o suficiente para usar algum desses conhecimentos.

A Suécia é uma mudança revigorante em relação à União Soviética e a outras nações do Pacto de Varsóvia que visitamos. Não tenho sentimentos claros sobre socialismo, de uma maneira ou outra, mas fiquei bastante incomodado com o modelo de "hostels médicos" de curingas que constantemente nos mostraram e os curingas-modelo que os ocupavam. A medicina socialista e a ciência socialista sem dúvida venceram o carta selvagem, e grandes passos já foram dados, diziam para nós o tempo todo, mas mesmo se alguém der crédito a essas alegações, o preço é uma vida inteira de "tratamento" para o punhado de curingas que os soviéticos admitem ter.

Billy Ray insiste que os russos de fato têm milhares de curingas trancados sob custódia, fora de circulação, nos imensos e cinzentos "armazéns de curingas", nominalmente hospitais, mas de fato prisões em tudo, exceto no nome, cujos funcionários são muitos guardas e poucos preciosos doutores e enfermeiras. Ray também diz que existe uma dúzia de ases soviéticos, todos eles secretamente a serviço do governo, dos militares, da polícia ou do partido. Se essas coisas existem — a União Soviética nega essas acusações, claro —, não chegamos a lugar nenhum perto disso, com a Intourist e a KGB administrando cuidadosamente cada aspecto de nossa visita, apesar da garantia do governo para as Nações Unidas de que esta viagem sancionada pela ONU receberia "toda cooperação".

Dizer que o Dr. Tachyon não se deu muito bem com seus colegas socialistas seria um eufemismo considerável. Seu desdém para com a medicina soviética é superado apenas pelo desdém de Hiram pela cozinha soviética. Contudo, os dois parecem aprovar a vodca soviética e consumiram-na em grande quantidade.

Houve um pequeno e divertido debate no Palácio de Inverno, quando um de nossos anfitriões explicou a dialética da história ao Dr. Tachyon, dizendo-lhe que o feudalismo deve inevitavelmente dar lugar ao capitalismo, e o capitalismo ao socialismo, conforme uma civilização amadurece. Tachyon ouviu com educação notável e, em seguida, disse:

— Meu caro, existem duas grandes civilizações que viajam no espaço neste pequeno setor da galáxia. A minha, por sua perspectiva, deve ser considerada feudal, e a Rede é uma forma de capitalismo mais predatória e virulenta do que qualquer uma que o senhor jamais sonhou. Nenhuma delas mostra quaisquer sinais de amadurecer na direção do socialismo. Obrigado.

Então fez uma pausa e acrescentou:

— Embora, se o senhor pensar nisso pelo prisma correto, talvez o Enxame possa ser considerado comunista, apesar de parcamente civilizado.

Foi um pequeno e hábil discurso, devo admitir, embora eu ache que poderia ter impressionado mais os soviéticos se Tachyon não estivesse vestido em trajes de gala cossacos quando o fez. Onde ele consegue essas roupas?

Do diário de Xavier Desmond

Das outras nações do Bloco de Varsóvia há pouco a se relatar. A Iugoslávia foi a mais quente, a Polônia a mais severa, a Tchecoslováquia se parecia mais com nosso lar. Downs escreveu um artigo maravilhosamente cativante para a *Ases*, especulando que os relatos espalhados por camponeses sobre vampiros contemporâneos ativos na Hungria e na Romênia eram, na verdade, manifestações do carta selvagem. Foi seu melhor trabalho, de fato, uma escrita realmente boa, e tudo o mais notável quando se considera que ele baseou a coisa toda numa conversa de cinco minutos com um chefe doceiro de Budapeste. Encontramos um pequeno gueto de curingas em Varsóvia e uma crença generalizada em um "ás solidário" oculto, que em breve aparecerá para levar aquele sindicato proscrito à vitória. Infelizmente, ele não deu as caras durante nossos dois dias na Polônia. O senador Hartmann, com a maior dificuldade, conseguiu marcar um encontro com Lech Walesa, e acredito que as novas fotos da AP da reunião melhoraram seu prestígio nos Estados Unidos. Hiram nos abandonou na Hungria — outra "emergência" em Nova York, ele disse — e voltou quando estávamos partindo para a Suécia, muito mais bem-humorados.

◆

Estocolmo é uma cidade mais amigável, depois de tantos lugares onde estivemos. Praticamente todos os suecos que encontramos falam um inglês excelente, ficamos livres para ir e vir (dentro do confinamento de nosso implacável cronograma, claro), e o rei foi mais que generoso com todos nós. Curingas são bem raros aqui, tão a norte, mas ele nos cumprimentou com total equanimidade, como se tivesse recebido curingas a vida toda.

Ainda assim, por mais agradável que nossa visita tenha sido, há apenas um incidente que vale registrar para a posteridade. Acredito que desenterramos algo que fará com que os historiadores ao redor do mundo fiquem surpresos e tomem nota, um fato até então desconhecido que traz uma luz nova e surpreendente à história recente do Oriente Médio.

Ocorreu durante uma tarde que, de outra forma, seria das mais comuns, na qual alguns dos delegados estavam com os curadores do Nobel. Na verdade, acredito que foi o senador Hartmann quem quis encontrá-los. Embora terminasse em violência, sua tentativa de encontrar e negociar com Nur al-Allah na Síria é vista aqui como correta pelo que ela foi — um esforço honesto e corajoso em nome da paz e da compreensão, e um daqueles que faz dele, na minha opinião, um candidato legítimo ao Prêmio Nobel da Paz do ano que vem.

De qualquer forma, vários dos outros delegados acompanharam Gregg à reunião, que foi cordial, mas pouco estimulante. Um dos nossos anfitriões, como se revelou, fora secretário do conde Folke Bernadotte quando ele negociava a Paz de Jerusalém e, infelizmente, também estava com Bernadotte quando ele foi alvejado por terroristas israelenses dois anos depois. Contou-nos diversas histórias fascinantes sobre Bernadotte, por quem ele obviamente tinha grande admiração, e também nos mostrou algumas das recordações pessoais dessas difíceis negociações. Entre as notas, registros e minutas, havia um álbum de fotografia.

Dei um olhar apressado no álbum e passei-o adiante, como fez a maioria dos meus companheiros. O Dr. Tachyon, que estava sentado ao meu lado no sofá, parecia enfarado com os procedimentos e folheou as fotografias com um pouco mais de cuidado. Bernadotte aparecia na maioria delas, obviamente ao lado da equipe de negociação, falando com David Ben-Gurion em uma foto e com o rei Faisal na seguinte. Vários ajudantes, inclusive nosso anfitrião, eram exibidos em poses menos formais, cumprimentando soldados israelenses com apertos de mão, comendo numa tenda de beduínos e assim por diante. O tipo de coisa comum. Até então, a única fotografia mais arrebatadora mostrava Bernadotte cercado pelos Nasr, os ases de Porto Said que reverteram de forma tão drástica a onda de lutas quando se juntaram à Legião Árabe com o rompimento da Jordânia. Khof está sentado ao lado de Bernadotte, no centro da fotografia, todo de preto, parecendo a morte encarnada, cercado pelos ases mais jovens. Ironicamente, de todos os rostos naquela foto, apenas três estão vivos, o eterno Khof entre eles. Mesmo uma guerra não declarada cobra o seu preço.

Contudo, não foi aquela fotografia que chamou a atenção de Tachyon. Foi outra, bastante informal, mostrando Bernadotte e vários membros de sua equipe em algum quarto de hotel, a mesa na frente deles cheia de papéis. Na outra ponta da fotografia havia um jovem que eu não vira nas outras fotos — magro, cabelos pretos, com um olhar intenso e um sorriso bastante insinuante. Estava servindo uma xícara de café. Tudo muito inocente, mas Tachyon olhou para a fotografia por um bom tempo e, em seguida, chamou nosso anfitrião e lhe disse, em particular:

— Perdoe-me se eu exigir demais de sua memória, mas eu gostaria muito de saber se o senhor se lembra deste homem. — Ele apontou. — Era um membro da sua equipe?

Nosso amigo sueco inclinou-se, examinou a fotografia e deu uma risadinha. — Ah, ele —, disse num inglês excelente. — Ele era… qual é a palavra que vocês usam para um garoto que entrega correspondência e faz outros serviços? Uma palavra estranha…

— Contínuo? —, eu intervim.

— Sim, era contínuo, isso mesmo. Na verdade, um jovem estudante de jornalismo. Joshua, era o nome dele. Joshua… alguma coisa. Ele disse que

DO DIÁRIO DE XAVIER DESMOND

queria observar as negociações por dentro, assim poderia escrever sobre elas depois. Bernadotte achou a ideia ridícula quando lhe disseram, na verdade, rejeitou-a imediatamente, mas o jovem era persistente. Finalmente, conseguiu cercar o conde e apresentou seu caso pessoalmente e, de alguma forma, o persuadiu. Então, ele não era oficialmente um membro da equipe, mas estava o tempo todo conosco, daquele momento até o fim. Não era um contínuo muito eficiente, pelo que me lembre, mas era um rapaz muito agradável de quem todos gostávamos. Não acredito que ele tenha escrito o artigo.

— Não — Tachyon disse. — Ele não escreveu. Era enxadrista, não escritor.

Nosso anfitrião iluminou-se com a lembrança. — Isso, é isso mesmo! Ele jogava o tempo todo, agora lembrei. Era realmente bom. O senhor o conhece, Dr. Tachyon? Sempre me perguntei o que aconteceu com ele.

— Eu também — Tachyon respondeu de forma muito simples e triste. Então fechou o álbum e mudou de assunto.

Conheço o Dr. Tachyon há tantos anos que nem sei mais quantos são. Naquela noite, incitado pela minha curiosidade, consegui me sentar perto de Jack Braun e lhe fazer algumas perguntas inocentes enquanto jantávamos. Estou certo de que ele não suspeitou de nada, mas ele estava disposto a falar sobre os Quatro Ases, as coisas que fizeram e tentaram fazer, os lugares aonde foram e, mais importante, os locais aonde *não* foram. Ao menos não oficialmente.

Depois disso, encontrei o Dr. Tachyon bebendo sozinho em seu quarto. Ele me convidou a entrar e estava claro que se sentia bem melancólico, perdido em suas lembranças condenáveis. Perguntei-lhe quem era o jovem na fotografia.

— Ninguém — Tachyon respondeu. — Apenas um garoto com quem eu costumava jogar xadrez. — Não tenho certeza de por que sentiu que precisava mentir para mim.

— O nome dele não era Joshua — eu lhe disse, e ele pareceu surpreso. Perguntei-me se ele acredita que minha deformidade afeta minha mente, minha memória. — Seu nome era David, e ele não devia estar lá. Os Quatro Ases nunca se envolveram oficialmente no Oriente Médio, e Jack Braun diz que, no final de 1948, os membros do grupo tomaram cada um seu rumo. Braun foi fazer filmes.

— Filmes ruins — Tachyon disse com um certo veneno.

— Nesse meio-tempo — eu falei — o Embaixador estava tentando fazer a paz.

— Ele desapareceu por dois meses. Disse para Blythe e para mim que tiraria férias. Eu lembro. Nunca me ocorreu que ele estava envolvido.

Nunca mais isso ocorreu no resto do mundo, embora talvez devesse. David Harstein não era especialmente religioso, pelo pouco que sei dele, mas era judeu, e quando os ases de Porto Said e os exércitos árabes ameaçaram a existência do novo estado de Israel, ele agiu por conta própria.

Seu poder era para a paz, não para a guerra; não era o medo ou a tempestade de areia ou os raios em um céu claro, mas os feromônios que faziam as pessoas gostarem dele e quererem desesperadamente agradá-lo e concordar com ele, que faziam a mera presença do ás chamado Embaixador praticamente uma garantia de negociação bem-sucedida. Mas aqueles que sabiam quem e o que ele era mostravam uma tendência perturbadora de repudiar seus acordos assim que Harstein e seus feromônios saíam de sua presença. Ele deve ter ponderado sobre isso e, com os riscos tão altos, deve ter decidido descobrir o que poderia acontecer se seu papel no processo fosse cuidadosamente mantido em segredo. A Paz de Jerusalém era sua resposta.

Pergunto-me se mesmo Folke Bernadotte sabia quem era realmente seu contínuo. Imagino onde Harstein está agora, e o que ele pensa da paz que forjou de forma tão cuidadosa e secreta. E eu me vejo refletindo naquilo que o Cão Negro disse em Jerusalém.

O que aconteceria com a frágil Paz de Jerusalém se suas origens fossem reveladas ao mundo? Quanto mais penso sobre isso, mais certeza tenho de que eu deveria rasgar essas páginas do meu diário antes de oferecê-lo para publicação. Se ninguém pegar o Dr. Tachyon bêbado, talvez esse segredo possa até ser mantido.

Eu me pergunto se ele o fez novamente. Depois do HUAC, após a prisão e a desgraça, e seu celebrado recrutamento e desaparecimento igualmente festejado, o Embaixador envolveu-se em alguma outra negociação com o mundo ainda tão confuso? Imagino se algum dia saberemos.

Acho improvável e queria que não fosse assim. Pelo que vi em nossa viagem, na Guatemala e na África do Sul, na Etiópia, Síria e em Jerusalém, na Índia, Indonésia e Polônia, o mundo precisa do Embaixador mais do que nunca.

Marionetes

Victor W. Milán

MacHeath tinha a navalha, e assim seguia a canção.

Mackie Messer tinha algo melhor. E era tão mais fácil manter escondido.

Mackie entrou na loja de câmeras com uma rajada de ar frio e "peidos" de motor a diesel de Kurfürstendamm. Interrompeu o assobio da canção, deixou a porta zumbir atrás dele e parou com os punhos enfiados nos bolsos da jaqueta para dar uma olhada ao redor.

A luz jogava-se dançando sobre os balcões, as curvas das câmeras com seus olhos pretos e vítreos. Ele sentiu o zunir das luzes embaixo da pele. Aquele lugar lhe dava nos nervos. Era tão limpo e antisséptico que o fazia pensar num consultório médico. Odiava médicos. Sempre odiara, desde que os médicos aos quais o tribunal de Hamburgo lhe enviara, quando estava com treze anos, disseram que ele era maluco e o sentenciaram a uma ala psiquiátrica para jovens no interior, e o ordenança lá era um porco do Tirol que sempre estava cheirando a bebida e alho e tentando masturbá-lo… e, então, ele tirou seu ás e saiu de lá, e o pensamento lhe trouxe um sorriso e um sopro de confiança.

Em uma banqueta ao lado do balcão com vitrine estava um *Berliner Zeitung* dobrado com a manchete: "Turnê Carta Selvagem visita o Muro hoje". Ele deu um leve sorriso.

Sim. Aí sim.

Em seguida, Dieter veio dos fundos e o viu. Ele estacou e abriu um sorriso idiota no rosto.

— Mackie. Oi. É um pouco cedo, não?

Ele tinha uma cabeça estreita, pálida, com cabelos escuros untados com óleo penteados para trás. O terno era azul e tinha uma ombreira exagerada. A gravata era fina e iridescente. O lábio inferior tremia um pouco.

Mackie estava parado. Seus olhos eram os de um tubarão, frios e cinzentos, inexpressivos como bilhas.

— Eu só estava, você sabe, me arrumando aqui — Dieter falou. Uma das mãos tremelicou apontando as câmeras ao redor e os tubos de neon e os pôsteres brilhantes espalhados mostrando mulheres bronzeadas com sombreiros e dentes demais. A mão tinha o brilho branco da barriga de um peixe morto na luz artificial. — A aparência é importante, você sabe. Aplaca a suspeita da burguesia. Especialmente hoje.

Dieter tentou manter os olhos longe de Mackie, mas eles não paravam de rolar de volta para ele, como se o recinto todo estivesse inclinado para onde ele estava. O ás não parecia gostar muito. Tinha talvez 17 anos, parecia mais jovem, exceto pela pele — que tinha uma secura, um toque de ressecamento da velhice. Não tinha muito mais que um metro e setenta, ainda mais magro que Dieter, e seu corpo era meio deformado. Usava uma jaqueta preta de couro que Dieter sabia que estava desgastada o ponto de ficar cinza na linha inclinada dos ombros, jeans que já estavam surrados antes de ele pescá-los numa lata de lixo em Dahlem, um par de tamancos holandeses. Cabelos espetados como palha erguiam-se ao acaso sobre o rosto alongado de um mártir de El Greco, estranhamente vulnerável. Os lábios eram finos e móveis.

— Então, você adiantou o relógio e veio para cá cedo — Dieter comentou com desconforto.

Mackie avançou, agarrando a gravata brilhante, e puxou Dieter na sua direção.

— Talvez seja tarde demais para você, camarada. Talvez, talvez.

O vendedor de câmeras tinha uma pele curiosamente pálida, lustrosa, como papel laminado. Naquele momento, sua pele assumiu a cor de uma folha de jornal após ela ter passado a noite rodando pelo meio-fio da Budapesterstrasse. Ele já vira o que aquela mão podia fazer.

— M-Mackie — ele gaguejou, apertando o braço fino como junco.

Ele se recompôs, deu tapinhas na manga de couro de Mackie com afeto.

— Ei, Ei, irmão. Qual é o problema?

— Você tentou nos vender, filho da puta! — Mackie gritou, espalhando gotas de saliva sobre o pós-barba de Dieter.

Dieter encolheu-se. Seu braço retorceu-se com a vontade de limpar o rosto.

— Que merda é essa que você está falando, Mackie? Eu nunca tentaria...

— Kelly. Aquela vaca australiana. Wolf suspeitou dela e a pressionou. — Um sorrisinho ergueu-se pelo rosto de Mackie. — Ela nunca vai até a porra do *Bundeskriminalamt* agora, cara. Virou *Speck*. Presunto cru.

A língua de Dieter lambiscou os lábios azulados.

— Olha só, você entendeu errado. Ela não era nada para mim. Eu sabia que ela era apenas uma tiete, desde o início...

Os olhos dele o denunciaram, deslizando levemente para a direita. Sua mão de repente ergueu-se de baixo da caixa registradora com um revólver preto de cano curto.

A mão esquerda de Mackie baixou zumbindo, vibrando como a lâmina de uma serra. Ela fatiou a alça de mira, atravessando o cilindro e os cartuchos, e talhou o guarda-mato um centímetro a frente do indicador de Dieter. O dedo encolheu-se num espasmo, o gatilho se retraiu e clicou, e a metade traseira do cilindro, seu lado recém-cortado reluzindo como prata, caiu para a frente no balcão. O vidro rachou.

Mackie agarrou Dieter pelo rosto e puxou-o para a frente. O vendedor de câmeras baixou as mãos para se equilibrar, gritando quando elas atravessaram o tampo do balcão. O vidro estourado rasgou-o como garras, desfiando a manga do paletó azul e a camisa azul francesa e a pele de barriga de peixe por baixo dela. O sangue escorreu sobre as lentes Zeiss e as câmeras japonesas importadas que estavam invadindo a Alemanha Ocidental, apesar do chauvinismo e das altas tarifas, arruinando seu polimento.

— Somos camaradas! Por quê? *Por quê?*

O corpo magro de Mackie estava tremendo por inteiro em fúria dolorosa. As lágrimas vazavam dos seus olhos. As mãos começaram a vibrar num acorde próprio.

Dieter guinchou quando as sentiu raspar a barba rala da qual ele nunca conseguia se livrar, a única falha em sua aparência elegante.

— Não sei do que você está falando — ele gritou. — Nunca quis fazer... eu quis ajudá-la...

— *Mentiroso!* — Mackie gritou. A raiva corria dentro dele como a eletricidade do trilho condutor, e suas mãos zumbiam, zumbiam, e Dieter se retorceu e uivou quando a carne começou a descolar de suas bochechas, e Mackie o agarrava mais forte, as mãos nas maçãs do rosto, e a vibração crescente das mãos era transmitida através dos ossos até a massa úmida do cérebro de Dieter, e os olhos do vendedor de câmeras se reviraram, a língua saiu e a agitação violenta fez borbulhar os fluidos do crânio e a cabeça explodiu.

Mackie soltou-o, saltou para trás se sacudindo e uivando como um homem em chamas, limpando a gosma coagulada que enchia seus olhos, grudada no rosto e nos cabelos. Quando conseguiu enxergar, deu a volta no balcão e chutou o corpo agonizante. Ele deslizava no chão de linóleo encerado. A caixa registradora piscava avisos laranja de erro, o mostruário inundado de sangue, e havia pedaços de massa encefálica cinzenta e amarelada sobre tudo.

Mackie esfregou a jaqueta e gritou novamente quando as mãos ficaram meladas.

— Desgraçado! — Chutou novamente o corpo sem cabeça. — Jogou essa merda toda em cima de mim, seu babaca. Babaca, babaca, *babaca!*

Ficou de cócoras, arrancou as costas do paletó de Dieter e tirou os piores pedaços do rosto, das mãos e da jaqueta de couro.

— Ah, Dieter, Dieter — ele soluçou. — Eu queria *falar* com você, seu filho da puta estúpido… — Ele pegou uma das mãos frias, beijou-a e a pousou sobre o colo respingado. Então foi para o fundo da loja, até o lavatório, para lavar-se o melhor que podia.

Quando saiu, a raiva e a tristeza haviam se esvaído, deixando uma euforia estranha. Dieter tentou ferrar a Facção e pagou o preço, e que diabos importava se Mackie não fora capaz de descobrir por quê? Não importava, nada importava. Mackie era um ás, ele era o MacHeath de carne e osso, invulnerável, e em algumas horas mostraria aos vermes…

As portas de vidro da loja se abriram e alguém entrou. Rindo para si mesmo, Mackie mudou de forma e atravessou a parede.

A chuva tamborilou rapidamente no teto da limusine Mercedes.

— Vamos encontrar uma porção de pessoas importantes nesse almoço, senador — disse o jovem negro com rosto estreito e longo e expressão séria sentado de costas para o motorista. — Será uma oportunidade excelente para o senhor mostrar seu compromisso com a fraternidade e a tolerância, não apenas para com os curingas, mas para os membros dos grupos oprimidos de todas as crenças. Realmente excelente.

— Com certeza será, Ronnie. — Com o queixo na mão, Hartmann deixou os olhos passarem do assistente júnior para a janela com névoa condensada. Blocos de apartamentos passavam ao largo, castigados e anônimos. Essa proximidade com o Muro de Berlim parecia sempre estar em suspensão.

— A Aide et Amitié tem reputação internacional por seu trabalho de promover a tolerância — Ronnie comentou. — O chefe da seção berlinense, Herr Prahler, recebeu há pouco reconhecimento por seus esforços de melhorar a aceitação pública dos trabalhadores turcos no país, embora eu entenda que ele é, hum, uma personalidade controversa...

— Comunista desgraçado — grunhiu Möller do banco da frente. Ele era um policial jovem à paisana, corpulento, com mãos grandes e orelhas salientes que lhe davam a aparência de um filhote de sabujo. Falava inglês apenas por deferência ao senador americano, apesar de que, com uma avó imigrante e alguns cursos na faculdade, Hartmann sabia alemão o bastante para se virar.

— Herr Prahler é ativo na Rote Hilfe, a Ajuda Vermelha — explicou o parceiro de Möller, Blum, do banco traseiro. Estava sentado do outro lado de Mordecai Jones, que, às vezes e sem muita tolerância, atendia pelo apelido de Martelo do Harlem. Jones estava concentrado nas palavras cruzadas do *New York Times* e agia como se ninguém mais estivesse lá. — Sei que ele é advogado. Tem defendido radicais desde os anos de juventude de Andy Baader.

— Ajudando malditos terroristas a se livrarem com um tapinha na mão, você diz.

Blum riu e deu de ombros. Era mais magro e moreno que Möller, e usava seus cabelos pretos e encaracolados revoltos o bastante para ultrapassar os padrões notoriamente liberais da *Schutzpolizei* de Berlim. Mas seus olhos castanhos de artista eram alertas, e a maneira como se comportava sugeria que sabia como usar a pequena metralhadora presa à correia no ombro que avolumava seu paletó cinza de uma maneira que nem mesmo a meticulosa alfaiataria alemã poderia esconder por completo.

— Até mesmo os radicais têm direito à representação. Berlim é assim, *Mensch*. Levamos a liberdade a sério aqui, mesmo que seja para dar exemplo para os nossos vizinhos, *ja*? — Möller fez um som cético no fundo da garganta.

Ronnie se remexia no banco e olhava o relógio.

— Será que podíamos ir um pouco mais rápido? Não queremos nos atrasar.

O motorista lançou um sorriso irônico sobre o ombro. Lembrava uma versão menor de Tom Cruise, porém com mais cara de furão. Não poderia ser tão jovem quanto parecia.

— As ruas são estreitas aqui. Não queremos causar um acidente. Então, é melhor chegarmos mais tarde.

O assistente de Hartmann fechou a boca e mexeu em papéis na pasta aberta em seu colo. Hartmann lançou outro olhar para a massa do Martelo, que ainda estava ignorando estoicamente a todos. O Titereiro estava incrivelmente quieto, dado seu mau pressentimento com ases. Talvez estivesse sentindo certa excitação pela proximidade de Jones.

Não que Jones parecesse um ás. Ele parecia um negro normal com seus quase 40 anos, barbado, careca, de constituição sólida, parecendo meio desconfortável de terno e gravata. Nada fora do normal.

Na verdade, ele pesava 213 quilos e tinha de se sentar no meio da Mercedes para que ela não inclinasse. Talvez fosse o homem mais forte do mundo, talvez mais forte que o Golden Boy, mas ele se recusava a entrar em qualquer tipo de competição para dirimir a dúvida. Não gostava de ser um ás, não gostava de ser celebridade, não gostava de políticos e achava que a viagem toda fora uma perda de tempo. Hartmann tinha a impressão de que ele apenas concordou em vir porque seus vizinhos do Harlem ficaram felizes por ele estar nos holofotes, e ele odiava deixá-los na mão.

Jones era um símbolo. Ele sabia disso. Ressentia-se disso. Foi o único motivo pelo qual Hartmann o convenceu a ir até o almoço da Aide et Amitié; por isso e pelo fato de que, apesar de todas as suas pretensões devotas de fraternidade, a maioria dos alemães não gostava de negros e ficava desconfortável perto deles; fingiam, mas aquilo não era o tipo de coisa que se podia esconder do Titereiro. *Ele* achou divertidos a mágoa de Hammer e o desconforto dos anfitriões; quase valia a pena fazer de Jones uma marionete. Mas não muito. Hammer era conhecido basicamente como um ás musculoso, mas o alcance pleno de seus poderes era um mistério. Qualquer risco para descobri-lo era demais para o Titereiro.

Além das pequenas agitações que tiravam a todos do eixo, Hartmann estava ficando cheio de Billy Ray. Carnifex havia fumegado de raiva quando Hartmann despachou-o com o restante da excursão na volta do Muro — instruiu-o a escoltar a Sra. Hartmann e os dois assistentes seniores do senador de volta para o hotel —, mas não podia falar muito sem ofender seus anfitriões, cujos seguranças estavam a postos. E, de qualquer forma, com o Martelo acompanhando, o que poderia acontecer?

— *Scheiße* — disse o motorista. Virou a esquina e encontrou um furgão cinza e branco da companhia telefônica estacionado bloqueando a rua próxima a uma vala aberta. Ele freou com tudo.

— Idiotas — Möller falou. — Eles não poderiam fazer isso. — Ele destrancou a porta do passageiro.

Além de Hartmann, Blum virou os olhos para o espelho retrovisor.

— Opa — ele disse baixinho. A mão direita estava dentro do paletó.

Hartmann esticou o pescoço. Um segundo furgão parou atravessado na rua a pouco menos de dez metros deles. As portas se abriram, cuspindo pessoas na calçada molhada pelas rajadas de chuva. Seguravam armas. Blum alertou seu parceiro com um grito.

Uma figura agigantou-se ao lado do carro. Um rangido terrível de metal preencheu a limusine. A respiração de Hartmann parou na garganta quando viu a mão atravessando o teto do carro numa chuva de faíscas.

Möller desviou. Puxou a MP5K do coldre no ombro, encaixou o cano na janela e deu uma rajada. O vidro explodiu para fora.

A mão retraiu-se.

— Jesus Cristo — Möller gritou —, as balas passaram através dele.

Ele abriu a porta com tudo. Um homem com máscara de esqui sobre o rosto atirou com um fuzil de ataque de trás do furgão da companhia telefônica. O ruído sacudiu as janelas grossas do carro sem parar. Soava estranhamente distante. O para-brisa estilhaçou-se. O homem que atravessou o teto gritou e se abaixou. Möller deu três passos para trás, caiu contra o para-choque da Mercedes, despencando na calçada entre contorções e gritos. Seu casaco abriu. Aranhas escarlate espalhavam-se no peito.

O fuzil de ataque se esvaziou. O silêncio repentino era estrondoso. Os dedos do Titereiro estavam agarrados na alça almofadada da porta quando o grito mental de Möller o sacudiu como anfetamina batendo na cabeça. Ele arfou pelo prazer maluco e quente, no tumulto frio do seu medo.

— *Hände hoch!* — gritou a figura ao lado do furgão que os acuara por trás. — Mãos para o alto!

Mordecai Jones pousou a grande mão no ombro de Hartmann e empurrou-o para o assoalho. Ele escalou sobre ele, com cuidado para não esmagá-lo, botando seu peso contra a porta. O metal rangeu e ela cedeu, enquanto Blum, mais convencional, puxou a alavanca da sua porta para destravar o mecanismo, girou e empurrou-a com o ombro. Trazia a MP5K com a mão esquerda agarrada no cabo posterior, mirou a minimetralhadora por trás do chassi quando Hartmann gritou:

— *Não atire!*

O Martelo estava correndo na direção do furgão da telefônica. O terrorista que atirou em Möller apontou a arma para ele, puxou o gatilho da arma vazia numa pantomima cômica de pânico. Jones golpeou-o gentilmente com as costas da mão. Ele voou para trás até ricochetear na frente de um prédio e aterrissar num montinho sobre a calçada.

O momento pairou no ar como um acorde suspenso. Jones agachou-se, encaixando as mãos sob o chassi do furgão da telefônica. Ele fez esforço, endireitou-se. O furgão subiu com ele. O motorista gritou, aterrorizado. O Martelo mudou a pegada e encaixou o veículo sobre a cabeça, como se fosse um haltere nada pesado.

Uma rajada de tiros estrondou do segundo furgão. Balas abriram as costas do paletó de Jones. Ele cambaleou, quase perdeu o equilíbrio, descreveu um círculo pesado com o furgão ainda equilibrado na cabeça. Então, vários terroristas atiraram de uma vez. Ele fez uma careta e caiu para trás.

O furgão aterrissou bem em cima dele.

O motorista da limusine estava com a porta aberta e uma pequena pistola P7 na mão. Quando o Martelo caiu, Blum soltou uma rajada rápida no furgão que estava atrás. Um homem desviou quando as balas de 9 mm abriam furos perfeitos no metal fino — um curinga, Hartmann percebeu. *Que diabos estava acontecendo ali?*

Ele abaixou a cabeça no nível da janela e agarrou a ponta do paletó de Blum. Sentiu o veículo tremer na suspensão enquanto as balas o atingiam. O motorista arfou e despencou para fora do carro. Hartmann ouviu alguém gritar em inglês para cessar fogo. Ele gritou para Blum parar de atirar.

O policial virou-se para ele.

— Sim, senhor — ele comentou. Em seguida, uma rajada atingiu a porta aberta e transformou o vidro em pó, que voou sobre o senador.

Ronnie estava espremido contra as costas do banco do motorista.

— Ai, Deus — lamentou ele. — Ai, meu Deus. — Pulou para fora pela saída da porta que o Martelo havia arrancado das dobradiças e correu, com os papéis de sua valise espalhados, girando ao redor dele como gaivotas.

O terrorista que Mordecai Jones havia derrubado se recuperara o bastante para se apoiar em um joelho e encaixar outro pente de balas na AKM. Ele a encaixou no ombro e a esvaziou no assistente do senador em uma rajada trêmula. Um grito e um jorro de sangue saíram da boca de Ronnie. Ele caiu e derrapou.

Hartmann agachou-se no chão em fuga, meio aterrorizado, meio orgástico. Blum estava morrendo, segurando no braço de Hartmann, os buracos em seu peito sugando como bocas de lâmia, sua força vital invadindo o senador como uma arrebentação arrítmica.

— Estou ferido — disse o policial. — Oh, mamãe, mamãe, por favor...
— Morreu. Hartmann contorceu-se como uma foca arpoada quando o último suspiro do homem jorrou dentro dele.

Na rua, o jovem assistente de Hartmann arrastava-se, óculos tortos, deixando uma trilha de sangue na calçada. O terrorista magrelo que o atingira caminhava tranquilo, engatando um terceiro pente na arma. Posicionou-se diante do homem ferido.

Ronnie ergueu o olhar para ele e piscou. De forma incoerente, Hartmann lembrou-se de que ele era desesperadamente míope, praticamente cego sem os óculos.

— Por favor — Ronnie disse, e o sangue rolou de sua boca. — Por favor.

— Te peguei, *Negerkuss* — o terrorista disse e deu um único tiro na testa do assistente.

— Meu Deus — Hartmann falou. Uma sombra caiu diante dele, pesada como um cadáver. Ele ergueu olhos cruéis para uma figura negra contra o céu nublado e cinzento. Uma mão o agarrou pelo braço, a eletricidade estourou através dele e a consciência explodiu em uma convulsão de ozônio.

De novo materializado, Mackie cambaleou e arrancou a máscara de esqui.
— Você atirou em mim! Podia ter me matado — ele berrou com Anneke. Seu rosto estava quase preto.
Ela riu para ele.
O mundo parecia chegar para Mackie nas cores do Kodachrome. Ele avançou para cima dela, as mãos começando a zumbir, quando uma agitação atrás dele fez sua cabeça virar.
O anão havia agarrado o rifle de Ulrich pelo freio de boca ainda quente e girou ao redor dele, ecoando o tema de Mackie com variações.
— Desgraçado estúpido, você poderia tê-lo matado! — ele berrou. — *Poderia ter apagado o merda do senador!*
Ulrich havia dado a última rajada que derrubou o policial atrás da limusine. Apesar de ser levantador de pesos, não conseguiu segurar a arma, pois o anão era muito forte. Os dois orbitavam um ao redor do outro na rua, rosnando um para o outro como dois gatos.
Mackie não se conteve e riu.
Então, Mólniya surgiu ao seu lado, tocando-o no ombro com a mão enluvada.
— Deixem para lá. Temos que sair daqui, rápido.
Mackie arqueou-se como um gato quando tocado. O camarada Mólniya estava preocupado que ele ainda estivesse irritado com Anneke por ter atirado nele, e em seguida riu da situação.
Mas aquilo já era passado. Anneke também estava rindo sobre o corpo do homem que ela acabara de executar, e Mackie teve de rir com ela.
— Um *Negerkuss* — ele disse. — Você o chamou de *Negerkuss*. Sei. Isso foi bem legal. — *Negerkuss*, significa "beijo de negro", um doce de marshmellow coberto com chocolate. Foi mais engraçado porque disseram para ele que Beijo de Negro era uma marca registrada do grupo dos velhos tempos, quando todos eles, exceto Wolf, eram crianças.
Era um riso nervoso, uma risada de alívio. Ele pensou estar perdido quando o porco atirou nele; ele viu a arma a tempo de se desintegrar, e a raiva estourou preta dentro dele, o desejo de fazer a mão vibrar até ficar rígida como a lâmina de uma faca e atravessar o maldito policial com ela,

ter certeza de que ele sentiria o zumbido, sentiria o jorrar quente do sangue pelos braços e espirrando no rosto. Mas o desgraçado estava morto, era tarde demais agora...

Ficou preocupado novamente quando o negro ergueu o furgão, mas então o camarada Ulrich atirou nele. Era forte, mas não imune a balas. Mackie gostava do camarada Ulrich. Era tão autoconfiante, tão bonito e musculoso. As mulheres gostavam dele. Anneke mal conseguia tirar as mãos dele. Mackie poderia até invejá-lo se não fosse um ás.

Mackie não tinha uma arma. Ele as odiava e, de qualquer forma, não precisava de uma arma — não havia arma melhor que seu corpo.

O curinga americano chamado Raspa estava fuçando no corpo desfalecido de Hartmann fora da limusine.

— Ele está morto? — Mackie perguntou em alemão, tomado pelo pânico súbito. O anão soltou o fuzil de Ulrich e olhou, como se enfurecido, para o carro. Ulrich quase desabou.

Raspa olhou para Mackie, o rosto congelado pela imobilidade do seu exosqueleto, mas a falta de compreensão se fez clara com o inclinar da cabeça. Mackie repetiu a pergunta no inglês hesitante que aprendera com a mãe antes que a vaca inútil morresse e o abandonasse.

O camarada Mólniya puxou a outra luva. Não usava máscara, e agora Mackie percebera que ele parecia um pouco verde ao ver o sangue espalhado pela rua.

— Ele está bem — ele respondeu por Raspa. — Apenas o deixei inconsciente pelo choque. Venha, temos que nos apressar.

Mackie abriu um sorriso e assentiu com a cabeça. Sentiu certa satisfação com a sensibilidade de Mólniya, mesmo que quisesse agradar o ás russo quase tanto quanto fazia ao próprio líder de célula, Wolf. Foi ajudar Raspa, embora odiasse ficar tão perto do curinga. Temia que pudesse tocá-lo acidentalmente, e o pensamento fazia sua carne formigar.

O camarada Wolf estava com sua Kalashnikov incólume pendurada na imensa mão.

— Leve-o para o furgão — ele ordenou. — Ele também. — Acenou com a cabeça para o camarada Wilfried, que havia saído aos tropeções do banco do motorista do furgão da companhia telefônica e estava de joelhos, despejando o café da manhã no asfalto úmido.

A chuva começara de novo. Poças largas de sangue no asfalto começaram a se espalhar como bandeiras açoitadas pelo vento. À distância, sirenes iniciavam sua cantiga horripilante.

Colocaram Hartmann no segundo furgão. Raspa foi dirigindo. Mólniya foi no banco do passageiro. O curinga deu ré na calçada, virou e partiu.

Mackie sentou-se no fundo do furgão, tamborilando batidas de heavy metal nas coxas. *Conseguimos! Capturamos ele!* Ele mal conseguia ficar sentado, quieto. Seu pênis estava duro por dentro das calças.

Lá fora, pela janela, viu Ulrich pichando letras na parede com tinta vermelha: RAF. Ele riu de novo. Aquilo faria a burguesia cagar nas calças, sem dúvida. Dez anos atrás, aquelas iniciais foram sinônimo de terror na Alemanha Ocidental. E seriam novamente. Pensar naquilo fazia Mackie arrepiar de felicidade.

Um curinga, enrolado da cabeça aos pés em um casaco surrado, avançou e pichou mais três letras ao lado das primeiras com a mão enrolada em bandagens: CSJ.

O outro furgão inclinou-se quando as rodas passaram sobre o corpo caído do ás norte-americano negro, e os dois desapareceram.

Com um computador portátil NEC embaixo do braço, e mordendo a bochecha por dentro com seus pequenos dentes, Sara atravessou a passos largos o saguão do Bristol Hotel Kempinski, com a rapidez que um observador provavelmente teria considerado de uma mulher confiante. Era um equívoco que servira bem no passado.

Automaticamente, ela entrou no bar do hotel mais luxuoso de Berlim. *A excursão em si já terminara havia muito tempo, ao menos as coisas que podemos publicar*, ela pensou, *mas e daí?* Sentiu queimar as orelhas ao pensar que fora a estrela de um dos seletos e impublicáveis incidentes da excursão.

Lá dentro estava escuro, óbvio. Todos os bares são a mesma canção: a madeira lustrosa e o latão e o couro antigo surrado, e as orelhas de elefante eram a nota graciosa que separavam esse refrão particular. Ela ergueu os óculos escuros sobre os cabelos quase grisalhos, presos naquela tarde num rabo de cavalo simples, e deixou que os olhos se ajustassem. Sempre se acostumavam mais rapidamente com a escuridão do que com a luz.

O bar não estava cheio. Alguns garçons com braçadeiras e gola alta engomada perambulavam pelas mesas como se tivessem um radar. Três executivos japoneses estavam sentados em uma mesa, conversando e apontando para um jornal, discutindo taxas de câmbio ou os bares de *strip-tease* locais, talvez. No canto, Hiram estava falando de negócios, em francês obviamente, com o *cordon bleu* do Kempinski, que era menor que ele, mas tão rechonchudo quanto. O *chef* do hotel tinha a tendência de bater os braços curtos rapidamente enquanto falava, parecendo um filhote de pássaro gordinho que não estava conseguindo alçar voo.

Crisálida estava sentada no balcão bebendo, num isolamento espetacular. Não havia curinga *chic* ali. Na Alemanha, Crisálida percebeu que a evitavam discretamente, e não a tratavam como celebridade.

Ela percebeu o olhar de Sara e piscou. Na penumbra, Sara apenas soube pela máscara de cílios que subiu e desceu diante do globo ocular parado. Ela sorriu. Aliadas profissionais nos Estados Unidos, às vezes rivais na troca de informações que era o "metajogo" do Bairro dos Curingas, desenvolveram uma amizade nesta viagem. Sara tinha mais em comum com Debra Jo do que com seus pares presentes.

Ao menos Crisálida estava vestida. Mostrou uma faceta diferente para a Europa da que apresentava no país que fingia não ser sua terra natal. Às vezes, Sara a invejava secretamente. As pessoas olhavam para ela e viam uma curinga exótica, atraente e grotesca. Mas não *a* enxergavam.

— Procurando por mim, senhorita?

Sara assustou-se e virou. Jack Braun estava sentado na ponta do balcão, a pouco mais de um metro dela. Não havia percebido que ele estava ali. Tinha tendência a evitá-lo, pois sua energia a deixava desconfortável.

— Estou de saída — ela falou, dando um tapa no computador mais forte que o necessário, pois seus dedos doeram. — Vou até o correio principal enviar meu último material via modem. É o único lugar em que se pode conseguir uma conexão transatlântica sem bagunçar todos os arquivos.

— Surpreendente que você não esteja caçando histórias com o senador Gregg — ele disse, olhando-a de soslaio por baixo das sobrancelhas desgrenhadas.

Ela sentiu o calor subir ao rosto.

— A participação do senador *Hartmann* em um banquete pode ser um evento quente para meus colegas que buscam celebridades. Mas não são o que eu chamaria de grande cobertura, não é, Sr. Braun?

Aquela era uma tarde livre. Não havia muito o que se cobrir ali, nem mesmo leitores interessados em seguir a excursão da OMS. As autoridades da Alemanha Ocidental garantiram delicadamente aos visitantes que não havia problemas com o carta selvagem no país, e usaram a turnê como reação a qualquer jogo que mantivessem com sua gêmea siamesa a leste — aquela cerimônia desanimada e tediosa da manhã, por exemplo. Claro que estavam certos: mesmo que proporcionalmente, o número de alemães vítimas do carta selvagem era minúsculo. O par mais patético ou feio entre mil era mantido discretamente em abrigos do governo ou clínicas. Por mais que ridicularizassem os norte-americanos por seu tratamento aos curingas durante os anos 1960 e 1970, os alemães envergonhavam-se do tratamento que dispensavam aos seus.

— Depende do que for dito no banquete, eu acho. Quais os planos depois do envio do seu artigo, senhorita? — Seu sorriso era de um protagonista de filme B. O dourado reluzia nos planos e contornos do rosto. Ele flexionava os músculos para acionar o brilho que lhe conferia o nome de ás. A irritação esticava a pele ao redor dos olhos de Sara. Ele estava dando em cima dela de verdade ou apenas provocando. De qualquer maneira, ela não gostava daquilo.

— Tenho que trabalhar. E poderia usar um pouco do tempo para descansar. Alguns de nós trabalharam bastante nesta viagem.

Aquele foi realmente o motivo pelo qual você ficou aliviada quando Gregg deu a dica de que poderia ser indiscreto acompanhá-lo no banquete?, ela se perguntou. Franziu o cenho, surpresa com o pensamento, e virou-se de uma vez para sair.

A mão grande de Braun envolveu seu braço. Ela arfou e voltou-se para ele, furiosa e quase em pânico. O que poderia fazer contra um homem que conseguia levantar um ônibus? Aquela observadora distante dentro dela, a jornalista, refletiu sobre a ironia de que Gregg, que ela odiara, sim, de forma obsessiva, seria o primeiro homem em anos cujo toque ela receberia de bom grado...

Mas Jack Braun franzia a testa para além dela, na direção do saguão, que estava se enchendo com jovens de paletó decididos, enérgicos.

Um deles foi até o balcão do bar, olhou direto para Braun e examinou o papel que segurava.

— *Herr* Braun?

— Sou eu. Em que posso ajudá-lo?

— Estou com a *Landespolizei*, a polícia regional, de Berlim. Peço que o senhor não saia do hotel.

Braun projetou a mandíbula para a frente.

— E por que não poderia?

— O senador Hartmann foi sequestrado.

Ellen Hartmann fechou a porta com imenso cuidado e afastou-se. As videiras floreadas que desbotavam no carpete pareciam enrolar-se em seus calcanhares quando voltou para a suíte e sentou-se na cama.

Seus olhos estavam secos. Doíam, mas estavam secos. Ela sorriu levemente. Era difícil deixar fluir as emoções. Tinha tanta experiência em controlá-las para as câmeras. E Gregg...

Sei o que ele é. Mas ele é tudo que tenho.

Ela pegou um lenço do criado-mudo e metodicamente começou a rasgá-lo em pedacinhos.

— Bem-vindo à terra dos vivos, senador. Ao menos por enquanto.

Aos poucos, a mente de Hartmann voltou à consciência. Havia um gosto na boca e um chiado nos ouvidos. Seu braço direito doía como se estivesse queimado de sol. Alguém sussurrava uma canção familiar. Um rádio murmurava.

Ele abriu os olhos na escuridão. Sentiu a pontada obrigatória da ansiedade cega, mas algo pressionava seus olhos, e da pequena dor na parte de trás da cabeça imaginou que era gaze com fita adesiva. Seus pulsos estavam amarrados para trás numa cadeira de madeira.

Depois de entender que fora sequestrado, o que mais o atingiu foram os cheiros: suor, gordura, mofo, poeira, roupas molhadas, temperos estranhos, urina velha e lubrificante novo para armas povoavam suas narinas totalmente.

Ele listou todas essas coisas antes de se permitir reconhecer a voz irritante.

— Tom Miller — ele falou. — Queria de verdade dizer que é um prazer.

— Ah, sim, senador. Mas *eu* posso dizê-lo. — Conseguia sentir Gimli triunfante, pois podia sentir seu hálito fedorento de pasta de dente e enxaguante bucal pertencentes ao mundo dos limpos, que adoravam o superficial. — Também poderia dizer que o senhor não tem ideia de quanto esperei por isso, mas claro que tem. O senhor sabe muito bem.

— Como nos conhecemos tão bem, por que não tira a venda dos meus olhos, Tom? — Enquanto falava, ele sondava com seu poder. Passaram-se dez anos desde seu último contato físico com o anão, mas ele não acreditava que a ligação, uma vez criada, se desintegrasse. O Titereiro temia perder o controle mais do que qualquer coisa, exceto ser desmascarado; e ser descoberto representava a derradeira perda do poder. Se pudesse alcançar os ganchos da alma de Miller, Hartmann poderia ao menos estar seguro para diminuir o pânico que borbulhava como magma em sua garganta.

— *Gimli!* — gritou o anão, lançando gotas de saliva sobre os lábios e rosto de Hartmann.

Naquele instante, Hartmann cortou o elo. O Titereiro vacilou. Por um momento, sentiu o ódio de Gimli cintilando como um fio incandescente. *Ele desconfia!*

A maior parte do que ele sentiu era ódio. Mas embaixo dele, sob a superfície consciente da mente de Gimli, existia o conhecimento de que havia algo de extraordinário em Gregg Hartmann, algo inextricavelmente ligado à sangrenta carnificina da Revolta do Bairro dos Curingas. Gimli não era um ás, Hartmann tinha certeza disso. Mas a paranoia natural do anão era, por si, uma espécie de sexto sentido.

Pela primeira vez na vida, o Titereiro encarava a possibilidade de ter perdido uma marionete.

Sabia que estava pálido, sabia que se encolhera, mas felizmente sua reação passou por nojo ao ser cuspido.

— Gimli — o anão repetiu, e Hartmann sentiu que ele se virava. — Esse é o meu nome. E a máscara continua onde está, senador. O senhor me conhece, mas não os outros que estão aqui. E eles querem manter as coisas assim.

— Isso não vai acabar bem, Gimli. Acha que uma máscara de esqui vai disfarçar um curinga com focinho peludo? Eu... quer dizer, se alguém viu você me sequestrar, não terá muito problema em identificar você e sua gangue.

Ele estava falando demais, mas percebeu tardiamente — não queria Miller refletindo demais sobre o que Hartmann poderia fazer com ele e com alguns de seus comparsas. Fosse lá o que tivesse enlouquecido o anão, provavelmente chacoalhou seu cérebro como um batedor de omelete — um choque elétrico ou algo assim, ele pensou. Nos anos 1960, foi um cavaleiro da liberdade por pouco tempo — era algo que significava uma espécie de Nova Fronteira promissora, e sempre houve o ódio, inebriante como o vinho, a possibilidade da violência fascinante, carmesim e índigo. Um policial do Sul acertou-o com um atiçador de gado durante os protestos de Selma, o que foi original demais para o seu gosto, e o mandou de volta ao Norte correndo. Mas foi o que pareceu, lá na limusine.

— Vamos lá, Gimli — disse uma voz de barítono áspera num inglês com sotaque, mas claro. — Por que não tiramos a máscara? Mais cedo ou mais tarde o mundo nos conhecerá.

— Ah, tudo bem — disse Gimli. O Titereiro pôde sentir seu ressentimento sem precisar sondá-lo. Tom Miller precisava dividir os holofotes com alguém, e ele não gostava disso. Pequenas bolhas de interesse começaram a subir através do fervilhar que era o pânico incipiente de Hartmann.

Hartmann ouviu o arrastar de pés no chão limpo. Alguém tateou rápido, xingou, e então tirou seu fôlego involuntariamente quando a fita foi descolada, puxando-a com hesitação de sua pele e cabelos.

A primeira coisa que viu foi o rosto de Gimli. Ainda parecia um saco cheio de maçãs podres. O olhar de exultação não o melhorava em nada. Hartmann deixou o olhar pairar do anão para o restante da sala.

Era um apartamentinho de merda, como são quase todos os apartamentinhos de merda em qualquer lugar do mundo. O chão de madeira estava manchado e o papel de parede listrado tinha manchas de umidade como axilas de operário. Dos montes generalizados de lixo amassado e triturado embaixo do seu pé, Hartmann adivinhou que era um local abandonado.

Ainda assim, uma lâmpada brilhava num globo quebrado no teto, e ele sentiu um aquecedor soltando calor demais como todos os aquecedores da Alemanha até chegar o mês de junho.

Por tudo que sabia, poderia estar na área leste, que era um pensamento feliz demais. Por outro lado, já estivera em casas alemãs antes. Aquela ali, de alguma forma, cheirava *mal*.

Havia três outros curingas óbvios na sala, um era coberto dos pés à cabeça por uma túnica com capuz que parecia empoeirada, um coberto de quitina amarelada sarapintada de vermelho, o terceiro, um peludo que vira perto do furgão. Em comparação, os três jovens limpos no campo de visão de Hartmann pareciam ofensivamente normais.

Seu poder fez com que sentisse outros atrás dele. Era estranho. Em geral ele não era capaz de sentir as emoções alheias, a menos que alguém as irradiasse com muita força, ou esse alguém fosse uma marionete. Sentiu uma contorção peculiar no poder dentro dele.

Olhou para trás. Havia mais dois, limpos à primeira vista, embora o jovem mirrado recostado na parede manchada perto do aquecedor tivesse uma aparência estranha aos seus olhos. Um homem de trinta e poucos anos estava sentado ao lado dele numa cadeira plástica de cores berrantes com as mãos nos bolsos de um sobretudo. Hartmann pensou que o mais velho estava subconscientemente evitando o mais jovem; quando seus olhos se encontraram, ele percebeu uma rápida impressão de tristeza.

Que estranho, ele pensou. Talvez a tensão tenha elevado suas percepções normais; talvez estivesse imaginando coisas. Mas algo emanou daquele rapaz quando sorriu para Hartmann, algo que formigava às margens da sua consciência. Novamente teve aquela sensação evasiva do Titereiro.

Um sapato rangeu nos dejetos. Ele se virou e se flagrou erguendo os olhos para um limpo enorme vestido com um paletó e uma calça verde-musgo estranha, quase militar. O homem estava sem gravata; a camisa estava desabotoada em volta do pescoço grosso, aberta para um tufo de pelos loiros acinzentados. Mãos grandes descansavam nos quadris com a cauda do paletó erguida para trás, como algo tirado da adaptação teatral de *O vento será tua herança*. O cabelo longo penteado para trás deixava uma testa alta.

Ele sorriu. Tinha um daqueles rostos feios e rústicos pelos quais as mulheres se apaixonam e nos quais os homens acreditam.

— É um grande prazer conhecê-lo, senador. — Era a voz de ondulação do mar que ele ouviu pedir a Gimli para tirar sua venda.

— Saiu na vantagem.

— É verdade. Ah, mas ouso dizer que meu nome não será estranho para o senhor. Wolfgang Prahler.

Por trás de Hartmann, alguém estalou a língua, exasperado. Prahler franziu a testa, então riu.

— Ah, agora, camarada Mólniya, eu acabei com a segurança? Bem, não concordamos que precisamos sair à luz do dia para realizar uma tarefa tão importante?

Como muitos berlinenses educados, ele falava inglês com um sotaque claramente britânico. Atrás dele, o Titereiro sentiu um tremular agitado no nome *Mólniya*. Era russo. Queria dizer *relâmpago*: os soviéticos tinham uma série de satélites de comunicação com aquele nome.

— O que exatamente está acontecendo aqui? — questionou Hartmann. O coração se acelerava com as palavras. Ele não queria usar aquele tom com os assassinos de sangue-frio que o tinham totalmente à mercê. Mas o Titereiro, de repente cheio de arrogância, tomou as rédeas. — O senhor não poderia esperar até o banquete da Aide et Amitié para sermos apresentados?

A risada de Prahler ressoou do fundo do peito.

— Muito bem. Mas o senhor não entendeu ainda? Nunca foi nossa intenção que o senhor chegasse ao banquete, senador. Como vocês, norte-americanos, dizem, o senhor caiu na armadilha.

— Atraído até a isca e capturado — disse uma mulher levemente ruiva que vestia uma blusa de gola olímpica e calça jeans. — Um queijo para um rato, um banquete fino para um lorde requintado.

— Ratos e lordes — uma voz repetiu. — Um rato fino, um lorde fino. — A mesma pessoa riu. Era uma voz de homem, falha e adolescente: o garoto com jaqueta de couro. Hartmann sentiu um formigamento embaixo do escroto como os dedos de uma prostituta. Não havia mais dúvida: estava recebendo a emoção dele como a estática numa linha telefônica. Vestígio de algo poderoso — algo terrível. Dessa vez, o Titereiro não sentiu desejo de sondar mais a fundo.

Teve medo desse cara. Mais que dos outros, de Prahler, dos jovens com as armas. Mesmo de Gimli.

— O senhor se enfiou em todo esse problema para ajudar Gimli a acertar essa conta antiga, imaginária? — ele se fez dizer. — Muito generoso de sua parte.

— Fazemos isso pela revolução — disse um jovem limpo com topete loiro, bronzeado artificial e o ar de ter dado duro para memorizar essa frase. Sua blusa de gola alta e jeans eram moldados ao redor de sua figura atlética. Estava em pé ao lado da parede acariciando o freio de boca de um fuzil de assalto soviético encostado ao lado do seu pé.

— O senhor é insignificante, senador — disse a mulher, tirando as mechas do corte quadrado da testa. — Simplesmente um instrumento. Apesar do que seu egoísmo ingênuo lhe diz.

— Quem são vocês, de uma vez por todas?

— Carregamos o nome sagrado da Facção do Exército Vermelho — ela lhe disse. Rodeava um rapaz mais jovem e troncudo que estava sentado de perna cruzada e mexia num rádio posto sobre um criado-mudo de madeira empenada.

— Foi o camarada Wolf que nos deu — disse o rapaz loiro. — Ele andava com Baader e Meinhof e os outros. Era próximo deles. — Ele ergueu um punho fechado.

Hartmann mordeu os lábios. Desde que as guerras terroristas entraram em operação para valer no início dos anos 1970, não era incomum advogados radicais se envolverem diretamente nas atividades daqueles que representavam no tribunal, especialmente na Alemanha e na Itália. Ao que parecia, se aquele rapaz estivesse falando a verdade, Prahler fora um líder no grupo de Baader-Meinhoff e na RAF desde o início, sem que as autoridades desconfiassem disso.

Hartmann olhou para Tom Miller.

— Vou refazer minha pergunta. Como *você* foi se envolver nisso, Gimli?

— Aconteceu de estarmos no lugar certo, na hora certa, senador.

O anão abriu um sorriso forçado para ele. O Titereiro sentiu o impulso de esmagar aquela cara convencida, arrancar as vísceras do anão e sufocá-lo com elas. A frustração era um tormento físico.

O suor escorria pela testa de Hartmann como uma centopeia. Suas emoções eram estranhamente distintas das do Titereiro. Seu outro eu oscilava do ódio para o medo. O que ele mais sentia agora era cansaço e tédio.

E tristeza. *Pobre Ronnie. Ele tinha boas intenções. Dava tão duro.*

A ruiva de repente estapeou o ombro do homem sentado.

— Wilfried, seu idiota, era lá! Você passou. — Ele murmurou desculpas e girou o sintonizador para trás.

— … *capturado pela Facção do Exército Vermelho, atuando em conjunto com os camaradas da Curingas por uma Sociedade Justa, que fugiram da perseguição nos Estados Unidos.* — Era a voz de Wolf, escorrendo como âmbar líquido do radinho barato. — *Os termos de soltura são: libertação do combatente libertário palestino al-Muezzin. Um avião com combustível suficiente para levar al-Muezzin para um país no Terceiro Mundo livre. Imunidade judicial para os membros desta equipe. Exigimos que o memorial a Jetboy seja destruído e no seu lugar seja construído um prédio para oferecer abrigo e cuidados médicos às vítimas curingas da intolerância norte-americana. E, por fim, apenas para ferir os porcos capitalistas onde mais lhes dói,*

10 milhões de dólares em dinheiro que serão usados para auxiliar as vítimas da agressão norte-americana na América Central.

"Se essas exigências não forem *atendidas até as dez da noite de hoje, horário de Berlim, o senador Gregg Hartmann será executado.*"

"Voltamos à programação normal."

— Temos que fazer alguma coisa. — Hiram Worchester enroscou os dedos na barba e olhou pela janela para o céu nublado de Berlim.

Digger Downs virou uma carta. Três de paus. Ele fez uma careta.

Billy Ray caminhava sobre o tapete da suíte de Hiram como um tiranossauro com comichão.

— Se eu estivesse lá, essa merda não teria acontecido — disse ele, e voltou os olhos verdes e raivosos para Mordecai Jones.

O Martelo estava sentado no sofá. Era de carvalho e com estofado florido, e, como grande parte da mobília do hotel, sobrevivera à guerra. Felizmente eles construíam mobiliário robusto nos anos 1890.

Jones soltou um ruído de caixa de câmbio suja voltado para baixo e olhou para as mãos grandes, que entrelaçava entre os joelhos.

A porta abriu e Peregrina entrou às pressas no quarto. De modo figurado, ao menos, suas asas tremelicaram nas costas. Usava uma blusa solta de tecido aveludado e jeans que escondiam o estado avançado da gravidez.

— Acabei de ouvir no rádio... não é terrível? — Em seguida, ela parou e encarou o Martelo. — Mordecai... que diabos você está fazendo aqui?

— O mesmo que você, Srta. Peregrina. Não me deixam sair.

— Mas por que não está no hospital? As reportagens disseram que você estava muito ferido.

— Só um pouco baleado. — Ele estapeou a própria barriga. — Tenho o couro bem duro, tipo aquela coisa de Kevlar que a gente lê na *Popular Science*.

Downs virou uma nova carta. Oito vermelho.

— Merda — murmurou ele.

— Mas um *furgão* caiu em cima de você — disse Peregrina.

— Sim, mas veja, eu tenho esses metais da pesada substituindo o cálcio nos meus ossos, então são mais fortes e flexíveis e tudo o mais, e minhas vísceras e sei lá mais o quê são muito mais robustas que da maioria do pessoal. E eu me curo bem rápido, não fico nem doente desde que tirei meu ás. Sou um cara meio que bem resistente.

— Então por que você deixou que fugissem? — questionou Billy Ray, quase gritando. — Caramba, o senador era responsabilidade sua. Deveria ter dado umas *porradas* lá.

— Para dizer a verdade, Sr. Ray, doeu para cacete. Eu fiquei bem mal por um tempo lá.

O *senhor* saiu bem diferente do *senhorita*. Billy Ray inclinou a cabeça e olhou sério para ele. Jones o ignorou.

— Dá um tempo para ele, Billy — disse a parceira de Carnifex, Lady Black, que estava sentada com os calcanhares cruzados diante dela.

Peregrina aproximou-se e tocou o ombro de Mordecai.

— Deve ter sido horrível. Estou surpresa que tenham te liberado do hospital.

— Não liberaram — falou Downs, cortando o maço de cartas com a mão esquerda para dar uma olhada no meio. — Ele se deu alta. Arrebentou a parede. O pessoal da saúde pública está meio puto da vida.

Jones abaixou a cabeça.

— Não gosto de médicos — murmurou ele.

Peregrina olhou ao redor.

— Cadê a Sara? Pobrezinha. Deve estar sendo um inferno para ela.

— Eles a deixaram ir até o centro de controle de crises na prefeitura. Nenhum outro repórter do grupo. Apenas ela. — Downs fez uma careta e voltou ao jogo de paciência.

— Sara pegou uma declaração do Sr. Jones sobre o que ele vira e ouvira durante o sequestro — relatou Lady Black. — Ele não falou nada antes de sair do hospital. — Após o acidente que desencadeou seu vírus carta selvagem, Jones foi mantido pelo Departamento de Saúde Pública de Oklahoma como um espécime de laboratório, praticamente um prisioneiro. A experiência lhe deu um medo quase patológico de medicina e todos os seus apetrechos.

— Que coisa estranha — falou Jones, sacudindo a cabeça. — Eu estava lá deitado, tentando respirar com aquela mer… com aquele furgão no peito, e continuei ouvindo todas as pessoas gritando umas com as outras. Como crianças brigando num parquinho.

Hiram virou as costas para a janela. Os anéis que se formaram ao redor dos seus olhos desde o início da viagem estavam ainda mais pronunciados.

— Entendi — disse ele com as mãos juntas diante do peito. Eram mãos delicadas e se encaixavam estranhamente com o volume do corpo. — Entendi o que está acontecendo aqui. Foi um golpe para todos nós. O senador Hartmann não é apenas a última esperança para os curingas conseguirem um tratamento igualitário… e talvez para ases também, com esse maluco do Barnett à solta… ele é nosso *amigo*. Estamos tentando aliviar o golpe fugindo do assunto. Mas não podemos. Temos que *fazer* alguma coisa.

— Foi isso que eu disse. — Billy Ray bateu o punho na palma da mão. — Vamos dar umas porradas e conseguir uns nomes!

— Que porradas? — perguntou Lady Black com cansaço. — Nomes de quem?

— Para começar, aquele nanico desgraçado do Gimli. Deveríamos ter pegado esse cara quando ele estava de bobeira em Nova York no último verão...

— Onde vocês vão encontrá-lo?

Ele abriu os braços.

— Caramba, é por isso que deveríamos estar procurando por ele em vez de ficar aqui com a bunda sentada, esfregando as mãos e dizendo como sentimos muito enquanto a porra do senador está desaparecido.

— Tem dez mil policiais lá fora varrendo as ruas — comentou Lady Black. — Acha que vamos achar mais rápido?

— Mas o que nós podemos fazer, Hiram? — perguntou Peregrina. Seu rosto estava pálido e a pele das maçãs do rosto bem esticada. — Estou tão desnorteada. — As asas dela se abriram levemente, em seguida se fecharam.

A língua pequena e rosa de Hiram umedeceu os lábios.

— Eu gostaria de saber, Per. Com certeza, deve haver algo...

— Eles mencionaram um resgate — falou Digger Downs.

Hiram esmurrou a palma da mão duas vezes, numa imitação inconsciente de Carnifex.

— É isso. É isso! Talvez possamos levantar o dinheiro para pagar o resgate.

— Dez milhões é uma grana preta — disse Mordecai.

— É apenas uma cifra para começar a negociação — falou Hiram, varrendo objeções para o lado com suas mãozinhas. — Com certeza, podemos abaixar esse valor.

— E as exigências para soltar o tal terrorista? Não podemos fazer nada sobre isso.

— Dinheiro na mão — disse Downs —, calcinha no chão.

— Bem deselegante — comentou Hiram, começando a pairar de cá para lá como uma nuvem desajeitada —, mas correto. Com certeza, se conseguirmos juntar fundos o suficiente, eles vão pular sobre a nossa oferta.

— Esperem um minuto... — Carnifex tentou falar.

— Sou um homem de recursos consideráveis — explicou Hiram, pegando um punhado de balinhas de menta de uma baixela de prata pela qual passou. — Posso contribuir com um bom montante...

— Eu tenho dinheiro — disse Peregrina, entusiasmada. — Vou ajudar.

Mordecai franziu a testa.

— Não sou maluco por políticos, mas, cara, eu sinto que *perdi* o cara, merda. Contem comigo para o que precisar.

— Espera aí, caramba! — exclamou Billy Ray. — O presidente Reagan já anunciou que não haverá negociação com esses terroristas.

— Talvez ele tope se a gente acrescentar uma Bíblia e uma porção de lançadores de foguete — disse Mordecai.

Hiram ergueu o queixo.

— Somos cidadãos comuns, Sr. Ray. Podemos fazer o que quisermos.

— Por Deus, veremos...

A porta se abriu. Xavier Desmond entrou.

— Não consegui mais ficar lá sentado, sozinho — disse ele. — Estou tão preocupado... meu Deus, Mordecai, o que você está fazendo aqui?

— Deixa para lá, Des — falou Hiram. — Temos um plano.

O homem do Departamento de Investigação Criminal bateu seu maço de cigarros no canto da mesa do centro de crise na prefeitura, tirou um cigarro e o pôs nos lábios.

— Onde você estava com a cabeça para permitir que aquilo fosse ao ar sem me consultar?!? — Ele não fez movimento algum para acender o cigarro. Tinha um rosto jovem com rugas de um velho, e olhos amarelos de lince. As orelhas eram salientes.

— *Herr* Neumann — disse o representante do prefeito, prendendo o fone entre o ombro e o queixo duplo e deixando-o bem suado —, aqui em Berlim, nosso reflexo tende a evitar a censura. Tivemos o bastante nos velhos e piores tempos, *nicht wahr*?

— Não foi isso que quis dizer. Como vamos controlar esta situação se não formos nem *informados* quando atitudes como esta são tomadas? — Ele se recostou e esfregou uma das fendas que ladeavam sua boca. — Pode acontecer o mesmo que em Munique.

Tachyon analisava o relógio digital embutido no salto de um par de botas que comprara no Ku'damm no dia anterior. Além dos relógios, ele estava cheio de ornamentos do século XVII. *Esta viagem era uma proeza política*, ele pensou. *Mas, ainda assim, poderíamos ter feito algo de bom. É assim que vai terminar?*

— Quem é o al-Muezzin? — perguntou ele.

— Seu nome é Daoud Hassani. É um ás que pode destruir coisas com a voz, como seu falecido ás, o Uivador — respondeu Neumann. Se ele percebera como Tachyon se encolheu, não deixou transparecer. — É palestino. Um dos seguidores de Nur al-Allah, trabalha fora da Síria. Alegou ser o responsável pela queda do jato comercial El Al, em Orly, em junho passado.

— Temo que estamos longe de nos livrar da Luz de Alá — comentou Tachyon. Neumann assentiu, fechando a cara. Desde que a excursão deixou a Síria, houve três dúzias de bombardeios em todo o mundo em retaliação ao "ataque traiçoeiro" ao profeta ás.

Se aquela maldita mulher ao menos tivesse terminado o trabalho, Tachy pensou. Ele tomou cuidado para não falar em voz alta. *Esses terráqueos podem ser muito sensíveis sobre esse tipo de coisa.*

O suor corria ao lado do seu pescoço e descia pelo colarinho rendado da blusa. O aquecedor zumbia e gemia com o calor. *Queria que fossem menos sensíveis ao frio. Por que esses alemães insistem em deixar o planeta quente ainda mais quente?* A porta se abriu. O clamor dos repórteres da imprensa internacional, comprimido no corredor lá fora, invadiu a sala. Um assistente político deslizou para dentro e sussurrou ao representante do prefeito, que bateu o telefone de forma petulante.

— A Srta. Morgenstern veio da parte de Kempinski — anunciou ele.

— Traga-a imediatamente — falou Tachyon.

O representante do governo projetou o lábio inferior, que brilhou úmido sob as luzes fluorescentes.

— Impossível. Ela é membro da imprensa, e não permitiremos imprensa nesta sala no decorrer do caso.

Tachyon olhou para o homem por sobre seu nariz fino e reto.

— Eu exijo que a Srta. Morgenstern seja trazida imediatamente — disse naquele tom de voz reservado em Takis para cavalariços que pisam em botas recém-engraxadas e serviçais que espirram sopa na cabeça de representantes do Lorde Psi em visita à mansão.

— Faça ela entrar — ordenou Neumann. — Ela trouxe a fita do *Herr* Jones para nós.

Sara estava vestindo um casacão branco com um cinto vermelho de um palmo, como uma bandagem ensanguentada. Tachy sacudiu a cabeça. Como todas as demonstrações de moda que ela fizera, aquela era de arrepiar.

Ela chegou até ele. Trocaram um abraço breve, frio. Ela se virou, tirando do ombro uma bolsa pesada.

Tachyon perguntou-se: havia um toque metálico em seus olhos azul-piscina ou foram apenas lágrimas?

— Ouviu isso? — a ruiva chamada Anneke trinou. — Um dos porcos que pegamos hoje era judeu.

Início da tarde. O rádio fervia com reportagens e conjecturas sobre o sequestro. Os terroristas estavam exaltados e pavoneavam-se uns para os outros.

— Mais uma gota de sangue para vingar nossos irmãos da Palestina — Wolf anunciou sonoramente.

— E aquele ás crioulo? — perguntou aquele que parecia um salva-vidas. — Não morreu ainda?

— E não vai morrer tão cedo — falou Anneke. — De acordo com as notícias, ele fugiu do hospital uma hora depois de dar entrada.

— Besteira! Eu descarreguei meio pente nele. Vi quando o furgão caiu em cima do cara.

Anneke afastou-se devagar do rádio e correu os dedos pela linha do queixo de Ulrich.

— Não acha que, se ele consegue levantar um furgão sozinho, talvez seja um pouco difícil de machucar, querido? — Ela ficou na ponta dos tênis e beijou-o bem atrás do lóbulo da orelha. — Além disso, matamos dois…

— Três — disse o camarada Wilfried, que ainda estava monitorando as ondas de rádio. — O outro, hum, policial acabou de morrer. — Ele engoliu em seco.

Anneke bateu palmas, deliciada.

— Viu?

— Também matei uma pessoa — disse a voz do garoto atrás de Hartmann. Apenas o som dela enchia o Titereiro de energia. *Calma, calma*, Hartmann alertou sua outra metade, imaginando se ele teria aquela marionete. É possível criar um sem conhecê-la? Ou é a constante expressão de emoções naquele tom agudo que posso sentir sem ter uma conexão?

O poder não respondeu.

O garoto em roupas de couro arrastou os pés para a frente. Hartmann viu que ele era corcunda. Um curinga?

— Camarada Dieter — disse o adolescente. — Eu apaguei ele assim… vrrrrrr! — Ele ergueu as mãos diante de si e, de repente, elas começaram a vibrar como uma lâmina de serra elétrica, um borrão letal.

Um ás! Hartmann chegou a perder o fôlego. A vibração parou. O garoto mostrou os dentes amarelados para os outros, que ficaram muito silenciosos.

Através do pulsar em seus ouvidos, Hartmann ouviu uma fricção de metal tubular em madeira quando o homem de sobretudo levantou-se da cadeira.

— Você matou uma pessoa, Mackie? — perguntou ele com suavidade. Seu alemão era um pouco perfeito demais para ser natural. — Por quê?

Mackie abaixou a cabeça.

— Era um informante, camarada — disse ele, de canto de olho. Seus olhos oscilavam nervosamente entre Wolf e o outro. — O camarada Wolf ordenou que eu prendesse ele. Mas ele… ele tentou me matar! Foi isso. Ele

MARIONETES

puxou uma arma para mim e eu *acabei* com ele. — Ele brandiu a mão vibratória novamente.

O homem avançou lentamente para onde Hartmann pudesse vê-lo. Era de altura média, bem-vestido, mas não muito, cabelo bem-arrumado e loiro. Um homem no lado bem-apessoado do indescritível. Exceto pelas mãos que estavam encapsuladas naquilo que pareciam grossas luvas de borracha. Hartmann observou-as com repentina fascinação.

— Por que eu não soube disso, Wolf? — A voz mantinha o nível, mas o Titereiro conseguia ouvir um grito inaudito de ódio. Havia tristeza também — o poder, sem dúvida, a atraía. E uma quantidade imensa de medo.

Wolf ergueu os ombros pesados.

— Muita coisa aconteceu nesta manhã, camarada Mólniya. Soube que Dieter planejava nos trair, mandei Mackie atrás dele, as coisas saíram do controle. Mas tudo está certo agora, tudo vai ficar bem.

Os fatos encaixavam-se como pinos de uma fechadura. *Mólniya — relâmpago*. De repente, Hartmann sabia o que acontecera com ele na limusine. O homem de luvas era um ás que usou algum tipo de força elétrica para atordoá-lo.

Os dentes de Hartmann quase se estilhaçaram pelo esforço da mordida aterrorizada. *Um ás desconhecido! Ele saberá de mim, me encontrará...*

Seu outro lado estava frio. *Ele não sabe de nada.*

Mas como você sabe? Não conhecemos seus poderes.

Ele é uma marionete.

Foi uma luta para impedir o rosto de expressar suas emoções. *Como pode ser, inferno?*

Eu o peguei quando ele me deu um choque. Não precisei fazer nada, o poder dele se fundiu ao nosso sistema nervoso por um momento. Foi tudo que bastou.

Mackie contorceu-se como um cachorrinho flagrado fazendo xixi no tapete.

— Fiz certo, camarada Mólniya?

Os lábios de Mólniya embranqueceram, mas ele assentiu com esforço visível.

— Sim... dadas as circunstâncias.

Mackie se envaideceu e se empertigou.

— Bem, aí está. Executei um inimigo da Revolução. Vocês não são os únicos.

Anneke trinou e passou os dedos pelo rosto de Mackie.

— Preocupado com a busca da glória individual, camarada? Vai precisar aprender a vigiar essas tendências burguesas se quiser ser parte da Facção do Exército Vermelho.

Mackie lambeu os lábios e esquivou-se, corando. O Titereiro sentiu o que acontecia dentro dele, como uma irritação por baixo da superfície do sol.

E ele, que tal?, perguntou Hartmann.

Ele também. E o loiro atlético. Eles cuidaram de nós depois que o russo lhe deu um choque. Esses caras me deixaram hipersensível.

Hartmann deixou a cabeça pender para esconder um franzir de testa. *Como tudo isso pôde acontecer sem eu saber?*

Sou seu subconsciente, lembra? Sempre alerta.

O camarada Mólniya suspirou e voltou para a cadeira. Sentiu os pelos se eriçarem nas costas das mãos e no pescoço quando os neurônios hiperativos dispararam. Não havia nada que pudesse fazer quanto a descargas baixas como essas; aconteciam involuntariamente sob estresse. Por isso ele usava luvas — e por isso algumas das histórias mais assustadoras que contavam no Aquário sobre a noite do seu casamento quase aconteceram de verdade.

Ele teve de rir. *O que há para se preocupar?* Mesmo se, depois disso, ele fosse identificado pelo que era, não haveria repercussões internacionais; era como o jogo era jogado, por nós e por eles. Assim garantiram seus superiores.

Certo.

Bom Deus, o que fiz para merecer ser envolvido nesse esquema lunático? Não tinha certeza de quem era mais louco, essa coleção de pobres homens deformados e ingênuos políticos sedentos de sangue ou seus chefes.

Era a oportunidade da década, eles lhe disseram. Al-Muezzin estava no bolso do colete do Grande K. Se o liberarmos, ele cairá nas nossas mãos por gratidão. Trabalhará para nós. Talvez ele conseguisse trazer junto a Luz de Alá.

Valia o risco?, ele se perguntou. Valia a pena varrer os contatos secretos que haviam construído na Alemanha Ocidental durante dez anos? Valia a pena arriscar a Grande Guerra, a guerra que nenhum dos lados ganharia, não importava o que os belos planos de guerra diziam no papel? Reagan era presidente; ele era um caubói, um maluco.

Mas havia limite até onde era possível pressionar, mesmo se você fosse ás ou herói, o primeiro homem que entrou no Bala Hissar em Cabul, no Natal de 1979. Os portões se fecharam na cara dele. Ele tinha ordens. Não precisava de mais nada.

Não que ele discordasse dos objetivos. Seus arquirrivais do Komitet Gosudarstvennoi Bezopasnosti — o Comitê de Segurança do Estado — eram arrogantes, celebrados demais e competentes de menos. Nenhum bom homem da GRU, a inteligência russa, conseguia botar esses idiotas no lugar deles. Como patriota, sabia que a Inteligência Militar poderia fazer um uso muito melhor de uma aquisição tão valiosa como Daoud Hassani do que seus pares mais conhecidos, a KGB.

Mas o método...

Sua preocupação não era com ele. Era com sua mulher e filha. E com o resto do mundo também; o risco era imenso, caso algo desse errado.

Ele tirou do bolso o maço de cigarros e um isqueiro.

— Um hábito horrendo — disse Ulrich naquele seu jeito pesado. Mólniya apenas olhou para ele.

Algum tempo depois, Wolf deu uma risada que quase não soou forçada.

— As crianças de hoje têm padrões diferentes. Nos velhos tempos... ah, Rikibaby, camarada Meinhof, ela era fumante. Sempre com um cigarro aceso.

Mólniya não disse palavra, apenas manteve os olhos em Ulrich. Seus olhos tinham um traço da prega epicântica, legado do jugo mongol. Depois de um instante, o jovem loiro encontrou outro lugar para olhar.

O russo acendeu o cigarro, envergonhado por sua vitória barata. Mas tinha de manter esses animais sob controle. Ironia que ele, que renunciou ao comando da Spetsnaz e transferiu-se para a Diretoria da Inteligência do Estado-Maior Soviético porque não tolerava mais violência, se encontrasse obrigado a trabalhar com essas criaturas para as quais o derramamento de sangue se transformara em vício.

Ah, Milya, Masha, será que eu as verei de novo?

— Herr Doktor.

Tachy coçou a lateral do nariz. Estava ficando irritado, confinado ali por duas horas, sem saber no que poderia contribuir. Lá fora... bem, não havia nada a ser feito. Mas poderia estar com seu pessoal da excursão, confortando-os, tranquilizando-os.

— *Herr* Neumann — disse ele.

O homem do Departamento de Investigação Criminal sentou-se ao lado dele. Tinha um cigarro entre os dedos, apagado apesar da camada de tabaco que pairava como uma névoa no ar espesso. Ele girava o cigarro o tempo todo.

— Gostaria de pedir sua opinião.

Tachyon ergueu uma sobrancelha magenta. Já havia percebido há muito que os alemães o queriam ali exclusivamente porque era o líder da turnê na ausência de Hartmann. Do contrário, dificilmente fariam questão de ter um médico ali, ainda mais um estrangeiro, por baixo. De certo modo, a maioria dos oficiais civis e policiais que circulava no centro de crise tratava-o com deferência pela sua posição de autoridade e, fora dessa posição, ignoravam-no.

— Peça — falou Tachyon com um aceno que era levemente cínico. Neumann parecia honestamente interessado e ao menos mostrara sinais de inteligência incipiente que, na percepção de Tachy, era raro para a sua espécie.

— O senhor está sabendo que na última hora e meia vários membros de sua excursão estão tentando levantar uma soma em dinheiro para oferecer aos sequestradores do senador Hartmann como resgate?

— Não.

Neumann assentiu com a cabeça, devagar, como se refletisse. Seus olhos amarelos estavam semicerrados.

— Estão tendo uma dificuldade considerável. É o posicionamento do seu governo…

— Não é *meu* governo.

Neumann inclinou a cabeça.

— … do governo dos Estados Unidos que não haja negociação com os terroristas. É desnecessário dizer que as restrições de câmbio norte-americanas não permitiram que os membros da turnê levassem uma quantia próxima do suficiente para fora do país, e agora o governo norte-americano congelou os bens de todos os participantes da excursão para impedir a conclusão de um acordo separado.

Tachyon sentiu seu rosto esquentar.

— Isso é muito arbitrário.

Neumann encolheu os ombros.

— Estava curioso para saber o que o senhor pensa do plano.

— Por que eu?

— O senhor é uma autoridade reconhecida sobre questões curingas… esse é o motivo pelo qual o senhor honra nosso país com sua presença, é claro. — Ele bateu o cigarro na mesa próxima a um canto enrolado de um mapa de Berlim. — O senhor também vem de uma cultura na qual o sequestro não é um evento incomum, se não estou enganado.

Tachy olhou para ele. Embora fosse uma celebridade, a maioria dos terráqueos sabia pouco de sua história pregressa, além do fato que era um alienígena.

— É óbvio que não posso falar com a RAF…

— A Rote Armee Fraktion em sua atual geração consiste essencialmente em jovens da classe média, muito parecida com suas gerações anteriores e, por sinal, com a maioria dos grupos revolucionários do Primeiro Mundo. Dinheiro significa pouco para eles; como filhos do nosso milagre econômico, foram criados para supor que o dinheiro nunca faltará!

— Certamente é algo que o senhor não pode dizer do CSJ — disse Sara Morgenstern, chegando para se juntar à conversa. Um assistente moveu-se para interceptá-la, tentando pegar a mão de Sara para afastá-la da importante conversa masculina. Ela se esquivou dele como se uma faísca tivesse pulado e brilhado entre eles.

Neumann disse algo ríspido que nem mesmo Tachyon entendeu. O assistente recuou.

— *Frau* Morgenstern. Também tenho muito interesse no que a senhora tem a dizer.

— Os membros dos Curingas por uma Sociedade Justa são genuinamente pobres. Ao menos isso eu posso assegurar.

— Então, o dinheiro poderia tentá-los?

— Difícil dizer. Têm um comprometimento que acredito não haver nos membros da RAF. Ainda assim... — ela fez um movimento leve com a mão — ... eles não perderam ases do Oriente Médio. Por outro lado, quando exigem dinheiro para beneficiar curingas, acredito neles. Considerando que isso possa significar menos ao pessoal do Exército Vermelho.

Tachy franziu a testa. A exigência de derrubar o Túmulo do Jetboy e construir um hospital para curingas o irritava. Como a maioria dos nova-iorquinos, ele não sentiria falta do memorial, uma coisa feia erguida para honrar o fracasso que ele pessoalmente gostaria de esquecer. Mas a exigência de um hospital era um tapa no seu rosto: *Quando um curinga foi recusado na minha clínica? Quando?*

Neumann o observava.

— O senhor discorda, *Herr Doktor*? — perguntou ele com suavidade.

— Não, não. Ela está correta. Mas Gimli... — Ele estalou os dedos e estendeu o indicador. — Tom Miller importa-se profundamente com os curingas. Mas também está de olho naquilo que os norte-americanos chamam de *main chance*, a oportunidade de ouro. Os senhores poderiam ser bem capazes de tentá-lo.

Sara concordou com um aceno de cabeça.

— Mas por que o senhor está perguntando isso, *Herr* Neumann? No fim das contas, o presidente Reagan se recusa a negociar a libertação do senador. — A voz dela resvalou na amargura. Ainda assim, Tachy estava confuso. Tensa como ela estava, ele pensou que certamente a preocupação com Gregg a teria deixado arrasada naquele momento. Em vez disso, parecia ficar cada vez mais controlada com o passar do tempo. Neumann olhou para ela por um momento, e Tachy imaginou se ele estava a par do segredo mal guardado que era o caso dela com o senador sequestrado. Teve a impressão de que aqueles olhos amarelados, agora envoltos de vermelho pela fumaça, pouco perdiam.

— Seu presidente decidiu — disse ele baixinho. — Mas é minha responsabilidade informar ao meu governo sobre que medidas tomar. É um problema alemão também.

Às 14h30, Hiram Worchester entrou no ar pela rádio para ler uma declaração em inglês. Tachyon traduziu para o alemão durante as pausas.

— Camarada Wolf... Gimli, se você estiver aí — disse Hiram, a voz embargada —, queremos o senador de volta. Estamos dispostos a negociar como cidadãos.

"Por favor, pelo amor de Deus... e pelos curingas e ases e por todos nós... por favor, entre em contato."

Mólniya encarava a porta. A tinta branca estava caindo em flocos. Estrias de verde, rosa e marrom apareciam embaixo do branco, ao redor de sulcos que pareciam feitos por alguém que treinava lançamento de facas. Apesar de parecer distante, não se esquecera daqueles que estavam no recinto. Mesmo o cantarolar incessante do rapaz maluco; havia muito que aprendera a se desligar em nome da sanidade.

Eu nunca deveria tê-los deixado sair.

Ele ficou surpreso quando Gimli e Wolf quiseram se reunir com a delegação da turnê. Fora a primeira coisa com a qual eles concordaram desde que essa ópera-bufa começara.

Ele quis proibi-los. Não gostava do cheiro desse encontro... mas era tolice. Reagan fechou a porta para uma negociação pública. Porém, as gravações do Irangate, com as quais os norte-americanos estavam se divertindo, não provaram que ele não era avesso a usar canais particulares para lidar com terroristas, contra os quais foi publicamente linha-dura?

Além disso, ele pensou, *há muito aprendi que dificilmente uma ordem dada era cumprida.*

Era tão diferente no Spetsnaz. Os homens que ele comandava eram profissionais e, além disso, a elite das forças armadas soviéticas, cheios de vontade e hábeis como cirurgiões. Tão diferentes dessa balbúrdia de amadores amargos e assassinos diletantes.

Se ele ao menos tivesse alguém treinado na Rússia, ou num campo de algum Estado satélite soviético, Coreia, Iraque ou Peru. Quer dizer, alguém que não fosse Gimli — ele tinha a impressão de que anos se passariam até que alguma coisa, que não fosse explosivo plástico, abrisse a mente do anão o suficiente para aceitar opiniões de qualquer outra pessoa, limpos em especial.

Ele desejou que ao menos pudesse ter ido à reunião. Mas o lugar dele era ali, guardando o prisioneiro. Sem Hartmann eles não tinham nada além de um mundo de problemas.

A KGB tem tantos problemas com suas marionetes? Racionalmente, ele achava que sim. Eles acariciavam alguns dos grandes com o passar dos anos — a menção ao México podia fazer os veteranos se encolherem — e a GRU tinha provas a rodo dos equívocos que a Grande K pensou que eles cobririam.

No entanto, os relações-públicas do Komitet fizeram bem o seu trabalho dos dois lados da Cortina de Ferro, um nome bem estranho. Lá no fundo do cérebro dianteiro, nem mesmo Mólniya conseguia tirar da cabeça a imagem da KGB como o mestre titereiro onisciente, com os fios envolvendo o mundo como uma teia de aranha.

Tentou imaginar-se como uma aranha-mestra. Aquilo o fez sorrir.

Não. Não sou uma aranha. Apenas um homem pequeno, assustado, a quem um dia alguém chamou de herói.

Ele pensou em Ludmilya, sua filha. E estremeceu.

Existem fios presos em mim, tenho certeza. Mas não sou eu quem os controla.

Eu o quero.

Hartmann olhou ao redor da saleta nojenta. Ulrich caminhava para lá e para cá, o rosto rígido e mal-humorado de quem foi deixado para trás. O corpulento Wilfried estava sentado, limpando o fuzil de ataque com cuidado obsessivo. Sempre parecia estar fazendo algo com as mãos. Os dois curingas restantes estavam sentados sozinhos, sem dizer nada. O russo estava sentado, fumava e encarava a parede.

Não olhou com cuidado para o garoto com jaqueta de couro surrada.

Mackie Messer cantarolava a antiga música sobre o tubarão e seus dentes e o homem com a navalha e luvas bonitas. Hartmann lembrou-se de uma versão popular atenuada da sua adolescência, cantada por Bobby Darin ou um desses cantores ídolos *teen*. Também recordou uma versão diferente, uma que ouvira pela primeira vez num quarto mal iluminado e esfumaçado de maconha no antigo campus da Yale, quando o Hartmann ativista antiguerra voltou à sua *alma mater* para palestrar, em 1968. Obscura e sinistra, uma tradução mais direta do original, cantada na voz de barítono alterada pelo uísque de um homem que, como o velho Bertolt Brecht, deliciava-se em representar *Baal*: Thomas Marion Douglas, o vocalista maldito do Destiny. Ao lembrar-se de como as palavras percorriam sua espinha naquela noite distante, ele estremeceu.

Eu o quero.

Não!, sua mente gritou. *Ele é louco. Ele é perigoso.*

Poderia ser útil, assim que eu tirar a gente daqui.

O corpo de Hartmann enrijeceu-se num ricto de terror. *Não! Não faça nada! Os terroristas estão negociando neste momento. Vamos sair desta.*

Ele sentiu o desprezo do Titereiro. Era difícil seu *alter ego* parecer mais discreto, mais alheio. *Tolos. Em que Hiram Worchester se envolveu que resultou em alguma coisa? Vai fracassar.*

Então vamos esperar. Mais cedo ou mais tarde, algo vai funcionar. É como essas coisas acontecem. Ele sentiu os filetes de suor espiralando viscosos em seu corpo por baixo da camisa e do colete manchados de sangue.

Quanto tempo acha que precisamos esperar? Quanto tempo antes de nossos curingas e esses amigos terroristas estourarem um a cara do outro? Tenho marionetes. São nossa única saída.

O que eles podem fazer? Não posso simplesmente fazer alguém me soltar. Não sou aquele controladorzinho de mente do Tachyon.

Ele sentiu uma vibração presunçosa dentro de si.

Não esqueça 1976, ele disse para seu poder. *Você pensou que conseguiria lidar com aquilo também.*

O poder riu dele até ele fechar os olhos, se concentrar e forçá-lo a se aquietar.

Esse poder se transformou em um demônio, está me possuindo?, ele se perguntou. *Sou apenas mais uma marionete do Titereiro?*

Não. *Eu sou o mestre aqui. O Titereiro é apenas uma fantasia. Uma personificação do meu poder. Um jogo que jogo comigo mesmo.*

Dentro dos corredores emaranhados de sua alma, o eco da gargalhada triunfante.

— Voltou a chover — disse Xavier Desmond.

Tachy fez uma careta e absteve-se de retrucar elogiando o entendimento claro que o curinga tinha do óbvio. No fim das contas, Des era seu amigo.

Ele mudou a pegada do guarda-chuva que compartilhava com Desmond e tentou consolar-se pensando que a ventania logo pararia. Os berlinenses que caminhavam pelas trilhas que se abriam nos gramados do Tiergarten e apressavam-se pelas calçadas da Bundesallee claramente pensavam assim também, e eles deveriam saber. Os senhores com chapéus de feltro, as jovens com carrinhos de bebê, os homens jovens e agitados em suéteres de lã escuros, um vendedor de salsicha com as bochechas parecidas com pêssegos maduros; a multidão habitual de alemães aproveitando qualquer coisa que lembrasse um clima decente após o extenso inverno prussiano.

Ele olhou para Hiram. O grande e redondo *restaurateur* estava resplandecente em seu terno de três peças risca de giz, chapéu num ângulo garboso e barba preta frisada. Estava com um guarda-chuva numa das mãos, uma sacola preta brilhante na outra, e Sara Morgenstern estava recatadamente ao seu lado, mal encostando nele.

A chuva pingava da aba do chapéu plumado de Tachy, que escorria para além da cobertura do barato guarda-chuva plástico. Um filete corria por um lado da tromba de Des. Tachy suspirou.

Como eu me deixei envolver nisso?, ele se perguntou pela quarta ou quinta vez. Era perda de tempo; quando Hiram o chamou para dizer que um industrial da Alemanha Ocidental, que desejava permanecer anônimo, ofereceu-se para doar a eles o dinheiro do resgate, ele sabia que estava envolvido.

Sara estava tensa. Ele sentia que ela tremia, quase de forma subliminar. O rosto dela estava da cor da capa de chuva. Os olhos tinham uma palidez que, de alguma forma, contrastava. Ele quis que ela não tivesse insistido em vir. Mas era a jornalista principal da excursão; teriam de aprisioná-la para impedir que cobrisse a reunião com os sequestradores de Hartmann em primeira mão. E havia um interesse pessoal também.

Hiram pigarreou.

— Lá vêm eles. — A voz dele soou mais aguda que de costume.

Tachyon olhou para a direita sem virar a cabeça. Não havia dúvida: não havia curingas o bastante na Alemanha Ocidental para acontecer de dois estarem juntos ali ao mesmo tempo, mesmo se pudesse haver alguma dúvida sobre a identidade do pequeno homem barbado que caminhava com a bengala de Toulouse-Lautrec ao lado de um ser que parecia um tamanduá andando nas patas traseiras.

— Tom — disse Hiram, agora com voz rouca.

— Gimli — retrucou o anão. Disse sem paixão. Os olhos reluziram para a sacola pendurada na mão de Hiram. — Você trouxe.

— Claro… Gimli. — Ele passou o guarda-chuva para Sara e abriu a sacola. Gimli ficou na ponta dos pés e espiou lá dentro. Os lábios se apertaram num assobio mudo. — Dois milhões de dólares. Mais dois depois que vocês entregarem o senador para nós.

Um sorrisinho de dentes quebrados.

— É uma cifra para negociação.

Hiram enrubesceu.

— Você concordou no telefone…

— Concordamos em considerar sua oferta assim que você demonstrasse sua boa-fé — disse um dos dois limpos que acompanhavam Gimli e seu parceiro. Era um homem alto que ficava ainda mais troncudo com sua capa de chuva. Cabelos loiros escuros estavam alisados para trás e pendiam de uma testa escarpada pela chuva intermitente. — Sou o camarada Wolf.

Deixe-me lembrar os senhores, ainda há a questão da liberdade do nosso camarada, al-Muezzin.

— O que faz socialistas alemães arriscarem a vida e a liberdade em nome de um terrorista muçulmano fundamentalista? — questionou Tachyon.

— Somos todos camaradas na luta contra o imperialismo ocidental. O que leva um takisiano a arriscar sua saúde em nosso clima brutal em nome de um senador de um país que o enxotou de suas terras no passado como um cão raivoso?

Tachy virou a cabeça para trás, surpreso. Em seguida, sorriu:

— *Touché.*

Ele e Wolf compartilharam um olhar de perfeito entendimento.

— Mas posso apenas lhes dar o dinheiro — falou Hiram. — Não podemos fazer nada para o Sr. Hassani ser solto. *Dissemos* isso a vocês.

— Então, nada feito — disse a companheira limpa de Wolf, uma ruiva que Tachy poderia ter considerado atraente, exceto pela projeção tristonha, inchada no seu lábio superior, e uma palidez azulada na pele. — De que adianta seu dinheiro imundo? Pedimos simplesmente para fazer vocês, porcos, suarem.

— Espere aí um minuto — interrompeu Gimli. — Esse dinheiro pode comprar muita coisa para os curingas.

— Você é tão obcecado pelas compras no fascismo consumista? — ridicularizou a ruiva.

Gimli ficou roxo.

— O dinheiro está aqui. Hassani está na prisão de Rikers, ou seja, um longo caminho.

Wolf franziu o cenho pensativamente para Gimli. Em algum lugar, um escapamento estourou.

A mulher cuspiu como um gato e pulou para trás, rosto pálido, olhos bravios.

O movimento atraiu os olhos de Tachy.

O vendedor de salsicha gorducho havia aberto a tampa do seu carrinho. A mão dele estava saindo de lá com uma minipistola Heckler & Koch preta.

Sempre desconfiado, Gimli seguiu o olhar dele.

— É uma armadilha! — berrou ele. Abriu de uma vez o casaco. Estava segurando um daqueles fuzis de assalto compactos Krinkov embaixo dele.

Tachyon chutou a Kalashnikov de tamanho reduzido da mão de Gimli com a ponta de uma bota elegante. A limpa puxou uma AKM do seu casaco e disparou uma rajada com uma das mãos. O som ameaçou implodir os tímpanos de Tachy. Sara gritou. Tachy lançou-se sobre ela, jogando-a na grama úmida e fragrante quando a terrorista varreu o lugar com sua arma da esquerda para a direita, no rosto a expressão de algo parecido com êxtase.

Tudo ao redor se movia. Velhos com chapéus de feltro, mulheres jovens com carrinhos de bebê e jovens agitados em suéteres de lã escuros puxaram metralhadoras e correram na direção do grupo reunido ao redor de dois guarda-chuvas.

— Espere — gritou Hiram —, um momento! É tudo um mal-entendido.

Os outros terroristas sacaram as armas naquele instante, atirando em todas as direções. Os espectadores gritaram e se espalharam. O solado liso de um homem que agitava uma pistola com uma das mãos escorregou na grama e o derrubou. Um homem com uma MP5K e um terno de executivo tropeçou num carrinho de bebê, cuja mulher que o empurrava congelou, segurando a alça, e caiu de cara no chão.

Sara ficou deitada embaixo de Tachyon, rígida como uma estátua. O traseiro travado pressionado contra sua virilha era mais firme do que ele teria esperado. *Aquela era a única maneira na qual ele ficaria em cima dela*, Tachy pensou com tristeza. Era quase uma dor física perceber que era o contato com ele e não o medo das balas voando e estalando como estática que a fazia enrijecer.

Gregg, você é sortudo. Caso você sobreviva a esse imbróglio.

Tropeçando à caça do seu fuzil, Gimli correu até o limpo grande que o pegou. Ergueu-o por uma das pernas com sua força desproporcional e arremessou-o em cima de um trio de camaradas como um escocês lançando uma tora.

Des estava fazendo amor com a grama. *Cara esperto*, Tachyon pensou. Sua cabeça estava cheia de pólvora queimada e os aromas verdes e amarronzados do gramado úmido. Hiram perambulava atordoado através do tiroteio, agitando os braços e gritando:

— Esperem, esperem, oh, não era para acontecer desse jeito.

Os terroristas começaram a fugir. Gimli esquivou-se entre as pernas de um dos limpos que agitou os braços para agarrá-lo, ergueu-se e deu um murro no saco de um segundo limpo, seguindo os camaradas.

Tachy ouviu um grito de dor. O curinga com focinho caiu com fios pretos de sangue escorrendo da barriga. Gimli pegou-o durante a corrida e jogou-o sobre os ombros como um tapete enrolado.

Um grupo barulhento de alunas da escola católica espalhou-se como codornas azuis, rabos de cavalo voando, enquanto os fugitivos apressavam-se através delas. Tachyon viu um homem ficar de joelhos, erguer a pistola automática para uma rajada nos terroristas.

Ele alcançou o homem com a mente. O homem tombou, dormindo.

Um furgão foi acionado e saiu roncando do meio-fio com Gimli buscando as maçanetas das portas abertas com seus braços curtinhos.

Hiram sentou-se na grama molhada, chorando com o rosto entre as mãos. A sacola preta despejava dinheiro ao seu lado.

— A polícia política — disse Neumann, como se tentasse destroçar um pedaço de comida estragada dentro da boca. — Eles não são chamados *Popo* à toa.

— *Herr* Neumann... — o homem com macacão de mecânico começou a falar em tom de súplica.

— Cale a boca. Doutor Tachyon, aceite minhas desculpas. — Neumann chegara cinco minutos depois da fuga dos terroristas, a tempo de impedir a prisão de Tachyon por gritar impropérios aos policiais intrusos.

Tachyon sentiu Sara ao lado e atrás dele como uma sombra branca. Ela acabara de narrar um resumo do que acabara de acontecer num microfone ativado por voz na lapela do casaco. Parecia calma.

Ele gesticulou para as ambulâncias amontoadas como baleias com as luzes azuis brilhantes além do cordão de isolamento, com o chapéu ainda amarrotado por ser lançado para cima e para baixo.

— Quantas pessoas seus malucos derrubaram?

— Três pessoas que passavam na hora foram feridas, e um policial. Outro policial terá de ser hospitalizado, mas ele, hum, não foi alvejado.

— Onde vocês estavam com a *cabeça*? — berrou Tachyon. Pensou que estouraria toda a sua fúria sobre os policiais à paisana que estavam tropeçando uns nos outros, exigindo saber como os terroristas *puderam* escapar daquela forma. Mas naquele momento a raiva recuava, enchendo-o até transbordar. — Me digam, o que passou pela *cabeça* do seu pessoal?

— Não foi o meu pessoal — disse Neumann. — Foi a seção política da polícia de Berlim. O *Bundeskriminalamt* não teve nada a ver com isso.

— Estava tudo armado — falou Xavier Desmond, esfregando a tromba com dedos empoeirados. — Aquele filantropo milionário que emprestou o resgate...

— Serviu de disfarce para a polícia política.

— *Herr* Neumann. — Era um *Popo* com manchas de terra nos joelhos da calça, que havia pouco estava bem passada, e apontava um dedo acusador para Tachyon. — Ele deixou os terroristas escaparem. Pauli estava mirando certeiro neles, e ele... ele derrubou o homem com o poder da mente.

— O policial estava apontando a arma para a multidão pela qual os terroristas estavam fugindo — Tachy falou nervosamente. — Ele não conseguiria atirar sem atingir pessoas inocentes. Ou talvez eu esteja confuso sobre quem é o terrorista aqui.

O homem à paisana ficou vermelho.

— Você interferiu no desempenho de um dos meus policiais! Poderíamos tê-los impedido de fugir.

Neumann esticou o braço e deu um beliscão na bochecha do homem.

— Vá embora — falou com suavidade. — Sério.

O homem engoliu em seco e se afastou, lançando olhares hostis para Tachyon. Tachyon deu um sorrisinho e ergueu o dedo do meio para ele.

— Ah, Gregg, meu Deus, o que fizemos? — Hiram soluçava. — Nunca vamos resgatá-lo.

Tachyon deu um puxão no ombro de Hiram, mais tentando encorajá-lo a se levantar do que para ajudá-lo. Ele esquecera o poder gravitacional de Hiram e o gordo levantou-se de uma vez.

— O que quer dizer com isso, meu caro Hiram?

— Perdeu a cabeça, doutor? Vão matá-lo agora.

Sara suspirou fundo. Quando Tachy a olhou, ela desviou o olhar rapidamente, como se não quisesse encará-lo.

— Não, meu amigo — falou Neumann. — O jogo não é assim. — Ele enfiou as mãos nos bolsos da calça e olhou além das névoas do parque para uma fileira de árvores que mascarava as grades externas do zoológico. — Porém, agora o preço vai aumentar.

— Desgraçados! — Gimli virou-se, limpando a chuva de sua capa, e batendo os punhos nas paredes manchadas. — Filhos da mãe. *Armaram uma emboscada!*

Mortalha e Raspa estavam caídos sobre o colchão fino e imundo, no qual Aardvark gemia suavemente. Todos os outros pareciam estar circulando num quarto cheio de umidade e corpos.

Hartmann estava sentado com a cabeça baixa, como para se proteger, sobre seu colarinho empapado de suor. Concordava com a avaliação de Gimli. *Esses idiotas querem que eu morra?*

Um pensamento o atingiu como um arpão: *Tachyon!*

Aquele demônio alienígena suspeitava de algo? Seria esta uma trama intrincada para se livrar de mim sem escândalo?

O Titereiro riu dele. *Nunca atribua maldade àquilo que pode ser simplesmente explicado pela estupidez,* ele disse. Hartmann reconheceu a frase; Lady Black dissera aquilo para Carnifex certa vez, durante um de seus ataques de fúria.

Mackie Messer estava em pé sacudindo a cabeça.

— Não está certo — disse ele, quase num tom suplicante. — Temos o senador. Eles não sabem disso?

Em seguida, ele começou a circular pelo recinto como um lobo acuado, rosnando e fatiando o ar com as mãos. As pessoas acotovelavam-se para sair da frente daquelas mãos.

— O que eles acham que está acontecendo? — gritou Mackie. — Com quem eles pensam que estão mexendo? Vou dizer uma coisa. Vou dizer. Talvez devêssemos mandar uns pedacinhos do senador aqui, mostrar a eles quem é quem.

Ele *zumbiu* a mão a centímetros da ponta do nariz do prisioneiro.

Hartmann recuou a cabeça. *Jesus, ele quase me acertou!* A intenção estava lá, de verdade — o Titereiro sentiu, sentiu a hesitação no milissegundo final.

— Calma aí, *Detlev* — disse Anneke com doçura. Parecia exaltada pelo tiroteio no parque. Estava agitada, indo de um lado para o outro, e rindo para o nada desde a volta do grupo, e manchas vermelhas brilhavam como maquiagem nas suas bochechas. — Os capitalistas não ficarão ansiosos para pagar o que pedirmos se o produto estiver danificado.

Mackie ficou pálido. O Titereiro sentiu o ódio fresco queimar dentro dele como uma bomba.

— Mackie! Eu sou Mackie Messer, sua vadia idiota! Mackie Navalha, igual a minha música.

Detlev era gíria para *maricas*, Hartmann lembrou. Segurou o último suspiro.

Anneke sorriu para o jovem ás. De soslaio, Hartmann viu Wilfried empalidecer, e Ulrich pegou a AKM com uma frieza elaborada de que ele não pensaria que o terrorista loiro fosse capaz de ter.

Wolf passou o braço ao redor dos ombros de Mackie.

— Aqui, Mackie, aqui. Anneke não quis dizer nada com aquilo. — O sorriso dela o transformava num mentiroso. Mas Mackie estava preso contra a lateral do homenzarrão e deixou-se acalmar. Mólniya pigarreou, e Ulrich baixou o fuzil.

Hartmann por fim expirou. A explosão não estava a caminho. Ainda não.

— Ele é um bom garoto — disse Wolf, dando outro abraço em Mackie e deixando-o se afastar. — É filho de um desertor norte-americano e de uma prostituta de Hamburgo, outra vítima das suas aventuras imperialistas no Sudeste da Ásia, senador.

— Meu pai era general — Mackie gritou em inglês.

— Sim, Mackie, se você está dizendo. O garoto cresceu correndo nas docas e becos, entrando e saindo de instituições. Finalmente, ele veio parar em Berlim, mais um destroço perdido lançado por nossa cultura de consumo frenético. Viu pôsteres, começou a frequentar grupos de estudo na Universidade Livre de Berlim… ele mal sabe ler, a pobre criança… e assim eu o encontrei. E o recrutei.

— E ele tem sido *tãããão* útil — falou Anneke, revirando os olhos para Ulrich, que riu. Mackie lançou um olhar para eles, então logo se virou.

Você venceu, o Titereiro disse.
Quê?
Você está certo. Meu controle não é perfeito. E este aí é muito imprevisível, muito... terrível.

Hartmann quase gargalhou. De todas as coisas que ele esperaria do poder que vivia dentro dele, humildade não era uma delas.

Que desperdício, ele seria uma marionete perfeita. E suas emoções, tão furiosas, tão agradáveis... como uma droga. Mas uma droga mortal.

Então, você desistiu. O alívio fluiu para dentro dele.

Não. O garoto apenas precisa morrer.

Mas está tudo certo. Tenho tudo arranjado agora.

Mortalha agachou-se sobre Aardvark como uma múmia solícita, limpando a testa com um pedaço de sua própria bandagem, que ele mergulhava na água de um dos baldes de plástico de cinco litros empilhados naquele quarto. Ele sacudia a cabeça e murmurava para si mesmo.

Com brilho maldoso nos olhos, Anneke pairava sobre ele.

— Pensando em todo aquele lindo dinheiro que vocês perderam, camarada?

— Sangue de curinga foi derramado... de novo — disse Mortalha tranquilamente. — É melhor não ter sido à toa.

Anneke vagueou até Ulrich.

— Precisava ter visto, querido. Todos prontos para entregar a *Schweinfleisch* do senador por uma mala cheia de dólares. — Ela apertou os lábios. — Acho que estavam tão empolgados que esqueceram o combatente importante que prometemos libertar. Eles teriam vendido a nós todos.

— Cala a boca, sua puta! — berrou Gimli. A baba escorria do centro da barba enquanto ele avançava para a ruiva. Com o rascar da quitina na madeira, Raspa interveio, lançou os braços ásperos ao redor do líder quando as armas se ergueram.

Um estalo alto imobilizou-os como num quadro vivo. Mólniya estava com a mão nua e alta diante do rosto, os dedos esticados como se segurasse uma bola. Um efêmero reluzir azul desenhou os nervos de sua mão e desapareceu.

— Se lutarmos entre nós — disse com tranquilidade —, estaremos nos jogando na mão dos inimigos.

Apenas o Titereiro sabia que sua calma era falsa.

Deliberadamente, Mólniya calçou novamente a luva.

— Fomos traídos. O que mais podemos esperar do sistema capitalista que combatemos? — Ele sorriu. — Vamos fortalecer nossa determinação. Se ficarmos juntos, podemos fazê-los pagar pela traição.

Os antagonistas em potencial afastaram-se uns dos outros.

Hartmann teve medo.

O Titereiro festejou.

O final do dia estendeu-se através da planície de Brandemburgo, na parte ocidental da cidade, como uma camada de água poluída. Do quarteirão seguinte, música do Oriente Médio baixinha ressoava de um rádio. Dentro do pequeno quarto, o calor era tropical, brotando com força do aquecedor que o prestativo camarada Wilfried providenciara, apesar da condição de abandono do prédio, além da eletricidade e da umidade dos corpos confinados sob pressão.

Ulrich deixou as cortinas baratas caírem e afastou-se da janela.

— Meu Deus, está fedendo aqui — disse ele, esticando o corpo. — O que esses malditos turcos fazem? Mijam nos cantos?

Deitado no colchão imundo perto da parede, Aardvark estava encolhido sobre sua barriga ferida e gemia. Gimli foi até ele e pousou-lhe a mão na testa. O rosto pequeno e feioso enrugou-se de preocupação.

— Ele está mal — disse o anão.

— É melhor levarmos ele para um hospital — disse Raspa.

Ulrich estendeu seu queixo quadrado e balançou a cabeça negativamente.

— De jeito nenhum. Já decidimos.

Mortalha ajoelhou-se ao lado do chefe, tomou a mão de Aardvark e sentiu a testa baixa e felpuda.

— Ele está com febre.

— Como você sabe? — perguntou Wilfried, seu rosto largo preocupado.

— Talvez ele tenha uma temperatura mais alta do que uma pessoa, como um cachorro ou algo assim.

Rápido como um teleportador, Gimli atravessou a sala. Ele deu uma rasteira em Wilfried e subiu no peito dele, socando-o. Mortalha e Raspa o puxaram.

Wilfried protegia o rosto com as mãos.

— Ei, ei, o que eu fiz? — Ele parecia estar quase chorando.

— Seu desgraçado estúpido! — Gimli uivou, agitando os braços. — Você não é melhor do que o resto dos malditos limpos! *Nenhum de vocês!*

— Camaradas, por favor... — Mólniya começou a falar.

Mas Gimli não ouvia. Seu rosto tinha cor de carne crua. Fez seus companheiros voarem com um erguer de ombros e foi até Aardvark, ficando ao seu lado.

O Titereiro odiava liberar Gimli desse jeito, deixando-o afastar-se incólume. Teria de matar o pequeno maléfico algum dia.

Porém, a sobrevivência superava até mesmo a vingança. O dever do Titereiro era reduzir as possibilidades para ele. Aquela era a maneira mais rápida.

As lágrimas rolavam sobre as bochechas grumosas de Gimli.

— Já chega — ele soluçou. — Vamos levá-lo ao médico e vamos agora. — Ele se curvou e encaixou um braço peludo e mole sobre o pescoço. Mortalha olhou ao redor, os olhos alertas sobre a bandagem enrolada, e juntou-se a eles.

O camarada Wolf bloqueou a porta.

— Ninguém sairá daqui.

— Que diabos você está falando, homenzinho? — Ulrich disse de modo combativo. — Ele nem está tão ferido.

— Quem pode dizer que ele não está, hein? — Mortalha falou. Pela primeira vez, Hartmann percebeu que tinha um sotaque canadense.

O rosto de Gimli retorceu-se como um pano esfarrapado.

— Que bobagem. Ele está ferido. Está morrendo. Inferno, deixe a gente passar.

Ulrich e Anneke estavam pegando em armas.

— Unidos resistimos, irmão — Wolf entoou. — Separados, caímos. Como seu *Amis* diz.

Um ruído duplo fez as cabeças virarem. Mortalha estava ao lado da parede ao fundo. O fuzil de assalto que ele acabara de armar estava apontado para a fivela do cinto militar do terrorista loiro.

— Então talvez a gente tenha que cair, camaradas — ele falou. — Porque se Gimli diz que vamos, nós vamos.

A boca de Wolf retorceu-se, como se fosse um velho que esqueceu a dentadura. Olhou para Ulrich e Anneke. Tinham os curingas cercados. Se todos se movessem de uma vez...

Segurando um dos pulsos de Aardvark, Mortalha ergueu uma AKM com a mão livre.

— Calminha aí, limpo.

Mackie sentiu suas mãos começarem a zumbir. Apenas o toque da mão de Mólniya no seu braço impediu que ele fatiasse carne de curinga. *Monstros horríveis! Sabia que não podíamos confiar neles.*

— E as coisas pelas quais estamos trabalhando? — o soviético perguntou.

Gimli segurou a mão de Aardvark com força.

— É *nisso* que *estamos* trabalhando agora. Ele é um curinga. E precisa de ajuda.

O rosto do camarada Wolf estava ficando roxo como uma berinjela. As veias estendiam-se como dedos quebrados nas têmporas.

— Aonde pensam que vão? — ele forçou as palavras pelos dentes cerrados.

Gimli riu.

— Atravessar o Muro. Onde nossos amigos esperam por nós.

— Então, vão. Desertem. Abandonem as grandes coisas que vocês estavam fazendo por seus amigos monstros. Ainda temos o senador e vamos vencer. E se pegarmos vocês...

Raspa riu.

— Vão ter problema em recuperar o fôlego depois que tudo isso desmoronar. Os porcos vão estar na cola de vocês, eu garanto. Vocês são todos uns incompetentes.

Os olhos de Ulrich reviraram-se de forma beligerante, apesar do fuzil apontado para o meio do seu corpo.

— Não — disse Mólniya. — Deixe-os ir. Se lutarmos, tudo estará perdido.

— Saiam — falou Wolf.

— É isso — retrucou Gimli. Ele e Mortalha carregaram Aardvark com cuidado para fora, até o corredor escuro do prédio abandonado. Raspa cobriu-os até ficarem fora de vista, em seguida cruzou rapidamente a sala. Fez uma pausa, lançou o sorriso que a quitina permitiu, e fechou a porta.

Ulrich lançou a Kalashnikov contra a porta. Felizmente, ela não disparou.

— Desgraçados!

Anneke deu de ombros. Era visível que ficou entediada com o psicodrama.

— Norte-americanos — ela falou.

Mackie caminhava ao redor de Mólniya. Tudo parecia errado. Mas Mólniya consertaria tudo. Sabia que consertaria.

O ás russo era presa fácil.

Ulrich andou de um lado para o outro com as mãos grandes fechadas.

— E agora, o que vai acontecer? Hein?

Wolf estava sentado num banco com a barriga nas coxas e as mãos nos joelhos. Sua idade avançada ficava visível quando a emoção da grande aventura cedeu. Talvez a façanha que ele esperava superar com sua vida dupla estivesse começando a amargar.

— Como assim, Ulrich? — o advogado perguntou num tom exausto. Ulrich virou para ele com um olhar de revolta.

— Bem, estou falando do nosso prazo. São dez horas. Você ouviu o rádio. Eles ainda não cumpriram nossas exigências.

Ele pegou uma AKM, deu uma volta no quarto.

— Não podemos matar o filho da puta agora?

Anneke gargalhou como uma sineta.

— Sua sofisticação política nunca para de me surpreender, amor.

Wolf puxou a manga do casaco e verificou seu relógio.

— O que acontece agora é que você, Anneke, e você, Wilfried, vão sair e telefonar para o número que as autoridades do centro de crise forneceram de forma tão conveniente com a mensagem que acordamos. Provamos que podemos brincar de esperar; é hora de fazer as coisas se movimentarem um pouco.

E o camarada Mólniya disse:

— Não.

O medo crescia. Pouco a pouco ele se aglutinou num câncer, preto e amorfo, no centro do seu cérebro. Com a passagem de cada minuto, parecia que o coração de Mólniya ganhava uma batida. As costelas pareciam vibrar com a velocidade da pulsação. A garganta estava seca e ferida, as bochechas queimavam como se ele encarasse a porta aberta do forno de um crematório. A boca tinha gosto de restos podres de comida. Ele precisava sair. Tudo dependia daquilo.

Tudo.

Não, uma parte dele gritou. *Você precisa ficar. Esse era o plano.*

Por trás dos olhos ele viu sua filha Ludmilya sentada em um prédio em ruínas com seus olhos derretidos escorrendo pelas bochechas cheias de bolha. *É o que está em jogo, Valentin Mikhailovich*, respondeu outra voz, mais profunda, *se algo der errado. Vai arriscar confiar esta tarefa a esses adolescentes?*

— Não — ele disse. Seu palato ressecado mal produziu a palavra. — Eu vou.

Wolf franziu a testa. Em seguida, as pontas de sua boca larga ergueram-se num sorriso. Sem dúvida, ocorreu a ele que ficaria no controle completo da situação. *Ótimo. Deixe-o pensar que ficará. Tenho que sair daqui.*

Mackie bloqueou a porta. Mackie Messer, com lágrimas amontoadas nas pálpebras. Mólniya sentiu as pontadas do medo dentro dele, quase arrancou a luva para eletrocutar o garoto e tirá-lo do caminho. Mas sabia que o jovem ás nunca o machucaria, e ele sabia por quê.

Ele murmurou desculpas e passou, trombando o ombro no outro. Ouviu um soluço quando a porta se fechou atrás dele, e em seguida apenas os passos que o perseguiam pelo corredor obscuro.

Uma das minhas melhores performances, o Titereiro congratulou-se.
Presa fácil.

Mackie bateu as palmas das mãos abertas na porta. Mólniya o abandonara. Aquilo doía, e ele não conseguia fazer nada sobre a dor. Nem mesmo se fizesse as mãos tremerem tanto a ponto de cortarem uma placa de aço.

Wolf ainda estava aqui. Wolf o protegeria... mas Wolf não protegia. Não de verdade. Wolf deixou que os outros rissem dele — ele, Mackie, o ás, Mackie Navalha. Fora Mólniya que o protegera nas últimas semanas. Fora Mólniya que cuidara dele.

Mólniya se foi. Quem não devia ter ido. Quem se foi.

Ele se virou, choramingando, e deslizou lentamente pela porta até o chão.

A euforia tomou conta do Titereiro. Tudo estava funcionando como ele planejara. Suas marionetes faziam os truques que ele ordenava sem suspeitar de nada. E ele ali sentado, à distância de um sopro, sorvendo suas paixões como conhaque. O perigo apenas acrescentava emoção; ele era o Titereiro, e estava no controle.

E finalmente chegara o tempo de causar o fim de Mackie Messer e tirá-lo daqui.

Anneke aproximou-se de Mackie, sarcástica:

— Bebê chorão. E você diz que é um revolucionário? — Ele se ergueu, ganindo como um cachorrinho perdido.

O Titereiro agarrou um fio e puxou.

E o camarada Ulrich disse:

— Por que você não vai com o restante dos curingas, aberraçãozinha feiosa?

— Kreuzberg — falou Neumann.

Curvado na cadeira, Tachyon mal conseguiu juntar energias para erguer a cabeça e perguntar:

— Perdão?

Dez da noite já entrara para a história. Como o senador Gregg Hartmann, ele temia.

Neumann abriu um sorriso.

— Pegamos eles. Foi difícil para diabo, mas rastreamos o furgão. Estão em Kreuzberg. O gueto turco próximo ao Muro.

Sara suspirou fundo e desviou o olhar rapidamente.

— Uma equipe antiterrorismo da GSG-9 está de prontidão — disse Neumann.

— Eles sabem o que estão fazendo? — perguntou Tachy, lembrando-se do fiasco da tarde.

— São os melhores. Foram os que explodiram o Lufthansa 737 que o pessoal de Nur al-Allah sequestrou a caminho de Mogadício, em 1977. O próprio Hans-Joachim Richter está no comando. — Richter era o chefe do Nono Grupo de Guarda de Fronteira, o GSG-9, especialmente formado para combater o terrorismo após o massacre de Munique, em 1972. Um herói popular na Alemanha, tinha a fama de ser um ás, embora ninguém soubesse quais poderiam ser seus poderes.

Tachy ergueu-se.

— Vamos.

A mão esquerda de Mackie cortou o camarada Ulrich pelo lado direito, da base do pescoço até o quadril. A sensação de atravessá-lo foi boa, e o estalar dos ossos o entusiasmou como a velocidade.

O braço de Ulrich caiu. Ele encarou Mackie. Seus lábios arreganharam-se mostrando dentes perfeitos que se abriram e fecharam três vezes como algo na vitrine de uma loja de brinquedos.

Ele baixou os olhos para o que era seu corpo perfeito de animal e gritou.

Mackie assistia, fascinado. O grito fez seu pulmão exposto inchar e desinchar como um saco de aspirador de pó, todo roxo acinzentado, úmido e cheio de veias azuis e vermelhas. As tripas começaram a deslizar na lateral, empilhando-se sobre o fuzil caído, e o sangue que escorria dele esvaiu a força que o mantinha em pé, então ele despencou.

— Santa Maria, mãe de Deus! — Wilfried exclamou. O vômito escorreu pelo canto da boca enquanto ele se afastava do camarada destroçado. Em seguida, olhou além de Mackie e gritou: — Não...

Anneke mirou a Kalashnikov para a base da coluna do ás. O medo fez seu dedo apertar o gatilho sem dó.

Mackie desintegrou-se. A bala estourou Wilfried inteiro na parede.

♦

Mólniya parou com as mãos nos joelhos e as costas amparadas pela lateral de um Volvo depenado, respirando fundo a noite berlinense que cheirava a diesel. Não era uma parte da cidade na qual estranhos passavam muito tempo sozinhos. Aquilo não o preocupava. O que ele temia era o medo.

O que aconteceu comigo? Nunca me senti assim na vida.

Ele fugiu do apartamento fortemente atordoado pelo pânico. Mal pisara na rua e a sensação evaporara como água derramada numa pedra aquecida pelo sol em Khyber. Agora, ele estava tentando se recompor, sem saber se continuava com sua missão ou voltava e enviava dois dos odiosos filhotes de Wolf.

Papertin estava certo, disse a si mesmo. *Amoleci. Eu...*

De cima, veio um gaguejar pesado e familiar. Seu sangue corria como fréon pelas veias quando levantou a cabeça e viu os *flashes* de tiros dançando nas cortinas de chita dois andares acima.

Estava tudo acabado.

Se eu não for encontrado aqui, ele pensou, *então talvez seja concebível que a Terceira Guerra Mundial não se deflagre hoje à noite.*

Ele se virou e desceu a rua a passos muito rápidos.

Hartmann estava deitado de lado com as tábuas do chão batendo contra a escoriação que eles haviam feito em sua bochecha. Ele derrubou a cadeira assim que as coisas começaram a acontecer.

Que diabos deu errado?, ele se perguntou desesperadamente. *O maldito não deveria falar, apenas atirar.*

Era 1976 novamente. Novamente o Titereiro, em sua arrogância, deu um passo maior que a perna. E aquilo poderia custar sua cabeça.

Suas narinas sentiam o fedor de lubrificante quente das armas, sangue e merda fresca. Hartmann conseguiu ouvir os dois terroristas sobreviventes tropeçando pelo quarto, gritando um com o outro. Ulrich estava morrendo entre estertores poucos metros adiante. Conseguia sentir a energia se afastando dele como uma maré baixando.

— Onde ele está? Aonde o maldito foi? — perguntou Wolfgang.

— Atravessou a parede — respondeu Anneke. Ela estava hiperventilando, jogando as palavras no ar como peças de roupa.

— Bem, fique de olho nele. Ai, meu Jesus.

O terror deles era absoluto como a crucificação, pois tentavam cobrir todas as três paredes com suas armas. Hartmann compartilhava esse medo. O ás deturpado tinha enlouquecido.

Alguém berrou e morreu.

Mackie ficou parado por um momento com o braço enfiado até o cotovelo nas costas de Anneke. Ele parou de zumbir, deixando a mão atravessada no esterno da mulher como uma lâmina. O sangue vazou lentamente ao redor da manga de couro no braço de Mackie, encaixado no torso de Anneke. Ele apreciou aquela visão, e o jeito íntimo como o restante do coração da mulher batia ao lado do seu braço. Os tolos não estavam olhando para ele quando voltou através da parede do quarto. Não que isso fosse de grande ajuda. Três passos rápidos e a pequena camarada ruiva Anneke estava acabada.

— Foda-se — ele disse e deu uma risadinha.

O coração convulsionou uma última vez ao lado do braço de Mackie e parou. Acionando um leve tremor da mão, Mackie liberou o braço. Ele sacudiu o cadáver quando fez isso.

Wolf ficou lá com as bochechas trêmulas. Ergueu sua arma quando Mackie se virou. Mackie empurrou o cadáver para cima dele. Ele atirou. Mackie riu e desintegrou-se.

Wolf esvaziou o pente de balas numa ejaculação trêmula. Pó de gesso encheu o quarto. O cadáver de Anneke despencou sobre o senador. Mackie reintegrou-se.

Wolf gritou súplicas em alemão, em inglês. Mackie arrancou a Kalashnikov dele, encurralou-o contra a porta e, com tranquilidade, serrou a cabeça do homem, separando-a em duas, bem ao meio.

Dentro do furgão blindado, com as luzes multicoloridas do centro de Berlim cobrindo seu rosto, as armas e os homens do GSG-9 que estavam sentados diante dela, Sara Morgenstern pensou: *O que aconteceu comigo?*

Não tinha certeza se a pergunta dizia respeito ao agora ou às semanas anteriores, quando o caso com Gregg havia começado.

Que estranho, muito estranho. Como eu pude ter sequer pensado em amá-lo...? Não sinto nada por ele agora. Mas o que senti não era de verdade. Onde o amor deixou um vácuo, uma emoção anterior estava se acomodando. Contaminada com um sabor tóxico de traição.

Andrea, Andrea, o que eu fiz?

Ela mordeu o lábio. O comandante do GSG-9 que estava diante dela viu aquilo e sorriu, seus dentes impressionantes no rosto manchado de preto. Ela ficou desconfiada de pronto, mas não havia sensualidade naquele sorriso, apenas a camaradagem para distração de um homem que enfrenta a batalha com prazer e medo. Ela se obrigou a rir de volta e se aconchegou a Tachyon, que estava ao seu lado.

Ele passou o braço ao redor dela. Não era apenas um gesto fraternal. Mesmo a perspectiva de perigo não era suficiente para tirar o sexo totalmente da cabeça do alienígena. Estranhamente, ela pareceu não se importar com a atenção. Talvez fosse sua consciência aguçada de que eles eram incompatíveis, um casal de pequenas cacatuas exuberantes em meio a panteras.

E Gregg... ela realmente se importava com o que acontecera com ele?

Ou espero que ele nunca saia vivo daquele apartamento?

♦

Os gritos pararam, e o zumbido de serra continuava. Hartmann temia que eles pudessem continuar para sempre. Sentiu náusea por causa do cheiro de cabelos e ossos queimados pela fricção.

Ele se sentia como um elemento de uma fábula medieval pintada por Bosch: um glutão presenteado com o mais suntuoso dos banquetes, apenas para tê-lo transformado em cinzas em sua boca. O Titereiro não tirou alimento nenhum da morte dos terroristas. Ficou quase tão aterrorizado como eles.

Um cantarolar aproximou-se: *Moritat, A balada de Mackie Navalha.* O ás louco estava obcecado num frenesi assassino, caminhando na direção dele com sua mão terrível ainda pingando miolos. Hartmann encolheu-se nas amarras. A mulher que Mackie havia empalado era um peso morto atravessado sobre suas pernas. Ele morreria agora. A menos que...

A bile subiu pela sua garganta pelo que ele faria. Ele engoliu, pegou um fio e puxou. Puxou *forte.*

O cantarolar parou. O estalar suave de tamancos na madeira parou. Hartmann ergueu os olhos. Mackie inclinou-se sobre ele com olhos reluzentes.

Ele tirou Anneke de cima das pernas de Hartmann. Era forte para o seu tamanho. Ou talvez estivesse inspirado. Levantou a cadeira de Hartmann. O senador encolheu-se, temendo o contato, com medo da morte. Quase temendo a alternativa do mesmo jeito.

Sua respiração quase o ensurdecia. Ele podia sentir a emoção inflando dentro de Mackie. Ele se fortaleceu e acariciou-a, provocou-a, fez com que ela crescesse.

Mackie ficou de joelhos diante da cadeira. Abriu o zíper da calça de Hartmann, deslizou os dedos para dentro dele, puxou o pau do senador para o ar úmido de fora e prendeu os lábios ao redor da glande. Começou a chupar a cabeça, para cima e para baixo, devagar no início, então com mais velocidade. A língua girava como a serpente do caduceu.

Hartmann gemeu. Não conseguia aproveitar o momento.

Se não curtir, nunca vai parar, o Titereiro zombou.

O que você está fazendo comigo?

Salvando você. E garantindo a melhor marionete de todas.

Mas ele é tão poderoso, tão... imprevisível. O prazer involuntário rompia seus pensamentos em fragmentos caleidoscópicos.

Mas eu o controlo agora. Porque ele quer ser minha marionete. Ele te ama, de um jeito que a vaca neurastênica da Sara nunca poderia.

Deus, Deus, eu ainda sou um homem?

Você está vivo. E vai contrabandear essa criatura para Nova York. E qualquer um que ficar no seu caminho a partir de agora morrerá.

— *Agora relaxe e aproveite.*

O Titereiro assumiu o controle. Enquanto Mackie chupava o pau do senador, ele sugava as emoções do garoto com a mente. Quentes, úmidas e salgadas, elas jorravam para dentro dele.

A cabeça de Hartmann tombou para trás. Involuntariamente, ele gritou. E gozou como nunca desde que Súcubo morrera.

O senador Gregg Hartmann empurrou uma porta da qual o vidro tinha sido quebrado havia tempos. Recostou-se no batente frio de metal e encarou a rua, vazia exceto pelos carros depenados e as ervas daninhas que cresciam nas rachaduras das calçadas.

A luz branca atravessou-o do telhado oposto, violento como um laser. Ele ergueu a cabeça, piscando.

— Meu Deus — uma voz alemã gritou —, é o senador.

A rua se encheu de carros, luzes giratórias e barulho. Não pareceu levar um segundo sequer. Hartmann viu realces magenta saírem como faíscas dos cabelos de Tachyon, Carnifex no seu uniforme de desenho animado e, das portas e atrás dos cadáveres dos automóveis, apareceram homens totalmente vestidos de preto, trotando com cuidado com pequenas pistolas automáticas em punho, prontas.

Além deles todos, ele viu Sara, vestida em um casaco branco que era a antítese desafiadora da camuflagem.

— Eu… escapei — ele disse, a voz rangendo como uma porta sem uso. — Acabou. Eles… eles se mataram uns aos outros.

Refletores de televisão lançaram luzes sobre ele, quentes e brancas como leite fresco do peito. Seu olhar encontrou Sara. Gregg sorriu. Mas os olhos da mulher atravessaram os dele como vergalhões de ferro.

Frios e duros. *Ela escapou!*, ele pensou. Com o pensamento, veio a dor.

No entanto, o Titereiro não estava para brincadeira. Não naquela noite. Ele mergulhou nela através dos olhos.

E ela veio correndo para ele, braços abertos, sua boca uma fenda vermelha pela qual vazavam palavras de amor. E Hartmann sentiu a marionete envolver os braços no seu pescoço e as lágrimas sujas de maquiagem escorrendo no seu colarinho, e ele odiou aquele pedaço de si que salvou sua vida.

E lá no fundo, aonde a luz nunca chegava, o Titereiro sorriu.

Espelhos da alma

Melinda M. Snodgrass

Abril em Paris. As castanheiras resplandecentes em seus ornamentos róseos e brancos. As florescências depositavam-se como neve fragrante sob os pés das estátuas no Jardim das Tulherias, e flutuavam como uma espuma colorida sobre as águas turvas do Sena.

Abril em Paris. Enquanto se postava diante de uma lápide simples no Cemitério de Montmartre, a música borbulhava de forma incongruente por sua mente. Tão terrivelmente inadequado. Ele a afastou apenas para fazê-la voltar com ainda mais intensidade.

Com irritação, Tachyon ergueu um ombro e segurou com mais força o buquê simples de violetas e lírios-do-vale. O papel verde brilhante do florista estalou alto no ar da tarde. À distância, a sua esquerda, podia ouvir o barulho apressado de buzinas do tráfego lento que se arrastava pela Rue Novins na direção da Sacré Coeur. Com suas paredes brancas resplandecentes, cúpulas e domos, a basílica flutuava como um sonho das mil e uma noites sobre a Cidade-Luz.

A última vez que vi Paris.

Earl, seu rosto mantendo toda a expressão de uma estátua de ébano. Lena, enrubescida, fervorosa. "Você precisa ir!" Olhando para Earl para ter ajuda e consolo. O silêncio: "provavelmente seria melhor". O caminho da mínima resistência. Tão estranho, justo ele.

Tachyon se ajoelhou e afastou as pétalas que se espalhavam sobre a laje de pedra.

Earl Sanderson Jr.
"Noir Aigle"
1919-1974

Você viveu demais, meu amigo. Ou foi o que disseram. Aqueles ativistas inquietos e barulhentos podiam tê-lo usado melhor se você tivesse tido a generosidade de morrer em 1950. Não, melhor ainda, enquanto libertava a Argentina e a Espanha ou salvava Gandhi.

Pousou o buquê no túmulo. Uma brisa repentina fez os delicados sinos brancos dos lírios tremerem. Como os cílios de uma jovem antes de ser beijada. Ou como os cílios de Blythe pouco antes de ela chorar.

A última vez que vi Paris.

Um dezembro frio, lúgubre, e um parque em Neuilly.

Blythe van Renssaeler, vulgo a Especialista, morreu ontem...

De forma pouco elegante, pôs-se de pé, tirou o pó dos joelhos das calças com um lenço. Assoou o nariz rápida e enfaticamente. Aquele era o problema do passado. Nunca ficava enterrado.

Sobre a lápide havia uma coroa grande e elaborada. Rosas, gladíolos e metros de fita. Uma coroa de flores de um herói morto. Uma paródia. Um pé pequeno se ergueu, fazendo a coroa tombar. Com desdém, Tachyon passou por cima dela, esmagando as pétalas frágeis sob as solas dos seus sapatos.

Não se pode aplacar os ancestrais, Jack. Seus fantasmas virão.

Os dele, com certeza.

Na Rue Etex, ele chamou um táxi, pegou a anotação e leu o nome do café na Rive Gauche no seu francês enferrujado. Recostou-se no banco para observar as placas de neon desligadas passarem em velocidade. *XXX, Le Fille! "Les Sexy."* Estranho pensar em toda essa obscenidade aos pés de um monte cujo nome traduzido significava Montanha dos Mártires. Santos morreram em Montmartre. A Sociedade de Jesus foi fundada naquele monte em 1534.

Eles prosseguiram em guinadas ruidosas e profanas. Estirões de velocidade de parar o coração seguidas por freadas de quebrar o pescoço. Um estrondo de buzinas e uma troca de insultos criativos. Cruzaram a Place Vendôme, passando pelo Ritz, onde a delegação estava hospedada. Tachyon afundou no banco, embora fosse improvável ser descoberto. Estava tão cansado de todos eles. Sara, quieta, astuta e discreta como um mangusto. Ela estava mudada desde a Síria, mas se recusava a confessar. Peregrina ostentava sua gravidez, recusando-se a aceitar que poderia ter surpresas ruins. Mistral, jovem e bela. Foi cuidadosa e compreensiva e guardara o segredo vergonhoso dele. Fantasia, dissimulada e divertida. Ela não guardara o segredo. O sangue quente cobriu seu rosto. Sua condição humilhante agora era pública, discutida entre risos abafados e tons que iam do compassivo ao sorridente. As mãos apertaram a nota de dinheiro. Havia ao menos uma mulher que ele poderia encarar sem embaraço. Um dos seus fantasmas e, no entanto, mais bem-vinda do que os vivos do presente.

Ela escolhera um café no Bulevar Saint-Michel, no coração do Quartier Latin. O bairro que sempre desprezara a burguesia. Tachyon imaginou se Danelle ainda desprezava. Ou os anos refrearam seu ardor revolucionário? Era possível apenas esperar que seus outros ardores não tivessem sido refreados. Então ele lembrou, e se encolheu novamente.

Bem, se ele não pudesse mais experimentar a paixão, ao menos poderia lembrá-la.

Em agosto de 1950, quando se conheceram, ela tinha 19 anos. Estudante universitária de filosofia política, sexo e revolução. Danelle era ávida por confortar a vítima estilhaçada de uma caça às bruxas capitalista: a nova queridinha da intelectualidade francesa de esquerda. Ela se orgulhava dos sofrimentos dele. Como se a mística do seu martírio pudesse ser transmitida com contato corporal.

Ela o usou. Mas, pelo Ideal, ele também a usou. Como uma mortalha, um alívio contra a dor e a lembrança. Afogava-se em boceta e vinho. Bebericando uma garrafa na cobertura de Lena Goldoni, na Champs-Élysées, ouvindo a retórica apaixonada da revolução. Importava-se muito menos com a retórica do que com a paixão. Unhas com pontas vermelhas combinavam com o laivo de vermelho do batom quando Dani tragava, de forma inexperiente, os cigarros Gauloises que queimavam a laringe. Os cabelos pretos, macios como um elmo de ébano sobre a cabeça pequena. Seios exuberantes pressionavam um suéter justo demais, e saias curtas que às vezes lhe davam vislumbres sedutores da pele pálida entre as coxas.

Deus, como transaram! Houve alguma emoção além da exploração mútua? Sim, talvez, pois foi uma das últimas a condená-lo e rejeitá-lo. Ela se despediu dele antes da viagem naquele dia gélido de janeiro. Era quando ele ainda tinha bagagem e uma aparência de dignidade. Lá, na plataforma da estação ferroviária de Montparnasse, ela lhe oferecera dinheiro e uma garrafa de conhaque. Ele não recusara. O conhaque foi muito bem-vindo, e o dinheiro significava que outra garrafa viria após aquela.

Em 1953, ligou para Dani quando outra batalha infrutífera pelo visto de entrada no país com as autoridades alemãs o enviaram às pressas de volta para a França. Ligou para ela na esperança de mais uma garrafa de conhaque, mais uma esmola, mais uma rodada de fornicação desesperada. Mas um homem atendeu, e ao fundo ele ouviu uma criança chorando, e quando ela finalmente pegou o telefone, a mensagem foi clara. *Vá se foder, Tachyon.*

Contendo o riso, ele sugeriu que foi por aquilo que ele havia ligado. O zumbido desagradável de um telefone desligado.

Mais tarde, naquele parque frio em Neuilly, ele lera sobre a morte de Blythe, e nada mais parecia importar.

E, ainda assim, quando a delegação chegou a Paris, Dani aproximou-se. Um bilhete em sua correspondência no Ritz. Um encontro na Rive Gauche, quando o céu cinza prateado de Paris se tingia de rosa, e a Torre Eiffel transformava-se numa teia de luzes como diamantes. Então, talvez ela tivesse se importado. E talvez, para sua vergonha, ele não tivesse. Dome era um típico café da classe trabalhadora de Paris. Mesas mínimas apertadas na calçada, guarda-sóis cinza, azuis e brancos, garçons estressados, de cenho franzido com aventais brancos encardidos. O cheiro de café e *grillade*. Tachy observou o punhado de fregueses. Ainda era cedo para Paris. Ele esperava que ela não tivesse escolhido se sentar lá dentro. Toda aquela fumaça. Seu olhar se deteve numa figura sólida, num casaco preto desbotado. Havia uma intensidade alerta em seu rosto confuso e...

Meu Deus, será que... NÃO!

— *Bon soir,* Tachyon.

— Danelle — ele conseguiu falar com timidez, e tateou em busca do espaldar da cadeira.

Ela abriu um sorriso enigmático, bebericou o café, esmagou um cigarro no cinzeiro sujo, acendeu outro cigarro, recostou-se numa paródia horrível de sua postura *sexy* de antigamente, e o encarou através da fumaça que subia.

— Você não mudou nada.

A boca de Tachyon se mexeu, e ela riu com tristeza.

— Um clichê um pouco difícil de repetir, certo? Claro que *eu* mudei... 36 anos se passaram.

 Trinta e seis anos. Blythe *faria 75*.

Intelectualmente, ele aceitara a realidade da lastimavelmente curta expectativa de vida deles. Contudo, não havia se dado conta daquilo antes. Blythe havia morrido. Braun permanecia o mesmo. David se perdera, assim como Blythe permanecia uma lembrança de juventude e charme. E, dos seus novos amigos, Tommy, Angelical e Hiram estavam entrando naquele estágio desconfortável da meia-idade. Mark era o mais novo. Ainda assim, 41 anos antes fora o pai de Mark que apreendera a nave de Tachy. *E Mark nem mesmo havia nascido!*

Logo (ou ao menos da forma que seu povo media o tempo), ele seria forçado a assisti-los passar da juventude para a decadência inevitável e, portanto, para a morte. A cadeira foi um apoio bem-vindo quando o traseiro encostou no frio ferro forjado.

— Danelle — ele repetiu.

ESPELHOS DA ALMA

— Um beijo, Tachy, em nome dos velhos tempos?

Bolsas pesadas e amareladas pendiam sob os olhos sem brilho. Cabelos grisalhos quebradiços em um coque descuidado, as linhas profundas ao lado da boca na qual o batom escarlate vazava como uma ferida. Ela se inclinou para mais perto, atingindo-o com uma onda de hálito nojento. Tabaco forte, vinho barato, café e dentes apodrecendo combinavam-se num eflúvio de virar o estômago.

Ele recuou, e desta vez, quando a risada veio, parecia forçada. Como se ela não esperasse essa reação e estivesse disfarçando a mágoa. A risada rouca terminou em um longo ataque de tosse que fez com que ele saísse da cadeira e fosse até ela. Irritada, ela desprezou a mão tranquilizadora de Tachyon.

— Enfisema. E nem comece o sermão, *le petit docteur*. Estou velha demais para largar meus cigarros e pobre demais para ter cuidados médicos quando chegar a hora de morrer. Então, eu fumo mais rápido, na esperança de morrer mais rápido, para que, no fim das contas, não custe muito dinheiro.

— Danelle…

— *Bon Dieu*, Tachyon! Você ficou burro. Sem beijo pelos velhos tempos e, pelo visto, sem conversa também. Embora, pelo que eu me lembre, você nunca foi mesmo de muita conversa.

— Encontrava toda a comunicação necessária no fundo de uma garrafa de conhaque.

— Não parece ter causado problema algum. Veja só! Um grande homem.

Ela via a figura mundialmente conhecida, esguia, vestido com brocados e rendas, mas ele, olhando para trás, para os reflexos de milhares de lembranças, via uma procissão de anos perdidos. Quartos baratos cheirando a suor, vômito, urina e desespero. Gemendo em um beco de Hamburgo, espancado quase até a morte. Aceitando um pacto demoníaco com um homem gentil e sorridente, e por quê? Por outra garrafa. Tendo alucinações numa cela na prisão de Tombs.

— O que tem feito, Danelle?

— Sou camareira no Hotel Intercontinental. — Ela pareceu sentir os pensamentos dele. — Sim, um final nada glamoroso para todo aquele fervor revolucionário. A revolução nunca veio, Tachy.

— Não.

— O que não te deixa de coração partido.

— Não. Nunca aceitei suas versões de utopia.

— Mas ficou conosco. Até botarmos você para fora.

— Sim, eu precisei de você e usei você.

— Meu Deus, uma confissão do fundo da alma? Em encontros como este, é de se esperar que fiquemos no *"Bonjour"* e *"Comment allez-vous"*, e

"Nossa, você não mudou nada". Mas já passamos dessa fase, não é? — O tom de ironia amarga acrescentou uma acidez corrosiva às palavras.

— O que você quer, Danelle? Por que pediu para me ver?

— Porque eu sabia que isso te incomodaria. — A ponta do Gauloise seguiu sua predecessora numa morte esmagada e cinzenta. — Não, não é verdade. Eu vi seu pequeno comboio chegar. Todas as bandeiras e limusines. Isso me fez pensar em outros anos e em outras bandeiras. Acho que quis recordar e, infelizmente, quando se envelhece, as lembranças da juventude ficam mais apagadas, menos reais.

— Infelizmente desconheço esse turvamento bondoso. Minha espécie não esquece.

— Pobre pequeno príncipe. — Ela tossiu novamente, um som úmido. Tachyon pôs a mão no bolso da jaqueta, puxou a carteira e tirou algumas notas.

— O que é isso?

— O dinheiro que você me deu, o conhaque e 36 anos de juros.

Ela se encolheu, os olhos brilhantes das lágrimas não derramadas.

— Não chamei você por caridade ou pena.

— Não, me chamou para me atacar, me ferir.

Ela desviou o olhar.

— Não, eu te chamei para que eu lembrasse de outros tempos.

— Não foram tempos muito bons.

— Para você, talvez. Eu os amava. Eu era feliz. E não fique lisonjeado. Você não era o motivo.

— Eu sei. A revolução era seu primeiro e único amor. Acho difícil acreditar que você tenha desistido dela.

— Quem disse?

— Mas você falou… eu pensei…

— Mesmo os velhos podem exigir mudanças, talvez com mais fervor que os jovens. Aliás — ela bebeu o restante do café ruidosamente —, por que você não nos ajuda?

— Não poderia.

— Ah, claro. O pequeno príncipe, o monarquista dedicado. Nunca se importou com o povo.

— Não do jeito que você usa a frase. Você o reduz a *slogans*. Fui criado para liderar, proteger e cuidar do povo como indivíduos. O nosso jeito é melhor.

— Você é um parasita! — E no rosto dela, ele viu a sombra efêmera da garota que ela fora.

Um sorriso quase triste tocou os lábios de Tachyon.

— Não, um aristocrata, que provavelmente você dirá ser um sinônimo. — Seu longo dedo indicador remexia a pequena pilha de francos. — Apesar do que você ache, não foram minhas suscetibilidades aristocráticas que me impediram de usar meu poder em seu benefício. O que vocês estavam fazendo era bastante inofensivo... ao contrário desta nova geração, que não se preocupa em matar um semelhante apenas para conseguir o sucesso.

Ela encolheu um ombro.

— Por favor, vá direto ao assunto.

— Eu perdi meus poderes.

— O quê? Você nunca nos disse.

— Eu tinha medo de perder minha aura de mistério se dissesse.

— Não acredito em você.

— É verdade. Culpa da covardia de Jack. — Seu rosto ficou sombrio. — O HUAC levou Blythe ao banco dos réus. Estavam exigindo o nome de todos os ases conhecidos e, como tinha a minha mente, ela sabia. Estava prestes a traí-los, então usei meus poderes para impedi-la e, ao fazer isso, destruí sua mente e transformei a mulher que eu amava numa maníaca violenta.

Ele levou as pontas trêmulas dos dedos à testa úmida. Recontar a história nesta, entre todas as cidades, a enchia de um novo poder, de uma nova dor.

— Levou anos para eu superar a culpa, e foi o Tartaruga quem me mostrou como. Eu destruí uma mulher, mas salvei outra. Isso equilibra a balança? — Ele estava falando mais para si mesmo do que para ela.

Contudo, ela não se interessava pela dor antiga dele; suas próprias lembranças eram intensas demais.

— Lena ficou tão furiosa. Chamou você de aproveitador nojento, recebendo e recebendo sem dar nada em troca. Todos queriam você fora porque havia estragado nosso lindo plano.

— Sim, e *ninguém* ficou do meu lado! Nem mesmo Earl. — Sua expressão se suavizou quando ele ultrapassou a ruína da idade e viu a garota de quem se lembrava. — Não, não é verdade. Você me defendeu.

— Sim — ela admitiu com rispidez. — E não foi nada bom. Levou anos para eu recuperar o respeito dos meus camaradas. — Ela encarava o tampo da mesa.

Tachyon olhou para o relógio no salto de sua bota e se ergueu.

— Dani, preciso ir. A delegação precisa estar em Versalhes às oito, e eu preciso me trocar. Foi... — Ele tentou de novo. — Fico feliz que você tenha me ligado. — As palavras pareciam artificiais e insinceras, mesmo aos seus ouvidos.

O rosto dela se retorceu, então enrijeceu em linhas profundas.

— É isso? Quarenta minutos e *au revoir*? Você nem bebeu comigo.

— Desculpe, Dani. Minha agenda...

— Ah, sim, o grande homem. — A pilha de notas ainda jazia entre eles na mesa. — Bem, pegarei essas aqui como um exemplo de sua *noblesse oblige*.

Ela ergueu uma bolsa disforme e puxou uma carteira. Recolheu os francos e enfiou-os na carteira surrada. Em seguida, fez uma pausa e encarou uma foto. Um sorrisinho cruel surgiu em seus lábios enrugados.

— Não, melhor ainda. Darei a você uma contraprestação pelo dinheiro.

Dedos atrofiados, artríticos puxaram a foto e jogaram-na sobre a mesa.

Era uma fotografia impressionante de uma jovem. Um rio de cabelos vermelhos mascarava metade do rosto estreito, sombrio. Um olhar sagaz, perverso, nos olhos erguidos. Um dedo indicador delicado sobre o lábio superior carnudo, como se pedisse silêncio a quem observasse.

— Quem é? — Tachy perguntou, mas com uma certeza quase aterrorizante de que sabia a resposta.

— Minha filha. — Seus olhares se encontraram, e o sorriso de Dani se alargou. — E sua.

— Minha.

A palavra emergiu como um suspiro de surpresa e alegria. De repente, todo o cansaço e a angústia da viagem dissolveram-se. Ele testemunhara horrores. Curingas apedrejados até a morte nas favelas do Rio. Genocídio na Etiópia. Opressão na África do Sul. Fome e doença em todos os lugares. Aquilo lhe deixara um sentimento de desesperança e derrota. Mas, se ela existia, aquilo poderia ser suportado. Mesmo a angústia de sua impotência desvaneceu. Com a perda da virilidade, perdera grande parte de si mesmo. Agora ela voltara para ele.

— Ah, Dani, Dani! — Ele estendeu a mão e pegou a dela. — Nossa filha. Qual é o nome dela?

— Gisele.

— Preciso vê-la. Onde ela está?

— Apodrecendo. Está morta.

As palavras pareceram estilhaçar-se no ar, lançando fragmentos gélidos no fundo da alma de Tachyon. Um grito de angústia foi arrancado dele, e ele chorou, as lágrimas caindo entre seus dedos.

Danelle partiu sem olhar para trás.

♦

Versalhes, o maior tributo ao direito divino dos reis. Tachyon, com os saltos estalando no assoalho, parou e observou a cena através do cristal deformador de sua taça de champanhe. Por um instante, talvez, sua mente estivera em seu lar, e o desejo que o arrebatava era quase físico em intensidade.

De fato, não há beleza neste mundo. Queria poder ir embora daqui para sempre.

Não, não é verdade, ele fez a reparação quando o olhar pairou sobre o rosto dos amigos. *Ainda havia muito aqui para se amar.*

Um dos gentis assistentes de Hartmann estava ao seu lado. Era aquele que teve a sorte de sobreviver ao sequestro na Alemanha, ou fora enviado especialmente para servir como bucha de canhão desta excursão perturbadora? Bem, talvez a segurança maior mantivesse esse jovem vivo até que pudessem chegar em casa.

— Doutor, Monsieur de Valmy gostaria de vê-lo.

O jovem abriu caminho para Tachyon enquanto o alienígena observava o presidenciável mais popular desde De Gaulle. Franchot de Valmy, considerado por muitos o próximo presidente da República. Um homem alto, esguio, que se movimentava de forma ágil pela multidão. Seu cabelo castanho cheio era riscado por uma faixa grisalha de cinco centímetros. Muito impressionante. Mais impressionante, embora muito menos evidente, era ser um carta selvagem. Um ás. Num país enlouquecido por ases.

Hartmann e De Valmy cumprimentaram-se com um aperto de mão. Era uma mostra extraordinária de bajulação política. Dois caçadores famintos usando o poder e a popularidade alheia para catapultar-se aos postos mais elevados em seus países.

— Senhor, Dr. Tachyon.

De Valmy voltou toda a força dos seus olhos verdes para o takisiano. Tachyon, criado numa cultura que valorizava muito o charme e o carisma, descobriu que o homem possuía os dois numa magnitude quase takisiana. Imaginou se aquele era seu poder de carta selvagem.

— Doutor, é uma honra — ele falou em inglês.

Tachy pousou a mão pequena sobre o peito do homem e respondeu em francês:

— A honra é toda minha.

— Tenho interesse em ouvir seus comentários sobre o trabalho dos nossos cientistas no vírus carta selvagem.

— Bem, acabei de chegar. — Ele mexeu na lapela, ergueu os olhos e lançou um olhar penetrante para De Valmy. — E falarei a *todos* os candidatos à presidência? Eles também vão querer ouvir meus comentários?

O senador Hartmann deu um passinho para a frente, mas De Valmy estava rindo.

— O senhor é muito astuto. Sim, estou… como vocês norte-americanos dizem… contando com o ovo.

— Com razão — Hartmann disse, sorrindo. — Você foi preparado pelo presidente como seu herdeiro aparente.

— Com certeza, uma vantagem — Tachyon comentou. — Mas sua condição de ás não causou problemas.

— Não.

— Tenho curiosidade em saber qual o seu poder.

De Valmy cobriu os olhos.

— Ah, Monsieur Tachyon, fico envergonhado de falar disso. É um poderzinho insignificante. Meros truques de salão.

— O senhor é muito modesto.

O assistente de Hartmann fuzilou-o com os olhos, e Tachy devolveu delicadamente o olhar, embora tivesse se arrependido do lampejo momentâneo de sarcasmo. Não era de bom-tom da parte dele despejar seu cansaço e infelicidade sobre outros.

— Não me furto de usar a vantagem que me foi concedida, doutor, mas espero que sejam minha plataforma e liderança que me tragam a presidência.

Tachyon deu uma risadinha e encontrou os olhos de Gregg Hartmann.

— Não é irônico que neste país o vírus carta selvagem confira um toque de classe que ajude um homem a chegar a um alto posto, enquanto no nosso país essa mesma informação poderia derrubá-lo?

O senador ficou sério.

— Leo Barnett.

— Perdão? — De Valmy questionou, um pouco confuso.

— Um pastor fundamentalista que está reunindo um bom séquito. Restaurou todas as antigas leis do carta selvagem.

— Ou pior que isso, senador. Acho que ele os mandaria para campos de detenção e forçaria a esterilização em massa.

— Bem, esse é um assunto desagradável. E por falar em assunto desagradável, gostaria de conversar com você, Franchot, sobre sua opinião com relação à eliminação de mísseis de médio alcance na Europa. Não que eu tenha algum crédito com a atual administração, mas meus colegas no Senado... — Ele deu o braço para De Valmy, e os dois se afastaram, os diversos assistentes seguindo-os como esperançosos peixes-piloto.

Tachy deu um gole na taça de champanhe. Os candelabros reluziam na longa fileira de espelhos, multiplicando-os centenas de vezes e devolvendo o brilho como estilhaços de vidro dentro de sua cabeça dolorida. Tomou outro gole de champanhe, embora soubesse que o álcool era em parte culpado pelo seu atual desconforto. Ele e o zumbido penetrante de centenas de vozes, o rascar inquieto de arcos em cordas e, lá fora, a presença vigilante de um público afetuoso. Telepata sensível que era, aquilo o atingia como um mar insistente, faminto.

Quando o comboio percorreu o longo boulevard ladeado por castanheiras, passou por centenas de pessoas que acenavam, ansiosas, esticando o pescoço por um vislumbre de *les ases fantastiques*. Era um alívio bem-vindo depois do ódio e do medo em outros países. Ainda assim, estava feliz por restar apenas um país, e então seguiria para casa. Não que algo esperasse por ele lá, além de mais problemas.

Em Manhattan, James Spector estava nas ruas. A morte encarnada caçando livremente. Outro monstro criado pela minha intromissão. Assim que estiver em casa, precisarei lidar com isso. Rastreá-lo. Encontrá-lo. Impedi-lo. Fui tão estúpido ao abandoná-lo para seguir Roleta.

E Roleta? Onde ela deve estar? Fiz mal em soltá-la? Sem dúvida, sou um tolo no quesito mulheres.

— Tachyon. — O chamado animado de Peregrina flutuou nas notas de Mozart e arrancou-o de sua névoa introspectiva. — Você precisa ver isso aqui.

Ele plantou um sorriso no rosto e manteve os olhos longe da colina que era sua barriga, estendida para a frente e no meio do seu corpo. Mordecai Jones, o mecânico do Harlem, parecendo desconfortável no seu smoking, olhava nervosamente uma luminária alta de ouro e cristais como se a esperasse atacar. A longa fila de espelhos trouxe de volta pensamentos sobre a Funhouse, e Des, os dedos na ponta de sua tromba de elefante mexendo-se levemente, intensificava a lembrança. *O passado*. Parecia pendurado como um peso morto sobre os ombros.

O grupo de amigos e colegas de viagem separou-se, e uma figura encurvada, deformada se revelou. O curinga espreitava ao redor, e sorriu para Tachy. O rosto era bonito. Nobre, um pouco cansado, as linhas sobre os olhos e a boca denotando um passado sofrido, um rosto agradável, *de fato*. Houve uma explosão de risadas do grupo quando Tachy olhou boquiaberto para suas próprias feições.

Houve uma mudança, como argila sendo amassada ou uma esponja sendo espremida, e o curinga o encarou com suas verdadeiras feições. Uma grande cabeça quadrada, olhos castanhos encantadores, uma cabeleira grisalha sobre um corpo pequenino e deformado.

— Me perdoe, a oportunidade era atraente demais para passar em branco — o curinga disse, dando uma risadinha.

— E sua expressão foi a melhor de todas, Tachy — provocou Crisálida.

— Você pode rir, está livre. Ele não pode te imitar — pigarreou Des.

— Tachy, este é Claude Bonnel, *Le Miroir*. Ele faz esse grande show no Lido.

— Tirando sarro dos políticos! — Mordecai exclamou.

— Ele faz um esquete histérico com Ronald e Nancy Reagan — Peregrina disse, rindo.

Jack Braun, atraído pelo grupo às gargalhadas, caminhava no entorno. Seus olhos encontraram os de Tachyon, e o alienígena olhou além dele. Jack continuou até estarem em lados opostos do círculo.

— Claude está tentando nos explicar a sopa de letrinhas da política francesa — Digger comentou. — Tudo sobre como De Valmy costurou uma coalizão impressionante do RPR, do CDS, do JJSS, do PCF...

— *Não, não*, Sr. Downs, o senhor não deve incluir meu partido entre as fileiras que apoiam Franchot de Valmy. Nós, comunistas, temos um gosto melhor, e nosso próprio candidato.

— Que não vai ganhar — disparou Braun, franzindo a testa para o pequeno curinga.

As feições turvaram-se, e Earl Sanderson Jr. disse com suavidade:

— Havia alguns que apoiavam os objetivos da revolução mundial.

Jack, com o rosto repentinamente pálido, cambaleou para trás. Ouviu-se um estalar agudo quando a taça estilhaçou-se em sua mão, e viu-se um brilho dourado quando seu campo de força biológico surgiu para protegê-lo. Houve um silêncio desconfortável depois que o grande ás se afastou, então Tachyon disse com frieza:

— Obrigado.

— Não há de quê.

— Você está aqui como representante do carta selvagem?

— Em parte, mas também tenho um posto oficial. Sou membro do congresso do Partido.

— Você é um figurão dos comunistas — sussurrou Digger com sua costumeira falta de tato.

— Sim.

— Como você sabe de Earl? Ou simplesmente estudou cada um de nós da excursão? — Crisálida perguntou.

— Tenho uma telepatia de nível muito baixo. Posso assimilar rostos daqueles que afetaram profundamente uma pessoa.

O assistente de Hartmann aproximou-se novamente dele.

— Doutor, o Dr. Corvisart chegou e quer lhe falar.

Tachyon fez uma careta.

— A obrigação vem antes da diversão. Senhores, senhoras. — Ele fez uma mesura e se afastou.

Uma hora depois, Tachy estava ao lado de uma pequena orquestra de câmara, permitindo que as notas tranquilizadoras do quinteto com piano "A truta", de Mendelssohn, fizessem sua mágica. Seus pés começavam a doer, e ele percebeu que quarenta anos na Terra lhe roubaram a capacidade de ficar em pé por horas. Lembrando as aulas de etiqueta de um passado distante, encaixou os quadris, endireitou os ombros e ergueu o queixo. O alívio foi imediato, mas ele concluiu que outra taça também ajudaria.

Acenando para um garçom, ele se esticou para pegar o champanhe. Em seguida, cambaleou, e caiu pesadamente contra o homem, como se um ataque mental ofuscante e sem direção atingisse seus escudos.

Controle mental!

A fonte?

Lá fora... em algum lugar.

O foco?

Ele teve uma leve consciência de que copos quebraram quando tombou sobre seu assustado apoio. Forçou as pálpebras, que pareciam infinitamente pesadas, a se abrirem. O efeito de sua busca psíquica foi muito perturbador, e o poder do controle da mente berrou tanto que a realidade assumiu uma qualidade estranhamente volátil. Os convidados da recepção, em seus trajes brilhantes, desbotaram até ficar cinzentos. Ele conseguia "ver" a sonda mental como um fio brilhante de luz. Tornava-se difusa em sua fonte, impossível de localizar. Mas reluzia num halo:

Um homem.

Uniforme.

Um dos capitães da guarda.

Pasta de couro.

BOMBA!

Ele estendeu a mente e apossou-se do oficial. Por um momento, enquanto seu controlador e Tachy lutavam pela supremacia, o homem contorceu-se e dançou como uma mariposa no fogo. O esforços eram grandes demais para a mente humana, e a consciência o abandonou como uma vela acesa sendo assoprada. O major despencou com as pernas abertas no assoalho de madeira encerado. Tachy viu os dedos tentarem segurar a pasta de couro preta, embora não se lembrasse de tê-los movido.

O controlador sabe que perdeu o foco. Detonação por tempo ou comando? Não há tempo para ponderar sobre isso.

A solução, quando veio, foi quase inconsciente. Ele expandiu seu poder e agarrou a mente. Jack Braun enrijeceu, largou a bebida e correu até as janelas altas que davam para o jardim frontal e as fontes. Pessoas foram lançadas como pinos de boliche quando o grande ás passou por eles em alta velocidade. Tachyon encolheu o braço, rezou para os ancestrais lhe darem mira e força e arremessou.

Jack, como um herói num filme de futebol americano dos anos 1940, saltou, agarrou a pasta que girava no ar, apertou-a forte contra o peito e se jogou pela janela. O vidro envolveu seu reluzente corpo dourado como uma auréola. Um segundo depois, uma enorme explosão estourou o restante das janelas enfileiradas da Galeria dos Espelhos. Mulheres gritaram quando estilhaços de vidro afiado se cravaram na pele desprotegida. Vidro e cascalho do pátio tamborilaram no assoalho de madeira como gotas de chuva histéricas.

Pessoas correram até a janela para ver como Braun estava. Tachyon virou as costas para as janelas e ajoelhou-se ao lado do major, que respirava ruidosamente. Era preciso ter prioridades.

— Lá vamos nós de novo.

Tachy relaxou o traseiro dolorido na dura cadeira de plástico, remexendo-se até conseguir dar uma olhada discreta no relógio. 00h10. Sem dúvida, a polícia era igual em todo o mundo. Em vez de serem gratos por ter evitado uma tragédia, tratavam-no como se fosse o criminoso. E Jack Braun foi poupado de tudo isso porque as autoridades insistiram em o levar para o hospital. Claro que ele não estava machucado, por isso Tachyon o tinha escolhido. Sem dúvida, pela manhã, os jornais estariam cheios de elogios para o bravo ás norte-americano, pensou Tachy com irritação. *Nunca percebem minhas contribuições.*

— Monsieur? — insistiu Jean Baptiste Rochambeau, da Sûreté, a força policial francesa.

— Com que objetivo? Já disse. Senti um controle mental poderoso, natural, em andamento. Por conta da falta de treino e controle do usuário, não pude rastrear a fonte. Mas consegui encontrar a vítima. Quando combati o controle, li a mente do controlador, li a presença da bomba, controlei a mente de Braun, joguei a bomba para ele, ele pulou pela janela, a bomba explodiu, sem nenhum dano, exceto, talvez, para as plantas decorativas.

— Não há plantas decorativas além das janelas da Galeria dos Espelhos — fungou o ajudante de Rochambeau em sua voz anasalada, aguda.

Tachy girou na cadeira.

— Foi uma piadinha — ele explicou gentilmente.

— Dr. Tachyon. Não duvidamos da história do senhor. Só que isso é impossível. Nenhum mentat...? — Ele olhou para Tachyon buscando confirmação. — ... poderoso assim existe na França. Como o Dr. Corvisart explicou, temos todos os infectados, latentes e expressos, registrados.

— Então um passou despercebido por vocês.

Corvisart, um homem grisalho e arrogante com bochechas gordas como um esquilo e uma boca pequena e bicuda, balançou a cabeça de forma incrédula.

— Toda criança é testada e registrada no nascimento. Todo imigrante é testado antes de entrar no país. Todo turista precisa ter o teste antes de receber um visto. A única explicação é aquilo que suspeito há vários anos. O vírus sofreu mutação.

— Isso é uma bobagem evidente e flagrante! Com o devido respeito, doutor, *eu* sou a principal autoridade no vírus carta selvagem neste ou em qualquer outro mundo.

Talvez tivesse algo de exagero, mas certamente poderia ser perdoado. Ele estava aguentando tolos com muita paciência e por muitas horas.

Corvisart tremia de indignação.

— Nossa pesquisa foi reconhecida como a melhor no mundo.

— Ah, mas *eu* não publico. — Tachyon se ergueu. — *Eu* não preciso. — Um único passo adiante. — *Tenho* uma certa vantagem. — Outro. — *Ajudei* a desenvolver a coisa devastadora! — ele berrou no rosto do francês.

Corvisart manteve-se teimosamente firme.

— O senhor está errado. O mentat existe, ele não está registrado, *ergo* o vírus sofreu mutação.

— Quero ver suas anotações, cópias da pesquisa, olhar esses tão alardeados registros. — A última parte ele destinou a Rochambeau. Ele podia ter alma de policial, mas ao menos não era um idiota.

O oficial da Sûreté ergueu uma sobrancelha.

— O senhor tem alguma objeção, Dr. Corvisart?

— Acredito que não.

— O senhor quer começar agora?

— Por que não? De qualquer forma, a noite já foi arruinada.

Eles o instalaram no escritório de Corvisart, com um computador impressionante à sua disposição, os arquivos mais importantes da pesquisa impressos, uma pilha alta de disquetes e uma xícara de café forte que Tachy batizou generosamente com o conhaque do seu cantil.

A pesquisa era boa, mas foi gerada na direção de provar a premissa de Corvisart. A esperança de fama com a descoberta de uma forma mutante — Carta Selvagem *Corvisartus*? — coloria sutilmente as interpretações do francês a partir dos dados que estava coletando. O vírus não estava sofrendo mutação.

Graças aos deuses e ancestrais, Tachy enviou aos céus uma oração sincera.

Ele passava vagarosamente pelo registro de carta selvagem quando uma anomalia, algo bem estranho, chamou sua atenção. Eram cinco da manhã, dificilmente um horário para remontar vários anos e verificar se viu o que pensou ter visto, mas sua criação e sua natureza curiosa não podiam ser negadas. Após vários minutos de digitação ardente, ele estava com a tela dividida e dois documentos acessados lado a lado. Ele se recostou na cadeira, retorcendo seus cabelos já cacheados com dedos nervosos.

— Bem, estamos ferrados — ele disse alto para a sala silenciosa. A porta se abriu, e o sargento de voz anasalada colocou a cabeça na fresta.

— Monsieur? O senhor precisa de algo?

— Não, de nada.

As mãos dele se projetaram e ele apagou os malditos documentos. O que ele descobriu não vazaria. Pois era dinamite política. Criaria caos na eleição, custaria a presidência a um homem e agitaria as fundações da confiança do eleitorado, caso isso se espalhasse.

Tachy apertou as mãos na lombar, esticando-se até as vértebras estalarem, e balançou a cabeça como um pônei cansado.

— Sargento, acho que não encontrei nada que possa ser útil. E estou cansado demais para prosseguir. Posso, por favor, voltar ao hotel?

Mas sua cama no Ritz não trouxe conforto ou descanso, então, aqui estava ele, recostado sobre a balaustrada da Pont de la Concorde, observando as barcaças de carvão passar, e aspirando com avidez o cheiro de pão assando, que parecia ter permeado a cidade. Cada parte do seu pequeno corpo parecia sofrer de algum desconforto. Os olhos pareciam dois buracos queimados em uma manta, as costas ainda doíam por conta daquela cadeira impraticável, e o estômago clamava por ser alimentado. Mas o pior de tudo era o que ele batizara de indigestão mental. Vira ou ouvira algo significativo. E, até descobrir, seu cérebro continuaria a fervilhar como geleia borbulhando no fogão.

— Às vezes — ele disse a sua mente com seriedade —, sinto como se você tivesse uma mente própria.

Começou a caminhar pela Place de la Concorde, onde Maria Antonieta perdera a cabeça, o lugar agora marcado por um venerável obelisco egípcio. Havia muitos restaurantes a escolher: o Hotel de Crillon, o Hotel Intercontinental, a apenas dois quarteirões da praça e no qual, sem dúvida, Dani estava trabalhando duro, e também o Ritz. Ele mal vira os companheiros desde os dramáticos acontecimentos da noite anterior. Sua entrada seria recebida com exclamações, congratulações... Ele decidiu se desviar da confusão toda.

Ainda estava vestido com os trajes da recepção. Lavanda pálida e rosa, e uma cobertura de bordados. Franziu o cenho quando um taxista o encarou boquiaberto e acabou subindo no meio-fio, quase atingindo uma das fontes centrais. Envergonhado, Tachyon seguiu pela balaustrada ricamente decorada de ferro e para os Jardins das Tulherias. Do outro lado, erguia-se o Jeu de Paume e o Orangerie, adiante, a bela fileira de castanheiras, fontes e uma profusão de estátuas.

Tachy despencou exausto na beirada de uma fonte, que de repente começou a esguichar água, lançando um borrifo fino sobre seu rosto. Por um momento, ele ficou sentado com olhos fechados, saboreando o toque frio da água. Em seguida, refugiou-se num banco próximo, pegou a foto de Gisele e novamente examinou seus traços delicados. Por que sempre que vinha a Paris encontrava apenas a morte?

E, de repente, a peça se encaixou. O quebra-cabeça estendeu-se completo diante dele. Com um grito de alegria, ele deu um salto e irrompeu numa corrida frenética. Os saltos de suas botas formais escorregavam na rua de cascalho. Xingando, ele ficou num pé só e tirou-as. Então, com uma bota em cada mão, desceu as escadas e partiu pela Rue de Rivoli. Buzinas retumbaram, pneus guincharam, motoristas berraram. Ele corria sem dar ouvidos. Parou ofegante diante da entrada de vidro e mármore do Hotel Intercontinental. Encontrou os olhos perplexos do porteiro, enfiou os pés nas botas, arrumou o casaco, passou as mãos nos cabelos desordenados e entrou casualmente no saguão silencioso.

— *Bonjour.*

Os olhos do recepcionista arregalaram-se, surpresos, pela aparição da extravagante figura diante dele. Era um homem bonito, de 35 anos, cabelos castanhos reluzentes e olhos de um azul profundo.

— Vocês têm uma funcionária que se chama Danelle Moncey. É imprescindível que eu fale com ela.

— Moncey? Não, Monsieur Tachyon. Não há ninguém com...

— Droga! Ela se casou. Esqueci disso. Ela é camareira, 50 e poucos anos, olhos pretos, cabelos grisalhos.

Seu coração palpitava, refletindo um pulsar nas têmporas. O jovem olhou com nervosismo para as mãos de Tachyon, que haviam se fechado de maneira insistente nas suas lapelas e o puxavam sobre o balcão. Soltando o recepcionista, Tachyon esfregou as pontas dos dedos.

— Me perdoe. Como pode ver, é muito importante... muito importante para mim.

— Desculpe, mas não há nenhuma Danelle trabalhando aqui.

— Ela é comunista — Tachy acrescentou em desespero.

O homem fez que não com a cabeça, mas a loira arrogante atrás do balcão de câmbio de repente disse:

— Ah, não, François. Você sabe, Danelle.

— Então ela está aqui?

— Ah, *mais oui*. Está no terceiro andar.

— Pode chamá-la para mim? — Tachyon abriu para a garota seu melhor sorriso sedutor.

— Monsieur, ela está trabalhando — protestou o recepcionista.

— Estou apenas pedindo um momento com ela.

— Monsieur, não posso ter uma mulher da limpeza no saguão do Intercontinental.

Era quase um lamento.

— Maldição! Então, vou até ela.

Danelle estava juntando lençóis em um cesto de roupa suja. Arfou quando o viu, tentou passar por ele, usando o carrinho de limpeza como um aríete. Ele desviou e pegou-a pelo pulso.

— Precisamos conversar. — Ele estava sorrindo como um bobo.

— Estou trabalhando.

— Tire o dia de folga.

— Vou perder o emprego.

— Não vai mais precisar deste emprego.

— Ah, por que não?

Um homem e sua mulher saíram do quarto e encararam o casal com curiosidade.

— Não vai dar certo.

Ela o encarou, olhou para o relógio.

— Está quase na hora do meu intervalo. Encontro você no Café Morens, logo depois do hotel, na Rue du Juillet. Compre meus cigarros e o de sempre.

— O quê?

— Eles sabem. Sempre vou lá nos meus intervalos.

Ele pegou o rosto dela entre as mãos e a beijou. Sorriu para a expressão confusa que ela fez.

— O que deu em você?

— Conto no café.

Enquanto se apressava para o saguão, ele viu a recepcionista desligando o telefone em uma das cabines públicas. A jovem loira acenou e perguntou:

— O senhor encontrou Danelle?

— Ah, sim. Muito obrigado.

♠

Tachyon estava agitado em uma das pequenas mesas que se espremiam na frente do café. A rua era tão estreita que os carros estacionados ficavam com duas rodas em cima das calçadas.

Dani chegou e acendeu um Gauloise.

— Então, o que foi?

— Você mentiu para mim. — Ele balançou um dedo tímido sob o nariz dela. — Nossa filha não está morta. Em Versalhes... aquilo não foi um carta selvagem, foi sangue do meu sangue. Não culpo você por querer me ferir, mas me deixe consertar as coisas. Vou levar vocês duas para os Estados Unidos.

Um carro pequeno desceu a rua correndo. Quando passou às pressas, o disparo da arma automática ecoou nos prédios de tijolos cinza. Danelle encolheu-se na cadeira. Tachyon a pegou, lançando-se com ela para trás dos carros estacionados. Uma marca quente e branca queimava na sua coxa, e o cotovelo bateu na calçada com um estalo estridente. Ele ficou deitado, imóvel, o lado do rosto pressionado contra a calçada, algo quente correndo sobre a mão. Sua perna ficou dormente.

A respiração de Danelle trepidava na garganta. Tachyon assumiu sua mente. Gisele apareceu. Refletida milhões de vezes em milhões de diferentes lembranças. *Gisele*. Uma presença brilhante como vaga-lumes.

Desesperadamente, ele tentou pegá-la, mas ela se esvanecia, uma mágica perdida e ilusória entre os caminhos obscuros da mãe, que morria.

Danelle morreu.

Gisele morreu.

Mas deixou uma parte de si. Um filho. Tachy agarrou-se a ela, violando todas as regras das artes mentais avançadas ao reter uma mente moribunda. O pânico envolveu-o, e ele recuou daquela fronteira aterrorizante.

No mundo físico, o ar encheu-se de uivos ululantes de sirenes. *Ah, ancestrais, o que fazer?* Ser encontrado aqui com uma camareira de hotel assassinada? Ridículo. Haveria perguntas para serem respondidas. Eles saberiam sobre seu neto. E, se os afetados pelo carta selvagem eram um tesouro nacional, quanto mais valioso seria um takisiano mestiço?

A dor estava começando. Tachyon tentou mover a perna e descobriu que a bala não atingira o osso. O esforço o fez suar e sentir a bile no fundo da garganta. Como conseguiria chegar ao Ritz? Ele apertou a mandíbula. Porque era um príncipe da casa Ilkazam. *São apenas dois quarteirões*, ele pensou, encorajador.

Deitou Danelle gentilmente ao lado, juntou as mãos dela no peito e beijou-lhe a testa. *Mãe da minha filha.* Mais tarde, ele sofreria o luto adequadamente. Mas primeiro vinha a vingança.

A bala passou direto através da carne da coxa. Não havia muito sangue. Ainda. Quando caminhou, ele começou a escorrer. Camuflagem, algo para esconder a ferida apenas o suficiente para passar pela recepção e chegar ao quarto. Olhou para os carros estacionados. Um jornal dobrado. E a janela estava aberta. Não era perfeito, mas bom o suficiente. Agora só precisava de controle o bastante para não mancar aqueles poucos passos da portaria até o elevador.

Moleza, Mark diria. Treinamento era tudo. E sangue. O sangue sempre denuncia.

Ele tentou dormir, mas foi inútil. Finalmente às seis, Jack Braun chutou as emaranhadas roupas de cama, arrancou o pijama encharcado de suor, vestiu-se e saiu em busca de algo para comer.

Cinco meses de ombros caídos e olhares nervosos. Cinco meses nos quais ele *não* pôde falar. Recusaram-se a lhe conceder ao menos contato visual. A esperança de reabilitação realmente valera aquele inferno todo?

Culpa da invasão do Enxame. Ela o trouxera de volta, para fora da proteção imobiliária, das noites californianas e do sexo à beira da piscina. Aqui havia uma crise real. Nenhum ás, não importa o quanto fosse corrompido, seria indesejável. E ele fizera bem, detonando todos os monstros em Kentucky e Texas. E descobriu algo interessante. A maioria dos novos ases não sabia quem ele era. Alguns, Hiram Worchester e o Tartaruga sabiam e aquilo importava. Mas era suportável. Então, talvez fosse o momento de voltar. Ser novamente um herói.

Hartmann anunciou a turnê mundial.

Jack sempre admirara Hartmann. O jeito com que ele lutava para repelir certas partes da Lei de Controle de Poderes Exóticos. Ele ligou para o senador e ofereceu-se para pagar parte da conta. Dinheiro sempre é bem-vindo para um político, mesmo se ele não for usado para financiar uma campanha. Com isso, Jack garantiu seu lugar no avião.

E grande parte da viagem não fora ruim. Houve muita ação com as mulheres — com destaque para Fantasia. Foram para a cama uma noite, na Itália, e ela lhe contou, com malícia, sobre a impotência de Tachyon. E ele riu, alto demais e por tempo demais. Tentando diminuir Tachyon. Tentando ignorá-lo como ameaça.

Durante anos, ele absorveu um pouco de cultura takisiana das entrevistas que lera. Vingança era certamente parte do código. Então, manteve-se cuidadoso e esperou Tachyon agir. *E nada aconteceu.*

A tensão o estava matando.

E, então, a noite passada chegara.

Ele passou manteiga no último pãozinho do cesto, fazendo o pedaço de casca dura descer com um gole do incrivelmente forte café francês. Ele queria que os franceses tivessem um conceito de café da manhã de verdade. Podia pedir um café da manhã americano, claro, mas o preço era tão inacreditável quanto o café. Aquele cesto de pão seco e café estava lhe custando dez dólares. Acrescente alguns ovos e bacon, e o preço subia para quase trinta dólares. Por um café da manhã!

De repente, o absurdo do pensamento o atingiu. Ele era um homem rico, não um garoto da fazenda de Dakota do Norte na época da Depressão. Sua contribuição para esta viagem já fora grande demais quando comprou um lugar no grande 747, ou ao menos o combustível para fazê-lo voar...

Tachyon estava entrando no hotel, e os pelos na nuca de Jack ficaram arrepiados. A porta do pequeno restaurante lhe dava apenas uma visão limitada, e logo o alienígena desapareceu. Jack sentiu os músculos do pescoço e dos ombros relaxarem, e com um suspiro ergueu o dedo e pediu um café da manhã americano completo.

Tachyon estava estranho. O garfo movia-se mecanicamente do prato para a boca. *Mantinha-se realmente tenso.* O jornal dobrado sobre a coxa como um soldado em revista. Nada que o desgraçado estivesse fazendo era da sua conta.

Mas na noite passada, era.

A raiva devorava seu estômago como uma dor física. Claro que a bomba não poderia tê-lo machucado, mas *ele assumiu a minha mente.* Despreocupadamente, como um homem saboreando uma pastilha de menta. Reduzindo-o em um instante de homem a objeto.

Jack engoliu a última gema enquanto a raiva e a indignação se intensificavam. Maldito! Era estúpido ter medo de um maricas nanico em roupas enfeitadas.

Não era medo, a mente de Jack rapidamente consertou. Ele ficava longe do alienígena por educação, um reconhecimento de como Tachyon o odiava. Mas agora Tachyon mudara as regras. Tomou sua mente. Ele não deixaria aquilo barato.

Pareciam duas boquinhas vermelhas. A bala entrou e saiu. Tachy, sentado de ceroulas, aplicou uma injeção hipodérmica, apertou o êmbolo, esperou o analgésico fazer efeito. Apenas para garantir, tomou uma injeção antitetânica e uma dose de penicilina. As seringas usadas enchiam a mesa, uma pilha de gazes à disposição, um rolo de algodão. Mas, por ora, ele deixaria o sangue escorrer. E pensaria muito em tudo aquilo.

Então, Danelle não mentira. Apenas não contara tudo. Gisele estava morta. A questão era: como? Importava mesmo? Provavelmente não. O que importava era que Gisele se casara e tivera um filho. *Meu neto.* E ele tinha de ser encontrado.

E o pai? Bem, o que tem ele? Supondo que ainda estivesse vivo, não era o tutor adequado para o garoto. O pai — ou outros desconhecidos — estavam manipulando esse dom takisiano para espalhar o terror.

Então, por onde começar? Sem dúvida, pelo apartamento de Danelle. Depois, até os registros da prefeitura para encontrar a certidão de casamento e de nascimento.

Mas aquele ataque a Danelle e a ele não fora um acidente. *Eles*, quem quer que fossem, estavam à espreita. Por isso, por mais desagradável que fosse, teria que fazer um esforço para se camuflar.

♦

Por alguns minutos, Braun ficou hesitante no corredor. Contudo, a indignação venceu a prudência. Ele tentou girar a maçaneta, e percebeu que a porta estava trancada, girou com mais força e quebrou a fechadura. Deu um passo e, surpreso, ficou imóvel ao ver Tachyon, tesoura a postos, sentado no meio de um círculo de cachos ruivos cortados.

O takisiano suspirou, a meada final daquele improvável cabelo agarrado à mão.

— Como *você* ousa!

— Que diabos você está fazendo?

Como a primeira troca de palavras entre eles depois de quase quarenta anos, parecia faltar algo.

Em cenas rápidas como o abrir e fechar de uma câmera, o restante da cena entrou em foco. O indicador de Jack estendeu-se.

— Isso é um ferimento de bala.

— Que bobagem. — A gaze estava posta sobre a coxa branca salpicada de cabelos ruivos. — Agora, saia do meu quarto.

— Não até eu ter algumas respostas suas. Quem diabos atirou em você? — Ele estalou os dedos. — A bomba em Versalhes. Você entrou no caminho de pessoas…

— NÃO! — Rápido demais e forte demais.

— Você falou com as autoridades?

— Não tem necessidade. Não é um ferimento a bala. Não sei nada sobre terroristas. — A tesoura estalou violentamente no último pedaço de cabelo, que esvoaçou ao chão, ironicamente formando uma imagem que lembrava uma interrogação.

— Por que está cortando o cabelo?

— Porque tive vontade! Agora saia antes que eu tome sua mente e faça você sair.

— Faça isso e eu volto para quebrar seu pescoço. Você nunca me perdoou...

— Você tem *esse* direito!

— Você jogou uma maldita bomba em mim!

— Infelizmente, eu sabia que não te machucaria.

Os dedos longos e finos passavam pela cabeça de cabelos aparados, chacoalhando os cachos até eles se amontoarem ao lado do rosto. Aquilo fazia com que de repente parecesse muito jovem.

Braun caminhou na direção dele, pousou as mãos nos braços da poltrona, realmente cercando Tachyon.

— Esta viagem é importante. Se você aprontar alguma façanha maluca, pode ser ruim para a reputação de todos. *Você* não dá a mínima para isso, mas é importante para Gregg Hartmann.

O alienígena desviou o olhar e mirou com rispidez a janela. Apesar de estar vestido apenas com camiseta e shorts, conseguia fazê-los parecerem régios.

— Vou falar com Hartmann.

Seus olhos lilases tremeluziram de forma alarmada, mas ele rapidamente disfarçou.

— Ótimo, pode ir. Qualquer coisa para me livrar de você.

O silêncio alongou-se entre eles. De repente, Braun perguntou:

— Você está metido em alguma encrenca?

Sem resposta.

— Se estiver, me diga. Talvez eu possa ajudar.

Os longos cílios se ergueram, e Tachyon encarou os olhos de Jack. Agora, não havia nada de jovem naquele rosto estreito. Parecia tão frio, velho e implacável como a morte.

— Já tive sua ajuda o suficiente para uma vida inteira, obrigado.

Jack saiu do quarto praticamente correndo.

Tachyon tirou o fedora marrom-claro e apertou-o agitadamente nas mãos. O apartamento pequeno de dois quartos parecia ter sido atingido por um ciclone. Gavetas abertas, um porta-retratos barato estava desesperadamente vazio numa mesa arranhada. O que teria nele de tão importante para ter sido removido?

A polícia?, ele se perguntou. Não, eles teriam sido mais cuidadosos. Então, os assassinos de Dani estiveram ali, e a polícia ainda viria, por isso Tachyon precisava ser rápido. A calça jeans recém-comprada esfregava-se áspera contra a pele, e ele a puxava com nervosismo, enquanto folheava os livros baratos que enchiam a sala de estar.

Um leve rascar veio do quarto. Tachyon congelou, esgueirou-se com cuidado até o pequeno fogão, e ergueu a faca que estava ao lado dele. Apressado, cruzou a sala e esticou-se contra a parede, pronto para esfaquear qualquer coisa que atravessasse a porta.

Passos silenciosos e cautelosos, mas a vibração foi suficiente para Tachy adivinhar que seu oponente era grande. Dois suspiros suaves de cada lado da parede. Tachy prendeu a respiração e esperou. O homem passou pela porta rapidamente; Tachyon investiu para baixo, pronto para enfiar a lâmina bem abaixo das costelas. A lâmina estalou, e a luz dourada brilhou pelas paredes encardidas do apartamento. Jack Braun, formando uma arma com a mão, enfiou o dedo indicador bem firme entre os olhos de Tachyon.

— Bang, bang, você morreu!

— MALDITO SEJA! — Em um lampejo de fúria, ele lançou a faca quebrada contra a parede. — O que você está fazendo aqui?

— Eu te segui.

— Eu não te vi!

— Eu sei. Sou muito bom nisso. — A implicação era clara.

— Por que você simplesmente não… me deixa… em paz?

— Porque está se metendo numa roubada.

— Posso me cuidar.

Um riso debochado.

— Se não fosse você, eu teria te derrubado — Tachy gritou.

— É? E se fosse mais de um? Ou se eles tivessem armas?

— Não tenho tempo para discutir com você. A polícia vai estar aqui em um minuto. — O alienígena disse, olhando para trás enquanto avançava apressado para o quarto e continuava sua busca.

— Polícia! ESPERA AÍ! O que está havendo? Por que a polícia?

— Porque a mulher que morava aqui foi assassinada essa manhã.

— Ah, ótimo. E por que você está metido nisso?

A boca de Tachyon apertou-se com teimosia. Braun agarrou a frente da camisa do alienígena, levantou-o do chão e segurou-o no nível dos seus olhos, os narizes quase se tocando.

— Tachyon. — Era uma entonação de alerta.
— É uma questão particular.
— Não se a polícia estiver envolvida.
— Eu posso cuidar disso.
— Não acho que possa. Você não conseguiu nem me ver. — Tachyon fez uma expressão aborrecida. — Me fala o que está acontecendo. Eu só quero ajudar.
— Ah, está bem — ele respondeu com raiva. — Estou procurando pistas do paradeiro do meu neto.

Aquilo precisava de explicação. Tachyon desabafou a história em sentenças rápidas e intermitentes enquanto terminavam de fuçar a bagunça sem encontrar nada.

— Por isso preciso encontrá-lo primeiro e tirá-lo do país antes que as autoridades francesas descubram o que ele é — concluiu, encostando a mão na maçaneta. E ouviu uma chave entrar na fechadura.

— Que merda — sussurrou Tachy.
— Polícia — balbuciou Jack.
— Sem dúvida — respondeu Tachy da mesma forma.
— Escada de incêndio. — Jack apontou por sobre o ombro.

Eles fugiram.

— Vamos ver o que temos.

Braun fez uma pausa para acender um cigarro. Tachyon parou para devorar seu almoço enorme e tardio e pegou um papel do bolso da calça. Jogou-o apenas para vê-lo pousar no vidro de mostarda.

— Que droga, tome cuidado — Jack falou, aflito, e limpou o papel com o guardanapo.

Tachyon continuou a comer. Com um resmungo incomodado, o ás puxou os óculos de leitura e espiou o manuscrito floreado dos takisianos.

Gisele Bacourt casou-se com François Andrieux numa cerimônia civil em 5 de dezembro de 1971.

Tiveram um filho, Blaise Jeannot Andrieux, nascido em 7 de maio de 1975.

Gisele Andrieux assassinada num tiroteio com o guarda-costas do industrial Simon de Montfort, em 28 de novembro de 1984.

Marido e mulher eram membros do Partido Comunista Francês.

François Andrieux foi detido para interrogatório, mas liberado por não ter sido encontrado nada de conclusivo.

Eles tentaram o simples expediente de verificar a lista telefônica e não se surpreenderam ao ver que Andrieux não constava nela. Jack suspirou, recostou-se na cadeira e enfiou os óculos no bolso da camisa. A Torre Eiffel lançava uma sombra alongada sobre as mesas de fora do café.

— Está ficando tarde e temos aquele jantar na Torre Eiffel.

— Eu não vou.

— Hein?

— Não, vou falar com Claude Bonnell.

— Com quem?

— Bonnell, Bonnell! *Le Miroir,* sabe?

— Por quê?

— Porque ele é um figurão do Partido Comunista. Talvez possa conseguir o endereço do Andrieux para mim.

— E se não der certo? — A fumaça do cigarro formou um círculo no ar entre eles.

— Não quero pensar nisso.

— Bem, é melhor pensar se quiser encontrar o garoto.

— Então, o que você sugere?

— Tentar rastrear os materiais usados na bomba. Eles tiveram que comprar as coisas em algum lugar.

Tachy fez uma careta.

— Parece lento e tedioso.

— É.

— Então vou colocar minhas esperanças em Bonnell.

— Ótimo, faça isso, e eu vou atrás da ideia da bomba. Claro, não sei bem como vamos conseguir essas informações. Acho que você pode ver o Rochambeau e tentar consegui-las…

Tachyon estalou os dedos na frente do rosto e olhou para Jack como se especulasse algo.

— Tenho uma ideia melhor.

— Qual?

— Não vai parecer tão suspeito. Você e Billy Ray poderiam falar com Rochambeau sobre a bomba. Dizer que acham que tinha como alvo o senador. Pelo que sabemos, pode muito bem ter sido. E sugerir que vocês estão reunindo informações.

— Poderia funcionar. — Jack esmagou o cigarro. — Billy Ray é um ás do Departamento de Justiça, e guarda-costas de Hartmann. Claro que ele vai perguntar por que estou envolvido.

— Diga simplesmente que você é o Golden Boy — E o tom foi completamente ácido.

♣

O camarim de Bonnell no Lido era típico. O cheiro forte de loção, maquiagem e laquê disfarçava os aromas mais suaves de suor velho e perfume rançoso.

Tachyon sentou-se com as pernas abertas em uma cadeira, os braços descansando no espaldar, e observou o curinga fazendo os últimos retoques da maquiagem.

— Pode me passar o rufo?

Bonnell prendeu-o em volta do pescoço, deu a última olhada crítica para a fantasia preta e branca de arlequim, e voltou a se sentar na cadeira de madeira surrada.

— Tudo bem, doutor. Estou pronto. Agora, me diga, o que posso fazer pelo senhor.

— Preciso de um favor. — Eles falavam francês.

— Pois não?

— O senhor tem uma lista com o endereço dos seus membros.

— Suponho que estejamos falando do Partido.

— Ah, desculpe. Sim.

— E a resposta é sim, temos.

Bonnell não o ajudaria. Tachy avançou desajeitadamente.

— Poderia obter um endereço para mim?

— Depende. Para que o senhor deseja?

— Nada execrável, eu garanto. Assunto pessoal.

— Hum. — Bonnell arrumou os potes e tubos já meticulosamente organizados na sua penteadeira. — Doutor, o senhor foi muito atrevido. Nós nos encontramos apenas uma vez e, mesmo assim, o senhor veio até aqui me pedir informações particulares. E se eu perguntar ao senhor por quê?

— Preferiria não dizer.

— Pensei mesmo que essa seria sua resposta. Então, acho que realmente precisarei negar.

Exaustão, tensão e a dor latejante de sua perna o atingiram como uma onda tempestuosa. Tachy baixou a cabeça sobre os braços. Lutou contra as lágrimas. Considerou desistir. A mão gentil, mas firme, tomou seu queixo e forçou a cabeça a se levantar.

— Isso realmente significa muito para o senhor, não é?

— Mais do que o senhor possa imaginar.

— Então me diga para que eu saiba. Não consegue confiar em mim? Só um pouquinho?

— Morei em Paris muitos anos atrás. Faz tempo que o senhor é comunista? — ele perguntou abruptamente.

— Desde que sou capaz de compreender a política.

— Fico surpreso por não ter encontrado o senhor todos esses anos. Eu conheço todos. Thorenz, Lena Goldoni… Danelle.

— Na época eu não estava em Paris. Ainda estava em Marselha sendo espancado pelos meus vizinhos supostamente normais. — Seu sorriso era amargo. — A França nem sempre foi tão gentil com seus cartas selvagens.

— Me desculpe.

— Por quê?

— Porque é minha culpa.

— Essa é uma atitude extremamente tola e condescendente.

— Muito obrigado, de verdade.

— O passado está morto, enterrado e encerrado para sempre. Apenas o presente e o futuro importam, doutor.

— E eu acho que essa é uma atitude tola e simplista. As ações do passado têm consequências no presente e no futuro. Trinta e seis anos atrás, eu vim para este país quebrado e amargo. Dormi com uma jovem. Agora volto e descubro que deixei uma marca mais permanente do que jamais pensei. Tive uma filha que nasceu, viveu e morreu sem que eu nem soubesse de sua existência. Poderia amaldiçoar a mãe por isso, mas, ainda assim, talvez ela tenha sido sábia. Nos primeiros treze anos da vida de Gisele, o pai dela era um bêbado negligente. O que eu poderia ter lhe dado? — Ele se afastou e ficou com o corpo tenso, encarando uma parede. Então virou-se e apoiou os ombros no gesso frio. — Perdi minha chance com ela, mas o Ideal me concedeu outra. Ela teve um filho, meu neto. E eu o quero.

— E o pai?

— É um membro do seu Partido.

— O senhor diz que o quer. Como assim? O senhor roubaria o filho do pai?

Tachy esfregou os olhos, mostrando cansaço. As 48 horas sem dormir cobravam seu preço.

— Não sei. Não pensei tão longe. Tudo que quero é vê-lo, abraçá-lo, olhar no rosto do meu futuro.

Bonnell bateu as mãos nas coxas e ergueu-se da cadeira.

— *C'est bien*, doutor. Um homem merece a chance de olhar para onde se cruzam seu passado, presente e futuro. Vou encontrar esse homem.

— Apenas me dê o endereço, não há motivo para o senhor se envolver.

— Ele pode se assustar. Posso tranquilizá-lo, marcar um encontro. O nome dele é…?

— François Andrieux.

Bonnell anotou.

— Muito bem. Então, falo com ele e, em seguida, ligo para o senhor no Ritz…

Espelhos da alma

— Não vou mais ficar lá. Poderá me encontrar no Lys, na Rive Gauche.

— Entendo. Algum motivo especial?

— Não.

— Preciso treinar essa expressão inocente. É muito charmosa, senão terrivelmente convincente. — Tachyon enrubesceu, e Bonnell riu. — Olha, olha, não se ofenda. O senhor me contou muitos segredos esta noite. Não vou mais pressionar o senhor.

♦

A excursão foi jantar no caro restaurante da Torre Eiffel. Tachyon, recostado na balaustrada do deque de observação, parecia impaciente e esperava Braun aparecer. Através das janelas do restaurante, conseguia ver que a festa chegara ao estágio do conhaque e café, dos charutos e discursos. A porta se abriu, e Mistral, rindo, saiu rapidamente, seguida pelo capitão Donatien Racine, um dos ases mais conhecidos da França. Seu único poder era o voo, mas, associado ao fato de ele ser militar de carreira, garantiu que a imprensa o batizasse de Tricolor. Um nome que ele odiava.

Segurando a americana pela cintura esguia, Racine levou-os até a grade de proteção. Mistral lhe deu um beijo rápido, empurrou-o para se soltar do braço cerceador, e flutuou nas brisas gentis que sopravam ao redor da torre. Sua grande capa azul e prata se abriu ao seu redor até que parecesse uma mariposa exótica atraída pelas luzes piscantes que envolviam a torre. Observando o casal subindo e girando em um jogo confuso de pega-pega, Tachyon de repente se sentiu muito exausto, muito velho e muito sem graça.

As portas do restaurante abriram-se, e a delegação fluiu como água através de uma barragem rompida. Depois de cinco meses de jantares formais e discursos infindáveis, não era surpresa que fugissem.

Braun, elegante em seu fraque branco, parou para acender um cigarro. Tachyon tocou-o com um fio de telepatia.

Jack.

Ele se empertigou, mas não deu qualquer outro sinal.

Gregg Hartmann olhou para trás.

— Jack, você vem?

— Eu alcanço vocês. Acho que vou aproveitar o ar e a vista e assistir àquelas crianças malucas em queda livre. — Ele apontou para Mistral e Racine.

Alguns momentos depois, ele se juntou a Tachyon na balaustrada.

— Bonnell vai arranjar um encontro.

Braun resmungou, batendo as cinzas.

— A Sûreté estava no hotel quando voltei. Tentaram ser sutis ao interrogar a delegação quanto ao seu paradeiro, mas os cães jornalistas estão farejando. Sentiram cheiro de história.

O takisiano ergueu os ombros.

— Você vem comigo? Para o encontro?

Ancestrais, como fico engasgado por pedir ajuda a ele!

— Claro.

— Talvez eu precise de ajuda com o pai.

— Então, você vai...

— Seja lá o que for. Eu quero o rapaz.

Montmartre. Onde artistas, legítimos ou não, reuniam-se como gafanhotos prontos para atacar o turista desavisado. *Um retrato de sua bela esposa, monsieur.* O custo, por educação, nunca era mencionado, mas, quando terminava, o preço era suficiente para comprar uma obra-prima de um grande mestre.

Os ônibus turísticos rangiam ao subir a colina e expeliam passageiros ansiosos. Crianças ciganas, rodeando como abutres, surgiam. Os viajantes europeus, conhecedores das artimanhas desses ladrões de rosto inocente, espantavam-nos com brados ameaçadores. Os japoneses e norte-americanos, embalados pelos reluzentes olhos pretos em rostos escuros, permitiam que se aproximassem. Mais tarde se arrependiam ao descobrir a perda de carteiras, relógios, joias.

Tantas pessoas, e um garotinho.

Braun, mãos nos quadris, contemplava a praça diante da Sacré Coeur. Estava lotada de gente. Cavaletes erguidos como mastros de um mar colorido e ondulante. Ele suspirou e olhou o relógio.

— Estão atrasados.

— Paciência.

Braun voltou a olhar enfaticamente para o relógio. As crianças ciganas atraídas pela pulseira fina e dourada do Longines vieram na direção dele.

— Sai pra lá! — Jack rugiu. — Meu Deus, de onde vêm todos eles? Existe uma fábrica de ciganos assim como tem uma fábrica de putas?

— Em geral são vendidos pelas mães para "caça talentos" da França e da Itália. São treinados para roubar e trabalhar como escravos para seus donos.

— Nossa, parece Charles Dickens.

Tachyon cobriu os olhos com a mão fina e procurou Bonnell.

— Você sabe que deveria dar uma palestra na conferência de pesquisadores hoje.

— Sim, eu sei.

— Bem, você ligou para cancelar?

— Não, esqueci. Tenho coisas mais importantes na mente agora do que pesquisa genética.

— Eu diria que isso é exatamente o que você tem na cabeça agora — Braun retrucou com indiferença.

Um táxi estacionou, e Bonnell esforçou-se dolorosamente para sair. Estava acompanhado por um homem e um garoto. Os dedos de Tachyon enterraram-se no bíceps de Jack.

— Olhe. Meu Deus!

— O quê?

— Aquele homem. É o recepcionista do hotel.

— Hein?

— Ele estava no Intercontinental.

O trio caminhou na direção deles. De repente, o pai congelou, apontou para Jack, gesticulou enfaticamente, agarrou a criança pelo pulso e lançou-se de volta para o táxi.

— Não, minha nossa, não. — Tachyon correu, avançando alguns passos. Estendeu seu poder, aproximando-se das mentes como um torniquete. Eles pararam. Ele caminhou devagar na direção dos dois. Sentiu sua respiração ficar ofegante enquanto devorava o pequeno rosto teimoso sob a cobertura de cabelos ruivos. O garoto lutava com uma força nada insignificante, mas era apenas um quarto takisiano. O orgulho cresceu dentro de Tachy.

De repente, ele foi lançado ao chão, punhos e pedras chovendo sobre ele. Ele se segurou desesperadamente para assumir o controle, enquanto as crianças ciganas o pilhavam, tirando carteira, relógio e o tempo todo continuavam o espancamento histérico. Jack avançou e começou a arrancar os moleques de cima dele.

— Não, não, vá atrás *deles*. Não se preocupe comigo! — Tachy gritou. Com uma rasteira, ele lançou dois ao chão, deu uma joelhada, esticou os dedos e acertou a garganta de um adolescente desengonçado. O garoto caiu para trás, engasgando.

Jack hesitou, virou-se na direção de Andrieux e do garoto e começou a correr. Tachyon, distraído, observou seu avanço. Nem mesmo viu a bota se aproximar, girando. A dor explodiu nas suas têmporas. A distância, ouviu alguém gritar, então veio a amarga escuridão.

♥

Bonnell estava limpando seu rosto com um lenço úmido quando finalmente acordou. Em desespero, Tachyon ergueu-se sobre os cotovelos, então voltou a cair quando o movimento despertou pontadas de dor de cabeça e encheu o fundo da garganta com náusea.

— Você os pegou?

— Não. — Jack segurava um para-choque como quem exibe um prêmio. — Quando você desmaiou, eles correram e conseguiram um táxi. Tentei agarrar o carro, mas só fiquei com o para-choque. Ele saiu na minha mão — acrescentou ele sem necessidade. Jack encarou a multidão curiosa que os cercava e espantou-os.

— Então, nós os perdemos.

— O que esperava? O senhor apareceu com o Judas dos Ases — disse Bonnell com raiva.

Jack recuou e murmurou entre lábios apertados.

— Isso foi há muito tempo.

— Alguns de nós nunca esquecerão. E outros nem deveriam. — Ele fuzilou Tachyon com o olhar. — Pensei que podia confiar no senhor.

— Jack, vá embora.

— Bem, fodam-se vocês. — Passos largos e firmes o levaram para o meio da multidão e fizeram-no desaparecer.

— É estranho, mas eu me senti mal com aquilo. — Ele se sacudiu. — Então, o que faremos agora?

— Primeiro eu quero que o senhor prometa que não haverá mais truques como os de hoje.

— Tudo bem.

— Vou combinar de novo o encontro para hoje à noite. E dessa vez *venha sozinho*.

Jack não sabia ao certo por que fizera aquilo. Depois que Tachyon o insultara, ele devia ter simplesmente lavado as mãos ou entregado para a Sûreté tudo o que sabia. Em vez disso, apareceu no Lys com uma bolsa de gelo e aspirinas.

— Obrigado, mas eu tenho um kit de primeiros socorros.

Jack chacoalhou o frasco várias vezes.

— Ah, é? Bem, então eu vou tomar. Essa coisa toda está me dando dor de cabeça.

Tachy tirou a bolsa dos olhos.

— Por que fez isso?

— Deite aí e deixe essa coisa nos olhos. — Ele coçou o queixo. — Olha, deixa eu te falar uma coisa. Aquela coisa toda ter acontecido com você foi um pouco conveniente demais, você não acha?

— Em que sentido?

Jack conseguiu sentir, pelo tom cauteloso do pequeno alienígena, que ele tocava num ponto importante.

— Em vez de simplesmente dar o endereço de Andrieux para você, Bonnell insiste em marcar um encontro. Eles tentaram separar...

— Porque você estava lá.

— Sim, tudo bem. Você controla a mente deles e, de repente, é atacado por um bando de ciganinhos. Dei uma checada por ali. Eles *nunca* fazem esse tipo de coisa. Acho que alguém planejou aquilo antes. Para garantir que você não conseguisse usar seu controle mental. O que você acha de Andrieux? Você disse que ele era recepcionista no hotel. Então, por que ele disse que não conhecia Danelle? Era a sogra dele, pelo amor de Deus. Essa coisa está cheirando mal demais.

Tachyon lançou a bolsa de gelo contra a parede.

— O que você quer que eu faça?

— Não faça mais nada com Bonnell. Não vá a nenhum encontro. Me deixa ver o que posso fazer com os fragmentos da bomba. Rochambeau concordou em trabalhar com Ray.

— Isso poderia levar semanas. Vamos embora em alguns dias.

— Você está obcecado com esta merda?

— Estou.

— Por quê? Porque ficou impotente? Que isso tem de mais?

— Não quero discutir isso.

— Eu sei que não quer, mas vai ter que falar! Você não está pensando direito, Tachyon. Pense no que pode acontecer com a viagem, com a sua reputação. Aliás, com a minha. Estamos retendo provas essenciais relativas a um assassinato.

— Você não precisava ter se envolvido.

— Eu sei disso, e às vezes eu queria mesmo não ter me envolvido. Mas agora já estou dentro, então vou até o fim. Então, você vai ficar aí quieto e ver o que posso encontrar?

— Sim, vou esperar e ver o que você descobre.

Jack lançou um olhar desconfiado para ele.

— Bem, acho que é isso.

— Ah, Jack. — O grande ás parou com a mão na maçaneta e olhou para trás. — Desculpe por esta tarde. Não foi certo ter mandado você embora.

Era óbvio, pela expressão do takisiano, que aquilo lhe custara muito.

— Tudo bem — Jack respondeu de forma seca.

Era uma casa antiga, muito antiga, no distrito universitário. Rachaduras cortavam as sombrias paredes de gesso, e o odor de mofo pairava no ar. Bonnell apertou com força o braço de Tachyon.

— Lembre-se de não ter muita expectativa. Essa criança não conhece o senhor.

Tachyon mal ouviu, com certeza não prestou atenção. Já estava subindo as escadas.

Havia cinco pessoas na sala, mas Tachyon via apenas o garoto. Empoleirado num banco, balançava um pé, batendo o calcanhar ritmicamente numa perna de madeira surrada. Seu cabelo fino e liso não tinha o acobreado metálico do avô, mas sem dúvida era de um ruivo intenso. Tachy sentiu muito orgulho por aquela prova de sua predominância. Sobrancelhas ruivas retas davam a Blaise uma expressão extremamente séria que contrastava com o estreito rosto infantil. Os olhos eram púrpura escuro brilhantes.

Ao lado dele, com a mão possessiva no ombro do filho, estava Andrieux. Tachyon examinou-o com os olhos críticos de um lorde paranormal takisiano avaliando um animal de criação. *Nada mau, humano, claro, mas nada mau.* Bonito, sem dúvida, e parecia inteligente. Ainda assim, era difícil dizer. Se pudesse fazer alguns testes.

... Ele tentou fechar a mente para a desconfiança importuna de que aquele homem serviu de instrumento para a morte de Dani.

Olhou novamente para Blaise e viu como o garoto o examinava com interesse semelhante. Não havia nada de tímido naquele olhar. De repente, os escudos de Tachy repeliram um poderoso ataque mental.

— Tentando dar o troco por ontem?

— *Mais oui.* Você tomou minha mente.

— Você toma a mente das pessoas.

— Claro. Ninguém pode me impedir.

— Eu posso. — As sobrancelhas juntaram-se num franzir de testa ameaçador. — Sou Tachyon. Sou seu avô.

— Você não parece um avô.

— Minha espécie vive muito tempo.

— Eu também vou viver?

— Mais do que um ser humano. — O garoto parecia satisfeito com a referência oblíqua à sua porção alienígena.

ESPELHOS DA ALMA

Enquanto falavam, Tachy fez uma sondagem preliminar de suas capacidades. Uma aptidão incrível de controle mental para alguém tão jovem. E aprendeu sozinho, o que era realmente impressionante. Com a instrução adequada, seria uma força a ser considerada. Sem telecinésia, nem capacidades precognitivas e, o pior de tudo, quase sem telepatia. Era praticamente um cego mental.

Esse é o resultado da procriação irrestrita e não planejada.

— Doutor — Claude falou. — Não vai se sentar?

— Primeiro eu gostaria de dar um abraço em Blaise. — Ele olhou para o garoto de forma inquisidora, e este fez uma careta.

— Não gosto de abraços e beijos.

— Por que não?

— Parece que tem formiga andando em cima de mim.

— Uma reação normal dos seus poderes. Não vai se sentir desse jeito comigo.

— Por que não?

— Por que sou da sua espécie. Entendo você melhor do que qualquer um neste mundo poderá jamais entendê-lo. — François Andrieux movimentou-se com raiva.

— Bem, vou tentar — Blaise falou, decidido, e desceu do banco. Novamente Tachyon ficou feliz com a segurança do menino.

Quando seus braços se fecharam sobre o pequeno corpo do neto, as lágrimas rolaram-lhe no rosto.

— Você está chorando — Blaise acusou-o.

— Sim.

— Por quê?

— Porque estou muito feliz por ter encontrado você. Por saber que você existe neste mundo.

Bonnell limpou a garganta, um som baixo e discreto.

— Por mais que eu não queira interromper esta cena, realmente preciso fazê-lo, doutor. — Tachyon retesou o corpo cautelosamente. — Temos que falar de negócios.

— Negócios? — A palavra saiu perigosamente baixa.

— Sim. Eu lhe dei o que o senhor queria. — Ele apontou para Blaise com um movimento de sua mão pequena. — Agora, o senhor precisa me dar o que eu quero. François, pegue-o.

Pai e filho saíram. Tachyon olhou os homens restantes de forma especulativa.

— Por favor, desconsidere uma fuga com a ajuda da mente. Há mais de nós esperando do lado de fora. E meus companheiros estão armados.

— De alguma forma supus que estariam. — Tachy recostou-se em um sofá afundado que soltou um sopro de poeira sob o seu peso. — Então, você é membro dessa pequena gangue de terroristas descontrolados.

— Não, senhor, eu sou o líder.

— Hum, e você matou Dani.

— Não. Esse foi um ato de estupidez flagrante pelo qual François foi... *castigado*. Desaprovo subordinados agindo por iniciativa própria. Eles sempre ferram tudo. Não concorda?

O falecido primo de Tachyon, Rabdan, veio de imediato à mente, e ele se viu concordando. Ele se recompôs. Havia algo de muito *outré*, de muito estranho, naquela conversinha loquaz, estando ele frente a frente com o homem que tentou matar centenas em Versalhes.

— Ai, ai, e eu esperava que Andrieux fosse brilhante — Tachyon refletiu e, em seguida, perguntou: — Isso aqui é um sequestro?

— Ah, não, doutor, o senhor está além de qualquer preço.

— Foi o que sempre pensei.

— Não, precisamos de sua ajuda. Em dois dias haverá um grande debate entre todos os presidenciáveis. Pretendemos matar o máximo deles que pudermos.

— Mesmo o seu próprio candidato?

— Em uma revolução, às vezes, sacrifícios são necessários. Mas, para sua informação, tenho pouca lealdade para com o Partido Comunista. Eles traíram o povo, perderam a vontade e a força de tomar decisões difíceis. A missão nos foi passada.

Tachy descansou a testa sobre a mão.

— Ah, por favor, não me venha com slogans. É uma das coisas mais aborrecidas de vocês.

— Posso explicar o meu plano?

— Não vejo maneira de impedir.

— A segurança, sem dúvida, será muito forte.

— Sem dúvida.

Bonnell lançou um olhar penetrante para a ironia. Tachyon devolveu um olhar inocente.

— Em vez de tentar passar por esse corredor polonês com nossas armas, usaremos aquelas já oferecidas. O senhor e Blaise controlarão a mente do máximo de guardas possível e farão com que eles varram o palco com tiros de pistolas automáticas. Isso deve surtir o efeito desejado.

— Interessante, mas o que você vai ganhar com isso?

— A destruição da elite dominante francesa lançará o país no caos. Quando isso acontecer, não precisarei de poderes esotéricos. Armas e bombas bastarão. Às vezes, as coisas mais simples são as melhores.

— Que filósofo você é. Talvez devesse se declarar o mentor da juventude.
— Eu já fiz isso. Sou o tio Claude, o querido de Blaise.
— Bem, isso foi realmente muito instrutivo, mas eu sinto muitíssimo em ter que recusar.
— Não é nenhuma surpresa. Eu já esperava. Mas considere, doutor, que estou com seu neto.
— Você não vai machucá-lo, ele é muito precioso para você.
— Verdade. Mas minha ameaça não é de morte. Se o senhor se recusar a me atender, serei forçado a mandar que façam coisas desagradáveis ao senhor, tendo cuidado para garantir que o senhor sobreviva. Então, desaparecerei com Blaise. Vai ter alguma dificuldade em nos encontrar quando for um aleijado acamado.

Ele sorriu satisfeito para o olhar de horror no rosto de Tachyon.
— Jean agora vai acompanhá-lo até seu quarto. Lá o senhor poderá refletir sobre a minha oferta e, com certeza, decidirá me ajudar.
— Eu duvido — Tachyon disse entredentes, retomando a firmeza na voz, mas era uma ousadia vã, e Bonnell sem dúvida sabia disso.

O "quarto", na verdade, era o porão muito frio e úmido da casa. Horas depois, Blaise chegou com o jantar.
— Tive que vir te visitar — anunciou ele, e Tachy suspirou, admirando e mais uma vez lamentando a perspicácia de Bonnell. O curinga obviamente fizera um estudo cuidadoso de Tachyon, de suas atitudes e cultura.

Ele comeu enquanto Blaise, queixo pousado nas mãos, o observava de forma pensativa.

Tachy colocou o garfo de lado.
— Você está muito silencioso. Pensei que estivéssemos em uma visita.
— Não sei o que falar. É muito estranho.
— O quê?
— Descobrir você. Agora não sou tão especial, o que me deixa chateado, mas também é bom saber... — refletiu ele.
— Que você não está sozinho — sugeriu Tachy com suavidade.
— Sim, é isso.
— Por que você os ajuda?
— Porque eles estão certos. As velhas instituições devem cair.
— Mas pessoas morreram.
— Sim — ele concordou, feliz.
— Isso não o incomoda?

— Ah, não. Eram porcos burgueses capitalistas e mereciam morrer. Às vezes, matar é a única alternativa.

— Uma atitude bem takisiana.

— Você vai nos ajudar, não vai? Vai ser divertido.

— Divertido!

É a criação dele, Tachy se consolou. Dê a qualquer criança um poder desses sem supervisão e reagirá da mesma forma.

Eles conversaram. Tachyon reconstituiu uma imagem de liberdade irrestrita, praticamente sem educação formal, o entusiasmo de brincar de esconde-esconde com as autoridades. Mais aterrorizante era a percepção de que Blaise não abandonava as vítimas quando morriam. Em vez disso, percorria o terror e a dor do seu momento final.

Haverá tempo para corrigir isso, ele prometeu a si mesmo.

— Então, vai ajudar? — perguntou Blaise, saltando da cadeira. — Tio Claude disse para ter certeza e te perguntar.

Segundos viraram minutos, enquanto ele pensava. A atitude nobre seria dizer para Bonnell ir para o inferno. Ele refletiu sobre as ameaças proferidas suavemente por Bonnell e estremeceu. Fora criado e treinado para aproveitar as oportunidades, transformar derrota em vitória. Confiava naquilo. Certamente não poderia vigiá-lo tão de perto no comício.

— Diga a Claude que eu ajudarei.

Um abraço forte.

Sozinho, Tachyon continuou a refletir. Ele tinha outra vantagem. Jack... que com certeza perceberia que algo terrivelmente errado havia acontecido e alertaria a Sûreté. Mas sua esperança era fundada em um homem cuja fraqueza lhe era notória, e seu medo era de um homem que, apesar da aparência civilizada, não contava com humanidade alguma.

Já haviam se passado quase 24 horas desde que o nanico desgraçado desaparecera. Jack virou com tudo para a parede, impedindo o soco na hora exata. Derrubar uma parede do Ritz não ajudaria.

Tachyon estava encrencado?

Apesar de sua promessa, saíra com Bonnell? E aquilo necessariamente significava problema? Seria possível que estivesse simplesmente fugindo das obrigações para ficar com o neto?

Se estivesse visitando o zoológico ou qualquer outro lugar, e Jack alertasse a Sûreté e eles descobrissem sobre Blaise, Tachyon nunca o perdoaria. Seria outra traição. Talvez a última. O takisiano arranjaria um jeito de ficar quite desta vez.

Mas e se ele estivesse realmente encrencado?

Uma batida na porta o arrancou de seus devaneios. Um dos assistentes intercambiáveis de Hartmann estava no corredor.

— Sr. Braun, o senador gostaria de convidá-lo para se juntar a ele no debate de amanhã.

— Debate? Que debate?

— Todos os 1.011 — uma risadinha condescendente —, ou sejam lá quantos candidatos haja nessa eleição maluca, participarão de um debate "todos contra todos" nos Jardins de Luxemburgo. O senador gostaria que o máximo de membros da excursão estivesse lá. Para demonstrar apoio por essa grande democracia europeia... com todas as suas imperfeições. Sr. Braun... está tudo bem com o senhor?

— Sim, claro, estou bem. Diga ao senador que estarei lá.

— E o doutor Tachyon? O senador está bastante preocupado com a ausência dele.

— Acho que eu posso prometer ao senador, com toda a certeza, que o doutor também estará lá.

Fechando a porta, Jack logo pegou o telefone e ligou para Rochambeau. Um provável ataque terrorista aos candidatos. Não precisava mencionar a criança. Apenas uma necessidade urgente de convocar as tropas.

E uma noite longa de orações para que ele tivesse pensado corretamente. Que tivesse feito a escolha certa.

Ele deveria estar dormindo, preparando a mente e o corpo para o dia seguinte. Sua vida e o futuro de sua linhagem dependiam dessa capacidade, velocidade e sagacidade.

E de Jack Braun. Que ironia.

Se Jack tivesse chegado à conclusão correta. *Se* ele tivesse alertado a Sûreté. *Se* houvesse oficiais o bastante. *Se* Tachyon pudesse estender seus poderes além de todos os limites e controlar um número sem precedentes de mentes.

Ele se sentou no catre frágil e abraçou a barriga. Recostou-se e tentou relaxar. Mas era uma noite de lembranças. Rostos vindos do passado. Blythe, David, Earl, Dani.

Estou apostando a minha vida e a vida do meu neto no homem que destruiu Blythe. Encantador.

Mas a possibilidade de morrer pode agir como estímulo para uma autoavaliação. Forçar uma pessoa a se despir das mentiras reconfortantes e isolantes que a protegem de suas culpas e arrependimentos mais íntimos.

"*Então, me dê os nomes!*"

"*Tudo bem... tudo bem.*"

O poder — lançando-se — fragmentando a mente dela... a mente dela... a mente dela.

Mas eles não saberiam, exceto Jack. E ela não teria absorvido as mentes deles, apenas a de Holmes, e ela não teria ficado lá somente pela paranoia de uma nação. *E ninguém sofreria se eles não tivessem nascido*, pensou Tachy, citando um dos adágios favoritos do seu pai. Às vezes, é necessário parar de se esquivar, aceitar a responsabilidade pelas próprias ações.

Tisianne brant Ts'ara, Jack Braun não destruiu Blythe, você *o fez.*

Ele se encolheu, preparado para receber o golpe. Em vez disso, sentiu-se melhor. Mais leve, mais livre, em paz pela primeira vez em muitos, muitos anos. Começou a rir, e não foi surpresa alguma quando o riso se transformou em lágrimas silenciosas.

Duraram algum tempo. Quando a tempestade passou, ele se deitou, exausto, mas calmo. Pronto para o dia seguinte. Após o qual ele voltaria para casa, *contruiria* um lar e criaria seu neto. Com calma e um pouco de arrependimento, ele voltou as costas para o passado.

Ele era *Tsianne brant Ts'ara sek Halima sek Ragnar sek Omian*, um príncipe da Casa Ilkasam, e no dia seguinte seus inimigos aprenderiam, para sua dor e seu arrependimento, o que significava estar contra ele.

Claude, Blaise e um motorista permaneceram no carro quase a um quarteirão dos jardins. Tachyon, ligado pelo cano de uma Beretta a um Andrieux de cara amarrada, pairava nas cercanias de uma multidão enorme. Os parisienses eram verdadeiros entusiastas da política do país. Porém, espalhados através desse mar de seres humanos como uma infecção insidiosa, estavam outros quinze membros da célula de Bonnell. Para o sangue fluir e alimentar seus sonhos violentos.

No palanque, os candidatos — todos os sete. Cerca de metade da delegação estava sentada nas cadeiras bem em frente à plataforma enfeitada com bandeirolas. Não teria como escapar ilesos se Tachyon falhasse e o tiroteio começasse. Jack apareceu. Com as mãos enfiadas nos bolsos da calça, ele caminhava e franzia a testa para a multidão.

Blaise estava de carona na mente de Tachyon. Pronto para sentir o mais diminuto uso de telepatia. Talvez sua força fosse leve, mas tinha sensibilidade suficiente para detectar a mudança de foco que esse tipo de comunicação mental exigia. Sua presença caía muito bem para seu avô. Tornaria muito mais fácil o que estava por vir.

Com cuidado, Tachyon criou uma cortina mental da cena. Uma imagem falsa para enganar o neto. Envolveu-o com escudos, apresentou-o a Blaise. Então, por baixo da proteção, estendeu o poder e tocou a mente de Jack.

Não se assuste, continue com a cara fechada.

Onde você está?

Próximo ao portão, na beirada do bosque.

Entendi.

Sûreté?

Em toda parte. Terroristas?

Também em toda parte.

Como...!?

Eles virão até você.

Que...???

Confie.

Ele se retraiu, e com cautela construiu uma armadilha. Era semelhante à conexão que tinha com *Baby* quando a nave aumentava e amplificava seus poderes naturais para permitir comunicação transespacial, mas muito, muito mais forte. O alcance muito profundo. O que poderia causar a Blaise? Não. Não havia tempo para dúvidas.

A cilada mental se fechou. Um grito mental de alarme do garoto soou. Luta desesperada, resignação ofegante. Quem controlava agora era controlado.

Tachyon uniu o poder de Blaise ao seu. Era como uma barra de luz fervente. Com cuidado, ele a dividiu em duas faixas. Cada parte estalava como um chicote em chamas. Ao redor de seus captores. Ficaram como estátuas congeladas.

Ele arfava com o esforço, o suor brotando da testa, correndo em filetes até os olhos. Ele os pôs a marchar, um regimento de zumbis. Quando Andrieux se afastou dele, Tachyon forçou sua mão a se mover, fechar-se ao redor da Beretta, para pegá-la da mão dócil de seu escravo.

Braun estava aos pulos, pedindo ajuda com acenos espalhafatosos com os braços.

Rápido! Rápido!

Ele precisava detê-los. Todos eles. Se falhasse...

Blaise estava lutando novamente. Era como ser chutado várias vezes no estômago. Um fio se estendeu. Para Claude Bonnell. Com um grito, Tachyon soltou o controle, correu para o portão. Atrás dele veio a rajada cruel de uma Uzi. Aparentemente, um de seus cativos tentara correr e foi derrubado pelas forças francesas de segurança. Talvez fosse Andrieux. Mais tiros, gritos acentuados. Uma torrente de pessoas passou às pressas, quase derrubando-o. Ele apertou a Beretta, segurando-a mais firme. Virou a esquina bem quando o motorista zonzo pegou na chave do carro. Com um golpe da mente de Tachyon, ele despencou no volante, e o estrépito da buzina uniu-se ao pandemônio.

Bonnell se esforçava para sair do carro, puxando Blaise pelo pulso. Ele tropeçou e cambaleou até uma rua lateral estreita, deserta.

Tachy correu atrás dele, pegou Blaise pela mão livre e arrebatou-o com um puxão.

— ME SOLTA! ME SOLTA!

Dentes afiados morderam fundo o pulso dele. Tachyon silenciou o garoto com uma ordem devastadora. Apoiou a criança adormecida com um braço. Ele e Bonnell olharam-se sobre o corpo desfalecido.

— Bravo, doutor. O senhor levou a melhor. Mas que evento midiático será meu julgamento.

— Temo que não.

— Hein?

— Preciso de um corpo. Um infectado com o vírus carta selvagem. Então, a Sûreté terá seu misterioso ás com poderes mentais e não vai mais investigar.

— Não pode estar falando sério. Não pode estar dizendo que vai me matar a sangue-frio. — Ele leu a resposta no implacável olhar lilás de Tachyon. Bonnell cambaleou para trás, aproximou-se de um muro, umedeceu os lábios. — Tratei o senhor com justiça, com gentileza. Não feri o senhor.

— Mas outros não tiveram a mesma sorte. Não deveria ter mandado Blaise até mim. Ele foi rápido em me contar seus outros triunfos. Um banqueiro inocente, controlado por Blaise, mandado ao seu banco carregando a própria morte. Aquela explosão matou dezessete pessoas. Claramente, um triunfo.

O rosto de Bonnell mudou, assumindo o aspecto de Thomas Tudbury, o Grande e Poderoso Tartaruga.

— Por favor, eu imploro. Ao menos me conceda a oportunidade de ter um julgamento.

— Não.

As feições mudaram novamente — Mark Meadows, o Capitão Viajante, piscava para a arma, confuso.

— Acho que o resultado é bastante previsível.

Danelle, mas como ela fora muitos anos atrás.

— Eu simplesmente apressarei sua execução.

Uma transformação final. Os cabelos pretos caíram sobre os ombros, cílios longos brilhantes roçando as maçãs do rosto, erguendo-se para revelar olhos de um azul profundo. *Blythe.*

— Tachy, por favor.
— Desculpe, mas você está morta. — E Tachy atirou.

— Ah, Dr. Tachyon. — Franchot de Valmy levantou-se da mesa com a mão estendida. — A França tem uma grande dívida de gratidão com o senhor. Como podemos recompensá-lo?
— Expedindo um passaporte e um visto.
— Acho que não entendi. O senhor, claro...
— Não é para mim. É para Blaise Jeannot Andrieux.
De Valmy mexeu numa caneta.
— Por que o senhor não dá entrada nos papéis?
— Porque François Andrieux está atualmente sob custódia. Haverá verificações, e não posso permitir.
— O senhor não está sendo um pouco direto demais comigo?
— Não mesmo. Sei como o senhor é especialista em documentos falsificados. — O francês ficou imóvel, então se acomodou lentamente no espaldar da cadeira. — Sei que o senhor não é um ás, Monsieur de Valmy. Imagino como a opinião pública francesa reagiria à notícia de uma trapaça como esta. Custaria a eleição para o senhor.
De Valmy forçou os lábios apertados a se abrirem:
— Sou um servidor público muito capaz. Posso fazer a diferença para a França.
— Sim, mas nada disso tem a metade do encanto de um carta selvagem.
— O que o senhor me pede é impossível. E se me rastrearem? E se... — Tachyon pegou o telefone. — O que o senhor está fazendo?
— Ligando para a imprensa. Também posso organizar coletivas de imprensa no momento em que a nota sair. Um dos privilégios da fama.
— O senhor vai ter seus documentos.
— Obrigado.
— Vou descobrir por que o senhor está fazendo isso.
Tachyon parou à porta e olhou para trás.
— Então teremos segredos compartilhados, não?

O grande avião estava todo apagado para a conexão tardia em Londres. O compartimento da primeira classe estava deserto, exceto por Tachy, Jack e

Blaise, que dormia profundamente nos braços do avô. Havia algo naquela pequena cena que alertava a todos para que ficassem bem longe.

— Por quanto tempo vai mantê-lo apagado? — A única luz de leitura lançava um feixe sobre as cabeças ruivas.

— Até chegarmos a Londres.

— Ele vai algum dia perdoar você?

— Não vai ficar sabendo.

— Sobre Bonnell, talvez, mas vai se lembrar do resto. Você o traiu.

— Sim. — Quase não se ouviu a voz com o roncar dos motores. — Jack?

— Sim.

— Eu perdoo você.

Seus olhares se encontraram.

O homem esticou o braço, tirando um cacho de cabelo sedoso da testa da criança.

— Então eu acho que talvez haja esperança para você também.

Lendas

Michael Cassutt

I.

O mês de abril trouxe pouco alívio aos moscovitas assustados por um inverno extraordinariamente frio. Após uma breve azáfama de brisas sulinas, que mandaram os garotos aos campos de futebol recém-esverdeados e encorajou as meninas bonitas a deixarem os sobretudos de lado, os céus escureceram novamente, e uma chuva chata começou a cair. Para Polyakov, a cena era outonal e, portanto, totalmente adequada. Seus mestres, curvando-se à nova brisa do Kremlin, decretaram que essa seria a última primavera de Polyakov em Moscou. Yurchenko, mais jovem e menos maculado, subiria de posto, e Polyakov se retiraria para uma *datcha* longe de Moscou.

Melhor assim, pensou Polyakov, pois os cientistas diziam que os padrões climáticos mudaram por conta das explosões aéreas siberianas. Talvez nunca mais houvesse uma primavera moscovita decente.

Mesmo assim, mesmo com suas vestes outonais, Moscou tinha a capacidade de inspirá-lo. Da janela conseguia ver um punhado de árvores onde o rio Moscou margeava o Parque Górki e, além dele, com uma aparência medieval em meio à névoa, estavam as cúpulas da Catedral de São Basílio e o Kremlin. Na mente de Polyakov, idade e poder eram equivalentes, e ele estava velho.

— Queria me ver? — A voz interrompeu seus devaneios. Um jovem major com o uniforme da Diretoria da Inteligência do Estado-Maior, estranhamente conhecida como GRU, entrou. *Talvez tivesse 35 anos, um pouco velho para ainda estar no posto de major*, Polyakov pensou, especialmente com a medalha de Herói da União Soviética. Com suas feições claras clássicas dos russos e cabelos ruivos, o homem parecia um daqueles oficiais improváveis cujas imagens apareciam na capa do jornal *Krasnaya Zvezda* todos os dias.

— Mólniya. — Polyakov preferiu usar o codinome do jovem oficial em vez do nome de batismo e do patronímico. A formalidade inicial era um dos truques de um interrogador. Ele estendeu a mão. O major hesitou, então a pegou. Polyakov ficou feliz ao observar que Mólniya usava luvas de borracha pretas. Até então, suas informações estavam corretas. — Vamos nos sentar.

Eles se encararam sobre a madeira polida da mesa de reunião. Alguém tivera o cuidado de trazer água, que Polyakov indicou.

— O senhor tem uma sala de reunião muito agradável aqui.

— Tenho certeza de que não se compara àquelas da praça Dzerzhinsky. — Mólniya disparou com a quantidade adequada de insolência. Na praça Dzerzhinsky ficava o quartel-general da KGB.

Polyakov riu.

— Na verdade, são idênticas, graças ao planejamento central. Gorbachev está acabando com isso, pelo que eu saiba.

— Somos conhecidos também por ler a correspondência do Politburo.

— Bom. Então o senhor sabe exatamente por que estou aqui e quem me enviou.

Mólniya e a GRU receberam ordens para cooperar com a KGB, e as ordens vieram dos postos mais altos. Era a pequena vantagem que Polyakov trouxera para a reunião… uma vantagem que, como dizia o ditado, tinha o valor de palavras escritas na areia à beira-mar… pois era um velho, e Mólniya era o grande ás soviético.

— O senhor já ouviu falar em Huntington Sheldon?

Mólniya sabia que estava sendo testado e disse, com cansaço:

— Foi diretor da CIA de 1966 a 1972.

— Sim, um homem perigosíssimo… e a edição da *Time* da semana passada tem uma foto dele diante da praça Lubiyanka, apontando para a estátua de Dzerzhinsky!

— Talvez haja uma lição nisso… primo. — *Preocupe-se com sua própria segurança e deixe nossas operações em paz!*

— Eu não estaria aqui se o senhor não tivesse falhado de modo tão espetacular.

— Diferente do registro perfeito da KGB. — Mólniya não tentou esconder seu desdém.

— Ah, tivemos nossas falhas, primo. O que é diferente em nossas operações é que elas foram aprovadas pelo Conselho de Inteligência. Agora, o senhor é um membro do Partido. Não poderia ter se graduado na Escola Superior de Engenharia de Kharkov sem ter o mínimo de familiaridade com os princípios do pensamento coletivo. Sucessos são compartilhados. Bem como os fracassos. Essa operação que o senhor e Dolgov tramaram... o que os senhores estavam fazendo, tendo aulas com Oliver North?

Mólniya encolheu-se à menção do nome de Dolgov, um segredo de Estado e, mais importante ainda, um segredo da GRU. Polyakov continuou:

— O senhor está preocupado com o que dizemos, major? Não fique. Esta é a sala mais limpa da União Soviética. — Ele sorriu. — *Meus* assistentes já a limparam. O que dissermos aqui ficará entre nós.

"Então, me diga", Polyakov disse, "que diabos deu errado em Berlim?"

As consequências do sequestro de Hartmann foram horríveis. Embora apenas alguns jornais da direita alemã e norte-americana tenham mencionado um possível envolvimento soviético, a CIA e outras agências ocidentais fizeram as conexões. Encontrar os corpos, mesmo mutilados como estavam, daqueles punks da Facção do Exército Vermelho permitiu que a CIA rastreasse suas residências, codinomes, contas bancárias e contatos, destruindo em questão de dias uma rede que fora montada durante vinte anos. Dois adidos militares, em Viena e Berlim, foram expulsos, e outros deveriam cair.

O envolvimento do advogado Prahler nesse caso brutal e absurdo tornaria impossível para outros agentes encobertos de sua estatura agirem... e dificultaria recrutar novos.

E quem sabia o que mais o senador norte-americano estava dizendo.

— Sabe, Mólniya, por anos minha agência manteve informantes dentro do Serviço de Inteligência Britânico... tínhamos até um que atuava como contato da CIA.

— Philby, Burgess, Maclean e Blount. E o velho Churchill, também, se o senhor acreditar nos romances de espionagem ocidentais. Para que esse relato?

— Estou apenas tentando lhe apresentar uma ideia do dano que o senhor causou. Aqueles informantes paralisaram os britânicos por mais de vinte anos. Isso poderia acontecer conosco... comigo e com o senhor. Seus chefes da GRU nunca admitirão; se o fizerem, certamente não discutirão isso com o senhor. Mas essa é a bagunça que tive que arrumar.

"Agora... caso o senhor me conheça um pouco", Polyakov estava certo de que Mólniya tinha informações dele tanto quanto a KGB, ou seja, Mólniya não sabia de uma coisa muito importante, "sabe que sou justo. Estou velho, gordo, sou um anônimo... mas sou objetivo. Vou me aposentar em quatro meses. Não tenho *nada* a ganhar incitando uma nova guerra entre nossos dois serviços."

Mólniya simplesmente devolveu o olhar. Bem, era o que Polyakov esperava. A rivalidade entre a GRU e a KGB era idiota. Várias vezes, no passado, cada um dos serviços conseguiu assassinar a tiros os líderes rivais. Não havia nada mais longo do que a memória institucional.

— Entendo. — Polyakov levantou-se. — Desculpe por perturbá-lo, major. Obviamente, a Secretaria Geral cometeu um engano... o senhor não tem nada a me dizer...

— Faça suas perguntas!

Quarenta minutos depois, Polyakov suspirou e recostou-se na cadeira. Virando-se um pouco, conseguiu olhar pela janela. O quartel-general da GRU era chamado de Aquário em razão de suas paredes de vidro. Adequado. Polyakov percebera, quando era levado por outro oficial da GRU através do Instituto de Biologia Espacial, o qual, juntamente com o pouco usado Aeroporto Central de Frunze, cercava o Aquário, que aquele prédio — talvez o mais inacessível, até mesmo o lugar mais invisível na cidade de Moscou — parecia ser quase transparente. Um prédio de quinze andares com nada além de janelas do chão ao teto!

Achá-lo convidativo era um erro. Polyakov sentia pena do teórico visitante ocasional. Antes mesmo de chegar ao círculo central, era necessário penetrar uma parte exterior que consistia em três gabinetes de projetos aeronáuticos secretos, o ainda mais secreto gabinete de projetos aeroespaciais Chelomei, ou a Academia da Força Aérea Vermelha.

Do outro lado do pátio abaixo, aninhado contra a parede impenetrável de concreto que cercava o Aquário, havia um crematório. Corria o boato de que, no final da entrevista antes da aceitação na GRU, cada candidato era apresentado àquele edifício verde baixo e a um filme especial.

Era o filme da execução do coronel Popov, da GRU, em 1959, que fora flagrado espionando para a CIA. Popov foi amarrado a uma maca com fio inquebrável e simplesmente jogado vivo nas chamas. O processo foi interrompido para que o caixão de outro funcionário substancialmente mais honrado da GRU pudesse ser depositado no crematório antes.

A mensagem era clara: você sairá da GRU apenas pelo crematório. Somos mais importantes que a família, que o país. Um homem como Mólniya, treinado por tal organização, não era vulnerável a qualquer dos truques de interrogador de Polyakov. Em quase uma hora, tudo o que Polyakov arrancou dele foram detalhes operacionais... nomes, datas, locais e eventos.

Material que Polyakov já possuía. Havia algo mais a saber — um segredo de alguma espécie —, Polyakov tinha certeza. Um segredo que ninguém mais foi capaz de tirar de Mólniya. Um segredo que talvez ninguém além de Polyakov soubesse que existia. Como poderia fazer Mólniya falar?

O que poderia ser mais importante para este homem que o crematório?

— Deve ser difícil ser um ás soviético.

Se Mólniya ficou surpreso com a declaração repentina de Polyakov, não demonstrou.

— Meu poder é apenas outra ferramenta usada contra os imperialistas.

— Tenho certeza de que seus superiores gostariam de pensar assim. Que Deus o proíba de usá-lo em favor próprio. — Polyakov sentou-se novamente. Dessa vez, ele se serviu de um copo d'água. Ofereceu a garrafa para Mólniya, que recusou com a cabeça. — Você já deve estar cansado dessas piadas. Água e eletricidade.

— Sim — Mólniya respondeu com cansaço. — Tenho que ter cuidado quando chove. Não posso tomar banho. A única água de que gosto é a neve... Pelo número de pessoas que sabe sobre mim, é incrível a quantidade de piadas que já ouvi.

— Estão com sua família, não estão? Não responda. Não é algo que eu saiba. É apenas... a única maneira de te controlar.

O vírus carta selvagem estava relativamente dissipado na época em que chegou à União Soviética, mas era forte o bastante para criar curingas e ases e provocar a criação de uma comissão estatal secreta para lidar com o problema. No típico estilo stalinista, os ases foram separados da população e "educados" em campos especiais. Curingas simplesmente desapareciam. De muitas formas, foi pior do que o Grande Expurgo, que Polyakov viu quando adolescente. Nos anos 1930, a batida na porta vinha dos membros do Partido... aqueles com ambições incorretas. Mas *todos* corriam risco durante o Expurgo do Carta Selvagem.

Mesmo quem estava no Kremlin. Mesmo quem estava nos mais altos escalões.

— Conheci uma pessoa como você, Mólniya. Eu trabalhava para ela, não muito longe daqui, na verdade.

Pela primeira vez, Mólniya, baixou a guarda. Estava genuinamente curioso.

— A lenda é verdadeira?

— Que lenda? De que o camarada Stálin era um curinga e morreu com uma estaca no coração? Ou que Lysenko fora afetado? — Polyakov podia dizer que Mólniya conhecia todas aquelas lendas. — Devo dizer que estou chocado em pensar que essas invenções circulam pelos oficiais da inteligência militar!

— Eu estava pensando na lenda de que nada havia sobrado de Stálin para enterrar... que o cadáver exposto no mausoléu foi feito pelos mesmos gênios que mantêm o de Lênin.

Muito perto, Polyakov pensou. *O que Mólniya sabia de verdade?*

— Você é um herói de guerra, Mólniya. Ainda assim, correu daquele prédio em Berlim como um soldado raso. Por quê?

Era outro dos velhos truques, voltar repentinamente para um assunto mais próximo.

Quando Mólniya respondeu que, honestamente, não se lembrava de ter corrido, Polyakov deu a volta na mesa e, deslizando uma cadeira para mais perto, sentou-se bem ao lado dele. Estavam tão próximos que Polyakov conseguia sentir o cheiro de sabonete e, embaixo dele, o suor... e algo que poderia ser ozônio.

— Você consegue saber quando alguém é um ás?

Finalmente, Mólniya estava ficando nervoso.

— Não sem alguma demonstração... não.

Polyakov baixou a voz e encostou o dedo na medalha de herói no peito de Mólniya.

— O que você está pensando agora?

O rosto de Mólniya enrubesceu e as lágrimas inundaram seus olhos. Uma das mãos enluvadas empurrou a de Polyakov. Durou apenas um instante.

— Eu estava queimando!

— Dentro de segundos, sim. Viraria carne queimada.

— *Você* é um.

Havia tanto fascinação — afinal, tinham muito em comum —, quanto medo no rosto de Mólniya.

— Essa era outra das lendas, de que havia um segundo ás. Mas você estava na hierarquia do Partido, um dos caras de Brejnev.

Polyakov deu de ombros.

— O segundo ás não pertence a ninguém. É muito cuidadoso quanto a isso. Sua lealdade é à União Soviética. — Ele permanecia próximo a Mólniya. — E agora você sabe o meu segredo. De ás para ás... o que *você* tem para *me* contar?

♥

Foi bom sair do Aquário. Anos de ódio institucional imbuíram o local com uma barreira quase física — como uma descarga elétrica — que repelia todos os inimigos, especialmente a KGB.

Polyakov devia estar se sentido eufórico: conseguiu tirar informações muito importantes de Mólniya. Mesmo o próprio Mólniya não sabia como eram importantes. Ninguém sabia por que o sequestro de Hartmann fora um fracasso, mas o que acontecera a Mólniya podia ser mais bem explicado pela presença de um ás secreto, um com poderes de controlar as ações dos homens. Mólniya não poderia saber, claro, que algo assim acontecera na Síria. Mas Polyakov viu esse fato no relatório. Polyakov temia saber a resposta.

O homem que poderia muito bem ser o próximo presidente dos Estados Unidos era um ás.

II.

— O diretor vai vê-lo agora.

Para surpresa de Polyakov, a recepcionista era uma jovem de beleza estonteante, uma loira saída direto de um filme americano. Seregin, o antigo guarda de Andropov, um homem com a aparência física de uma machadinha — mais que adequado — e uma personalidade que casava com a aparência, fora embora. Seregin era perfeitamente capaz de dar um chá de cadeira num membro do Politburo por uma eternidade naquela antessala ou, se necessário, ejetar fisicamente qualquer um idiota o bastante para fazer uma visita inesperada ao diretor do Comitê de Segurança do Estado, o chefe da KGB.

Polyakov imaginou que aquela mulher ágil provavelmente era tão letal quanto Seregin; no entanto, aquela ideia lhe pareceu ridícula. Uma tentativa de estampar um sorriso no rosto do tigre. Veja o novo e preocupado Kremlin. A amigável KGB de hoje!

Seregin se fora. Porém, Andropov também se fora. E o próprio Polyakov não era mais bem-vindo no alto escalão... não sem o convite do diretor.

O diretor ergueu-se da mesa para beijá-lo, interrompendo a saudação de Polyakov.

— Georgy Vladimirovich, como é bom vê-lo. — Ele estava voltado para um sofá — outro acréscimo, uma espécie de refúgio conversacional no ex--gabinete espartano. — É difícil encontrá-lo por essas paragens.

Por escolha sua, Polyakov teve vontade de dizer.

— Minhas obrigações me afastaram daqui.

— Claro. Os rigores do trabalho de campo. — O diretor, que era essencialmente um nomeado político do Partido, como a maioria dos chefes da KGB desde os tempos de Stálin, servira como delator — um *stukach* —, não um técnico ou analista. Nisso, ele era o líder perfeito de uma organização que se compunha de um milhão de *stukachi*. — Me conte sobre sua visita ao Aquário.

Rápido no gatilho. Outro sinal do estilo Gorbachev. Polyakov foi detalhista a ponto de ficar enfadonho em sua resposta ao questionamento, exceto por uma omissão significativa. Ele contava com a famosa impaciência do diretor, e não se decepcionou.

— Esses detalhes operacionais são muito bons mesmo, Georgy Vladimirovich, mas servem para os pobres burocratas, hum? — Um sorriso autodepreciativo surgiu no seu rosto. — O GRU lhe concedeu cooperação plena e completa, conforme instruído pela Secretaria Geral?

— Sim… infelizmente — Polyakov disse, recebendo a risada igualmente famosa do diretor.

— Tem informações o bastante para salvar nossas operações europeias?

— Sim.

— Como procederá? Entendo que as redes alemãs estão sendo retraídas. Todo dia um avião da Aeroflot traz nossos agentes de volta.

— Aqueles que não estão em julgamento no Ocidente, sim — Polyakov disse. — Berlim é terra infértil para nós. A maioria da Alemanha é inútil e permanecerá assim por anos.

— Cartago.

— Mas temos outros ativos. Ativos bem escondidos que não foram utilizados durante anos. Proponho ativar aquele conhecido como Dançarino.

O diretor puxou uma caneta e fez uma anotação para que buscassem o prontuário do Dançarino no arquivo.

— Quanto tempo… vai levar a recuperação, na sua opinião honesta?

— Ao menos dois anos.

O olhar do diretor desviou-se.

— O que me leva a uma questão pessoal — Polyakov persistiu. — Minha aposentadoria.

— Sim, sua aposentadoria. — O diretor suspirou. — Acho que a única solução é trazer Yurchenko para a missão o mais rápido possível, pois ele terminará o trabalho.

— A menos que eu adie minha aposentadoria — Polyakov disse o indizível. Observou o diretor fazer uma busca insólita por uma resposta não programada.

— Bem. Isso seria um problema, não? Todos os papéis já foram assinados. A promoção de Yurchenko já está aprovada. Você será promovido a general e receberá sua terceira medalha de herói. Estamos preparados para anunciá-lo em plenário no próximo mês. — O diretor inclinou-se para a frente. — É dinheiro, Georgy Vladimirovich? Eu não deveria mencionar isso, mas, com frequência, há bônus de pensão para serviços... extremamente valiosos.

Não funcionaria. O diretor podia ser um pau-mandado político, mas tinha seus méritos. Recebeu ordens para limpar a casa na KGB, e limpou. Naquele momento, temia Gorbachev mais do que temia o velho espião.

Polyakov suspirou.

— Quero apenas terminar o meu trabalho. Se esse não for... o desejo do Partido, eu me aposento conforme acordado.

O presidente estava esperando uma discussão, e ficou aliviado por ter ganhado tão rapidamente.

— Entendo a dificuldade de sua situação, Georgy Vladimirovich. Todos conhecemos sua tenacidade. Não temos tanta, como você. Mas Yurchenko é capaz. No fim das contas... você o treinou.

— Vou passar as instruções da missão para ele.

— Vou te dizer uma coisa — o diretor falou. — Sua aposentadoria não entra em vigor até o final de agosto.

— Meu aniversário de 63 anos.

— Não vejo motivo de nos privarmos de seus talentos até essa data. — O diretor estava escrevendo notas para si mesmo de novo. — É extremamente incomum, como você bem sabe, mas por que não vai com Yurchenko? Hum? Onde está este Dançarino?

— França, no momento, ou Inglaterra.

O diretor ficou feliz.

— Tenho certeza de que podemos pensar em lugares piores para uma viagem de negócios. — Fez outra anotação com a caneta. — Autorizo você a acompanhar Yurchenko... auxiliar na transição. Frase burocrática charmosa.

— Obrigado.

— Imagina, você fez por merecer. — O diretor levantou-se e foi até o aparador. Aquilo, ao menos, não havia mudado. Pegou uma garrafa de vodca quase no fim e encheu dois copos que esvaziaram a garrafa. — Um brinde proibido... ao fim de uma era!

Eles beberam.

O diretor sentou-se novamente.

— O que acontecerá com Mólniya? Não importa o quanto ele tenha metido os pés pelas mãos em Berlim, ele é valioso demais para ser desperdiçado naquele forno horroroso deles.

— Está dando aula de tática agora, aqui em Moscou. No momento, se ele se comportar, talvez permitam que ele volte ao trabalho de campo.

O diretor estremeceu visivelmente.

— Que bagunça. — O pequeno sorriso mostrou alguns dentes de aço. — Ter um carta selvagem trabalhando para você! Imagino se alguém conseguiria dormir com isso.

Polyakov esvaziou o copo.

— *Eu* não conseguiria.

III.

Polyakov amava os jornais ingleses. *The Sun... The Mirror... The Globe...* com suas manchetes gritantes de quase oito centímetros sobre as últimas brigas reais e suas mulheres nuas, eram o pão e o circo unidos. No momento, algum parlamentar estava sendo julgado por contratar uma prostituta por cinquenta libras e, então, as palavras normalmente contidas do *The Sun*: "Não fez valer seu dinheiro!" (Prostituta reclama:"Foi *rápido* demais!".) Qual era o pecado maior?, Polyakov se perguntou.

Um pequeno texto na mesma primeira página mencionava que a Excursão dos Ases havia chegado a Londres.

Talvez a afeição de Polyakov pelos jornais derivasse da avaliação profissional. Sempre que estava no Ocidente, sua fachada ou disfarce era de um correspondente da agência de notícias soviética Tass, que lhe exigira dominar habilidades jornalísticas rudimentares o bastante para se passar por um, embora a maioria dos repórteres ocidentais que conheceu achasse que ele era um espião. Nunca aprendera a escrever bem — certamente não com a eloquência ébria de seus colegas da Fleet Street —, mas conseguia acompanhar na bebida e encontrar uma história.

Naquele nível, ao menos, jornalismo e inteligência não eram incompatíveis.

Infelizmente, os antigos fantasmas eram inadequados para um reencontro com o Dançarino. O reconhecimento de qualquer um deles seria desastroso para ambos. Não poderiam, de fato, usar um estabelecimento público de qualquer tipo.

Para piorar, o Dançarino era um agente não controlado — um "ativo cooperador", para usar o jargão cada vez mais brando da Central em Moscou. Polyakov não o via havia vinte anos, e aquele último encontro fora acidental depois de ainda mais anos de separação. Não havia sinais combinados, nem entrega de mensagem, nem intermediários ou canais para deixar o Dançarino saber que Polyakov tinha vindo reunir-se com ele.

Embora a notoriedade do Dançarino tornasse alguns tipos de contatos impossíveis, facilitava o trabalho de Polyakov em um aspecto: se quisesse saber como encontrar este ativo peculiar...

... tudo que precisava fazer era pegar um jornal.

Seu assistente e futuro sucessor, Yurchenko, estava ocupado integrando-se com o *rezident*, o chefe da inteligência de Londres; os dois homens mostraram apenas um interesse momentâneo nas idas e vindas de Polyakov, brincando que seu amigo prestes a se aposentar estava usando o tempo com as putas de King's Cross:

— Apenas para garantir que você não acabe nos jornais, Georgy Vladimirovich. Se fizer... *ao menos* faça seu dinheiro valer a pena! — Yurchenko provocava, pois esse comportamento de Polyakov não era novidade.

Bem... ele nunca tinha se casado. E anos na Alemanha, especialmente em Hamburgo, lhe deram um gosto por jovens bocas bonitas a preços acessíveis. Era também verdade que a KGB não confiava em um agente que não possuísse uma fraqueza digna de nota. Um vício era tolerável, contanto que fosse controlável — álcool, dinheiro, mulheres —, em vez de, digamos, religião. Um dinossauro como Polyakov — que trabalhara para Béria, pelo amor de Deus! — ter um gosto por deliciosas... bem, aquilo era considerado extravagante, até mesmo charmoso.

Do escritório da Tass perto da Fleet, Polyakov seguiu sozinho até o Grosvenor House Hotel num dos famosos táxis pretos ingleses — este de fato pertencia à embaixada — passando pela Park Lane até a Knightsbridge, até a Kensington Road. Era bem cedo em um dia útil, e o táxi avançava lentamente através de um mar de veículos e pessoas. O sol já havia nascido, espantando a névoa matutina. Seria um belo dia de primavera londrino.

No Grosvenor House, Polyakov precisou usar de persuasão para passar pelos vários guardas de uniforme, embora notasse a presença de vários à paisana. Foi autorizado a ir até o *concierge*, onde descobriu, para sua chateação, outra jovem mulher no lugar do costumeiro porteiro. Esta inclusive parecia-se com a nova recepcionista do diretor.

— A senhorita poderia me pôr em contato com os andares nos quais a Excursão dos Ases está hospedada?

A recepcionista franziu a testa e formulou uma resposta. Obviamente, a presença da comitiva ali não era de conhecimento público, mas Polyakov antecipou-se às perguntas da moça, como fizera com os guardas, ao apresentar suas credenciais de imprensa. Ela as examinou — eram genuínas, ao que constava —, então levou-o aos telefones.

— Talvez não atendam a esta hora, mas essas linhas são diretas.

— Obrigado.

Ele aguardou que ela se retirasse, então pediu que a operadora telefonasse para o número do quarto que um dos funcionários da embaixada já lhe fornecera.

— Sim? — Polyakov não esperava que sua voz tivesse mudado, ainda assim, surpreendeu-se por não ter.

— Há quanto tempo… Dançarino.

Polyakov não se surpreendeu com o longo silêncio no outro lado da linha.

— É você, não é?

Ele ficou satisfeito. O Dançarino reteve a astúcia de espionagem e mantinha as conversas telefônicas neutras.

— Não prometi que lhe faria uma visita um dia desses?

— O que você quer?

— Me encontrar com você, o que mais? Vê-lo.

— Aqui está longe de ser um lugar…

— Tem um táxi esperando na frente do hotel. Será fácil de identificar. Só tem um no momento.

— Desço em alguns minutos.

Polyakov desligou e apressou-se até o táxi, sem esquecer de acenar com a cabeça para a recepcionista.

— Teve sorte?

— O bastante. Obrigado.

Ele entrou no táxi e fechou a porta. Seu coração palpitava. *Meu Deus*, ele pensou, *pareço um adolescente esperando uma garota!*

Pouco depois, a porta se abriu. De imediato, Polyakov foi coberto pelo perfume do Dançarino. Ele estendeu a mão à moda ocidental.

— Dr. Tachyon, eu presumo.

♦

O motorista era um jovem uzbeque da embaixada, cuja especialidade profissional era a análise econômica, mas sua grande virtude era a capacidade de manter a boca fechada. Sua total falta de interesse nas atividades de Polyakov e o desafio de percorrer as movimentadas ruas de Londres deram a Polyakov e Tachyon alguma privacidade.

O carta selvagem de Polyakov não tinha rosto, então jamais suspeitavam que ele era um ás ou um curinga. Aquilo, e o fato de que ele usara seus poderes apenas duas vezes: a primeira vez foi no longo e brutal inverno de 1946-47, o inverno seguinte à disseminação do vírus. Polyakov era um primeiro-tenente na época, tendo passado a Grande Guerra Patriótica como um *zampolit*, ou oficial político, nas fábricas de munição nos Urais. Quando os nazistas se renderam, a Central de Moscou alocou-o para as forças de contrainsurgência que combatiam nacionalistas ucranianos — os "homens da floresta" que combatiam os nazistas e não tinham intenção de se render. (De fato, continuaram a lutar até 1952.)

O chefe de Polyakov era um brutamontes chamado Suvin, que confessou numa noite, em meio à bebedeira, que fora executor na Lubiyanka durante o Expurgo. Suvin desenvolvera um gosto verdadeiro pela tortura; Polyakov imaginou se aquilo era a única reação possível a um trabalho que diariamente exigia que se atirasse na nuca de um colega membro do Partido. Uma noite, Polyakov trouxe um adolescente ucraniano, um garoto, para o interrogatório. Suvin estava bebendo e começou a arrancar uma confissão do garoto sob espancamento, o que foi uma perda de tempo: o garoto já havia confessado que roubara comida. Mas Suvin queria uma ligação dele com os rebeldes.

Polyakov lembrava-se, grande parte das vezes, de que estava cansado. Como todos na União Soviética naquele ano, inclusive aqueles no mais alto escalão, com frequência estava com fome. Fora a fadiga, ele pensou com vergonha agora, não a compaixão humana, que o fez saltar sobre Suvin e empurrá-lo para o lado. Suvin voltou-se contra ele e brigaram. Debaixo do outro, Polyakov conseguiu pegar a garganta do homem. Não havia maneira de ele conseguir sufocá-lo… ainda assim, de repente, Suvin ficou vermelho — perigosamente vermelho — e literalmente se incendiou.

O jovem prisioneiro estava inconsciente e não soube de nada. Como fatalidades na zona de guerra eram rotineiramente atribuídas à ação inimiga, a morte "heroica" do troglodita Suvin foi oficialmente registrada como um "trauma torácico extremo" e "queimaduras", eufemismo para o fato de ter sido frito até as cinzas. O incidente aterrorizou Polyakov. De início, mal percebera o que aconteceu; informações sobre o vírus carta selvagem eram restritas. Mas, no fim das contas, percebeu que tinha um poder… que era um ás. E jurou nunca mais usá-lo de novo.

Quebrou a promessa apenas uma vez.

No outono de 1955, Georgy Vladimirovich Polyakov, à época capitão nos "órgãos", usava o disfarce de um repórter júnior da Tass em Berlim Ocidental. Ases e curingas apareciam muito nas notícias daqueles tempos. Os homens da Tass monitoravam as audiências em Washington horrorizados — lembrava a alguns deles o Expurgo — e empolgados. Os poderosos ases norte-americanos estavam sendo neutralizados pelos seus compatriotas!

Sabia-se que alguns ases e seu mestre titereiro takisiano (como o *Pravda* o descrevia) fugiram dos Estados Unidos após as primeiras audiências do HUAC. Tornaram-se os alvos de prioridade máxima da Oitava Diretoria, o departamento da KGB responsável pela Europa ocidental. Tachyon, em especial, era um alvo pessoal para Polyakov. Talvez o takisiano tivesse alguma pista sobre o segredo do vírus carta selvagem... algo para explicá-lo... algo para curá-lo. Quando ouviu que o takisiano estava na penúria em Hamburgo, ele partiu.

Como Polyakov havia feito suas viagens de "pesquisa" prévia ao distrito da luz vermelha de Hamburgo, sabia quais bordéis eram mais convidativos a um cliente inabitual como Tachyon. Encontrou o alienígena no terceiro estabelecimento no qual entrara. Era quase dia; o takisiano estava bêbado, desmaiado e sem dinheiro. Tachyon deveria ter ficado grato: os alemães como povo tinham pouco apreço pelos indigentes bêbados; os donos dos prostíbulos de Hamburgo tinham menos ainda. Tachyon teria sorte se fosse jogado no canal... vivo.

Polyakov levou-o para um abrigo na Berlim Oriental, onde, após uma prolongada discussão entre os *rezidenti*, recebeu quantidades controladas de álcool e mulheres enquanto recuperava lentamente sua saúde... e enquanto Polyakov e ao menos dúzias de outros o interrogavam. Até mesmo o próprio Shelepin dedicou um tempo de sua agenda em Moscou para visitá-lo.

Dentro de três semanas, ficou claro que Tachyon não tinha nada a fornecer. Mais provavelmente, Polyakov suspeitou, o takisiano recuperara força o suficiente para resistir a qualquer interrogatório a partir dali. Mesmo assim, lhes fornecera tantos dados sobre ases norte-americanos, sobre a história e a ciência takisiana, e sobre o próprio vírus carta selvagem, que Polyakov quase esperou que seus superiores dariam ao alienígena uma medalha e uma pensão.

Quase fizeram isso. Como os engenheiros de mísseis alemães capturados após a guerra, o destino final de Tachyon devia ser a repatriação silenciosa... neste caso, para Berlim Ocidental. Ao mesmo tempo, transferiram Polyakov para lá, para a residência de ilegais, esperando contatos residuais, e permitindo aos dois homens uma apresentação simultânea à cidade. Por conta de Berlim Oriental, nunca se tornariam amigos. Por conta do seu período no setor ocidental, nunca puderam ser inimigos completos.

— Em quarenta anos neste mundo, aprendi a alterar minhas expectativas todos os dias — Tachyon lhe disse. — Honestamente, pensei que você estivesse morto.

— Logo estarei — disse Polyakov. — Mas sua aparência está melhor agora do que estava em Berlim. Os anos passam realmente devagar para sua espécie.

— Devagar demais às vezes. — Eles continuaram em silêncio por um momento, cada qual fingindo admirar o cenário enquanto invocavam as lembranças do outro.

— Por que você está aqui? — perguntou Tachyon.

— Para cobrar uma dívida.

Tachyon assentiu levemente, um gesto que mostrava o quanto já estava assimilado por completo.

— Foi o que pensei.

— Sabia que aconteceria um dia.

— Claro! Por favor, não me entenda mal! Meu povo honra seus compromissos. Você salvou a minha vida. Tem o direito a qualquer coisa que eu puder lhe dar. — Em seguida sorriu friamente. — Desta vez.

— O quão próximo você é do senador Gregg Hartmann?

— É o membro sênior desta excursão, então tive algum contato com ele. Obviamente, não muito nos últimos tempos, depois do acontecimento terrível em Berlim.

— O que você acha dele… como homem?

— Não o conheço bem o bastante para julgar. É político, e como regra eu desprezo políticos. Nesse sentido, ele me surpreende como a melhor entre as maçãs podres do cesto. Parece ser verdadeiro em seu apoio aos curingas, por exemplo. Provavelmente não é um problema em seu país, mas é uma questão muito polêmica na América, comparável ao direito ao aborto. — Fez uma pausa. — Duvido muito que seria suscetível a qualquer tipo de… acordo, se é isso que vai pedir.

— Vejo que você anda lendo romances de espionagem — Polyakov comentou. — Estou mais interessado em… vamos chamar isso de análise política. É possível que ele se torne presidente dos Estados Unidos?

— Muito possível. Reagan foi enfraquecido pela crise atual e não é, na minha opinião, um homem saudável. Não tem um sucessor óbvio, e a economia norte-americana provavelmente vai piorar antes da eleição.

A primeira peça do quebra-cabeça: havia um político americano que deixara no seu rastro uma série de mortes misteriosas dignas de Beria ou Stálin… A segunda: o mesmo político é sequestrado duas vezes. E escapa em circunstâncias misteriosas… duas vezes.

— Os democratas têm vários candidatos, nenhum deles sem grandes fraquezas. Hart vai se eliminar, certamente. Biden, Dukakis, qualquer dos outros poderia desaparecer amanhã. Se Hartmann puder juntar uma organização forte, e se ocorrer a abertura certa, ele poderá vencer.

Um relatório recente da Central de Moscou previu que Dole seria o próximo presidente dos Estados Unidos. Estrategistas no Instituto Americano já estavam criando um modelo psicológico do senador do Kansas. Mas eram os mesmos analistas que previram que Ford venceria Carter, e Carter venceria Reagan. Seguindo o princípio de que eventos nunca aconteciam da maneira que os especialistas dizem, Polyakov estava inclinado a acreditar em Tachyon.

Mesmo a possibilidade teórica de uma presidência de Hartmann era importante... se ele fosse um ás! Precisava ser observado, impedido se necessário, mas a Central de Moscou nunca autorizaria esse movimento, especialmente se contradissesse suas pequenas e caras pesquisas.

O motorista, conforme acordado antes, seguiu de volta para o Grosvenor House. O restante do percurso foi de reminiscências das duas Berlins, até mesmo de Hamburgo.

— Você não ficou satisfeito, não é? — Tachyon perguntou por fim. — Certamente quer mais de mim do que uma análise política superficial.

— Você sabe a resposta para sua pergunta.

— Não tenho documentos secretos para lhe dar. Sou espalhafatoso demais para trabalhar como agente.

— Você tem seus *poderes*, Tachyon...

— E minhas limitações! Você sabe o que farei e o que não farei.

— Não sou seu inimigo, Tachyon! Sou o único que lembra de sua dívida, e em agosto estarei aposentado. Nesse momento, sou apenas um velho tentando juntar as peças de um quebra-cabeça.

— Então, me fale sobre seu quebra-cabeça...

— Você sabe mais do que me falou.

— Então, como posso ajudar? — Polyakov não respondeu. — Você tem medo de que, ao me fazer uma pergunta direta, vou saber demais. Russos!

Por um momento, Polyakov desejou que seu poder carta selvagem lhe permitisse ler mentes. Tachyon tinha muitas características humanas, mas era takisiano... todos os anos de treinamento de Polyakov não o ajudavam a concluir se ele estava mentindo ou não. Precisava depender da honra takisiana?

O táxi estacionou no meio-fio e o motorista abriu a porta. Mas Tachyon não saiu.

— O que vai acontecer com você?

O quê?, perguntou-se Polyakov.

— Vou me tornar um aposentado honrado, como Khrushchov, vou poder passar na frente em uma fila, passar meus dias lendo e contando minhas façanhas sobre uma garrafa de vodca a homens que não acreditarão nelas.

Tachyon hesitou.

— Por anos eu te odiei... não por explorar minha fraqueza, mas por salvar a minha vida. Eu estava em Hamburgo porque queria morrer. Mas agora, finalmente, eu tenho algo pelo que viver... só que é muito recente. Por isso sou grato.

Em seguida, ele saiu do táxi e bateu a porta.

— Vejo você de novo — ele disse, esperando um não.

— Sim — Polyakov disse —, verá. — O motorista partiu. No retrovisor, Polyakov viu o takisiano observando o carro antes de entrar no hotel.

Sem dúvida, tentou imaginar onde e quando Polyakov apareceria de novo. Polyakov também se perguntou. Estava totalmente sozinho agora... ridicularizado pelos colegas, descartado pelo Partido, leal a algum ideal que apenas ele lembrava, e pouco. Como o pobre Mólniya em certo sentido, enviado para alguma missão equivocada e, então, abandonado.

O destino de um ás soviético era ser traído.

Ele ainda tinha uma programação de várias semanas em Londres, mas, se não pudesse extrair informações úteis de uma fonte relativamente cooperativa como o Dançarino, não havia motivo para ficar. Naquela noite, fez as malas para voltar a Moscou e para sua aposentadoria. Após o jantar, no qual teve a companhia apenas de uma garrafa de Stolichnaya, Polyakov saiu do hotel e foi passear, desceu a Sloane, passando pelas butiques da moda. Como eles chamavam as jovens que faziam compras ali? Sim, *Sloane Rangers*. As *Rangers*, a julgar pelos exemplares perdidos ainda correndo para casa àquela hora, ou pelos manequins bizarros nas janelas, eram criaturas magras, fantasmagóricas. Frágeis demais para Polyakov.

De qualquer forma, seu destino final... seu adeus a Londres e ao Ocidente... era King's Cross, onde as mulheres eram mais substanciosas.

Contudo, ao chegar à Pont Street, percebeu um táxi preto fora de serviço o seguindo. Em certo momento, considerou possíveis agressores, desde agentes norte-americanos renegados a terroristas da Luz de Alá, passando por rufiões ingleses... até que leu, no reflexo de uma vitrine, o número da placa de um veículo pertencente à embaixada russa. Um exame mais detido revelou que o motorista era Yurchenko.

Polyakov deixou de lado a evasão e simplesmente foi até o carro.

No banco de trás havia um homem que ele não conhecia.

— Georgy Vladimirovich — Yurchenko gritou. — Entre!

— Não precisa berrar — Polyakov disse. — Vai chamar atenção.

Yurchenko era um daqueles jovens educados para quem a arte da espionagem veio de forma tão fácil que, a menos que lembrado, com frequência esquecia de usá-la.

Assim que Polyakov sentou no banco da frente, o carro se lançou ao tráfego. Era óbvio que partiram para dar um passeio.

— Pensei que tínhamos perdido você — disse Yurchenko de forma amigável.

— O que significa isso? — perguntou Polyakov. Apontou para o homem em silêncio no banco de trás. — Quem é seu amigo?

— Este é Dolgov, da GRU. Ele me trouxe algumas notícias muito perturbadoras.

Pela primeira vez em anos, Polyakov sentiu medo de verdade. Aquela seria sua aposentadoria? Uma morte "acidental" num país estrangeiro?

— Pare de suspense, Yurchenko. Da última vez que verifiquei, eu ainda era seu chefe.

Yurchenko não conseguia olhar para ele.

— O takisiano é um agente duplo. Está trabalhando para os norte-americanos há trinta anos.

Polyakov virou-se para o homem da GRU.

— Então a GRU começou a compartilhar sua preciosa inteligência. Que grande dia para a União Soviética. Suponho que desconfiam que sou um agente.

O homem da GRU falou pela primeira vez.

— O que o takisiano lhe forneceu?

— Não estou falando com você. O que meus agentes me dão é assunto da KGB...

— Então, a GRU vai compartilhar algo com o senhor. Tachyon tem um neto chamado Blaise, encontrado por ele em Paris no mês passado. Blaise é um novo tipo de ás... potencialmente o mais poderoso e perigoso do mundo. E ele foi arrancado das nossas mãos para ser levado aos Estados Unidos.

O carro estava cruzando a Lambeth Bridge, na direção de um distrito industrial cinzento e deprimente, um lugar perfeito para um abrigo... o cenário perfeito para uma execução.

Tachyon tinha um neto com poderes! Supondo que essa criança entrasse em contato com Hartmann... o potencial era aterrador. A vida em um mundo ameaçado pela destruição nuclear era seguro se comparado a um dominado por um Ronald Reagan com carta selvagem. Como ele pôde ser tão estúpido?

— Não sei — ele disse por fim. — O Dançarino não era um agente ativo. Não havia motivo para manter vigilância.

— Havia — insistiu Dolgov. — É um maldito alienígena, para começar! E se sua presença na excursão não fosse suficiente, houve o incidente em Paris!

Era fácil para a GRU espionar alguém em Paris: a embaixada de lá era cheia de funcionários. Claro que o serviço irmão não passava suas informações vitais para a KGB. Polyakov teria agido de outra forma com Mólniya se soubesse de Blaise!

Naquele instante, precisava de tempo para pensar. Percebeu que estava prendendo a respiração. Um hábito ruim.

— É sério. Deveríamos, óbvio, estar trabalhando juntos. Estou pronto para fazer o que eu puder...

— Então, por que fez as malas? — Yurchenko interrompeu, parecendo realmente angustiado.

— Você estava me espionando? — Ele olhou de Yurchenko para Dolgov. Meu Deus, eles pensaram mesmo que eu iria desertar!

Polyakov virou-se levemente, a mão segurando Yurchenko, que se encolheu como se tomasse um tapa. Mas Polyakov não soltou. O táxi raspou num carro estacionado e derrapou de volta para o tráfego bem quando Polyakov viu os olhos de Yurchenko revirarem... o calor já havia fritado seu cérebro.

Dolgov jogou-se no banco da frente, agarrando o volante, e conseguiu guiar direto para outro carro estacionado, onde pararam. Polyakov se protegeu do impacto, que lançou o corpo fumegante de Yurchenko para longe dele... liberando-o para alcançar Dolgov, que cometeu o erro de agarrá-lo também.

Por um instante, o rosto de Dolgov virou o rosto do Grande Líder... o Pai Benevolente do Povo Soviético... ele mesmo se transformara em um curinga assassino. Polyakov era apenas um jovem mensageiro que carregava correspondência entre o Kremlin e a *datcha* de Stálin — tão confiável que pôde conhecer o segredo da maldição do Grande Stálin — não um assassino. Nunca pretendera ser um assassino. Mas Stálin já havia ordenado a execução de *todos* os infectados pelo carta selvagem...

Se fosse seu destino carregar esse poder, também deveria ser seu destino usá-lo. Da mesma forma que eliminou Stálin, eliminou Dolgov. Não permitiu que o homem dissesse uma palavra, nem mesmo no gesto final de resistência, quando ele o assou até a morte.

O impacto travara as duas portas frontais, de forma que Polyakov teria de sair rastejando pela traseira. Antes de fazê-lo, removeu o silenciador e o pesado revólver de serviço que Dolgov carregava... a arma que ele teria pressionado na nuca de Polyakov. Polyakov deu um tiro no ar, depois recolocou o revólver onde Dolgov o carregava. A Scotland Yard e a GRU podiam pensar o que quisessem... outro assassinato não resolvido com os próprios assassinos vítimas de um infeliz acidente.

O fogo dos dois corpos alcançou o pequeno vazamento de gasolina espargido na batida... O crematório não receberia Dolgov.

A explosão e as chamas atrairiam atenção. Polyakov sabia que precisava ir embora... ainda assim, havia algo de atraente nas chamas. Como se um velho e diligente coronel da KGB também estivesse morrendo, para renascer como um super-herói, o único e verdadeiro ás soviético...

Aquela seria uma lenda criada por *ele* mesmo.

IV.

Havia muitas placas em russo no terminal da British Airways, no Aeroporto Internacional Robert Tomlin, colocadas ali pelos membros da Ajuda Humanitária Judaica, com sede nas proximidades da Brighton Beach. Para judeus que conseguiam emigrar do bloco oriental, mesmo aqueles que sonhavam no fim se estabelecer na Palestina, aquela era a sua Ellis Island, a porta de entrada para os Estados Unidos.

Entre aqueles que desembarcavam naquele dia de maio, havia um homem atarracado com pouco mais de 60 anos, vestido como um típico imigrante de classe média, de camisa marrom abotoada até o pescoço e uma jaqueta cinza surrada. Uma mulher da Ajuda Humanitária caminhou até ele para ajudá-lo.

— *Strasvitye s Soyuzom Statom* — ela disse em russo. — Bem-vindo aos Estados Unidos.

— Obrigado — o homem respondeu em inglês.

A mulher ficou contente.

— Se já fala o idioma, vai achar tudo muito fácil aqui. Posso ajudá-lo?

— Não, já sei do que preciso.

Lá fora, na cidade, o Dr. Tachyon aguardava, vivendo com o temor do próximo encontro, imaginando o que significaria para seu neto muito especial. Para o sul, Washington, e o senador Hartmann, um alvo formidável. Mas Polyakov não trabalharia sozinho. Assim que ele se uniu ao submundo da Inglaterra, conseguiu contatar o restante estilhaçado da rede de Mólniya. Na semana seguinte, Gimli estaria se juntando a ele nos Estados Unidos...

Enquanto esperava que a alfândega liberasse sua pouca bagagem, Polyakov pôde observar pelas janelas que era um belo dia de verão norte-americano.

Do diário de Xavier Desmond

7 de abril, em algum lugar sobre o Atlântico:

As luzes interiores foram apagadas muitas horas antes, e a maioria dos meus companheiros de viagem está dormindo faz tempo, mas a dor me manteve acordado. Estou tomando alguns comprimidos, e eles ajudam, mas ainda não consigo dormir. Mesmo assim, me sinto curiosamente feliz... quase sereno. O fim da minha jornada está próximo, em sentidos maiores e menores. Foi um longo caminho, sim, e pela primeira vez me sinto bem com ele.

Ainda temos uma parada — uma breve estada no Canadá, visitas rápidas a Montreal e Toronto, recepção governamental em Ottawa. E, em seguida, casa. Aeroporto Internacional de Tomlin, Manhattan, Bairro dos Curingas. Será bom rever a Funhouse.

Gostaria de poder dizer que a viagem alcançou todos os objetivos que planejávamos, mas não é o caso, nem de longe. Começamos bem, talvez, mas a violência na Síria, na Alemanha Ocidental e na França destruiu nosso sonho inconfesso de fazer o público esquecer a carnificina do Dia do Carta Selvagem. Posso apenas esperar que a maioria perceba que o terrorismo é uma parte lúgubre e feia do mundo em que vivemos, que existiria com ou sem o carta selvagem. O banho de sangue em Berlim foi instigado por um grupo que incluía curingas, ases e limpos, e faríamos bem se lembrássemos disso e lembrássemos ao mundo esse fato com muito vigor. Culpar Gimli e seus patéticos seguidores, ou os dois ases fugitivos que ainda estão sendo procurados pela polícia alemã, pela matança, é dar razão para homens como Leo Barnett e Nur al-Allah. Mesmo se os takisianos nunca tivessem trazido sua maldição até nós, o mundo não teria menos homens desesperados, insanos e maléficos.

Para mim, existe uma ironia perversa no fato de que foi a coragem e a compaixão de Gregg que pôs sua vida em risco, e que o ódio o salvou, ao virar seus sequestradores uns contra os outros naquele holocausto fratricida.

De verdade, este mundo é estranho.

Oro para que tenhamos visto a última cartada de Gimli, mas, nesse meio-tempo, posso me alegrar. Depois da Síria, parece improvável que alguém ainda possa duvidar da frieza de Gregg Hartmann na linha de tiro, mas, se fosse mesmo o caso, certamente todos esses medos jazem agora definitivamente em Berlim. Após a entrevista exclusiva de Sara Morgenstern ter sido publicada no *Post*, acredito que Hartmann tenha subido dez pontos nas pesquisas. Está lado a lado com Hart agora. A opinião a bordo do avião é a de que Gregg definitivamente vai concorrer.

Disse isso a Digger em Dublin, entre uma Guinness e um fino pão irlandês em nosso hotel, e ele concordou. De fato, ele foi além e previu que Hartmann conseguiria a nomeação para concorrer à presidência. Eu não tinha tanta certeza e lembrei que Gary Hart ainda parece ser um obstáculo formidável, mas Downs abriu aquele enlouquecedor sorriso críptico sob seu nariz quebrado e disse: "Bem, eu tenho a sensação de que Gary vai se ferrar e fazer algo realmente estúpido, não me pergunte por quê".

Se minha saúde permitir, farei tudo que puder para arregimentar o Bairro dos Curingas para a candidatura de Hartmann. Não acho que estarei sozinho nessa missão. Depois das coisas que vi, tanto nos Estados Unidos como no exterior, um número crescente de ases e curingas proeminentes parece apostar no senador. Hiram Worchester, Peregrina, Mistral, o Padre Lula, Jack Braun... talvez até o Dr. Tachyon, apesar de sua óbvia aversão por política e políticos.

Apesar do terrorismo e do derramamento de sangue, acredito mesmo que conseguimos algumas coisas boas nesta jornada. Nosso relatório abrirá alguns olhos oficiais, é apenas o que posso esperar, e o holofote da imprensa que brilhou sobre nós em todos os lugares aumentou bastante a consciência pública quanto ao drama dos curingas do Terceiro Mundo.

Em um nível mais pessoal, Jack Braun fez bastante para se redimir e conseguiu enterrar sua inimizade de trinta anos com Tachyon; Per parece positivamente radiante com sua gravidez; e conseguimos, por mais que

DO DIÁRIO DE XAVIER DESMOND

com muito atraso, libertar o pobre Jeremiah Strauss de sua prisão de vinte anos dentro daquele corpo símio. Lembro-me de Strauss dos velhos tempos, quando Angela era dona da Funhouse e eu era apenas o *maître d'*, e lhe ofereci um espaço, se e quando ele retomasse sua carreira teatral como Projecionista. Ele agradeceu, mas foi evasivo. Não invejo esse período de ajuste. Para todos os propósitos práticos, ele é um viajante do tempo.

E o Dr. Tachyon... bem, seu novo corte de cabelo punk é feio ao extremo, ele ainda enfaixa sua perna ferida, e agora o avião inteiro sabe de sua disfunção sexual, mas nada disso parece incomodá-lo desde que o jovem Blaise veio a bordo, na França. Tachyon foi evasivo sobre o garoto em suas declarações públicas, mas é claro que todos sabem a verdade. Os anos que passou em Paris são tudo, menos um segredo de Estado, e se o cabelo do garoto não fosse uma pista suficiente, seu poder de controle mental torna sua ascendência muito clara.

Blaise é uma criança estranha. Pareceu um pouco assombrado com os curingas quando se juntou a nós, especialmente com Crisálida, cuja pele transparente o fascinou de pronto. Por outro lado, tem toda a crueldade natural de uma criança sem instrução (e, acredite em mim, qualquer curinga sabe o quanto uma criança pode ser cruel). Um dia, em Londres, Tachyon recebeu uma ligação e teve de sair por algumas horas. Enquanto esteve fora, Blaise ficou muito entediado e, para se divertir, assumiu o controle de Mordecai Jones e o fez subir numa mesa e recitar a canção infantil *I'm a Little Teapot*, que Blaise acabara de aprender como parte de uma aula de inglês. A mesa quebrou sob o peso do Martelo do Harlem, e não acho que Jones esquecerá a humilhação. Para começar, ele não gosta muito do Dr. Tachyon.

Claro que nem todo mundo recordará desta excursão com carinho. A viagem foi muito difícil para muitos de nós, não há contradição nisso. Sara Morgenstern conseguiu várias grandes histórias e fez alguns dos melhores artigos de sua carreira, mas, mesmo assim, a mulher ficava cada vez mais irascível e neurótica com o passar dos dias. Quanto aos seus colegas no fundo do avião, Josh McCoy parece alternar o amor enlouquecido por Peregrina e sua fúria contra ela, e não deve ser fácil para ele o mundo todo saber que ele não é o pai da criança. Enquanto isso, o perfil de Digger nunca será o mesmo.

Downs, no mínimo, é tão irreprimível quanto irresponsável. Outro dia, ele estava dizendo para Tachyon que, se tivesse uma exclusiva com Blaise, talvez deixasse a impotência do alienígena fora das notícias. Essa barganha não foi bem recebida. Digger também ficou unha e carne com Crisálida nos últimos tempos. Por acaso, ouvi uma conversa muito curiosa que tiveram no bar, numa noite em Londres. "Sei que é ele", Digger estava dizendo. Crisálida lhe disse que saber e provar eram coisas diferentes. Digger falou algo sobre como eles *cheiravam* diferente para ele, como soube desde o dia que se encontraram, e Crisálida apenas riu e disse que estava bem, mas cheiros que mais ninguém podia sentir não serviam como prova e, mesmo que servissem, ele teria que revelar sua verdadeira identidade ao público. Ainda estavam nessa discussão quando saí do bar.

Acho que até mesmo Crisálida ficará exultante com a volta ao Bairro dos Curingas. Óbvio que amou a Inglaterra, mas isso não causou surpresa, considerando suas tendências anglófilas. Houve um momento tenso quando foi apresentada a Churchill durante a recepção, e ele questionou com rispidez o que exatamente ela tentava provar com seu sotaque britânico afetado. É bem difícil ler as expressões nas suas feições únicas, mas, por um momento, eu tive certeza de que ela mataria o velho bem na frente da rainha, do primeiro-ministro e de uma dúzia de ases britânicos. Felizmente, ela cerrou os dentes e deixou para lá em virtude da idade avançada de lorde Winston. Mesmo quando era mais jovem, ele nunca foi muito reticente ao expressar seus pensamentos.

Hiram Worchester talvez tenha sido quem mais sofreu nesta viagem. Quaisquer que fossem as reservas de energia que restavam a ele, foram todas extintas na Alemanha e, desde então, parecia exaurido. Ele despedaçou seu assento especial personalizado quando estávamos deixando Paris — algum tipo de erro de cálculo com seu controle gravitacional, acredito, mas nos atrasou quase três horas enquanto os reparos eram feitos. Seu temperamento ficou frágil também. Durante o conserto do banco, Billy Ray fez uma das muitas piadas de gordo, e Hiram por fim explodiu e virou-se para ele numa raiva cega, chamando-o (entre outras coisas) de "boquinha de bueiro incompetente". Foi o que bastou. Carnifex apenas abriu aquele sorriso feio, disse "Vai tomar um chute no traseiro por isso, gorducho" e começou a se levantar do assento. "Não disse que podia levantar", Hiram retrucou, fechou o punho e triplicou o peso de Billy, jogando-o de volta para o seu assento. Billy ainda estava se esforçando para se levantar, e Hiram o deixava cada vez mais pesado, e não sei onde teria parado se o Dr. Tachyon não tivesse interrompido a briga botando os dois para dormir com seu controle mental.

Não sei se fico desgostoso ou me divirto quando vejo esses ases mundialmente famosos se provocando como crianças birrentas, mas Hiram ao menos tem a desculpa da saúde frágil. Sua aparência anda terrível: rosto branco, inchado, transpirando, fôlego curto. Tem uma casca de ferida imensa e terrível no pescoço, bem na linha da gola da camisa, que ele cutu-

Do diário de Xavier Desmond

ca quando pensa que ninguém está vendo. Eu o aconselharia com veemência a procurar ajuda médica, mas ele anda muito mal-humorado. Duvido que meu conselho fosse bem recebido. Contudo, suas curtas visitas a Nova York durante a excursão sempre pareceram lhe fazer imensamente bem, de forma que podemos apenas esperar que a volta ao lar restaure sua saúde e seu bom humor.

♦

E, por fim, eu.

Observar e comentar sobre meus companheiros de viagem e o que eles ganharam e perderam, essa é a parte fácil. Recapitular minha própria experiência é mais difícil. Estou mais velho e, espero, mais sábio do que quando saímos do Aeroporto Internacional de Tomlin, e sem dúvida cinco meses mais próximo da morte.

Seja este diário publicado ou não após minha morte, o Sr. Ackroyd me garante que ele entregará pessoalmente cópias para os meus netos e fará tudo que estiver ao seu alcance para garantir que elas sejam lidas. Então, talvez seja para eles que escrevo estas últimas e conclusivas linhas... para eles, e todos os outros como eles...

Robert, Cassie... nunca nos conhecemos, vocês e eu, e a culpa por essa falha é tanto minha quanto de sua mãe e sua avó. Se vocês se perguntarem por que, lembrem-se do que escrevi sobre autodepreciação e, por favor, entendam que não fui isento. Não fiquem com muita raiva de mim... ou de sua mãe, ou de sua avó. Joanna era muito jovem para entender o que estava acontecendo quando seu papai mudou, e quanto a Mary... nós nos amávamos naquela época, e não posso ir para o túmulo sentindo ódio por ela. A verdade é que, se nossos papéis estivessem invertidos, talvez eu tivesse feito o mesmo. Somos todos apenas humanos, e fazemos o melhor que podemos com as cartas que o destino negociou para nós.

Seu avô era um curinga, sim. Mas espero que, quando vocês lerem este livro, percebam que ele era algo mais — que ele conseguiu algumas poucas coisas, falou com seu povo, fez algo de bom. A LADC talvez seja um legado tão bom quanto o que a maioria dos homens deixa para trás, um momento melhor para minha lembrança que as pirâmides, o Taj Mahal ou o Túmulo do Jetboy. No geral, não fui tão ruim assim. Deixo para trás alguns amigos que me amaram, muitas lembranças queridas, alguns negócios não terminados. Molhei meus pés no Ganges, ouvi o Big Ben soar a hora e caminhei na Grande Muralha da China. Vi minha filha nascer e a segurei nos braços, e jantei com ases e estrelas de televisão, com presidentes e reis.

O mais importante, acho que deixo o mundo um lugar um pouco melhor por ter estado nele. E isso é tudo que se pode pedir a qualquer um de nós.

Se quiserem, lembrem a seus filhos quem fui.

Meu nome era Xavier Desmond e fui um homem.

Do New York Times

17 de julho de 1987

Xavier Desmond, fundador e presidente emérito da Liga Antidifamação dos Curingas (LADC) e líder comunitário entre as vítimas do vírus carta selvagem por mais de duas décadas, faleceu ontem, na Clínica Blythe van Rensselaer, após um longo período adoentado.

Desmond, que era popularmente conhecido como "Prefeito do Bairro dos Curingas", era proprietário da Funhouse, uma boate muito conhecida na Bowery. Começou suas atividades políticas em 1964, quando fundou a LADC para combater o preconceito contra as vítimas do carta selvagem e promover a educação da comunidade sobre o vírus e seus efeitos. No final, a LADC transformou-se na maior e mais influente organização em prol dos direitos dos curingas dos Estados Unidos, e Desmond o mais respeitado porta-voz dos curingas. Ele fazia parte de vários comitês consultivos de prefeitos e atuou como delegado na recente viagem global patrocinada pela Organização Mundial da Saúde. Embora tenha saído da presidência da LADC em 1984, alegando idade e problemas de saúde, continuou a exercer influência nas diretrizes da organização até seu falecimento.

Deixa ex-mulher, Mary Radford Desmond, filha, Sra. Joanna Horton, e dois netos, Robert Van Ness e Cassandra Horton.

QUER SABER MAIS SOBRE A LEYA?

Fique por dentro de nossos títulos, autores e lançamentos.

Curta a página da LeYa no Facebook, faça seu cadastro na aba *mailing* e tenha acesso a conteúdo exclusivo de nossos livros, capítulos antecipados, promoções e sorteios.

A LeYa também está presente no Twitter, Google+ e Skoob.

www.leya.com.br

 facebook.com/leyabrasil

 @leyabrasil

 instagram.com/editoraleya

 google.com/+LeYaBrasilSãoPaulo

 skoob.com.br/leya

1ª edição	Maio 2015
papel de miolo	Chambril Avena 70g/m^2
papel de capa	Cartão supremo 250g/m^2
tipografia	Minion Pro
gráfica	Lis Gráfica